KB273608

宋元時代 학맥과 학자들

최석기·강정화·양판석·이영숙·이정희·전병철·정현섭

보고사

서문

이 책은 우리 강독팀의 네 번째 옥동자다. 우리의 세 번째 성과물을 세상에 내놓은 지도 벌써 4년이 지났으니, 이 책은 그 만큼의 산고를 겪은 것이다. 문제는 나에게 있었다. 내가 긴장을 하고 부지런히 챙겼더라면, 아바 1년 전에 마무리되었을 것이다. 나는 이 책에 대해 평소와는 달리 느긋했다. 이제 와 생각하니, 오랜 진통을 겪고 큰 인물이 나오길 은근히 기대했었나 보다.

나는 이 책을 기획하면서 『중국경학가사전』을 정리할 때처럼 커다란 밑그림을 그렸다. 우리나라 조선시대 학문의 근저는 무엇일까? 그것이 宋學이라면 적어도 그 시대 학문의 발달과정을 대략이나마 파악해야 되는 것은 아닌가? 우리는 程子 · 朱子 등 몇몇 이름난 분들에 대해서만 알고 있을 뿐, 그 나머지 학자들에 대해서 얼마나 알고 있는가? 이름조차 제대로 모르고 있지 않은가? 우리의 학문을 세계 최고의 수준으로 끌어올리려면 지금 여기서 나는 무엇을 해야 하는가? 그저 주자의 주석에 따라 『논어』와 『맹자』만 가르치는 것이 이 시대를 살리고, 전통문화를 이어가는 것일까?

내 머리 속에는 "아니다. 아니다."라는 소리가 연이어 들렸다. 그리고 지금 내가 이 자리에서 먼저 할 일이 무엇인지를 찾았다. 기초체력을 튼튼히 해서 금메달을 꿈꾸는 운동선수처럼, 내가 공부하고 있는 분야의 기초를 튼튼히 해야 한다는 생각이 더 절실하게 와 닿았다. 이런 문제의식이 다시 이 책에 손을 대게 한 것이다.

우리는 그 전처럼 매주 토요일 오후에 모여 서너 시간씩 강독을 하였는데, 워낙 분량이 많다 보니 100회도 더 걸렸다. 그리고 원고를 수합해 보니, 고치고 다듬을 곳이 한두 군데가 아니었다. 다들 하기 싫은 일이다. 그러나 우리 팀원들은 각기 바쁜 일정을 쪼개 교정을 보고 체제를 통일하였다. 그런 오랜 진통을 겪고 나서야 세상에 첫 선을 보이게 되었다.

이 책은 『宋元學案』을 텍스트로 하여, 宋·元 시대 학자들과 그 학맥을 정리한 것이다. 『송원학안』은 청초의 학자 黃宗羲(1610-1695)가 편찬한 책이다. 황종희는 浙江省 餘姚 사람으로, 明 나라가 망한 뒤 抗淸活動을 하다 실패하자 만년에는 은거하여 저술에 전념한 학자다. 이 책은 본래 『宋儒學案』·『元儒學案』으로 만들어졌는데, 뒤에 하나로 합해 『宋元學案』이라 명명한 것이다. 全祖望(1705-1755)은 황종희를 사숙한 절강성 鄞縣 출신 학자로, 1736년 진사가 된 뒤 翰林院庶吉士를 지냈다. 그는 황종희의 손자 黃千人을 통해 『송원학안』의 초고를 보게 되었고, 황천인의 부탁으로 그 원고를 수정하고 보완해 『송원학안』 1백 권을 완성하였다. 그리고 이 책을 최종 교정한 사람은 王梓才와 馮雲濠다. 우리는 『송원학안』 외에도 王梓才와 馮雲濠의 稿本인 『宋元學案補遺』를 참고하여 빠진 인물을 보충하였다.

『송원학안』은 모두 1백 권으로 되어 있으며, 91개 학파의 학맥과 인물이 수록되어 있다. 그런데 그 중에는 그 학맥에 넣기 곤란한 인물이 들어 있기도 하고, 師承關係를 밝히기 어려운 경우도 있었다. 우리는 『송원학안』을 텍스트로 송·원 시대 학자들의 학맥과 인물을 정리하면서 가능하면 빠뜨리지 않고 모두 수록하려 노력하였다. 그러나 때로는 그 학맥에 넣기 어려운 인물일 경우, 극히 일부분이긴 하지만 제외하거나 다른 학맥에 넣었다.

이 책은 각 학파별로 학맥도를 그리고, 그 학파의 宗師를 중심으로 講

友·學侶·同調 등을 다룬 뒤, 그 학맥에 속한 문인들을 세대 순으로 정리한 것이다. 그리고 字·號 및 출신지역, 과거 및 벼슬경력, 사상적 성향, 저술 등 학자로서의 인적사항을 간결하게 서술하였다. 따라서 이 책은 송·원대의 학파와 그 학파에 속한 인물의 簡介를 쉽게 찾아볼 수 있도록 만들었으므로 사전과 같은 역할을 할 것이다.

　여러 가지 어려운 여건 속에서도 이 책을 흔쾌히 출판해 주신 보고사 김흥국 사장님, 그리고 노고를 아끼지 않고 잘 편집해 주신 보고사 직원 여러분들께 이 자리를 빌어 감사를 드린다. 마지막으로 4년 동안 묵묵히 강독에 참여해 준 同學들에게 고마운 마음을 표하며, 이 책을 만든 사람들의 기초체력은 물론이고, 우리 학문의 기초체력이 조금이나마 튼튼해지길 기대해 본다.

2007년 3월 1일
南冥學館 山海室에서 최석기 씀

범 례

❶ 이 책은 淸初의 학자 黃宗義(1610-1695)가 편찬한『宋元學案』과 王梓才・馮雲濠의『宋元學案補遺』를 중심으로 宋・元代 학자들과 그 학맥을 정리한 것이다.

❷ 각 학안의 序錄은 황종희의 私淑人이자『송원학안』의 완성자인 全祖望(1705-1755)이 쓴 것인데, 전문을 번역해 실었다.

❸ 본문의 서술 순서는 학안의 중심인물을 기준으로 하여 講友 → 學侶 → 同調 → 家學 → 門人 → 再傳門人 → 三傳門人 → 四傳門人 → 續傳 → 私淑 순으로 작성하였다.

❹ 각 학안 도표의 괄호 속에 기재된 子・孫・從子 등은 전후 인물과의 상관관계를 나타낸 것으로, 해당 인물과 바로 앞 인물과의 관계에 한정하여 표기하였다.

　例〉姜　潛 － 劉　摯 － 劉 跂(子) － 劉長福(子) － 劉　荀(子)

❺『宋元學案補遺』의 인물은 특별한 경우를 제외하고는 도표의 맨 뒤쪽에 표기하였다.

❻ 漢字의 音은 두음법칙만 적용하고 그 외는 본래의 字音을 따랐다. 多音字의 경우 상황에 맞게 일괄 처리하였다.

　例〉父 : 字나 號에서는 '보'로, 이름과 기타의 경우는 '부'로 표기하였다.
　　　龜 : '구'로 표기하였다.

❼ 하나의 학안 내에서 동일인물이 두 항목에 나타날 경우, 도표에서는 중
요도가 있는 항목에만 표기하고 본문에서 상세 설명을 더하였다.

❽ 본 학안은 중심인물의 학맥을 살피는 데 그 목적이 있다. 따라서 중심
인물의 同調나 講友의 門人은 혼란을 피하기 위해 제외하였고, 제외된
인물 중 다른 학안에서 거론되는 경우는 상세 설명을 더하였다.

❾ 元祐黨案(87장)과 慶元黨案(88장)은 혼란을 피하기 위해『송원학안보
유』의 인물과 門人의 講友 등을 생략하였다.

❿ 補遺의 인물은 내용 말미에 쪽수를 기재하여 독자가 原文을 확인할 수
있도록 하였다.

⓫ 색인은 字・號와 人名을 중심으로 처리하였다. 인명색인 중 중복되는
인물은 독자들의 편의를 위해 각 인물의 상세 설명이 있는 쪽수를 별도
로 표기하였다.

⓬ 성명에 “□” 표시는 원문의 缺字로 확인 불가능한 것이다.

목차

목차색인

1. 安定 胡瑗의 學脈(安定學案)

1) 安定學案 圖表

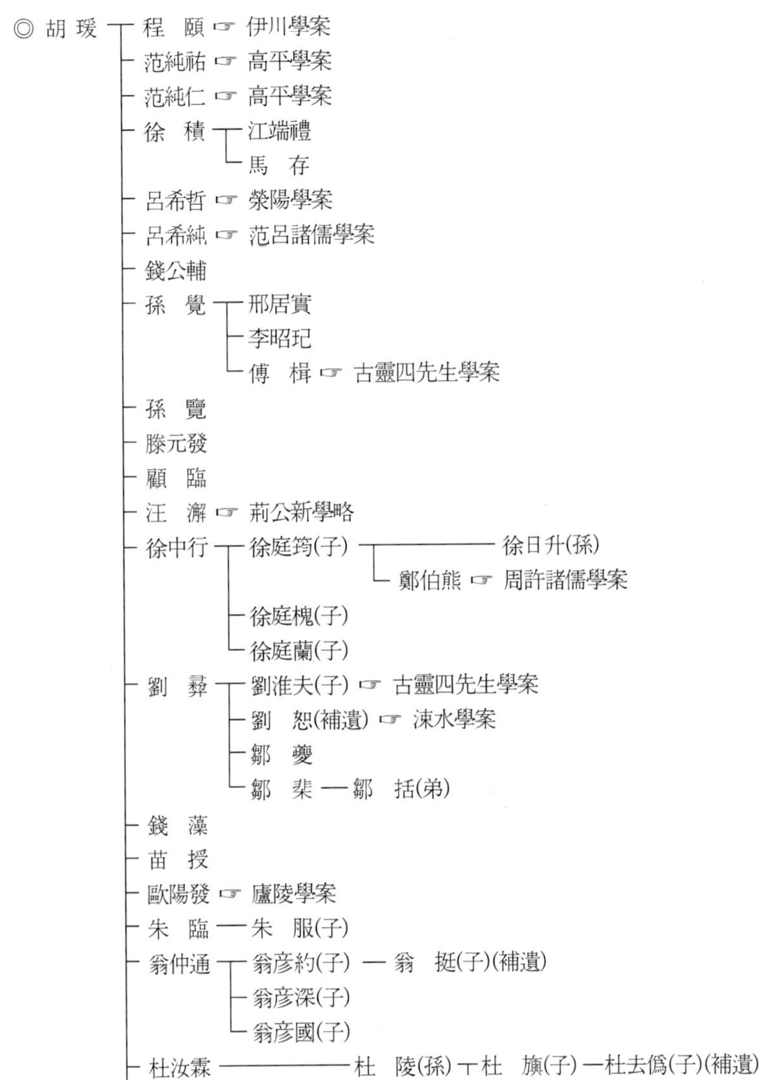

☞ 麗澤諸儒學案
├ 杜 㫸(子) ― 杜去輕(子)(補遺)
├ 杜 斿(子) ― 杜去非(子)(補遺)
│ ☞ 滄洲諸儒學案
├ 杜 旟(子)
└ 杜 旝(子) ― 杜去華(子)(補遺)
☞ 滄洲諸儒學案

├ 莫君陳 ── 莫 砥(子) ── 莫伯虛(子)
├ 張 堅
├ 祝 常
├ 管師復 ☞ 古靈四先生學案
├ 管師常 ☞ 古靈四先生學案
├ 盧 秉
├ 林 晟 ┬ 林玉勝(子) ┬ 林俊民(子)
│   │   └ 林朝价(子)
│   └ 林 用(子)
├ 游 烈
├ 徐 唐
├ 饒子儀 ☞ 泰山學案
├ 陳舜兪
├ 周 穎
├ 翁 升
├ 江致一
├ 陳 敏
├ 盛 僑
├ 倪天隱 ── 彭汝礪
├ 吳 孜
├ 張 巨 ☞ 廬陵學案
├ 田述古 ┬ 呂好問 ☞ 滎陽學案
│   └ 呂切問 ☞ 滎陽學案
├ 潘及甫
├ 莫表深
├ 陳 高
├ 陳貽範 ☞ 古靈四先生學案
└ 安 燾

```
├ 朱光庭 ☞ 劉李諸儒學案
├ 查   深(補遺)
├ 王   固(補遺)
├ 劉定國(補遺)
├ 胡如愚(補遺)
├ 胡稷言(補遺)
├ 凌   浩(補遺)
├ 劉   渙(補遺)
└────── 胡   滌(孫)(補遺)
```

※ 講 友 : 王   逢(補遺)
※ 學 侶 : 孫   復 ☞ 泰山學案
         石   介 ☞ 泰山學案
         阮   逸
※ 同 調 : 陳   襄 ☞ 古靈四先生學案
         楊   適 ☞ 士劉諸儒學案
         楊   傑(補遺)
※ 續 傳 : 吳   儆 ☞ 嶽麓諸儒學案
         汪   深 ☞ 象山學案
※ 私 淑 : 羅   適
         關   注(補遺)
         祖世英(補遺)
         陸   正(補遺)
         于   石(補遺)

2) 安定學案序錄

내가 삼가 살펴보건대, 송나라 때 학술의 성대함은 安定 胡瑗과 泰山 孫復이 先河를 이루었다. 程子·朱子 두 선생도 모두 그렇게 생각하였다. 안정은 沈潛했고 태산은 高明했으며, 안정은 篤實했고 태산은 剛健했다. 그리하여 각자 자기 성품에 가까운 바를 얻었으나, 우리 도를 전하려 노력한 점에 있어서는 마찬가지였다. 그런데 안정이 태산에 비해 좀더 순수한 듯하다. 程伊川이 태학에 들어갔을 때 안정이 師席에 있었는데, 안정은 한눈에 그가 뛰어난 인물임을 알아보았다. 그러니 강당에서 얻은 바가 매우 성대하지 아니한가.

3) 范仲淹의 講友

● 호　원 胡瑗(993-1059)

자는 翼之, 호는 安定, 시호는 文昭이며, 泰州 如皐(江蘇省) 사람이다. 寗海節度推官을 지낸 胡訥의 아들이다. 7세에 글을 지었고, 13세 때 오경에 통달했다고 한다. 泰州로 가서 孫復·石介와 함께 공부했다. 뒤에 經術로 吳中 지역에서 학생들을 가르쳤는데, 范仲淹이 그를 초빙하여 蘇州敎授로 삼았다. 범중엄이 조정에 천거하여 白衣로 천자를 알현하였고, 秘書省 校書郎·保寧節度推官 등에 보임되었다. 滕宗諒이 湖州守令으로 있을 때 초빙하여 교수로 삼았는데, 正學을 창도해 밝히며 솔선수범하였다. 아무리 더워도 公服을 입고 堂上에 앉아 있었고, 사제간의 예를 엄중히 하였다. 經義齋와 治事齋를 설립하여 경의재에서는 六經을 講明하게 하였고, 치사재에서는 한 사람이 한 가지의 일을 전공하면서 다른 한 가지 일을 겸하여 공부하게 하였다. 慶曆年間(1041-1048)에 천자가 조서를 내려 그의 강학하는 법을 취해다 太學에 적용하였다. 뒤에 太子中舍·大理寺丞 등을 거쳐 太常博士로 致仕하였다. 고향으로 돌아갈 때 제자들의 전송 행렬이 백여 리에 이어졌다고 한다. 저술로『易義』·『書義』·『中庸義』·『景祐樂議』 등이 있다. 당시 과거에 급제한 사람들 중에 10분의 4-5는 그의 제자였다. 명나라 嘉靖年間(1522-1566)에 문묘에 종사되었다.

4) 胡瑗의 講友

● 왕　봉 王逢(1005-1063)

자는 會之이며, 當塗(安徽省) 사람이다. 진사시에 낙방한 뒤 蘇州에서 강학하였는데, 배우는 자들이 수백 명이나 되었다. 만년에 급제하여 國子監 直講 등을 역임하였고, 太常博士로 通判徐州에 제수되었다. 박학하고 글을 잘 지었으며, 특히 강설에 뛰어났다. 문인으로 李瑋 등이 있으며, 저술로는『易傳』·『乾德指說』·『復書』 등이 있다.(보유 26쪽)

5) 胡瑗의 學侶

● 손　복 孫復(992-1057) ☞ 泰山學案

- 석　개 石介(1005-1045) ☞ 泰山學案
- 완　일 阮逸(?-?)

　자는 天隱이며, 建陽(福建省) 사람이다. 송나라 仁宗 天聖年間(1023-1031)에 진사가 되어 鎭江軍節度推官·太子中允 등을 거쳐 尙書屯田員外郎·太常丞을 지냈다. 1035년 鄭向이 그의『樂論』을 올리자, 황제가 胡瑗 등과 함께 鍾律을 교정하게 하였다. 1040년에는『鍾律制議』를 지어 올렸으며, 1050년 다시 부름을 받고 나아가 鍾律制度를 교정하였다. 저술로『易筌』이 있다.

6) 胡瑗의 同調

- 진　양 陳襄(1017-1080) ☞ 古靈四先生學案
- 양　적 楊適(?-?) ☞ 士劉諸儒學案
- 양　걸 楊傑(?-?)

　자는 次公, 호는 無爲子이며, 無爲(安徽省) 사람이다. 진사가 되어 元豊年間(1078-1084)에 太常博士를 지냈고, 元祐年間(1086-1093)에 禮部員外郎을 지냈다. 저술로『樂記』등이 있다.(보유 27쪽)

7) 胡瑗의 門人

- 정　이 程頤(1033-1107) ☞ 伊川學案
- 범순우 范純祐(1024-1063) ☞ 高平學案
- 범순인 范純仁(1027-1101) ☞ 高平學案
- 서　적 徐積(1028-1103)

　자는 仲車, 시호는 節孝이며, 山陽(江蘇省) 사람이다. 부친의 이름이 '石'이었기 때문에 평생 石器를 사용하지 않았다. 胡瑗에게 수학하였다. 1064년 진사가 되었고, 元祐年間(1086-1093) 초에 楊州司戶參軍에 제수되었다. 조정의 신하들이 孝廉으로 천거하여 楚州敎授가 되었고, 徽宗 초에 宜德郎이 되었다. 저술로『節孝集』·『節孝語錄』이 있다.『荀子』에 대해 변론한「荀子辯」이 유명하다.

- 여희철 呂希哲(1039-1116) ☞ 滎陽學案

● 여희순 呂希純(?-?) ☞ 范呂諸儒學案

● 전공보 錢公輔(?-?)

자는 君倚이며, 武進(江蘇省) 사람이다. 어려서 胡瑗에게 수학하였다. 1049년 진사시에 갑과로 합격하여 知制誥를 역임하였다. 英宗 초에 「治平十議」와 「帝問」을 지어 올렸다. 神宗 때 諫院에 재직하다가 실권자 王安石의 미움을 받아 江寧府로 좌천되었다. 향년 52세이다.

● 손 각 孫覺(1028-1090)

자는 莘老이며, 高郵(江蘇省) 사람이다. 젊어서 胡瑗에게 수학하였다. 1049년 진사가 되어 合肥主簿에 제수되었고, 嘉祐年間(1056-1063)에는 館閣校勘에 제수되었다. 神宗 때 발탁되어 右正言이 되었으며, 哲宗 때 御史中丞·龍圖閣學士에 이르렀다. 紹聖年間(1094-1098)에 元祐黨으로 지목되어 삭탈관직되었다가, 徽宗 때 復官되었다. 저술로 『易傳』·『春秋傳』 등이 있다.

● 손 람 孫覽(1043-1101)

자는 傳師이며, 高郵(江蘇省) 사람이다. 孫覺의 동생으로, 胡瑗에게 수학하였다. 治平年間(1064-1067)에 진사가 되어 知尉氏縣에 제수되었고, 戶部侍郎·樞密直學士 등을 지냈다. 성품이 강직하여 정사를 자주 간하다 집정자에게 미움을 받기도 하였다.

● 등원발 滕元發(1020-1090)

초명은 甫, 자는 元發이었는데 뒤에 이름을 元發로 바꾸었다. 자는 達道, 시호는 章敏이며, 東陽(浙江省) 사람이다. 范仲淹의 생질이다. 1053년 진사가 되어 開封府推官 등을 지냈다. 神宗 때 知制誥·翰林學士 등을 지냈는데, 王安石의 新法이 백성들을 해친다고 자주 간언하였다. 安州·筠州·湖州 등의 지방관을 오래 역임하여 治績이 있었다. 저술로 『孫威敏征南錄』이 있다.

● 고 림 顧臨(?-?)

자는 子敦이며, 會稽(浙江省) 사람이다. 胡瑗에게 배웠으며, 경학에 통달하였는데 특히 訓詁에 뛰어났다. 皇祐年間(1049-1053)에 說書科에 천거되어 國子監直講·館閣校勘 등을 지냈다. 熙寧年間(1068-1077) 초에 황제의 명으로 『武經要略』을 편찬하였다. 또한 평소 국방의 일을 잘 논하였는데 황제가 자문을 구하자, 열 가지 일을 조목별로 지어 올렸다. 1087년 給事中에 발탁된 뒤 天章閣待制·吏部侍郎·翰林學士 등을 지냈다. 향년 72세이다.

- **왕　해 汪澥(?-?)** ☞ 荊公新學略

- **서중행 徐中行(?-?)**

  자는 德臣이며, 臨海(浙江省) 사람이다. 胡瑗에게 수학하였다. 고향으로 돌아가 학생들을 가르쳤는데, 灑掃應對로부터 格物・致知・治國・平天下에 이르기까지 단계를 밟도록 하였다. 崇寧年間(1102-1106)에 고을 수령 李諤이 八行으로 천거하였으나 나아가지 않았다. 사람들이 그를 八行先生이라 일컬었는데, 우뚝한 행실이 山陽의 徐積과 이름을 나란히 하였다.

- **유　이 劉彝(1017-1086)**

  자는 執中이며, 閩縣(福建省) 사람이다. 胡瑗에게 수학하였는데, 治水에 조예가 깊다는 칭찬을 받았다. 1046년 진사가 되어 邵武尉・朐山令 등을 지냈는데 治績이 있었다. 神宗 때 都水丞에 제수되었다. 知處州로 있을 적에는『正俗方』을 저술하여, 귀신을 숭상하는 풍속을 바로잡아 무당을 내치고 醫術을 펴게 하였다. 저술로『七經中義』・『洪範解』・『古禮經傳續通解』・『明善集』・『居易集』등이 있다.

- **전　조 錢藻(1022-1082)**

  자는 醇老이며, 본디 臨安(浙江省) 사람인데 蘇州(江蘇省)로 옮겨 살았다. 胡瑗에게 수학하였다. 1053년 진사가 되었고, 賢良方正으로 천거되어 英宗 때 秘閣校理가 되었다. 수렴청정하고 있던 慈聖光獻太后에게 세 번이나 上書하여 천자에게 정사를 돌려주라고 청하였다. 神宗 熙寧年間(1068-1077)에 여러 차례 승진하여 翰林侍讀學士에 이르렀다. 정사를 볼 적에는 간결하고 조용하면서도 조리가 있었으며, 학문은 刻苦勉勵하여 어떤 책이든 궁구하지 않은 것이 없었다. 신종황제가 劉彝에게 胡瑗의 문인들에 대해 묻자, 전조가 으뜸이라고 아뢰었다.

- **묘　수 苗授(1029-1095)**

  자는 受之・授之, 시호는 莊敏이며, 上黨(山西省) 사람이다. 胡瑗에게 수학하였다. 王韶를 따라 羌을 공격할 때 누차 전공을 세워 果州團練使가 되었다. 그 후 여러 차례 승진하여 容州觀察使에 이르렀다. 神宗 元豐年間(1078-1085)에 李憲과 함께 西夏를 공략하였으며, 哲宗 元祐年間(1086-1093)에 武泰軍節度使에 제수되었다.

- **구양발 歐陽發(1040-1085)** ☞ 廬陵學案

● 주　림 朱臨(? - ?)

자는 正夫이며, 烏程(浙江省) 사람인데 浦江(江蘇省)으로 옮겨 살았다. 胡瑗
에게 『춘추』를 배웠다. 만년에는 당나라 陸淳의 춘추학을 좋아하였다. 呂申公
의 천거로 출사하여 光祿寺丞을 지냈으며, 著作佐郎으로 致仕하였다. 저술로
『春秋說』·『春秋通例』가 있다.

● 옹중통 翁仲通(? - ?)

자는 濟可이며, 崇安(福建省) 사람이다. 胡瑗에게 수학하였는데, 『춘추』에 뛰
어났다. 진사가 된 뒤 山陰尉·武平令 등을 지냈다. 지방관으로 있으면서 학교
를 세워 교육을 진흥하였으며, 水利를 이용하여 민생을 안정시켰다. 아들 翁彦
約·翁彦深·翁彦國 등이 가학을 계승하였다.

● 두여림 杜汝霖(? - ?)

자는 仁翁이며, 蘭溪(浙江省) 사람이다. 胡瑗에게 수학하였으며, 육경에 통달
하였는데 특히 『주역』에 뛰어났다. 李公擇이 항상 공경하며 그의 도를 칭찬하
였다.

● 막군진 莫君陳(? - ?)

자는 和中이며, 歸安(浙江省) 사람이다. 胡瑗에게 수학하였다. 뜻을 돈독히 하
고 배운 것을 힘써 행하며 벼슬길에 나가길 구하지 않았다. 嘉祐年間(1056-
1063)에 진사가 되었으나 벼슬길에 나아가지 못하였다. 熙寧年間(1068-1077)
에 새로 설치한 大法科에 으뜸으로 뽑혔으며, 왕안석에게 추중을 받았다. 저술
로 『月河所聞集』이 있다. 아들 莫砥와 손자 莫伯虛가 가학을 이었다.

● 장　견 張堅(? - ?)

자는 適道이며, 諸暨(浙江省) 사람이다. 胡瑗이 蘇州·湖州에서 교수할 적에
찾아가 수학하였다. 밤낮으로 발분망식하며 공부하여 육경의 깊은 뜻을 모두
터득하였다. 고향으로 돌아가 학생들을 가르쳤는데 따르는 자들이 매우 많았
다. 뒤에 八行으로 천거되어 관직에 나아갔다. 당시 사람들이 그를 醇儒로 일
컬었다.

● 축　상 祝常(? - ?)

자는 履中이며, 常山(浙江省) 사람이다. 胡瑗에게 수학하였는데, 操身이 단정
하고 꼿꼿하였다. 진사가 된 뒤 벼슬길에 나갔는데, 王安石의 『三經新義』에
대해 여러 차례 正義를 지어 辯難하다가, 미움을 받아 平陽令으로 좌천되기도

하였다. 벼슬이 殿中丞에 이르렀다. 저술로『蓬山類苑』·『淸高集』 등이 있다.

- 관사복 管師復(?-?) ☞ 古靈四先生學案
- 관사상 管師常(?-?) ☞ 古靈四先生學案
- 노 병 盧秉(?-?)

  자는 仲甫이며, 德淸(浙江省) 사람이다. 光祿卿 盧革(1004-1085)의 아들이다. 1049년에 진사가 된 뒤 여러 차례 발탁되어 兩浙淮東制置發運副使에 제수되었다. 西夏와의 싸움에서 공을 세워 龍圖閣直學士가 되었다.

- 임 성 林晟(?-?)

  자는 美中이며, 福淸(福建省) 사람이다. 약관에 文名이 있었으며, 胡瑗에게 수학하였다. 元祐年間(1086-1093)에 문학으로 뽑혀 御前書籍을 교감하는 데 참여하였다. 저술로『經濟要覽』 등이 있다. 아들 林玉勝·林用 및 손자 林俊民·林朝价가 가학을 이었다.

- 유 렬 游烈(?-?)

  자는 晉老이며, 邵武(福建省) 사람이다. 본디 孝節로 칭찬을 받았으며, 胡瑗에게 수학하였다. 관직이 職方員外郎에 이르렀다. 邵武 지역의 經學을 창도한 인물이다.

- 서 당 徐唐(?-?)

  자는 守忠·守中이며, 寧化(福建省) 사람이다. 약관이 되기 전에 吳果에게『춘추』를 배웠는데 두 달만에 모두 암송하자, 현령이 李覯(1009-1059)에게 보내 배우게 하였다. 이구는 다시 수도로 보내 胡瑗에게 배우게 하였다. 歐陽脩가 조정에 천거하였으며, 神宗은 그를 불러『주역』을 강하게 하였다. 1058년 모친상을 당하여 여묘살이를 한 뒤, 벼슬길에 나아가지 않았다.

- 요자의 饒子儀(?-?) ☞ 泰山學案
- 진순유 陳舜兪(?-1072)

  자는 令擧, 호는 白牛居士이다. 선대는 대대로 烏程(浙江省)에 살았는데, 嘉興(浙江省)으로 옮겨 살았다. 胡瑗에게 수학하였다. 1046년 진사가 되고, 1059년 制科에 일등으로 합격하여 著作佐郎이 되었다. 1070년 屯田員外郎으로 知山陰縣이 되었다. 그때 마침 왕안석의 靑苗法이 시행되고 있었는데, 명령을 받들지 않고 반대하는 상소를 올렸다. 뒤에 벼슬을 버리고 산수를 유람하였다.

저술로 『都官集』이 있다.

● 주 영 周穎(?-?)

자는 伯堅, 私謚는 正介이며, 江山(浙江省) 사람이다. 胡瑗에게 수학하였는데, 義를 행하는 사람으로 일컬어졌다. 趙抃과 친하게 지냈다. 조변이 神宗에게 천거하여, 진사 급제를 하사 받고 校書郎에 제수되었다. 왕안석의 신법을 비판하다가 知樂淸縣으로 좌천되었다. 저술로 『正介先生集』이 있다.

● 옹 승 翁升(?-?)

자는 南仲이며, 慈溪(浙江省) 사람이다. 胡瑗에게 『주역』을 배웠다. 1082년 진사가 되었다. 元符年間(1098-1100)에 상소하여 당시의 병폐를 간하였는데, 집권자가 禁錮하여 쓰이지 못하였다.

● 강치일 江致一(?-?)

자는 得之이며, 休寧(安徽省) 사람이다. 胡瑗에게 수학하였다. 宣和年間(1119-1125)에 鄕擧에 일등으로 천거되었다. 1126년 대궐에 나아가 蔡京·童貫 등 여섯 간신을 참하고 李綱을 재상으로 복직시킬 것을 상서함으로써 이름이 내외에 알려졌다. 뒤에 承信郎에 제수되었다.

● 진 민 陳敏(?-?)

자는 伯修, 호는 濯纓居士이며, 無錫(江蘇省) 사람이다. 胡瑗에게 수학하였다. 1070년 진사가 되었으며, 왕안석의 천거로 太學正에 제수되었다. 蘇軾과 친하게 지냈다. 徽宗 때 蔡京 등이 전권을 휘두르며 司馬光 등을 배척하고 州縣에 黨人의 비를 세우게 하였다. 그때 마침 天台의 수령으로 나갔는데, '사마광을 무고하는 것은 하늘을 속이는 일이다.'라고 하면서 당인의 비석을 부수고 돌아갔다.

● 성 교 盛僑(?-?)

嘉興(浙江省) 사람이다. 胡瑗이 太學에 있을 때 수학하였다. 哲宗 元祐年間(1086-1093)에 國子監司業을 지냈다. 저술로 『中庸講義』가 있다.

● 예천은 倪天隱(?-?)

자는 茅岡, 호는 千乘이며, 桐廬(浙江省) 사람이다. 陳襄의 妹壻이다. 胡瑗에게 수학하였는데, 박학하고 글을 잘 지었다. 嘉祐年間(1056-1063)에 縣尉를 지냈다. 만년에 桐廬에서 학생들을 가르쳤는데, 제자가 천여 명에 이르렀다.

高弟로 彭汝礪가 있다. 저술로『周易上下經口義』가 있다.

- 오　자 吳孜(? - ?)
  생애가 자세치 않다. 蕭山(浙江省) 사람으로, 胡瑗에게 수학하였다. 저술로『尙書大義』가 있다.

- 장　거 張琚(? - ?)　☞ 廬陵學案

- 전술고 田述古(? - ?)
  자는 明之이며, 본디 安丘(山東省) 사람인데 河南(河南省)으로 옮겨 살았다. 胡瑗의 문하에서 수학하여 高弟로 일컬어졌다. 네 번이나 鄕薦을 받았지만 과거에 합격하지 못하자 은거하였다. 司馬光·邵雍·程顥·程頤 등을 從遊하였다. 천거로 廣親北宅敎授·通利軍簽判 등을 지냈다. 虔州의 李潛과 친하게 지냈다.

- 반급보 潘及甫(? - ?)
  자는 憲臣이며, 楊州(江蘇省) 사람이다. 胡瑗이 吳興에서 강학할 때 문하에 나아가 배웠다. 호원의 매제이다. 慶曆年間(1041-1048)에 진사가 되어 分寧縣·壽春縣 등의 수령을 지냈는데, 모두 치적이 있었다. 뒤에 秘書丞에 제수되었고, 楚王宮太學敎授로 충원되었다.

- 막표심 莫表深(1053-1123)
  자는 智行이며, 邵武(福建省) 사람이다. 莫說의 아들이다. 胡瑗이 雪上에서 강학할 때 찾아가 수학하였다. 1079년 진사가 되어 豊城尉 등을 거쳐 徽宗 때 知饒州·知睦州 등을 지냈다. 당시 循吏로 일컬어졌다. 저술로『如如集』이 있다.

- 진　고 陳高(? - ?)
  자는 可中이며, 仙遊(福建省) 사람이다. 知建州를 지낸 陳闡의 조카이다. 胡瑗에게 수학하였다. 1100년 진사가 되어 太學錄에 제수되었다. 祭酒 龔原과 司業 傅楫이 經術에 잠심하여『주역』에 뛰어나다고 천거하여 박사가 되었다. 政和年間(1111-1117)에 처음으로 醫學을 學官에 세웠으며, 太醫學司業에 제수되었다. 여러 차례 封事를 올렸다가 당시 집권자 蔡京의 미움을 받았다.

- 진이범 陳貽範(? - ?)　☞ 古靈四先生學案

- 안　도 安燾(1034-1108)
  자는 厚卿이며, 開封(河南省) 사람이다. 胡瑗에게 수학하였다. 진사시에 합격한 뒤 荊湖北路轉運判官 등을 역임하며 누차 승진하여 門下侍郞에 올랐다. 당시 왕안석의 신법이 시행되고 있었는데, 그 폐단을 上奏하기도 하였다. 章惇과 틈이 생겨 외직으로 나가기도 하였다. 徽宗 때 다시 내직으로 들어가 知樞密院을 맡았으며, 뒤에 知河南을 역임하였다.

- 주광정 朱光庭(1037-1094) ☞ 劉李諸儒學案

- 사 심 査深(?-?)

  자는 道源, 호는 淸容이며, 廣德(安徽省) 사람이다. 胡瑗에게 배웠으며, 은거하여 학문에 전념하였다. 고을군수로 부임한 錢公輔가 조정에 천거하였으나, 사양하고 나아가지 않았다.(보유 28쪽)

- 왕 고 王固(?-?)

  초명은 囧, 자는 天睍이며, 義烏(浙江省) 사람이다. 胡瑗에게 수학하였다. 1053년 진사가 되었는데, 仁宗이 固라는 이름을 하사하였다. 恩陽縣令을 지냈는데, 治績이 있었다.(보유 28쪽)

- 유정국 劉定國(?-?)

  초명은 傳이었는데, 장성한 뒤에 국가를 안정시킬 뜻을 품고 이름을 定國으로 개명하였다. 자는 平仲이며, 長興(浙江省) 사람이다. 胡瑗에게 『시경』·『서경』·『주역』을 배웠다. 桐川太守 胡戩와 孫覺이 예로써 초빙하여 향교를 주관하게 하였다. 뒤에 通判司戶參軍을 지냈으며, 太子少師에 추증되었다.(보유 29쪽)

- 호여우 胡如愚(?-?)

  자는 不愚, 私諡는 德隱이며, 婺源(江西省) 사람이다. 胡瑗에게 수학하였으며, 학문으로 한 고을에 師表가 되었다.(보유 29쪽)

- 호직언 胡稷言(?-?)

  자는 正思이며, 永康(浙江省) 사람이다. 어려서 宋祁에게 배웠고, 뒤에 胡瑗에게 경전을 수학하였다. 호원이 황제에게 천거하여 山陰丞에 임명되었다.(보유 30쪽)

- 능 호 凌浩(?-?)

  자는 眞翁·直翁이며, 無錫(江蘇省) 사람이다. 동향의 陳敏과 함께 胡瑗에게 수학하였는데, 經術로 이름이 있었다. 1065년 진사시에 甲科로 합격하여 蓬萊縣丞·武涉縣丞을 역임하였다. 뒤에 징소되어 太學博士가 되었는데, 호원의

학문으로 가르쳤다.(보유 30쪽)

- 유 환 劉渙(1000-1080)
  자는 凝之, 호는 西澗居士이며, 高安(四川省) 사람이다. 호원에게 수학하였으며, 史學에 정밀하였다. 1030년 진사가 되어 潁上令이 되었다. 얼마 뒤 벼슬을 버리고 廬山 남쪽으로 들어가 은거하였다. 歐陽脩가 「廬山高」라는 시를 지어 그의 志節을 찬미하였다.(보유 30쪽)

8) 胡瑗의 家學

- 호 척 胡滌(?-?)
  생애가 자세치 않다. 胡瑗의 손자로, 가학을 이었다. 호원의 遺書를 수집하여 편찬하였다.(보유 31쪽)

9) 胡瑗의 再傳門人

◎ 徐積의 門人

- 강단례 江端禮(1060-1097)
  자는 子和·季恭이며, 圉城(河南省) 사람이다. 젊어서 太學에 유학하며 黃庭堅에게 詩律을 배웠고, 뒤에 徐積에게 수학하였는데『춘추』에 밝았다. 일찍이 柳宗元의 「非國語」를 논박한 「非非國語」를 지었는데, 蘇軾이 칭찬하였다.

- 마 존 馬存(?-?)
  자는 子才이며, 樂平(江西省) 사람이다. 徐積에게 수학하였다. 문장이 웅장하고 直截하다는 평을 받았다. 1088년 진사가 되어 鎭南節度推官·越州觀察推官 등을 역임하였다. 당시 왕안석의『三經新義』가 유행하고 있었는데, 조금도 그에 동조하지 않았다.

◎ 孫覺의 門人

- 형거실 邢居實(1068-1087)
  자는 惇夫이며, 陽武(河南省) 사람이다. 邢恕의 아들로 8세에 「明妃引」을 지어 세상에 신동으로 알려졌다. 元豊年間(1078-1084)에 孫覺·李常의 문하에서 수학하였다. 司馬光·呂公著 등을 宗師로 삼고, 蘇軾·黃庭堅·晁補之 등을 從遊하였다. 부친 邢恕는 程子 문하를 배반하였지만, 그는 부친처럼 그렇게 하지 않았다. 저술로는 『呻吟集』이 있다.

- 이소기 李昭玘(?-?)

  자는 成季, 自號는 樂靜이며, 鉅野(山東省) 사람이다. 젊어서 晁補之와 이름을 나란히 하였으며, 蘇軾에게 인정을 받았다. 孫覺에게 수학하였다. 진사가 된 뒤 李淸臣의 천거로 京東路刑獄 등을 역임하였다. 元符年間(1098-1100)의 黨人으로 연좌되어 삭탈관직되었다가, 徽宗 초에 복직되어 太常少卿 등을 지냈다. 저술로 『樂靜集』이 있다.

- 부 집 傅楫(1042-1102) ☞ 古靈四先生學案

◎ 徐中行의 家學

- 서정균 徐庭筠(?-?)

  자는 季節이며, 臨海(浙江省) 사람이다. 徐中行의 아들로 효성이 지극하였다. 秦檜가 국정을 잡고 있을 때, 과거에 응시하였다가 시관의 뜻에 거슬리는 답을 하여 퇴출되었다. 학문은 誠敬을 주로 삼아 조금도 나태함이 없었다. 부친과 함께 은거하였는데, 그 고장 사람들이 '二徐書生'이라 칭하였다. 朱熹가 그 고을을 지나다 그의 묘에 절을 올리고 지은 시구에 '道學傳千古 東甌數二徐'라고 하였다.

- 서정괴 徐庭槐(?-?)

  徐中行의 아들로, 徐庭筠의 兄이다. 부친과 같은 풍도가 있었다.

- 서정란 徐庭蘭(?-?)

  徐中行의 아들로, 徐庭筠의 兄이다. 부친과 같은 풍도가 있었다.

◎ 劉彝의 家學

- 유회부 劉淮夫(?-?) ☞ 古靈四先生學案

- 유 서 劉恕(1032-1078)(보유 33쪽) ☞ 涑水學案

◎ 劉彝의 門人

● 추　기 鄒夔(?-?)

자는 堯叟이며, 泰寧(福建省) 사람이다. 劉彝에게 수학하였으며, 육경에 통달하였다. 유이의 사위이다. 진사가 되어 知宣城縣을 지냈다. 楊時가 그의 명성을 듣고 찾아가 從遊하였다.

● 추　비 鄒棐(?-?)

자는 克恭이며, 泰寧(福建省) 사람이다. 熙寧年間(1068-1077)에 진사가 되어 宣城令을 지냈다. 처음에는 劉彝에게 배웠고, 뒤에는 楊時에게 수학하였다.

◎ 朱臨의 家學

● 주　복 朱服(?-?)

자는 行中이며, 浦江(江蘇省) 사람이다. 胡瑗의 문인 朱臨의 아들로, 가학을 계승하였다. 1073년 진사가 되어, 哲宗 때 禮部侍郎에 이르렀다. 蘇軾과 친분이 두터웠다.

◎ 翁仲通의 家學

● 옹언약 翁彦約(1061-1122)

자는 行簡이며, 崇安(福建省) 사람이다. 翁仲通의 아들로, 1112년 진사가 되어 龍興尉·常州刑曹를 역임하였으며, 조정에 나아가『九域圖志』를 詳定하고 太常博士에 올랐다. 知高郵軍으로 재직할 때, 차·소금 등을 사무역하는 폐단을 개혁하기도 하였다.

● 옹언심 翁彦深(1079-1141)

자는 養源이며, 崇安(福建省) 사람이다. 翁仲通의 아들이며, 翁彦約의 仲弟이다. 1094년 진사가 되었으며, 徽宗 宣和年間(1119-1125) 초에 右司員外郎이 되었다. 뒤에 國子祭酒·秘書監 등을 거쳐 太常少卿에 이르렀다. 저술로『唐史評』·『忠義列傳』·『皇朝昭信錄』·『鍾離子自錄』 등이 있다.

● 옹언국 翁彦國(?-1127)

자는 端朝이며, 崇安(福建省) 사람이다. 翁仲通의 아들이며, 翁彦約의 季弟이다. 1097년 진사가 되어 御史中丞을 지냈다. 欽宗 靖康之變 때 江淮荊浙制置

轉運使로서 군사를 모집하여 거느리고 가 구원하였다. 高宗이 즉위한 뒤 江南
東西路經制使에 제수되었다.

◎ 莫君陳의 家學

- **막 지 莫砥(?-?)**
  생애가 자세치 않다. 莫君陳의 아들로, 가학을 계승하여 아들 莫伯盧에게 전승
  하였다. 知永嘉를 지냈다.

◎ 林晟의 家學

- **임옥승 林玉勝(?-?)**
  생애가 자세치 않다. 福淸(福建省) 사람이다. 林晟의 아들로, 가학을 계승하
  였다.

- **임 용 林用(?-?)**
  생애가 자세치 않다. 福淸(福建省) 사람이다. 林晟의 아들로, 가학을 계승하였
  다. 蔡攸가 천거하였으나, 나아가지 않고 제자들과 학문을 강론하였다. 저술로
  『經濟要覽』이 있다.

◎ 倪天隱의 門人

- **팽여려 彭汝礪(1041-1095)**
  자는 器資이며, 鄱陽(江西省) 사람이다. 倪天隱에게 수학하였다. 1065년 진사
  시에 일등으로 합격하여 保信軍推官·武安軍掌書記 등을 역임하였다. 왕안석
  이 그가 지은 『詩義』를 보고 발탁하여 國子直講에 보임되었고, 太子中允 등을
  지냈다. 哲宗 때 中書舍人·權吏部尙書 등을 지냈다. 저술로『易義』·『詩義』
  ·『鄱陽集』 등이 있다.

◎ 田述古의 門人

- **여호문 呂好問(1064-1131)** ☞ 滎陽學案
- **여절문 呂切問(?-?)** ☞ 滎陽學案

10) 胡瑗의 三傳 以後 門人

◎ 徐庭筠의 家學

● 서일승 徐日升(?-?)

생애가 자세치 않다. 臨海(浙江省) 사람이다. 徐中行의 증손이며, 徐庭筠의 손
자로 가학을 계승하였다. 절개를 굳게 지키며 살았던 인물로 일컬어진다. 서중
행으로부터 6세 동안 학문이 끊어지지 않은 집안으로 전한다.

◎ 徐庭筠의 門人

● 정백웅 鄭伯熊(약 1127-1181) ☞ 周許諸儒學案

◎ 鄒柶의 家學

● 추　괄 鄒括(?-?)

자는 仲發이며, 泰寧(福建省) 사람이다. 鄒柶의 동생으로, 가학을 이어받았다.
1094년 진사가 되어 知寧化縣에 제수되었다. 지방관으로서 학교를 세워 학생
들을 훈도하였으며, 은혜와 신의로 백성들을 보살폈다. 知亳州가 되었을 때
蔡京 등이 정권을 농단하자 벼슬에서 물러나 지냈다. 李綱이 출사를 권했으나
나아가지 않았다.

◎ 翁彦約의 家學

● 옹　정 翁挺(?-?)

자는 士特·士挺, 호는 五峯居士이며, 崇安(福建省) 사람이다. 翁彦約의 아들
로, 박학하고 글을 잘 지었다. 徽宗 政和年間(1111-1117)에 蔭職으로 벼슬길에
나아가 宜章尉 등을 거쳐 尙書考功員外郎에 이르렀다.(보유 33쪽)

◎ 杜汝霖의 家學

● 두　릉 杜陵(?-?)

생애가 자세치 않다. 蘭溪(浙江省) 사람이다. 杜汝霖의 손자로, 가학을 이어받
았다. 杜旟·杜旃·杜斿·杜旞·杜旝 등 아들 다섯을 두었는데, 모두 박학하

였다. 당시 사람들이 그들의 字인 伯高 · 仲高 · 叔高 · 季高 · 幼高에서 취하여 '金華五高'라 불렀다.

- 두　여 杜旟(?-?) ☞ 麗澤諸儒學案

- 두　전 杜斿(?-?)

  자는 仲高, 호는 癖齋이며, 蘭溪(浙江省) 사람이다. 杜陵의 아들이며, 杜旟의 첫째 동생이다. 박학하고 글을 잘 지었다. 吳獵 · 楊長孺 등과 친하게 지냈다. 저술로『杜詩發微』·『癖齋稿』등이 있다.

- 두　유 杜斿(?-?) ☞ 滄洲諸儒學案

- 두　수 杜旟(?-?)

  자는 季高이며, 蘭溪(浙江省) 사람이다. 杜陵의 아들이며, 杜旟의 셋째 동생이다.

- 두　괴 杜膾(?-?) ☞ 滄洲諸儒學案

- 두거위 杜去僞(?-?)

  蘭溪(浙江省) 사람이다. 杜旟의 아들로, 文名이 있었다. 군수 趙汝騰이 천거하였다.(보유 34쪽)

- 두거경 杜去輕(?-?)

  자는 仲父이며, 蘭溪(浙江省) 사람이다. 杜斿의 아들로, 文名이 있었다.(보유 33쪽)

- 두거비 杜去非(?-?)

  蘭溪(浙江省) 사람이다. 杜斿의 아들로, 文名이 있었다.(보유 34쪽)

- 두거화 杜去華(?-?)

  蘭溪(浙江省) 사람이다. 杜膾의 아들로, 文名이 있었다.(보유 34쪽)

◎ 莫砥의 家學

- 막백허 莫伯虛(?-?)

  자는 致遠 · 致道이며, 歸安(浙江省) 사람이다. 莫砥의 아들로 知溫州를 지냈다. 1158년 刑部員外郎으로 知常州를 역임하였는데, 선정을 베푼다는 명성이 있었다. 만년에는 은거하며 불교에 침잠하였다. 저술로『修行淨土法門』·『華

嚴經意』 등이 있다.

◎ 林玉勝의 家學

- 임준민 林俊民(? - ?)
  생애가 자세치 않다. 福淸(福建省) 사람이다. 林晟의 손자이자 林玉勝의 아들로, 가학을 계승하였다. 明經으로 이름이 있었으며, 山水畵를 잘 그렸다.

- 임조개 林朝价(? - ?)
  생애가 자세치 않다. 福淸(福建省) 사람이다. 林晟의 손자며 林玉勝의 아들로, 가학을 계승하였다. 明經으로 이름이 있었다.

11) 胡瑗의 續傳

- 오　경 吳儆(1125-1183) ☞ 嶽麓諸儒學案
- 왕　심 汪深(1231-1304) ☞ 象山學案

12) 胡瑗의 私淑

- 나　적 羅適(1029-1101)
  자는 正之, 호는 赤城이며, 寧海(浙江省) 사람이다. 어려서 향선생 朱絳에게 배웠고, 뒤에 徐中行·陳貽範과 친하게 지내며 胡瑗의 가르침을 전해 듣고 私淑弟子가 되었다. 1065년 진사가 되어 桐城尉·著作郎 등을 역임한 뒤 京西北路提點刑獄에 이르렀다. 일찍이 蘇軾과 水利에 대해 토론을 벌였으며, 수리 시설을 일으킨 것이 55건이나 된다. 저술로『易解』·『赤城集』·『傷寒救俗方』등이 있다.

- 관　주 關注(? - ?)
  자는 子東, 호는 香巖居士이며, 錢塘(浙江省) 사람이다. 關景仁의 아들이다. 1132년 진사가 되어 湖州敎授를 역임하였으며, 太學博士에 이르렀다. 胡瑗의 손자인 胡滌과 함께 호원의 遺書를 수집하여『胡先生言行錄』을 편찬하였다. 또한 호원의 저서『易解』·『中庸義』를 발굴하기도 하였다. 저술로『關博士集』이 있다.(보유 34쪽)

● 조세영 祖世英(? - ?)

자는 穎仲이며, 浦城(福建省) 사람이다. 진사가 되어 衡州敎授를 지냈는데, 호원의 學規에 따라 학생들을 가르쳤다. 뒤에 南昌縣丞·通判融州 등을 역임하였는데, 청백리로 칭송되었다.(보유 35쪽)

● 육　정 陸正(? - 1323)

자는 行正, 호는 率齋居士, 私諡는 淸獻이며, 海鹽(浙江省) 사람이다. 박학하고 행실이 독실하였으며, 律呂·象數에 뛰어났다. 대대로 송나라에서 벼슬하여 원나라 조정에 출사하지 않았다. 元 世祖 때 여러 차례 불렀으나 끝내 나아가지 않고 은거하여 학생들을 가르쳤다. 저술로『正學編』·『樂律考』·『七經補注』 등이 있다.(보유 35쪽)

● 우　석 于石(? - ?)

자는 介翁, 호는 紫巖·兩溪이며, 蘭溪(浙江省) 사람이다. 송나라가 망하자 두문불출하였다. 젊어서 杜汝霖의 증손인 杜旟 등 오형제의 學德을 사모하여, 그들을 본받으려 하였다. 저술로『紫巖集』이 있다.(보유 36쪽)

2. 泰山 孫復의 學脈(泰山學案)

1) 泰山學案 圖表

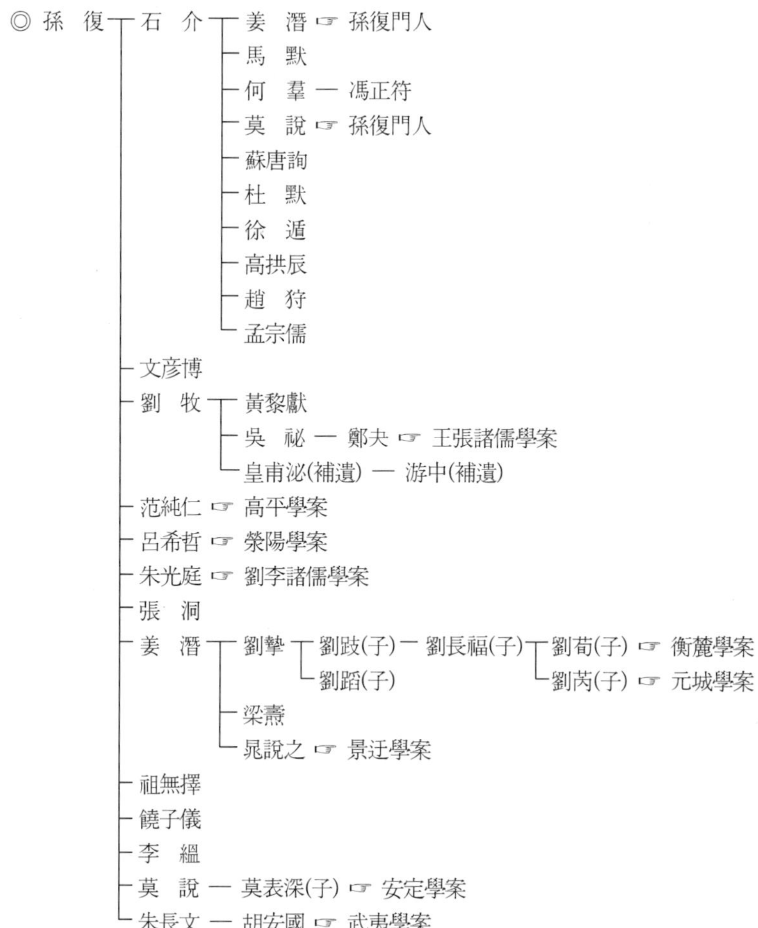

※ 同 調 : 士建中 ☞ 士劉諸儒學案
劉 顔 ☞ 士劉諸儒學案

※ 續 傳 : 李世弼 — 李 昶(子) ┬ 李 謙 — 曹伯啓(補遺)
├ 馬 紹
└ 吳 衍

※ 私 淑 : 薛大觀(補遺) — 朱 悛(補遺)

※ 劉牧의 私淑 : 徐 庸

2) 泰山學案序錄

내가 살펴 보건대, 泰山 孫復은 安定 胡瑗(993-1059)과 10년을 함께 수학하였으나 성취한 바는 각자 달랐다. 안정이 겨울날의 해와 같다면 태산은 여름날의 해와 같다고 하겠다. 예컨대 안정의 문인 仲車 徐積은 완연히 안정의 풍격을 지녔지만, 태산의 高弟인 守道 石介는 완악하고 유약한 이들을 떨쳐 일으키게 했으니, 우뚝한 기상이 배나 힘이 있었다. 또한 이 두 학문의 연원이 뒤섞이지 않고 확연히 구분됨을 알 수 있다.

3) 范仲淹의 講友

- 손 복 孫復(992-1057)
  자는 明復, 호는 泰山 · 富春이며, 平陽(山西省 臨汾) 사람이다. 진사시에 낙방하자 태산에 은거하여 『춘추』를 연구하였고, 石介 등이 그에게 수학하였다. 范仲淹 · 富弼 등의 천거로 秘書省校書郎 · 國子監直講 등을 지냈다. 陸淳의 학문을 계승하여 춘추학의 대가가 되었으며, 후대의 춘추학자 胡安國에게 큰 영향을 끼쳤다. 호원 · 석개 등과 함께 仁義禮樂을 학문의 근본으로 삼아 송나라 초기 理學의 학풍을 열었다. 저술로 『春秋尊王發微』 등이 있다.

4) 孫復의 學侶

- 호 원 胡瑗(993-1059) ☞ 安定學案

- 가 동 賈同(?-?)

  초명은 罔, 자는 公疏였으나 출사 후 眞宗의 명에 의해 이름을 同, 자를 希得으로 바꾸었다. 私諡는 存道이며, 臨淄(山東省) 사람이다. 진사시에 합격하여 殿中丞・知棣州를 지냈다. 天聖年間(1023-1031) 초에 상소하여 丁謂의 잘못과 寇准의 억울함을 진언하였다. 저술로 『山東野錄』이 있다.(보유 37쪽)

- 진 수 陳洙(1013-1061)

  자는 師道이며, 建安(福建省) 사람이다. 1042년 진사가 되어 殿中侍御史를 지냈다. 춘추학에 조예가 깊어 손복과 이름을 나란히 하였다. 저술로 『春秋索隱』이 있는데, 그의 문인 朱定의 작품이라는 설도 있다.(보유 37쪽)

5) 孫復의 同調

- 사건중 士建中(?-?) ☞ 士劉諸儒學案
- 유 안 劉顔(?-?) ☞ 士劉諸儒學案

6) 孫復의 門人

- 석 개 石介(1005-1045)

  자는 守道・公操, 호는 徂徠이며, 奉符(山東省) 사람이다. 손복에게 수학하였다. 1030년 진사가 되어 國子監直講・太子中允 등을 지냈다. 부모상을 당한 후 徂徠山에 들어가 『주역』을 가르쳤다. 孫復・胡瑗과 함께 仁義禮樂을 학문의 근본으로 삼아야 한다고 주장하였으며, 이들과 함께 '宋初三先生'이라 불리었다. 저술로 『唐鑑』・『徂徠集』 등이 있다.

- 문언박 文彦博(1006-1097)

  자는 寬夫, 시호는 忠烈이며, 介休(山西省) 사람이다. 손복에게 배웠고, 張昇・高若訥과 함께 史炤에게도 배웠다. 1027년 진사가 되어 殿中侍御史・太尉 등을 지냈으며, 사마광의 천거로 平章軍國重事를 역임하였다. 邵雍・程顥・程頤와 교유하였다.

- 유 목 劉牧(1011-1064)

  자는 先之・牧之, 호는 長民이며, 西安(浙江省) 사람이다. 손복에게 『춘추』를 배웠으며, 范仲淹에게도 수학하였다. 또 范諤昌에게 『주역』을 배웠는데, 그 연원을 거슬러 올라가면 邵雍의 象數學과 상통하였다. 진사시에 합격한 후 범 중엄의 천거로 兗州觀察推官이 되었으며, 大理寺丞·太常博士 등을 지냈다. 그의 문인으로는 吳祕·黃黎獻·程大昌·皇甫泌 등이 있다. 저술로 『易數鉤隱圖』·『易解』·『卦德通論』·『先儒遺論九事』 등이 있다.

- 범순인 范純仁(1027-1101) ☞ 高平學案
- 여희철 呂希哲(1039-1116) ☞ 榮陽學案
- 주광정 朱光庭(1037-1094) ☞ 劉李諸儒學案

- 장 동 張洞(?-?)

  자는 明遠이며, 任城(山東省) 사람으로, 진사가 되었다. 劉顔에게 수학하였고, 뒤에 손복에게 춘추학을 전수 받아 일가를 이루었다.

- 강 잠 姜潛(?-?)

  자는 至之이며, 奉符(山東省) 사람이다. 孫復에게 『춘추』를 배웠고, 石介에게 도 배웠다. 여러 번 천거되어 國子監直講·韓王宮伴讀 등을 지냈다. 神宗이 불러 治道에 대해 묻기도 하였다.

- 조무택 祖無擇(1011-1084)

  초명은 煥斗, 자는 擇之이며, 上蔡(河南省) 사람이다. 穆修에게 고문을 배웠고, 손복에게 경학을 배웠다. 1038년 진사가 되어 集賢院學士·龍圖閣直學士 등을 역임하였다. 知兗州가 되어 학관을 건립해 생도를 유치하니, 학문이 크게 진작되었다. 말년에 손복의 遺文을 모아 편찬하였다. 저술로 『龍學文集』이 있다.

- 요자의 饒子儀(?-?)

  자는 元禮, 호는 凌雲이며, 臨川(江西省) 사람이다. 손복과 호원에게 배웠다. 부모가 세상을 떠나자 과거공부를 하지 않고 두문불출하여 저술에 전념하였다. 郡守 劉公臣이 직접 가서 강설을 들었으며, 崇寧年間(1102-1106) 초에 천거를 받았다. 저술로 『周易解』·『春秋解』·『論語解』·『編年史要』 등이 있다.

- 이 온 李縕(?-?)

  자는 仲淵이며, 邛州(四川省) 사람이다. 李絢의 동생이며, 손복에게 배웠다. 士建中을 흠모하였고, 石介와 교유하였다. 진사가 되어 兗州 奉符縣尉를 지냈

다. 이때 동문인 姜潛이 縣의 太平鎭에 있으면서 홍수를 만나 죽게 되자 현의
弓手에게 구해주게 하였는데, 이 일로 인해 죄를 얻었다.

- 막　열 莫說(?-?)
  邵武(福建省) 사람이다. 孫復·石介를 좇아 道學을 강명하였으며, 경학 연구
  에 힘썼다. 일생 은거하여 벼슬하지 않았는데, 아들 莫表深의 공덕으로 通議大
  夫에 추증되었다.

- 주장문 朱長文(1039-1098)
  자는 伯原, 호는 樂圃이며, 吳縣(江蘇省) 사람이다. 손복에게 배워 스승의 저
  서인『春秋尊王發微』의 깊은 뜻을 터득하였다. 1059년 진사가 되어 太學博
  士·秘書省正字 등을 지냈다. 저술로『書贊』·『詩說』·『易意』·『中庸解』·
  『通志』·『琴臺志』 등이 있다.

7) 孫復의 再傳門人

◎ 石介의 門人

- 강　잠 姜潛(?-?) ☞ 孫復門人
- 마　묵 馬默(?-?)
  자는 處厚이며, 成武(山東省) 사람이다. 石介에게 배웠다. 진사가 되어 治平年
  間(1064-1067)에 監察御史裏行을 지냈고, 元祐年間(1086-1094) 초에 司農
  少卿이 되었다.

- 하　군 何羣(?-?)
  자는 通夫, 호는 安逸이며, 西充(四川省) 사람이다. 慶曆年間(1041-1048)에
  석개가 태학에 있을 때 蜀 땅에서 찾아가 배웠다. 석개가 칭송하여 學長으로
  삼았는데, 동문들이 '白衣御史'라 불렀다. 賦로써 인재를 뽑는 것은 治道에 도
  움이 되지 못한다는 글을 올렸다가 태학에서 쫓겨났다.

- 막　열 莫說(?-?) ☞ 孫復門人
- 소당순 蘇唐詢(?-?)
  석개에게 역학을 배웠다.

● 두 묵 杜默(? - ?)

자는 師雄이며, 濮州(山東省) 사람이다. 熙寧年間(1068-1077)에 新淦縣尉를 지냈다. 석개를 사사하였다. 시문에 뛰어나, 스승으로부터 石延年의 詩와 歐陽脩의 文에 버금간다는 칭송을 받았다.

● 서 둔 徐遁(? - ?)

생애가 자세치 않다. 石介가 죽었을 때 그의 아들 石師訥과 그의 문인 姜潛·杜默·徐遁 등이 구양수에게 묘지명을 청한 기록이 있으니, 석개의 문인임을 알 수 있다.

● 고공진 高拱辰(? - ?)

석개의 사위이다. 석개는 시에서 '韓愈에게 李漢이 있는 것과 같기를 바란다.' 고 하였다.

● 조 수 趙狩(? - ?)

석개와 士建中에게 배웠고, 후에 孫復에게도 배웠다. 方士들과 교유하며 養生術을 익히자, 석개가 탄식하는 글을 지어 질책하였다.

● 맹종유 孟宗儒(? - ?)

본래 道士였는데, 석개에게 춘추학을 배운 후 유학자가 되었다. 석개가 이름을 '종유'로 바꾸었다.

◎ 劉牧의 門人

● 황려헌 黃黎獻(? - ?)

유목에게 역학을 배웠다. 저술로 『續鉤隱圖』·『略例義』·『室中記師隱訣』 등이 있다.

● 오 비 吳祕(? - ?)

자는 君謨이며, 甌寧(福建省) 사람이다. 1056년에 급제하여 侍御史·知諫院 등을 지냈다. 문인으로 徐庸이 있다. 저술로 『周易通神』이 있다.

● 황보비 皇甫泌(? - ?)

治平年間(1064-1067) 이전의 사람이다. 尙書右丞을 지냈다. 저술로 『述聞』·『隱該』·『補解』·『精微』·『紀師說辨道通』 등이 있다.(보유 40쪽)

◎ 姜潛의 門人

• 유　지 劉摯(1030-1097)

자는 莘老, 시호는 忠肅이며, 東光(河北省) 사람이다. 10세에 부친을 여의고 東平 땅에 가서 배웠다. 嘉祐年間에 진사가 되어 南宮令을 지냈으며, 왕안석의 천거로 館閣校勘이 되었다. 元祐年間에 御史中丞으로 발탁되어 尚書右僕射 등을 지냈다. 경학에 있어서는 三禮에 뛰어났으며, 만년에는 『춘추』를 좋아하였다.

• 양　도 梁燾(1034-1097)

자는 況之이며, 須城(山東省) 사람이다. 진사가 되어 檢詳樞密五房文字·右諫議大夫를 거쳐 翰林學士·尚書左丞 등을 지냈으며, 후에 사마광의 黨與로 지목되어 知鄂州로 쫓겨났다. 악주에 있을 때 『薦士錄』을 지었다.

• 조열지 晁說之(1059-1129) ☞ 景迂學案

◎ 莫說의 家學

• 막표심 莫表深(1053-1123) ☞ 安定學案

◎ 朱長文의 門人

• 호안국 胡安國(1074-1138) ☞ 武夷學案

8) 孫復의 三傳門人

◎ 何羣의 門人

• 풍정부 馮正符(? - ?)

자는 信道이며, 遂寧(四川省) 사람이다. 何羣에게 배웠다. 세 번 과거에 응시하여 합격하지 못하자 경학을 가르치는 데 힘썼다. 후에 鄧綰의 천거로 晉原主簿가 되었다. 『춘추』에 뛰어나 많은 저술을 남겼는데, 특히 『春秋得法忘例』가 유명하다.

◎ 吳祕의 門人

• 정　쾌 鄭夬(? - ?) ☞ 王張諸儒學案

◎ 皇甫泌의 門人

● 유　중 游中(?-?)

생애가 자세치 않다. 황보비의 문인으로 스승의 학문을 널리 전파하였다.(보유 40쪽)

◎ 劉摯의 家學

● 유　기 劉跂(?-?)

자는 斯立, 호는 學易이며, 東平(山東省) 사람이다. 劉摯의 長子로, 동생 劉蹈와 함께 1079년 진사가 되어 朝奉郎을 지냈다.

● 유　도 劉蹈(?-?)

劉摯의 아들이며, 劉跂의 동생이다. 문학으로 이름이 났다.

● 유장복 劉長福(?-?)

劉跂의 아들이며, 向子諲의 사위이다. 劉荀·劉芮 두 아들을 두었다.

● 유　순 劉荀(?-?) ☞ 衡麓學案

● 유　예 劉芮(?-?) ☞ 元城學案

9) 孫復의 續傳

● 이세필 李世弼(?-?)

須城(山東省) 사람이다. 외가에 전해오는 손복의 『春秋尊王發微』를 배워 그 宗旨를 얻었다. 금나라 貞祐年間(1213-1216)에 세 번이나 廷試에 응했으나 합격하지 못하였다. 뒤에 아들 李昶과 함께 응시하여 모두 합격하였다.

◎ 李世弼의 家學

● 이　창 李昶(1203-1289)

자는 士都이며, 須城(山東省) 사람이다. 李世弼의 아들로, 처음에는 孟州溫縣丞이 되었다가 몽고군이 남하하자 향리로 돌아왔다. 부친상을 당한 후 두문불출하고 교육에 힘썼는데, 李謙·馬紹·吳衍 등이 그의 문하에서 배출되었다.

원나라 세조가 송나라를 정벌할 적에 불러 治國用兵에 대해 물었다. 이후 翰林侍講學士 · 禮部尙書 등을 지냈다. 저술로 『春秋左氏遺意』 · 『孟子權衡遺說』 등이 있다.

◎ 李昶의 門人

● 이 겸 李謙(1233-1311)

자는 受益, 호는 野齋이며, 東阿(山東省) 사람이다. 이창의 문인이다. 翰林學士 王磐의 천거로 應奉翰林文字가 되었으며, 左諭德 · 侍講學士 · 翰林學士承旨 등을 지냈다. 문장이 醇厚하고 古風이 있었으며, 賦에 있어서는 徐世隆 · 孟祺 등과 명성을 이루었다. 저술로 『野齋文集』이 있다.

● 마 소 馬紹(1239-1300)

자는 子卿, 호는 性齋이며, 金鄕(山東省) 사람이다. 張播에게 배웠고, 후에 李昶에게 수학하였다. 知單州 · 中書左丞 · 河南行省右丞 등을 지냈다. 집정 시 치적이 있었다.

● 오 연 吳衍(1268-1311)

郚衍 · 吾丘衍이라고도 한다. 자는 子行, 호는 貞白이며, 錢塘(浙江省) 사람이다. 이창에게 배웠다. 벼슬하지 않고 교육에 힘썼다. 篆書와 隷書에 뛰어났으며, 聲音律呂學에 통달하였다.

◎ 李謙의 門人

● 조백계 曹伯啓(1255-1333)

자는 士開이며, 碭山(江蘇省) 사람이다. 이겸의 문인이다. 至元年間에 蘭溪主簿가 되었고, 이어 司農丞 · 集賢學士 · 浙西廉訪使 등을 지냈다. 저술로 『漢泉漫稿』 등이 있다.(보유 41쪽)

10) 孫復의 私淑

● 설대관 薛大觀(?-?)

자는 會通이며, 黃山(山東省) 사람이다. 손복에게 춘추학을 사숙하였다.(보유

40쪽)

◎ 薛大觀의 門人

- **주　전 朱倎(?-?)**
  浦江(浙江省) 사람이다. 元祐年間(1086-1094)·紹聖年間(1094-1098)에 薛大觀에게 춘추학을 배웠다. 저술로 『春秋群疑辨』 등이 있다.(보유 41쪽)

11) 劉牧의 私淑

- **서　용 徐庸(?-?)**
  三衢(浙江省) 사람으로, 直集賢院을 지냈다. 저술로 『周易意蘊』이 있다.

3. 高平 范仲淹의 學脈(高平學案)

1) 高平學案 圖表

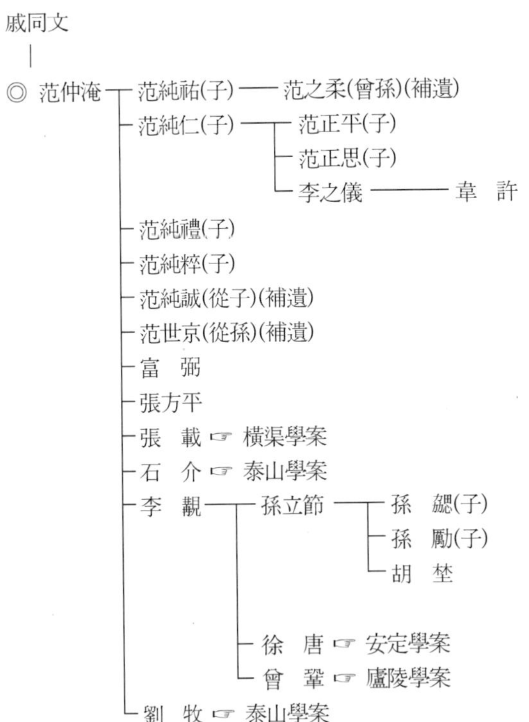

※ 私 淑 : 王必大(補遺)
　　　　　　陳德高(補遺)
　　　　　　鄭　璹(補遺)
　　　　　　應本仁(補遺)
　　　　　　黃　裳(補遺)

2) 高平學案序錄

내가 삼가 살펴보건대, 朱子가 학문의 근원을 미루어 헤아린 사람으로 인정한 이는, 安定 胡瑗(993-1059)과 泰山 孫復(992-1057) 외에 高平 范仲淹 한 분이 더 있다. 고평은 일생동안 순수하여 흠이 없었고, 橫渠 張載(1020-1077)를 인도하여 聖人의 경지를 알도록 했으니 더욱 공로가 있다. 宋 孝宗이 신하들의 간청으로 歐陽衮과 함께 澤宮[文廟]에 안치하려다가 끝내 실행하지 못했었다. 이제 마침내 그 일을 거행했으니, 고평은 민멸되지 않을 것이다.

3) 范仲淹의 所出

● 척동문 戚同文(?-?)

자가 同文 또는 文約, 호는 堅素·正素이며, 楚丘(河南省) 사람이다. 어려서 고아가 되어 할머니에게 양육되었는데, 할머니를 극진히 봉양한 것으로 이름 났다. 楊慤에게 수학하여 독실히 학문을 닦았으며, 五代의 어지러운 시대상황으로 인해 벼슬길에 나아가지 않았다. 宗翼·張昉·滕知白과 교유하였다. 睢陽에서 강하하며 范仲淹을 비롯해 宗度·許驤·陳象輿·高象先·郭成範·王礪·滕涉 등 제자들을 양성하였다. 그래서 일명 '睢陽戚氏'로 불리었다. 詩 짓기를 좋아했는데, 저술로 『孟諸集』이 있다. 향년 73세이다.

4) 戚同文의 所傳

● 범중엄 范仲淹(989-1052)

자는 希文, 시호는 文正이며, 吳縣(江蘇省) 사람이다. 두 살 때 아버지를 여의고 어머니가 長山朱氏와 재혼하게 되어 성명을 朱說로 바꾸었다. 장성하여 자신의 世系를 알고 난 뒤, 어머니에게 이별을 고하고 戚同文을 찾아가 독실히 학문을 닦았다. 1015년 진사가 되어 廣德軍 司理參軍에 제수 되었으며, 權知開封府·參知政事 등을 역임하였다.『주역』을 깊이 연구하여 變易思想을 주창하였고, 張載에게『중용』을 전수하였다. 저술로『范文正公集』이 있는데,「易義」·「天道益謙賦」등이 실려 있다. 만년에 지은「岳陽樓記」의 "천하 사람들이 근심하기에 앞서 근심하고 천하 사람들이 즐거워 한 뒤에 즐거워할 것이다. [先天下之憂而憂 後天下之樂而樂]"는 말이 널리 사람들에게 傳誦되었다. 孔子의 廟庭에 종사되었으며, '先儒范子'라 일컬어졌다.

5) 范仲淹의 講友

- 호 원 胡瑗(993-1059) ☞ 安定學案
- 손 복 孫復(992-1057) ☞ 泰山學案
- 주돈이 周敦頤(1017-1073) ☞ 濂溪學案

6) 范仲淹의 同調

- 한 기 韓琦(1008-1075)
  자는 稚圭, 호는 贛叟, 시호는 忠獻이며, 安陽(河南省) 사람이다. 右諫議大夫를 지낸 韓國華의 아들이다. 약관의 나이에 진사가 되어 右司諫·樞密院 直學士 등을 역임하였다. 范仲淹·富弼과 함께 명망이 높았다. 저술로『孟子贊』·『安陽集』이 있다.

- 구양수 歐陽脩(1007-1072) ☞ 廬陵學案
- 안 수 晏殊(991-1055)
  자는 同叔, 시호는 元獻이며, 臨川(江西省) 사람이다. 일곱 살에 神童으로 이름이 나서 眞宗의 부름을 받았으며 同進士出身을 하사받았다. 仁宗 때 參知政事·宰相兼樞密使를 역임하였는데, 재상으로 있으면서 范仲淹·孔道輔·歐陽脩·富弼·楊察 등을 등용하였다. 저술로 문집이 있다.(보유 48쪽)

- 석대단 石待旦(?-?)

  자는 季平, 호는 石城이며, 新昌(浙江省) 사람이다. 1019년 진사가 되었으나 관직에 나아가지 않았다. 石溪에 은거하여 義塾 세 구역을 창설하고 상중하로 등급을 나누어 학생들을 가르쳤다. 범중엄이 그를 稽山書院의 山長으로 초빙하였다.(보유 49쪽)

- 공도보 孔道輔(?-?)

  자는 原魯이며, 曲阜(山東省) 사람이다. 공자의 49세손이다. 1012년 진사가 되어 知仙源縣에 제수 되었다. 1033년 御史中丞이 되었는데, 일을 처리할 때 權貴에 구애되지 않았다.(보유 50쪽)

7) 范仲淹의 家學

- 범순우 范純祐(1024-1063)

  이름을 '純佑'라고도 한다. 자는 天成이며, 吳縣(江蘇省) 사람이다. 范仲淹의 맏아들로, 과거에 나아가지 않고 蔭職으로 司竹監을 지냈다. 蘇州에 부임한 부친이 胡瑗을 초빙하여 선생으로 삼았는데, 어린 나이에 諸生들과 함께 공부하면서 學規를 모두 실행하여 귀감이 되었다.

- 범순인 范純仁(1027-1101)

  자는 堯夫, 시호는 忠宣이며, 吳縣(江蘇省) 사람이다. 범중엄의 둘째 아들로, 부친과 교유하였던 胡瑗·孫復·石介·李覯로부터 배웠다. 1049년 진사가 되어 吏部尙書·觀文殿 太學士 등을 지냈다. 그의 학문은 忠恕를 학문의 요체로 삼고, 六經을 학문의 핵심으로 삼았으며, 육경의 내용을 실천하는 것을 중시하였다. 저술로『忠宣文集』이 있다.

- 범순례 范純禮(1031-1106)

  자는 彝曳·夷曳, 시호는 恭獻이며, 吳縣(江蘇省) 사람이다. 범중엄의 셋째 아들로, 蔭職으로 출사하여 秘書省正字가 되었다. 그 후 刑部侍郎·尙書右丞 등을 역임하였다.

- 범순수 范純粹(1046-1117)

  자는 德孺이며, 吳縣(江蘇省) 사람이다. 범중엄의 막내 아들로, 蔭職으로 출사하여 贊善大夫가 되었다. 元豊年間에 陝西轉運判官에 제수 되었고, 徽猷閣待

制로 致仕하였다. 성품이 침착하면서도 굳세었으며, 일을 논할 적에는 핵심을
간파하고 상세함을 다했다.

- **범순성 范純誠(?-?)**
  자는 子明이며, 吳縣(江蘇省) 사람이다. 범중엄의 조카이다. 1050년 범중엄
  이 族人들의 경제적 비용을 충당하기 위해 義田을 마련했는데, 관련 일들을
  주관하였다. 천거로 長洲縣尉가 되었고, 衡州司理를 지냈다. 향년 34세이다.
  (보유 53쪽)

- **범세경 范世京(?-?)**
  자는 延祖이며, 吳縣(江蘇省) 사람이다. 범중엄의 從孫이며, 范師道(1005-
  1063)의 아들이다. 1053년 진사가 되어 海鹽令·秘書丞을 역임하였다. 향년
  41세이다.(보유 53쪽)

8) 范仲淹의 門人

- **부　필 富弼(1004-1083)**
  자는 彦國, 시호는 文忠이며, 洛陽(河南省) 사람이다. 범중엄에게 수학하였다.
  茂才異等으로 천거되어 知制誥·樞密使 등을 역임하였으며, 韓國公에 봉해졌
  다. 文彦博과 함께 명재상으로 이름이 나서 '富文'으로 일컬어졌다. 저술로『富
  鄭公詩集』이 있다.

- **장방평 張方平(1007-1091)**
  자는 安道, 호는 樂全, 시호는 文定이며, 南京(江蘇省) 사람이다. 범중엄에게
  수학하였다. 茂才異等으로 천거되어 校書郎에 제수 되었으며, 參知政事·太
  子少師 등을 역임하였다. 蜀에 부임했을 때 蘇洵 및 그의 두 아들 蘇軾·蘇轍
  을 만났으며, 소식을 천거하여 諫官이 되도록 하였다. 王安石의 농간에 조금도
  굴하지 않아 당시 사람들로부터 명망을 받았다.

- **장　재 張載(1020-1077)** ☞ 橫渠學案
- **석　개 石介(1005-1045)** ☞ 泰山學案
- **이　구 李覯(1009-1059)**
  자는 泰伯, 호는 盱江이며, 南城(江西省) 사람이다. 범중엄에게 수학하였다.
  茂才異等으로 천거되었으나 과거에 합격하지는 못했다. 盱江書院을 창건하여

학문을 강론하자, 배우는 자들이 항상 수백 명에 달하였다. 범중엄의 천거로 試太學助敎가 되었으며, 太學說書로 致仕하였다. 문장으로 이름이 났고 경학에 통달하였으며, 불교와 도교를 극력 배척하였다. 저술로『直講李先生文集』이 있는데,「周禮致太平論」·「平土書」·「禮論」 등이 유명하다.

● 유 목 劉牧(1011-1064) ☞ 泰山學案

9) 范仲淹의 再傳門人

◎ 范純祐의 家學

● 범지유 范之柔(?-?)
  자는 叔剛, 시호는 淸憲이며, 吳縣(江蘇省) 사람이다. 范純祐의 증손으로, 1172년 진사가 되어 監察御史·禮部尚書를 역임하였다.(보유 54쪽)

◎ 范純仁의 家學

● 범정평 范正平(?-?)
  자는 子夷이며, 吳縣(江蘇省) 사람이다. 범순인의 아들로 학문과 덕행이 매우 높았으며, 紹聖年間(1094-1097)에 開封尉에 제수 되었다. 만년에는 詩에 더욱 몰두하였는데, 특히 五言詩에 뛰어났다. 저술로『荀里退居編』이 있다.

● 범정사 范正思(?-?)
  자는 子思·子默이며, 吳縣(江蘇省) 사람이다. 범순인의 아들로, 范正平의 동생이다. 蔭職으로 벼슬길에 나아가 朝奉郎·武騎尉에 이르렀다. 저술로『忠宣言行錄』이 있다.

◎ 范純仁의 門人

● 이지의 李之儀(?-?)
  자는 端叔이며, 無棣(山東省) 사람이다. 범순인에게 수학하였다. 元豐年間(1078-1085)에 과거에 합격하였으며, 定州의 幕府에서 蘇軾의 종사관이 되었다. 그 뒤 樞密院編修官·朝請大夫 등을 역임하였다. 문장을 잘 지었는데, 특히 서간문에 뛰어났다. 저술로『姑溪居士集』 등이 있다.

◎ 李覯의 門人

- 손립절 孫立節(? - ?)

  자는 介夫이며, 寧都(江西省) 사람이다. 이구에게 수학하였으며, 曾鞏과 교유하였다. 1053년 진사가 되었고, 鎭江軍書記를 지냈다. 두 아들 孫勰과 孫勵가 모두 이름이 났다.

- 서 당 徐唐(? - ?) ☞ 安定學案
- 증 공 曾鞏(1019-1083) ☞ 廬陵學案

10) 范仲淹의 三傳 以後 門人

◎ 李之儀의 門人

- 위 허 韋許(? - ?)

  자는 深道, 호는 湖陰居士이며, 蕪湖(浙江省) 사람이다. 범순인의 문인 이지의에게 수학하였다. 평생 벼슬길에 나아가지 않고 호숫가에 집을 짓고서 '獨樂'이라 이름하였다.

◎ 孫立節의 家學

- 손 협 孫勰(1050-1120)

  자는 志康이며, 寧都(江西省) 사람이다. 손립절의 아들로, 가학을 이어받아 박학을 추구하였다. 蘇軾에게 수학하였다. 1088년 진사가 되어 知岳州를 지냈다. 저술로 문집이 있다.

- 손 려 孫勵(? - ?)

  자는 志舉이며, 寧都(江西省) 사람이다. 손립절의 아들로, 經史를 두루 섭렵하였다. 형 孫勰과 함께 蘇軾에게 수학하였다. 평생 벼슬길에 나아가지 않고 延春谷에 은거하였는데, 소식이 그의 정사를 '竹林隱居'라 이름하였다. 향년 70세이다.

◎ 孫立節의 門人

- **호 야 胡玶(? - 1121)**

  자는 德林, 호는 環中居士이며, 寧都(江西省) 사람이다. 손립절에게 수학하였다. 長春谷에서 강학하였으며, 藏書가 일만 권이나 되었다. 八行으로 천거되어 1118년 진사가 되었으며, 婺州教授를 지냈다. 저술로 『諸經講義』가 있다.

11) 范仲淹의 私淑

- **왕필대 王必大(? - ?)**

  尤溪(福建省) 사람이다. 紹定年間(1228-1233) 초 漳州通判에 제수 되었다. 효성이 지극했고, 형 王必學 · 王必讓과 우애가 돈독하였다. 범중엄이 族人을 위해 義田을 마련했던 것을 본받아, 500여 畝의 義莊을 마련하여 족인들의 관혼상제 비용에 충당하도록 했으며, 義塾을 설립하고 선생을 초빙하여 族里의 자제들을 가르치도록 했다.(보유 54쪽)

- **진덕고 陳德高(? - ?)**

  자는 良益이며, 東陽(浙江省) 사람이다. 범중엄의 義田을 본받아 義莊을 마련하고 義學을 설립하였다.(보유 55쪽)

- **정 숙 鄭璹(? - ?)**

  자는 伯壽이며, 壽昌(浙江省) 사람이다. 守志齋 鄭穎의 아들로, 大理評事 · 軍器少監 등을 역임하였다. 범중엄의 義田을 본받아 仁壽莊을 마련해 族人의 경제적 비용을 충당하였다.(보유 55쪽)

- **응본인 應本仁(? - ?)**

  자는 本立이며, 鄞縣(浙江省) 사람이다. 집안 대대로 송나라의 신하였으므로, 원나라에 벼슬하지 않고 은거하여 학문에 몰두하였다. 범중엄의 義田을 본받아 어려운 사람들의 경제적 궁핍을 도와주었으며, 義塾을 지어 친척과 향당의 자제들이 교육을 받도록 했다.(보유 55쪽)

- **황 상 黃裳(? - ?)**

  자는 元佐이며, 浦江(浙江省) 사람이다. 범중엄이 義田에 관해 기록한 「義田記」를 읽고 감동을 받아, '希范'이라는 이름의 전답을 마련해 궁핍한 친척과 이웃을 도와주었다. 만년에 진사가 되어 三衢司戶에 제수 되었다.(보유 56쪽)

4. 廬陵 歐陽脩의 學脈(廬陵學案)

1) 廬陵學案 圖表

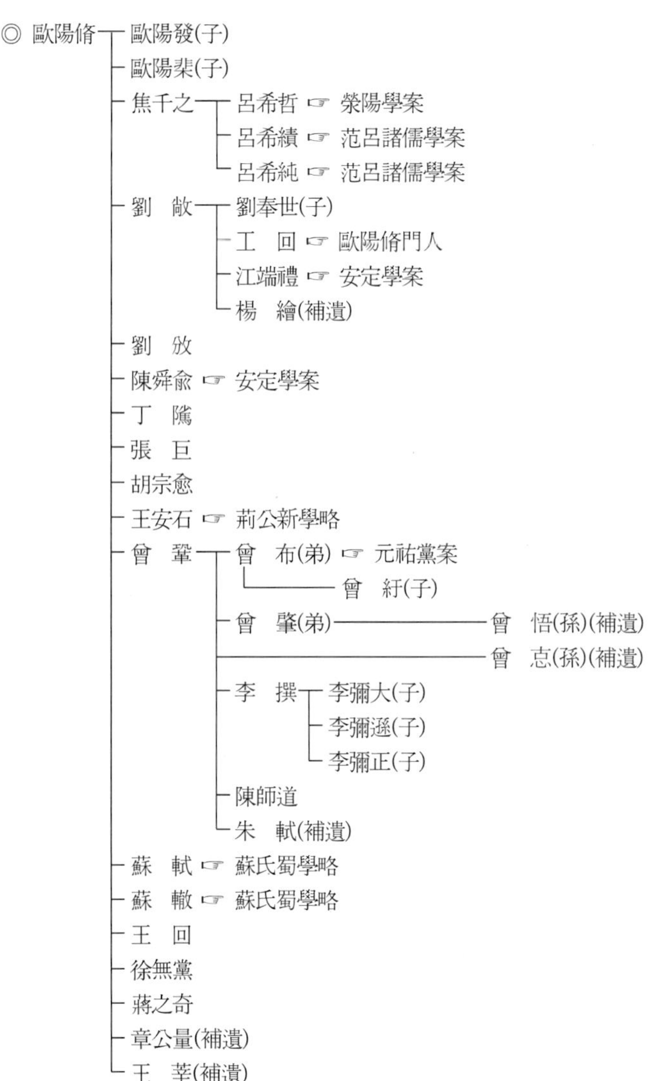

```
├ 王  向(補遺)
└ 王  岡(補遺)
```

※ 父　親：歐陽觀(補遺)
※ 講　友：尹　洙
　　　　　呂公著 ☞ 呂范諸儒學案
　　　　　梅堯臣
※ 學　侶：蘇　洵 ☞ 蘇氏蜀學略
※ 同　調：范仲淹 ☞ 高平學案
※ 續　傳：鄭耕老
　　　　　劉　恭

2) 廬陵學案序錄

　　내가 삼가 살펴보건대, 楊時(1053-1135)는 "불교가 중국에 들어온 후 천여 년 간 오직 韓愈와 歐陽脩 두 분만이 뜻을 세우고 도를 얻어 유학을 안정시켰 다."라고 하였다. 사람들은 그들이 문장으로 도를 드러내었다고 한다. 무릇 도를 드러낸 문장은 성인이 아니면 지을 수 없다. 구양수의 화평하고 고요한 성품은 타고난 자질이 도에 가까웠으니, 여기에 학문을 조금 더하자 마침내 터 득한 바가 있었던 것이다. 만일 성인을 만나 스승으로 섬겼다면 어찌 그가 이룩 한 경지를 헤아릴 수 있겠는가.

3) 范仲淹의 同調

● 구양수 歐陽脩(1007-1072)
　　자는 永叔, 호는 醉翁·六一居士, 시호는 文忠이며, 廬陵(江西省) 사람이다. 북송 때 문학가·경학가로, 네 살 때 부친을 여의고 어머니의 가르침을 받았 다. 韓愈의 遺稿를 보고 깊은 감명을 받았다. 1030년 진사가 되어 尹洙를 종 유하였고, 梅堯臣과 함께 문장으로써 천하에 이름이 났다. 范仲淹이 인재를 많이 등용하였는데, 그가 항상 으뜸으로 천거되었다. 翰林學士를 거쳐 參知政 事에 이르렀다. 범중엄이 饒州에 좌천되자 윤수·余靖과 더불어 범중엄을 옹

호하다가 黨人으로 지목되었다. 그때「朋黨論」을 지어 바쳤다. 唐宋八大家의
한 사람으로 문장이 뛰어났으며 經史에도 밝았다. 『易童子問』에서 『주역』의
「繫辭」·「文言」·「說卦」는 공자가 지은 것이 아니고 「彖傳」·「象傳」만 공자
가 지은 것이라 주장하였다. 저술로 舊說을 비판하면서 경학연구의 새로운 분
위기를 열어 준 『毛詩本義』·『春秋記』 등이 있으며, 그 외 『新唐書』·『五代
史記』·『集古錄』 등이 있다.

4) 歐陽脩의 父親

● 구양관 歐陽觀(952-1010)
자는 仲賓이며, 廬陵(江西省) 사람이다. 구양수의 부친이다. 진사에 급제하여
泗州와 綿州의 推官을 지냈다. 崇國公에 추증되었다.(보유 58쪽)

5) 歐陽脩의 講友

● 윤 수 尹洙(1001-1047)
자는 師魯이며, 河南(河南省) 사람이다. 尹源의 동생이다. 1024년 진사에 급
제한 뒤 여러 관직을 거쳐 起居舍人에 이르렀다. 穆修(979-1032)와 함께 古文
을 창도하여 변려문을 숭상하는 풍조를 변화시켰다. 『春秋』에 조예가 깊었다.

● 여공저 呂公著(?-?) ☞ 呂范諸儒學案

● 매요신 梅堯臣(1002-1060)
자는 聖兪이며, 宣城(安徽省) 사람이다. 사람들이 '宛陵先生'이라 일컬었다.
侍讀學士를 지낸 梅詢의 조카이다. 西京留守 錢惟演과 수창한 뒤 문학으로 이
름이 났다. 襄城縣令·鎭安判官 등을 지내고, 尙書都官 員外郎에 이르렀다.
『唐書』를 편수하다가 완성하지 못하고 졸하였다. 저술로 『毛詩小傳』·『唐載
記』·『宛陵集』 등이 있으며, 그 외 『孫子』에 주석을 달기도 하였다.

6) 歐陽脩의 學呂

● 소 순 蘇洵(1009-1066) ☞ 蘇氏蜀學呂

7) 歐陽脩의 同調

● 범중엄 范仲淹(989-1052) ☞ 高平學案

8) 歐陽脩의 家學

● 구양발 歐陽發(1040-1085)

자는 伯和이며, 廬陵(江西省) 사람이다. 구양수의 큰아들이다. 胡瑗(993-1059)에게 古樂律의 설을 배웠으며, 평생 과거에 응시하지 않았다. 蔭官으로 출사하여 벼슬이 大理寺丞에 이르렀다. 저술로『古今系譜圖』·『宋朝二府年表』·『年號錄』이 있다.

● 구양비 歐陽棐(1047-1113)

자는 叔弼이며, 廬陵(江西省) 사람이다. 구양수의 둘째 아들이다. 열 세살 때 부친의「鳴蟬賦」를 읽고 느낀 바가 있어 문장을 배웠다. 蔭官으로 출사하여 벼슬이 秘書省正字에 이르렀다. 진사시에 급제하여 陳州判官에 제수되었으나 부친 봉양을 위해 나아가지 않았다. 부친이 별세한 뒤에 職方員外郎·知襄州 등을 역임하였다.

9) 歐陽脩의 門人

● 초천지 焦千之(?-?)

자는 伯强이며, 焦陂(安徽省) 사람이다. 구양수 문하에서 曾鞏·王回 등은 문학으로 명성이 있었으나, 그는 실천궁행으로 명성이 있었다. 구양수가 知潁州로 있고 呂公著가 通判으로 있을 때, 여공저와 더불어 강학하였다. 뒤에 遺逸로 천거되어 秘閣校理·知無錫 등을 지냈다. 呂希純이 知潁州로 있으면서 성 남쪽에 집을 짓고 그를 거처하게 하였는데, 사람들이 그 집을 '焦館'이라 불렀다. 이름난 문인으로 呂希哲·呂希績·여희순이 있다.

● 유 창 劉敞(1019-1068)

자는 仲原父, 호는 公是이며, 新喻(江西省) 사람이다. 1046년 진사가 되어 右正言·集賢院學士 등을 지냈다.『춘추』에 정밀하였는데, 漢儒의 설을 비판적으로 검토하였다. 저술로 『七經小傳』·『春秋權衡』·『春秋傳』·『春秋意林』·『春秋傳說例』 등이 있다.

- 유　반 劉攽(1023-1089)
  자는 叔贛父, 호는 公非이며, 新喻(江西省) 사람이다. 유창의 아우이며, 유창과 함께 1046년 진사시에 급제하였다. 구양수·趙公築가 試館職에 천거하였으며, 후에 知襄州·中書舍人 등을 지냈다. 역사에 조예가 깊어, 司馬光이 『資治通鑑』을 편찬할 때 漢나라의 역사를 담당케 하였다.

- 진순유 陳舜俞(？-1072) ☞ 安定學案

- 정　적 丁隲(？-？)
  자는 公點이며, 蘇州(江蘇省) 사람이다. 嘉祐年間(1056-1063)에 진사가 되었다. 經學으로 후학을 창도하였는데, 특히 『주역』과 『춘추』에 뛰어났다. 太常博士·左正言 등을 지냈다.

- 장　거 張𣈆(？-？)
  자는 微之이며, 晉陵(江蘇省) 사람이다. 嘉祐年間(1056-1063)에 明經으로 급제하여 國子監直講에 천거되었다. 왕안석이 新法을 행하려 하자 논란을 벌였다. 처음에는 胡瑗에게서 수학하였고, 뒤에 蔣之奇·胡宗愈·丁隲과 함께 구양수에게 易學을 배웠다. 저술로 『易解』가 있다.

- 호종유 胡宗愈(1029-1094)
  자는 完夫, 시호는 簡修이며, 晉陵(江蘇省) 사람이다. 胡宿의 조카이다. 진사시에 급제하여 同知諫院·御史中丞 등을 지냈다. 왕안석과 대립하다가 좌천되었다. 哲宗에게 「君子無黨論」을 지어 바쳤다.

- 왕안석 王安石(1021-1086) ☞ 荊公新學略

- 증　공 曾鞏(1019-1083)
  자는 子固이며, 南豐(江西省) 사람이다. 1057년 진사시에 급제하여 知福州 등을 지낸 뒤 史館修撰·中書舍人에 올랐다. 저술로 고금의 篆刻 탁본을 모아 만든 『金石錄』과 시문집 『元豐類稿』가 있다

- 소　식 蘇軾(1037-1101) ☞ 蘇氏蜀學略

- 소　철 蘇轍(1039-1112) ☞ 蘇氏蜀學略

- 왕 회 王回(1023-1065)

  자는 深父이며, 侯官(福建省) 사람이다. 구양수와 劉敞에게 수학하였다. 진사시에 급제하여 衛眞簿에 제수되었으나 병을 핑계로 사직하고 潁州에 은거하였다. 治平年間에 知南頓縣에 제수되었으나 벼슬에 나가지 못하고 죽었다.

- 서무당 徐無黨(?-?)

  永康(浙江省) 사람이다. 구양수에게 古文을 배웠다. 皇祐年間(1049-1054)에 진사가 되어 郡의 教授를 지냈다. 『五代史』를 註釋하였다.

- 장지기 蔣之奇(1031-1104)

  자는 穎叔, 시호는 文穆이며, 宜興(江蘇省) 사람이다. 진사가 되어 元祐年間에 翰林學士를 지냈다.

- 장공량 章公量(?-?)

  자는 寬夫이며, 元祐年間(1086-1094)에 南豐에서 구양수를 만나 독서하였다. 王珪가 천거하였으나 벼슬에 나가지 않았다.(보유 64쪽)

- 왕 신 王莘(?-?)

  자는 樂道이며, 汝陰(安徽省) 사람이다. 周易博士를 지낸 王昭素(894-982)의 후손이다. 구양수에게 수학하였다. 저술로『七廟國史』·『雪溪集畧』이 있다.(보유 65쪽)

- 왕 상 王向(?-?)

  자는 子直이다. 구양수에게 수학하였다.(보유 65쪽)

- 왕 경 王囧(?-?)

  자는 容季이며, 主簿를 지냈다. 구양수에게 수학하였다.(보유 65쪽)

10) 歐陽脩의 再傳門人

◎ 焦千之의 門人

- 여희철 呂希哲(1039-1116) ☞ 滎陽學案
- 여희적 呂希績(?-?) ☞ 范呂諸儒學案
- 여희순 呂希純(?-?) ☞ 范呂諸儒學案

◎ 劉敞의 家學

- **유봉세 劉奉世**(1041-1113)
  자는 仲馮이며, 新喻(江西省) 사람이다. 유창의 아들이다. 진사시에 급제하여 樞密院直學士·端明殿學士 등을 지냈다. 당파에 연좌되어 沂州·兗州 등지에 유배되었다. 『漢書』에 조예가 깊었다.

◎ 劉敞의 門人

- **왕　회 王回**(1023-1065) ☞ 歐陽脩門人
- **강단례 江端禮**(1060-1097) ☞ 安定學案
- **양　회 楊繪**(1027-1088)
  자는 元素이며, 綿竹(四川省) 사람이다. 진사시에 급제하여 神宗 때 翰林學士를 지냈다.(보유 65쪽)

◎ 曾鞏의 家學

- **증　포 曾布**(1036-1107) ☞ 元祐黨案
- **증　조 曾肇**(1047-1107)
  자는 子開, 시호는 文昭이며, 南豐(江西省) 사람이다. 증공의 아우다. 1067년 진사가 되어 翰林學士·龍圖閣學士 등을 지냈다. 邵雍(1011-1077)이 고을의 敎授로 삼으니 사방에서 제자들이 모여들었다. 당파에 연좌되어 汀州에 수년간 안치되었다. 저술로 『曲阜集』·『尙書講義』·『元祐外制集』·『庚辰外制集』·『庚辰內制集』·『曾氏譜圖』 등이 있다.
- **증　고 曾忞**(?-?)
  자는 仲常이며, 증공의 손자다. 通判溫州를 지냈다. 金나라에 잡혀가 굴복하지 않다가 죽임을 당하였다.(보유 67쪽)
- **증　오 曾悟**(1095-1127)
  자는 蒙伯이며, 증조의 손자다. 1120년 진사가 되었다. 亳州가 金나라에 함락될 때 잡혀가 저항하다가 죽임을 당하였다.(보유 67쪽)

◎ 曾鞏의 門人

● 이 찬 李撰(1043-1109)

자는 子約이며, 吳縣(江蘇省) 사람이다. 증공에게 수학하여 通判袁州를 지냈다. 저술로『毛詩訓解』·『孟子講義』·『史贊論』 등이 있다.

● 진사도 陳師道(1053-1101)

자는 履常, 호는 後山이며, 彭城(江蘇省) 사람이다. 열 여섯에 증공에게 수학하였다. 元祐年間에 왕안석의 경학이 크게 성행하자, 그 설을 비판하였다. 원우연간에 蘇軾·傅堯兪·孫覺 등이 학문과 행실로 천거하여 徐州敎授가 되었고, 梁燾의 천거로 太學博士가 되었다.

● 주 식 朱軾(?-?)

자는 器之이며, 南豐(江西省) 사람이다. 증공에게 수학하였다.(보유 68쪽)

11) 歐陽脩의 三傳門人

◎ 曾布의 家學

● 증 우 曾紆(1073-1135)

자는 公袞, 호는 空靑老人이며, 南豐(江西省) 사람이다. 曾布의 아들로, 가학을 계승하였다. 음직으로 承務郎을 거쳐 直顯謨閣·知信州 등을 지냈다. 저술로『空靑集』이 있다.

◎ 李撰의 家學

● 이미대 李彌大(1080-1140)

자는 似矩이며, 吳縣(江蘇省) 사람이다. 이찬의 아들이다. 刑部·工部·戶部尙書를 지냈다.

● 이미손 李彌遜(1089-1153)

자는 似之, 호는 筠溪이며, 吳縣(江蘇省) 사람이다. 이찬의 아들이다. 1109년 진사시에 급제하여 單州司戶·知冀州 등을 지냈다. 저술로『筠溪集』이 있다.

● 이미정 李彌正(?-?)

자는 似表, 호는 無礙居士이며, 吳縣(江蘇省) 사람이다. 이찬의 아들로, 吏部

郎을 지냈다. 秦檜에게 미움을 받고 趙鼎(1085-1147)의 黨人으로 지목되어
20여 년 간 관직에 출사하지 못하였다.

12) 歐陽脩의 續傳

● 정경로 鄭耕老(1108-1172)
　자는 穀叔이며, 莆田(福建省) 사람이다. 1149년 진사가 되어 明州敎授·國子
監簿 등을 지냈다. 저술로『詩訓釋』·『易訓釋』·『中庸訓釋』·『洪範訓釋』·
『論語訓釋』·『孟子訓釋』 등이 있다.

● 유　공 劉恭(?-?)
　자는 伯協이며, 南城(江西省) 사람이다. 1190년 진사가 되어 知瑞安縣 등을 지
냈다. 劉敞·劉攽의 후손으로 가학을 계승하였다. 陸九淵(1139-1192)의 講友
로도 알려져 있다.

5. 陳襄·鄭穆·陳烈·周希孟의 學脈(古靈四先生學案)

1) 古靈四先生學案 圖表

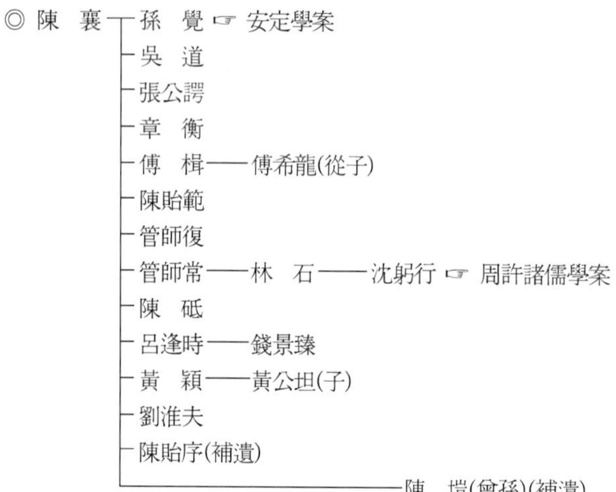

※ 陳襄講友：劉　彝 ☞ 安定學案
　　　　　　徐　常(補遺)
　　　　　　楊昭述(補遺)

※ 陳襄同調：章望之 ☞ 士劉諸儒學案
　　　　　　吳師仁 ☞ 士劉諸儒學案
　　　　　　司馬光 ☞ 涑水學案
　　　　　　張　載 ☞ 橫渠學案

※ 周希孟學侶：劉　彛
　　　　　　　曹穎叔
　　　　　　　蔡　襄

2) 古靈四先生學案序錄

내가 삼가 살펴보건대, 安定 胡瑗(993-1059)과 泰山 孫復(992-1057)이 학문을 일으킬 적에 閩中四先生[陳襄·鄭穆·陳烈·周希孟]도 바닷가에서 강학하였다. 그들이 이루어낸 것이 비록 정수를 얻지는 못하였어도 大體는 이루었으니, 안정과 태산의 아류라 하겠다. 그러나 송나라 사람들이 학문의 연원을 밝힐 때 유독 이 네 선생만은 언급하지 않았으니, 아마도 빠뜨린 것 같다. 혹자는 "陳烈이 胡瑗을 스승으로 삼았다."라고 하지만, 근거가 없다.

3) 古靈四先生[閩中四先生]

● 진　양 陳襄(1017-1080)

자는 述古, 호는 古靈, 시호는 忠文이며, 侯官(福建省) 사람이다. 1042년 진사가 되어 知杭州·樞密院直學士 등을 지냈다. 陳烈·鄭穆·周希孟과 함께 강학하여 '閩中四先生'으로 불리었다. 知常州로 있을 때 胡瑗이 知湖州로 있으면서 진흥시킨 학문을 계승하여 지역의 학문을 일으켰다. 왕안석의 新法을 반대하여 다섯 차례나 상소하였는데, 神宗은 그의 학문을 인정하여 重用하였다. 경연에서 강할 때 司馬光을 비롯한 33인을 천거하였는데, 元祐年間(1086-1093)의 名臣이 모두 그들 중에서 나왔다. 저술로 『易義』·『中庸義』·『古靈集』이 있다.

● 정　목 鄭穆(1018-1092)

자는 閎中이며, 侯官(福建省) 사람이다. '閩中四先生' 중 한 사람으로, 성품이 돈후하고 학문을 좋아하여 문인이 천여 명에 달했다. 1053년 진사가 되어 壽安主簿가 되었으며, 國子監直講이 되어 集賢館의 서적을 편수하였다. 國子祭酒·寶文閣待制 등을 지내고 벼슬에서 물러나길 청했을 때 太學生 수천 명이 머물러 줄 것을 청하기도 하였다.

● 진　렬 陳烈(?-?)

자는 季慈, 호는 季甫이며, 侯官(福建省) 사람이다. '閩中四先生' 중 한 사람이다. 慶曆年間(1041-1048) 초 진사시에 낙방한 뒤 조정에서 여러 번의 천거가 있었으나 나아가지 않았다. 歐陽脩가 國子直講으로 천거하였으나 나가지 않다가, 후일 그의 뜻에 따라 宣德郎을 지냈다. 그 뒤 다시 조정의 부름이 있었으나 사양하고 安貧樂道하였다.

- **주희맹 周希孟(?-?)**
  자는 公闢이며, 侯官(福建省) 사람이다. '閩中四先生' 중 한 사람으로 오경에 두루 능통하였으며, 특히 『주역』에 뛰어났다. 제자가 700여 인이나 되었으며, 知州였던 劉夔·曹穎叔·蔡襄 등도 학사로 찾아와 경전의 뜻을 질문하였다. 조정에 천거되어 州學의 教授에 천거되었으나 나아가지 않았다. 불교를 널리 알려, 죽은 뒤 제자 曾优 등이 그의 遺像을 五福寺에 안치하였다. 저술로 『易義』·『春秋義』·『詩義』 등이 있었으나 모두 전하지 않는다.

4) 陳襄의 講友

- **유 이 劉彝(1005-1063)** ☞ 安定學案
- **서 상 徐常(?-?)**
  자는 彦和이며, 建安(福建省) 사람이다. 元豊年間(1078-1085)에 진사가 되어 知吉州·朝議大夫 등을 역임하였다. 陳襄과 교유하였으며, 蘇軾 형제와도 교분이 있었다.(보유 76쪽)
- **양소술 楊昭述(?-?)**
  자는 宗魯이며, 浦城(福建省) 사람이다. 陳襄이 浦城主簿로 있을 때 선생의 예로 대하였다. 嘉祐年間(1056-1063)에 출사하여 池州石埭尉·雷州海康縣令 등을 지냈다.(보유 76쪽)

5) 陳襄의 同調

- **장망지 章望之(?-?)** ☞ 士劉諸儒學案
- **오사인 吳師仁(?-?)** ☞ 士劉諸儒學案
- **사마광 司馬光(1019-1086)** ☞ 涑水學案
- **장 재 張載(1020-1077)** ☞ 橫渠學案

6) 陳襄의 門人

- **손　각 孫覺**(1028-1090) ☞ 安定學案

- **오　도 吳道**(?-?)

  자는 眞常이며, 浦城(福建省) 사람이다. 陳襄에게 배웠다. 스승과 함께 河陽에 갔는데, 진양이 그의 志節을 가상히 여겨 河陽學舍의 都講으로 삼았다. 뒤에 太學에 유학하였다. 진사가 되어 葉縣尉를 지냈다. 진양이 韓琦에게 천거하며 "지혜로워 못할 것이 없고 강직하여 꺾이지 않으니, 어려운 일을 감당할만한 사람이다."라고 하였다.

- **장공악 張公諤**(?-?)

  閩縣(福建省) 사람이다. 陳襄의 문하에서 수학하였으며, 吳道 등과 교유하였다. 河陽學舍의 都講 중 첫 번째가 장공악이고, 그 다음이 오도였다.

- **장　형 章衡**(1029-1099)

  자는 子平이며, 浦城(福建省) 사람이다. 陳襄에게 배웠으며, 1057년 진사시에 일등으로 합격하여 鹽鐵判官·判太常寺를 거쳐 寶文閣待制 등을 지냈다. 역대 帝系를 모아『編年通載』를 편찬하였는데, 神宗이 보고 三品服을 하사하였다.

- **부　집 傅楫**(1042-1102)

  자는 元通이며, 仙遊(福建省) 사람이다. 孫覺을 따라 陳襄에게 배웠다. 1067년 진사가 되어 太學博士·太常博士를 거쳐 龍圖閣待制·知博州 등을 지냈다.

- **진이범 陳貽範**(?-?)

  자는 伯模이며, 臨海(浙江省) 사람이다. 1067년 진사가 되어 宗正丞·處州通判을 역임하였다. 胡瑗에게 배우다가 다시 陳襄을 사사하였으며, 羅適(1029-1101)과 교유하였다. 저술로『慶善集』이 있다.

- **관사복 管師復**(?-?)

  호는 臥雲이며, 龍泉(浙江省) 사람이다. 陳襄이 仙居에서 강학할 때 동생 管師常과 함께 찾아가 배웠다. 진양이 仙居都講으로 삼고 諸子들을 모아 가르치게 하였다. 명망이 높아져 대신들이 천거하였으나, 끝내 벼슬길에 나아가지 않았다. 저술로『白雲集』이 있다.

- **관사상 管師常**(?-?)

  龍泉(浙江省) 사람이다. 管師復의 동생으로, 陳襄의 문하에서 수학하였다. 뒤

에 胡瑗에게 배우기도 하였다. 천거로 太學正이 되었으며, 진양이 태학을 주관
할 때 조교로 천거되기도 하였다. 『주역』과 『춘추』에 뛰어났다.

- 진 지 陳砥(?-?)
  생애가 자세치 않다. 陳襄이 仙居에서 강학할 때 찾아가 배웠으며, 管師復·管
  師常 형제와 함께 이름이 났다.

- 여봉시 呂逢時(?-?)
  자는 原道이며, 仙居(浙江省) 사람이다. 陳襄이 仙居에서 강학할 때 제일 먼저
  제자가 되었다. 태학에 들어가 鄭獬와 교유하였다. 문인 錢景臻이 천거하였으
  나 굳이 사양하였으며, 羅適이 孝廉으로 천거하였으나 나아가지 않았다. 白巖
  山에서 종신토록 은거하였다.

- 황 영 黃穎(?-?)
  자는 仲實이며, 莆田(福建省) 사람이다. 陳襄의 제자로, 元祐年間(1086-1093)
  에 明經으로 천거되었으나 나아가지 않았다. 孫覺의 천거로 知長泰縣이 되어
  서는 학교를 세워 제생들을 강학하였다. 후일 知龍溪縣이 되었을 때도 장태현
  에서와 같이 학문을 진흥시켰다.

- 유회부 劉淮夫(?-?)
  자는 長源이며, 閩縣(福建省) 사람이다. 劉彝의 아들이며, 陳襄의 생질이자 제
  자이다. 元豐年間(1078-1085)에 台州通判이 되었으며, 그 후에도 여러 번 천
  거되었으나 老母 봉양을 위하여 朝散郎이 되기를 청하였다. 세상 사람들이 효
  자라 불렀다.

- 진이서 陳貽序(?-?)
  자는 叔彝이며, 臨海(浙江省) 사람이다. 陳襄의 제자로, 1064년 진사가 되어
  湖南運判 등을 지냈다. 성품이 剛介하였으며, 詩로 이름이 났다. 저술로 『天台
  集』이 있다.(보유 78쪽)

7) 陳襄의 家學

- 진 개 陳塏(?-1268)
  자는 子䃤·子爽, 호는 可齋, 시호는 淸毅이며, 侯官(福建省) 사람이다. 陳襄
  의 曾孫이다. 資政殿大學士·戶部尙書 등을 지냈다.(보유 79쪽)

8) 陳襄의 再傳門人

◎ 傅楫의 家學

- 부희룡 傅希龍(? - ?)

  자는 廷允이며, 仙遊(福建省) 사람이다. 傅楫의 조카로 元祐年間(1086-1093)에 진사가 되어 漳浦令을 지냈다.

◎ 管師常의 門人

- 임　석 林石(1004-1101)

  자는 介夫, 호는 塘奧이며, 瑞安(浙江省) 사람이다. 管師常이『춘추』에 밝다는 말을 듣고 찾아가 수학하였다. 당시 王安石의『三經新義』가 유행하였으나, 따르지 않고 향리에서『춘추』를 가르쳤다.

◎ 呂逢時의 門人

- 전경진 錢景臻(? - ?)

  생애가 자세치 않다. 呂逢時에게 수학하였다. 駙馬都尉로 있을 때 여봉시를 천거하려 하였다.

◎ 黃穎의 家學

- 황공탄 黃公坦(? - ?)

  黃穎의 아들이다. 1124년 진사가 되어 通直郎을 지냈다.

9) 陳襄의 三傳門人

◎ 林石의 門人

- 심궁행 沈躬行(? - ?) ☞ 周許諸儒學案

10) 周希孟의 學侶

- 유　기 劉夔(? - ?)

자는 道元이며, 崇安(福建省) 사람이다. 1015년 진사가 되어 知陝州·知潭州 등을 지냈는데, 청렴함으로 이름났다. 그 뒤 樞密院直學士·戶部侍郞 등을 지냈다. 저술로 『春秋褒貶志』가 있다.

- **조영숙 曹穎叔(?-?)**
  초명은 名熙, 자는 秀之·力之이며, 譙(安徽省) 땅 사람이다. 진사시에 급제하여 右司郞中을 지냈으며, 韓琦·文彦博의 천거로 夔州路轉運判官이 되었을 때 백성들에게 의약에 관한 교육을 시켰다. 그 뒤 龍圖閣學士·知永興軍 등을 지냈다.

- **채　양 蔡襄(1012-1067)**
  자는 君謨, 시호는 忠惠이며, 仙遊(福建省) 사람이다. 1030년 진사가 되어 西京留守推官·館閣校勘을 지냈다. 知福州로 있을 때 周希孟·陳烈·陳襄·鄭穆이 義를 행하는 것으로 이름이 알려지자 예를 갖추고 초청하여 諸生에게 경학을 가르치게 하였다. 조정의 부름으로 翰林學士·三司使가 되었으나, 老母를 봉양하기 위해 知杭州를 자청하였다. 書法과 詩文에도 조예가 깊었다. 저술로 『茶錄』·『蔡忠惠集』 등이 있다.

11) 周希孟의 門人

- **유강부 劉康夫(1034-1088)**
  자는 公南이며, 閩縣(福建省) 사람이다. 劉彝의 조카이며, 周希孟에게 배웠다. 熙寧年間에 五路에 學官을 설치하자, 그가 主番禺敎로 천거되었다. 六經의 뜻을 해설한 「志述」 27편을 지어 神宗에게 바쳤다.

- **반　경 潘鯁(1036-1098)**
  자는 昌言이며, 齊安(湖北省) 사람이다. 1079년 진사가 되어 蘄水縣尉·吉州軍事推官 등을 지냈다. 周希孟에게 배웠다. 저술로 『春秋斷義』·『春秋講義』·『易要義』가 있다.

- **증　항 曾伉(?-?)**
  周希孟의 문인이다. 1069년 程顥·劉彝·盧秉 등과 함께 각지에 파견되어 農田·水利·稅賦·科率·徭役 등을 살폈다.

6. 士建中·劉顏 등의 學脈(士劉諸儒學案)

1) 士劉諸儒學案 圖表

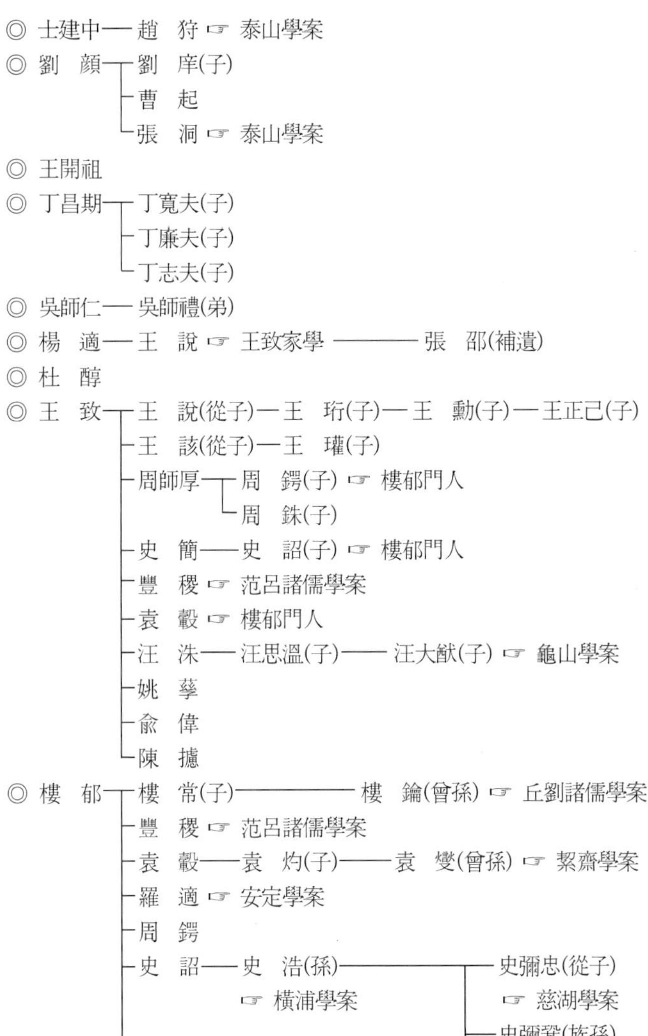

◎ 士建中―趙　狩 ☞ 泰山學案

◎ 劉　顏┬劉　庠(子)
　　　　├曹　起
　　　　└張　洞 ☞ 泰山學案

◎ 王開祖

◎ 丁昌期┬丁寬夫(子)
　　　　├丁廉夫(子)
　　　　└丁志夫(子)

◎ 吳師仁――吳師禮(弟)

◎ 楊　適―王　說 ☞ 王致家學 ―――― 張　邵(補遺)

◎ 杜　醇

◎ 王　致┬王　說(從子)―王　珩(子)―王　勳(子)―王正己(子)
　　　　├王　該(從子)―王　瓘(子)
　　　　├周師厚┬周　鍔(子) ☞ 樓郁門人
　　　　│　　　└周　銖(子)
　　　　├史　簡――史　詔(子) ☞ 樓郁門人
　　　　├豐　稷 ☞ 范呂諸儒學案
　　　　├袁　轂 ☞ 樓郁門人
　　　　├汪　洙――汪思溫(子)―― 汪大猷(子) ☞ 龜山學案
　　　　├姚　孳
　　　　├俞　偉
　　　　└陳　攄

◎ 樓　郁┬樓　常(子)―――――― 樓　鑰(曾孫) ☞ 丘劉諸儒學案
　　　　├豐　稷 ☞ 范呂諸儒學案
　　　　├袁　轂―袁　灼(子)――袁　燮(曾孫) ☞ 絜齋學案
　　　　├羅　適 ☞ 安定學案
　　　　├周　鍔
　　　　└史　詔――史　浩(孫)―――――――┬史彌忠(從子)
　　　　　　　　　　　　☞ 橫浦學案　　　　│　☞ 慈湖學案
　　　　　　　　　　　　　　　　　　　　　├史彌鞏(族孫)
　　　　　　　　　　　　　　　　　　　　　　☞ 慈湖學案

```
                                              └── 史彌林(從子)
                                                  ☞ 慈湖學案
        └舒 亶
◎ 章望之
◎ 黃 晞
```

※ 關學之先 : 侯 可 ──────── 侯仲良(孫) ☞ 劉李諸儒學案
　　　　　　　申 顔
※ 蜀學之先 : 宇文之邵
※ 濂學之先 : 劉元亨(補遺)
※ 閩學之先 : 邱 程(補遺)
　　　　　　　曹 肅(補遺)
※ 楊適 · 王致의 同調 : 馮 制(補遺)
※ 士建中의 私淑 : 李 縕

2) 士劉諸儒學案序錄

　　내가 삼가 살펴보건대, 慶曆年間(1041-1048)에 學統이 네 갈래로 일어났다.
齊 · 魯 지역에서는 士建中과 劉顔이 泰山 孫復(992-1057)을 보좌하여 일어났
다. 浙東 지역에서는 明州의 楊適 · 杜醇 등 다섯 사람과 永嘉 지역에서는 儒志
王開祖 · 經行 丁昌期 두 사람이 있었으며, 浙西 지역에서는 杭州의 吳存仁이
있었으니, 이들은 모두 安定 胡瑗(993-1059)이 湖州에서 강학하던 학풍의 영
향을 받았다. 閩中 지역에서도 章望之 · 黃晞가 있었으니, 역시 古靈 陳襄(1017
-1080)의 門徒들이다. 關中 지역의 申顔 · 侯可(1008-1079) 두 사람은 실로
橫渠 張載(1020-1077)의 先河를 열었다. 蜀 땅에서는 宇文之邵(1029-1082)
가 있었으니, 실로 范祖禹의 先河를 열었다.

3) 孫復의 同調

● 사건중 士建中(? - ?)
　　자는 熙道이며, 鄆州(山東省) 사람이다. 진사가 되어 評事에 제수된 뒤, 魏縣

의 수령을 거쳐 尙書兵部員外郎에 이르렀다. 孫復(992-1057)·石介(1005-1045)와 같은 시대 사람으로, 그들의 推重을 받았다. 저술로 帝王의 道를 말한 『道論』, 禍福의 근본을 연구한 『原福』, 귀신의 이치를 밝힌 『原鬼』, 올바른 것을 지키고 사악한 것을 배척한 『隨時解』 등이 있다.

● 유　안 劉顔(? - ?)

자는 子望이며, 彭城(江蘇省) 사람이다. 어려서 高弁을 사사하였다. 劉庠의 아버지로, 진사가 되어 知龍興縣·徐州文學을 지냈다. 漢·唐의 奏議를 채록하여 『輔弼名對』를 만들자, 馮元·劉筠·錢易·蔡齊가 그 책을 임금에게 올려 任城主簿에 제수 되었다. 저술로 『儒術通要』·『經濟樞言』이 있다.

4) 胡瑗의 同調

● 왕개조 王開祖(? - ?)

자는 景山, 호는 儒志이며, 永嘉(浙江省) 사람이다. 1053년 진사가 되었으나 벼슬하지 않고 저술과 교육에만 힘써 따르는 자가 수백에 달했다. 永嘉 지역 학문이 번성하는데 기초를 세웠지만, 32세의 나이로 별세하였다. 道學에 밝아 『儒志編』을 저술하였다.

● 정창기 丁昌期(? - ?)

호는 經行이며, 永嘉(浙江省) 사람이다. 永嘉 지역의 학문은 王開祖가 개창을 하고, 胡瑗과 陳襄의 재전제자인 塘奥 林石(1004-1101)이 그 뒤를 이었는데, 그 때 함께 강학하였다. 經術에 밝았으며, 醉經堂을 지어 강학하였다.

● 오사인 吳師仁(? - ?)

자는 坦求이며, 錢塘(浙江省) 사람이다. 벼슬에 뜻을 두지 않았는데, 陳襄이 군수가 되었을 때 遺逸로 조정에 천거하였다. 元祐年間(1086-1094)에 太學正이 되었다가 博士로 옮겼다. 뒤에 吳王宮敎授에 제수 되었다.

● 양　적 楊適(? - ?)

자는 安道·韓道, 호는 大隱이며, 慈溪(浙江省) 사람이다. 林逋·王致·杜醇 등과 교유하였다. 1061년 太守 錢公輔가 천거하여 將仕郎·試太學助教에 제수 되었으나 사양하였다. 仁宗이 조서를 내려 遺逸을 구할 적에 태수 鮑柯가 조정에 천거하여, 조정에서 곡식과 비단을 내려주었다. 杜醇·王致·樓郁·王

說과 함께 '慶曆五先生'으로 불리었다. 향년 76세이다.

- 두 순 杜醇(?-?)

  호는 石臺이며, 會稽(浙江省) 사람이다. 越州의 隱君子로 慈溪에 거처하였다. 鄞縣에 학교가 세워지자, 현령 王安石이 청하여 敎授로 삼았다. 楊適·王致· 樓郁·王說과 함께 '慶曆五先生'으로 불리었다.

- 왕 치 王致(?-1055)

  자는 君一, 호는 鄞江이며, 鄞縣(浙江省) 사람이다. 楊適·杜醇과 친하게 지냈다. 德行으로 천거되어 校書郞에 제수 되었으나 나아가지 않았다. 王安石이 그를 매우 존중하였다. 楊適·杜醇·樓郁·王說과 함께 '慶曆五先生'으로 불리었다.

- 누 욱 樓郁(?-?)

  자는 子文, 호는 西湖이며, 奉化(浙江省) 사람이다. 1053년 진사가 되어 廬江縣主簿·大理評事 등을 지냈다. 鄞縣으로 옮겨가 城南에 살았다. 이름난 제자로 豐稷·袁轂·羅適 등이 있다. 楊適·杜醇·王致·王說과 함께 '慶曆五先生'으로 불리었다.

5) 陳襄의 同調

- 장망지 章望之(?-?)

  자는 表民이며, 逋城(福建省) 사람이다. 章得象의 조카이다. 歐陽修·韓絳 등의 추천으로 여러 차례 벼슬에 제수 되었으나 나아가지 않다가, 마침내 光祿寺丞으로 致仕하였다. 議論을 좋아하여 孟子의 性善說을 종주로 삼아 荀卿·楊雄·韓愈·李翶의 설을 배척한 『救性』을 지었고, 구양수가 魏나라·梁나라를 정통으로 논한 것을 변론하여 『明統』을 지었으며, 李覯가 지은 『禮論』의 설을 정정하여 『禮論』을 저술하였다.

- 황 희 黃晞(?-1057)

  자는 景微, 호는 聱隅子이며, 建安(福建省) 사람이다. 樞密使 韓琦의 천거를 받아 太學助敎를 지냈다. 石介가 태학에 있을 적에 諸生을 보내 예로써 맞이하였으나 응하지 않았다. 『주역』·『춘추』에 잠심하였으며, 저술로 『聱隅子』· 『欹歟　微論』이 있다.

6) 關學之先

● 후　가 侯可(1008-1079)

자는 無可, 호는 華陰이며, 太原(山西省) 사람이다. 華陰에 옮겨가 살았는데, 申顔과 막역한 사이였다. 程顥·程頤의 외삼촌이며, 侯仲良의 조부이다. 孫沔이 儂智高를 정벌할 적에 功을 세워 知巴州化城縣이 되었고, 殿中丞에 이르렀다. 博學强記하여 天文·地理·陰陽·氣運·醫算 등 여러 방면에 조예가 깊었다.

● 신　안 申顔(? - ?)

華陰(陝西省) 사람이다. 侯可외 막역한 사이였다.

◎ 侯可의 家學

● 후중량 侯仲良(? - ?)　☞ 劉李諸儒學案

7) 蜀學之先

● 우문지소 宇文之邵(1029-1082)

자는 公南, 호는 止止이며, 綿竹(四川省) 사람이다. 진사가 되어 曲水令을 지냈다. 神宗 때 時政을 논하는 상소를 올렸으나 쓰이지 않게 되자 太子中允을 끝으로 벼슬을 그만두었다. 志行과 學識으로 司馬光·范鎭의 인정을 받았다.

8) 濂學之先

● 유원형 劉元亨(? - ?)

자는 子嘉이며, 南康(江西省) 사람이다. 1000년에 진사가 되어 德平主簿에 제수 되었다. 天性이 독실하고 배우기를 좋아하였다. 開寶年間(968-976)에 盧山의 白鹿洞書院으로 들어가 수학하였다.(보유 80쪽)

9) 閩學之先

- **구　정 邱程(?-?)**
  자는 憲古, 호는 富沙이며, 建陽(福建省) 사람이다. 1112년 진사가 되었다. 『주역』에 조예가 깊었으며, 그의 학문은 鄭東卿에게 전수되었다. (보유 84쪽)

- **조　숙 曹肅(?-?)**
  자는 士先이며, 郴州(湖南省) 사람이다. 천거되어 通州寧遠簿에 제수 되었다. 평생 安貧守道하여 그를 따르는 학자들이 많았다. 많은 책을 저술하였으며, 시에도 능했다. (보유 84쪽)

10) 楊適·王致의 同調

- **풍　제 馮制(?-?)**
  자는 公初이며, 慈谿(浙江省) 사람이다. 康定年間(1040-1041)에 큰 흉년이 들자 鄕民들에게 곡식을 빌려주어 구제하였다. (보유 81쪽)

11) 士建中의 門人

- **조　수 趙犴(?-?)** ☞ 泰山學案

12) 劉顔의 家學

- **유　상 劉庠(1023-1086)**
  자는 希道이며, 彭城(江蘇省) 사람이다. 劉顔의 아들로, 1057년 진사가 되어 右司諫·河東都轉運 등을 지냈다. 新法을 반대하였다. 관리로서의 능력이 뛰어났으며 역사에 해박하였다.

13) 劉顔의 門人

- **조　기 曹起(?-?)**
  생애가 자세치 않다. 劉顔에게 배웠으며, 宿州 臨渙縣令을 지냈다.

- 장　동 張洞(1019-1067) ☞ 泰山學案

14) 丁昌期의 家學

- 정관부 丁寬夫(?-?)

  본명은 惇夫, 자는 包蒙이며, 永嘉(浙江省) 사람이다. 丁昌期의 아들로, 鄕貢
  으로 천거되어 진사가 되었다. 佛家를 배척하였다.

- 정렴부 丁廉夫(?-?)

  永嘉(浙江省) 사람이다. 丁昌期의 아들로, 八行으로 천거되었다. 佛家를 배척
  하였다.

- 정지부 丁志夫(?-?)

  永嘉(浙江省) 사람이다. 丁昌期의 아들로, 진사가 되었다. 佛家를 배척하였다.

15) 吳師仁의 家學

- 오사례 吳師禮(?-?)

  자는 安仲이며, 錢塘(浙江省) 사람이다. 吳師仁의 동생으로, 太學上舍生으로
  있을 때 江公望과 교유하였다. 그 뒤 급제를 하사 받고, 太學博士·右司員外郎
  등을 지냈다. 글씨를 잘 썼고 字學에 밝았으며 春秋學에 정통하였다.

16) 楊適의 門人

- 왕　열 王說(1010-1085) ☞ 王致家學

◎ 王說의 門人

- 장　소 張邵(1096-1156)

  자는 才彦이며, 烏江(安徽省) 사람이다. 1121년 太學上舍生이 되어 1129년 直
  龍圖閣에 제수 되었다. 金나라에 10여 년을 포로로 있었지만 굴하지 않았다.
  뒤에 秘閣修撰·知池州를 지냈으며, 少師에 추증되었다. 洪皓·朱弁과 함께
  『輶軒唱和集』을 저술하였다. (보유 92쪽)

17) 王致의 家學

● 왕 열 王說(1010-1085)

자는 應求, 호는 桃源이며, 鄞縣(浙江省) 사람이다. 숙부인 王致에게 수학하고 楊適에게도 배웠으며, 동생 王該와 함께 이름났다. 慶曆年間에 진사가 되었으며, 1076년 神宗의 은혜를 입어 州長史에 제수 되었다. 세상을 떠난 후에 칙명으로 桃源書院이 세워졌고, 銀靑光祿大夫에 추증되었다. 저술로『五經發源』이 있다.

● 왕 해 王該(? - ?)

자는 蘊之, 호는 望春이며, 鄞縣(浙江省) 사람이다. 숙부인 王致에게 수학하였으며, 형 王說과 함께 이름이 났다. 1046년 진사가 되어 鄧城令을 지냈다. 王安石이 鄞縣의 수령으로 있을 때 친분이 있었다.

● 왕 형 王珩(? - ?)

자는 彦楚이며, 鄞縣(浙江省) 사람이다. 王說의 아들로, 1109년 진사가 되어 宗正少卿에 이르렀다. 향년 80세이다. 저술로『臆說』·『經傳異同論』·『時政更張議』등이 있다.

● 왕 관 王瓘(? - ?)

자는 元圭이며, 鄞縣(浙江省) 사람이다. 王該의 아들로, 1082년 진사가 되었다. 藏書를 좋아하였고, 文章으로 일컬어졌다.

● 왕 훈 王勳(? - ?)

자는 上達이며, 鄞縣(浙江省) 사람이다. 王說의 손자로, 1118년 진사가 되어 知長興縣·提擧廣南市舶 등을 지냈다.

● 왕정기 王正己(1119-1196)

본명은 愼言, 자는 伯仁, 호는 酌古이며, 鄞縣(浙江省) 사람이다. 王勳의 아들로, 蔭官으로 將仕郎이 되어 秘閣修撰·浙西提刑 등을 지냈다. 武夷山의 沖祐觀을 주관하였다. 시문을 잘 지어 范成大의 칭찬을 받았다.

18) 王致의 門人

● 주사후 周師厚(? - ?)

자는 敦夫이며, 鄞縣(浙江省) 사람이다. 王致를 수학하였다. 1053년 진사가
되어 朝散郎·荊湖南路轉運判官 등을 지냈다.

- 사 간 史簡(? - ?)
  鄞縣(浙江省) 사람이다. 樓郁의 高弟인 史詔의 아버지이자, 王致의 문인이다.
  冀國公에 봉해졌다.

- 풍 직 豐稷(1033-1107) ☞ 范呂諸儒學案

- 원 곡 袁轂(? - ?) ☞ 樓郁門人

- 왕 수 汪洙(? - ?)
  자는 德溫, 시호는 文莊이며, 鄞縣(浙江省) 사람이다. 王致의 문인으로, 1100
  년 진사가 되어 明州敎授·觀文殿大學士 등을 지냈다. 西山에 崇儒館을 지어
  제유들을 모아 강학 하였다. 저술로『春秋訓詁』가 있다. 鄞縣의 수령인 王安石
  이 그를 청렴한 관리로서 轉運使 孫沔에게 천거하였다.

- 요 자 姚孳(? - ?)
  자는 舜徒이며, 慈溪(浙江省) 사람이다. 王致의 문인으로, 1076년 진사가 되
  어 桃源首領·知夔州 등을 지냈다. 저술로『桃花源集』이 있다.

- 유 위 俞偉(? - ?)
  자는 仲寬이며, 鄞縣(浙江省) 사람이다. 王致의 문인으로, 元祐年間(1086-
  1093) 초에 知順昌縣을 지냈다.

- 진 터 陳攄(? - ?)
  자는 君益이며, 鄞縣(浙江省) 사람이다. 王致의 문인으로, 1088년 진사가 되
  어 紹聖年間(1094-1097)에 知將樂縣·興學獎士 등을 지냈다. 邑民을 교화시
  킨 공을 인정받아 사당에 ‘旌福’이라는 賜額을 받았다.

19) 樓郁의 家學

- 누 상 樓常(? - ?)
  樓郁의 아들로, 생애가 자세치 않다. 治平年間(1064-1067)에 진사가 되어 知
  興化軍을 지냈다.

20) 樓郁의 門人

- 풍 직 豐稷(1033-1107) ☞ 范呂諸儒學案
- 원 곡 袁轂(?-?)
  자는 容直·公濟이며, 鄞縣(浙江省) 사람이다. 1061년 진사가 되어 知邵武軍·朝奉大夫 등을 지냈다. 王致·樓郁에게 수학하였다. 젊어서부터 詞賦로 이름이 났으며, 群書에 해박하였다. 저술로 『韻類』가 있다.
- 나 적 羅適(1029-1101) ☞ 安定學案
- 주 악 周鍔(?-?)
  자는 廉彦, 호는 鄞江이며, 鄞縣(浙江省) 사람이다. 樓郁의 제자로, 周師厚의 아들이자 范純仁의 생질이다. 1079년 진사가 되어 桐城縣尉를 제수 받았으나 나아가지 않았고, 뒤에 知南雄州를 지냈다. 六經과 제자백가의 설에 조예가 깊었다. 文彦博·司馬光이 중히 여겼다.
- 사 조 史詔(?-?)
  자는 升之, 호는 八行이며, 鄞縣(浙江省) 사람이다. 史簡의 아들로, 豐稷·舒亶과 함께 樓郁에게 수업하였다. 1108년 八行으로 천거되었으나 大田山에 들어가 은거하며 나아가지 않았다.
- 서 단 舒亶(1041-1103)
  자는 信道이며, 호는 嬾堂이며, 鄞縣(浙江省) 사람이다. 樓郁의 高弟로, 1065년 진사가 되어 臨海尉·御史中丞 등을 지냈다.

21) 周師厚의 家學

- 주 악 周鍔(?-?) ☞ 樓郁門人
- 주 수 周銖(?-?)
  자는 初平이며, 鄞縣(浙江省) 사람이다. 周師厚의 次子이자, 周鍔의 동생이다. 1103년 진사가 되었으나 형과 함께 은거하였다.

22) 史簡의 家學

- 사 조 史詔(?-?) ☞ 樓郁門人

23) 汪洙의 家學

- 왕사온 汪思溫(1077-1157)
  자는 汝直이며, 鄞縣(浙江省) 사람이다. 汪洙의 아들로, 1112년 태학에 들어가 진사가 되어 登封縣尉·知湖州 등을 지냈으며, 太府少卿에 이르렀다. 벼슬할 적에 수리시설을 잘 다스리고 옥사를 공정히 하는 등 선정을 베풀었다.

- 왕대유 汪大猷(1120-1200) ☞ 龜山學案

24) 袁轂의 家學

- 원 작 袁灼(?-?)
  자는 子烈이며, 鄞縣(浙江省) 사람이다. 袁轂의 아들로, 가학을 계승하였다. 元祐年間(1086-1093)에 진사가 되어 軍器少監·知婺州·朝議大夫 등을 지냈다.

- 원 섭 袁燮(1144-1224) ☞ 絜齋學案

25) 史詔의 家學

- 사 호 史浩(1106-1194) ☞ 橫浦學案
- 사미충 史彌忠(?-?) ☞ 慈湖學案
- 사미공 史彌鞏(1170-1249) ☞ 慈湖學案
- 사미림 史彌林(?-?) ☞ 慈湖學案

26) 樓郁의 續傳

- 누 약 樓鑰(1137-1213) ☞ 丘劉諸儒學案

27) 士建中의 私淑

- 이 온 李縕(?-?) ☞ 泰山學案

7. 涑水 司馬光의 學脈(涑水學案)

1) 涑水學案 圖表

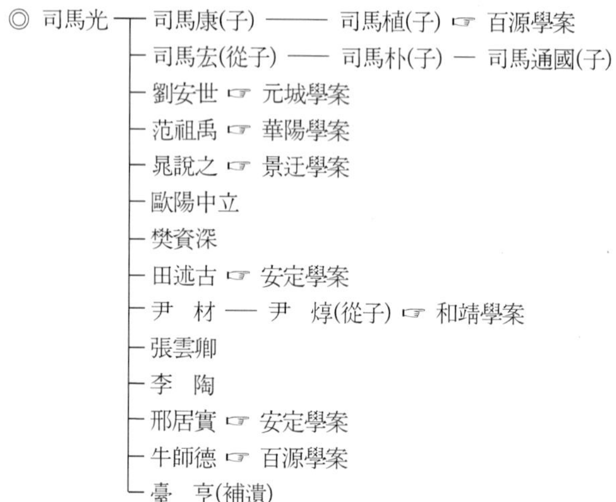

※ 先 緒：司馬池 ── 司馬旦(子)(補遺)
※ 講 友：邵 雍 ☞ 百源學案
　　　　　張 載 ☞ 橫渠學案
　　　　　程 顥 ☞ 明道學案
　　　　　程 頤 ☞ 伊川學案
　　　　　陳舜俞 ☞ 安定學案
※ 學 侶：劉 恕
　　　　　劉 攽 ☞ 廬陵學案
※ 同 調：呂 誨
　　　　　范 鎭 ☞ 范呂諸儒學案
　　　　　呂公著 ☞ 范呂諸儒學案
　　　　　李 常 ☞ 范呂諸儒學案
　　　　　趙 瞻
　　　　　傅堯俞
　　　　　孫 固
　　　　　李 周

```
※ 續 傳 : 陸  賀 ┬─ 陸九思(子)
                 ├─ 陸九皐(子) ─ 劉堯夫 ☞ 槐堂諸儒學案
                 ├─ 陸九韶(子) ☞ 梭山復齋學案
                 ├─ 陸九齡(子) ☞ 梭山復齋學案
                 └─ 陸九淵(子) ☞ 象山學案
          朱  松 ☞ 豫章學案
          李  燾 ┬─ 李  壁(子) ☞ 嶽麓諸儒學案
                 └─ 李  埴(子) ☞ 嶽麓諸儒學案
          司馬子已(補遺)
※ 私 淑 : 陳  瓘 ☞ 陳鄒諸儒學案
          唐廣仁 ☞ 陳鄒諸儒學案
          黃  隱 ─────── 黃  黼(曾孫)
          王益柔(補遺)
```

2) 涑水學案序錄

내가 삼가 살펴보건대, 伊川 程頤(1033-1107)가 말하기를 "내가 교유한 인물이 많지만, 잡되지 않은 사람은 司馬光·邵雍·張載 세 사람뿐이었다."라고 하였다. 그래서 朱子는 이들을 六先生의 조목에 넣었다. 그러나 사마광에게는 格物致知를 정밀하게 하지 못했다는 미미한 혐의가 있고, 소옹에게는 持敬에 부족함이 있다는 미미한 혐의가 있었다. 그런데 『伊洛淵源錄』에는 이 두 사람을 실었다. 이로 인하여 草廬 吳澄(1249-1333)은 '사마광은 아직도 드러나지 않고 살피지 않은 인물들 속에 들어 있다.'라고 감히 말하였으니, 그의 망령된 발언이 이와 같구나.

3) 陳襄의 同調

● 사마광 司馬光(1019-1086)

자는 君實, 호는 迂叟, 시호는 文正이며, 陝州 夏縣(山西省) 사람이다. 天章閣待制를 지낸 司馬池의 아들이다. 1038년 진사가 되어 龍圖閣直學士·翰林院學士 등을 거쳐 재상에 올랐다. 神宗 때 王安石이 新法을 단행하자, 그 利

害에 대해 소를 올리고 知許州로 나갔다. 철종 때 劉摯·范純仁·范祖禹·呂 大防 등을 기용하여 신법을 없애고 옛 제도를 회복하고자 하였다. 왕안석이 집권하자 1071년부터 낙양에 물러나 있으면서 오로지 史書 편수에만 힘쓰고, 時事에 대해선 일체 논하지 않았다. 咸淳年間(1265-1274)에 문묘에 종사되 어 '先儒司馬子'라 일컬어졌다. 그는 임금의 덕을 仁·明·武로, 治道를 官 人·信賞·必罰로 논하였는데 이런 시각으로 역사를 새롭게 편수한 것이『資 治通鑑』이다.『潛虛』는 義理·圖式·術數 3부분으로 구성되어 있는데, 의리 부분은 五行을 기초로 陰陽·域卦·筮占의 기본사상을 흡수, 천지만물의 생 성과 우주질서의 변화를 담고 있다. 저술로『考異』·『曆年圖』·『通曆』·『古 文孝經注』·『書儀』·『易說』·『繫辭注』·『老子道德論注』·『太玄經注』·『楊 子注』·『大學中庸義』등이 있다.

4) 司馬光의 先緒

● 사마지 司馬池(980-1041)

자는 和中이며, 夏縣(山西省) 사람으로 司馬光의 아버지이다. 어려서 부친을 여의자 집안의 많은 재산을 모두 諸父에게 주고 학문에 전념하였다. 진사가 된 뒤 天章閣待制·知晉州 등을 지냈다.(보유 96쪽)

● 사마단 司馬旦(1006-1087)

자는 伯康이며, 夏縣(山西省) 사람이다. 司馬池의 맏아들이며, 司馬光의 형이 다. 사람됨이 맑고 강직하였으며 信義로써 사람과 교유하였다. 知安州·太中 大夫 등을 지냈다. 사마광과 우애가 돈독하였으며, 사마광이 천하의 일을 논할 때 사마단에게 도움을 얻은 것이 많았다.(보유 96쪽)

5) 司馬光의 講友

● 소 옹 邵雍(1011-1077) ☞ 百源學案
● 장 재 張載(1020-1077) ☞ 橫渠學案
● 정 호 程顥(1032-1085) ☞ 明道學案
● 정 이 程頤(1033-1107) ☞ 伊川學案

- 진순유 陳舜兪(? -1072) ☞ 安定學案

6) 司馬光의 學侶

- 유　서 劉恕(1032-1078)
  자는 道原·道源이며, 筠州 高安(江西省) 사람이다. 潁上令 劉渙의 아들로, 진사가 되어 和川令·秘書丞 등을 지냈다. 史學에 정밀하여 사마광과 함께『資治通鑑』을 편수하였으며, 특히 魏·晉 이후의 역사고증에 정밀하였다. 저술로『五代十國紀年』·『包犧至周厲王疑年譜』·『共和至熙寧年畧譜』·『通鑑外紀』가 있다.

- 유　반 劉攽(1023-1089) ☞ 廬陵學案

7) 司馬光의 同調

- 여　회 呂誨(1014-1071)
  자는 獻可이며, 開封(河北省) 사람이다. 正惠公 呂端의 손자다. 진사가 되어 知江州·御史中丞 등을 지냈다. 왕안석의 신법에 반대하였다.

- 범　진 范鎭(1008-1089) ☞ 范呂諸儒學案
- 여공저 呂公著(1018-1089) ☞ 范呂諸儒學案
- 이　상 李常(1027-1090) ☞ 范呂諸儒學案
- 조　첨 趙瞻(1019-1090)
  자는 大觀, 시호는 懿簡이며, 鳳翔 盩厔(陜西省) 사람이다. 1046년 진사가 되어 樞密直學士·同知樞密院事 등을 지냈다.『춘추』에 뛰어나『春秋論』·『春秋經解』·『春秋例義』 등을 저술하였다. 그 외 저술로『史記牴牾論』·『唐春秋』·『西山別錄』 등이 있다.

- 부요유 傅堯兪(1024-1091)
  자는 欽之, 시호는 獻簡이며, 須城(山東省) 사람이다. 傅立의 아들로 1042년 진사가 되어 監察御使·中書侍郎 등을 지냈다. 왕안석의 신법에 반대하였다.

- 손 고 孫固(1016-1090)

  자는 和父, 시호는 溫靖이며, 管城(河南省) 사람이다. 진사가 된 후 知樞密院事 · 知河南府 등을 지냈다. 왕안석의 신법에 반대하였다.

- 이 주 李周(?-?)

  자는 純之이며, 馮翊(陝西省) 사람이다. 진사가 된 뒤 長安尉 · 集賢殿修撰 등을 지냈다.

8) 司馬光의 家學

- 사마강 司馬康(1050-1090)

  자는 公休이며, 夏縣(山西省) 사람이다. 司馬光의 아들로, 1070년 明經으로 급제하여 校書郎 · 著作佐郎 등을 지냈다. 사마광이 『자치통감』을 편수할 때 문자를 검열하였다.

- 사마굉 司馬宏(?-?)

  司馬光의 형인 司馬旦의 아들로, 陳留令을 지냈다. 紹聖年間(1094-1097)에 당쟁이 일어났을 때 글을 올려 논변하다 죄를 얻었다.

- 사마식 司馬植(?-?) ☞ 百源學案

- 사마박 司馬朴(?-?)

  자는 文季, 시호는 忠潔이며, 夏縣(山西省) 사람이다. 司馬宏의 아들로, 어려서 외조부인 范純仁에게 수학하였다. 범순인의 遺恩으로 관직에 올라 晉寧參軍 · 兵部侍郎 등을 지냈다.

- 사마통국 司馬通國(?-?)

  자는 武子이며, 夏縣(山西省) 사람이다. 司馬朴의 아들이다.

9) 司馬光의 門人

- 유안세 劉安世(1048-1125) ☞ 元城學案
- 범조우 范祖禹(1041-1098) ☞ 華陽學案
- 조열지 晁說之(1059-1129) ☞ 景迂學案

- **구양중립 歐陽中立(?-?)**

  私諡는 節孝이며, 袁州(江西省) 사람이다. 司馬光의 문인으로, 試部郞을 지냈으며, 王安石의 신법에 반대하였다.

- **번자심 樊資深(?-?)**

  자는 逢源이며, 司馬光의 제자이다. 皇祐年間(1049-1053) 制科에 합격하여 潞州別駕를 지냈다.

- **전술고 田述古(?-?)** ☞ 安定學案

- **윤　재 尹材(?-?)**

  자는 處初이며, 洛陽(河南省) 사람이다. 尹焞의 숙부로, 司馬光·邵雍의 문인이다. 사마광이 遺逸로 천거하여 學官이 되었다. 田述古·張雲卿과 함께 '洛中三賢'으로 일컬어졌다.

- **장운경 張雲卿(?-?)**

  자는 伯紀이며, 洛陽(河南省) 사람이다. 司馬光의 문인으로, 1093년 천거로 學官이 되었다. 학문이 해박하였고 經書에 정밀하였다. 田述古·尹材와 함께 '洛中三賢'으로 일컬어졌다.

- **이　도 李陶(?-?)**

  자는 唐父이며, 成都 華陽(四川省) 사람이다. 李大臨의 아들로, 司馬光에게 배웠다.

- **형거실 邢居實(1068-1087)** ☞ 安定學案

- **우사덕 牛師德(?-?)** ☞ 百源學案

- **대　형 臺亨(?-?)**

  夏縣(山西省) 사람이다. 元豐年間(1078-1085)의 사람으로 司馬光에게 수학하였다.(보유 104쪽)

10) 司馬光의 再傳門人

◎ 尹材의 家學

- **윤　돈 尹焞(1071-1142)** ☞ 和靖學案

11) 司馬光의 續傳

- **육 하 陸賀(?-?)**
  자는 道鄕이며, 金溪(江西省) 사람이다. 여섯 명의 아들을 두었는데, 그 중 陸九韶·陸九齡·陸九淵이 유명하다.

- **주 송 朱松(1097-1143)** ☞ 豫章學案

- **이 도 李燾(1115-1184)**
  자는 仁甫·子眞, 호는 巽巖, 시호는 文簡이며, 眉州 丹稜(四川省) 사람이다. 1138년 진사가 되어 禮部侍郎·敷文閣待制 등을 지냈다. 저술로『春秋學』·『說文解字五音韻譜』·『易學』·『五經傳授』·『尙書百篇圖』·『大傳雜說』·『六朝通鑑博議』·『續資治通鑑長編』·『七十二子名籍』·『四朝史稿』·『通論』 등이 있다.

- **사마자이 司馬子已(?-?)**
  자는 叔原이며, 夏縣(山西省) 사람으로 戎州에 살았다. 司馬光의 7세손으로 理學에 박통하였고, 벼슬에 뜻을 두지 않았다. 嘉定年間(1208-1224)에 司戶參軍을 지냈다.(보유 106쪽)

◎ 陸賀의 家學

- **육구사 陸九思(?-?)**
  자는 子彊이며, 金溪(江西省) 사람이다. 陸九淵의 맏형으로 鄕擧에 뽑혀 從政郎에 보임되었다.

- **육구고 陸九皐(1126-1191)**
  자는 子昭, 호는 庸齋이며, 金溪(江西省) 사람이다. 陸九淵의 셋째형으로, 어려서 학문에 힘썼고 文行이 뛰어났다. 鄕擧에 뽑혔으나 만년에야 관직에 올라 修職郎·監潭州南嶽廟를 지냈다.

- **육구소 陸九韶(?-?)** ☞ 梭山復齋學案

- **육구령 陸九齡(1132-1180)** ☞ 梭山復齋學案

- **육구연 陸九淵(1139-1193)** ☞ 象山學案

◎ 李熹의 家學

- 이　벽 李壁(1159-1222) ☞ 嶽麓諸儒學案
- 이　식 李埴(1161-1238) ☞ 嶽麓諸儒學案

◎ 陸九皐의 門人

- 유요부 劉堯夫(? - ?) ☞ 槐堂諸儒學案

12) 司馬光의 私淑

- 진　관 陳瓘(1057-1124) ☞ 陳鄒諸儒學案
- 당광인 唐廣仁(? - 1119) ☞ 陳鄒諸儒學案
- 황　은 黃隱(? - ?)
  초명은 降, 자는 從善·仲光이며, 莆田(福建省) 사람이다. 1067년 진사가 되어 監察御使·國子司業 등을 지냈다. 王安石의『三經新義』의 학설을 배척하였다.

- 왕익유 王益柔(1015-1086)
  자는 勝之이며, 河南(河南省) 사람이다. 王曙의 아들로 어려서부터 학문에 힘 썼다. 사람됨이 강직하여 천하의 일을 논하길 좋아하였다. 蔭職으로 벼슬길에 나아가 龍圖閣直學士·知應天府 등을 지냈다. 사마광이『資治通鑑』을 편찬할 때 교열을 담당하였다.(보유 105쪽)

◎ 黃隱의 家學

- 황　보 黃黼(? - ?)
  자는 元章이며, 餘杭(浙江省) 사람이다. 黃隱의 증손으로, 1169년 진사가 되어 太常博士·秘書郎 등을 지냈다.

8. 百源 邵雍의 學脈(百源學案)

1) 百源學案 圖表

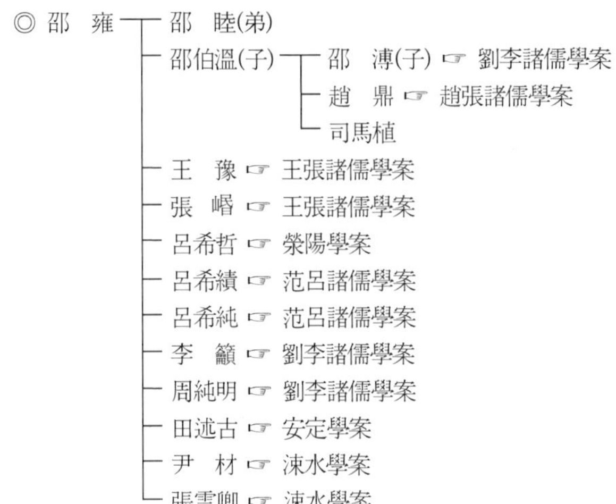

※ 講 友：富 弼 ☞ 高平學案
　　　　　程 珦 ☞ 濂溪學案
※ 學 侶：張 載 ☞ 橫渠學案
　　　　　程 顥 ☞ 明道學案
　　　　　程 頤 ☞ 伊川學案
※ 續 傳：劉 衡
　　　　　蔡 發
　　　　　王 湜
　　　　　張行成 ☞ 張祝諸儒學案
　　　　　邵光祖(補遺)
※ 私 淑：晁說之 ☞ 景迂學案
　　　　　陳 瓘 ☞ 陳鄒諸儒學案
　　　　　牛師德 ─ 牛思純(子)

※ 淵 源 :『宋元學案補遺』에서 채록

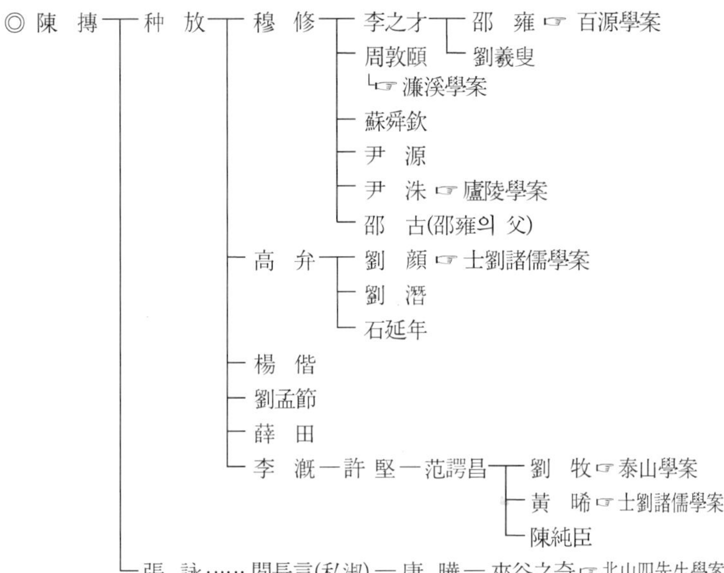

2) 百源學案序錄

내가 삼가 살펴보건대, 康節 邵雍(1011-1077)의 학문은 별도로 一家가 된다. 혹자는 소강절의『皇極經世書』는 京房·焦延壽의 末流일 뿐이라고 한다. 그러나 소강절이 성인의 문하에 들어갈 수 있는 것이 이 책 때문만은 아니니, 司馬溫公이 九分의 경지에 나아간 것이 꼭 그의『潛虛』때문만은 아닌 것과 같다.

3) 司馬光의 講友

● 소 옹 邵雍(1011-1077)

자는 堯夫, 호는 百源·安樂窩, 시호는 康節이며, 范陽(河北省) 사람이다. 어려서 부친 邵古를 따라 共城으로 이주하였는데, 몇 년 동안 蘇門山 百源에 살면서 몸소 부친을 봉양하며 학문에 정진하였다. 뒤에 齊·魯·宋·鄭나라 지역을 두루 유람하고 돌아왔다. 그때 共城令으로 부임해 온 李之才에게 河圖·洛書의 先天象數學을 전수받고 몇 년 동안 이에 잠심하였다. 先天卦圖는 陳搏 → 种放 → 穆修 → 李之才로 전수되어 내려온 易學이다. 그 뒤 洛陽(河南省)으로 가서 富弼·司馬光·呂公著 등과 친밀하게 지냈으며, 程顥·程頤·張載 등과 학문을 토론하였다. 嘉祐年間에 王拱辰의 천거로 試將作監主簿에 제수되었으나 나아가지 않았다. 또 熙寧年間에 呂誨 등의 천거로 穎州團練推官에 제수되었으나 나아가지 않았다. 나중에 文廟에 從祀되었으며, 新安伯에 추봉되었다. 그는 『주역』에 정밀하였는데 易傳에 의거하여 八卦를 해석하였고, 도가사상을 참고하여 象數學을 개창하였다. 주요 저술로 『皇極經世書』가 있는데, 이 책은 易理를 응용하여 數理로써 천지만물의 생성과 변화를 설명한 것이다. 그 외 저술로 『伊川擊壤集』·『先天圖』·『觀物篇』·『漁樵問答』 등이 있다.

4) 邵雍의 講友

- 부　필 富弼(1004-1083) ☞ 高平學案
- 정　향 程珦(1006-1090) ☞ 濂溪學案

5) 邵雍의 學侶

- 장　재 張載(1020-1077) ☞ 橫渠學案
- 정　호 程顥(1032-1085) ☞ 明道學案
- 정　이 程頤(1033-1107) ☞ 伊川學案

6) 邵雍의 家學

- 소　목 邵睦(1031-1064)
  소옹의 이복 동생으로, 洛陽(河南省)에 살았다. 소옹보다 20세 연하로, 소옹을 아버지처럼 섬겼다. 학문을 좋아했으며, 성품이 효성스럽고 근신하였다.

- 소백온 邵伯溫(1057-1134)

  자는 子文이며, 洛陽(河南省) 사람이다. 소옹의 아들로, 1087년 천거로 大名府助教에 보임되었으며, 이어 潞州長子縣尉에 제수되었다. 紹聖年間에 소옹을 師事한 章惇이 등용하려 했으나 여러 가지 핑계를 대며 나아가지 않았다. 徽宗 초에 상소를 올려 옛 제도를 회복하고 元祐黨錮를 풀어주고 군자와 소인을 분변할 것 등을 청하여 당시 시론에 크게 거슬렸다. 뒤에 知果州·提點成都路刑獄 등을 지냈다. 邵溥·邵博·邵傳가 그의 세 아들이다. 저술로『易辯惑』·『邵氏聞見錄』·『河南集』·『皇極系述』·『皇極經世序』·『觀物內外篇解』 등이 있다.

- 소 부 邵溥(?-?) ☞ 劉李諸儒學案

7) 邵雍의 門人

- 왕 예 王豫(?-?) ☞ 王張諸儒學案
- 장 민 張崏(?-?) ☞ 王張諸儒學案
- 여희철 呂希哲(1039-1116) ☞ 滎陽學案
- 여희적 呂希績(?-?) ☞ 范呂諸儒學案
- 여희순 呂希純(?-?) ☞ 范呂諸儒學案
- 이 유 李籲(?-?) ☞ 劉李諸儒學案
- 주순명 周純明(?-?) ☞ 劉李諸儒學案
- 전술고 田述古(?-?) ☞ 安定學案
- 윤 재 尹材(?-?) ☞ 涑水學案
- 장운경 張雲卿(?-?) ☞ 涑水學案

8) 邵雍의 再傳門人

- 조 정 趙鼎(1085-1147) ☞ 趙張諸儒學案
- 사마식 司馬植(?-?)

  자는 子立이며, 夏縣(山西省) 사람이다. 사마광의 손자이며, 司馬康의 아들이다. 소옹의 아들이자 문인인 邵伯溫의 문하에서 수학하였다.

9) 邵雍의 續傳

- **유　형 劉衡(？-？)**
  자는 兼道이며, 崇安(福建省) 사람이다. 高宗 建炎年間(1127-1130) 초에 勤王한 공으로 관직에 보임되었다. 그 뒤 韓世忠을 따라 濠 땅에서 金나라 군사를 물리친 공으로 여러 차례 승진하였다. 만년에는 사직하고 고향으로 돌아가 大隱樓를 짓고 소옹의 易學에 잠심하였다. 뒤에 다시 武夷(福建省)로 이주하여 奪秀亭을 짓고 은거하였으며, 胡寅(1098-1156)과 교유하였다.

- **채　발 蔡發(1089-1152)**
  자는 神與, 호는 牧堂老人이며, 建陽(福建省) 사람이다. 蔡元定의 부친으로, 일생동안 사방을 두루 유람하며 견문을 넓혔다. 孔孟의 유학을 추중하였고, 특히 易學과 天文·地理 등에 뛰어났다. 두문불출하고서『程氏語錄』·『邵氏經世』·『張氏正蒙』등으로써 아들을 교육하였다. 저술로『牧堂公集』·『地理發微』·『天文星象發微』가 있다.

- **왕　식 王湜(？-？)**
  생애가 자세치 않다. 同州(陝西省) 사람으로, 소옹의 역학에 잠심하였다. 만년에 진사가 되었다. 저술로『易學』이 있다.

- **장행성 張行成(？-？)** ☞ 張祝諸儒學案

- **소광조 邵光祖(？-？)**
  洛陽(河南省) 사람으로, 생애가 자세치 않다. 소옹의 10세손으로 부친의 임지였던 吳 땅에 정착하였다. 성현의 글이 아니면 읽지 않을 정도로 경학에 침잠하였는데, 오 땅 사람들이 '五經師'라 일컬었다.(보유 125쪽)

10) 邵雍의 私淑

- **조열지 晁說之(1059-1129)** ☞ 景迂學案
- **진　관 陳瓘(1057-1124)** ☞ 陳鄒諸儒學案

● 우사덕 牛師德(?-?)

자는 祖仁이며, 생애가 자세치 않다. 스스로 사마광이 소옹에게 전한 학문을 따른다고 한 것을 보면, 소옹을 사숙한 듯하다. 저술로『先天易鈐』・『太極寶局』이 있다.

◎ 牛師德의 家學

● 우사순 牛思純(?-?)

우사덕의 아들로, 생애가 자세치 않다. 부친의 학문을 계승하였다. 혹자는 우사덕의 저술 중『太極寶局』은 아들 우사순의 저술이라고도 한다.

11) 邵雍의 淵源

● 왕소소 王昭素(894-982)

호는 酸棗이며, 開封 酸棗(河南省) 사람이다. 독실히 학문에 전념하였으며, 향리에서 학생들을 가르쳤다. 문하에서 李穆・李肅・李惲 등이 배출되었다. 九經에 박통하였는데 특히『시경』・『주역』에 밝았으며,『노자』・『장자』도 섭렵하였다. 970년 문인 이목의 천거로 宋太祖가 불러 보고『주역』을 진강하게 하였으며, 國子博士를 하사하였다. 저술로『易論』이 있다.(보유 114쪽)

● 진　단 陳摶(?-989)

자는 圖南, 호는 扶搖子이며, 眞源(安徽省) 사람이다. 後唐 長興年間(930-933)에 진사시에 응시했다가 낙방한 뒤로 출사를 단념하고 武當山 九室巖에 은거하였다. 이후 華山 雲臺觀으로 이주하였는데, 전하는 말에 한 번 잠들면 백일 동안 일어나지 않았다고 한다. 後周 世宗이 불러 諫議大夫로 삼았으나 나아가지 않았다. 송나라가 들어선 뒤 太平興國年間(976-983)에 나아가 太宗을 알현했는데, 태종이 매우 후하게 대접하고 '希夷先生'이라 賜號하였다. 당시 재상으로 있던 宋琪는 그를 獨善其身하는 方外之士로 평하였다. 그는『주역』에 특히 해박하였는데,「無極圖」・「先天圖」등을 그려 萬物의 一體로 삼았다. 그의 설이 周敦頤・邵雍 등에 이르러 더 推演되었는데, 실상 송대 理學의 端緖를 연 인물로 평가된다. 저술로『指元篇』・『正易心法』・『三峯寓言』・『高陽集』・『釣潭集』등이 있다.(보유 113쪽)

◎ 陳摶의 門人

● 충 방 种放(955-1015)

자는 明逸, 호는 雲溪이며, 洛陽(河南省) 사람이다. 모친을 모시고 終南山에 은거하여 학문에 전념하였으며, 고을의 자제들을 가르쳤는데 배우는 자가 많았다. 송 태종이 불렀으나 모친 봉양을 이유로 나아가지 않자, 황제가 돈과 비단을 하사하였다. 모친이 별세한 뒤 황제의 부름을 받고 나아가 左司諫에 제수되었으며, 工部侍郎을 지냈다. 뒤에 嵩山으로 옮겨 살았다. 1015년 어느 날 도복을 입고 諸生들을 불러모은 뒤 자신이 저술한 글을 불사르고 술을 몇 순배 돌린 뒤 숨을 거두었다. 工部尙書에 추증되었다.(보유 114쪽)

● 장 영 張詠(?-?)

자는 復之, 호는 乖崖, 시호는 忠定이며, 鄲城(山東省) 사람이다. 980년 진사시에 합격하여 大理評事에 제수되었고, 여러 차례 승진하여 樞密院直學士·工部尙書 등을 역임하였다. 또한 益州·杭州·昇州 등의 수령을 지냈는데, 정사를 할 적에는 은혜와 위엄을 병행하였으며, 剛直하고 方正함으로 자임하였다. 향년 70세이다.(보유 115쪽)

◎ 种放의 門人

● 목 수 穆修(979-1032)

자는 伯長이며, 汝陽(山東省) 사람이다. 뒤에 蔡州로 옮겨 살았다. 种放에게 수학하였으며, 1009년 진사시에 합격하여 泰州司理參軍에 보임되었다. 그 뒤 무고를 받고 池州로 좌천되었다가 潁州文學參軍이 되었다. 성품이 강개하여 시사를 논평하길 좋아하였다. 五代 이래의 화려한 西昆體의 문풍에 불만을 품고 古文의 전통을 회복하려 하였으며, 柳宗元·韓愈의 문집을 간행하여 開封府 相國寺에서 팔기도 하였다. 聲律만을 일삼는 당시의 문풍을 배격하고 새롭게 고문을 창도한 인물로 평가된다. 尹洙·蘇舜卿 등이 그의 문하에서 수학하였다. 문인 윤수가 그의 고문학과 춘추학·역학을 전하였다. 저술로『穆參軍集』이 있다.(보유 116쪽)

● 고 변 高弁(?-?)

자는 公儀이며, 濮州 雷澤(山東省) 사람이다. 終南山에서 种放에게 易學을 수학하였으며, 柳開에게 고문을 배웠다. 至道年間(995-997) 진사시에 합격하였으며, 여러 차례 승진하여 侍御史에 이르렀다. 뒤에 開封府 진사시험을 주관할 적에 私意를 썼다는 이유로 奪官되기도 하였으나, 다시 기용되어 知單州·知陝州 등을 지냈다. 李迪·伊淳 등과 친하게 지냈으며, 仁義를 즐겨 말하였다. 문장을 지을 적에도 六經 및 『맹자』를 전범으로 하였다. 石延年·劉潛 등이 그의 문하에서 수학하였다. 저술로 『帝則』이 있다.(보유 117쪽)

- 양 해 楊偕(980-1049)

  자는 次公이며, 中部(陝西省) 사람이다. 种放에게 수학하였다. 大中祥符年間(1008-1016) 진사시에 합격하여 侍御史에 이르렀다. 성품이 강직하고 충성스러웠는데, 여러 차례 상소를 하여 직언하다가 좌천되기도 하였다. 뒤에 知幷州·知杭州 등 지방관을 지내고, 翰林侍讀學士·工部侍郎에 이르렀다. 저술로 兵書와 문집이 있다.(보유 117쪽)

- 유맹절 劉孟節(?-?)

  壽光(山東省) 사람이다. 젊어서 种放에게 수학하였다. 青州 南冶에 은거하여 학문에 전념하였는데, 富弼이 그를 위해 집을 지어 주었다. 范仲淹·文彦博이 그를 천거하려 하였으나, 사양하고 나아가지 않았다.(보유 118쪽)

- 설 전 薛田(?-?)

  자는 希稷이며, 河東(山西省) 사람이다. 젊어서 种放에게 수학하였으며, 魏野와 친하게 지냈다. 진사시에 급제하여 監察御史·侍御史 등을 거쳐 右諫議大夫에 이르렀으며, 知延州·知同州 등 지방관을 지냈다. 저술로 『河汾集』이 있다.(보유 118쪽)

- 이 개 李漑(?-?)

  생애가 자세치 않다. 「漢上易圖說」에 의하면, 河圖는 劉牧이 范諤昌에게 전수 받고, 범악창은 許堅에게서, 허견은 李漑에게서, 이개는 种放에게서, 충방은 陳搏에게서 전수 받았다고 하였다.(보유 118쪽)

◎ 穆修의 門人

- 이지재 李之才(?-1045)

  자는 挺之이며, 青州 北海(山東省) 사람이다. 1030년 진사가 되어 澤州簽署判官을 지냈으며, 殿中丞에 이르렀다. 穆修의 문하에서 수학하며 역학을 배워

邵雍에게 전해 주었다. 澤州 사람 劉羲叟가 그에게 曆法을 배웠는데, 세상에서는 그의 역법을 '羲叟曆法'이라 하였다.(보유 119쪽)

- 주돈이 周敦頤(1017-1073) ☞ 濂溪學案

- 소순흠 蘇舜欽(1008-1049)

자는 子美, 호는 滄浪翁이며, 鹽泉(四川省) 사람이다. 參知政事를 지낸 蘇易簡의 손자이며, 杜衍의 사위이다. 穆修에게 易學과 古文學을 배웠다. 1034년 진사시에 급제하였다. 처음에는 蔭官으로 출사하여 大理評事를 지냈으며, 范仲淹의 천거로 集賢校理를 역임하였다. 만년에는 吳中에 우거하며 詩歌로 自適하였다. 초서를 잘 썼다고 한다.(보유 120쪽)

- 윤　원 尹源(996-1045)

자는 子淵·子漸이며, 河南(河南省) 사람이다. 穆修에게 수학하였다. 세상 사람들이 '河南先生'이라 일컬었다. 1030년 진사시에 급제하여 河陽縣令·知懷州 등을 지냈다. 동생 尹洙와 함께 문학으로 이름이 있었다. 일찍이『唐說』·『敍兵』등을 지어 올려 范仲淹·韓琦 등의 천거를 받았으나, 詩賦를 지으려 하지 않아 낙선되었다.(보유 121쪽)

- 윤　수 尹洙(1001-1047) ☞ 廬陵學案

- 소　고 邵古(986-1064)

자는 天叟, 자호는 伊川丈人이며, 본래 涿州 范陽(河北省) 사람인데 난을 피하여 衛州 共城으로 이주하였고, 다시 洛陽으로 옮겨 살았다. 邵雍의 부친이다. 義理를 끝까지 궁구하길 좋아하였으며, 문자학에 정통하였다. 저술로『周易解』·『正聲』·『正字』·『正音』등이 있다.(보유 121쪽)

◎ 高弁의 門人

- 유　안 劉顏(?-?) ☞ 士劉諸儒學案

- 유　잠 劉潛(?-?)

자는 仲方이며, 定陶(山東省) 사람이다. 高弁의 문하에서 수학하였으며, 고문을 좋아하였다. 진사시에 급제한 뒤 蓬萊縣令 등을 지냈다.(보유 122쪽)

- 석연년 石延年(994-1041)

자는 曼卿이며, 宋城(河南省) 사람이다. 선대는 대대로 幽州에 살았다. 高弁의 문하에서 수학하였다. 진사시에 낙방한 뒤, 武臣으로 출사하였다. 眞宗 때 太子中允·秘閣校理 등을 지냈다. 일찍이 備邊策을 올렸으나 받아들여지지 않았는데, 李元昊가 반란을 일으킨 뒤에 仁宗에게 인정을 받았다. 氣節이 호방하였으며, 문장이 강건하였다.(보유 122쪽)

◎ 李漑의 門人

● 허 견 許堅(?-?)

자는 介石이며, 江東(江西省) 사람이다. 李漑의 문하에서 수학하였으며, 특이한 방술이 있었다. 茅山에 은거하다가, 983년부터는 廬山에서 살았다. 때로는 洪州의 西山과 吉州의 玉笥山에서 노닐기도 하였다.(보유 122쪽)

◎ 李之才의 門人

● 소 옹 邵雍(1017-1060) ☞ 百源學案

● 유희수 劉羲叟(1017-1060)

자는 仲更이며, 澤州(山西省) 사람이다. 李之才의 문하에서 수학하였으며, 博學强記하였다. 歐陽脩의 천거로 大理評事에 제수되었으며, 著作佐郎·崇文院檢討 등을 지냈다. 經·史에 박통하였는데, 특히 星曆·術數에 뛰어났다. 『唐史』의 律歷志·天文志·五行志 등을 편수하였다. 저술로『十三代史志』·『劉氏輯歷』·『春秋災異』등이 있다.(보유 123쪽)

◎ 許堅의 門人

● 범악창 范諤昌(?-?)

建溪(福建省) 사람으로, 생애가 자세치 않다. 許堅에게 河圖·洛書를 전수받았다.(보유 124쪽)

◎ 范諤昌의 門人

● 유 목 劉牧(1011-1064) ☞ 泰山學案

● 황 희 黃晞(?-1057) ☞ 士劉諸儒學案

● 진순신 陳純臣(?-?)

생애가 자세치 않다. 范諤昌에게 수학하였다.(보유 124쪽)

◎ 張詠의 私淑

● 염장언 閻長言(?-?)

자는 子秀이며, 濟南 長淸(山東省) 사람이다. 본래의 이름은 '詠'인데, 자신이 존모하는 張詠과 같다고 하여 '長言'으로 바꾸었다. 兗州 嵫陽에 우거하였다. 金나라 章宗 承安年間(1196-1200)에 진사시에 장원하여 應奉翰林文字에 제수되었으며, 한림원에서 10년 동안 봉직했다. 저술로 『後軒集』이 있다.(보유 125쪽)

◎ 閻長言의 門人

● 강 엽 康曄(?-?)

자는 顯之이며, 高唐(山東省) 사람이다. 金末元初의 인물로, 閻長言에게 수학하였다. 금나라 때 詞賦科에 합격하였다. 학문을 논할 때 操行을 으뜸으로 여겼으며 문예를 말단적인 것으로 보았다. 원나라 초기에 儒林祭酒가 되자, 사방의 학자들이 운집하였다. 저술로 『澹軒文集』이 있다.(보유 126쪽)

◎ 康曄의 門人

● 협곡지기 夾谷之奇(?-1289) ☞ 北山四先生學案

9. 濂溪 周敦頤의 學脈(濂溪學案)

1) 濂溪學案 圖表

```
◎ 周敦頤 ┬ 周   壽(子)
         ├ 周   燾(子)
         ├ 程   顥 ☞ 明道學案
         └ 程   頤 ☞ 伊川學案
```

```
※ 講 友 : 程   珦
           胡   宿
           周文敏
           傅   耆
           李初平
           王拱辰
           許   渤
           孔延之
※ 同 調 : 趙   抃
※ 續 傳 : 周   壎(補遺)
※ 私 淑 : 蘇   軾 ☞ 蘇氏蜀學畧
           黃庭堅 ☞ 范呂諸儒學案
           王端禮(補遺)
           王鴻擧(補遺)
           楊   棟(補遺) ── 楊文仲(補遺)
           李   用(補遺)
           陳元大(補遺)
           臧廷鳳(補遺)
           傅   時(補遺)
           傅   淳(補遺)
```

2) 濂溪學案序錄

내가 삼가 살펴보건대, 濂溪 周敦頤의 문하에서 明道 程顥(1032-1085)와 伊川 程頤(1033-1107)가 젊어서 종유하였다. 명도·이천이 터득한 바가 실로 염계에게서 말미암지 않았다는 것에 대해서는 그의 고제 滎陽 呂希哲(1039-

1116)이 분명히 말하였고, 紫微 呂本中(1084-1145)도 거듭 말하였으며, 玉山 汪應辰(1118-1176)도 그렇게 말하였다. 지금 살펴보건대 정명도·정이천이 종신토록 주돈이를 깊이 추존하지 않았고 아울러 司馬光(1019-1086)·邵雍 (1011-1077)의 반열로도 인정하지 않았으니, 여희철·여본중의 말이 거짓이 아님을 알 수 있다. 晦翁 朱熹(1130-1200)·南軒 張栻(1133-1180)이 비로소 분명하게 '염계는 정명도·정이천이 배운 분이다.'라고 말하였다. 이 이후로 사람들이 그 말을 따랐지만 의심하는 자들도 이어졌다. 그러나 의심을 하긴 하였지만 모두 여희철·여본중의 말을 상고하여 증거로 삼지 않았으니 끝내 증거가 없었다. 나는 "염계는 참으로 성인의 경지에 들어갔지만, 정명도·정이 천이 그의 학문을 일찍이 전하지 않았으니 이제 와서 연관시켜 합하려 한다면, 이는 참으로 쓸모없는 짓이다."라고 생각한다.

3) 范仲淹의 講友

● 주돈이 周敦頤(1017-1073)

본명은 敦實이었으나 英宗의 이름 때문에 敦頤로 고쳤다. 자는 茂叔, 호는 濂 溪, 시호는 元公이며, 道州 營道(湖南省) 사람이다. 賀州 桂嶺縣令을 지낸 周 輔成의 아들로, 어려서 고아가 되어 龍圖閣學士를 지낸 외삼촌 鄭向의 집에서 자랐다. 음직으로 分寧縣主簿가 된 뒤 南昌縣令·虔州通判 등을 지냈으며, 1241년 孔子廟에 배향되었다. 濂學의 창시자이며, 程顥·程頤·邵雍·張載와 함께 '北宋五子'로 일컬어진다. 陳摶의 「無極圖」를 참고하여 세계의 본체 및 형성 발전을 도식화한 「太極圖」를 완성하였다. 『通書』는 『태극도설』과 표리관 계이나 『태극도설』이 우주론을 설명한 반면, 『통서』는 윤리론을 이야기하고 있다. 저술로 『太極圖說』·『通書』 등이 있으며, 청나라 때 그의 저술을 모두 합하여 『周子全書』를 편찬하였다.

4) 周敦頤의 講友

● 정 향 程珦(1006-1090)

자는 伯溫이며, 洛陽(河南省) 사람이다. 程羽의 증손이며, 程顥·程頤의 아버 지이다. 음직으로 黃陂尉가 되어 太中大夫 등을 지냈다. 通判南安軍으로 있을 때 周敦頤와 교유하였으며 두 아들을 주돈이에게 배우게 하였다. 王安石의 신법에 반대하였다.

- 호　숙　胡宿(996-1067)

　자는 武平, 시호는 文恭이며, 常州 晉陵(江蘇省) 사람이다. 1024년 진사가 되어 知蘇州·翰林院學士 등을 지냈다. 저술로『文恭集』이 있다.

- 주문민 周文敏(?-?)

　安仁(江西省) 사람이다. 학문을 독실히 하고 명성을 구하지 않았다. 周敦頤와 함께 廬山에서 강학하였다.

- 부　기　傅耆(?-?)

　자는 伯成·伯壽이며, 遂寧(四川省) 사람이다. 皇祐年間(1049-1053)에 진사가 되어 知漢州를 지냈다. 주돈이가 合州에 있을 때, 그의 어짐을 듣고 從遊하였다.

- 이초평 李初平(?-?)

　1046년 郴 땅의 군수가 되었는데, 당시 周敦頤가 그곳의 하급관리로 있었다. 그의 어짊을 알고 함부로 대하지 않았다.

- 왕공진 王拱辰(1012-1085)

　초명은 拱壽, 자는 君貺, 시호는 懿恪이며, 咸平(河北省) 사람이다. 1030년 진사가 되어 翰林院學士·吏部尙書 등을 지냈다. 저술로『治平改監』등이 있다.

- 허　발　許渤(978-1047)

　자는 仲容이며, 蒲城(陝西省) 사람이다. 1019년 진사가 되어 知天興·潤州觀察推官 등을 지냈다. 范仲淹이 조정에 있을 때, 그를 천거하여 벼슬이 秘書丞에 이르렀다.

- 공연지 孔延之(1014-1074)

　자는 長源이며, 新淦(江西省) 사람이다. 공자의 46세손으로, 1042년 진사가 되어 知新建·司封郎中 등을 지냈다. 평생 周敦頤·曾鞏과 절친하게 지냈다. 아들이 세 명 있는데 모두 문장으로 드러났고 '臨江三孔'으로 일컬어졌다. 저술로『會稽掇英總集』이 있다.

5) 周敦頤의 同調

- 조 변 趙抃(1008-1084)
  자는 閱道, 호는 知非子, 시호는 淸獻이며, 西安(陝西省) 사람이다. 景祐年間
  에 진사가 되어 殿中侍御史·知杭州 등을 지냈다. 왕안석의 신법에 반대하였
  다. 저술로『淸獻集』이 있다.

6) 周敦頤의 家學

- 주 수 周壽(?-?)
  周敦頤의 아들로, 司封郎中을 지냈다.

- 주 도 周燾(?-?)
  周敦頤의 아들로, 朝議大夫·徽猷閣待制를 지냈다.

7) 周敦頤의 門人

- 정 호 程顥(1032-1085) ☞ 明道學案
- 정 이 程頤(1033-1107) ☞ 伊川學案

8) 周敦頤의 續傳

- 주 훈 周壎(?-?)
  자는 伯和이며, 營道(湖南省) 사람이다. 周敦頤의 9세손으로 家學을 전하였
  다.(보유 142쪽)

9) 周敦頤의 私淑

- 소 식 蘇軾(1037-1101) ☞ 蘇氏蜀學畧
- 황정견 黃庭堅(1045-1105) ☞ 范呂諸儒學案
- 왕단례 王端禮(?-?)
  자는 懋甫이며, 吉水(江西省) 사람이다. 元祐年間(1086-1094)에 진사가 되어
  富川令을 지냈다. 저술로『强仕稿』·『論語解』·『易解』·『疑獄集』 등이 있
  다.(보유 139쪽)
- 왕홍거 王鴻擧(?-?)

자는 南賓이며, 吉水(江西省) 사람이다. 王端禮의 아들로 文名이 있었다.(보유 139쪽)

- 양 동 楊棟(?-?)

자는 元極, 호는 平舟이며, 靑神(四川省) 사람이다. 工部尚書를 지낸 楊汝明의 아들로, 1229년 진사가 되어 禮部尚書·參知政事 등을 지냈다. 그의 학문은 周敦頤·程顥·程頤의 학문에 근원을 두고 있다. 上蔡書院의 主講을 지냈다. 저술로 『崇道集』·『平舟文集』이 있다.(보유 140쪽)

- 이 용 李用(?-?)

자는 叔大, 호는 竹隱이며, 東莞(廣東省) 사람이다. 어려서 고아가 되어 과거를 포기하고, 周敦頤와 程顥·程頤의 글을 독실히 익혔다. 송나라가 망하자 사위 熊飛와 함께 의병을 일으켰으나, 웅비가 패하자 일본으로 건너가 『시경』·『서경』을 가르쳤으며 濂學과 洛學을 전하였다. 저술로 『論語解』가 있다.(보유 141쪽)

- 진원대 陳元大(?-?)

자는 孔碩이며, 출신지가 자세치 않다. 溫州 儒學敎授를 지냈다. 공자의 학문을 접하고 책으로 周敦頤·程顥·程頤·朱熹를 벗하였다. 저술로 『四書講義』가 있다.(보유 142쪽)

- 장정봉 臧廷鳳(?-?)

濂洛關閩의 학문을 추숭하였으며, '梧岡先生'이라 일컬어졌다.(보유 142쪽)

- 부 시 傅時(?-?)

鄞縣(浙江省) 사람으로, 도학으로 이름났다.(보유 142쪽)

- 부 순 傅淳(?-?)

자는 伯厚이며, 慈溪(浙江省) 사람이다. 傅時의 아들로, '退密先生'이라 일컬어졌다. 저술로 『洪範叢說』·『性理叢說』·『大學補畧』이 있다.(보유 142쪽)

◎ 楊棟의 家學

- 양문중 楊文仲(?-?)

자는 時發, 호는 見山이며, 彭山(四川省) 사람이다. 楊棟의 조카로 1253년 진사가 되어 工部侍郎·國子祭酒 등을 지냈다. 『춘추』에 조예가 깊었으며, 저술로 『見山文集』이 있다.(보유 141쪽)

10. 明道 程顥의 學脈(明道學案)

1) 明道學案 圖表

```
◎ 程 顥 ┬ 劉 絢 ☞ 劉李諸儒學案
         ├ 李 籲 ☞ 劉李諸儒學案
         ├ 謝良佐 ☞ 上蔡學案
         ├ 楊 時 ☞ 龜山學案
         ├ 游 酢 ☞ 廌山學案
         ├ 呂大忠 ☞ 呂范諸儒學案
         ├ 呂大鈞 ☞ 呂范諸儒學案
         ├ 呂大臨 ☞ 呂范諸儒學案
         ├ 侯仲良 ☞ 劉李諸儒學案
         ├ 劉立之 ☞ 劉李諸儒學案
         ├ 朱光庭 ☞ 劉李諸儒學案
         ├ 田述古 ☞ 安定學案
         ├ 邵伯溫 ☞ 百源學案
         ├ 蘇 昞 ☞ 呂范諸儒學案
         └ 邢 恕 ☞ 劉李諸儒學案
```

※ 講 友 ： 羅善同(補遺)
※ 學 侶 ： 程 頤 ☞ 伊川學案
　　　　　 張 載 ☞ 橫渠學案
　　　　　 呂希哲 ☞ 滎陽學案
※ 同 調 ： 韓 維 ☞ 范呂諸儒學案
　　　　　 王巖叟 ☞ 范呂諸儒學案
※ 續 傳 ： 李俊民
※ 私 淑 ： 靳裁之 ─ 胡安國 ☞ 武夷學案
　　　　　 陳 瓘 ☞ 陳鄒諸儒學案
　　　　　 陳德豫(補遺)

2) 明道學案序錄

내가 삼가 살펴보건대, 明道 程顥의 학문에 대해 先儒들은 그가 顏子에 가깝다고 평했으니, 타고난 자질이 완전한 사람인 듯하다. 세상에는 伊川 程頤(1033-1107)의 말이 자신을 상하게 할지도 모른다고 의심하는 사람이 있었으나, 유독 정명도에 대해서는 이렇다 할 흠이 없었다.

3) 周敦頤의 門人

● 정　호 程顥(1032-1085)

자는 伯淳, 호는 明道, 시호는 純公이며, 洛陽(河南省) 사람이다. 북송 때 학자로, 1058년 진사가 되어 上元縣主簿·太子中允 등을 지냈다. 동생 程頤와 함께 周敦頤에게 배웠으며, 송내 理學의 기초를 이룩하였디. 오랫동안 낙양에서 강학하였으므로 그들의 학문을 '洛學'이라 불렀으며, 두 형제를 '二程子'로 일컬었다. 우주의 근본원리를 '理'라 칭하고 '理氣一元論'·'性則理說'을 주장하였는데, 뒤에 心學의 이론적 기초를 제공하였다. 二程의 학설은 남송 때 朱熹에 의해 계승 발전되어, 송대 이학을 대표하는 程朱學으로 성립되었다. 저술로 『定性書』·『識仁篇』 등이 있다. 그 외 동생의 저술과 함께 후인이 편집한 『二程全書』가 있다. 학문성향은 정밀한 이론적 탐구보다는 고원하고 심오한 이치를 위주로 하여 후대 謝良佐·楊時 등의 心學에 영향을 주었다.

4) 程顥의 講友

● 나선동 羅善同(?-?)

자는 信遠, 호는 純古이며, 上高(江西省) 사람이다. 어릴 적부터 시와 서예에 힘썼다. 정명도가 그에게 서신을 보내 聖學에 힘쓸 것을 권면하였다.(보유 145쪽)

5) 程顥의 學侶

● 정　이 程頤(1033-1107) ☞ 伊川學案
● 장　재 張載(1020-1077) ☞ 橫渠學案
● 여희철 呂希哲(1039-1116) ☞ 滎陽學案

6) 程顥의 同調

- 한 유 韓維(1017-1098) ☞ 范呂諸儒學案
- 왕암수 王巖叟(1044-1094) ☞ 范呂諸儒學案

7) 程顥의 門人

- 유 현 劉絢(1045-1087) ☞ 劉李諸儒學案
- 이 유 李籲(?-?) ☞ 劉李諸儒學案
- 사량좌 謝良佐(1050-1103) ☞ 上蔡學案
- 양 시 楊時(1053-1135) ☞ 龜山學案
- 유 작 游酢(1053-1123) ☞ 廌山學案
- 여대충 呂大忠(?-?) ☞ 呂范諸儒學案
- 여대균 呂大鈞(1031-1082) ☞ 呂范諸儒學案
- 여대림 呂大臨(1040-1092) ☞ 呂范諸儒學案
- 후중량 侯仲良(?-?) ☞ 劉李諸儒學案
- 유립지 劉立之(?-?) ☞ 劉李諸儒學案
- 주광정 朱光庭(1037-1094) ☞ 劉李諸儒學案
- 전술고 田述古(?-?) ☞ 安定學案
- 소백온 邵伯溫(1057-1134) ☞ 百源學案
- 소 병 蘇昞(?-?) ☞ 呂范諸儒學案
- 형 서 邢恕(?-?) ☞ 劉李諸儒學案

8) 程顥의 續傳

- 이준민 李俊民(1176-1260)

  자는 用章, 호는 鶴鳴, 시호는 莊靖이며, 澤州(山西省) 사람이다. 금나라 학자
  로, 젊어서부터 정호·정이 및 邵雍의 학문을 익혔다. 1200년 經義로 진사가
  되어 應奉翰林文字에 제수되었다. 그러나 오래지 않아 관직을 버리고 고향으

로 돌아가 학문과 강학에 힘썼다. 저술로 『莊靖集』이 있다.

9) 程顥의 私淑

- 근재지 靳裁之(?-?)
  潁昌(河南省) 사람이다. 젊어서 정호·정이의 학문을 사숙하였다. 胡安國이
  태학에 들어가 그를 사사하였다.

- 진 관 陳瓘(1057-1124) ☞ 陳鄒諸儒學案

- 진덕예 陳德豫(1057-1124)
  자는 子順이며, 連江(福建省) 사람이다. 1087년 진사가 되어 著作郎·湖南提擧
  등을 지냈으며, 벼슬이 大理卿에 이르렀다. 정호·정이의 학문이 금지 당했을
  때에도 존중하여 지켰다. 저술로 『訥齋集』이 있다.(보유 146쪽)

◎ 靳裁之의 門人

- 호안국 胡安國(1074-1138) ☞ 武夷學案

11. 伊川 程頤의 學脈(伊川學案)

1) 伊川學案 圖表

```
◎ 程 頤 ┬ 劉   絢 ☞ 劉李諸儒學案
        ├ 李   籲 ☞ 劉李諸儒學案
        ├ 呂希哲 ☞ 滎陽學案
        ├ 謝良佐 ☞ 上蔡學案
        ├ 楊   時 ☞ 龜山學案
        ├ 游   酢 ☞ 廌山學案
        ├ 呂大忠 ☞ 呂范諸儒學案
        ├ 呂大鈞 ☞ 呂范諸儒學案
        ├ 呂大臨 ☞ 呂范諸儒學案
        ├ 尹   焞 ☞ 和靖學案
        ├ 郭忠孝 ☞ 兼山學案
        ├ 王   蘋 ☞ 震澤學案
        ├ 周行己 ☞ 周許諸儒學案
        ├ 許景衡 ☞ 周許諸儒學案
        ├ 田述古 ☞ 安定學案
        ├ 邵伯溫 ☞ 百源學案
        ├ 李   朴 ☞ 范呂諸儒學案
        ├ 范   沖 ☞ 華陽學案
        ├ 蘇   昞 ☞ 呂范諸儒學案
        ├ 楊國寶 ☞ 王張諸儒學案
        ├ 蕭   楚 ☞ 范許諸儒學案
        ├ 陳   淵 ☞ 默堂學案
        ├ 羅從彥 ☞ 豫章學案
        ├ 楊   迪 ☞ 龜山學案
        └ 呂義山 ☞ 呂范諸儒學案


  ※ 講 友：司馬光 ☞ 涑水學案
          呂公著 ☞ 范呂諸儒學案
          韓   維 ☞ 范呂諸儒學案
  ※ 學 侶：張   載 ☞ 橫渠學案
          朱長文 ☞ 泰山學案
```

范祖禹 ☞ 華陽學案
方元寀
※ 家　學 : 程端中(子) ── 程　暐(子) ☞ 和靖學案
程　沂(從子)(補遺)
※ 續　傳 : 劉　肅
張特立
李　簡
趙　復 ☞ 魯齋學案
※ 私　淑 : 胡安國 ☞ 武夷學案
陳　瓘 ☞ 陳鄒諸儒學案
鄒　浩 ☞ 陳鄒諸儒學案
趙　霄 ☞ 周許諸儒學案
張　煇 ☞ 周許諸儒學案
蔣元中 ☞ 周許諸儒學案
蔡元康 ☞ 周許諸儒學案
潘安固 ☞ 周許諸儒學案
劉子翬 ☞ 劉胡諸儒學案
羅　靖
羅　竦
羅志忠(補遺)
張良裔(補遺)
章　樵(補遺)
劉　愿(補遺)
劉揚祖(補遺)
梁建中(補遺)

2) 伊川學案序錄

내가 삼가 살펴보건대, 형 程顥가 일찍 죽고 사람들이 동생 程頤를 따르지 않았다면 洛學의 전통은 중간에 쇄미해졌을 것이다. 蕺山 劉宗周(1578-1645)가 말하기를 "동생 정이는 큰 학문을 이룩하였지만 아직 세상을 교화시키기에는 부족하였다. 그러나 發明해 낸 것은 형보다 나은 점이 있었다."라고 하였으니, 참으로 옳다.

3) 胡瑗 · 周敦頤의 門人

● 정　이 程頤(1033-1107)

자는 正叔, 호는 伊川, 시호는 正公이며, 洛陽(河南省) 사람이다. 明道 程顥의
동생이다. 太學에서 유학할 적에 胡瑗이 '顔淵이 좋아한 것은 무슨 학문인가'
라는 제목으로 제생들을 시험하였는데, 그 때 정이의 글이 출중해서 호원으로
부터 칭찬을 받았으며 同學 呂希哲이 스승의 예로 섬겼다. 司馬光 · 呂公著가
추천하여 哲宗이 西京國子監敎授에 제수하였으나 나아가지 않았다. 뒤에 秘書
省校書郞 · 崇政殿說書 등을 역임하였다. 형 程顥와 함께 周敦頤에게 수학하
였으며, 형과 함께 '二程子'로 불리었다. 오랫동안 洛陽에서 강학하여 二程의
학문을 洛學이라 불렀다. 정치적으로는 司馬光 · 邵雍 등과 노선을 함께 하며
王安石의 新法에 반대하였다. 학문적으로는 우주의 본체를 理로 보아 窮理를
주장하고, 敬을 통한 涵養과 致知를 통한 進學을 학문 방법으로 내세웠다. 그
의 학설이 南宋 朱熹에 의해 계승 발전되었는데, 후세에 이를 程朱學이라 부른
다. 저술로『易傳』·『春秋傳』·『顔子所好何學論』등이 있다. 후인들이 程顥
의 저술과 합하여『二程全書』를 편찬하였다.

4) 程頤의 講友

● 사마광 司馬光(1019-1086) ☞ 涷水學案
● 여공저 呂公著(1018-1089) ☞ 范呂諸儒學案
● 한　유 韓維(1017-1098) ☞ 范呂諸儒學案

5) 程頤의 學侶

● 장　재 張載(1020-1077) ☞ 橫渠學案
● 주장문 朱長文(1039-1098) ☞ 泰山學案
● 범조우 范祖禹(1041-1098) ☞ 華陽學案
● 방원채 方元寀(? - ?)

자는 道輔이며, 莆田(福建省) 사람이다. 方峻의 아들로, 1088년 特科에 급제

하였던 程頤와 종유하며, 수 십 통의 편지를 주고받았다. 朱熹가 정이와 주고
받은 이 글들을 모아 白鹿洞書院에서 간행하였다. 정이는 그를 '志道士人'이라
불렀다. 威武軍節度推官을 지냈다.

6) 程頤의 家學

- 정단중 程端中(? - ?)
  낙양에서 살다가 池州(安徽省)로 이주하였다. 程頤의 큰아들로 진사에 급제하
  여 建炎年間(1127-1130)에 知六安軍事를 지냈다. 金나라가 六安을 공격하자
  성을 굳게 지키다가 전사하였다.

- 정 기 程沂(? - ?)
  자는 詠之이며, 洛陽(河南省) 사람이다. 程頤의 조카로, 紹興年間(1131-1162)
  에 知崑山을 지냈다.(보유 149쪽)

- 정 위 程暐(? - ?) ☞ 和靖學案

7) 程頤의 門人

- 유 현 劉絢(? - ?) ☞ 劉李諸儒學案

- 이 유 李籲(? - ?) ☞ 劉李諸儒學案

- 여희철 呂希哲(1039-1116) ☞ 滎陽學案

- 사량좌 謝良佐(1050-1103) ☞ 上蔡學案

- 양 시 楊時(1053-1135) ☞ 龜山學案

- 유 작 游酢(1053-1123) ☞ 廌山學案

- 여대충 呂大忠(? - ?) ☞ 呂范諸儒學案

- 여대균 呂大鈞(1031-1082) ☞ 呂范諸儒學案

- 여대림 呂大臨(1040-1092) ☞ 呂范諸儒學案

- 윤 돈 尹焞(1071-1142) ☞ 和靖學案

- 곽충효 郭忠孝(? - 1127) ☞ 兼山學案
- 왕 빈 王蘋(1082-1153) ☞ 震澤學案
- 주행기 周行己(1067-약 1129) ☞ 周許諸儒學案
- 허경형 許景衡(1072-1128) ☞ 周許諸儒學案
- 전술고 田述古(? - ?) ☞ 安定學案
- 소백온 邵伯溫(1057-1134) ☞ 百源學案
- 이 박 李朴(1064-1128) ☞ 范呂諸儒學案
- 범 충 范冲(1067-1141) ☞ 華陽學案
- 소 병 蘇昞(? - ?) ☞ 呂范諸儒學案
- 양국보 楊國寶(? - ?) ☞ 王張諸儒學案
- 소 초 蕭楚(1064-1130) ☞ 范許諸儒學案
- 진 연 陳淵(? - 1145) ☞ 默堂學案
- 나종언 羅從彦(1072-1135) ☞ 豫章學案
- 양 적 楊迪(1055-1104) ☞ 龜山學案
- 여의산 呂義山(? - ?) ☞ 呂范諸儒學案

8) 程頤의 續傳

- 유 숙 劉肅(1183-1263)

  자는 才卿, 호는 佚菴, 시호는 文獻이며, 洺州(河北省) 사람이다. 1217년 진사가 되어 尙書令史를 지냈으며, 금나라가 망하자 東平 嚴實에 은거하였다. 원나라 때 다시 左三部尙書 등을 역임하였다. 諸家의 易說을 수집하여 『讀易備忘』을 저술하였다.

- 장특립 張特立(1179-1253)

  자는 文擧이며, 東明(山東省) 사람이다. 초명은 永이다. 1203년 진사가 되어 萊州 節度判官에 제수되었으나 나아가지 않고 杞 땅에서 농사지으며 經典을

논하는 것으로 즐거움을 삼았다. 1227년 監察御使에 제수되었다. 경학을 깊이
연구하고 강학을 게을리 하지 않으니, 당시 사람들이 '中庸先生'이라 불렀다.
程頤의 易學에 통달하여 『易集說』·『歷年繫事記』를 저술하였다.

- 이 간 李簡(? - ?)
  자는 蒙齋이며, 信都(河北省) 사람이다. 泰安州通判을 지냈다. 저술로 『學易
  記』가 있다.

- 조 복 趙復(약 1215-1306) ☞ 魯齋學案

9) 程頤의 私淑

- 호안국 胡安國(1074-1138) ☞ 武夷學案
- 진 관 陳瓘(1057-1124) ☞ 陳鄒諸儒學案
- 추 호 鄒浩(1060-1111) ☞ 陳鄒諸儒學案
- 조 소 趙霄(1062-1109) ☞ 周許諸儒學案
- 장 휘 張煇(? - ?) ☞ 周許諸儒學案
- 장원중 蔣元中(? - ?) ☞ 周許諸儒學案
- 채원강 蔡元康(1075-1117) ☞ 周許諸儒學案
- 반안고 潘安固(? - ?) ☞ 周許諸儒學案
- 유자휘 劉子翬(1101-1147) ☞ 劉胡諸儒學案

- 나 정 羅靖(? - ?)
  자는 仲叔이며, 開封(河南省) 사람으로 후에 揚州 江都로 옮겨 살았다. 동생
  羅竦과 함께 程子의 학문을 사숙하였다. 남송 초에 呂和問·呂廣問이 婺源에
  서 강학할 때 가서 종유하니 사람들이 '四先生'이라 일컬었다. 周紫芝와 절친
  하였다.

- 나 송 羅竦(? - ?)
  자는 叔恭이며, 開封(河南省) 사람으로 揚州 江都로 옮겨 살았다. 羅靖의 동생
  으로, 형과 함께 程子의 학문을 사숙하였다. 남송 초에 呂和問·呂廣問이 婺源
  에서 강학할 때 가서 종유하니 사람들이 '四先生'이라 일컬었다.

- **나지충 羅志忠(? - ?)**

  合州(四川省) 사람이다. 六經에 잠심하였으며, 특히 『周易』에 조예가 깊었다. 저술로 『易解』가 있는데, 程頤의 학설을 발명한 것이 많다.(보유 149쪽)

- **장량예 張良裔(? - ?)**

  자는 景先이며, 寧化(福建省) 사람이다. 程頤의 학문을 매우 좋아하였다. 1128년 진사가 되어 臨川簿에 제수되었으나 나아가지 않았다. 후에 武平丞을 지냈다.(보유 150쪽)

- **장 초 章樵(? - ?)**

  자는 升道, 호는 桐麓이며, 昌化(浙江省) 사람이다. 1208년 진사가 되어 海州教授·高郵教授 등을 지냈다. 저술로 『曾子』·『章氏家訓』·『補注春秋繁露』·『補注古文苑』이 있다.(보유 150쪽)

- **유 원 劉愿(? - ?)**

  天水(甘肅省) 사람이다. 당시 王安石의 新書가 유행하였으나, 伊洛의 학문에 잠심하였다. 八行으로 천거되었다.(보유 151쪽)

- **유양조 劉揚祖(? - ?)**

  자는 宏宗이며, 慈谿(浙江省) 사람이다. 伊洛의 학문을 숭상하였다. 1262년 진사에 급제하여 江州教授·禮部郎中 등을 지냈다. 宋나라가 망한 뒤에는 雲湖山으로 거처를 옮겨 '介白散人'이라 자호하며 원나라에 신하노릇하지 않을 뜻을 드러내었다.(보유 151쪽)

- **양건중 梁建中(? - ?)**

  錢塘(浙江省) 사람이다. 伊洛의 학문을 좋아하였으며, 문학에 조예가 깊었다. 宋濂(1301-1381)이 그의 문집 서문을 지었다.(보유 151쪽)

12. 橫渠 張載의 學脈(橫渠學案)

1) 橫渠學案 圖表

```
◎ 張  載 ┬ 呂大忠 ☞ 呂范諸儒學案
         ├ 呂大鈞 ☞ 呂范諸儒學案
         ├ 呂大臨 ☞ 呂范諸儒學案
         └ 范  育 ☞ 呂范諸儒學案

※ 學  侶 : 張  戩
           程  顥 ☞ 明道學案
           程  頤 ☞ 伊川學案
           呂希哲 ☞ 滎陽學案
※ 同  調 : 呂大防 ☞ 范呂諸儒學案
※ 續  傳 : 蔡  發 ☞ 百源學案
※ 私  淑 : 晁說之 ☞ 景迂學案
           王易簡(補遺)
```

2) 橫渠學案序錄

내가 삼가 살펴보건대, 橫渠 張載는 도에 나아감이 과감하였으며, 그의 문호가 伊川 程頤와는 조금 다른 점이 있지만 그 근본은 하나이다. 그가 天과 人의 근본을 말한 것에 간혹 온당치 못한 점이 있었으나, 黃宗義가 조금 소통시켜 증명해 놓았으니 또한 횡거의 충신이로다.

3) 范仲淹의 門人

- 장 재 張載(1020-1077)

  자는 子厚, 호는 橫渠, 시호는 獻公이며, 鳳翔 郿縣(陜西省) 사람이다. 북송 때 학자로, 1058년 진사가 되어 崇文院校書·著作佐郎 등을 지냈다. 송대 理學을 창시한 北宋五子 중 한 사람이다. 關中에서 강학하였으므로 그의 학문을 '關學'이라 부른다. 젊어서 병법에 관심이 많았으나, 범중엄을 만나 경서공부에 정진하게 되었다. 程顥·程頤 형제와 함께『주역』을 강론하였으며, 王安石의 新法에 반대하여 옥고를 치르기도 하였다. 그의 학문은『주역』을 종주로 하고,『중용』을 목표로 하였으며,『예기』를 본체로 하고, 孔子·孟子를 표준으로 삼았다. 기질이 강직하며 근엄하였지만, 내면적으로는 어진 기풍도 함께 갖추고 있었다.『西銘』에서 "사람은 하늘로부터 氣를, 땅으로부터 형체를 품부받았으니 곧 하늘과 땅의 아들이다."라고 하여 天과 人의 관계를 설정하였으며,『正蒙』에서는 理와 氣를 합하여 하나의 기가 양면에 나타난 것이라는 氣一元論을 내세웠다. 그의 기일원론은 靑代 王廷相·王夫之·戴震 등에 의해 계승 발전되었으며, 人性論은 주희에게 일정한 영향을 주었다. 저술로『東銘』·『西銘』·『正蒙』·『橫渠易說』·『經學理窟』 등이 있다.

4) 張載의 學侶

- 장   전 張戩(1030–1076)
  자는 天祺이며, 鳳翔 郿縣(陝西省) 사람이다. 張載의 아우로, 關中의 학자들은 두 형제를 '二張'이라 불렀다. 진사가 되어 知靈寶·知流江·知金堂 등을 지냈다. 사람됨이 독실하고 너그러워 그의 형과 程頤로부터 全器·德器라는 칭송을 받았다. 왕안석의 新法을 亂法이라며 반대하였다.

- 정   호 程顥(1032–1085) ☞ 明道學案

- 정   이 程頤(1033–1107) ☞ 伊川學案

- 여희철 呂希哲(1039–1116) ☞ 滎陽學案

5) 張載의 同調

- 여대방 呂大防(1027–1097) ☞ 范呂諸儒學案

6) 張載의 門人

- 여대충 呂大忠(？–？) ☞ 呂范諸儒學案

- 여대균 呂大鈞(1031–1082) ☞ 呂范諸儒學案

- 여대림 呂大臨(1040-1092) ☞ 呂范諸儒學案
- 범　육 范育(?-?) ☞ 呂范諸儒學案

7) 張載의 續傳

- 채　발 蔡發(1089-1152) ☞ 百源學案

8) 張載의 私淑

- 조열지 晁說之(1059-1129) ☞ 景迂學案
- 왕이간 王易簡(?-?)
  자는 理得, 호는 可竹이며, 山陰(浙江省) 사람이다. 송말 진사가 되어 瑞安主
  簿에 제수되었으나 나가지 않았다.(보유 155쪽)

13. 范鎭·呂公著 등의 學脈(范呂諸儒學案)

1) 范呂諸儒學案 圖表

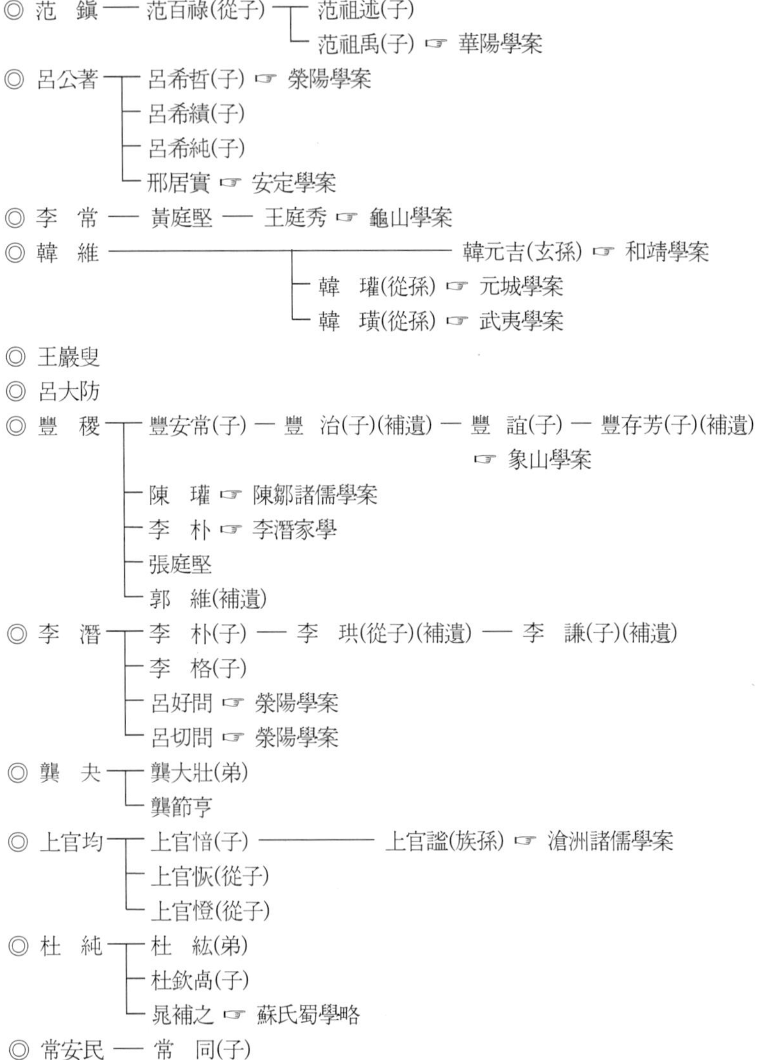

◎ 李　深 ┬ 李　階(子)
　　　　　└ 李　郁(子) ☞ 龜山學案

※ 豐稷同調 : 陳禾(補遺)

2) 范呂諸儒學案序錄

내가 삼가 살펴보건대, 慶曆年間(1041-1048) 이후에도 오히려 큰 학자들이 있었다. 學統에 있어서는 그 성립을 아직 예측할 수 없었지만, 學術上으로는 공이 있지 않은 자가 없었다. 蜀公 范鎭·申公 呂公著·持國 韓維가 한 무리요, 汲公 呂大防·彦霖 王巖叟가 또 한 무리요, 相之 豐稷·君行 李潛이 또 한 무리이다. 論者들이 어찌 감히 이 점을 소홀히 하겠는가?

3) 司馬光의 同調

● 범　진 范鎭(1008-1089)

자는 景仁, 시호는 忠文이며, 華陽(四川省) 사람이다. 范百祿의 숙부이자 范祖禹의 從祖父로, 1038년 진사가 되어 翰林學士·判太常寺 등을 지냈으며, 蜀郡公에 봉해졌다. 龐直溫을 사사하였다. 司馬光과 절친하였다. 王安石의 신법을 반대하다가 벼슬을 그만두고 물러났다. 그의 학문은 六經을 근본으로 하여 老佛을 배척하였으며, 古樂을 정밀히 연구하였다. 저술로『正言』·『樂書』·『國朝韻對』·『國朝事始』·『東齋記事』·『范蜀公集』 등이 있다.

● 여공저 呂公著(1018-1089)

자는 晦叔, 시호는 正獻이며, 東萊(山東省) 사람이다. 呂公弼의 동생이며, 歐陽脩와 함께 강학하였다. 仁宗 때 진사가 되어 翰林學士·御史中丞 등을 지냈으며, 申國公에 추봉되었다. 王安石이 새롭게 제정한 靑苗法을 반대하였으며, 哲宗 때 尙書右僕射에 제수되자 司馬光과 함께 新法의 폐지를 주장하였다. 科擧에 왕안석의『三經新義』만을 채용하고 도교·불교의 설을 잡되게 섞어 출제하자, 이를 금하고 古今諸儒의 설을 쓰도록 하여 賢良方正科를 회복시켰다.

- 이 상 李常(1027-1090)

  자는 公擇이며, 建昌(江西省) 사람이다. 皇祐年間에 진사가 되어 太常少卿·戶部尙書 등을 지냈다. 젊어서 廬山의 白石庵에서 독서를 했는데, 산중에다 9천 여권의 책을 소장하고는 '李氏山房'이라 불렀다. 孫覺과 함께 이름을 나란히 했으며, 呂公著·司馬光으로부터 능력을 인정받았다. 저술로『詩傳』·『元祐會計錄』등이 있다.

4) 程顥의 同調

- 한 유 韓維(1017-1098)

  자는 持國이며, 雍丘(河南省) 사람이다. 韓億의 아들이자 韓絳의 동생으로, 천거되어 門下侍郎·太子少傅 등을 지냈으며, 南陽郡公에 봉해졌다. 新法의 폐단을 주장하였으며, 程頤의 부탁으로 程顥의 묘지명을 찬술하였다. 저술로『南陽集』이 있다.

- 왕암수 王巖叟(1044-1094)

  자는 彦霖, 시호는 恭簡이며, 大名 淸平(山東省) 사람이다. 1061년 明經科에 장원으로 급제하여 監察御使·樞密院直學士 등을 지냈다. 寧智先을 사사하였다.「祭明道文」에 '明道로부터 道를 들었다.'는 말이 있는 것으로 보아 程顥를 從遊한 듯하다. 저술로『易傳』·『詩傳』·『春秋傳』·『韓魏公別錄』·『大名集』등이 있다.

5) 張載의 同調

- 여대방 呂大防(1027-1097)

  자는 微仲, 시호는 正愍이며, 京兆 藍田(陝西省) 사람이다. 呂通의 손자이고 呂賁의 아들로, 皇祐年間 초에 진사가 되어 太常博士·中書侍郎 등을 거쳐 尙書左僕射兼門下侍郎에 오르고, 汲郡公에 봉해졌다.『神宗實錄』을 편수하였다. 范純仁과 함께 출사하여 왕실을 튼튼히 보위하였다. 저술로『呂汲公文錄』·『韓吏部文公集年譜』가 있다.

6) 王致·樓郁의 門人

- **풍 직 豊稷**(1033-1107)

  자는 相之, 시호는 淸敏이며, 鄞縣(浙江省) 사람이다. 1059년 진사가 되어 穀城令·吏部侍郎 등을 지냈으며, 徽宗 때 御史中丞·工部尙書에 올랐다. 王致와 樓郁을 사사하였다. 張庭堅·馬涓·陳瓘·陳師錫·鄒浩·蔡肇 등의 學士를 천거하였는데, 모두 당세의 名官이 되었다. 저술로 문인 李朴이 편찬한 『豊淸敏遺事』에 「孟子注」가 수록되어 있다.

7) 豊稷의 同調

- **이 잠 李潛**(? - ?)

  자는 君行이며, 興國(江西省) 사람이다. 李朴·李格의 아버지며, 劉師正으로부터 『춘추』를 배웠다. 治平年間(1064-1066)에 진사가 되어 太學博士·校書郎 등을 지냈다. 范純禮를 조정에 천거하였으며, 呂好問·呂切問이 그를 스승으로 삼았다. 독서할 적에는 오로지 五經과 『논어』·『맹자』를 正宗으로 삼고 나머지는 취하지 않았다. 학문은 간결하면서도 쉽고 명백하였으며, 자신을 실천하는 것으로 근본을 삼았다.

- **진 화 陳禾**(? - ?)

  자는 秀實, 시호는 文介이며, 鄞縣(浙江省) 사람이다. 1100년 진사가 되어 監察御使·左正言 등을 지냈다. 童貫 등의 간신을 탄핵하다가 좌천되었다. 저술로 『易傳』·『春秋傳』·『論語孟子解』 등이 있다.(보유 161쪽)

8) 元祐年間(1086-1093)의 학자들[元祐之學]

- **공 쾌 龔夬**(1057-1111)

  자는 彦和이며, 瀛州(河北省) 사람이다. 진사가 되어 監察御使·殿中侍御史 등을 지냈다.

- **상관균 上官均**(1038-1115)

  자는 彦衡이며, 邵武(福建省) 사람이다. 1070년 진사가 되어 監察御使·龍圖

閣待制 등을 지냈다. 王安石이 새로 제정한 靑苗法을 비판하였다. 저술로『曲
禮講義』·『廣陵文集』 등이 있다.

- 두 순 杜純(1032-1095)

  자는 孝錫이며, 鄆城(山東省) 사람이다. 蔭職으로 郊社齋郎으로 출사하여 光
  祿卿·集賢院學士 등을 지냈다. 1086년 范純仁·韓維·王存·孫永 등이 그
  를 천거할 정도로 直諫으로 이름이 났다. 『주역』과 『중용』을 좋아하였으며,
  老莊과 佛敎에도 조예가 깊었다. 晁補之의 아버지와 친하게 지냈으며, 그를
  사위로 삼았다.

- 상안민 常安民(1049-1118)

  자는 希古이며, 臨邛(四川省) 사람이다. 1073년 진사가 되어 知長洲縣·監察
  御使 등을 지냈다. 章惇·蔡京의 무리를 탄핵하는 상소를 수 차례 올렸다. 蔡
  京이 집권한 뒤에는 元祐黨人으로 지목되어 20여 년 간을 불우하게 지냈다.

- 이 심 李深(?-?)

  자는 叔平이며, 邵武 光澤(福建省) 사람이다. 李誥의 아들이자 李勉의 형으로,
  1076년 진사가 되어 秘書丞·司農寺丞 등을 지냈다. 章惇·蔡京과 권력을 다
  투다 崇寧年間(1102-1106)에 復州로 안치되었고, 元祐黨籍에 들어갔다. 저술
  로『杭州集』이 있다.

9) 范鎭의 家學

- 범백록 范百祿(1030-1094)

  자는 子功, 시호는 文簡이며, 華陽(四川省) 사람이다. 范鎭의 조카이자 范祖述
  의 아버지로, 진사가 되어 吏部侍郎·知河南府 등을 지냈다. 元祐黨籍에 들어
  있다. 저술로『詩傳補注』 등이 있다.

- 범조술 范祖述(?-?)

  華陽(福建省) 사람이다. 范百祿의 아들로, 생애가 자세치 않다. 潁州의 酒稅를
  잘 관리하였으며, 知鞏縣으로 있을 적에 선정을 베풀었다.

- 범조우 范祖禹(1041-1098) ☞ 華陽學案

10) 呂公著의 家學

● 여희철 呂希哲(1039-1116) ☞ 滎陽學案

● 여희적 呂希績(? - ?)

　자는 紀常이며, 壽州(安徽省) 사람이다. 呂公著의 아들로, 형 呂希哲·동생 呂希純과 함께 邵雍을 사사하였으며, 邵雍의 아들 邵伯溫과 절친하였다. 元祐年間(1086-1093)에 兵部員外郎이 되어 淮南路轉運副使·知壽州 등을 지냈다. 元祐黨籍에 들어 있다.

● 여희순 呂希純(? - ?)

　자는 子進이며, 壽州(安徽省) 사람이다. 呂公著의 아들로 형 呂希哲·呂希績과 더불어 邵雍을 사사하였다. 진사가 되어 太常博士·太常少卿 등을 지냈다. 元祐年間(1086-1093)에 皇祐年間(1049-1053)의 故事를 써서 明堂에 제사지내고, 천지의 신들에게 제사지낼 것을 건의하였다. 章惇이 집권하자 知亳州로 좌천되었고, 다시 張商英의 탄핵으로 知睦州로 옮겼다. 향년 60세였다. 崇寧黨籍에 들어 있다.

11) 呂公著의 門人

● 형거실 邢居實(1068-1087) ☞ 安定學案

12) 李常의 門人

● 황정견 黃庭堅(1045-1105)

　자는 魯直, 호는 涪翁·山谷道人, 시호는 文節이며, 分寧(江西省) 사람이다. 1067년 진사가 되어 知太和縣·秘書丞 등을 지냈다. 蘇軾 문하에서 노닐었다고 알려졌으나 學行은 李常으로부터 전수받았으며, 또 范祖禹에게도 수학하였다. 文彦博이 그를 중히 여겼다. 『神宗實錄』 편수에 참여하였다. 章惇·蔡卞 등의 탄핵을 받고 涪州別駕로 좌천되었다. 시와 문장에 능하여 蘇軾의 인정을 받았으며, 張耒·晁補之·秦觀幷과 함께 '蘇門四學士'로 일컬어졌다. 시를 논함에 있어 杜甫를 추숭하였고, 修辭와 造句를 강구하여 江西詩派를 개창하였다. 초서와 해서에 조예가 깊었으며, 저술로 『豫章黃先生文集』이 있다.

◎ 黃庭堅의 門人

- 왕정수 王庭秀(?-?) ☞ 龜山學案

13) 豐稷의 家學

- 풍안상 豐安常(?-?)
  豐稷의 長子로 생애가 자세치 않다. 太學正에 두 번 임용되었다. 30세가 되기 전에 죽었다.

- 풍　치 豐治(?-?)
  豐稷의 손자로 생애가 자세치 않다. 建炎年間(1127-1128)에 高宗이 淮陽에 머물렀는데, 金나라 군대가 국경을 침범하자 監轉船倉으로서 사수하였다. 1141년 高宗이 그의 충심을 기리는 조서를 내려 아들 豐誼를 將仕郎으로 삼았다. (보유 162쪽)

- 풍　의 豐誼(?-?) ☞ 象山學案

- 풍존방 豐存芳(?-?)
  자는 公茂이며, 鄞縣(浙江省) 사람이다. 豐稷의 玄孫으로, 太平州通判을 지냈다. 1276년 元나라 군대가 침입하였을 때, 知州 孟知縉이 항복하려 하였는데, 항전을 간하다가 죽임을 당했다.(보유 163쪽)

14) 豐稷의 門人

- 진　관 陳瓘(1057-1124) ☞ 陳鄒諸儒學案
- 이　박 李朴(1064-1128) ☞ 李潛家學
- 장정견 張庭堅(?-?)
  자는 才叔, 시호는 節愍이며, 廣安(四川省) 사람이다. 元祐年間(1086-1093)에 진사가 되어 著作佐郎·右正言 등을 지냈다. 哲宗에게 司馬光과 呂公著의 어진 점을 進達하였고, 蘇軾과 蘇轍을 천거하기도 하였다. 향년 57세였다.

- 곽 유 郭維(? - ?)

  河南(河南省) 사람이다. 奉議郎 郭貫의 아들로, 長河判官을 지냈다. 建炎年間(1127-1130)에 四明으로 옮겨가 학생들을 가르쳤다. 李朴이 스승 豊稷의 遺事를 만들 때 자주 찾아와 자문을 구하였다고 한다.(보유 163쪽)

15) 李潛의 家學

- 이 박 李朴(1064-1128)

  자는 先之, 호는 章貢이며, 興國(湖北省) 사람이다. 李潛의 아들로, 豊稷에게 나아가 배우기도 하였다. 1094년 진사가 되어 西京國子監敎授·著作郎 등을 지냈다. 陳瓘이 천거하였으나 蔡京이 그의 강직함을 미워하여 虔州敎授로 내보냈다. 欽宗이 즉위한 뒤 著作郎에 제수 되었고, 高宗 때 秘書監에 제수 되었으나 부임하지 못하고 졸하였다. 서경국자감교수로 있을 적에 程頤로부터 두터운 신임을 받았다. 저술로『章貢集』·『豊淸敏公遺事』 등이 있다.

- 이 격 李格(? - ?)

  자는 承之이며, 興國(湖北省) 사람이다. 李潛의 아들로, 紹興年間(1131-1161)에 知上元縣을 지냈다.

- 이 공 李珙(? - ?)

  호는 養素이며, 興國(湖北省) 사람이다. 李朴의 조카이자 李謙의 아버지로, 1141년 진사가 되었다. 經典에 해박하였다.(보유 164쪽)

- 이 겸 李謙(? - ?)

  자는 和卿, 호는 雲峰이며, 興國(湖北省) 사람이다. 李朴의 從孫이자 李珙의 아들로, 淳熙年間(1174-1189)에 진사가 되어 安福縣尉·左司諫 등을 지냈다. 유배 중인 呂祖儉에게 시를 써 준 것 때문에 韓侂胄의 미움을 받아 벼슬을 그만두고 은거하였다.(보유 164쪽)

16) 李潛의 門人

- 여호문 呂好問(1064-1131) ☞ 滎陽學案
- 여절문 呂切問(? - ?) ☞ 滎陽學案

17) 龔夬의 家學

- **공대장 龔大壯(?-?)**

  瀛州(河北省) 사람이다. 龔夬의 동생으로, 생애가 자세치 않다. 젊어서 명망이 있었지만, 불행히도 일찍 죽었다.

- **공절형 龔節亨(?-?)**

  자는 彦承이며, 생애가 자세치 않다. 呂本中(1084-1145)의 친구이다.

18) 上官均의 家學

- **상관음 上官愔(?-?)**

  자는 仲雍이며, 邵武(福建省) 사람이다. 上官均의 아들로, 1112년 진사가 되어 太學正·吏部員外郎 등을 지냈다. 문장은 淸簡하였고, 천성은 剛介하였으며, 治績이 있었다. 저술로 『尙書小傳』·『論語孟子略解』·『史統』·『史旨』 등이 있다.

- **상관회 上官恢(?-?)**

  자는 闊中이며, 邵武(福建省) 사람이다. 上官均의 조카로, 1085년 진사가 되어 潮州司戶에 제수 되었고, 楊時와 함께 천거되어 中大夫에 이르렀다.

- **상관징 上官憕(?-?)**

  자는 正平이며, 邵武(福建省) 사람이다. 上官均의 재종인 上官凝의 손자로, 상관균에게 배웠다. 1085년 진사가 되어 溧陽尉·永城縣丞 등을 지냈다.

19) 杜純의 家學

- **두 굉 杜紘(1037-1098)**

  자는 君章이며, 濮州 鄄城(山東省) 사람이다. 杜純의 동생으로, 진사가 되어 刑部侍郎·知應天府 등을 지냈다. 熙寧年間에 大理詳斷官이 되어 『武經要略』을 편수하였다. 독서를 좋아하였는데, 특히 『예기』에 조예가 깊었다. 저술로 『奏議』·『易說』 등이 있다.

- **두흠설 杜欽卨(?-?)**

  자는 寬伯이며, 濮州 鄄城(山東省) 사람이다. 杜純의 아들로, 진사에 급제하였다. 19세에 요절하였다.

20) 杜純의 門人

● 조보지 晁補之(1053–1110) ☞ 蘇氏蜀學略

21) 常安民의 家學

● 상　동 常同(1090–1149)
　자는 子正, 호는 虛閑居士, 시호는 敏節이며, 臨邛(四川省) 사람이다. 常安民
　의 아들로, 1118년 진사가 되어 殿中侍御史·御史中丞 등을 지냈다. 修撰이
　되어 『神宗實錄』·『哲宗實錄』을 편수하였다. 저술로 『虛閑集』·『烏臺日記』
　등이 있다.

22) 李深의 家學

● 이　계 李階(?－?)
　자는 進祖이며, 邵武軍 光澤(福建省) 사람이다. 李深의 아들로, 1103년 省試
　에 장원급제하였으나, 元祐黨人의 자식이라 하여 벼슬에 나아가지 못했다.
　1105년 복관되어 楚州鹽城尉·臨安府比校務를 지냈다.

● 이　욱 李郁(1086–1150) ☞ 龜山學案

23) 韓維의 續傳

● 한　관 韓瓘(?－?) ☞ 元城學案
● 한　황 韓璜(?－?) ☞ 武夷學案
● 한원길 韓元吉(1118–1187) ☞ 和靖學案

24) 上官均의 續傳

● 상관밀 上官謐(?－?) ☞ 滄洲諸儒學案

14. 元城 劉安世의 學脈(元城學案)

1) 元城學案 圖表

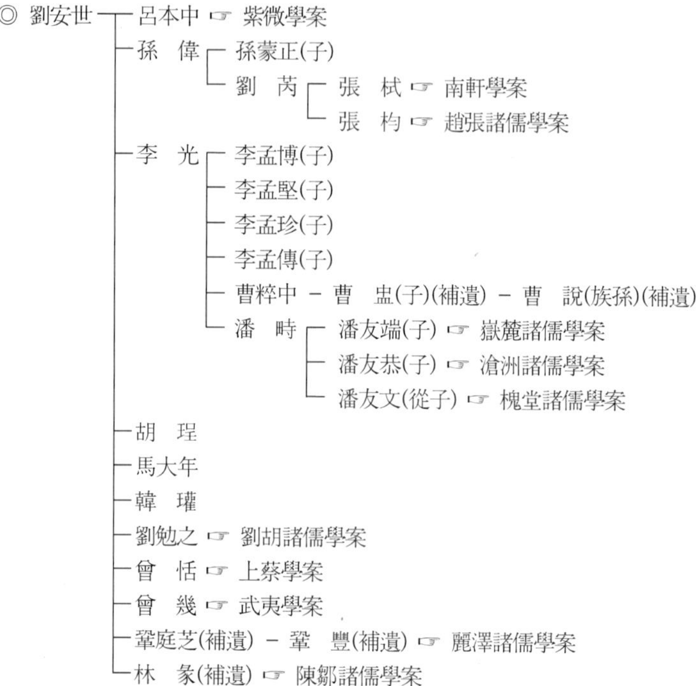

※ 學侶 : 顔 岐 ☞ 滎陽學案
　　　　石子植
　　　　韓撝則
※ 同調 : 陳 瓘 ☞ 陳鄒諸儒學案

2) 元城學案序錄

　내가 삼가 살펴보건대, 涑水 司馬光(1019-1086)의 제자 중에는 후세에 전해
지지 않는 사람이 많다. 이름난 사람으로 劉安世(1048-1125)는 그의 강건함을

얻었고, 范祖禹(1041-1098)는 그의 순수함을 얻었으며, 景迂 晁說之(1059-1129)는 그의 象數學을 터득하였는데, 그 중에서도 유안세와 범조우가 단연 으뜸이었다. 유안세에 관한 기록인『元城語錄』·『元城談錄』·『元城道護錄』은 지금 모두 완본이 전하지 않아, 그 대략만 고찰해 볼 수 있다.

3) 司馬光의 門人

● 유안세 劉安世(1048-1125)

자는 器之, 호는 元城, 시호는 忠定이며, 大名(河北省) 사람이다. 1073년 진사가 되었으나 벼슬에 나아가지 않고 司馬光에게 수학하였다. 사마광·呂公著의 추천을 받아 秘書省正字·右正言이 되었다가, 左諫議大夫·樞密都承旨 등을 역임하였다. 論事가 강직하여 章惇·蔡確·黃履·邢恕 등을 元豐年間 말기의 死黨이라 탄핵하였다. 『주역』을 연구할 적에는 象數學과 義理學을 겸해야 한다고 주장하였다. 伊川 程頤가 정밀한 학문을 추구한 반면, 그는 독실히 믿고 행하는 쪽에 역점을 두었다. 저술로『盡言集』등이 있다.

4) 劉安世의 學侶

● 안 기 顏岐(?-?) ☞ 滎陽學案
● 석자식 石子植(?-?)

『晁氏客語』에는 '石子殖'으로 되어 있다. 이름은 자세치 않으며, 子植은 字인 듯하다. 일찍이 呂公著를 종유하였다.

● 한휘칙 韓撝則(?-?)

생애가 자세치 않다.

5) 劉安世의 同調

● 진 관 陳瓘(1057-1124) ☞ 陳鄒諸儒學案

6) 劉安世의 門人

● 여본중 呂本中(1084-1145) ☞ 紫微學案

● 손 위 孫偉(?-?)

자는 奇甫이며, 江陵(湖北省) 사람이다. 靜州의 幕官으로 있을 때 夷陵으로 귀양가 있던 유안세를 찾아가 5일 동안 사마광의 학문을 전해 듣고, 그것을 한 책으로 엮어 평생 귀감으로 삼았다. 만년에는 胡安國(1074-1138) 父子와 절친하였고, 『論語』를 애독하였다. 저술로 『奏議』가 있다.

● 이 광 李光(1078-1159)

자는 泰發, 호는 讀易・轉物居士, 시호는 莊簡이며, 上虞(浙江省) 사람이다. 1106년 진사가 되어 知開化・知吳江 등을 거쳐 吏部尙書・太常博士 등을 지냈다. 유안세가 南京에 있을 때 나아가 수학하였다. 저술로 『讀易詳說』이 있다.

● 호 정 胡珵(?-?)

자는 德輝이며, 毗陵(江蘇省) 사람이다. 1121년 진사가 되어 試翰林院・史館校勘 등을 지냈다. 楊時와 유안세를 사사하였다. 秦檜가 금나라와 화친할 것을 주장하자 불가함을 상소하였다. 저술로 『蒼梧集』이 있다.

● 마대년 馬大年(?-?)

자는 永卿이며, 楊州(江蘇省) 사람이다. 1109년 진사가 되어 永城主簿・江都丞 등을 지냈다. 영성주부로 있을 때 亳州로 귀양가 있던 유안세를 찾아가 배웠다. 후에 『元城語錄』을 엮었으며, 그 외 저술로 『懶眞子』가 있다.

● 한 관 韓瓘(?-?)

자는 德全이며, 開封(河南省) 사람이다. 韓億(972-1044)의 증손으로 元豐年間(1078-1085)에 知秀州를, 政和年間(1111-1117) 초에 潛令을 지냈다. 유안세에게 배웠으며, 『元城談錄』을 저술하였다.

● 유면지 劉勉之(1091-1149) ☞ 劉胡諸儒學案

● 증 념 曾恬(?-?) ☞ 上蔡學案

● 증 기 曾幾(1084-1166) ☞ 武夷學案

● 공정지 鞏庭芝(?-?)

자는 德秀, 호는 山堂이며, 須城(山東省) 사람이다. 1138년 진사가 되어 建德主簿・太平錄事參軍 등을 지냈다. 유안세에게 배웠다. (보유 165쪽)

- 임 단 林彖(?-?)(보유 166쪽) ☞ 陳鄒諸儒學案

7) 劉安世의 再傳門人

◎ 孫偉의 家學

- 손몽정 孫蒙正(?-?)
  자는 正孺이며, 江陵(湖北省) 사람이다. 손위의 아들로 가학을 계승하였으며, 胡安國(1074-1138)에게도 배웠다.

◎ 孫偉의 門人

- 유 예 劉芮(?-?)
  자는 子駒, 호는 順寧이며, 東平(山東省) 사람이다. 劉摯(1030-1097)의 증손이고, 劉跂(?-1118)의 손자이다. 손위에게 배웠고, 후에는 尹焞(1071-1142)·호안국에게 배웠다. 永州獄掾·刑部員外郎을 지냈다. 저술로『順寧集』이 있다.

◎ 李光의 家學

- 이맹박 李孟博(?-?)
  자는 文約이며, 上虞(浙江省) 사람이다. 李光의 아들로, 1135년 진사가 되었다. 부친의 귀양지인 瓊 땅으로 따라갔다가 그 곳에서 죽었다.

- 이맹견 李孟堅(1115-1169)
  자는 文通이며, 上虞(浙江省) 사람이다. 이광의 아들이며, 學行으로 천거되어 知秀州·淮東提擧 등을 지냈다. 嶺南으로 귀양가는 부친을 따라가 陝州에서 숨어살았다.

- 이맹진 李孟珍(1129-1184)
  자는 文潛이며, 上虞(浙江省) 사람이다. 이광의 아들이며, 沿海制置參議를 지냈다. 초서에 뛰어났다.

- 이맹전 李孟傳(1136-1219)
  자는 文授, 호는 磐溪이며, 上虞(浙江省) 사람이다. 이광의 아들이다. 벼슬은

楚州司戶參軍 · 福建提擧常平을 거쳐 直寶謨閣으로 致仕하였다. 저술로『磐溪集』 · 『宏詞類稿』 · 『左氏說』 · 『讀史』 · 『雜志』 등이 있다.

◎ 李光의 門人

● 조수중 曹粹中(?-?)

자는 純老, 호는 放齋 · 放翁이며, 定海(浙江省) 사람이다. 이광의 사위이다. 1124년 진사가 되어 黃州教授를 지냈으나, 이후에는 출사하지 않고 은거하였다. 특히『詩經』에 뛰어나『詩說』을 지었으며, 그 외 저술로『易解』가 있다.

● 반　치 潘畤(1126-1189)

자는 德鄘 · 德卿이며, 金華(浙江省) 사람이다. 潘良貴의 조카로 그에게 배웠으며, 후에 이광의 사위가 되었다. 知興化軍 · 湖南安撫를 거쳐 直顯謨閣 등을 지냈다. 만년에는 張栻 · 徐文鳳과 교유하였다.『石橋錄』을 지어 불교의 설을 배척하였다.

8) 劉安世의 三傳門人

◎ 劉芮의 門人

● 장　식 張栻(1133-1180) ☞ 南軒學案
● 장　진 張枸(?-?) ☞ 趙張諸儒學案

◎ 曹粹中의 家學

● 조　충 曹盅(?-?)

자는 困明 · 明之이며, 定海(浙江省) 사람이다. 조수중의 仲子이다. 가학을 계승하였으며, 학문적 연원은 외조부 李光에게 이어져 있다. 벼슬은 朝清大夫를 지냈다.(보유 166쪽)

● 조　열 曹說(?-?)

자는 習之, 호는 泰宇이며, 定海(浙江省) 사람이다. 조수중의 증손이다. 저술로『易解全書』가 있다.(보유 166쪽)

◎ 潘時의 家學

- 반우단 潘友端(?-?) ☞ 嶽麓諸儒學案
- 반우공 潘友恭(?-?) ☞ 滄洲諸儒學案
- 반우문 潘友文(?-?) ☞ 槐堂諸儒學案

◎ 鞏庭芝의 家學

- 공 풍 鞏豐(1148-1217)(보유 167쪽) ☞ 麗澤諸儒學案

15. 華陽 范祖禹의 學脈(華陽學案)

1) 華陽學案 圖表

```
◎ 范祖禹 ┬ 范  沖(子)
         ├ 司馬康 ☞ 涑水學案
         └ 黃庭堅 ☞ 范呂諸儒學案

   ※ 講 友 : 呂希哲 ☞ 滎陽學案
              劉  恕 ☞ 涑水學案
   ※ 學 侶 : 王  端(補遺)
              張  塈(補遺)
   ※ 續 傳 : 范仲黼 ☞ 二江諸儒學案

              ┬ 范子長(從子) ☞ 二江諸儒學案
              └ 范子該(從子) ☞ 二江諸儒學案
```

2) 華陽學案序錄

　　내가 삼가 살펴보건대, 正獻公 范祖禹는 涑水 司馬光(1019-1086)을 사사하였으니, 그의 문집에서 확인할 수 있다. 범조우가 程子를 사사했다는 설은 鮮于綽의 와전에서 나온 것으로, 『伊洛淵源錄』에서 이미 의심한 것인데 선우작은 그대로 따랐으니 잘못이다. 默堂 陳淵이 范益謙에게 답한 글에 "옛날 龜山 楊時(1053-1135)에게 듣고서, 給事中[范祖禹]의 학문이 洛學과 동등하다는 것을 알았다."고 하였으니, 범조우가 정자의 제자가 아닌 것이 분명하다.

3) 司馬光의 門人

● 범조우 范祖禹(1041-1098)

　　자는 淳夫·夢得, 시호는 正獻이며, 華陽(四川省) 사람이다. 忠文公 范鎭(1008-1089)의 從孫으로, 1063년 진사시에 갑과로 급제하였다. 司馬光을 사사하였는데, 과거에 급제한 뒤에도 벼슬에 나아가지 않고 15년 동안이나 사마광의『資治通鑑』편수를 도왔다. 뒤에 사마광의 천거로 秘書省正字에 제수 되었다. 哲宗 때 著作郎·給事中 등을 역임하였으며, 右諫議大夫가 되어서는 章惇을 등용해선 안 된다고 직간하다가 탄핵을 받고 좌천되기도 하였다. 蘇軾이 그를 講官 중 제일이라 칭찬하였다. 그는 평상시 의관을 정제하고 반듯하게 앉아 독서를 하였으며, 묻지 않으면 말하지 않을 정도로 과묵하였다고 한다. 元祐年間(1086-1093)에 洛黨과 蜀黨이 서로 공격하며 비방할 때, 사마광의 제자로서 어느 당파에도 속하지 않아 양쪽 인사들에게 모두 존경을 받았다. 원우연간에『神宗實錄』을 편찬할 적에 王安石의 죄를 모두 기록하여 神宗의 聖明함을 밝혔는데, 뒤에 왕안석의 사위 蔡卞에게 미움을 받아 유배되었다가 化州에서 졸하였다. 저술로『唐鑑』·『帝學』·『仁宗政典』·『范太史集』 등이 있다.『범태사집』에 수록된「中庸論」에서는『중용』을 聖人이 性을 말한 글로 보아, 孔子에게서 나와 子思에게 전해진 것이라 하였다.

4) 范祖禹의 講友

- 여희철 呂希哲(1039-1116) ☞ 滎陽學案
- 유　서 劉恕(1032-1078) ☞ 涑水學案

5) 范祖禹의 學侶

- 왕　단 王端(?-?)
  자는 道原이며, 延平(福建省) 사람이다. 1063년 진사가 되었다. 강학을 잘 했으며, 范祖禹가 가장 중히 여기던 인물이다.(보유 169쪽)

- 장　학 張學(?-?)
  시호는 正素이며, 常州(江蘇省) 사람이다. 진사시에 갑과로 급제하였으나 어버이 봉양을 위해 벼슬길에 나아가지 않았다. 40년 동안 문을 닫고 독서하며 경전을 탐구하였다. 뒤에 范祖禹·蘇軾이 천거하여 校書郎에 제수 되었으나 끝내 나아가지 않았다. 당시 지역 사람들에게 孝悌忠信을 실천하는 인물로 추중되었다.(보유 170쪽)

6) 范祖禹의 家學

- 범　충 范冲(1067-1141)

  자는 元長이며, 華陽(四川省) 사람이다. 范祖禹의 아들로, 紹聖年間에 진사가
  되어 虞部員外郎이 되었다. 紹興年間에 高宗의 명으로 宗正少卿兼直史館이
  되어 간신들에 의해 變改된『神宗實錄』과『哲宗實錄』을 중수하였다. 이때 왕
  안석 변법의 잘못과 蔡京이 나라를 그르친 죄를 극언하였다. 그 뒤 侍讀이 되
  어 고종에게『춘추좌씨전』을 강하였다. 벼슬이 翰林侍讀學士에 이르렀다.『신
  종실록』을 중수할 적에『考異』를 만들었으며,『철종실록』을 중수하면서는『辨
  誣錄』을 만들었다. 사마광의 후손들을 가족처럼 보살폈으며, 尹焞을 천거하여
  자신을 대신하게 하였다.

7) 范祖禹의 門人

- 사마강 司馬康(1050-1090) ☞ 涑水學案
- 황정견 黃庭堅(1045-1105) ☞ 范呂諸儒學案

8) 范祖禹의 續傳

- 범중보 范仲黼(?-?) ☞ 二江諸儒學案
- 범자장 范子長(?-?) ☞ 二江諸儒學案
- 범자해 范子該(?-?) ☞ 二江諸儒學案

16. 景迁 晁說之의 學脈(景迁學案)

1) 景迁學案 圖表

```
◎ 晁說之 ┬ 朱  弁
         ├ 王安中 ☞ 荊公新學畧
         └ 李  中(補遺)

※ 學 侶：晁詠之
         劉義仲
         汪  革 ☞ 滎陽學案
※ 同 調：吳  械
※ 私 淑：朱  翌(補遺)
         張  鎮(補遺)
```

2) 景迁學案序錄

　　내가 삼가 살펴보건대, 涑水 司馬光(1019-1086)이 晁說之에게 자신이 저술하던 『潛虛』를 이어서 완성하게 하였는데, 조열지는 감히 할 수 없다고 사양하였다. 그러나 『易玄星紀譜』를 보면 스승 사마광의 易學을 충분히 이었다고 할 수 있다. 조열지는 또 康節 邵雍(1011-1077)을 사숙하였는데, 그가 만년에 불교를 좋아한 것을 애석하게 여겼다. 그런데 그의 동학 劉安世(1048-1125)도 불교에 경도됨을 면하지 못하였다. 후대의 呂祖謙(1137-1181)은 말하기를 "조열지의 학문이 駁雜하기는 하지만 폐할 수는 없다."라고 평하였다.

3) 司馬光의 門人

● 조열지 晁說之(1059-1129)

　　자는 以道·伯以父, 호는 景迁·迁叟이며, 澶州(河南省) 사람이다. 晁宗愨의 증손으로, 1082년 진사가 되어 知成州·秘書少監 등을 역임하였다. 학문이 뛰어나 蘇軾·范祖禹·曾肇의 천거를 받기도 하였다. 司馬光에게 『太玄經』을 전수 받았으며, 邵雍의 제자 楊賢寶에게 易學을 배웠다. 六經에 불가·도가·법가의 설들이 섞여 있어 순전하지 않다는 견해를 가지고 있었으며, 이에 근거하여 육경을 연구할 때 회의적 관점으로 문헌비평이 필요하다고 주장하였다. 王安石의 『三經新義』를 비판하였다. 저술로 『易商瞿大傳』·『易商瞿小傳』·『商瞿易傳』·『商瞿外傳』·『京氏易式』·『易規』·『易玄星紀譜』·『晁氏詩傳』·『詩論』·『晁氏書傳』·『書論』·『晁氏春秋傳』·『春秋辯文』·『春秋年表』·『中庸傳』·『古論大傳』·『論語講義』·『壬寅孝經』·『五經小傳曆譜』·『周易太極傳』·『因說』·『詩序論』·『儒言』·『晁氏客語』·『景迂生集』 등이 있다.

4) 晁說之의 學侶

● 조영지 晁詠之(?-?)

자는 之道이며, 巨野(山東省) 사람이다. 晁說之의 동생이며, 음직으로 벼슬길에 나아가 揚州司法參軍·左太中大夫를 지냈다. 저술로 『崇福集』이 있다.

● 유희중 劉羲仲(?-?)

자는 壯輿, 자호는 漫浪翁이며, 筠州 高安(江西省) 사람이다. 劉恕의 아들로, 음직으로 郊社齋郎이 되어 宣敎郎·編修官 등을 지냈다. 史學에 박통하였고, 저술로 『大初曆』·『通鑑問疑』 등이 있다.

● 왕 혁 汪革(?-?) ☞ 榮陽學案

5) 晁說之의 同調

● 오 역 吳棫(1100-1154)

자는 才老이며, 建安(福建省) 사람이다. 1118년 진사가 되어 泉州通判·太常丞을 지냈다. 저술로 『詩補音』·『論語指掌考異續解』·『書裨傳』·『韻補』·『字學補韻』·『楚辭釋音』 등이 있다.

6) 晁說之의 門人

● 주 변 朱弁(?-1144)

자는 少章, 호는 觀如이며, 婺源(江西省) 사람이다. 朱熹의 從父로 조열지에게

수학하였다. 20세 때 태학에 들어갔으며, 直秘閣·奉議郞을 지냈다. 저술로
『聘遊集』·『書解』·『雜書』·『曲洧舊聞』·『風月堂詩話』등이 있다.

- 왕안중 王安中(1076-1134) ☞ 荊公新學畧

- 이 중 李中(?-?)
  자는 不倚이며, 奉化(浙江省) 사람이다. 조열지에게 수학하였다. 1098년 태학
  에 들어갔으며, 蘇軾·黃庭堅도 학문을 좋아하였다. 大觀年間(1107-1110)에
  晁說之가 明州 船場으로 유배되자, 혼자 그를 따랐다.(보유 172쪽)

7) 晁說之의 私淑

- 주 익 朱翌(1097-1167)
  자는 新仲, 호는 灊山居士·省事老人이며, 舒州 懷寧(安徽省) 사람이다. 1118
  년 진사가 되어 秘書少監·中書舍人을 지냈으며『徽宗實錄』편수에 참여하였
  다. 秦檜에게 아부하지 않아 韶州로 유배되었다. 진회가 죽은 뒤 秘閣修撰으로
  기용되어 敷文閣待制에 이르렀다. 저술로『灊山集』·『猗覺寮雜記』가 있다.
  (보유 172쪽)

- 장 기 張錤(1160-1197)
  자는 深父이며, 三陽(甘肅省) 사람이다. 張俊의 증손이며, 음직으로 承事郞이
  되어 安豊軍簽判·坑冶司檢踏官 등을 지냈다.(보유 173쪽)

17. 滎陽 呂希哲의 學脈(滎陽學案)

1) 滎陽學案 圖表

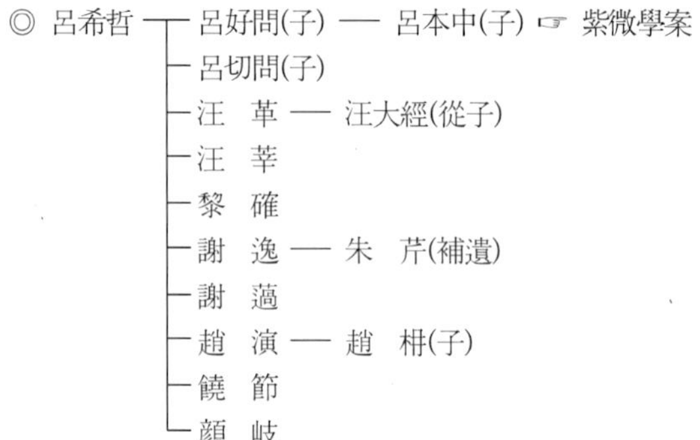

※ 講 友：孫 覺 ☞ 安定學案
　　　　　 李 常 ☞ 范呂諸儒學案

2) 滎陽學案序錄

내가 삼가 살펴보건대, 滎陽 呂希哲은 젊어서 한 스승에게만 배우지 않았다. 처음에는 焦千之에게 수학하여 廬陵 歐陽脩(1007-1072)의 재전문인이 되었다. 이후 胡瑗(993-1059)·孫復(992-1057)·邵雍(1011-1077)·王安石(1021-1086)에게 배웠으며, 마지막으로 程頤(1033-1107)의 문하에 들어갔다. 여러 사람의 장점을 취한 공부가 지극히 넓고도 컸다. 그런데 만년에 또 불교를 배웠으니, 呂公著(1018-1089)의 家學이 순수하지 못한 폐해일 것이다. 요컨대 그가 후세의 師表가 될 수 있었던 것은 결국 유학에서 힘을 얻었기 때문이다.

3) 胡瑗·程頤의 門人

● 여희철 呂希哲(1039-1116)

자는 原明이며, 汴京(河南省) 사람이다. 呂公著의 아들로, 范祖禹의 추천을 받아 崇政殿 說書를 지냈고 右司諫·秘書少監 등을 역임하였다. 태학에 있을 적에 程頤와 함께 胡瑗을 사사하였다. 두 사람의 나이가 서로 비슷하였지만, 정이의 학문을 깊이 존경하여 나중에는 스승으로 섬겼다. 그의 학문은 一家나 一說에 얽매이지 않아, 처음에는 焦千之에게 배워 歐陽脩의 재전문인이 되었고, 다시 孫復·胡瑗·石介에게 배웠다. 또한 邵雍·王安石에게도 배웠다. 程顥·張載·孫覺·李常 등 당대의 학자들과 폭넓은 교유를 가졌다. 朱熹는「呂氏大學解」에서, 그의『大學』에 관련한 설들은 불교에 근원하였다고 비판했다. 저술로『呂氏雜志』·『滎陽公說』이 있다.

4) 呂希哲의 講友

● 손　각 孫覺(1028-1090) ☞ 安定學案
● 이　상 李常(1027-1090) ☞ 范呂諸儒學案

5) 呂希哲의 家學

● 여호문 呂好問(1064-1131)

자는 舜徒이며, 汴京(河南省) 사람이다. 呂希哲의 아들로, 蔭官으로 벼슬에 나아갔다가 黨人의 자제라는 명목으로 연좌되어 물러났다. 高宗 때 尚書右丞에 제수되었으며, 東萊郡侯에 봉해졌다. 가학을 계승하여 아들 呂本中에게 전하였다.

● 여절문 呂切問(？-？)

자는 舜從이며, 汴京(河南省) 사람이다. 呂好問의 동생으로, 會稽의 수령을 지냈다.

● 여본중 呂本中(1084-1145) ☞ 紫微學案

6) 呂希哲의 門人

- **왕　혁 汪革(?-?)**

  자는 信民, 호는 靑溪이며, 臨川(江西省) 사람이다. 呂希哲에게 수학하였으며, 1097년 진사가 되어 楚州敎授를 지냈다. 저술로『靑溪集』·『論語直解』등이 있다.

- **왕　신 汪莘(?-?)**

  자는 叔野이며, 臨川(江西省) 사람이다. 형 汪革과 함께 呂希哲에게 배웠으며, 1128년 진사가 되어 洪州推官을 지냈다. 저술로『歸愚集』이 있다.

- **여　확 黎確(?-?)**

  자는 介然이며, 邵武(福建省) 사람이다. 汪革·饒節과 함께 呂希哲에게 수학하였다. 紹興年間(1131-1162) 초 吏部侍郎에 제수되어 知漳州·龍圖閣待制를 역임하였다.

- **사　일 謝逸(?-1113)**

  자는 無逸, 호는 溪堂이며, 臨川(江西省) 사람이다. 汪革과 교유하였으며 呂希哲을 사사하였다. 박학하고 행실이 뛰어났으며, 詩文에 조예가 깊어 黃庭堅으로부터 칭송을 받았다. 저술로『春秋廣微』·『樵談』·『溪堂集』·『溪堂詞』등이 있다.

- **사　과 謝薖(?-?)**

  자는 幼槃이며, 臨川(江西省) 사람이다. 형 謝逸과 함께 呂希哲에게 수학하였다. 詩文에 조예가 깊었으며, 저술로『竹友集』이 있다.

- **조　연 趙演(?-?)**

  자는 仲長이며, 汝漢(河南省) 사람이다. 呂希哲을 사사하였으며, 그의 사위가 되었다. 스승이 符離로 귀양갔을 적에 아버지를 섬기듯 정성을 다하였다.

- **요　절 饒節(?-?)**

  자는 德操이며, 臨川(江西省) 사람이다. 呂希哲에게 수학하였다. 박학하고 시문에 뛰어났다. 曾布의 賓客으로 있었는데, 뜻이 맞지 않자 세속을 등지고 승려가 되었다.

- **안　기 顔岐(?-?)**

  자는 夷仲이며, 彭城(江蘇省) 사람이다. 여희철의 문하에서 수학하였으며, 呂

本中과 교유하였다. 建炎年間(1127-1130) 초에 御史中丞이 되었고, 여러 번
門下侍郎을 지냈다.

7) 呂希哲의 再傳門人

◎ 汪革의 家學

- 왕대경 汪大經(?-?)
  자는 淳夫이며, 臨川(江西省) 사람이다. 汪革의 조카로, 가학을 계승하였다.
  또한 溪堂 謝逸에게 나아가 수학하였다. 저술로『臨川耆舊傳』이 있다.

◎ 趙演의 家學

- 조   남 趙枏(?-?)
  자는 才仲이며, 汝漢(河南省) 사람이다. 趙演의 아들로, 가학을 계승하였다.
  시문에 조예가 깊었다.

◎ 謝逸의 門人

- 주   근 朱芹(?-?)
  金溪(江西省) 사람으로, 생애가 자세하지 않다. 謝逸에게 수학하였다.

18. 上蔡 謝良佐의 學脈(上蔡學案)

1) 上蔡學案 圖表

```
◎ 謝良佐 ─┬─ 朱  震 ☞ 漢上學案
          ├─ 曾  恬
          ├─ 詹  勉
          ├─ 鄭  轂
          └─ 朱  巽 ☞ 漢上學案

  ※ 講  友 : 游  酢 ☞ 鷹山學案
             胡安國 ☞ 武夷學案
             鄒  浩 ☞ 陳鄒諸儒學案
             呂大忠 ☞ 呂范諸儒學案
  ※ 續  傳 : 謝  襲
             康  淵 ─┬─ 毛友誠
                     ├─ 李  雄 ☞ 滄洲諸儒學案
                     └─ 李  杞 ☞ 滄洲諸儒學案
```

2) 上蔡學案序錄

　　내가 삼가 살펴보건대, 洛學의 수제자로 모두 上蔡 謝良佐를 추천한다. 晦翁 朱熹도 '그의 영특함이 楊時나 游酢보다 뛰어났다.'라고 평하였으니, 상채의 재능이 높았기 때문이다. 그러나 그는 불교에 빠져들었으니, 학문이 순수하지 못한 점 또한 楊時나 游酢보다 지나쳤다. 혹자는 '江公望(? - ?)의 글이『上蔡語錄』중에 잘못 들어갔기 때문이다.'라고 말하기도 한다.

3) 程顥·程頤의 門人

● 사량좌 謝良佐(1050-1103)

　　자는 顯道, 시호는 文肅이며, 上蔡(河南省) 사람이다. 程顥가 知扶溝事로 있을 때 수학하였다. 二程의 문하에서 배웠으며 游酢·呂大臨·楊時와 함께 '程門

四先生'으로 일컬어졌다. 上蔡學派의 비조이며 上蔡先生으로 불리었다. 1085년 진사가 되어 應城縣令 등을 지냈다. 仁을 覺·生意로, 誠을 實理로, 敬을 常惺惺으로, 窮理를 求是라 주장하였다. 二程의 학문을 계승해 心卽天理의 관점을 제시하고 格物窮理를 강조하였으며, 상대 개념인 천리와 인욕의 문제에 있어서는 克己를 통해 인욕을 제거해야 한다고 주장하였다. 理學派가 心學派로 변해 가는 경향을 나타내며, 陸九淵(1139-1193) 心學의 선구적 역할을 하였다. 그의 사상은 다분히 선불교의 내용을 포함하고 있어 朱熹로부터 비판을 받기도 하였다. 저술로『上蔡語錄』·『論語解』가 있다.

4) 謝良佐의 講友

- 유 작 游酢(1053-1123) ☞ 廌山學案
- 호안국 胡安國(1074-1138) ☞ 武夷學案
- 추 호 鄒浩(1060-1111) ☞ 陳鄒諸儒學案
- 여대충 呂大忠(?-?) ☞ 呂范諸儒學案

5) 謝良佐의 門人

- 주 진 朱震(1072-1138) ☞ 漢上學案
- 증 념 曾恬(?-?)
  자는 天隱이며, 泉州 晉江(福建省) 사람이다. 曾公亮의 증손이다. 어려서 謝良佐·楊時 등을 종유하였다. 紹興年間(1131-1162)에 大宗正丞을 지냈다. 秦檜가 집권하자 외직으로 물러나 臺州崇道觀을 주관하였다.『上蔡語錄』을 편찬하였다.

- 첨 면 詹勉(?-?)
  자는 力行이며, 南劍州(福建省) 사람이다. 謝良佐에게 배웠으며, 陳瓘(1057-1124)도 사사하였다.

- 정 곡 鄭轂(1080-1129)
  자는 致遠, 시호는 忠穆이며, 建安(福建省) 사람이다. 謝良佐에게 수학하였다. 1118년에 진사가 되어 御史臺主簿·諫議大夫 등을 지냈다.

● 주 손 朱巽(?-?) ☞ 漢上學案

6) 謝良佐의 續傳

● 사 습 謝襲(?-?)
자는 智崇이며, 陽夏(河南省) 사람이다. 建安(福建省)으로 옮겨와 살면서 胡寅
(1098-1156)과 강학하였다. 謝良佐의 학문을 전수받았다.

● 강 연 康淵(?-?)
자는 叔臨이며, 출생지는 불분명하다. 남송 때 巴陵(湖南省 岳陽縣)으로 옮겨
강학하였는데, 따르는 제자가 많았다. 胡安國이 衡湘(湖南省) 지역에 전한 上
蔡의 학문은 朱震(1072-1138)에 의해 다시 荊門(湖北省) 지역으로 전해졌는
데, 康淵이 그의 뒤를 이어 宗師가 되었다.

7) 康淵의 門人

● 모우성 毛友誠(?-?)
자는 伯明, 호는 竹簡이며, 岳州 平江(湖南省) 사람이다. 사량좌의 高弟 康淵
으로부터 程子의 학문을 듣고 巴陵에 거주하며 종유하였다. 과거를 포기하고
학문에 침잠하였는데, 특히『周易』에 조예가 깊었다. 巴陵太守 龔安國이 그를
초빙하여 10여 년 간 延領學宮에 머물게 하였다. 저술로『玩易手抄』·『萬姓統
譜』가 있다.

● 이 웅 李雄(?-?) ☞ 滄洲諸儒學案
● 이 기 李杞(?-?) ☞ 滄洲諸儒學案

19. 龜山 楊時의 學脈(龜山學案)

1) 龜山學案 圖表

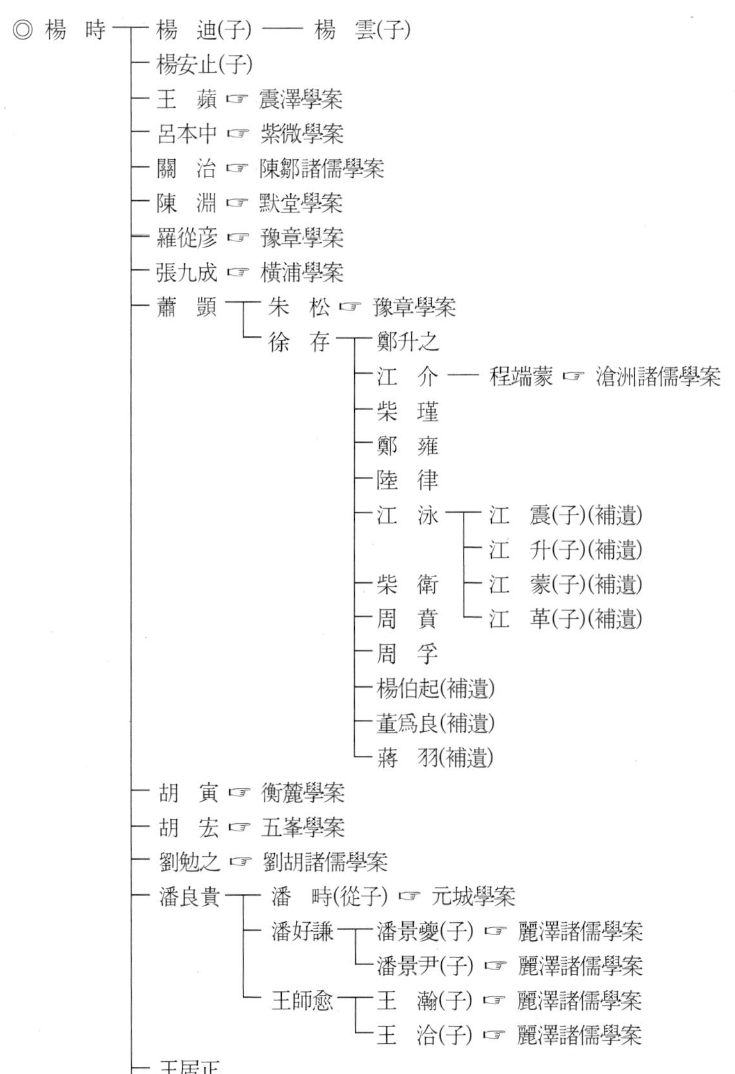

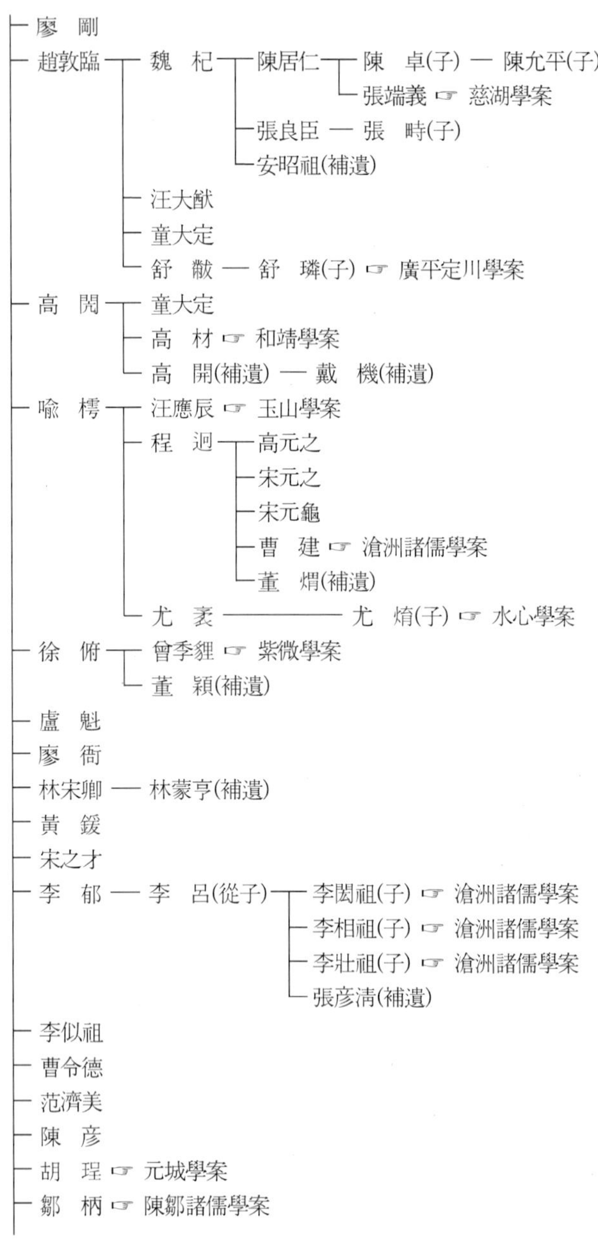
廖　剛
趙敦臨 — 魏　杞 — 陳居仁 — 陳　卓(子) — 陳允平(子)
張端義 ☞ 慈湖學案
張良臣 — 張　時(子)
安昭祖(補遺)
汪大猷
童大定
舒　黻 — 舒　璘(子) ☞ 廣平定川學案
高　閌 — 童大定
高　材 ☞ 和靖學案
高　開(補遺) — 戴　機(補遺)
喩　樗 — 汪應辰 ☞ 玉山學案
程　迥 — 高元之
宋元之
宋元龜
曹　建 ☞ 滄洲諸儒學案
董　焆(補遺)
尤　袤 — 尤　焴(子) ☞ 水心學案
徐　俯 — 曾季貍 ☞ 紫微學案
董　穎(補遺)
盧　魁
廖　䚪
林宋卿 — 林蒙亨(補遺)
黃　鍰
宋之才
李　郁 — 李　呂(從子) — 李閌祖(子) ☞ 滄洲諸儒學案
李相祖(子) ☞ 滄洲諸儒學案
李壯祖(子) ☞ 滄洲諸儒學案
張彥淸(補遺)
李似祖
曹令德
范濟美
陳　彥
胡　珵 ☞ 元城學案
鄒　柄 ☞ 陳鄒諸儒學案

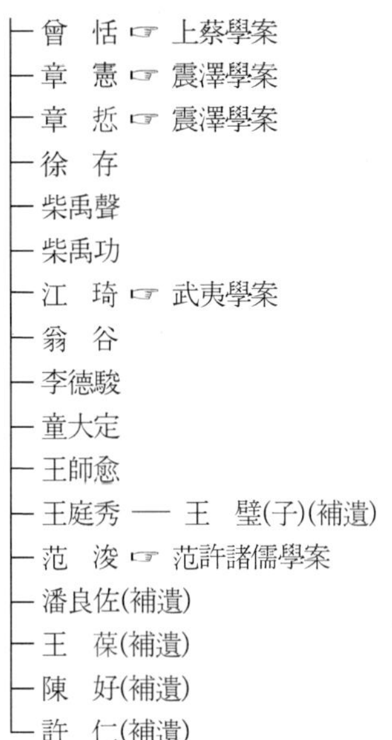

※ 講　友 : 胡安國 ☞ 武夷學案
　　　　　陳　瑾 ☞ 陳鄒諸儒學案
　　　　　鄒　浩 ☞ 陳鄒諸儒學案
　　　　　游　復
　　　　　鄭　修
　　　　　李　夔
※ 續　傳 : 黃　櫄 ☞ 紫微學案
※ 私　淑 : 黃去疾(補遺)

2) 龜山學案序錄

　내가 삼가 살펴보건대, 明道 程顥(1032-1085)는 楊時를 좋아했고, 伊川 程頤(1033-1107)는 謝良佐(1050-1103)를 좋아했으니 대체로 그 기상이 서로 비슷했기 때문이다. 양시는 혼자 장수하여, 남방 洛學의 종주가 되었다. 朱熹(1130-1200)·張栻(1133-1180)·呂祖謙(1137-1181) 등이 모두 그의 문하에

서 나왔다. 그러나 이단의 학문까지 아울러 수용했던 측면에서는 사량좌보다
덜하지 않았다.

3) 程顥·程頤의 門人

● 양 시 楊時(1053-1135)

자는 中立, 호는 龜山, 시호는 文靖이며, 南劍 將樂(福建省) 사람이다. 1076년
진사가 되어 著作郎·工部侍郎 등을 지냈다. 程顥·程頤에게 배웠으며, 謝良
佐·游酢·呂大臨과 함께 '程門四先生'으로 불리었다. 張載가 『西銘』을 지을
때 그 내용이 兼愛에 가깝다 하여 변론하였다. 그의 학문은 羅從彦·李侗 등을
거쳐 朱熹에게로 이어져, 理學의 형성발전 과정에 중요한 영향을 끼쳤다. 그의
어록을 보면 불교와 노장의 사상이 나타나는데 사량좌보다는 심하지 않다고
평한다. 남송 초까지 생존하여 그의 문하에서 남송시대 많은 학자들이 배출되
었다. 저술로 王安石의 新學을 반대한 『三經義辨』과 『二程粹言』·『龜山語錄』
등이 있다.

4) 楊時의 講友

● 호안국 胡安國(1074-1138) ☞ 武夷學案

● 진 관 陳瓘(1057-1124) ☞ 陳鄒諸儒學案

● 추 호 鄒浩(1060-1111) ☞ 陳鄒諸儒學案

● 유 복 游復(? - ?)

자는 執中이며, 建陽(福建省) 사람이다. 游酢의 族父로 楊時와 망년지교를 맺
었다. 젊어서부터 경학에 뜻을 두었으며 학식이 풍부하고 행실이 올곧아, 향리
의 자제들 중 그를 따르는 자가 많았다. 그의 학문은 中庸과 誠意를 종주로
하여 그것을 수양방법으로 삼았다.

● 정 수 鄭修(? - ?)

자는 季常이며, 蓬州(四川省) 사람이다. 1086년 진사가 되어 知梁州를 지냈
으며, 太學正이 되었다. 『龜山語錄』에 楊時와 학문을 토론한 내용이 많이 보
인다.

● 이 기 李夔(1047-1121)

자는 師和이며, 邵武(福建省) 사람이다. 1079년 진사가 되어 右文殿修撰·龍圖閣待制 등을 지냈다. 경서에 능통하였으며, 글을 잘 지었다. 楊時와 매우 절친하였다.

5) 楊時의 家學

● 양 적 楊迪(1055-1104)

자는 遵道이며, 南劍 將樂(福建省) 사람이다. 楊時의 큰아들로, 태학에 들어가 공부하다가 程頤에게 나아가 수학하였다. 『주역』과 『준추』에 정밀하고 조예가 깊었다.

● 양안지 楊安止(?-?)

南劍 將樂(福建省) 사람이다. 楊時의 아들이다. 벼슬이 判院에 이르렀다.

● 양 운 楊雲(?-?)

南劍 將樂(福建省) 사람이다. 楊迪의 아들로, 주자의 부친인 朱松(1097-1143)과 절친하였다.

6) 楊時의 門人

● 왕 빈 王蘋(1082-1153) ☞ 震澤學案
● 여본중 呂本中(1084-1145) ☞ 紫微學案
● 관 치 關治(?-?) ☞ 陳鄒諸儒學案
● 진 연 陳淵(?-?) ☞ 默堂學案
● 나종언 羅從彦(1072-1135) ☞ 豫章學案
● 장구성 張九成(1092-1159) ☞ 橫浦學案
● 소 의 蕭顗(?-?)

자는 子莊이며, 建寧 浦城(福建省) 사람이다. 천품이 소박하였으며 효성으로 이름이 났다. 李郁·陳彦·羅從彦과 함께 楊時의 문하에서 수학하였다. 朱松(1097-1143)이 스승으로 섬겼다.

● 호 인 胡寅(1098-1156) ☞ 衡麓學案

● 호 굉 胡宏(1106-1161) ☞ 五峯學案

● 유면지 劉勉之(1091-1149) ☞ 劉胡諸儒學案

● 반량귀 潘良貴(1094-1150)

초명은 京, 자는 義榮·子賤, 호는 默成이며, 金華(浙江省) 사람이다. 楊時에게 배웠다. 博士가 되어 秘書郎·徽猷閣待制 등을 지냈다. 저술로『雜著』와『默成文集』이 있다.

● 왕거정 王居正(1087-1151)

자는 剛中, 호는 竹西이며, 江都(江蘇省) 사람이다. 楊時에게 배웠다. 왕안석의『三經新義』가 성행하자 과거를 포기하고 10년동안 떠돌았다. 1121년 진사시에 급제하여 太常博士가 되었고, 뒤에 太常少卿·兵部 侍郎 등을 지냈다. 저술로『毛詩辨學』·『尙書辨學』·『周禮辨學』·『三經辨學外集』·『春秋本義』·『竹西論語感發』·『孟子疑難』·『竹西集』·『西垣集』·『兵民條例』가 있다.

● 요 강 廖剛(1071-1143)

자는 用中, 호는 高峰이며, 順昌(福建省) 사람이다. 陳瓘과 楊時에게 배웠다. 1106년 진사가 되어 御史中丞·工部尙書 등을 지냈다.

● 조돈림 趙敦臨(?-?)

자는 庶民이며, 鄞縣(浙江省) 사람이다. 젊어서 태학에 들어가 楊時에게 수학하였다. 1135년 진사가 되어 蕭山簿·湖州敎授 등을 지냈다. 魏杞·汪大猷 등이 그의 문인이다.

● 고 항 高閌(1094-1150)

자는 抑崇, 호는 息齋, 시호는 憲敏이며, 鄞縣(浙江省) 사람이다. 태학에서 楊時에게 수학하였다. 태학에서 경술을 위주로 할 것을 건의하였다. 1131년 진사가 되어 秘書省正字·國子司業 등을 지냈다. 저술로『春秋集注』가 있다.

● 유 저 喩樗(?-1180)

자는 子才·子材, 호는 湍石·玉泉이며, 南昌(江西省)에서 살다가 嚴陵(浙江省)으로 옮겨 살았다. 程子의 학풍을 좋아하여 楊時에게 배웠다. 1129년 진사가 되어 趙鼎의 幕僚를 지냈다. 汪應辰이 그의 사위이며, 제자로 程迥·尤袤 등이 있다.

● 서 부 徐俯(1074~1140)

자는 師川, 호는 東湖居士이며, 分寧(江西省) 사람이다. 徐禧의 아들이며, 외
숙이 黃庭堅이다. 楊時에게 가르침을 받았다. 蔭官으로 通直郎이 되어 벼슬이
司門郎에 이르렀다. 曾幾·呂本中 등과 교유하였다.

● 노 괴 盧魁(?~?)

이름을 奎라고도 한다. 자는 公奎·强立이며, 邵武(福建省) 사람이다. 楊時에게
학문적 영향을 많이 받았다. 1112년 진사가 되어 벼슬이 江西運判에 이르렀다.
「毋我論」을 지어 사람들이 '盧毋我'로 일컫기도 하였다. 저술로『筆錄』이 있다.

● 요 아 寥裄(?~?)

자는 仲辰이며, 南劍 將樂(福建省) 사람이다. 楊時의 姪婿이다. 羅從彦(1072~
1135)과 함께 楊時의 문하에서 수학하였다.

● 임송경 林宋卿(?~?)

이름을 宗卿이라고도 한다. 자는 朝彦이며, 仙遊(福建省) 사람이다. 陳瓘과 楊
時에게 배웠다. 1106년 진사가 되어 知恭州·秘書省正字·朝請大夫 등을 지
냈다.

● 황 환 黃鍰(?~?)

자는 用和이며, 浦城(福建省) 사람이다. 楊時에게 배웠다. 1115년 진사가 되어
西安丞·監察御使 등을 지냈다. 저술로『論語類觀』등이 있다.

● 송지재 宋之才(?~?)

자는 廷佐, 호는 雲海居士, 시호는 文簡이며, 瑞安(浙江省) 사람이다. 楊時에
게 배웠다. 1118년 진사가 되어 校書郎·禮部侍郎 등을 지냈다. 저술로『雲海
敝帚集』이 있다.

● 이 욱 李郁(1086~1150)

자는 光祖, 호는 西山이며, 邵武(福建省) 사람이다. 元祐黨人 李深의 아들이
며, 楊時의 사위로 그에게 배웠다. 紹興年間 初에 敕令所刪定官에 제수되었
다. 秦檜가 執政하자 西山에 은둔하였다. 저술로『易傳』·『參同契』·『論孟遺
稿』등이 있다.

● 이사조 李似祖(?~?)

邵武(福建省) 사람이다. 李郁의 동생으로 형과 함께 楊時의 문하에서 수학하

였다.

- **조령덕 曹令德(?-?)**
  생애가 자세치 않다. 楊時에게 배웠다.

- **범제미 范濟美(?-?)**
  建陽(福建省) 사람이다. 楊時에게 배웠다. 진사가 되어 宿州教授에 제수되었다. 薛昂이 왕안석의 遺文을 편집할 때 부름을 받고 檢討官이 되었으나, 오래지 않아 향년 61세로 졸하였다.

- **진 언 陳彦(?-?)**
  생애가 자세치 않다. 蕭顗와 함께 楊時를 사사하였다.

- **호 정 胡珵(?-?)** ☞ 元城學案
- **추 병 鄒柄(?-?)** ☞ 陳鄒諸儒學案
- **증 념 曾恬(?-?)** ☞ 上蔡學案
- **장 헌 章憲(?-?)** ☞ 震澤學案
- **장 철 章惎(?-?)** ☞ 震澤學案
- **서 존 徐存(?-?)**
  자는 誠叟, 호는 逸平이며, 江山(浙江省) 사람이다. 楊時의 문하에서 배운뒤 蕭顗의 문하에서 수학하였다. 벼슬하지 않고 은거하여 강학을 일삼았는데, 따르는 제자들이 천여 명에 이르렀다. 林光朝·朱熹 등이 그를 공경하였다.

- **시우성 柴禹聲(?-?)**
  자는 元振이며, 江山(浙江省) 사람이다. 毗陵(江蘇省)에서 徐存과 함께 楊時에게 배웠다. 高閌의 천거로 史館이 되었다.

- **시우공 柴禹功(?-?)**
  자는 懋績이며, 江山(浙江省) 사람이다. 柴禹聲의 형으로, 만년에 楊時의 문하에서 배웠다.

- **강 기 江琦(?-?)** ☞ 武夷學案
- **옹 곡 翁谷(?-?)**
  자는 子靜이며, 南劍(福建省) 사람이다. 1113년 진사가 되어 權知崇安縣을 지냈다. 楊時의 제자이다.

- 이덕준 李德駿(?-?)

  생애가 자세치 않다. 楊時의 문하에서 배웠다.

- 동대정 童大定(?-?)

  자는 持之이며, 奉化(浙江省) 사람이다. 1148년 진사가 되어 漢陽尉・通判靖
  江軍事 등을 지냈다. 楊時에게 수학하였고 다시 趙敦臨을 사사하였으며, 同鄕
  인 舒黻과 함께 강학하였다.

- 왕사유 王師愈(1122-1190)

  자는 與正・齊賢이며, 金華(浙江省) 사람이다. 潘良貴의 문인으로 楊時에게
  나아가 수학하였으며, 1148년 진사가 되어 崇政殿說書・知饒州 등을 지냈다.
  呂祖謙・張栻 등과도 교유하였다.

- 왕정수 王庭秀(?-?)

  자는 彦穎이며, 慈溪(浙江省) 사람이다. 楊時의 문하에서 배웠다. 1112년 진사
  가 되어 御史臺檢法官・吏部郎 등을 지냈다.

- 범 준 范浚(?-?) ☞ 范許諸儒學案

- 반량좌 潘良佐(?-?)

  金華(浙江省) 사람으로, 潘良貴의 형이다. 楊時에게 배웠다.(보유 191쪽)

- 왕 보 王葆(1098-1167)

  자는 彦光, 시호는 文毅이며, 崑山(江蘇省) 사람이다. 楊時에게 배웠다. 1124
  년 진사가 되어 國子司業・監察御史 등을 지냈다. 秦檜가 전횡할 때 홀로 그
  잘못됨을 직언하였다. 저술로『東宮春秋講義』・『春秋集傳』・『春秋備論』이
  있다.(보유 192쪽)

- 진 호 陳好(?-?)

  晉江(福建省) 사람으로, 楊時의 제자이다.(보유 193쪽)

- 허 인 許仁(?-?)

  자는 性初이며, 鉅野(山東省) 사람이다. 楊時에게 배웠다. 宣和年間(1119-
  1125)에 진사가 되어 監察御史를 지냈다. 저술로『靈溪新紀編』등이 있다.(보
  유 193쪽)

7) 楊時의 再傳門人

◎ 蕭顗의 門人

● 주　송 朱松(1097-1143) ☞ 豫章學案

◎ 潘良貴의 家學

● 반　치 潘時(1126-1189) ☞ 元城學案

● 반호겸 潘好謙(1117-1175)

자는 伯益, 호는 矯齋이며, 松陽(浙江省) 사람이다. 潘良貴의 집안 사람으로, 그에게 수학하였다. 麗水尉·紹興府通判 등을 지냈다. 문학과 역사를 좋아하고, 理學을 숭상하였다.

◎ 趙敦臨의 門人

● 위　기 魏杞(？-1184)

자는 南夫, 호는 碧溪, 시호는 文節이며, 壽春(安徽省) 사람이다. 1112년 진사가 되어 參知政事·資政殿大學士 등을 지냈다. 趙敦臨에게 경학을 전수 받았다.

● 왕대유 汪大猷(1120-1200)

자는 仲嘉, 호는 適齋, 시호는 莊靖·文忠이며, 鄞縣(浙江省) 사람이다. 趙敦臨의 문인으로, 1145년 진사가 되어 敷文閣待制를 지냈다. 저술로『適齋備忘』·『詩韻』·『漫錄』·『訓鑒』 등이 있다.

● 서　불 舒黻(？-？)

자는 德觀이며, 奉化(浙江省) 사람이다. 舒璘의 아버지로, 同鄕人이자 아들의 장인인 童大定과 함께 趙敦臨을 사사하였다. 復齋 陸九齡(1132-1180)은 그가 '溫恭하고 粹和하다'고 칭찬하였다.

◎ 高閌의 門人

● 고　재 高材(？-？) ☞ 和靖學案

- 고　개 高開(?-?)

  鄞縣(浙江省) 사람이다. 高介의 동생이다.(보유 194쪽)

◎ 喩樗의 門人

- 왕응신 汪應辰(1118-1176) ☞ 玉山學案
- 정　형 程迥(?-?)

  자는 可久, 호는 沙隨이며, 寧陵(河南省) 사람이다. 1163년 진사가 되어 揚州泰興尉·知饒州德興縣 등을 지냈다. 茂德·嚴陵·喩樗에게 경전을 배웠으며, 주희가 그를 스승의 예로 섬겼다. 경서는 물론 불교·도교·음운에 이르기까지 두루 연구하였다. 저술로『古易章句』·『易傳外編』·『古易考』·『古占法』·『春秋傳顯微例目』·『論語傳』·『孟子章句』·『文史評』·『經史說』 등이 있다.

- 우　무 尤袤(1127-1194)

  자는 延之, 호는 遂初居士, 시호는 文簡이며, 無錫(江蘇省) 사람이다. 1148년 진사가 되어 著作郎·禮部尙書 등을 지냈다. 시문에 능하여 楊萬里·范成大·陸游와 함께 '南宋四大家'로 일컬어졌다. 저술로『遂初小稿』·『內外制』 등이 있었으나 모두 전하지 않는다.

◎ 徐俯의 門人

- 증계리 曾季貍(?-?) ☞ 紫微學案
- 동　영 董穎(?-?)

  자는 仲達이며, 德興(江西省) 사람이다. 紹興年間(1131-1162) 초에 徐俯의 문하에서 배웠다.(보유 194쪽)

◎ 林宋卿의 家學

- 임몽형 林蒙亨(?-?)

  자는 宿西이며, 仙遊(福建省) 사람이다. 천문·지리·제자백가에 두루 능통하였다.(보유 197쪽)

◎ 李郁의 家學

● 이　려 李呂(1122-1198)

자는 濱老·東萊, 호는 澹軒이며, 邵武(福建省) 사람이다. 李郁의 再從子로 이욱에게 家學을 전수 받았다. 과거를 단념하고, 百家를 두루 섭렵하였으며, 특히『通鑑』을 깊이 연구하였다. 朱熹와 함께 강학하였다. 저술로『澹軒集』이 있다.

◎ 王庭秀의 家學

● 왕　벽 王璧(?-?)

자는 子潤이며, 鄞縣(浙江省) 사람이다. 王庭秀의 아들로, 1124년 진사가 되었다.(보유 197쪽)

8) 楊時의 三傳門人

◎ 徐存의 門人

● 정승지 鄭升之(?-?)

자는 公明이며, 江山(浙江省) 사람이다. 1157년 진사가 되어 召試館職·吏部郎中 등을 지냈다. 徐存을 사사하였다.

● 강　개 江介(1126-1183)

자는 邦直, 호는 玉汝이며, 德興(江西省) 사람이다. 進賢縣令·知永興縣 등을 지냈다. 젊어서 二程의 책을 읽고 徐存에게 배웠다. 저술로『玉汝堂集』이 있다.

● 시　근 柴瑾(?-?)

자는 懷叔, 호는 退翁이며, 江山(浙江省) 사람이다. 진사가 되어 番陽佐貳·殿中侍御史 등을 지냈다. 徐存을 사사하였다.

● 정　옹 鄭雍(?-?)

자는 德和이며, 西安(陝西省) 사람이다. 徐存을 사사하였다.

● 육　률 陸律(?-?)

자는 子通이며, 西安(陝西省) 사람이다. 徐存을 사사하였다.

- 강 영 江泳(?-?)

  자는 元適이며, 江山(浙江省) 사람이다. 徐存을 사사하였다.

- 시 위 柴衞(?-?)

  자는 元忠이며, 江山(浙江省) 사람이다. 徐存을 사사하였다.

- 주 분 周賁(?-?)

  자는 彦約이며, 생애가 자세치 않다. 徐存을 사사하였다.

- 주 부 周孚(?-?)

  자는 彦信이며, 周賁의 동생이다. 생애가 자세치 않다. 徐存을 사사하였다.

- 양백기 楊伯起(?-?)

  생애가 자세치 않다. 徐存의 문인이다.(보유 195쪽)

- 동위량 董爲良(?-?)

  자는 景房이며, 德興(江西省) 사람이다. 徐存의 문하에서 수학하였다. 진사시에 두 번이나 낙제하여 영달에 대한 뜻을 접고 학문에만 전념하였다.(보유 196쪽)

- 장 우 蔣羽(?-?)

  자는 汝翔이다. 현량과와 문학으로 천거되었으나 모두 나가지 않았다. 徐存이 南塘里에서 강학한다는 소식을 듣고 나아가 배웠다.(보유 196쪽)

◎ 潘好謙의 家學

- 반경기 潘景夔(?-?) ☞ 麗澤諸儒學案
- 반경윤 潘景尹(?-?) ☞ 麗澤諸儒學案

◎ 王師愈의 家學

- 왕 한 王瀚(?-?) ☞ 麗澤諸儒學案
- 왕 흡 王洽(?-?) ☞ 麗澤諸儒學案

◎ 魏杞의 門人

- 진거인 陳居仁(1129-1197)

  자는 安行, 호는 菊坡, 시호는 文懿이며, 興化(江蘇省) 사람이다. 魏杞에게 배웠다. 1151년 진사가 되어 華文閣直學士 등을 지냈다.

- 장량신 張良臣(?-?)

  자는 武子·漢卿, 호는 雪窓이며, 襄邑(河南省) 사람이다. 1163년 진사가 되었다. 魏杞에게 배웠다. 저술로 『雪窓集』이 있다.

- 안소조 安昭祖(1141-1198)

  자는 光遠, 호는 通村老子이며, 祥符(河南省) 사람이다. 고문을 좋아하였으며, 詩에 조예가 있었다. 저술로 『通村遺槀』가 있다.(보유 199쪽)

◎ 舒黻의 家學

- 서 린 舒璘(1136-1199) ☞ 廣平定川學案

◎ 高開의 門人

- 대 기 戴機(?-?)

  자는 伯度이며, 鄞縣(浙江省) 사람이다. 高開를 사사하였다. 金華簿를 지냈다. 저술로 『蟄齋集』이 있다.(보유 198쪽)

◎ 程迥의 門人

- 고원지 高元之(1142-1197)

  자는 端叔, 호는 萬竹이며, 鄞縣(浙江省) 사람이다. 程迥에게 『주역』과 『춘추』를 배웠다. 저술로 『變離騷』가 있다.

- 송원지 宋元之(?-?)

  자는 伯允이며, 餘姚(浙江省) 사람이다. 진사가 되었다. 동생 宋元龜와 함께 程迥에게 『주역』을 배웠다.

- 송원구 宋元龜(?-?)

  餘姚(浙江省) 사람이다. 생애가 자세치 않다. 형 宋元之와 함께 程迥에게 『주역』을 배웠다.

- 조　건 曹建(1147-1183) ☞ 滄洲諸儒學案
- 동　위 董煟(?-?)
  자는 李興, 호는 尙隱이며, 德興(江西省) 사람이다. 程逈에게 배웠으며, 紹熙
  年間(1190-1194)에 진사가 되어 知瑞安縣 등을 지냈다. 저술로『尙隱集』이 있
  다.(보유 198쪽)

◎ 李呂의 家學

- 이굉조 李閎祖(?-?) ☞ 滄洲諸儒學案
- 이상조 李相祖(?-?) ☞ 滄洲諸儒學案
- 이장조 李壯祖(?-?) ☞ 滄洲諸儒學案

◎ 李呂의 門人

- 장언청 張彥淸(?-?)
  자는 叔澄이며, 浦城(福建省) 사람이다. 李呂의 문인이다.(보유 197쪽)

9) 楊時의 四傳門人

◎ 江介의 門人

- 정단몽 程端蒙(1143-1191) ☞ 滄洲諸儒學案

◎ 江泳의 家學

- 강　진 江震(?-?)
  江山(浙江省) 사람이다. 江泳의 아들이다. 부친으로부터 가학을 전수받았다.
  (보유 200쪽)

- 강　승 江升(?-?)
  江山(浙江省) 사람이다. 江泳의 아들이다. 부친으로부터 가학을 전수받았다.
  (보유 200쪽)

- 강 몽 江蒙(?-?)
  江山(浙江省) 사람이다. 江泳의 아들이다. 부친으로부터 가학을 전수받았다. (보유 200쪽)

- 강 혁 江革(?-?)
  江山(浙江省) 사람이다. 江泳의 아들이다. 부친으로부터 가학을 전수받았다. (보유 200쪽)

◎ 陳居仁의 家學

- 진 탁 陳卓(?-?)
  자는 立道, 시호는 清敏이며, 興化(江蘇省) 사람이다. 陳居仁의 다섯째 아들이다. 1190년 진사가 되어 知江州 · 簽書樞密院事 등을 지냈다.

- 진윤평 陳允平(?-?)
  자는 君衡, 호는 西麓이며, 奉化(浙江省) 사람이다. 陳居仁의 손자다. 詩文에 능하여 吳文英 · 翁元龍과 이름을 나란히 하였다.

◎ 陳居仁의 門人

- 장단의 張端義(1179-?) ☞ 慈湖學案

◎ 張良臣의 家學

- 장 치 張畤(?-?)
  이름을 張鄘라고도 한다. 자는 居卿이며, 襄邑(河南省) 사람이다. 張良臣의 아들이다.

◎ 尤袤의 家學

- 우육 尤焴(?-?) ☞ 水心學案

10) 楊時의 續傳

● 황 춘 黃櫄(?-?) ☞ 紫微學案

11) 楊時의 私淑

● 황거질 黃去疾(?-?)
邵武(福建省) 사람이다. 咸淳年間(1265-1274)에 宰將樂이 되었다. 龜山精廬
를 지어 강학하였으며, 『龜山紀』를 수정하여 제목을 『龜山年譜』라 하였다.(보
유 200쪽)

20. 廌山 游酢의 學脈(廌山學案)

1) 廌山學案 圖表

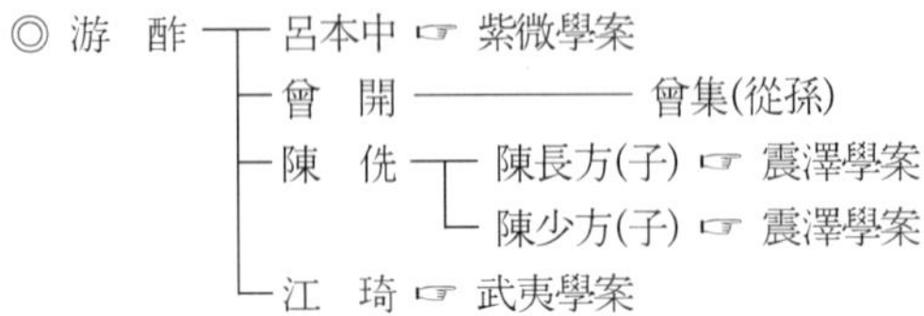

※ 講 友 : 胡安國 ☞ 武夷學案
　　　　　陳　瓘 ☞ 陳鄒諸儒學案
　　　　　劉元振(補遺)
　　　　　施景明(補遺)
　　　　　葉祖洽(補遺)
※ 續 傳 : 游應祥(補遺)

2) 廌山學案序錄

내가 삼가 살펴보건대, 廌山 游酢은 謝良佐(1050-1103)·楊時(1053-1135)와 함께 程子의 3대 문인이지만, 유독 遺書가 전하지 않고 제자 또한 부진하다. 五峰 胡宏(1106-1161)은 말하길, "廌山은 程子 문하의 죄인이다. 어찌하다가 그는 晩年에 이단의 길로 들어서서 한결같이 이 같은 지경에 이르렀단 말인가?"라고 하였다. 내가 여러 책에서 그의 순정한 말 한두 구절을 찾아 이 「廌山學案」을 쓴다.

3) 程顥·程頤의 門人

● 유　작 游酢(1053-1123)

자는 定夫·子通, 호는 廌山·廣平, 시호는 文肅이며, 建陽(福建省) 사람이다. 북송 때 경학가로, 游潛의 아들이다. 1083년 진사가 되어 太學博士·監察御史 등을 지냈다. 형 游醇과 함께 文行으로 알려져, 당시 知扶溝縣이었던 程

顥의 부름을 받아 學事를 맡게 되었다. 그 때부터 정호 형제를 사사하게 되었
으며, 謝良佐·楊時·呂大臨과 함께 '程門四先生'으로 일컬어졌다. 또한 施景
明·葉祖洽 등과 함께 江側에게도 배웠다. 范純仁(1027-1101)이 河南의 判官
으로 재직할 때 그를 國士로 대접하며 자문을 구하기도 하였다. '道'를 천지
만물 속에 있는 보편적 존재로 인식하여 자연의 도가 바로 인륜의 이치라고
주장하였고, 『주역』을 중시하여 그 책 속에 우주 만물의 이치가 포함되어 있다
고 인식하였다. 만년에 禪學에 몰입하여 儒家가 佛家를 배척할 것이 아니라
서로 보완적인 관계가 되어야 함을 주장하였다. 이 때문에 후대 학자 胡宏
(1106-1161)으로부터 '程子 문하의 죄인'이라는 혹평을 받기도 하였다. 저술로
『易說』·『中庸義』·『論語孟子雜解』·『詩二南義』 등이 있었지만 모두 逸失되
었고, 그 遺文을 모아서 후세 사람들이 엮은 『游廌山集』이 남아 있다.

4) 游酢의 講友

● 호안국 胡安國(1074-1138) ☞ 武夷學案

● 진　관 陳瓘(1057-1124) ☞ 陳鄒諸儒學案

● 유원진 劉元振(? - ?)
　자는 君式이며, 崇安(福建省) 사람이다. 20세에 태학에 들어가 呂大臨·游酢
　과 함께 강학하였다. 元豐年間(1078-1085)에 학자들이 문장의 화려함만을 숭
　상한 것과는 달리, 義理를 깊이 연구하였다.(보유 202쪽)

● 시경명 施景明(? - ?)
　생애가 자세치 않다. 游酢과 함께 江側에게 수학하였다.(보유 203쪽)

● 섭조흡 葉祖洽(? - ?)
　자는 敦禮이며, 邵武(福建省) 사람이다. 熙寧年間(1068-1077)에 진사가 되어
　中書舍人·給事中 등을 지냈다. 游酢·施景明과 함께 江側에게 수학하였다.
　(보유 203쪽)

5) 游酢의 門人

● 여본중 呂本中(1084-1145) ☞ 紫微學案

- 증　개　曾開(?-?)

  자는 天游이며, 선조는 贛州(江西省) 사람이었으나 河南으로 옮겨가 살았다. 曾吉甫의 형으로, 1103년 진사가 되어 太常少卿·刑部侍郎 등을 지냈다. 游酢을 사사하였으며, 劉安世(1048-1125)와 함께 강학하였다.

- 진　신　陳侁(1069-1121)

  자는 復之·後之이며, 長樂(福建省) 사람이다. 1100년 진사가 되어 洪州錄事를 지냈으며, 伊洛의 학문에 뜻을 두었다. 陳瓘과 교유하였으며, 游酢에게 수학하여 治氣養心과 行己接物의 요체를 터득하였다. 만년에는 두 아들 陳長方과 陳少方을 楊時의 문인 王蘋에게 보내 배우게 하였다.

- 강　기　江琦(1085-1142)　☞　武夷學案

6) 游酢의 再傳門人

◎ 曾開의 家學

- 증　집　曾集(?-?)

  자는 致虛이며, 紹興年間(1131-1162)에 知南康軍을 지냈다. 吏部尙書를 지낸 曾楙의 손자이자 曾開의 從孫이며, 呂本中(1084-1145)과는 내외종간이다. 종조부 曾開의 학문을 계승하였으며, 張栻(1133-1180)에게 배웠다.

◎ 陳侁의 家學

- 진장방　陳長方(1108-1148)　☞　震澤學案
- 진소방　陳少方(1109-1130)　☞　震澤學案

7) 游酢의 續傳

- 유응상　游應祥(?-?)

  자는 子善이며, 崇安(福建省) 사람이다. 元나라 때 武夷直學士·學正 등을 지냈다. 타고난 성품이 淳厚하였고, 經史에 밝았다.(보유 204쪽)

21. 和靖 尹焞의 學脈(和靖學案)

1) 和靖學案 圖表

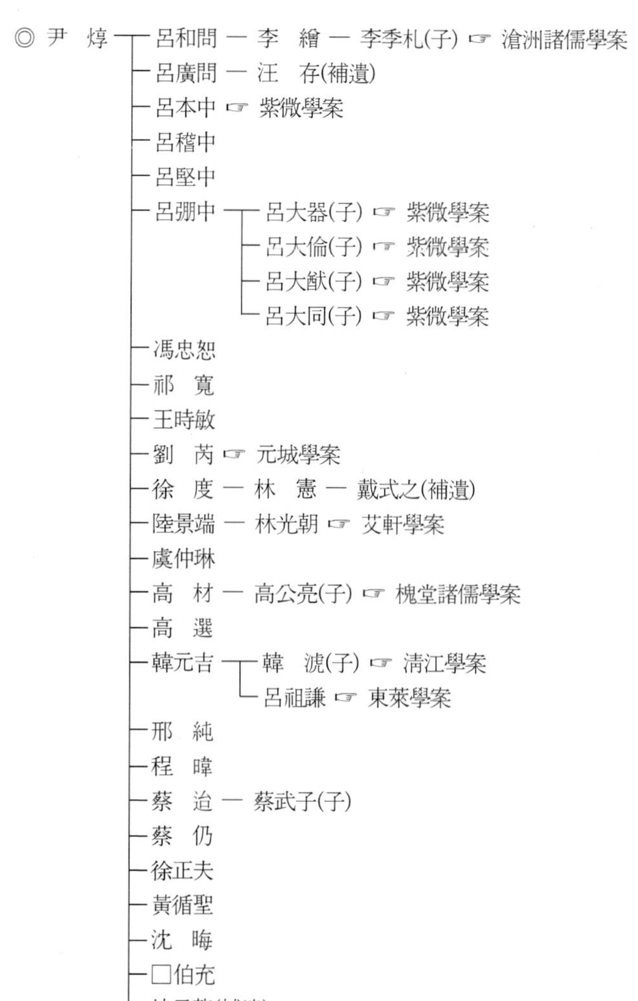

※ 講友 : 蘇　昞 ☞ 呂范諸儒學案
　　　　　張　繹 ☞ 劉李諸儒學案
　　　　　馮　理 ☞ 劉李諸儒學案
　　　　　王　蘋 ☞ 震澤學案
※ 私淑 : 高　閌 ☞ 龜山學案

2) 和靖學案序錄

내가 삼가 살펴보건대, 和靖 尹焞은 二程의 문하에서 뒤늦게 배출된 제자이나, 師說을 지킴은 제일 醇正하였다. 五峰 胡宏(1106-1161)은 '二程 이후의 뛰어난 학자'라 하였고, 東發 黃震(1212-1280)은 '스승의 전함을 잃지 않은 사람'이라 하였는데, 진실로 지나친 말이 아니다.

3) 程頤의 門人

● 윤　돈 尹焞(1071-1142)

자는 彦明·德充, 호는 和靖이며, 洛陽(河南省) 사람이다. 1089년 擧人이 되어 禮部侍郎·徽猷閣待制 등을 지냈다. 尹源의 손자이며, 程頤에게 수학하였다. 1126년 种師道의 추천으로 조정에 나아가 '和靖處士'를 賜號받았다. 금나라 군대가 낙양을 함락시키자 금과의 화친을 적극 반대하였다. 內省涵養을 중시하고 博覽을 추구하지 않았다. 오로지 敬 공부를 위주로 하였는데, 그 방법으로 '其心收斂 不用一物'을 내세웠다. 程頤의 학설을 전적으로 계승하여 달리 발명한 것이 없으나, 다른 문인들처럼 禪學에 빠지지 않고 순정함을 지킨 것이 특징이라 할 수 있다. 저술로『論語解』·『孟子解』·『門人問答』·『和靖集』등이 있다.

4) 尹焞의 講友

● 소　병 蘇昞(? - ?) ☞ 呂范諸儒學案

● 장　역 張繹(? - ?) ☞ 劉李諸儒學案

● 풍　리 馮理(? - ?) ☞ 劉李諸儒學案

● 왕　빈 王蘋(1082-1153) ☞ 震澤學案

5) 尹焞의 門人

● **여화문 呂和問(？-？)**

　자는 節夫이며, 開封(河南省) 사람이다. 呂夷簡(979-1044)의 從曾孫이며, 윤돈에게 수학하였다. 동생 呂廣問이 婺源 지방을 다스릴 때 그를 초빙하였는데, 羅靖·羅竦·藤愷 등이 찾아와 종유하였다.

● **여광문 呂廣問(1103-1175)**

　자는 仁夫·仁甫이며, 開封(河南省) 사람이다. 呂和問의 동생이며, 윤돈에게 배웠다. 1125년 진사가 되어 宣州士曹掾을 제수받았으나 곧이어 벼슬을 그만두고 黃山으로 물러났다. 이후 知德安令으로 있을 때 유랑자들을 안주시키고 젊은이들을 가르쳤다. 벼슬은 權禮部侍郎·集賢殿修撰·知池州 등을 지냈다.

● **여본중 呂本中(1084-1145)** ☞ 紫微學案

● **여계중 呂稽中(？-？)**

　자는 德元이며, 開封(河南省) 사람이다. 여본중과 같은 항렬로 촌수는 자세치 않으며, 윤돈에게 배웠다. 윤돈이 蜀 땅으로 들어갈 때 그도 함께 갔었는데, 윤돈이 노쇠해지자 후학 교육을 그에게 맡겼다.

● **여견중 呂堅中(？-？)**

　자는 景實이며, 開封(河南省) 사람이다. 여본중과 같은 항렬로 촌수는 자세치 않다. 祁陽令을 지냈다. 윤돈에게 배웠으며, 胡寅(1098-1156)이 「學宮記」를 지어 그를 칭송하였다. 동문인 馮忠恕·祁寬과 함께 윤돈의 語錄을 편찬하였다.

● **여붕중 呂弸中(？-？)**

　자는 仁武이며, 開封(河南省) 사람이다. 呂祖謙의 조부이다. 형과 함께 윤돈의 문하에서 수학하였으며, 벼슬은 駕部員外郎을 지냈다.

● **풍충서 馮忠恕(？-？)**

　자는 貫道이며, 汝陽(河南省) 사람이다. 부친 馮理가 낙양에서 공부할 때 윤돈과 절친하게 지냈는데, 이를 계기로 윤돈에게 배웠다. 靖康年間(1126-1127) 초 윤돈이 초빙되어 대궐로 나아갈 때 陪從하였다. 黔州節度判官·知梁山軍

을 지냈다.

- **기 관 祁寬(?-?)**
  자는 居之이며, 均州(湖北省) 사람이다. 윤돈에게 배웠으며, 은거하여 벼슬하지 않았다. 윤돈이 『論語解』를 저술할 때 많은 공력을 기울였다. 王庶와 절친하였다. 저술로 스승의 어록을 기록한 『祁氏師說』이 있다.

- **왕시민 王時敏(?-?)**
  자는 德修이며, 上饒(江西省) 사람이다. 윤돈에게 배웠다. 윤돈이 죽자 그의 후사를 세워주었다. 朱熹가 편지를 보내 윤돈의 학문에 대해 질의하기도 하였다. 저술로 스승의 어록을 기록한 『王氏師說』이 있다.

- **유 예 劉芮(?-?)** ☞ 元城學案

- **서 도 徐度(?-?)**
  자는 惇立·端立이며, 睢陽(河南省) 사람이다. 徐處仁의 아들이며, 윤돈에게 배웠다. 진사가 되어 1138년 校書郎을 지냈으며, 都官員外郎·吏部侍郎 등을 지냈다. 만년에는 吳興의 弁山에 기거했다. 典故에 뛰어났다. 저술로 『國紀』·『卻掃編』이 있다.

- **육경단 陸景端(?-?)**
  자는 子正이며, 海寧(浙江省)에서 살다가 吳郡(浙江省)으로 옮겼다. 陸韶之의 아들이며, 윤돈에게 수학하였다. 말년에 윤돈의 학문을 林光朝에게 전수하였다.

- **우중림 虞仲琳(?-?)**
  餘姚(浙江省) 사람이며, 윤돈에게 수학하였다. 동생 虞仲瑤와 함께 紹興年間(1132-1162)에 진사가 되어 永嘉敎授를 지냈다.

- **고 재 高材(?-?)**
  자는 國任이며, 餘姚(浙江省) 사람이다. 윤돈에게 배웠다.

- **고 선 高選(?-?)**
  자는 德擧이며, 윤돈에게 배웠다. 동생 高邁와 함께 紹興年間(1132-1162)에 급제하여 武當軍節推를 지냈다.

- **한원길 韓元吉(1118-1187)**
  자는 無咎, 호는 南澗이며, 開封(河南省) 사람이다. 韓維의 현손이고 韓元龍

의 從弟이며, 呂祖謙(1137-1181)이 그의 사위이다. 蔭官으로 천거되어 龍泉主簿·知建安令·吏部尙書 등을 지냈다. 윤돈을 사사하였으며, 여조겸과 함께 德淸 慈相寺에서 강학하였다. 저술로『桐蔭舊話』·『南澗甲乙稿』·『河南師說』·『南澗集』·『焦尾集』 등이 있다.

- **형 순 邢純(?-?)**
  자는 叔端이며, 윤돈의 사위이다. 윤돈에게 수학하였는데, 그가 浙東安撫로 있을 때 윤돈이 그에게 의지하였다.

- **정 위 程暐(?-?)**
  程頤의 손자이며, 윤돈의 사위이다. 桐廬令으로 있을 때 윤돈이 그에게 의탁하였다.

- **채 태 蔡迨(?-?)**
  자는 肩吾이며, 許昌(河南省) 사람이다. 蔡齊의 손자이며, 윤돈을 사사하였다. 文詞와 서화에 뛰어났으며, 陸游와 막역하였다. 韓元吉의 천거로 桂陽縣令을 지냈다.

- **채 잉 蔡仍(?-?)**
  생애가 자세치 않다. 虎丘(江蘇省)에서 윤돈을 사사하였다.

- **서정부 徐正夫(?-?)**
  생애가 자세치 않다. 虎丘(江蘇省)에서 윤돈을 사사하였다.

- **황순성 黃循聖(?-?)**
  생애가 자세치 않다. 虎丘(江蘇省)에서 윤돈을 사사하였다.

- **심 회 沈晦(?-?)**
  자는 元用이며, 錢塘(浙江省) 사람이다. 沈遘의 손자이며, 윤돈을 사사하였다. 宣和年間(1119-1125)에 진사가 되어 著作佐郎·徽猷閣直學士 등을 지냈다. 담력과 기개가 뛰어났다.

- **□백충 □伯充(?-?)**
  성씨를 알 수 없으며, 생애도 자세치 않다. 윤돈을 사사하였다.

- **한원룡 韓元龍(?-?)**
  자는 子雲이며, 雍丘(河南省) 사람이다. 韓維의 현손이며, 韓元吉의 형이다. 윤돈을 사사하였다. 蔭官으로 천거되어 將仕郎을 지냈으며, 龍圖閣直學士·

浙西提刑 등을 지냈다.(보유 210쪽)

6) 尹焞의 再傳門人

◎ 呂和問의 門人

- 이　증 李繒(1117-1193)
  자는 參仲이며, 婺源(江西省) 사람이다. 呂和問에게 배웠다. 科擧를 단념하고
  鍾山에 은거하였다. 朱熹가 程洵과 함께 그 곳을 지나다가 그의 문장을 보고
  극찬하였다. 저술로『論語解』·『西銘解』 등이 있다.

◎ 呂廣問의 門人

- 왕　존 汪存(1070 - ?)
  자는 公澤이며, 婺源(江西省) 사람이다. 汪紹의 아들로, 元祐年間(1086-
  1094)에 태학에 들어가 西京文學을 지냈다. 呂廣問에게 배웠다. 후에 관직을
  버리고 향리로 돌아가 제자들을 교육하였는데, 학자들이 '四友先生'이라 불렀
  다.(보유 211쪽)

◎ 呂弸中의 家學

- 여대기 呂大器(?-?) ☞ 紫微學案
- 여대륜 呂大倫(?-?) ☞ 紫微學案
- 여대유 呂大猷(?-?) ☞ 紫微學案
- 여대동 呂大同(?-?) ☞ 紫微學案

◎ 徐度의 門人

- 임　헌 林憲(?-?)
  자는 景思, 호는 雪巢이며, 吳興(浙江省)에서 살다가 臨海(浙江省)로 옮겼다.
  徐度에게 배웠다. 尤袤·楊萬里(1127-1206)의 칭송을 받았다. 저술로『雪巢
  小集』이 있다.

◎ 陸景端의 門人

- 임광조 林光朝(1114-1178) ☞ 艾軒學案

◎ 高材의 家學

- 고공량 高公亮(?-?) ☞ 槐堂諸儒學案

◎ 韓元吉의 家學

- 한 표 韓淲(1159-1224) ☞ 清江學案

◎ 韓元吉의 門人

- 여조겸 呂祖謙(1137-1181) ☞ 東萊學案

◎ 蔡迨의 家學

- 채무자 蔡武子(?-?)
  蔡迨의 아들로, 생애가 자세치 않다.

7) 尹焞의 三傳門人

◎ 李繪의 家學

- 이계찰 李季札(?-?) ☞ 滄洲諸儒學案

◎ 林憲의 門人

- 대식지 戴式之(?-?)
  이름은 復古, 호는 屏石이며, 式之는 그의 字인데 字로 이름이 났다. 黃巖(浙江省) 사람이다. 徐度·林憲에게 배웠으며, 三山의 陸游에게도 배웠다.(보유 211쪽)

8) 尹焞의 私淑

- 고 항 高閌(1097-1153) ☞ 龜山學案

22. 兼山 郭忠孝의 學脈(兼山學案)

1) 兼山學案 圖表

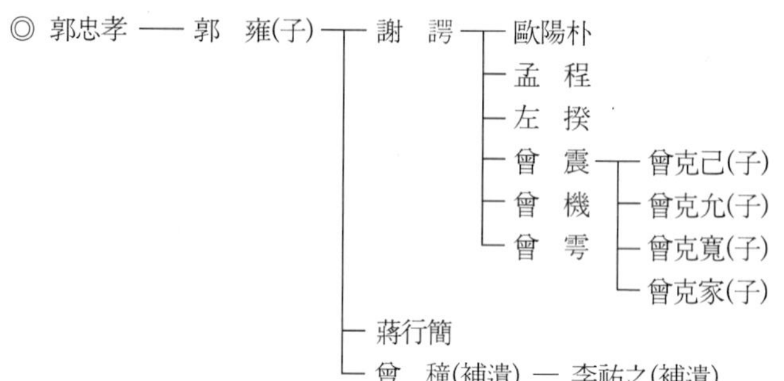

※ 同 調 : 邵伯溫 ☞ 百源學案
※ 續 傳 : 黎立武
※ 郭雍 私淑 : 洪 适(補遺)
※ 郭忠孝 淵源 : 陳安民(補遺)

2) 兼山學案序錄

내가 삼가 살펴보건대, 兼山 郭忠孝(?－1127)는 무인 가문의 아들로 程子의 학문을 존모할 줄 알았고, 끝내 국가의 일에 목숨을 바쳤다. 아들 白雲 郭雍(1091–1187)은 세상에 나아가지 않고 自適하다 일생을 마쳤으니, 그가 은거한 것이 黨錮 이후의 일이라고 기록한 和靖 尹焞(1071–1142)의 말은 사실이 아닌 듯하다. 곽씨 집안의 학문이 외롭게 전해졌으나, 艮齋 謝諤(1121–1194)으로부터 黎立武에 이르도록 끊어지지 않고 면면이 이어졌다.

3) 程頤의 門人

● 곽충효 郭忠孝(?－1127)

자는 立之, 호는 兼山이며, 洛陽(河南省) 사람이다. 북송 때 경학가로 郭逵

의 아들이다. 蔭職으로 출사한 뒤 진사시에 합격하였다. 軍器少監·永興軍路 提點刑獄 등을 지냈다. 程頤에게 『주역』·『중용』을 전수 받아, 이 두 분야에 뛰어났다. 그는 '中庸'의 中을 人道의 至正大中으로 보고, 이를 미루어 천하 국가에 쓰는 것을 『중용』의 요체라 하였다. 또한 '中庸'을 실제상의 體·用 관계로 보아 致用之學을 강조하였다. 그의 역학사상은 『大易粹言』에 여러 사람들의 설과 함께 실려 있다. 그 외의 저술로 『中庸說』·『兼山易解』·『易書』 등이 있다.

4) 郭忠孝의 同調

● 소백온 邵伯溫(1057-1134) ☞ 百源學案

5) 郭忠孝의 家學

● 곽　옹　郭雍(1091-1187)

자는 子和, 호는 白雲이며, 洛陽(河南省) 사람이다. 郭忠孝의 아들로, 평생 峽州에 은거하며 학문에 전념하였다. 家學을 계승하여 후세에 전함으로써 이들 부자의 학문이 세상에 알려지게 되었다. 乾道年間(1165-1173)에 任淸臣·張孝祥 등의 천거로 조정에서 불렀으나 나아가지 않으니, '沖晦處士'라는 호를 내렸고, 이후 淳熙年間(1174-1189)에 또 '頤正先生'에 봉해졌다. 그는 특히 易學에 밝았는데, 후학들이 이들 부자와 二程·張載·游酢·楊時 등 七家의 易說을 모아 『大易粹言』을 편찬하였다. 그의 학문은 簡易함을 위주로 하면서 실행에 역점을 두었는데, 후학들에게 큰 영향을 주었다.

6) 郭忠孝의 再傳門人

◎ 郭雍의 門人

● 사　악　謝諤(1121-1194)

자는 昌國, 호는 艮齋·定齋이며, 新喩(江西省) 사람이다. 1162년 진사가 되어 監察御史·御史中丞 등을 지냈다. 郭雍의 문하에서 수학하였으며, 실무 정치에서는 簡易함을 위주로 大體를 힘썼다. 만년에 桂山 밑에 살아 학자들이 그를 '桂山先生'이라 칭하기도 하였다. 저술로『聖學淵源』·『詩解』·『書解』·『論語解』·『左氏講義』·『柏臺奏議』·『諫臺奏議』·『經筵總錄』·『艮齋集』 등이 있다.

- 장행간 蔣行簡(1126-1196)

  자는 仲可이며, 永嘉(浙江省) 사람이다. 孫汝翼의 사위이며, 薛季宣(1134-1173)과는 동서간이다. 처음에는 袁漑의 학문을 접했으나 뒤에 郭雍에게 나아가 수학하였다. 1151년 진사가 되어 知海鹽縣 등의 지방관을 지냈다. 조정에 들어간 뒤 자신이 저술한『樞言』을 바쳤다. 通判興國軍으로 재직할 때 가뭄과 疫病을 만나자 常平倉의 곡식을 내어 백성들을 구휼하였다. 峽州·澧州 등 다섯 고을의 수령을 지냈다. 후에 상서하여 민간의 세금이 과중하다고 극언을 하다가 집권자에게 미움을 사 파직되었다. 저술로『白羊問答』이 있다.

- 증 동 曾種(?-?)

  자는 獻之이며, 溫陵(福建省) 사람이다. 郭雍에게 수학하였으며, 知舒州를 지냈다. 지서주로 있을 당시『大易粹言』을 간행하였다.(보유 212쪽)

7) 郭忠孝의 三傳門人

◎ 謝諤의 門人

- 구양박 歐陽朴(?-?)

  자는 全眞이며, 新喩(江西省) 사람이다. 歐陽昌邦의 아들이며, 謝諤의 高弟로서『艮齋事實』을 저술하였다. 진사가 되어 州·縣의 수령으로 20여 년을 지냈으나, 남들이 알아주기를 구하지 않았다. 만년에 知衡陽縣이 되었으나 부임하지 못하고 졸하였다. 일설에 洪适의 高弟라고도 한다.

- 맹 정 孟程(?-?)

  豊城(江西省) 사람으로, 생애가 자세치 않다. 젊었을 때 서예를 좋아하여 筆力이 뛰어났었다. 뒤에 謝諤의 문하에 들어가 經術을 공부하여 유학자가 되었다.

- 좌 규 左揆(?-?)

  자는 正卿이며, 永新(江西省) 사람이다. 謝諤의 문하에서 수학하였다. 학문을 좋아하여 정진하자, 사악이「務本齋銘」을 지어주었다.

- 증   진 曾震(1136-1193)

  초명은 栝, 자는 禹任·伯貢이었는데 뒤에 이름을 震, 자를 東老로 바꾸었다. 吉水(江西省) 사람이며, 謝諤의 문하에서 수학하였다. 집에 文友堂·詠歸堂 두 건물을 지어놓고 널리 이름난 스승을 초빙하여 두 동생 및 자식들과 함께 수학하였다. 集英殿 시험에 뽑혀 벼슬길에 나아가, 廣州司戶參軍을 지냈다. 저술로 『群玉集』이 있다.

- 증   기 曾機(1137-1200)

  자는 伯虞, 호는 靜庵居士이며, 吉水(江西省) 사람이다. 이름을 需라고도 하며, 曾震의 동생이라는 설이 있다. 謝諤의 문하에서 高弟로 일컬어졌다. 여러 차례 과거에 낙방하자, 출사를 포기하고 학문에 전념하며 自樂하였다. 저술로 『靜庵集』이 있다.

- 증   우 曾雩(?-?)

  吉水(江西省) 사람으로, 曾震의 동생이다. 형과 함께 謝諤의 문하에서 수학하였다.

◎ 曾稺의 門人

- 이우지 李祐之(?-?)

  曾稺의 문인으로, 생애가 자세치 않다. 증동이 舒州에서 『大易粹言』을 간행할 적에 跋文을 지었다.(보유 212쪽)

8) 郭忠孝의 四傳門人

◎ 曾震의 家學

- 증극기 曾克己(?-?)

  曾震의 아들로, 吉水(江西省) 사람이다. 생애가 자세치 않다. 가학을 계승하였다.

- 증극윤 曾克允(?-?)

  曾震의 아들로, 吉水(江西省) 사람이다. 생애가 자세치 않다. 가학을 계승하였다.

- 증극관 曾克寬(?-?)

  曾震의 아들로, 吉水(江西省) 사람이다. 생애가 자세치 않다. 가학을 계승하였다.

- 증극가 曾克家(? - ?)

  曾震의 아들로, 吉水(江西省) 사람이다. 생애가 자세치 않다. 가학을 계승하였다.

9) 郭忠孝·郭雍의 續傳

- 여립무 黎立武(? - ?)

  자는 以常, 호는 寄翁·元中子이며, 新喩(江西省) 사람이다. 1268년 진사시에 제3등으로 합격하여 通判袁州·國子司業 등을 지냈다. 文天祥·謝枋得 등과 교유하였으며, 학자들이 '所寄先生'이라 칭하였다. 秘書省에 재직할 때 책을 열람하다가 郭忠孝·郭雍 부자의 『中庸』에 관한 설을 보고 심취하였다. 또한 동향인 謝諤이 곽옹의 학문을 전수 받아 新喩에 전함으로써 그는 郭氏 父子의 학문을 전해 받을 수 있었다. 저술로 『中庸指歸』·『中庸分章』·『大學發微』· 『大學本旨』 등이 있다.

10) 郭雍의 私淑

- 홍 괄 洪适(1117-1184)

  초명은 造, 자는 溫伯이었는데 뒤에 이름을 适, 자를 景伯으로 고쳤다. 호는 盤洲, 시호는 文惠이며, 鄱陽(江西省) 사람이다. 忠宣公 洪皓의 맏아들로, 1142년 博學宏詞科에 합격하여 秘書省正字로 발탁되었다. 그러나 부친이 당시의 집권자 秦檜의 미움을 받음으로써 그도 외직인 通判台州로 나아가게 되었다. 진회가 죽은 뒤에 다시 내직으로 들어가 翰林學士·尙書右僕射兼樞密使 등을 지냈다. 金石文 拓本을 수집해 史傳의 오류를 바로잡았다. 郭雍의 '簡易之學'을 듣고 그를 사숙한 것으로 추정된다. 저술로 『隸釋』·『隸續』·『盤洲文集』 등이 있다. (보유 213쪽)

11) 郭忠孝의 淵源

- 진안민 陳安民(? - ?)

  자는 子惠이며, 河陽(河南省) 사람이다. 郭忠孝가 진안민에게 先天卦變을 얻었다고 스스로 말했다는 기록이 전한다. (보유 212쪽)

23. 震澤 王蘋의 學脈(震澤學案)

1) 震澤學案 圖表

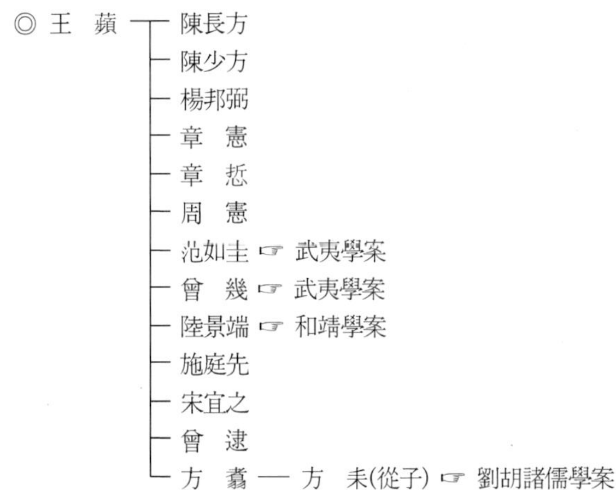

2) 震澤學案序錄

내가 삼가 살펴보건대, 程子의 洛學이 秦(陜西省) 지역에 전해진 것은 呂大忠・呂大鈞(1031-1082)・呂大臨(1040-1092) 형제 때문이며, 楚(湖南省・湖北省) 지역에 전해진 것은 謝良佐(1050-1103)가 荊州 남쪽(湖北省 應城)에서 교육을 담당했기 때문이며, 蜀(四川省) 지역에 전해진 것은 謝湜・馬涓 때문이며, 浙(浙江省) 지역에 전해진 것은 永嘉 사람인 周行己(1067-약1129)・劉安節(1068-1116)・許景衡(1072-1128)・鮑若雨 등 여러 학자들 때문이며, 吳(江蘇省) 지역에 전해진 것은 王蘋(1082-1153) 때문이다. 왕빈은 스승 楊時(1053-1135)에게 가장 인정받은 학자지만, 朱熹(1130-1200)는 그를 가장 폄

하하였고, 그 뒤 王守仁(1472-1528)은 그를 매우 칭송하였다. 내가 왕빈의 문집을 읽어보니 자못 陸九淵(1139-1193) 心學의 맹아에 해당되었다. 그를 폄하하는 것도 이 때문이며, 그를 칭송하는 것도 때문이다. 육구연의 학문은 본래 계승되어 온 것이 없는데, 黃震(1212-1280)은 멀리 사량좌에게서 나왔다고 생각하고, 나는 사량좌와 왕빈에게서 겸하여 나왔다고 여긴다. 대개 程子의 문하에 이미 이런 학문이 있었던 것이다.

3) 程頤·楊時의 門人

- 왕 빈 王蘋(1059-1129)
  자는 信伯, 호는 震澤이며, 福淸(福建省) 사람이다. 程頤와 楊時를 사사하였다. 벼슬은 秘書省正字·著作郎通判 등을 역임하였으며,『神宗實錄』을 편수하는 데 참여하였다. 정이의 이학을 계승하였으나, 心學의 관점에서 해석하여 이학이 심학화되는 데에 중요한 단서를 제공하였다. 저술로『論語集解』·『易傳』·『震澤文集』이 있다.

4) 王蘋의 講友

- 윤 돈 尹焞(1071-1142) ☞ 和靖學案
- 장 역 張繹(?-?) ☞ 劉李諸儒學案

5) 王蘋의 學侶

- 여본중 呂本中(1084-1145) ☞ 紫微學案
- 이자면 李子勉(?-?)
  이름은 전하지 않으며, 子勉은 그의 자이다. 南康(江西省) 사람으로, 생애가 자세치 않다.

6) 王蘋의 門人

- **진장방 陳長方**(1108 -1148)

  자는 齊之, 호는 唯室이며, 福州 長樂(福建省) 사람이다. 陳侁의 아들로, 1138년 진사가 되어 江陰軍學敎授를 지냈다. 왕빈을 사사하였으며, 향리에 은거하여 經史를 연구하였다. 그의 학설은 直指로써 人心을 열게 하여, 배우는 자들로 하여금 자득하게 하였다. 저술로『步里客談』·『尙書傳』·『春秋傳』·『禮記傳』·『兩漢論』·『唐論』·『上蔡語論辯證』 등이 있다.

- **진소방 陳少方**(1109-1130)

  자는 同之이며, 蘇州 吳縣(江蘇省) 사람이다. 효종 때 東宮講官을 지냈다. 형 陳長方과 함께 왕빈에게 수학하였으며, 당시 '王門二陳'이라 일컬어졌다.

- **양방필 楊邦弼**(? - ?)

  자는 良佐이며, 建寧 浦城(福建省) 사람이다. 楊億의 4세손으로 1142년 진사가 되어 太學博士·中書舍人 등을 지냈다. 왕빈에게 수학하였고, 이학을 깊이 연구하였다.

- **장 헌 章憲**(? - ?)

  자는 叔度, 호는 復軒이며, 浦城(福建省) 사람이다. 章甫의 아들로, 徽宗 宣和年間(1119-1125)에 監漢陽酒稅를 지냈다. 楊時·王蘋·呂本中의 문하에서 수학하였다. 경학에 능통하였는데, 특히『춘추』에 정밀하였다. 저술로『復軒集』이 있다.

- **장 철 章悊**(? - ?)

  자는 季明이며, 章憲의 동생이다. 양시·왕빈·여본중의 문하에서 수학하였다.

- **주 헌 周憲**(? - ?)

  자는 可則이며, 永豊(江西省) 사람이다. 왕빈에게 수학하였으며, 여본중을 종유하였다. 저술로『震澤記善錄』이 있다.

- **범여규 范如圭**(1102-1160) ☞ 武夷學案
- **증 기 曾幾**(1084-1116) ☞ 武夷學案
- **육경단 陸景端**(? - ?) ☞ 和靖學案

- 시정선 施庭先(?-?)

  鹽官(陝西省) 사람이다. 隱士 施德操의 族姪로, 왕빈에게 수학하였다.

- 송의지 宋宜之(?-?)

  생애가 자세치 않다. 왕빈에게 수학하였다.

- 증 체 曾逮(?-?)

  자는 仲躬, 호는 習庵이며, 河南(河南省) 사람이다. 曾幾의 아들로 왕빈에게
  수학하였다. 1264년 太常丞이 되어 知溫州·戶部侍郎 등을 지냈다. 저술로
  『習庵集』이 있다.

- 방 저 方翥(?-?)

  자는 次雲이며, 莆田(福建省) 사람이다. 方元寀의 손자로, 1138년 진사가 되어
  閩淸縣尉·秘書省正字를 지냈다. 처음 施庭先에게 배웠으며, 뒤에 왕빈을 사
  사하였다. 陸九淵·林光朝와 함께 학론을 강하였으며, 朱熹가 莆田을 지나면
  서 방문하여 예우하였다.

7) 王蘋의 再傳門人

◎ 方翥의 家學

- 방 뢰 方耒(?-?) ☞ 劉胡諸儒學案

24. 劉絢·李籲 등의 學脈(劉李諸儒學案)

1) 劉李諸儒學案 圖表

◎ 劉　絢

◎ 李　籲

◎ 侯仲良 ┬ 胡　寅 ☞ 衡麓學案
　　　　　├ 胡　寧 ☞ 武夷學案
　　　　　└ 胡　宏 ☞ 五峯學案

◎ 劉立之

◎ 朱光庭 ──────────── 朱　石 ☞ 北山四先生學案

◎ 邢　恕 ── 邢居實(子) ☞ 安定學案

◎ 張　繹

◎ 馬　伸 ── 何　兌 ── 何　鎬(子) ☞ 晦翁學案

◎ 吳　給

◎ 周孚先

◎ 周恭先

◎ 晏敦復

◎ 袁　溉 ┬ 薛季宣 ☞ 艮齋學案
　　　　　└ 蔣行簡 ☞ 兼山學案

◎ 焦　瑗 ┬ 沈　銖 ┬ 沈　煥(子) ☞ 廣平定川學案
　　　　　│　　　　├ 沈　炳(子) ☞ 廣平定川學案
　　　　　│　　　　├ 舒　烈
　　　　　│　　　　└ 孫　允 ── 孫　枝(子) ☞ 滄洲諸儒學案
　　　　　├ 沈　鎧
　　　　　├ 沈　銘
　　　　　├ 高　閌 ☞ 龜山學案
　　　　　├ 趙敦臨 ☞ 龜山學案
　　　　　└ 童大定 ☞ 龜山學案

◎ 周純明

◎ 孟　厚

◎ 馮　理 ── 馮忠恕(子) ☞ 和靖學案

◎ 范　棫

◎ 謝　湜

◎ 李　參

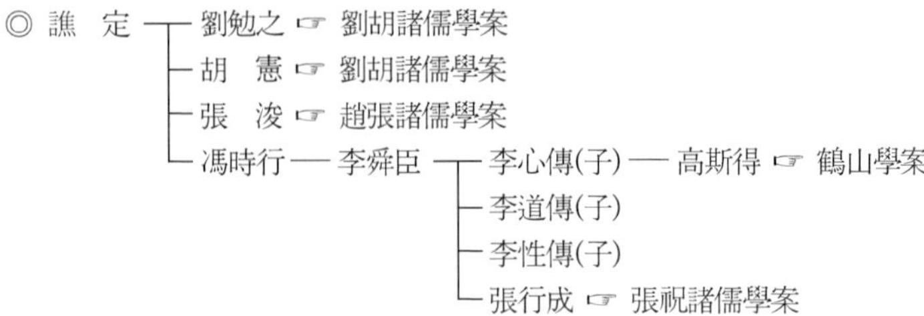

◎ 翟　霖
◎ 趙彦道
◎ 唐　棣
◎ 暢大隱
◎ 范文甫
◎ 暢中伯
◎ 李處遯
◎ 林大節
◎ 張閎中
◎ 邵　溥
◎ 李處廉
◎ 練　繪(補遺)
◎ 賈　易(補遺)
◎ 時紫芝(補遺)
◎ 趙孝孫(補遺)
◎ 林志寗(補遺)
◎ 張　昦(補遺)
◎ 鄒　柄(補遺)

2) 劉李諸儒學案序錄

내가 삼가 살펴보건대, 程子의 제자 중에 가장 알려진 사람은 劉絢(1045-1087)·李籲인데, 일찍 죽었기 때문에 그들의 학맥이 넓지 못하다. 晉陵 사람 周孚先·周恭先 형제 또한 尹焞(1071-1142)에게 존중을 받았으며, 그 후 馬伸(?-1128)·吳給은 大節로 알려졌다. 그리고 문하생으로 일컬어지지 못한 사람도 있으니, 거짓으로 천명을 일컬은 자에게 굴복한 邵溥와 뇌물을 받고 신세

를 망친 李處廉이 이 같은 자들이다. 邢恕와 같은 자는 옛날 공자 문하로서
동문 子路를 모함했던 公伯寮와 같은 무리로다.

3) 程顥·程頤의 門人

● 유　현 劉絢(1045-1087)

자는 質夫이며, 河南(河南省) 사람이다. 음직으로 壽安縣主簿가 되어 長子縣令
을 지냈다. 元祐年間 초에 韓維의 추천으로 京兆府敎授가 되었다가, 다시 王巖
叟와 朱光庭이 천거하여 太學博士를 역임하였다. 程顥·程頤에게 수학하였으
며, 『춘추』에 조예가 깊었다. 李籲와 함께 程子의 문하에서 명망이 있었다.

● 이　유 李籲(?-?)

자는 端伯, 호는 縱山이며, 縱氏(河南省) 사람이다. 진사시에 합격하여 元祐年
間(1086-1094)에 秘書省校書郎을 지냈다. 程顥·程頤에게 수학하였으며, 語
錄인 『師說』을 편찬했다. 劉絢과 함께 程子의 문하에서 가장 명망이 높았다.

● 후중량 侯仲良(?-?)

자는 師聖, 호는 荊門이며, 河東(山西省) 사람이다. 侯可의 아들로, 程頤에게
수학하였다. 이후 周敦頤와 胡安國에게도 배웠다. 저술로 『論語說』·『侯子雅
言』이 있다.

● 유립지 劉立之(?-?)

자는 宗禮이며, 河間(河北省) 사람이다. 어려서 고아가 되었는데, 부친과 친분
이 있던 二程의 집에서 성장하였다. 二程의 문하에서 공부했으며, 程子의 숙부
程朝奉의 딸에게 장가들었다. 晉城의 관리가 되어 承議郎을 지냈으며, 행정에
정통하였다.

●주광정 朱光庭(1037-1094)

자는 公掞이며, 偃師(河南省) 사람이다. 朱景의 아들로, 1057년 진사가 되어
左正言·給事中 등을 역임하였다. 二程에게 수학하였으며, 格物·致知를 進
道의 문으로 삼고 誠意·正心을 入德의 방법으로 삼았다.

●형　서 邢恕(?-?)

자는 和叔이며, 陽武(河南省) 사람이다. 程子에게 수학하였다. 천거로 崇文

院校書가 되어, 著作佐郎·御史中丞 등을 역임하였다. 新法을 지지하며 권력을 쥐고 있던 章惇·蔡卞을 돕고 宣仁王后를 모함하며 스승 및 동문을 핍박하였다.

- 가　역 賈易(?-?)
  자는 明叔이며, 無爲(安徽省) 사람이다. 程子에게 수학하였다. 진사시에 급제하여 左司諫·寶文閣待制 등을 역임하였다.(보유 218쪽)

- 시자지 時紫芝(?-?)
  생애가 자세치 않다. 程子에게 수학하였다.(보유 219쪽)

- 조효손 趙孝孫(?-?)
  생애가 자세치 않다. 程子에게 수학하였다.(보유 219쪽)

- 임지녕 林志寗(?-?)
  建安(福建城) 사람으로, 程子에게 수학하였다.(보유 219쪽)

- 장　고 張杲(?-?)
  자는 暘叔이며, 程子에게 수학하였다.(보유 219쪽)

- 추　병 鄒柄(?-?)(보유 219쪽) ☞ 陳鄒諸儒學案

4) 程頤의 門人

- 장　역 張繹(?-?)
  자는 思叔이며, 壽安(河南省) 사람이다. 程頤 문하에서 수학하였으며, 尹焞과 함께 程頤가 만년에 얻은 두 사람으로 일컬어진다.

- 마　신 馬伸(?-1128)
  자는 時中이며, 東平(山東省) 사람이다. 程頤의 문하에서 수학하였다. 1097년 진사가 되어 西京法曹·殿中侍御史를 역임하였다.

- 오　급 吳給(?-?)
  자는 敦仁이며, 생애가 자세치 않다. 程頤의 문하에서 수학했으며, 左司郎官·徽猷閣待制를 지냈다.

- 주부선 周孚先(?-?)
  자는 伯忱이며, 晉陵(江蘇省) 사람이다. 동생 周恭先과 함께 程頤의 문하에서 수학하였다. 鄕薦으로 太學에 들어갔으며, 臨安教官을 지냈다.

● **주공선 周恭先(?-?)**

자는 伯溫이며, 晉陵(江蘇省) 사람이다. 형 周孚先과 함께 程頤의 문하에서 수학하였다. 형과 함께 鄕薦으로 태학에 들어갔으며, 坑治幹官에 제수되었다.

● **안돈복 晏敦復(1075-1145)**

자는 景初이며, 臨川(江西省) 사람이다. 范仲淹·孔道輔·歐陽脩·富弼·楊察 등을 등용한 晏殊의 증손이다. 젊어서 程頤에게 수학하였다. 1109년 진사가 되어 給事中·吏部尙書 등을 역임하였다.

● **원　개 袁溉(?-?)**

자는 道潔이며, 汝陰(安徽省) 사람이다. 젊어서 程頤에게 배웠으며, 進士試에 합격하였다. 建炎年間(1127-1130)에 금나라의 침입을 피하여 산간에 은거하였으며, 후에 四川省 富順으로 옮겨 살면서 인근의 薛翁에게 수학하였다. 六經을 비롯해 제자백가를 두루 섭렵하였으며, 특히 易學과 禮學에 조예가 깊었다. 사람들로부터 '厚德君子'라 일컬어졌다.

● **초　원 焦瑗(?-?)**

자는 公路이며, 山東 지역 사람이다. 程頤에게 수학하였다. 鄞 땅에 피난을 갔는데, 그로 인해 浙江省 지역에 洛學이 흥기하게 되었다. 丞相 趙鼎方이 洛學을 부흥시키기 위해 尹焞(1071-1142)·朱震(1072-1138)을 등용하고, 그를 천거했으나 사양하고 나아가지 않았다.

● **주순명 周純明(?-?)**

자는 全伯이며, 澶淵(河北省) 사람이다. 邵雍에게 수학한 周長孺의 아들로, 부친이 일찍 죽자 소옹으로부터 양육 받았다. 程頤의 질녀에게 장가들었으며, 그의 문하에서 공부하였다.

● **맹　후 孟厚(?-?)**

자는 敦夫이며, 洛陽(河南省) 사람이다. 程頤에게 수학하였다. 스승이 죽었을 때 다른 문인들은 黨禍를 두려워하여 찾아오지 않았지만, 그와 尹焞·張繹·范棫·邵溥만이 送葬하였다. 사람들로부터 '高義孟公'이라 일컬어졌다.

● **풍　리 馮理(?-?)**

자는 聖先, 호는 東皐이며, 汝州(河南省) 사람이다. 程頤에게 수학하였다. 그의 아들 馮忠恕는 尹焞에게 배웠으며, 『涪陵記善』을 저술하였다.

- **범　역 范棫(?-?)**
洛陽(河南省) 사람으로, 생애가 자세치 않다. 程頤에게 수학하였다. 스승이 죽었을 때 다른 문인들은 黨禍를 두려워하여 찾아오지 않았지만, 그와 孟厚·尹焞·張繹·邵溥만이 送葬하였다.

- **사　식 謝湜(?-?)**
자는 持正이며, 金堂(四川省) 사람이다. 程頤의 문하에서 공부했는데, 高弟로 일컬어졌다. 元豐年間(1078-1085)에 진사가 되었으며, 國子博士를 지냈다. 그러나 『二程遺書』에는 布衣로 일생을 보냈다고 기록되어 있다. 저술로 『易記』·『春秋義』 등이 있다.

- **이　삼 李參(?-?)**
程頤에게 수학하였으며, 생애가 자세치 않다.

- **초　정 譙定(?-?)**
자는 天授, 호는 涪陵이며, 涪陵(四川省) 사람이다. 젊어서 불교에 심취했다가 郭曩에게 易學을 배웠고, 다시 程頤의 문하에 나아가 수학하였다. 靖康年間(1126-1127) 초에 崇政殿說書로 천거되었으나 사양하고 나아가지 않았다. 蜀땅의 青城 大峨에 은거하였는데, 그 지역 사람들로부터 '譙夫子'라 일컬어졌다. 劉勉之(1091-1149)·胡憲(1084-1162)에게 易學을 전수하였으며, 馮時行·張行成도 그에게 학문적 영향을 받았다.

- **적　림 翟霖(?-?)**
程頤에게 수학하였으며, 생애가 자세치 않다.

- **조언도 趙彦道(?-?)**
자는 景平이며, 생애가 자세치 않다. 程頤에게 수학하였다.

- **당　체 唐棣(?-?)**
자는 彦思이며, 宜興(江蘇省) 사람이다. 程頤에게 수학하였다. 1115년 진사가 되어 秘書丞을 지냈다. 스승의 언행을 기록하여 語錄을 남겼다.

- **창대은 暢大隱(?-?)**
자는 潛道이며, 洛陽(河南省) 사람이다. 程頤에게 수학하였다. 『二程遺書』 제25권은 그가 기록한 것이다.

- 범문보 范文甫(?-?)

  文甫는 자이고, 이름 및 생애가 자세치 않다. 程頤에게 수학하였으며, 唐棣가 남긴 語錄에 보인다.

- 창중백 暢中伯(?-?)

  中伯은 자이고, 이름 및 생애가 자세치 않다. 程頤에게 수학하였으며, 唐棣가 남긴 語錄에 보인다.

- 이처둔 李處遯(?-?)

  자는 嘉仲이며, 洛陽(河南省) 사람이다. 程頤의 문하에서 수학하였으며, 中書舍人을 지냈다. 唐棣가 남긴 語錄에 보인다.

- 임대절 林大節(?-?)

  이름과 자 및 생애가 자세치 않다. 大節은 후인들이 일컬은 칭호인 듯하다. 程頤에게 수학하였으며, 『二程遺書』에 자질이 노둔하지만 실천에 篤實한 사람으로 기록되어 있다.

- 장굉중 張閎中(?-?)

  이름과 자 및 생애가 자세치 않다. 閎中은 후인들이 일컬은 칭호인 듯하다. 程頤에게 수학하였으며, 스승이 그에게 답한 편지가 『伊川文集』에 보인다.

- 소　부 邵溥(?-?)

  자는 澤民이며, 洛陽(河南省) 사람이다. 邵雍의 손자이며, 邵伯溫의 長子이다. 程頤에게 수학하였다. 晁詠之를 종유하여 문학을 공부하였다. 진사시에 급제하여 戶部侍郎을 지냈다. 금나라에 의해 수도 開封이 함락되었을 적에 副留守로 있던 그가 大寶를 취해 숨겼는데, 금나라가 황제로 冊立한 張邦昌(1081-1127)에게 그것을 바쳤다. 이 일로 인해 집안과 師門에 큰 누를 끼치게 되었다.

- 이처렴 李處廉(?-?)

  永嘉縣令을 지냈던 사람으로, 생애가 자세치 않다. 程頤의 문하에서 수학하였다. 1137년 뇌물을 받은 사건으로 죄를 짓게 되었는데, 그 일로 인해 스승이 사람들로부터 비판을 받았다.

- 연　회 鍊繪(?-?)

  자는 質夫이며, 浦城(福建省) 사람이다. 程頤의 문하에서 수학하였다. 大觀年

間(1107-1110)에 진사가 되어 奉議郎을 지냈다.(보유 218쪽)

5) 侯仲良의 門人

- 호 인 胡寅(1098-1156) ☞ 衡麓學案
- 호 녕 胡寧(?-?) ☞ 武夷學案
- 호 굉 胡宏(1106-1161) ☞ 五峯學案

6) 邢恕의 家學

- 형거실 邢居實(1068-1087) ☞ 安定學案

7) 馬伸의 門人

- 하 태 何兌(?-?)
  자는 太和, 호는 龜津이며, 武陽(四川省) 사람이다. 1118년 진사가 되어 辰州通判을 지냈다. 馬伸(?-1128)이 御史로서 순행할 적에 만나게 되어『중용』을 배웠는데, 程子의 학설을 위주로 한 것이었다. 그리하여 그는『중용』을 삶의 지표로 삼았으며, 또한 易學을 깊이 연구하였다.

8) 袁溉의 門人

- 설계선 薛季宣(1134-1173) ☞ 艮齋學案
- 장행간 蔣行簡(1126-1196) ☞ 兼山學案

9) 焦瑗의 門人

- 심 수 沈銖(?-?)
  자는 公權이며, 定海(浙江省) 사람이다. 1135년 진사가 되어 簽書鎭東軍判官·承務郎을 지냈다. 焦瑗에게 수학하여 程子의 학문을 계승하였다.

- 심　당 沈鏜(?-?)
  定海(浙江省) 사람이다. 沈銖의 동생으로, 焦瑗에게 수학하였다. 형을 비롯한 동생 沈銘과 함께 焦瑗의 高弟로 일컬어졌다.

- 심　명 沈銘(?-?)
  定海(浙江省) 사람이다. 沈銖의 동생으로, 焦瑗에게 수학하였다. 형 沈銖·沈鏜과 함께 焦瑗의 高弟로 일컬어졌다.

- 고　항 高閌(1097-1153) ☞ 龜山學案
- 조돈림 趙敦臨(?-?) ☞ 龜山學案
- 동대정 童大定(?-?) ☞ 龜山學案

10) 馮理의 家學

- 풍충서 馮忠恕(?-?) ☞ 和靖學案

11) 譙定의 門人

- 유면지 劉勉之(1091-1149) ☞ 劉胡諸儒學案
- 호　헌 胡憲(1084-1162) ☞ 劉胡諸儒學案
- 장　준 張浚(1094-1164) ☞ 趙張諸儒學案
- 풍시행 馮時行(?-1163)
  자는 當可, 호는 縉雲이며, 蜀(四川省) 땅 사람이다. 譙定에게 수학하였다. 1124년 진사가 되어 江原丞·成都府路提刑 등을 역임하였다. 저술로 『易論』이 있다.

- 장행성 張行成(?-?) ☞ 張祝諸儒學案

12) 馬伸의 再傳門人

◎ 何兌의 家學

- 하　호 何鎬(1128-1175) ☞ 晦翁學案

13) 馬瑗의 再傳門人

◎ 沈銖의 家學

- 심　환 沈煥(1139-1191) ☞ 廣平定川學案
- 심　병 沈炳(？-？) ☞ 廣平定川學案

◎ 沈銖의 門人

- 서　렬 舒烈(？-？)

  鄞縣(浙江省) 사람이다. 沈銖에게 수학하여 程子의 학문을 접하게 되었다. 1172년 진사시에 급제하였다.

- 손　윤 孫允(？-？)

  鄞縣(浙江省) 사람이다. 同鄉의 沈銖에게 수학하였으며, 향교에서 10년간 교수로 지냈다. 孫枝의 아버지이다.

14) 譙定의 再傳門人

◎ 馮時行의 門人

- 이순신 李舜臣(？-？)

  자는 子思이며, 井研(四川省) 사람이다. 馮時行에게 수학하였으며, 1166년 진사가 되어 知德興縣·宗正寺主簿를 지냈다. 易學에 조예가 깊어『易本傳』을 저술하였는데, 주희로부터 칭송을 받았다. 그 외 저술로『群經義』·『書小傳』·『鏤玉餘功錄』과 문집이 있다.

15) 譙瑗의 三傳門人

◎ 孫允의 家學

- 손　지 孫枝(？-？) ☞ 滄洲諸儒學案

16) 譙定의 三傳門人

◎ 李舜臣의 家學

● 이심전 李心傳(1167-1244)

자는 微之·伯微, 호는 秀巖이며, 井研(四川省) 사람이다. 李舜臣의 長子이다. 만년에 史館校勘으로 천거되어『中興四朝帝紀』·『十三朝會要』의 편찬에 참여하였고, 工部侍郎에 제수되었다. 저술로『高宗繫年錄』·『學易編』·『誦詩訓』·『春秋考』·『禮辯』·『讀史考』·『舊聞證誤』·『朝野雜記』·『道命錄』·『西陲泰定錄』·『辯南遷錄』과 문집이 있다.

● 이도전 李道傳(1170-1217)

자는 貫之·仲貫, 시호는 文節이며, 井研(四川省) 사람이다. 李舜臣의 아들이다. 1196년 진사가 되어 太學博士·著作郎 등을 역임하였다. 주희의 四書集註와 四書或問을 태학에 반포하고, 周敦頤·邵雍·程顥·程頤·張載를 문묘에 종사할 것을 건의하였다.

● 이성전 李性傳(?-1255)

자는 成之, 호는 鳳山이며, 井研(四川省) 사람이다. 李舜臣의 아들이다. 1211년 진사가 되어 端明殿學士·同知樞密院事 등을 역임하였다.

17) 譙定의 四傳門人

◎ 李心傳의 門人

● 고사득 高斯得(?-?) ☞ 鶴山學案

18) 朱光庭의 續傳

● 주 우 朱右(1314-1376) ☞ 北山四先生學案

25. 呂大忠·范育 등의 學脈(呂范諸儒學案)

1) 呂范諸儒學案 圖表

◎ 呂大忠 ┬ 馬　涓
　　　　　└ 張　瞻
◎ 呂大鈞 ── 呂義山(子)
◎ 呂大臨 ┬ 周行己 ☞ 周許諸儒學案
　　　　　├ 許景衡 ☞ 周許諸儒學案
　　　　　├ 沈躬行 ☞ 周許諸儒學案
　　　　　└ 謝天申 ☞ 周許諸儒學案
◎ 蘇　昞
◎ 范　育
◎ 游師雄 ── 游蟻
◎ 种師道
◎ 潘　拯
◎ 李　復
◎ 田　腴 ┬ 呂好問 ☞ 滎陽學案
　　　　　└ 呂切問 ☞ 滎陽學案
◎ 邵　清 ┬ 邵　整(子) ── 蘇大璋
　　　　　└ 邵景之(從子) ☞ 劉胡諸儒學案
◎ 張舜民
◎ 薛昌朝

2) 呂范諸儒學案序錄

　　내가 삼가 살펴보건대, 關學[張載의 학문]의 성대함은 洛學[程子의 학문]보다 못하지 않았는데, 再傳에 이르러 어찌 그리 미미해졌는가? 女眞 完顔部族의 亂으로 말미암아 儒術이 중간에 끊어졌기 때문인가? 『伊洛淵源錄』에는 關學을 소략하게 기술했으니 "三呂[呂大忠·呂大鈞·呂大臨]와 蘇昞은 일찍이 程子의 문하에서 수학했기 때문에 그들의 이름을 올려놓았고, 나머지는 모두 빼버렸다."라고 하였다. 나는 侍郎 范育 이외에 『宋史』에서 游師雄(1038-1097)·

种師道(1051-1126)를 찾아내고, 『胡文定公語錄』에서 潘拯을 찾아내고, 『樓宣獻公文集』에서 李復을 찾아내고, 『童蒙訓』에서 田腴를 찾아내고, 『閩書』에서 邵淸을 찾아내고, 『晁景于集』을 읽다가 張舜民을 찾아내고, 또 『伊洛淵源錄』의 註에서 薛昌朝를 찾아내어 關學을 위해 조금 빠지는 부분을 보완하였다.

3) 張載·程顥·程頤의 門人

● 여대충 呂大忠(?-?)

자는 晉伯이며, 京兆 藍田(陝西省) 사람이다. 呂大防의 형이다. 아우 呂大鈞·呂大臨과 함께 張載·程頤의 문하에서 수학하였다. 皇祐年間(1049-1053)에 진사가 되어 知代州로 있었는데, 遼가 代北 땅을 요구하자 요동 사신과 담판을 벌여 굴복시키기도 하였다. 1095년에 寶文閣直學士를 지냈는데, 당시 章惇과 의견이 맞지 않아 寶文閣待制로 강등되고, 아우 呂大防도 유배되자 벼슬에서 물러났다.

● 여대균 呂大鈞(1031-1082)

자는 和叔이며, 京兆 藍田(陝西省) 사람이다. 呂大忠의 동생이다. 1057년 진사가 되어 秦州司理·三原縣令 등을 지냈다. 그 후 知巴西 등에 제수되었으나 부모 공양을 위해 벼슬에서 물러났다. 張載가 關中에서 강학할 때 따르는 자가 없었지만, 여대균만이 同年友로 지내면서 제자의 예를 갖추고 그의 학문을 전했다. 장재의 학문은 禮에 근본하여 實踐과 致用을 중시하였는데, 여대균이 『呂氏鄕約』을 제정하자 關中의 풍속이 일신하게 되었다. 그 외 저술로 『四書注』·『誠德集』이 있었으나 대부분 없어지고, 지금은 『鄕儀』·『吊說』 등이 전한다.

● 여대림 呂大臨(1040-1092)

자는 與叔, 호는 藍田이며, 京兆 藍田(陝西省) 사람이다. 呂大鈞의 동생이다. 張載에게 배웠고 뒤에는 程顥·程頤 형제에게 배웠다. 謝良佐·游酢·楊時와 함께 '程門四先生'으로 일컬어졌다. 門蔭으로 元祐年間에 太常博士·秘書省正字 등을 지냈다. 특히 禮學에 밝았다. 저술로 『易章句』·『大易圖象』·『孟子講義』·『大學中庸解』·『老子注』·『西銘集解』 등이 있었으나 대부분 없어지고, 지금은 「克己銘」·『考古圖』·『續考古圖』·『釋文』만이 四庫全書에 수록

되어 있다.

● 소　병 蘇昞(?-?)

자는 季明이며, 京兆 武功(陝西省) 사람으로 '武功先生'이라 일컬어졌다. 張載에게 가장 오랫동안 수학하였으며, 뒤에는 程顥·程頤 형제에게 수학하였다. 尹焞이 처음 과거공부에 전념하였는데, 소병이 과거가 올바른 학문의 길이 아님을 깨우쳐 주자 과거를 포기하였다. 1086년 邠州教授를 지냈고, 元祐年間末年에 呂大忠의 천거로 太常博士에 등용되었다. 元符年間(1098-1100)에 黨人으로 지목되어 饒州에 유배되었다가 죽었다.

4) 張載의 門人

● 범　육 范育(?-?)

자는 巽之이며, 邠州 三水(陝西省) 사람이다. 范祥의 아들이다. 진사에 급제하여 涇陽令을 지냈다. 부모 봉양을 위해 벼슬을 사임하고 돌아와 張載에게 수학하였다. 崇文校書·監察御史에 천거되었다. 『大學』의 誠意·正心으로 천하와 국가를 다스릴 것을 神宗에게 아뢰고 張載 등을 천거하였다. 集賢院直學士·龍圖閣直學士 등을 지냈고, 紹興年間(1131-1162)에 寶文閣直學士에 증직되었다.

● 유사웅 游師雄(1038-1097)

자는 景叔이며, 京兆 武功(陝西省) 사람이다. 張載에게 수학하였다. 1065년 진사에 급제하여 德順軍判官 등을 지내고, 元祐年間 초에 宗正寺主簿를 지냈다. 1087년 軍器監丞으로 있을 때 吐蕃族의 침입을 격퇴시켰다. 慶曆年間 이래 변방 방어의 문제점과 대책에 대한 「紹聖安邊策」을 올렸다. 뒤에 龍圖閣直學士 등을 지냈다. 章句之學보다 經世之學을 중시하였다. 저술로 『分疆錄』이 있다.

● 충사도 种師道(1051-1126)

초명은 建中·師極, 자는 彝叔, 시호는 忠憲이며, 洛陽(河南省) 사람이다. 种世衡의 손자다. 張載에게 수학하였다. 蔭官으로 熙州推官 등을 지냈다. 免役法을 의논하다가 당시 권신 蔡京에게 미움을 사 知德順軍에 좌천되었다. 또 元祐黨籍으로 지목되어 10여 년 간 숨어살았다. 宣和年間에 간언이 받아들여

지지 않자 벼슬에서 물러났다. 뒤에 金나라가 남하하자 參謀가 되어 河北宣撫使를 지내니, 당시 사람들이 '老种'이라 일컬었다.

● 반　증 潘拯(?-?)

자는 康仲이며, 關中(陝西省) 사람이다. 생애가 자세치 않으며, 張載에게 수학한 것으로 추정된다.

● 이　복 李復(?-?)

자는 履中이며, 京兆 長安(陝西省) 사람이다. '潏水先生'으로도 일컬어진다. 張載에게 수학하였다. 1079년 진사에 급제하여 集英殿修撰을 지냈다. 병법에 관심이 많았고, 시에도 능했다. 崇寧年間에 熙河轉運使가 되어 변방의 일을 논했으나 의견이 합치되지 않아 파직되었다. 金나라 병사가 關中을 침략했을 때 혼자 성을 지키다가 죽었다. 저술로『潏水集』이 있었으나 전하지 않는다.

● 전　유 田腴(?-?)

자는 誠伯이며, 密州 安丘에서 태어나 河南(河南省)으로 옮겨 살았다. 張載에게 수학하였으며, 虔州 선비 李潛(약 1040-1101)과도 친하게 지냈다. 3년마다 經典 하나씩을 깊이 연구하였으며, 佛敎를 싫어하여 輪廻說을 비판하였다. 建中·靖國年間에 曾肇의 추천으로 太學正에 제수되었다.

● 소　청 邵淸(?-?)

자는 彦明이며, 福州 古田(福建省) 사람이다. 元祐年間(1086-1093)에 太學生의 十奇士 중 한사람으로 지목되었다. 張載에게서『周易』을 수학하였다. 당시 벗이 河南太守로 있으면서 불렀으나 벼슬에 나아가지 않았다. 당시 사람들에게 '八行先生'으로 일컬어졌다.

● 장순민 張舜民(?-?)

자는 芸叟, 호는 浮休居士·矴齋이며, 邠州(陝西省) 사람이다. 張載에게 수학하였다. 慶曆年間(1041-1048)에 范仲淹이 그의 글을 보고 기이하게 여겼다. 1065년 진사에 급제하여 襄樂令이 되었다. 당시 王安石이 新法을 시행하려고 하자 上書하여 반대하였다. 1081년 高遵裕를 따라 西夏를 정벌하였으며, 元祐年間(1086-1093) 초에 司馬光의 추천으로 監察御史가 되었다. 그 뒤 徽宗年間에 龍圖閣待制 등을 지냈다. 崇寧年間(1102-1106) 初에는 元祐黨人으로 지목되어 商州에 안치되기도 하였다. 유배에서 풀려난 뒤에 集賢殿學士를 지냈다. 장재가 죽자 조정에 추증을 요청하였다. 저술로『畫墁集』이 있었으나 전하지 않는다.

● 설창조 薛昌朝(? - ?)
자는 景庸이며, 출생지는 불분명하다. 張載에게 수학하였다. 御史로 있으면서
王安石의 新法을 論劾하였다. 陳襄(1017-1080)의 천거로 殿中丞을 지냈다.

5) 呂大忠의 門人

● 마　연 馬涓(? - ?)
자는 巨濟이며, 南部(山西省) 사람이다. 元祐年間(1086-1093)에 진사시에 1등
으로 합격하였다. 呂大忠이 秦州를 통솔할 적에 幕府에 들어가 幕府判官이 되
었으며, 그를 스승으로 섬겼다. 뒤에 조정에 들어가 臺官이 되어 명성을 떨쳤다.
1103년 당쟁에 연루되어 吉州에 안치되었다.

● 장　첨 張瞻(? - ?)
자는 景前이며, 출생지는 불분명하다. 呂大忠에게 수학하였다. 太學에서 수학
할 때 여대충에게 칭찬을 들었다.

6) 呂大鈞의 家學

● 여의산 呂義山(? - ?)
자는 子居이며, 京兆 藍田(陝西省) 사람이다. 呂大鈞의 아들로 가학을 계승하
였다. 程頤의 문하에 나아가 수학하기도 하였다.

7) 呂大臨의 門人

● 주행기 周行己(1067-약 1129) ☞ 周許諸儒學案
● 허경형 許景衡(1072-1128) ☞ 周許諸儒學案
● 심궁행 沈躬行(? - ?) ☞ 周許諸儒學案
● 사천신 謝天申(? - ?) ☞ 周許諸儒學案

8) 游師雄의 家學

- 유 의 游巘(? - ?)

  京兆 武功(陝西省) 사람이다. 游師雄의 아들로 가학을 계승하였다. 진사시에 급
  제하여 知眞定縣을 지냈는데, 치적이 있어 河北轉運使로 발탁되었다.

9) 田腴의 門人

- 여호문 呂好問(1064-1131) ☞ 滎陽學案
- 여절문 呂切問(? - ?) ☞ 滎陽學案

10) 邵淸의 家學

- 소 정 邵整(? - ?)

  자는 宋擧, 자호는 蒙谷遺老이며, 福州 古田(福建省) 사람이다. 邵淸의 아들로
  가학을 계승하였다. 『周易』에 조예가 깊어 『六十四卦圖說』을 지었다.

- 소경지 邵景之(? - ?) ☞ 劉胡諸儒學案

11) 邵整의 再傳門人

◎ 邵淸의 門人

- 소대장 蘇大璋(? - ?)

  자는 顯之, 호는 雙溪이며, 福州 古田(福建省) 사람이다. 邵整에게 수학하였
  다. 13세에 『周易』에 통달하였으며, 1199년에 진사가 되어 道州敎官을 지냈
  다. 正學闡明을 자신의 임무로 삼았다. 著作郎 등을 지낸 뒤 知吉州를 지냈다.

26. 周行己·許景衡 등의 學脈(周許諸儒學案)

1) 周許諸儒學案 圖表

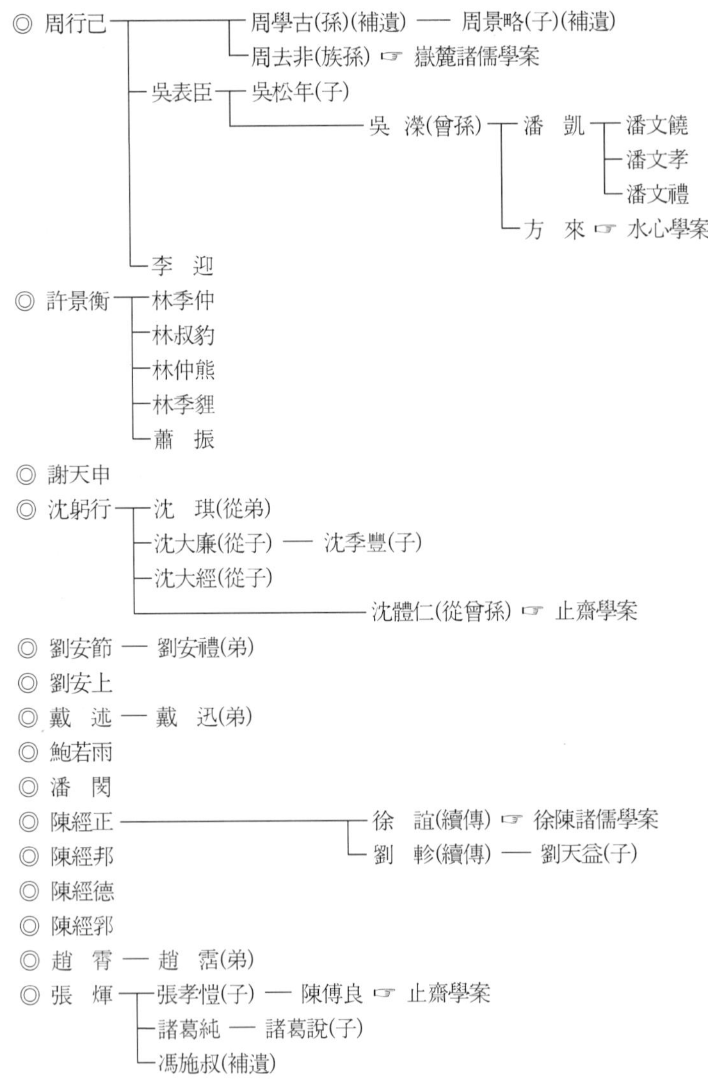

◎ 蔣元中
◎ 蔡元康
◎ 潘安固

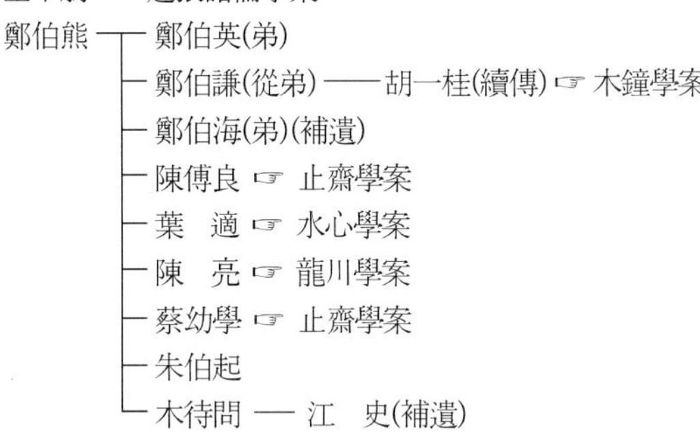

※ 吳松年 講友：王十朋 ☞ 趙張諸儒學案
　　　　　　　鄭伯熊 ┬ 鄭伯英(弟)
　　　　　　　　　　 ├ 鄭伯謙(從弟) ── 胡一桂(續傳) ☞ 木鐘學案
　　　　　　　　　　 ├ 鄭伯海(弟)(補遺)
　　　　　　　　　　 ├ 陳傅良 ☞ 止齋學案
　　　　　　　　　　 ├ 葉　適 ☞ 水心學案
　　　　　　　　　　 ├ 陳　亮 ☞ 龍川學案
　　　　　　　　　　 ├ 蔡幼學 ☞ 止齋學案
　　　　　　　　　　 ├ 朱伯起
　　　　　　　　　　 └ 木待問 ── 江　史(補遺)
　　　　　　　林光朝 ☞ 艾軒學案
　　　　　　　呂祖謙 ☞ 東萊學案
※ 鄭伯熊 同調：郎鵬擧 ☞ 龍川學案
　　　　　　　張　淳 ☞ 艮齋學案

2) 周許諸儒學案序錄

　　내가 삼가 살펴보건대, 세상 사람들은 永嘉學派의 여러 학자들이 程子의 洛學을 전해 받았다는 사실은 알면서도 그들이 橫渠 張載(1020-1077)의 關學을 겸하여 전수 받은 줄은 모르고 있다. 이른바 '영가학파 九先生'을 살펴보면 그중 6명은 程子의 제자이고, 나머지 3명은 정자를 私淑한 사람들이다. 그런데 周行己(1067-약 1129)와 沈躬行은 또 呂大臨(1040-1092)을 從遊하였으니, 그렇다면 이들은 장횡거의 再傳弟子가 아니겠는가? 鮑若雨 등 7人 중 5人이 정자의 문하생이다. 朱熹(1130-1200)가 『伊洛淵源錄』을 지을 때 陳傅良(1137-1203)에게 여러 차례 편지를 보내 이들의 事蹟을 구했으니 당연히 빠뜨리지 말았어야 했는데, 사람됨이 충성스럽고 학술이 무성했던 許景衡(1072-1128)은 끝내 수록되지 못했으니 어찌된 일인가? 그래서 나는 『이락연원록』은 주희가 미처 완성하지 못한 책이라고 생각한다. 지금 이들의 사적을 합쳐 1권으로 만들어 우리 浙江 지역 학문의 성대함이 실로 여기에서 비롯되었음을 기록해 둔다. 林季仲도 허경형의 高弟인데, 그의 학문 또한 象山學派의 한 줄기를 열었다.

3) 程頤·呂大臨의 門人

● 주행기 周行己(1067-1129)

자는 恭叔, 호는 浮沚이며, 永嘉(浙江省) 사람이다. 1091년 진사가 되어 太學博士·秘書省正字 등을 지냈다. 태학에 있을 때 王安石의 『三經新義』의 설이 성행하였으나, 홀로 西京으로 가 程頤의 문하에서 수학하였다. 그 뒤 呂大臨의 문하에서도 수학하였으며, 張載의 영향도 받았다. 浮沚書院의 主講을 지냈다. 주희는 程頤의 학문이 남쪽으로 건너온 후 鄭伯熊이 주행기를 사숙하여 더욱 빛을 보게 되었다고 높이 평가하였다. 저술로 『浮沚集』이 있다.

● 허경형 許景衡(1072-1128)

자는 小伊, 호는 橫塘, 시호는 忠簡이며, 瑞安(浙江省) 사람이다. 浙東 지방의 학자들 중에서는 허경형이 가장 먼저 程頤의 문하에 찾아가 배웠으며, 呂大臨에게도 배웠다. 1094년 진사가 되어 監察御使·殿中侍御史 등을 지냈다. 高宗은 자신에게 직언을 한 인물로 그와 張愨을 꼽았다. 저술로 『橫塘集』이 있다.

● 사천신 謝天申(?-?)

자는 用休이며, 瑞安(浙江省) 사람이다. 그의 이름이 『伊川語錄』에 보이는 것으로 보아 伊川 程頤에게 수학한 듯하다. 이천의 高弟인 尹焞(1071-1142) 또한 그를 중히 여겼다. 呂大臨에게도 배웠다. 賢良으로 천거되어 知閤門을 지냈다.

● 심궁행 沈躬行(?-?)

자는 彬老이며, 永嘉(浙江省) 사람이다. 과거공부를 좋아하지 않고 古學을 좋아하였으며, 禮經의 喪禮·葬禮에 밝았다. 처음엔 林石을 종유하였으나 나중에 胡瑗과 陳壤의 再傳弟子가 되었다. 程頤에게 배웠으며, 뒤에는 呂大臨(1040-1092)에게도 수학하였다. 그의 학문은 『대학』과 『중용』을 근본으로 篤信力行하여 성현의 경지에 이르는 것이었다. 왕안석이 『춘추』를 폐지했을 때 손수 石經本 『춘추』를 베껴 집안에 감추어 두었다.

4) 程頤의 門人

● 유안절 劉安節(1068–1116)

자는 元承이며, 永嘉(浙江省) 사람이다. 程頤를 사사하였으며, 학행으로 당시 사람들에게 추중받아 '大劉先生·永嘉先生'으로 불리었다. 1100년 진사가 되어 監察御史·知饒州 등을 지냈다. 평생 格物致知와 存心養性을 일삼았다. 저술로 『劉左史集』이 있다.

● 유안상 劉安上(1069–1128)

자는 元禮이며, 永嘉(浙江省) 사람이다. 劉安節의 從弟로, 유안절과 함께 '二劉'로 일컬어졌으며, '小劉先生'이라 불리었다. 그의 형과 함께 程頤에게 나아가 배웠다. 1097년 진사가 되어 侍御史·徽猷閣待制 등을 지냈다. 저술로 『劉給事集』이 있다.

● 대   술 戴述(1074–1110)

자는 明仲이며, 永嘉(浙江省) 사람이다. 사람됨이 우직하였으며 文學에 재능이 있었다. 劉安上의 妹壻로 그와 함께 程頤의 문하에서 배웠다. 1100년 진사가 되었으나 관직에 나아가지 않다가 뒤에 臨江敎授를 지냈다. 당시 사람들에게 '大戴先生'으로 일컬어졌다. 저술로 후인들이 편찬한 『二戴集』이 있다.

● 포약우 鮑若雨(?–?)

자는 商霖, 호는 敬亭이며, 永嘉(浙江省) 사람이다. 程頤에게 수학하였으며, 本心의 仁을 밝히는 것을 학문의 종지로 삼았다. 벼슬길에 나가지 않고 학문과 저술에 몰두하였다. 저술로 『伊川問答錄』·『敬亭集』이 있다.

● 반   민 潘閔(?–?)

자는 子文이며, 瑞安(浙江省) 사람이다. 鮑若雨 등과 함께 程頤에게 배웠다. 당시 黨錮의 禍로 인한 혼탁한 정치상을 싫어하여 벼슬하지 않고 은거하였다.

● 진경정 陳經正(?–?)

자는 貴一이며, 平陽(浙江省) 사람이다. 동생 陳經邦과 함께 程頤에게 배웠다. 謝湜을 정이에게 소개하기도 하였다.

● 진경방 陳經邦(?–?)

자는 貴新이며, 平陽(浙江省) 사람이다. 형 陳經正과 함께 程頤에게 배웠다.

● 진경덕 陳經德(?-?)

平陽(浙江省) 사람으로 생애가 자세치 않다. 형 陳經正과 陳經邦을 통해 洛學을 사숙하였다.

● 진경부 陳經郛(?-?)

平陽(浙江省) 사람으로 생애가 자세치 않다. 형 陳經正과 陳經邦을 통해 洛學을 사숙하였다.

5) 周行己·許景衡의 講友

● 조 소 趙霄(1062-1109)

자는 彦昭이며, 瑞安(浙江省) 사람이다. 태학에 들어가 許景衡 등과 함께 洛學을 공부하였다. 1103년 진사가 되어 濟州教授·太學正 등을 지냈다. 따르는 諸生들에게 과거를 위한 학문만 일삼지 말고 躬行實踐을 강조하여 '趙顔子'로 일컬어졌다.

● 장 휘 張煇(?-?)

자는 子充, 호는 草堂이며, 永嘉(浙江省) 사람이다. 六經부터 제자백가의 설을 두루 익혀 辨析하였다. 政和年間(1111-1117) 초에 八行으로 천거되었으나 나가지 않았다. 1112년 태학의 유생으로 과거에 급제하여 洪州教授·國子學錄 등을 지냈다. 저술로『草堂語錄』이 있다.

● 장원중 蔣元中(?-?)

이름은 미상, 元中은 그의 자이며, 永嘉(浙江省) 사람이다. 許景衡과 洛學을 공부하였으며, 元豐年間(1078-1085)에 태학에서 '永嘉九先生'의 한 사람으로 지목되었다. 저술로「經不可使易知論」이 있다.

6) 周行己·許景衡의 學侶

● 채원강 蔡元康(1075-1117)

자는 君濟이며, 平陽(浙江省) 사람이다. 태학에 들어가 許景衡을 통해 洛學을 사숙하였다. 誠養心正을 학문의 근본으로 삼았으며 과거공부에는 뜻을 두지 않았다. 1117년 八行으로 천거되었다.

- 반안고 潘安固(?-?)

  자는 仲碩이며, 平陽(浙江省) 사람이다. 熙寧年間(1068-1077)에 태학에 들어가 許景衡을 통해 洛學을 사숙하였다. 八行으로 천거되었으나 나가지 않았다.

7) 周行己의 家學

- 주학고 周學古(?-?)

  자는 會卿이며, 永嘉(浙江省) 사람이다. 周行己의 손자이다. 두 번이나 천거되었으나 급제하지 못하자 과거를 포기하고 風雅로써 즐거움을 삼았다.(보유 227쪽)

- 주거비 周去非(?-?) ☞ 嶽麓諸儒學案

- 주경략 周景略(?-?)

  자는 宗夷이며, 永嘉(浙江省) 사람이다. 周學古의 아들이다.(보유 227쪽)

8) 周行己의 門人

- 오표신 吳表臣(?-?)

  자는 正仲, 호는 湛然이며, 永嘉(浙江省) 사람이다. 周行己의 高弟로, 永嘉의 여러 학자들 중에서 가장 박식하였다. 1109년 진사가 되어 吏部尙書·翰林學士 등을 지냈다.

- 이 영 李迎(1103-1174)

  자는 彦將, 호는 濟溪이며, 濟源(河南省) 사람이다. 周行己의 사위로 그에게 洛學을 전수 받았다. 저술로『濟溪老人遺稿』가 있다.

9) 許景衡의 門人

- 임계중 林季仲(?-?)

  자는 懿成, 호는 竹軒이며, 永嘉(浙江省) 사람이다. 형제들이 모두 許景衡에게 배웠는데, 그와 셋째인 林叔豹가 뛰어났다. 1121년 진사가 되어 吏部員外郎·太常少卿 등을 지냈다. 저술로『竹軒雜著』가 있다.

- 임숙표 林叔豹(?-?)

  자는 德惠·懿文이며, 永嘉(浙江省) 사람이다. 형 林季仲과 함께 許景衡에게 배웠다. 徽宗朝에 진사가 되어 秘書省正字·監察御史 등을 지냈다.

- 임중웅 林仲熊(?-?)

  永嘉(浙江省) 사람으로, 생애가 자세치 않다. 林季仲의 동생으로 형제들과 함께 許景衡에게 배웠다.

- 임계리 林季貍(?-?)

  永嘉(浙江省) 사람으로, 생애가 자세치 않다. 林季仲의 동생으로 형제들과 함께 許景衡에게 배웠다.

- 소 진 蕭振(1086-1157)

  자는 德起이며, 平陽(浙江省) 사람이다. 許景衡의 사위로 그에게 배웠다. 1118년 진사가 되어 監察御史·敷文閣學士 등을 지냈다. 당시 洛學이 성행하였는데, 程頤의 再傳弟子 중 謝良佐의 문인 朱震, 楊時의 문인 張九成·喩樗·高閌, 허경형의 문인 소진 등이 가장 명성이 있었다.

10) 沈躬行의 家學

- 심 기 沈琪(?-?)

  자는 東美, 호는 嘉慶이며, 永嘉(浙江省) 사람이다. 沈躬行의 從弟이다.

- 심대렴 沈大廉(?-?)

  자는 元簡이며, 永嘉(浙江省) 사람이다. 沈躬行의 從子로, 가학을 전수받았다. 紹興年間(1131-1162)에 진사가 되어 樞密院計議官·監察御史 등을 지냈다.

- 심대경 沈大經(?-1191)

  자는 元誠이며, 永嘉(浙江省) 사람이다. 沈躬行의 從子이며 沈大廉의 동생으로, 심궁행에게 가학을 전수받았다. 實踐躬行을 가르침의 요체로 삼았다. 천거로 漳浦主簿를 지냈다.

- 심계풍 沈季豐(?-?)

  자는 儉光이며, 永嘉(浙江省) 사람이다. 沈大廉의 아들이며, 實踐躬行하는 선비로 인정받았다.

● 심체인 沈體仁(1150-1211) ☞ 止齋學案

11) 劉安節의 家學

● 유안례 劉安禮(1094-1124)

자는 元素이며, 永嘉(浙江省) 사람이다. 劉安節의 동생으로, 형에게 가학을 전수받았다. 睦州에서 민란이 일어나자 鮑若雨와 함께 성을 지키는 공을 세웠다. 朱震·포약우 등과 교분이 두터웠다.

12) 戴述의 家學

● 대   신 戴迅(?-?)

자는 幾仲이며, 永嘉(浙江省) 사람이다. 戴述의 동생으로, 형에게 수학하여 洛學을 전해 받았다. 당시 사람들이 '小戴·大戴先生'으로 일컬었다. 저술로 후인들이 편찬한 『二戴集』과 그가 저술한 『晉史屬辭』가 있다.

13) 趙霄의 家學

● 조   점 趙霑(?-?)

자는 彦澤이며, 瑞安(浙江省) 사람이다. 趙霄의 동생으로 형에게 학업을 전수받았다. 大觀年間(1107-1110)에 八行으로 천거되었으나 나가지 않았다.

14) 張煇의 家學

● 장효개 張孝愷(?-?)

자는 思豫이며, 永嘉(浙江省) 사람이다. 張煇의 아들로, 아버지에게 가학을 전수받았다. 紹興年間(1131-1162)에 진사가 되었다.

15) 張輝의 門人

● 제갈순 諸葛純(？-？)

永嘉(浙江省) 사람이다. 부친이 張輝의 집안으로 장가들어 장휘에게 배우게
되었다.

● 풍시숙 馮施叔(？-？)

자는 孟博이며, 永嘉(浙江省) 사람이다. 張輝의 아들 張孝愷와 교유하며, 장휘
에게 배우게 되었다. 후에 陳傅良에게도 배웠다.(보유 229쪽)

16) 周行己의 再傳門人

◎ 吳表臣의 家學

● 오송년 吳松年(1119-1180)

자는 公叔이며, 永嘉(浙江省) 사람이다. 吳表臣의 아들이며, 젊어서 文學에 재
능이 있었다. 明州通判·知南劍州 등을 지냈다.

● 오 영 吳濚(？-？)

초명은 濤, 자는 子量이며, 永嘉(浙江省) 사람이다. 吳表臣의 曾孫으로 가학을
전수받았다. 嘉定年間(1208-1224)에 朱子學으로 이름난 葉味道와 陳埴을 종
유하였다. 潘凱·方來가 그의 高弟이다.

17) 吳松年의 講友

● 왕십붕 王十朋(1112-1171) ☞ 趙張諸儒學案

● 정백웅 鄭伯熊(약 1127-1181)

자는 景望, 시호는 文肅이며, 永嘉(浙江省) 사람이다. 동생 鄭伯英·鄭伯海와
함께 二程의 학문을 진흥시켰으며, 陳傅良·葉適 등에게 사상적 영향을 주었
다. 1145년 진사가 되어 吏部郎官·國子司業 등을 지냈다. 저술로 문집 및 『六
經口義拾遺』 등이 있었으나 전하지 않고, 「鄭敷文書說」 1권만이 전한다.

● 임광조 林光朝(1114-1178) ☞ 艾軒學案

● 여조겸 呂祖謙(1137-1181) ☞ 東萊學案

18) 鄭伯熊의 同調

- 낭붕거 郎鵬擧(？-？) ☞ 龍川學案
- 장 순 張淳(1121-1181) ☞ 艮齋學案

19) 張煇의 再傳門人

◎ 張孝愷의 門人

- 진부량 陳傅良(1137-1203) ☞ 止齋學案

◎ 諸葛純의 家學

- 제갈열 諸葛說(1125-1174)
  자는 夢叟이며, 永嘉(浙江省) 사람이다. 아버지인 諸葛純은 張煇의 생질로 외가의 학문을 전수받았다. 1160년 진사가 되어 長樂主簿 등을 지냈다.

20) 陳經正의 續傳

- 서 의 徐誼(1144-1208) ☞ 徐陳諸儒學案
- 유 진 劉軫(？-？)
  자는 德輿이며, 平陽(浙江省) 사람이다. 同鄕人으로 程頤의 문인 陳經正의 학문을 이어 받았다. 저술로『詮心指要』가 있다.
- 유천익 劉天益(？-？)
  平陽(浙江省) 사람이다. 劉軫의 아들로, 가학을 전수받았다.

21) 鄭伯熊의 家學

- 정백영 鄭伯英(？-？)
  자는 景元이며, 永嘉(浙江省) 사람이다. 鄭伯熊의 동생으로 형에게 배웠다. 1131년 진사가 되어 秀州判官 등을 지냈다. 저술로『歸愚翁集』이 있었으나 지금은 전하지 않는다.

- 정백겸 鄭伯謙(? - ?)

  자는 節卿이며, 永嘉(浙江省) 사람이다. 鄭伯熊의 從弟로 그를 사사하였다. 衢州府學敎授를 지냈다. 저술로 『太平經國書』가 있다.

- 정백해 鄭伯海(? - ?)

  자는 彦容이며, 永嘉(浙江省) 사람이다. 鄭伯熊의 막내동생으로 그에게 수학하였다. 1151년 진사가 되어 海門尉 · 南昌令 등을 지냈다.(보유 228쪽)

22) 鄭伯熊의 門人

- 진부량 陳傅良(1137-1203) ☞ 止齋學案
- 섭 적 葉適(1150-1223) ☞ 水心學案
- 진 량 陳亮(1143-1194) ☞ 龍川學案
- 채유학 蔡幼學(1154-1217) ☞ 止齋學案
- 주백기 朱伯起(? - ?)

  생애가 자세치 않다. 鄭伯熊을 사사하였으며, 鄭伯英의 친구이다. 지리학을 좋아하였다. 저술로 『陰陽精義』가 있다.

- 목대문 木待問(? - ?)

  자는 蘊之이며, 永嘉(浙江省) 사람이다. 洪邁의 사위이며, 鄭伯熊의 제자이다. 1163년 진사가 되어 禮部尙書 · 煥章閣待制 등을 지냈다.

23) 木待問의 門人

- 강사 江史(? - ?)

  자는 夢良이며, 崇安(福建省) 사람이다. 淳熙年間(1174-1189)에 진사가 되었다. 木待問의 명성을 듣고 천리를 달려가 배웠다.(보유 229쪽)

24) 鄭伯謙의 續傳

- 호일계 胡一桂(? - ?) ☞ 木鐘學案

25) 周行己의 三傳門人

◎ 吳滋의 門人

- 반　개 潘凱(?-?)
  자는 南夫이며, 永嘉(浙江省) 사람이다. 吳滋의 高弟이다. 약관의 나이에 태학에 들어갔으며, 史彌遠이 정권을 농단할 때 상소를 올렸다. 紹定年間(1228-1233)에 진사가 되어 刑部侍郎·寶章閣待制 등을 지냈다.

- 방　래 方來(?-?) ☞ 水心學案

26) 周行己의 四傳門人

◎ 潘凱의 家學

- 반문요 潘文饒(?-?)
  자는 民則이며, 永嘉(浙江省) 사람이다. 동생 潘文孝·潘文禮와 함께 과거에 급제하였다. 형제들과 함께 潘凱에게 수학하여 洛學을 전수 받았다.(보유 228쪽)

- 반문효 潘文孝(?-?)
  永嘉(浙江省) 사람으로 생애가 자세치 않다. 형 潘文饒와 함께 洛學을 근본으로 공부하였다.(보유 228쪽)

- 반문례 潘文禮(?-?)
  永嘉(浙江省) 사람으로 생애가 자세치 않다. 형 潘文饒와 함께 洛學을 근본으로 공부하였다.(보유 228쪽)

27. 王豫·張崏 등의 學脈(王張諸儒學案)

1) 王張諸儒學案 圖表

```
◎ 王  豫 ——————————————— 杜可大(俗傳) ☞ 張祝諸儒學案
◎ 張  崏
◎ 張  峋
◎ 周長孺 —— 周純明(子) ☞ 劉李諸儒學案
◎ 楊賢寶 —— 晁說之 ☞ 景迂學案
◎ 楊國寶
◎ 姜  愚
◎ 張仲賓
◎ 侯紹曾
◎ 鄭  夫
◎ 秦  玠
◎ 黃  景(補遺)
```

2) 王張諸儒學案序錄

　　내가 삼가 살펴보건대, 百源 邵雍(1011-1077)의 제자 중에 스승의 영향을 가장 많이 받은 자로는 王豫와 張崏이라 할 수 있으나, 모두 일찍 죽었기 때문에 학맥이 더 이상 전해지지 않는다. 邵伯溫(1057-1134)이 어려서부터 아버지 소옹의 가르침을 친히 받기는 하였지만, 얻은 바가 깊지는 않은 듯하다. 東發 黃震(1212-1280)은, "『漁樵問答』은 邵伯溫이 지은 것인데, 그 속에 또한 명언이 있다. 다만 애석한 것은 『邵氏聞見錄』의 내용이 佛敎의 輪廻說에 빠져있다는 점이다."라고 하였다. 내가 또한 여러 문헌에서 두루 찾아 楊賢寶·周長孺 등 몇 사람을 얻었다.

3) 邵雍의 門人

● 왕 예 王豫(? - ?)

　　자는 悅之·天悅이며, 大名(河北省) 사람이다. 王鼎의 동생으로, 邵雍에게 나아가 수학하였다. 知伊闕縣을 지냈으나, 나중엔 벼슬을 버리고 은거하였다. 사물의 이치에 널리 통달하였으며, 『주역』에 정밀하였다.

- 장 민 張岷(?-?)
  자는 子望이며, 滎陽(河南省) 사람이다. 邵雍에게 易學을 전수 받았다. 진사가 되어 太常寺簿에 이르렀다. 『觀物外篇』을 기술하였다.

- 장 순 張峋(?-?)
  자는 子堅이며, 滎陽(河南省) 사람이다. 張岷의 동생으로, 邵雍에게 수학하였다. 진사가 되어 太常博士를 지냈다. 소옹이 더불어 道를 말할 수 있는 사람이라고 허여하였다.

- 주장유 周長孺(?-?)
  자는 士彦이며, 澶淵(河北省) 사람이다. 程頤의 姪壻인 周純明의 아버지로, 邵雍을 사사하였다. 진사가 되어 衛州共城令을 거쳐 治平年間(1064-1067)에 普城令을 지냈다.

- 양현보 楊賢寶(?-?)
  洛陽(河南省) 사람이다. 邵雍을 사사하여 易學을 전수 받았으며, 소옹의 易圖에 능통하였다. 벼슬이 朝散大夫에 이르렀다.

- 양국보 楊國寶(?-?)
  자는 應之이며, 管城(河南省) 사람이다. 邵雍을 사사하였으며, 程頤에게도 수학하였다. 벼슬이 學士에 이르렀다. 정이는 양국보를 두고 자신의 道를 맡길 만하다고 허여하였다.

- 강 우 姜愚(1010-?)
  자는 子發이며, 開封(河南省) 사람이다. 나이가 邵雍보다 한 살 많았지만, 그를 스승으로 섬겼다. 진사가 되어 六安令을 지냈으며, 녹봉의 반을 나누어 소옹을 부양하였다. 남에게 베풀어주기를 좋아하였다.

- 장중빈 張仲賓(?-?)
  자는 穆之이며, 潞州(山西省) 사람이다. 일찍부터 邵雍을 從遊하며 배웠다. 벼슬이 太學博士에 이르렀다.

- 후소증 侯紹曾(?-?)
  자는 孝傑이며, 懷州(河南省) 사람이다. 邵雍을 사사하였다. 國子監試에 급제하여 知武陟縣을 지냈으며, 殿中丞에 이르렀다. 皇祐年間(1049-1053)에 소옹이 아버지를 봉양하기 위해 洛陽으로 옮겨가자, 呂公壽·王益柔 등과 함께 거처를 마련해 주었다.

● 정 괘 鄭夬(?-?)

자는 揚庭이며, 江南 지역 사람이다. 邵雍을 사사하였지만, 口耳之學에 힘쓴다 하여 스승으로부터 인정을 받지 못했다. 國子監試에 급제하여 盂縣主簿가 되었는데, 그 때 司馬光이 『주역』에 밝다 하여 그를 천거하였다. 소옹의 학문을 전수 받은 사람은 王豫 뿐이라고 여겨 그에게 수학하였으나, 역시 인정을 받지 못하였다. 저술로 『易傳』·『易測』·『宋範』·『五經明用』 등이 있지만, 모두 스승 왕예의 저술을 표절한 것이다. 또한 「變卦圖」가 있는데, 이 역시 소옹의 「先天圖」를 모사한 것이다.

● 진 개 秦玠(?-?)

자는 伯鎮이다. 邵雍을 사사하였지만, 스승으로부터 인정을 받지 못했다. 兵部에서 벼슬살이 하였다. 鄭夬가 王豫에게서 훔친 책의 내용을 대략 파악하여 행세하다가, 邵伯溫에게 배척을 당하였다.

● 황 경 黃景(?-?)

자는 子蒙이며, 지금의 福建省 지역 사람이다. 邵雍을 사사하였다.(보유 230쪽)

4) 周長孺의 家學

● 주순명 周純明(?-?) ☞ 劉李諸儒學案

5) 楊賢寶의 門人

● 조열지 晁說之(1059-1129) ☞ 景迂學案

6) 王豫의 續傳

● 두가대 杜可大(?-?) ☞ 張祝諸儒學案

28. 武夷 胡安國의 學脈(武夷學案)

1) 武夷學案 圖表

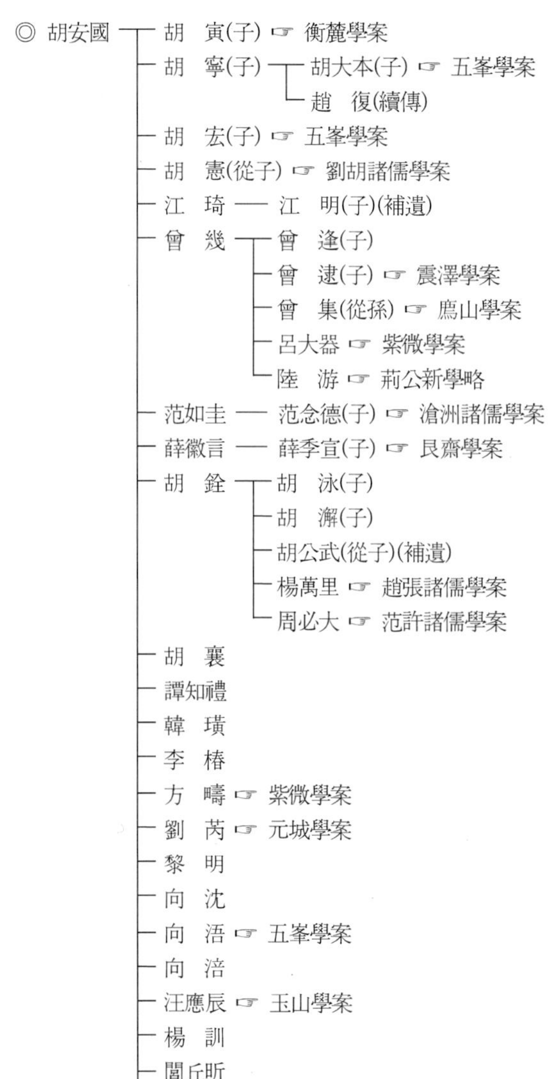

├ 彪虎臣 ── 彪居正(子) ☞ 五峯學案
├ 樂 洪
├ 徐時動
├ 王 樞
└ 劉廷直(補遺)

※ 講友 : 鄒 浩 ☞ 陳鄒諸儒學案
朱 震 ☞ 漢上學案
曾 開 ☞ 廌山學案
劉 爕
向子韶
唐 鞏
李 植 ☞ 蘇氏蜀學略

※ 同調 : 葉廷珪 ┬ 黃祖舜
├ 葉 顒
├ 陳俊卿 ┬ 陳 守(子) ☞ 滄洲諸儒學案
│ ├ 陳 定(子) ☞ 滄洲諸儒學案
│ └ 陳 宓(子) ☞ 滄洲諸儒學案
└ 鄭 丙

※ 胡寧의 續傳 : 趙 復 ☞ 魯齋學案
※ 再傳 : 張 默
曾 漸

2) 武夷學案序錄

내가 삼가 살펴보건대, 洛學을 私淑하여 대성한 사람은 胡安國이다. 그는 謝良佐(1050-1103) · 楊時(1053-1135) · 游酢(1053-1123) 세 선생을 좇아 낙학의 학통을 구하였다. 그러나 그는 "세 선생은 의리상 나의 師友이긴 하지만 나는 二程遺書에서 스스로 터득한 것이 많았다."라고 하였으니, 그렇다면 이후의 학자들이 朱熹(1130-1200)의 말로 인해 호안국을 사량좌의 문하에 배열하는 것은 잘못이다. 지금 그의 학맥을 분류하여 따로 세운다. 남쪽으로 건너가 낙학을 창도하여 밝힌 공적은 호안국이 楊時와 견줄 만하다. 朱熹 · 張栻

(1133-1180)·呂祖謙(1137-1181)이 모두 그의 再傳 문인들이다.

3) 朱軒의 門人

● 호안국 胡安國(1074-1138)

자는 康侯, 호는 武夷, 시호는 文定이며, 崇安(福建省) 사람이다. 胡淵의 아들
이다. 1097년 진사가 되어 太學博士·寶文閣 直學士 등을 지냈으며, 高宗이
즉위하자 「時政論」을 지어 바쳤다. 程頤의 학문을 사숙하고 謝良佐·楊時·游
酢과 교유하였다. 致知·窮理를 학문의 요지로 삼고, 良知와 良能을 愛親敬長
의 本心으로 여겼으며, 특히 성이의 학문을 세승하어 송대 理學의 발진에 중요
한 역할을 담당하였다. 왕안석이 『춘추』를 學官에서 폐지함으로써 춘추학이
쇠퇴하였다고 여겨, 20여 년 간 『춘추』를 정밀히 연구해 『春秋胡氏傳』을 저술
하였다. 그 외 저술로 『資治通鑑擧要補遺』가 있다.

4) 胡安國의 講友

● 추 호 鄒浩(?-?) ☞ 陳鄒諸儒學案
● 주 진 朱震(1072-1138) ☞ 漢上學案
● 증 개 曾開(?-?) ☞ 鷹山學案
● 유 섭 劉燮(?-?)

자는 君曼이며, 河淸(河南省) 사람이다. 『胡氏傳家錄』에 의하면, 이름은 曼,
자는 君奕이라고도 하나, 어느 것이 정확한지 알 수 없다. 호안국과 교유하
였다.

● 상자소 向子韶(1079-1128)

자는 和卿, 시호는 忠毅이며, 開封(河南省) 사람이다. 向敏中의 증손이며, 劉
安節·호안국과 절친하였다. 1100년 진사가 되어 知淮寧府를 지냈다. 금나라
병사들이 쳐들어 왔을 때 제자들과 함께 항거하다가 죽었다.

● 당 공 唐鞏(?-?)

자는 處厚이며, 荊南(湖北省) 사람으로, 생애가 자세치 않다. 호안국과 절친하
였다.

● 이 식 李植(?－?) ☞ 蘇氏蜀學略

5) 胡安國의 同調

● 섭정규 葉廷珪(?－?)

葉庭珪라고도 한다. 자는 嗣忠이며, 甌寧(福建省) 사람이다. 1115년 진사가
되어 知德興縣·太常寺丞을 지냈으며, 승상 秦檜와 의견이 맞지 않아 외직을
구해 知泉州·知漳州 등을 지냈다. 사대부가에 기이한 책이 있으면 반드시 빌
려 읽었는데, 그 중 쓸 만한 것을 골라 抄輯하여『海錄碎事』라 이름하였다.
葉顒·陳俊卿·黃祖舜·鄭丙이 그의 문하에서 배출되었다. 저술로『誨錄』이
있다.

◎ 葉廷珪의 家學

● 황조순 黃祖舜(?－?)

자는 繼道, 시호는 莊定이며, 福淸(福建省) 사람이다. 1124년 진사가 되어 刑
部侍郎·同知樞密院事 등을 역임하였다. 저술로『論語講義』·『論語解義』·
『易說』·『詩說』·『詩國風小雅說』·『禮記說』·『歷代史議』 등이 있다.

● 섭 옹 葉顒(1100-1168)

자는 子昂, 시호는 正簡이며, 仙遊(福建省) 사람이다. 1131년 진사가 되어 知
常州·宰相 등을 지냈다.

● 진준경 陳俊卿(1113-1186)

자는 應求, 시호는 正獻이며, 莆田(福建省) 사람이다. 1138년 진사가 되어 泉
州觀察推官·右僕射 등을 지냈다.

● 정 병 鄭丙(1121-1194)

자는 少融, 시호는 簡肅이며, 福州(福建省) 사람이다. 1144년 진사가 되어 吏
部尙書 등을 지냈다.

◎ 陳俊卿의 家學

● 진 수 陳守(?－1211) ☞ 滄洲諸儒學案

- 진　정 陳定(1150-1174) ☞ 滄洲諸儒學案
- 진　복 陳宓(1171-1230) ☞ 滄洲諸儒學案

6) 胡安國의 家學

- 호　인 胡寅(1098-1156) ☞ 衡麓學案

- 호　녕 胡寧(?-?)
  자는 和仲, 호는 茅堂이며, 崇安(福建省) 사람이다. 蔭官으로 출사하여 太常丞·祠部郎官 등을 지냈다. 호안국의 次子로, 부친이 지은『春秋胡氏傳』을 修纂 檢討하였으며,『春秋通旨』를 지어 그 책을 보완하였다.

- 호　굉 胡宏(1106-1161) ☞ 五峯學案

- 호　헌 胡憲(1084-1162) ☞ 劉胡諸儒學案

7) 胡安國의 門人

- 강　기 江琦(1085-1142)
  자는 全叔이며, 建陽(福建省) 사람이다. 1121년 진사가 되어 永豊丞·徽猷閣學士 등을 지냈다. 처음에는 游酢과 楊時의 문하에서 배웠고, 후에 호안국의 학문을 전수 받아『춘추』에 뛰어났다. 저술로『春秋經解』·『春秋辨疑』·『語說』·『孟說』 등이 있다.

- 증　기 曾幾(1084-1166)
  자는 吉甫, 호는 茶山居士, 시호는 文淸이며, 洛陽(河南省) 사람이다. 태학에서 공부한 후 校書郎·應天少尹을 거쳐 秘書少監·禮部侍郎 등을 지냈다. 호안국에게 배웠다. 저술로『經說』·『周易釋象』 등이 있다.

- 범여규 范如圭(1102-1160)
  자는 伯達이며, 建陽(福建省) 사람이다. 1128년 진사가 되어 武安節度推官·秘書省正字·校書郎 등을 지냈다. 외숙인 호안국에게 춘추학을 배웠다.

- 설휘언 薛徽言(1093-1139)
  자는 德老이며, 永嘉(浙江省) 사람이다. 1128년 진사가 되어 監察御史·知興

國軍·起居舍人 등을 지냈다. 호안국에게 배웠다. 금나라와의 화친을 적극 반대하였다.

● 호　전 胡銓(1102-1180)

자는 邦衡, 호는 澹庵, 시호는 忠簡이며, 盧陵(江西省) 사람이다. 1128년 진사가 되어 樞密院編修·工部侍郎 등을 지냈다. 蕭楚에게『춘추』를 배웠으며, 호안국에게도 수학하였다. 新州로 귀양가 있을 때『易傳拾遺』를 지었는데, 程頤의 설을 주로 하면서도 新意를 창출하였다. 금나라와의 화친을 적극 반대하였다. 저술로『易解』·『書解』·『春秋解』·『春秋集選』·『周官解』·『禮記解』·『經筵二禮講義』·『澹庵集』 등이 있다.

● 호　양 胡襄(?-?)

자는 季皐이며, 永嘉(浙江省) 사람이다. 紹興年間(1131-1162)에 진사가 되어 江東提刑·直秘閣 등을 지냈다. 호안국에게 배웠으며, 주희와 절친하였다. 趙鼎·胡寅의 학맥으로 지목되어 黨錮를 당하였다.

● 담지례 譚知禮(?-?)

자는 子立이며, 長沙(湖南省) 사람이다. 호안국이 衡山에 있을 때 찾아가 배웠다. 스승이 죽자 형산에 남아 胡宏 형제와 함께 학업에 진력하였다.

● 한　황 韓璜(?-?)

자는 叔夏이며, 雍丘(河南省)에서 살다가 후에 衡山으로 옮겨 살았다. 韓億의 후예로, 호안국이 형산에 왔을 때 나아가 배웠다. 1130년 진사가 되어 廣西提刑·知諫院 등을 지냈다. 胡寅·向子忞과 절친하였다. 저술로『春秋人表』가 있다.

● 이　춘 李椿(1111-1183)

자는 壽翁이며, 永年(河北省) 사람이다. 부친의 공적으로 관직에 나아가 潭州按撫使·吏部侍郎 등을 지냈다. 衡山尉로 있을 때 호안국에게 易學을 배웠으며,『周易觀畵』를 저술하였다.

● 방　주 方疇(?-?) ☞ 紫微學案

● 유　예 劉芮(?-?) ☞ 元城學案

● 여　명 黎明(?-?)

자는 才翁이며, 長沙(湖南省) 사람이다. 孝友와 信義로 이름이 났다. 젊어서

張昕에게 배웠고, 建炎年間(1127-1130)의 난리 때 荊門으로 피난 가 있던 호안국을 사사하였다. 高宗 때 薛徽言의 천거를 받았으나 관직을 하사 받기 전에 죽었다. 그는 侯仲良의 아버지 侯可(1008-1079)의 부류로, 湖湘學派의 발전에 많은 영향을 미쳤다.

- 상 침 向沈(1108-1171)

  자는 深之이며, 開封(河南省)에서 살다가 후에 衡山으로 옮겨 살았다. 向子韶의 아들이며, 向子忞의 조카이다. 호안국에게 『춘추』를 배웠다. 부친의 충절로 인해 조정에서 불렀으나 나아가지 않았다. 후에 南岳廟監・右通直郎을 지냈다.

- 상 오 向浯(？-？) ☞ 五峯學案

- 상 부 向涪(？-？)

  向薌林의 아들로, 생애가 자세치 않다. 호안국에게 배웠다.

- 왕응신 汪應辰(1118-1176) ☞ 玉山學案

- 양 훈 楊訓(？-？)

  자는 子中이며, 湘潭(湖南省) 사람이다. 호안국에게 수학하였다.

- 여구흔 閭丘昕(？-？)

  성은 閭丘, 이름은 昕, 자는 逢辰, 시호는 淸簡이며, 麗水(浙江省) 사람이다. 진사가 되어 監察御史・吏部侍郎 등을 지냈다. 호안국에게 수학하였다. 權臣들이 전횡하는 것에 분개하여 胡寅과 함께 「周易二五君臣論」을 지었다.

- 표호신 彪虎臣(1078-1152)

  자는 漢明이며, 湘潭(湖南省) 사람이다. 彪約의 아들로, 호안국・胡宏 부자와 종유하였다. 孝悌를 중시하여 經術을 가르치니, 귀의하는 자가 많았다.

- 악 홍 樂洪(？-？)

  자는 德秀, 호는 曲肱이며, 衡山(湖南省) 사람이다. 호안국에게 배웠다. 저술로 『周易卦氣圖』가 있다.

- 서시동 徐時動(？-？)

  자는 舜鄰이며, 豐城(江西省) 사람이다. 紹興年間(1131-1162)에 진사가 되어 虔州敎官을 지냈다. 호안국에게 수학하였다. 저술로 『孟子說』・『西江錄』・『師門答問』이 있다. 스승과의 문답을 기록한 『胡氏傳家錄』은 曾幾(1084-1166)・

楊訓과 함께 찬집한 것이다.

- 왕 추 王樞(?-?)

  자는 致榮, 호는 東谷이며, 豊城(江西省) 사람이다. 1145년 진사가 되어 吉州軍事·通判岳州 등을 지냈다. 호안국을 사사하였으며, 여러 경서에 두루 통달하였는데 특히 『춘추』에 조예가 깊었다. 저술로 『東谷集』이 있다.

- 유정직 劉廷直(?-?)

  자는 諤卿, 호는 浩齋이며, 安福(江西省) 사람이다. 紹興年間(1131-1162)에 진사가 되어 宣教郎·奉議郎 등을 지냈다. 호안국에게 배웠다.(보유 240쪽)

8) 胡安國의 再傳門人

◎ 胡寧의 家學

- 호대본 胡大本(?-?) ☞ 五峯學案

◎ 江琦의 家學

- 강 명 江明(?-?)

  자는 淸卿이며, 建陽(福建省) 사람이다. 강기의 아들로, 불교를 신봉하다가 후에 經術에 뜻을 두었다.(보유 241쪽)

◎ 曾幾의 家學

- 증 봉 曾逢(?-?)

  자는 原伯이며, 洛陽(河南省) 사람이다. 증기의 長子로, 司農卿을 지냈다. 學行으로 이름이 났다.

- 증 체 曾逮(?-?) ☞ 震澤學案
- 증 집 曾集(?-?) ☞ 鷹山學案

◎ 曾幾의 門人

- 여대기 呂大器(?-?) ☞ 紫微學案

- 육 유 陸游(1125-1210) ☞ 荊公新學略

◎ 范如圭의 家學

- 범념덕 范念德(? - ?) ☞ 滄洲諸儒學案

◎ 薛徽言의 家學

- 설계선 薛季宣(1134-1173) ☞ 艮齋學案

◎ 胡銓의 家學

- 호 영 胡泳(1138-1175)

  자는 季永·蘇郎이며, 廬陵(江西省) 사람이다. 호전의 長子로, 6세에 『춘추』
  를 背誦하니, 陳元忠이 '春秋生'이라 지목하였다. 24세에 부친을 따라 여릉으
  로 가서 가학을 계승하였다. 隆興年間에 右承務郎을 지냈다.

- 호 해 胡澥(? - ?)

  호전의 次子로, 承事郎·奉議郎 등을 지냈다.

- 호공무 胡公武(? - ?)

  이름은 彦英이며, 公武는 그의 字이다. 호전의 조카로, 시에 뛰어났다.(보유
  241쪽)

◎ 胡銓의 門人

- 양만리 楊萬里(1127-1206) ☞ 趙張諸儒學案
- 주필대 周必大(1126-1204) ☞ 范許諸儒學案

◎ 彪虎臣의 家學

- 표거정 彪居正(? - ?) ☞ 五峯學案

◎ 胡安國의 再傳

- 장 묵 張默(? - ?)

  자는 成父이며, 緜竹(四川省) 사람이다. 張浚의 從孫이다. 호안국에게 직접

『춘추』를 배웠다고도 하나, 확실치 않다.

● 증 점 曾漸(1165-1206)

자는 鴻甫, 시호는 文莊이며, 南城(江西省) 사람이다. 紹興年間(1131-1162)에 진사가 되어 吏部侍郞을 지냈다. 주희는 그가 불교에 빠졌다고 평하였다.

9) 胡寧의 續傳

● 조 복 趙復(약 1215-1306) ☞ 魯齋學案

29. 陳瓘·鄒浩 등의 學脈(陳鄒諸儒學案)

1) 陳鄒諸儒學案 圖表

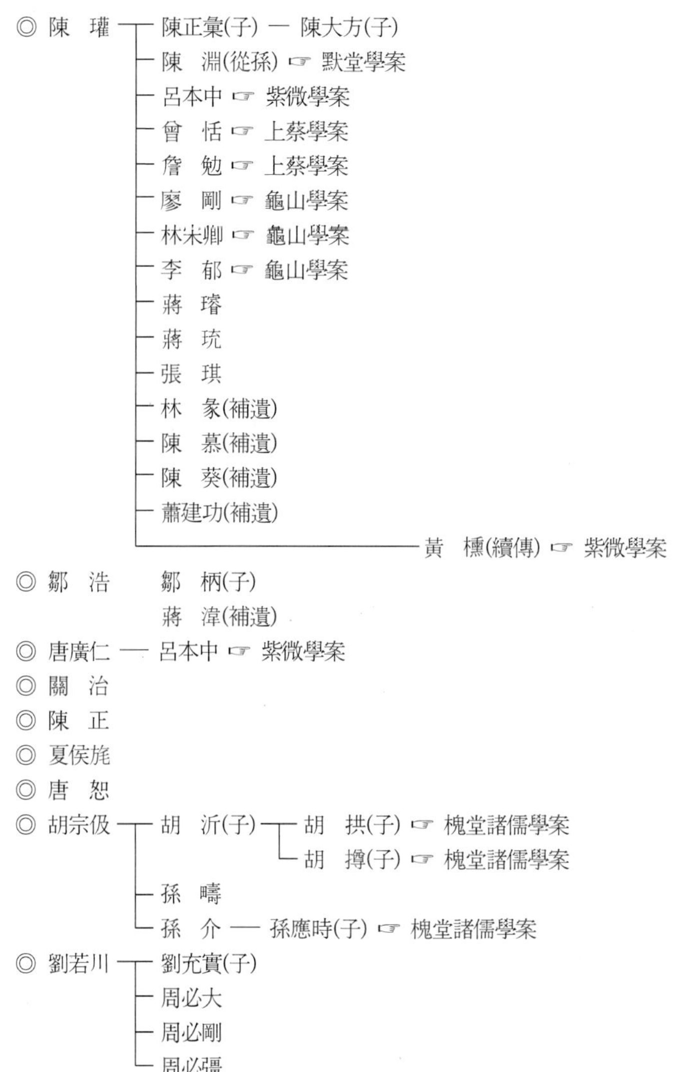

◎ 鄧名世 ─────────────── 鄒　斌(續傳) ☞ 槐堂諸儒學案

※ 陳瓘의 講友 : 吳　儀(補遺)
　　　　　　　　　　　 吳　熙(補遺)
※ 鄒浩의 講友 : 田　畫(補遺)

2) 陳鄒諸儒學案序錄

내가 삼가 살펴보건대, 程子의 洛學을 사숙했으면서도 학문이 가장 순수하지 않았던 자는 陳瓘(1057-1124)·鄒浩(1060-1111)이고, 그 다음이 唐廣仁(? -1119)·關治이다. 진관은 司馬光(1019-1086)·邵雍(1011-1077)의 학문도 아울러 사숙했는데, 학도들이 가장 성대했다. 그러나 建炎年間(1127-1130) 이후로는 대부분의 제자들이 楊時(1053-1135)의 문하에 귀의하였다.

3) 豐稷의 門人

● 진　관 陳瓘(1057-1124)

자는 瑩中, 호는 了翁·了齋·了堂, 시호는 忠肅이며, 南劍州 沙縣(福建省) 사람이다. 陳世卿의 손자로, 1079년 진사가 되어 哲宗 때 明州通判·太學博士 등을 지냈다. 徽宗 때 左司諫으로 발탁되어 蔡卞·章惇·安惇·邢恕 등의 죄를 극론하고, 『國用須知』·『日錄辨』 등을 올렸다. 崇寧年間(1102-1106)에 승상 曾布와 뜻이 맞지 않아 黨籍에서 除名됨으로써 袁州·廉州·通州 등지에 유배되었다. 학문이 독실하여 식견이 있었는데, 특히 『주역』의 象數學에 밝았다. 저술로 『尊堯集』·『了齋易說』 등이 있다.

4) 龔原의 門人

● 주　호 鄒浩(1060-1111)

자는 志完, 호는 道鄕, 시호는 忠이며, 晉陵(江蘇省) 사람이다. 1082년 진사시에 합격하여 楊州敎授·穎昌府敎授 등을 지냈는데, 이 때 『論語解義』·『孟子

解義』를 저술하였다. 哲宗 때 右正言으로 발탁되어 劉氏를 皇后로 책봉하는 일에 대해 간언하다가 삭탈관직되었다. 徽宗 때 복직되어 左司諫·兵部侍郎 등을 지냈다. 집권자 蔡京이 그를 미워하여, 다시 昭州 등지에 유배되었다가 5년 뒤에 풀려나 고향으로 돌아갔다. 학문의 연원이 洛學에 있었으면서도 특별히 禪을 좋아하였으며, 왕안석의 학문도 수용하였다. 그러나 章惇·蔡京 등 집권자들에게 아부하지 않고 極諫을 하며 大節을 보였기 때문에, 후인들의 추중을 받았다. 田畫·王回·曾誕 등과 교유하였다. 저술로 『道鄕集』이 있다.

5) 陳瓘의 講友

● 오　의 吳儀(? – 1107)

자는 國華이며, 南劍州 劍浦(福建省) 사람이다. 吳輔의 아들이다. 육경 및 제자백가에 박학하였는데, 특히 『시경』·『주역』 등에 조예가 깊었다. 만년에는 象數學과 音律學에 전념하여 일가를 이루었다. 陳瓘이 군수에게 學行으로써 추천하였는데, 1106년 遺逸로 천거되어 將仕郎·大晟府審驗音律에 제수되었다. 당시 사람들이 '審律先生'이라 칭하였다. 羅宗彦 등이 그의 문하에서 수학하였다.(보유 244쪽)

● 오　희 吳熙(? – ?)

자는 季明이며, 南劍州 劍浦(福建省) 사람이다. 吳儀의 동생으로, 형과 함께 '雙璧'으로 일컬어졌다. 陳瓘이 군수에게 학행으로써 추천하였다.(보유 244쪽)

6) 鄒浩의 講友

● 전　주 田畫(? – ?)

자는 承君이며, 陽翟(河南省) 사람이다. 田況의 조카이다. 知西河縣을 지낼 적에 선정을 폈다. 徽宗 때 조정에 들어가 大宗正丞을 역임하였고, 뒤에 知淮陽軍을 지냈다. 당시의 실권자인 曾布가 회유하였으나 끝내 굴하지 않았고, 鄒浩와 의기투합하여 상호 氣節로 격려하였다.(보유 244쪽)

7) 陳瓘·鄒浩의 同調

● 당광인 唐廣仁(?-1119)

자는 充之이며, 大名 內黃(河北省) 사람이다. 젊어서부터 聖學에 뜻을 두고 司馬光을 사숙하였다. 진사가 되어 乾寧司法參軍이 되었는데, 옥사를 잘 판결하였다. 元符年間(1098-1101)에 上書한 것이 사악한 당인들의 손에 들어가 기용되지 못하였다. 뒤에 蘇州의 酒稅務를 감독하였으나, 무함을 받고 삭직되었다. 만년에 寶應에 거주하면서 독서와 강학에 전념하였다. 呂居仁 등이 그에게 수학하였다. 陳瓘이 그의 墓誌를 지었다.

8) 楊時의 門人

● 관 치 關治(?-?)

자는 止叔이며, 杭州(浙江省) 사람이다. 1088년 진사시에 합격하여 館職[史館·昭文館 등의 官職]에 있었다. 楊時에게 수학하였다.

9) 元祐黨(元祐年間 王安石의 新法에 반대하던 司馬光 등의 무리)의 餘類

● 진 정 陳正(?-?)

자는 端誠이며, 출신지는 자세치 않다. 元祐年間(1086-1093)의 通儒이다.

● 하후모 夏侯旄(?-?)

성은 夏侯, 자는 節夫이며, 開封(河南省) 사람이다. 나이가 呂本中보다 훨씬 많았으면서도 그와 망년지교를 맺었다. 崇寧年間(1102-1106) 초에 諸州教授가 되었으며, 뒤에 西京幕官에 임명되었다. 임기를 마치고 다른 관직으로 옮길 즈음 조정에서 安惇을 등용하려 하자, 끝내 나아가지 않았다.

● 당 서 唐恕(?-?)

자는 處厚이며, 江陵(湖北省) 사람이다. 唐介의 손자로, 崇寧年間(1102-1106) 초에 知荊南縣·華陽令을 지냈다. 왕안석의 신법이 행해진 뒤, 茶法을 봉행하지 않는다는 이유로 사신에게 미움을 받자, 벼슬을 버리고 돌아가 은거하였다. 이후 동생 唐意와 함께 두문불출하고 躬耕自食하며 지냈다. 1126년 欽宗 초에 다시 조정의 부름을 받고 나아가 監察御史를 지냈다.

- 호종급 胡宗伋(1071-1140)

자는 浚明, 호는 定翁이며, 餘姚(浙江省) 사람이다. 元符年間(1098-1100) 과거시험에 낙방한 뒤 고향으로 돌아가 향리의 자제들을 가르쳤다. 高宗이 즉위한 뒤, 房州文學·監嚴州比較務·監南嶽廟 등을 지냈다. 操行이 방정하고 道德·性命 등의 이치에 밝아, 史書에서 '醇儒'라고 칭하였다.

- 유약천 劉若川(?-?)

초명은 武, 자는 定功이었는데, 이름을 若川으로 바꾸고 자를 朝宗이라 하였다. 廬陵(江西省) 사람이다. 부친 劉陶는 박학하여 명성이 있었으며, 세력과 명리에 담박하였다. 조정에서 과거제도를 개선하여 인재를 뽑을 때, 유생들이 元祐黨(元祐年間 王安石의 新法에 반대하던 司馬光 등의 무리)의 宿儒로 추숭하여 多士들의 師表가 되었다. 뒤에 右迪功郎에 보임되었다. 周必大(1126-1204) 형제들이 그의 문하에서 배웠다.

- 등명세 鄧名世(?-?)

자는 元亞이며, 臨川(江西省) 사람이다. 왕안석이 집권하였을 때『춘추』및 역사서를 금하였는데 그는 유독『춘추』를 좋아하였으며, 과거시험에서도『춘추』의 문구를 즐겨 인용함으로써 결국 낙방하였다. 이후 두문불출하고 經史를 연구하였는데, 특히『춘추』의 三傳에 밝았다. 어사 劉大中이 강남 지역을 순찰하다가 그가 지은『春秋四譜』등을 얻어 高宗에게 진상하였는데, 1130년 고종이 이를 嘉納하여 진사급제를 하사하고, 勅令所刪定官·史館校勘에 제수하였다. 이어 秘書省正字·著作佐郎 등을 역임하였다.『高宗實錄』의 망실된 부분을 보충하였으며, 建炎年間(1127-1130)부터 紹興 9年(1139)까지의 日歷을 편찬하였다. 저술로『春秋論說』·『春秋類史』·『春秋公子譜』·『列國諸臣圖』·『左氏韻語』·『國朝宰相年譜』·『古今姓氏辨證』·『皇極大衍數』·『大樂書』및 문집이 있다.

10) 陳瓘의 家學

- 진정휘 陳正彙(?-?)

南劍州 沙縣(福建省) 사람이다. 陳瓘(1057-1124)의 아들로, 가학을 계승하였

다. 龍圖閣直學士를 지냈다. 陳瓘이 四明(浙江省)에 거주할 때, 그는 부친의
명을 받고 杭州를 지나다 갑자기 告變을 하였는데, 당시 집권자인 蔡京이 그
실정을 알아차리고 이들 부자를 기필코 죽이려 하였다. 겨우 죽음을 모면하고
沙門島로 유배되었다가, 欽宗이 즉위한 뒤 방면되었다. 그러나 부친이 별세한
사실을 알고 통곡하다가 心疾을 얻어 생을 마감하고 말았다. 조정에서 그의
志節을 높이 여겨 아들 陳大方을 발탁해 郞官에 제수하였다.

● 진 연 陳淵(?-?) ☞ 默堂學案

● 진대방 陳大方(?-?)
南劍州 沙縣(福建省) 사람이다. 陳瓘의 손자이며 陳正彙의 아들로, 가학을 계
승하였다. 부친의 志節 덕분에 발탁되어 郞官에 제수되었다.

11) 陳瓘의 門人

● 여본중 呂本中(1084-1145) ☞ 紫微學案

● 증 념 曾恬(?-?) ☞ 上蔡學案

● 첨 면 詹勉(?-?) ☞ 上蔡學案

● 요 강 廖剛(1071-1143) ☞ 龜山學案

● 임송경 林宋卿(?-?) ☞ 龜山學案

● 이 욱 李郁(1086-1150) ☞ 龜山學案

● 장 선 蔣璿(?-?)
鄞縣(浙江省) 사람이다. 蔣浚明의 아들로, 陳瓘에게 수학하였다. 진사시에 급
제하여 江陰令 등을 지냈으며, 품계가 中奉大夫에 이르렀다.

● 장 충 蔣琉(?-?)
鄞縣(浙江省) 사람이다. 蔣浚明의 아들로, 형 蔣璿과 함께 陳瓘에게 수학하였다.
진사시에 급제하였으며, 품계가 宣奉大夫에 이르렀다.

● 장 기 張琪(?-?)
자는 同美이며, 開封(河南省) 사람이다. 陳瓘에게 수학하였다. 衛州에서 벼슬
살이할 적에 수령이었던 진관이 그를 특별히 대우하였다. 崇寧年間(1102-
1106) 宿州에서 벼슬살이하였다.

• 임 단 林彖(?-?)
자는 商卿, 호는 萍齋이며, 仙游(福建省) 사람이다. 어려서 고아가 되어 어머니를 따라 외조부인 陳次升의 집에서 양육되었다. 그리하여 元祐黨(元祐年間 王安石의 新法에 반대하던 司馬光 등의 무리) 名臣들의 出處大節과 宋朝의 典故를 익히 들었다. 그 뒤 眞州에 거주할 때 劉安世·任伯雨·陳瓘 등을 만나 사사하였다. 또한 任中先·任象先 형제와는 망년지교를 맺었다. 모친이 별세한 뒤에도 혼인을 하지 않고 龍華寺 法華庵에 머물며 소요자적하였다. 1168년 孝宗이 특별히 진사급제를 하사하고 興化軍教授에 임명하였으나, 직무를 한 번도 살피지 못한 채 70세를 일기로 생을 마감하였다.(보유 245쪽)

• 진 모 陳慕(?-?)
이름을 '篆'이라고도 한다. 자는 必正, 호는 星瀯이며, 星子(江西省) 사람이다. 宣和年間(1119-1125)에 진사가 되어 州縣의 수령을 역임하였는데, 선정을 편다는 명성이 있었다. 젊어서부터 陳瓘에게 수학하였다.(보유 246쪽)

• 진 규 陳葵(?-?)
생애가 자세치 않다. 閩縣(福建省) 사람으로, 陳瓘에게 수학하였다.(보유 246쪽)

• 소건공 蕭建功(?-?)
자는 懋德이며, 新淦(江西省) 사람이다. 陳瓘에게 수학하였다. 李朴(1064-1128)이 유배되었을 때 정성껏 도와주었다. 李綱이 천거하여 벼슬이 知衡州에 이르렀다.(보유 246쪽)

12) 鄒浩의 家學

• 추 병 鄒柄(?-?)
자는 德久이며, 晉陵(江蘇省) 사람이다. 鄒浩의 장자로, 약관의 나이도 되기 전에 과거공부를 포기하고 楊時를 종유하며 배웠다. 손수『伊川語錄』1권을 수집 편찬하였다. 1126년 천거에 의해 樞密院編修에 제수된 뒤, 給事中·台州守 등을 지냈다.

13) 鄒浩의 門人

● 장 위 蔣湋(?-?)

자는 彦回이며, 零陵(湖南省) 사람이다. 젊어서 태학에 들어갔으나 포기하고
고향으로 돌아가 은거하였다. 黃庭堅이 宜州에 유배되었을 때 찾아가 종유하였
다. 황정견이 병으로 졸한 뒤 시신을 수습하고 배를 준비하여 고향으로 보내주
었다. 鄒浩가 永州에 유배되었을 때에도 찾아가 종유하며 배웠다.(보유 247쪽)

14) 唐廣仁의 門人

● 여본중 呂本中(1084-1145) ☞ 紫微學案

15) 胡宗伋의 家學

● 호 기 胡沂(1107-1174)

자는 周伯, 시호는 獻肅이며, 餘姚(浙江省) 사람이다. 胡宗伋의 장자로 가학을
계승하였다. 1135년 진사가 되어 20여 년 동안 州縣의 수령을 역임하였다. 孝
宗이 즉위한 뒤 발탁되어 殿中侍御史가 되었고, 吏部侍郞·禮部尙書 등을 지
냈다.

16) 胡宗伋의 門人

● 손 주 孫疇(?-?)

자는 壽朋이며, 餘姚(浙江省) 사람이다. 胡宗伋이 향리에서 강학할 적에 백부
孫子昇의 권유로 동생들을 데리고 나아가 수학하였다. 당시 향리의 장자들이
'만금은 얻을 수 있어도 손주는 쉽게 얻을 수 없다.'고 할 정도로 명망이 있었다.

● 손 개 孫介(1114-1188)

자는 不朋, 호는 雪齋이며, 餘姚(浙江省) 사람이다. 孫疇의 동생으로 형과 함
께 胡宗伋의 문하에 나아가 배웠다. 형이 졸한 뒤 紫溪로 가서 畏友 厲德輔를
종유하며 학업을 익혔다. 향리에서 후진을 양성하며 학문에 전념하였는데, 實
學을 힘썼다. 承務郞에 봉해졌다.

17) 劉若川의 門人

- **주필대 周必大**(1126-1204)

  자는 子充·洪道, 호는 省齋·平園老叟, 시호는 文忠이며, 廬陵(江西省) 사람이다. 진사시에 합격하였고, 또 博學宏辭科에도 합격하였다. 秘書省正字에 제수되어 國史院 編修官을 겸하였다. 高宗이 그의 문장을 보고 奇特하게 여겼다. 孝宗이 즉위한 뒤 權給事中이 되었는데, 權臣들을 배척하다가 福建路提刑으로 좌천되기도 하였다. 뒤에 다시 조정에 들어가 參知政事·左丞相 등을 지냈으며, 光宗 때 益國公에 봉해졌다. 저술로 『益公集』이 있다.

- **주필강 周必剛**(?-?)

  자는 子栗이며, 廬陵(江西省) 사람이다. 周必大의 동생으로, 자질이 영민한 데다 학문을 좋아하였는데, 33세에 일찍 죽었다.

- **주필강 周必彊**(1128-1160)

  이름을 '必强'이라고도 한다. 자는 子柔이며, 廬陵(江西省) 사람이다. 周必大의 동생으로, 성품이 강직하고 효성스러웠으며 시문을 잘 지었다. 眞德秀가 그의 문집에 서문을 지었다.

18) 陳瓘의 續傳

- 황 춘 黃櫄(1126-1204) ☞ 紫微學案

19) 胡沂의 家學

- 호 공 胡拱(?-?) ☞ 槐堂諸儒學案
- 호 준 胡撙(?-?) ☞ 槐堂諸儒學案

20) 孫介의 家學

- 손응시 孫應時(1154-1206) ☞ 槐堂諸儒學案

21) 鄧名世의 續傳

- 추 빈 鄒斌(?-?) ☞ 槐堂諸儒學案

30. 紫微 呂本中의 學脈(紫微學案)

1) 紫微學案 圖表

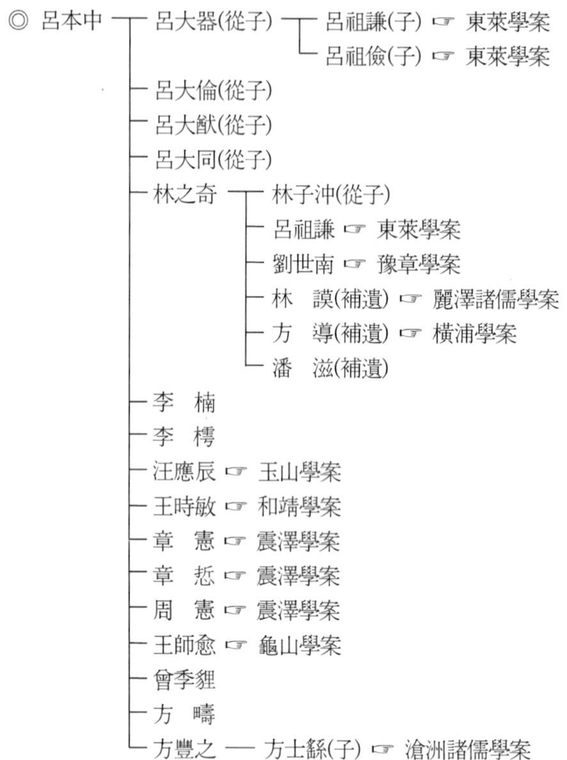

```
◎ 呂本中 ┬ 呂大器(從子) ┬ 呂祖謙(子) ☞ 東萊學案
         │              └ 呂祖儉(子) ☞ 東萊學案
         ├ 呂大倫(從子)
         ├ 呂大猷(從子)
         ├ 呂大同(從子)
         ├ 林之奇 ┬ 林子沖(從子)
         │         ├ 呂祖謙 ☞ 東萊學案
         │         ├ 劉世南 ☞ 豫章學案
         │         ├ 林  謨(補遺) ☞ 麗澤諸儒學案
         │         ├ 方  導(補遺) ☞ 橫浦學案
         │         └ 潘  滋(補遺)
         ├ 李  楠
         ├ 李  樗
         ├ 汪應辰 ☞ 玉山學案
         ├ 王時敏 ☞ 和靖學案
         ├ 章  憲 ☞ 震澤學案
         ├ 章  恁 ☞ 震澤學案
         ├ 周  憲 ☞ 震澤學案
         ├ 王師愈 ☞ 龜山學案
         ├ 曾季貍
         ├ 方  疇
         └ 方豐之 ── 方士繇(子) ☞ 滄洲諸儒學案
```

※ 講 友 : 曾 幾 ☞ 武夷學案
　　　　　 許 忻 ☞ 范許諸儒學案

2) 紫微學案序錄

　내가 삼가 살펴보건대, 東萊 呂本中(1084-1145)은 滎陽 呂希哲(1039-1116)의 宗孫으로 한 스승에게만 배우는 것을 명예롭게 여기지 않았으니 또한 이 집안의 가풍이다. 元祐年間(1086-1094) 이후의 이름난 학자인 元城 劉安世 (1048-1125)·龜山 楊時(1053-1135)·廌山 游酢(1053-1123)·了翁 陳瓘 (1057-1124)·和靖 尹焞(1071-1142)·震澤 王蘋(1082-1153) 등을 從遊하면서 옛 성현의 말씀과 행실을 많이 듣고서 덕을 닦았다. 그러나 불교에 빠졌으니, 또한 이 가문의 유폐였던 것이다.

3) 呂希哲의 家學

● 여본중 呂本中(1084-1145)
초명은 大中, 자는 居仁, 호는 紫微·東萊, 시호는 文清이며, 壽州(安徽省) 사람이다. 呂公著의 증손이며 呂希哲의 손자로서 蔭補로 承務郎이 되어 樞密院編修官·中書舍人 등을 지냈다. 楊時·游酢·尹焞을 사사하였으며, 劉安世·陳瓘에게도 배웠다. 그는 灑掃應對가 訓詁보다 우선이라고 여겨 下學上達의 학문을 강조하였다. 또한 유학과 불교의 사상이 크게는 같다고 보아 二家의 조화를 주장하였다. 시에 뛰어났으며, 경술에 정밀하였다. 저술로『春秋集解』·『童蒙訓』·『江西詩社宗派圖』·『紫微詩話』·『師友淵源錄』·『東萊先生詩集』등이 있다.

4) 呂本中의 講友

● 증 기 曾幾(1084-1116) ☞ 武夷學案
● 허 흔 許忻(?-?) ☞ 范許諸儒學案

5) 呂本中의 家學

● 여대기 呂大器(?-?)
자는 治先이며, 河南(河南省) 사람이다. 尙書倉部郎을 지냈다. 여본중의 조카이며, 여조겸의 아버지이다. 豹隱堂을 지어 그의 동생인 呂大倫·呂大猷·呂大同과 함께 강학하였다. 曾幾의 사위가 되어 그에게도 수학하였다.

- **여대륜 呂大倫(? - ?)**

  자는 時敍이며, 河南(河南省) 사람이다. 여대기의 아우로 奉議郎을 지냈다. 豹隱堂에서 형제들과 함께 강학하였다.

- **여대유 呂大猷(? - ?)**

  자는 允升이며, 河南(河南省) 사람이다. 여대기의 아우로 豹隱堂에서 형제들과 함께 강학하였다.

- **여대동 呂大同(? - ?)**

  자는 逢吉이며, 河南(河南省) 사람이다. 여대기의 아우로 豹隱堂에서 형제들과 함께 강학하였다.

6) 呂本中의 門人

- **임지기 林之奇(1112-1176)**

  자는 少穎, 호는 拙齋·三山, 시호는 文昭이며, 福州 侯官(福建省) 사람이다. 1149년 진사가 되어 尙書郎·宗正丞을 지냈다. 呂本中을 사사하였으며, 陸祐에게도 배웠다. 왕안석의 『三經新義』를 邪說이라 하여 배척하였다. 경학 연구에 진력하여 『상서』와 『주례』를 해설하였는데, 新意가 많았다. 이름난 제자로는 呂祖謙 등이 있으며, 그의 학문은 여조겸이 창립한 婺學에 많은 영향을 주었다. 저술로 『尙書集解』·『周禮講義』·『論語講義』·『孟子講義』·『楊子講義』·『拙齋集』 등이 있다.

- **이 남 李楠(1111-1147)**

  자는 和伯이며, 侯官(福建省 福州) 사람이다. 동생인 李樗와 함께 呂本中에게 수학하였으며, 陸祐에게도 배웠다. 『춘추』에 정밀하였다.

- **이 저 李樗(? - ?)**

  자는 迂仲, 호는 迂齋이며, 侯官(福建省 福州) 사람이다. 李楠의 동생으로 呂本中에게 수학하였으며, 陸祐에게도 배웠다. 당시 사람들에게 三山先生이라 일컬어졌다. 저술로 『毛詩解』가 있는데, 제가의 설을 널리 인용하여 해석한 것이다.

- **왕응신 汪應辰(1118-1176)** ☞ 玉山學案

- 왕시민 王時敏(?-?) ☞ 和靖學案
- 장　헌 章憲(?-?) ☞ 震澤學案
- 장　철 章忒(?-?) ☞ 震澤學案
- 주　헌 周憲(?-?) ☞ 震澤學案
- 왕사유 王師愈(1122-1190) ☞ 龜山學案
- 증계리 曾季貍(?-?)

  자는 裘父, 호는 艇齋이며, 臨川(江西省) 사람이다. 曾宰의 증손으로, 呂本中·韓駒를 사사하였으며 朱熹·張栻과 종유하였다. 평생 은거하였으며 많은 사람들이 천거하였지만 나아가지 않았다. 저술로 『艇齋雜著』·『論語訓解』·『艇齋詩話』가 있다.

- 방　주 方疇(?-?)

  자는 耕道, 호는 困齋이며, 弋陽(江西省) 사람이다. 여본중에게 수업하였고, 胡安國·胡寅·張九成 등을 종유하였다. 1128년 진사가 되어 建康通判 등을 지냈다. 高宗 紹興年間(1131-1162)에 時務를 상세히 아뢰었는데, 재상 秦檜를 파직시켜야 한다는 등의 극언을 하다가 零陵으로 좌천되었다. 저술로 문집이 20여권 있다.

- 방풍지 方豊之(?-?)

  자는 德亨이며, 莆田(福建省) 사람이다. 方會의 손자로, 監鎮을 지냈다. 高宗 紹興年間(1131-1162)의 이름난 선비로 信州에서 呂本中에게 수학하였다.

7) 呂本中의 再傳門人

◎ 呂大器의 家學

- 여조겸 呂祖謙(1137-1181) ☞ 東萊學案
- 여조검 呂祖儉(?-1196) ☞ 東萊學案

◎ 林之奇의 家學

- 임자충 林子冲(?-?)

  자는 通卿, 호는 雲岫居士이며, 侯官(福建省) 사람이다. 林之奇의 조카로서,

孝宗 淳熙年間(1174-1189)에 진사가 되어 將樂丞을 지냈다. 南豊主簿로 있을 때 『禮樂書』를 편수하였는데 周必大와 楊萬里가 정밀하다고 칭찬하였다.

◎ 林之奇의 門人

- 여조겸 呂祖謙(1137-1181) ☞ 東萊學案
- 유세남 劉世南(? - ?) ☞ 豫章學案
- 임　모 林謨(1137-1181)(보유 248쪽) ☞ 麗澤諸儒學案
- 방　도 方導(? - ?)(보유 248쪽) ☞ 橫浦學案
- 반　자 潘滋(? - ?)

  懷安(安徽省) 사람으로, 林之奇에게 배웠다. 朱熹가 武夷에서 강학하는 것을 듣고 아들 潘植과 潘柄을 보내 배우게 하였다.(보유 249쪽)

◎ 方豊之의 家學

- 방사요 方士繇(1148-1199) ☞ 滄洲諸儒學案

31. 漢上 朱震의 學脈(漢上學案)

1) 漢上學案 圖表

◎ 朱　震 ┬ 劉長福 ☞ 泰山學案
　　　　 └ 徐　畸 ──────── 吳　葵 ☞ 說齋學案

※ 學侶 : 朱　巽
　　　　　胡　銓 ☞ 武夷學案
※ 同調 : 沈　該 ──────────────────── 田　疇(續傳)

2) 漢上學案序錄

　　내가 삼가 살펴보건대, 朱震은 謝良佐(1050-1103)의 문하에서 가장 알려진 인물이다. 三易의 象數說에 대해 사량좌는 말한 적이 없고, 유독 주진이 상세하게 논설하였다. 尹焞(1070-1142)·胡安國(1074-1138)·范沖(1067-1141)은 洛學으로 南宋 高宗 때에 등용되었다. 주진도 실상 같은 연원에서 나왔지만, 세상에 그의 학문을 전한 자들이 아주 적었다.

3) 謝良佐의 門人

● 주　진 朱震(1072-1138)

　　자는 子發, 호는 漢上이며, 荊門軍(湖北省) 사람이다. 政和年間에 진사가 되어 祠部員外郎·翰林學士 등을 지냈다. 저술로『漢上易解』가 있는데, 程頤의『易傳』을 위주로 하면서 邵雍·張載의 설도 수용하고, 아울러 漢·魏로부터 당시까지의 상이한 설들을 모아놓은 것이다. 그의 易學은 王弼이 舊說을 다 없애고, 老莊思想을 뒤섞어 文辭만을 숭상한 것을 그르게 여겼기 때문에 象數學으로 상세히 풀이한 것이 특징이다. 그 외 저술로『周易卦圖』·『周易叢說』·『漢上易集傳』이 있다.

4) 朱震의 學侶

- **주 손 朱巽(?-?)**
  자는 子權, 호는 二朱이며, 荊門軍(湖北省) 사람이다. 주진의 동생으로, 학식이 풍부하였다.

- **호 전 胡銓(1102-1180)** ☞ 武夷學案

5) 朱震의 同調

- **심 해 沈該(?-?)**
  자는 守約이며, 吳興(浙江省) 사람이다. 진사시에 급제하여 1156년에 右僕射를 지냈다. 저술로 『易小傳』이 있는데, 『春秋左氏傳』의 卦變으로 글을 지은 것이다. 그 외 저술로 『中興聖語』가 있다.

6) 朱震의 門人

- **유장복 劉長福(?-?)** ☞ 泰山學案
- **서 기 徐畸(?-?)**
  자는 南夫・叔範, 호는 天民이며, 蘭溪(浙江省) 사람이다. 朱震에게 수학하여 『周易』을 정밀히 연구하였으며, 『春秋』・『禮記』에도 조예가 깊었다. 벼슬길에 나아가지 않고 강학과 저술에 힘썼다. 저술로 『周易解微』가 있다.

7) 沈該의 續傳

- **전 주 田疇(?-?)**
  호는 興齋이며, 華亭(江蘇省) 사람이다. 嘉定年間(1208-1224)에 國學에서 가르쳤다. 저술로 『學易蹊徑』이 있다.

8) 朱震의 再傳門人

◎ 徐畸의 門人

- **오 규 吳葵(1145-1217)** ☞ 說齋學案

32. 黙堂 陳淵의 學脈(黙堂學案)

1) 黙堂學案 圖表

◎ 陳　淵┬ 陳　籀(子)(補遺)
　　　　└ 沈　度

※　講友：羅從彦 ☞ 豫章學案
　　　　　范　沖 ☞ 華陽學案

2) 黙堂學案序錄

　　내가 삼가 살펴보건대, 龜山 楊時(1053-1135)의 제자가 세상에 가득했지만, 黙堂 陳淵(？-1145)이 그의 사위로서 首座가 되었다. 그는 王安石(1021-1086)의 學問을 힘껏 배척했으니, 스승에게 부끄럽지 않은 실천을 한 것이다. 일찍 종조부인 了齋 陳瓘(1049-1100)에게 수학함으로써 禪學에 깊이 빠져들었다. 陳淵이 지나치게 禪學에 몰입하였기 때문에 龜山 楊時 학문의 정통은 豫章 羅從彦(1072-1135)에게 전해질 수밖에 없었다.

3) 程頤·楊時의 門人

● 진　연 陳淵(？-1145)

초명은 漸, 자는 幾叟·知黙, 호는 黙堂이며, 南劍州 沙縣(福建省) 사람이다. 陳瓘(1057-1124)의 從孫이며, 楊時의 사위다. 처음에 二程의 문하에서 수학하다가 뒤에 楊時에게 배웠다. 1135년 樞密院編修官이 되었으나, 秦檜에게 미움을 사 制置司機宜文字로 좌천되었다. 1137년 胡安國의 천거로 진사가 되어 1139년 監察御使·右正言을 지냈다. 高宗 앞에서 二程과 왕안석 학문의 차이점을 논하기도 했다. 저술로 『黙堂集』이 있다.

4) 陳淵의 講友

- 나종언 羅從彦(1072-1135) ☞ 豫章學案
- 범 충 范冲(1067-1141) ☞ 華陽學案

5) 陳淵의 家學

- 진 로 陳輅(?-?)
  생애가 자세치 않다. 陳淵의 아들로, 부친에게 수학하였다.

6) 陳淵의 門人

- 심 도 沈度(?-?)
  자는 公雅이며, 湖州 武康(浙江省) 사람이다. 池州主簿를 지낸 沈播의 증손이
  다. 20여 년 간 陳淵에게 수학하였다. 紹興年間(1131-1162)에 餘干縣令을 지
  냈는데 治績이 있었다. 直秘閣考功郎·知平江府를 지냈다. 1166년 中書門下
  省 檢正이 되고, 1168년 龍圖閣直學士·知建寧府로 있었는데, 치적이 있어
  朱熹에게 칭송을 받았다. 朱熹가 崇安에 있을 때 社倉을 창립하는 데 도움을
  주었다.

33. 豫章 羅從彦의 學脈(豫章學案)

1) 豫章學案 圖表

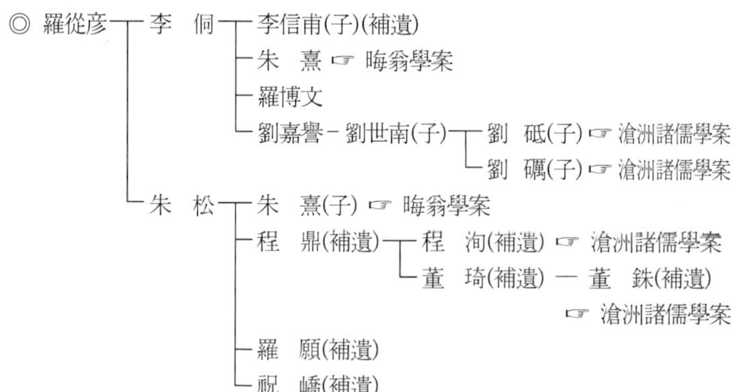

2) 豫章學案序錄

내가 삼가 살펴보건대, 豫章 羅從彦이 楊時(1053-1135)의 문하에서 배운 것은 비록 순후했지만 습득한 것은 진실로 적었으니, 『논어』에 이른바 본성이 착한 사람과 恒心을 가진 사람의 중간에 있어야 마땅하다. 그의 학문은 한 번 李侗(1093-1163)에게 전해져 깊어졌고, 다시 朱熹(1130-1200)에게 전해져 성대해졌다. 그래서 예장은 마침내 특별한 선생이 되었다. 심하구나! 제자가 스승을 빛냄이여.

3) 程頤·楊時의 門人

● 나종언 羅從彦(1072-1135)

자는 仲素, 호는 豫章, 시호는 文質이며, 南劍(福建省) 사람이다. 어려서 吳儀에게 배웠고, 뒤에 程頤와 楊時를 사사하였다. 양시·李侗과 함께 '南劍三先

生'으로 불리었다. 1130년 特科에 급제하여 博羅縣主簿가 되었으며, 임기를 마친 후 羅浮山에 들어가 학문을 연구하였다. 그는 양시의 학문을 이동에게 전하였고, 이동은 다시 주희에게 전하여 정이로부터 주희에 이르는 학맥의 중요한 위치에 있다. 治心의 중요성을 강조하여 마음을 수양하는 근본 방법으로 靜坐를 주장하였고, 도덕 수양에 있어 無慾이 가장 중요하다고 여겼다. 저술로 『遵堯錄』·『春秋指歸』·『中庸說』·『春秋解』·『論語解』·『孟子解』·『毛詩解』·『論語要語』·『台衡錄』 등이 있다.

4) 羅從彦의 講友

● 요 아 寥衙(?-?) ☞ 龜山學案

5) 羅從彦의 門人

● 이 동 李侗(1093-1163)
자는 願中, 호는 延平, 시호는 文靖이며, 南劍(福建省) 사람이다. 羅從彦이 洛學을 楊時에게 전수 받았다는 이야기를 듣고 그에게 가서 배웠다. 평생 과거를 단념하고 은거하여 제자를 양성하였으며, 양시·나종언과 함께 '南劍三先生'으로 불리었다. 그의 문하에서 朱熹·羅博文·劉嘉譽 등이 배출됨으로써 二程의 학문이 주희에게 이어지는 교량적 역할을 하였다. 저술로 주희가 편찬한 『李延平集』이 있다.

● 주 송 朱松(1097-1143)
자는 喬年, 호는 韋齋, 시호는 獻靖이며, 婺源(江西省) 사람이다. 朱熹의 아버지이다. 羅從彦에게 수학하여 二程의 理學을 배웠으며, 司馬光의 학문을 존중하였다. 李侗·鄧啓·劉勉之·劉子翬 등과 교유하며 학문을 강론하였다. 1118년 政和尉가 되었으며, 校書郎·著作佐郎 등을 지냈다. 『대학』·『중용』의 가치를 중시하였으며, 『예기』는 노나라 학자들의 설이 많이 섞여 있다고 여겨 회의적인 입장을 가졌다. 二程과 나종언의 학문이 주희에게 이어지도록 교량적 역할을 하였다. 저술로 『韋齋集』 등이 있다.

6) 羅從彦의 再傳門人

◎ 李侗의 家學

- **이신보 李信甫(? - ?)**
  南劍(福建省) 사람이며, 李侗의 아들로 가학을 전수 받았다. 1157년 진사가 되어 監察御史 · 知衢州 등을 지냈다.(보유 258쪽)

◎ 李侗의 門人

- **주 희 朱熹(1130-1200)** ☞ 晦翁學案

- **나박문 羅博文(1116-1168)**
  자는 宗約 · 宗禮이며, 沙縣(福建省) 사람이다. 李侗에게 洛學의 요체를 전수 받았다. 知瑞金縣 · 承議郎 등을 지냈다. 이동의 문하에 있을 때 주희와 절친하게 지냈다.

- **유가예 劉嘉譽(? - ?)**
  자는 德稱이며, 長樂(福建省) 사람이다. 李侗의 문하에서 수학하였다.

◎ 朱松의 家學

- **주 희 朱熹(1130-1200)** ☞ 晦翁學案

◎ 朱松의 門人

- **정 정 程鼎(1107-1165)**
  자는 復亨, 호는 环溪翁 · 韓溪翁이며, 婺源(江西省) 사람이다. 羅願과 함께 朱松의 문하에서 수학하였다. 경전을 두루 탐독하였으며, 특히 『춘추좌씨전』을 좋아하였다. 평생 벼슬길에 나가지 않았다.(보유 258쪽)

- **나 원 羅願(? - ?)**
  자는 端良이며, 歙縣(安徽省) 사람이다. 朱松에게 나아가 배웠다. 乾道年間 (1165-1173)에 진사가 되어 知鄂州 등을 지냈다. 문장이 高雅하고 精鍊되어 주희로부터 칭찬을 받았다.(보유 259쪽)

- 축　교 祝嶠(?-?)
  자는 仲容이며, 歙縣(安徽省) 사람이다. 朱松에게 洛學을 전수받았다. 朱熹의
  외삼촌이다.(보유 259쪽)

7) 羅從彦의 三傳門人

◎ 劉嘉譽의 家學

- 유세남 劉世南(?-?)
  자는 景虞이며, 長樂(福建省) 사람이다. 劉嘉譽의 아들로, 가학을 전수받았다.
  林之奇를 종유하였으며, 呂祖謙(1137-1181)과 교유하였다. 吉州司理參軍을
  지냈다.

◎ 程鼎의 家學

- 정　순 程洵(?-?)(보유 260쪽) ☞ 滄洲諸儒學案

◎ 程鼎의 門人

- 동　기 董琦(?-?)
  초명은 執柔, 자는 順之이며, 德興(江西省) 사람이다. 程鼎에게 『춘추』를 배웠
  다.(보유 260쪽)

8) 羅從彦의 四傳門人

◎ 劉世南의 家學

- 유　지 劉砥(?-?) ☞ 滄洲諸儒學案
- 유　려 劉礪(?-?) ☞ 滄洲諸儒學案

◎ 董琦의 家學

- 동　수 董銖(?-?)(보유 260쪽) ☞ 滄洲諸儒學案

34. 橫浦 張九成의 學脈(橫浦學案)

1) 橫浦學案 圖表

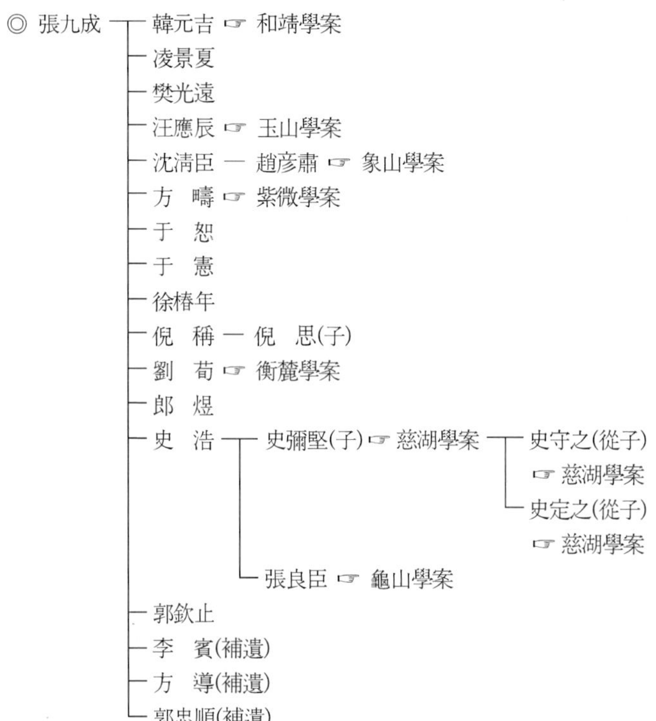

※ 講 友：喩 樗 ☞ 龜山學案

張 浚 ☞ 趙張諸儒學案

姚述堯

葉先覺

施德操

※ 同 調：楊 璿

2) 橫浦學案序錄

내가 삼가 살펴보건대, 龜山 楊時(1053-1135)의 제자 중에 風度와 절조가 밝게 드러난 자로 張九成만한 이가 없으며, 학문의 雜駁性 또한 그가 최고이다. 朱熹(1130-1200)는 그의 글을 배척하여 홍수나 맹수의 재앙에 견주었으니, 그 얼마나 두려워 할만한 일인가? 그러나 장구성이 儒學에 공헌한 점은 정히 없앨 수 없다.

3) 楊時의 門人

- 장구성 張九成(1092-1159)

  자는 子韶, 호는 橫浦居士·無垢居士, 시호는 文忠이며, 錢塘(浙江省) 사람이다. 1132년 진사가 되어 太常博士·禮部侍郎 등을 지냈다. 程子의 문인 楊時를 사사하여 二程의 理學을 전수 받았다. 災異를 논하다가 당시 집권자 秦檜에게 미움을 받아 좌천되었다. 뒤에 禪僧 宗杲와 함께 조정을 비방하다가 南安軍으로 귀양갔다. 또한 종고의 영향으로 불교의 心外無法 사상을 받아들여 유학의 心學化 경향을 보였다. 그 때문에 후대에는 程朱 理學과 陸象山 心學의 교량 역할을 한 인물로 평가된다. 저술로『橫浦心傳』·『橫浦日新』·『尙書說』·『大學說』·『中庸說』·『孝經說』·『論語說』·『孟子說』·『無垢錄』·『孟子傳』·『橫浦集』등이 있다.

4) 張九成의 講友

- 유　저 喩樗(?-1180) ☞ 龜山學案
- 장　준 張浚(1097-1164) ☞ 趙張諸儒學案
- 요술요 姚述堯(?-?)

  자는 進道이며, 華亭(江蘇省) 사람이다. 1154년 진사가 되어 知鄂州·知信州 등을 지냈으며, 張九成과 교유하였다. 亳州의 明道宮을 주관하였다. 詞를 잘 지었으며, 저술로『蕭臺公餘詞』가 있다.

- 섭선각 葉先覺(?-?)

  張九成의 講友로 되어 있는데, 생애가 자세치 않다.

- 시덕조 施德操(?-?)

  자는 彦執, 호는 持正이며, 鹽官(浙江省 海寧) 사람이다. 張九成과 절친하였으며, 동향인 楊璿과도 함께 학문을 익혔다. 詩에 능했으며, 평생 초야에서 학문에 潛心하였다. 저술이 많았지만 대부분 없어지고, 楊朱·墨翟을 배척하고 孟子의 학문을 종주로 삼은 『孟子發題』와 『北窗炙輠』만이 전할 뿐이다.

5) 張九成의 同調

- 양 선 楊璿(?-?)

  자는 子平, 호는 謹獨이며, 鹽官(浙江省 海寧) 사람이다. 안빈낙도의 생활을 하였으며, 張九成의 講友 施德操와 함께 학문과 행실로 마을 사람들에게 추앙을 받았다. 고을 수령 魏伯恂은 사당을 지어 張九成·施德操와 함께 合祀하였다.

6) 張九成의 門人

- 한원길 韓元吉(1118-1187) ☞ 和靖學案

- 능경하 凌景夏(?-1175)

  자는 季文이며, 餘杭(浙江省) 사람이다. 張九成에게 수학하였다. 1132년 진사가 되어 秘書省正字·著作佐郎 등을 거쳐 吏部尚書에 이르렀다. 金나라와의 화친을 반대하다가 秦檜의 미움을 받아 외직으로 좌천되었다.

- 번광원 樊光遠(1102-1164)

  자는 茂實이며, 錢塘(浙江省) 사람이다. 어려서부터 張九成에게 배웠다. 1135년 진사가 되어 秘書省正字·監察御史 등을 지냈다. 時務에 관한 상소를 올렸다가 당시 집권자 秦檜의 미움을 받아 閬州教授로 좌천되었다. 저술로 『尚書解』·『禮記講義』·『梅窗雜著』가 있다.

- 왕응신 汪應辰(?-1176) ☞ 玉山學案

- 심청신 沈淸臣(?-?)

  자는 正卿이며, 鹽官(浙江省) 사람이다. 어려서부터 張九成에게 배웠는데, 불교적인 경향이 강하였다. 1157년 진사가 되어 國子學錄·秘書監 등을 지냈다. 時

務와 관련하여 孝宗에게 상소하였다. 저술로 『晦巖集』이 있다.

● 방　주 方疇(?-?) ☞ 紫微學案

● 우　서 于恕(?-?)

자는 忠甫이며, 諸城(山東省) 사람이다. 張九成의 생질로, 아우 于憲과 함께 그에게 배웠다. 特科에 합격하여 昌國縣主簿를 지냈다. 스승 장구성과 문답한 『橫浦心傳錄』을 편찬하였다.

● 우　헌 于憲(?-?)

諸城(山東省) 사람이다. 張九成의 생질로, 형 于恕와 함께 그에게 배웠다. 형과 함께 스승과 문답한 『橫浦心傳錄』을 편찬하였다.

● 서춘년 徐椿年(?-?)

자는 壽卿이며, 永豐(江西省) 사람이다. 張九成에게 수학하였다. 1142년 진사가 되어 宜黃主簿 등을 지냈다. 저술로 『尙書本義』·『論語解』·『雙溪集』 등이 있다.

● 예　칭 倪稱(1116-1172)

倪偁이라고도 한다. 자는 文擧, 호는 綺川이며, 歸安(浙江省) 사람이다. 張九成의 문하에서 배웠으며, 芮國瑞와 절친하였다. 1138년 진사가 되어 常州敎授·太常寺主簿를 지냈다. 저술로 『綺川集』이 있다.

● 유　순 劉荀(?-?) ☞ 衡麓學案

● 낭　욱 郞煜(?-?)

자는 晦之이며, 錢塘(浙江省) 사람이다. 張九成에게 수학하였고, 뒤에 于恕에게도 배웠다. 1187년 벼슬을 얻었으나 부임하지 못하고 죽었다.

● 사　호 史浩(1106-1194)

자는 直翁, 호는 眞隱, 시호는 忠定이며, 鄞縣(浙江省) 사람이다. 史詔의 손자로, 1145년 진사가 되어 國子博士·紹興縣令 등을 역임했으며, 右丞相에 이르렀다. 저술로 『尙書講義』·『鄮峰眞隱漫錄』 등이 있다.

● 곽흠지 郭欽止(?-?)

자는 德誼이며, 東陽(浙江省) 사람이다. 郭良臣의 從弟이며, 張九成에게 배웠다. 石洞書院을 건립하여 후학을 가르쳤다.

- 이　빈 李寶(?-?)

  자는 獻可이며, 大庾(江西省) 사람이다. 張九成을 사사하였다. 행동거지가 단정하고 경학에 조예가 깊었다. 특별히 灊州推官에 임명되었는데, 집권자가 스승 장구성을 미워하자 벼슬을 그만두었다.(보유 291쪽)

- 방　도 方導(?-?)

  자는 夷吾이며, 嚴州(浙江省)에 대대로 살았다. 張九成에게 배웠으며, 또한 樊光遠·林之奇를 종유하였다. 벼슬이 淮南安撫參議에 이르렀다.(보유 291쪽)

- 곽충순 郭忠順(?-?)

  자는 移可이며, 浦城(福建省) 사람이다. 張九成에게 수학하였다.(보유 292쪽)

7) 張九成의 再傳門人

◎ 沈淸臣의 門人

- 조언숙 趙彦肅(?-?) ☞ 象山學案

◎ 倪稱의 家學

- 예　사 倪思(1147-1220)

  자는 正甫, 호는 齊齋, 시호는 文節이며, 歸安(浙江省 吳興) 사람이다. 1166년 진사가 되어 華文閣學士·禮部尙書 등을 지냈다. 倪稱의 아들이며 張九成의 재전제자로, 장구성의 理學을 전파하고 발전시킨 공헌이 컸다. 평생 불교를 독실하게 믿었지만, 행동은 유가사상을 근본으로 삼았다. 저술로『班馬異同』·『經鉏堂雜志』가 있다.

◎ 史浩의 家學

- 사미견 史彌堅(?-1232) ☞ 慈湖學案
- 사수지 史守之(?-?) ☞ 慈湖學案
- 사정지 史定之(?-?) ☞ 慈湖學案

◎ 史浩의 門人

- 장량신 張良臣(?-?) ☞ 龜山學案

35. 衡麓 胡寅의 學脈(衡麓學案)

1) 衡麓學案 圖表

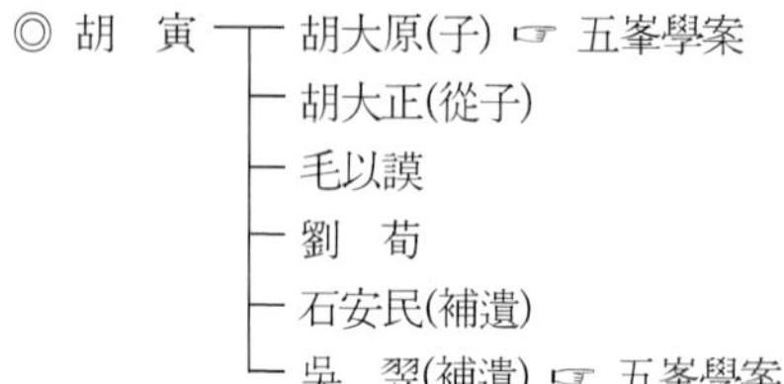

2) 衡麓學案序錄

　　武夷 胡安國(1074-1138)의 여러 아들 가운데 胡寅(1098-1156)과 胡宏(1106-1161)이 가장 이름났으며, 그의 학문 또한 둘로 나뉘어졌다. 胡宏이 형 胡寅의 학문에 불만을 품었기 때문에 胡寅의 학문은 널리 전해지지 못하였다. 그러나 洛學을 배운 여러 학자들이 이단에 빠질 적에도 胡寅만이 유독 순수하게 물들지 않았으니, 매우 현명하도다. 그러므로 朱熹(1130-1200) 또한 그의 학문에서 취한 것이 많았다.

3) 胡安國의 家學

● 호　인 胡寅(1098-1156)

자는 明仲·仲剛·仲虎, 호는 致堂, 시호는 文忠이며, 建寧 崇安(福建省) 사람이다. 胡安國의 아들로, 程頤의 제자 楊時에게 수학하였다. 1121년 진사가 되어 秘書省 校書郎·禮部侍郎 등을 지냈다. 부친이 승상 秦檜와 친했지만 그는 진회를 싫어하여 致仕하고 衡州로 돌아갔다. 특히 佛家와 墨家의 설을 힘써 배척하고 儒家의 설을 발전시키는 데 노력하였다. 저술로『論語詳說』·『讀史管見』·『崇正辯』·『斐然集』등이 있다.

4) 胡寅의 學侶

● 호　녕 胡寧(？-？) ☞ 武夷學案

● 호　굉 胡宏(1106-1161) ☞ 五峯學案

● 양관국 梁觀國(1088-1146)

자는 賓卿, 호는 歸正이며, 番禺(廣東省) 사람이다. 紹興年間에 호인이 衡山으로 물러나 있을 때, 雜文 1편을 보내 그의 칭송을 받았다. 불교와 老莊 등 이단을 힘써 배척하였다. 저술로『歸正集』·『議蘇文』·『編正喪禮』등이 있다.

5) 胡寅의 講友

● 강　기 江琦(1085-1142) ☞ 武夷學案

● 호　양 胡襄(？-？) ☞ 武夷學案

● 한　황 韓璜(？-？) ☞ 武夷學案

● 유　형 劉衡(？-？) ☞ 百源學案

● 장　기 張祁(？-？)

자는 晉彦, 호는 總得翁이며, 歷陽(安徽省) 사람이다. 張邵의 동생이며, 형의 공적으로 관직에 보임되어 直秘閣·淮南通判 등을 지냈다. 胡寅과 절친하였으며, 趙鼎·張浚의 예우를 받았다. 만년에 禪學을 좋아하였다.

6) 胡寅의 同調

● 조　정 趙鼎(1085-1147) ☞ 趙張諸儒學案

7) 胡寅의 家學

● 호대원 胡大原(?-?) ☞ 五峯學案

● 호대정 胡大正(?-?)

초명은 愷, 자는 伯誠이며, 崇安(福建省) 사람이다. 胡寅의 조카로, 벼슬은 泉州簽判을 지냈다.

8) 胡寅의 門人

● 모이모 毛以謨(?-?)

자는 舜擧이며, 衡山(湖南省) 사람이다. 胡寅에게 수학하였다. 胡宏이 그의 記文을 지었다.

● 유　순 劉荀(?-?)

자는 子卿이며, 淸江(江西省) 사람이다. 劉摯의 증손으로, 胡寅·張九成에게 배웠다. 淳熙年間(1174-1189)에 知餘干縣을 지냈고, 이후 周必大의 추천으로 判德安·知盱眙縣 등을 지냈다. 저술로 두 스승의 말을 기록한 『思問記』와 『政規』·『文源』·『座右記』·『癡兒錄』·『德安守禦』·『都梁記問』·『邊防指掌圖』·『南北聘使錄』·『明本』 등이 있다.

● 석안민 石安民(?-?)

자는 惠叔이며, 臨桂(廣西省) 사람이다. 1145년 진사가 되어 象州判官·知吉陽軍 등을 지냈다. 沈晦·胡寅에게 배웠으며, 張浚의 허여를 받았다. 동생 石安行·石安持와 이름을 나란히 하여 '三石'이라 불리었다.(보유 299쪽)

● 오　익 吳翊(1129-1177)(보유 300쪽) ☞ 五峯學案

36. 五峯 胡宏의 學脈(五峯學案)

1) 五峯學案 圖表

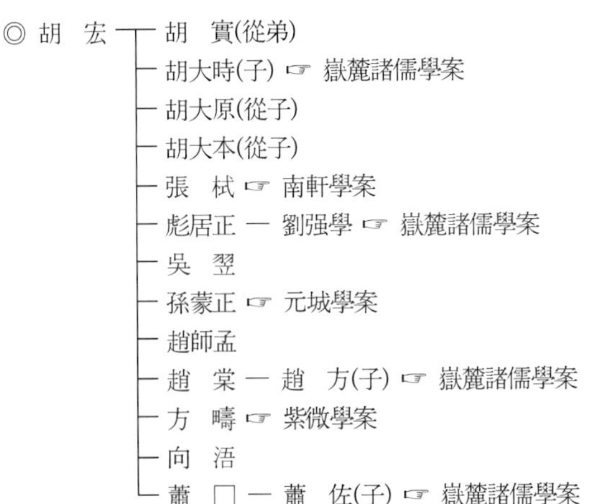

```
◎ 胡  宏 ┬ 胡  實(從弟)
         ├ 胡大時(子) ☞ 嶽麓諸儒學案
         ├ 胡大原(從子)
         ├ 胡大本(從子)
         ├ 張  栻 ☞ 南軒學案
         ├ 彪居正 ─ 劉强學 ☞ 嶽麓諸儒學案
         ├ 吳  翌
         ├ 孫蒙正 ☞ 元城學案
         ├ 趙師孟
         ├ 趙  棠 ─ 趙  方(子) ☞ 嶽麓諸儒學案
         ├ 方  疇 ☞ 紫微學案
         ├ 向  浯
         └ 蕭  □ ─ 蕭  佐(子) ☞ 嶽麓諸儒學案
```

```
※ 學 侶：胡  憲 ☞ 劉胡諸儒學案
         曾  幾 ☞ 武夷學案
         李  椿 ☞ 武夷學案
         彪虎臣 ☞ 武夷學案
※ 講 友：詹  慥(補遺)
※ 續 傳：楊大異
```

2) 五峯學案序錄

내가 삼가 살펴보건대, 紹興(浙江省) 지역의 유학자들 가운데 학술적 조예가 五峯 胡宏(1106-1162)보다 더 나은 사람은 없다. 그가 지은 『知言』에 대해 東萊 呂祖謙(1137-1181)은 張載(1020-1077)의 『正蒙』보다 낫다고 하였다. 그는 마침내 湖湘地域의 학통을 열었다. 지금 豫章 羅從彦(1072-1135)은 재전 문인 晦翁 朱熹(1130-1200) 때문에 澤宮(學宮)에서 제사를 받고 있지만 오봉은 빠져 있으니, 이는 공론이 아니다.

3) 胡安國의 家學

● 호 굉 胡宏(1106-1162)

자는 仁仲, 호는 五峯이며, 崇安(福建省) 사람이다. 胡安國의 막내 아들로, 일찍이 수도에서 龜山 楊時에게 수학하였으며, 뒤에 荊門에서 侯仲良에게 배웠다. 그리고 부친의 가학을 계승하여 전했다. 衡山 지역에서 20여 년 간 잠심하여 공부하였는데, 그때 張栻이 그에게 배웠다. 紹興年間(1131-1162) 門蔭으로 右承務郎에 보임되었으나, 실권자 秦檜를 피하여 나아가지 않았다. 진회가 죽은 뒤에 다시 소명을 받았으나 병으로 사양하였다. 저술로『知言』·『皇王大紀』·『五峯集』·『五峯易外傳』등이 있다.

4) 胡宏의 學侶

● 호 헌 胡憲(1084-1162) ☞ 劉胡諸儒學案
● 증 기 曾幾(1084-1166) ☞ 武夷學案
● 이 춘 李椿(1111-1183) ☞ 武夷學案
● 표호신 彪虎臣(1078-1152) ☞ 武夷學案

5) 胡宏의 講友

● 첨 조 詹慥(?-?)

자는 應之이며, 崇安(福建省) 사람이다. 여러 학자들을 종유하면서 학덕을 양성한 것이 많았다. 胡宏과 친하게 지내며 학문을 함께 강론하였다. 평생 安貧樂道의 자세로 후진을 양성하였다. 1129년 擧人이 되었으며, 信豐縣尉에 임명되었다. 뒤에 張浚을 만나 金나라를 멸할 계책을 진달하기도 하였다.(보유 301쪽)

6) 胡宏의 家學

● 호 실 胡實(1136-1173)

자는 廣仲이며, 崇安(福建省) 사람이다. 胡宏의 從弟로 처음에는 辭藝를 익혔으나, 호굉이 문장은 小技라고 하는 말을 듣고서, 학문에 뜻을 두었다. 門蔭으로 將仕郎에 보임되었으나, 나아가지 않았다. 만년에 靈山主簿에 임명되었으나, 역시 나아가지 않았다. 朱熹·張栻과 함께 학문을 논변하였는데, 그들과 구차하게 의견을 합하려 하지 않았다.

- 호대시 胡大時(?-?) ☞ 嶽麓諸儒學案

- 호대원 胡大原(?-?)

  자는 伯逢이며, 崇安(福建省) 사람이다. 胡寅의 아들이자 胡宏의 조카로, 호굉에게 수학하였다. 胡實·吳翌 등과 함께 스승의 학설을 굳게 지켰다. 朱熹·張栻 등과 학문을 논변하였는데, 『知言疑義』에 대해 찬성하지 않았다.

- 호대본 胡大本(?-?)

  자는 季立이며, 崇安(福建省) 사람이다. 胡寧의 둘째 아들로, 胡大原의 從弟이다. 張栻과 함께 胡宏·胡大時에게 배웠다.

7) 胡宏의 門人

- 장　식 張栻(1133-1180) ☞ 南軒學案

- 표거정 彪居正(?-?)

  자는 德美, 호는 敬齋이며, 湘潭(湖南省) 사람이다. 彪虎臣(1078-1152)의 아들로, 胡宏에게 수학하였다. 嶽麓書院의 山長을 지냈다.

- 오　익 吳翌(1129-1177)

  자는 晦叔이며, 建陽(福建省) 사람이다. 衡山으로 가서 胡宏에게 수학하였다. 호굉의 영향으로 과거를 포기하고, 明理修身으로 학문의 요체를 삼았다. 호굉이 별세한 뒤에는 張栻·胡實·胡大原 등과 교유하였다. 衡山 밑에다 집을 짓고 竹林과 沼潭의 승경을 즐겼는데, 程子의 '澄濁求淸'에서 뜻을 취해 집의 이름을 '澄齋'라 하였다. 주희가 그의 行狀을 지었다.

- 손몽정 孫蒙正(?-?) ☞ 元城學案

- 조사맹 趙師孟(1109-1172)

  자는 醇叟이며, 송나라 宗室 趙德昭의 7세손이다. 1148년 진사가 되어 監永州酒稅를 지냈고, 뒤에 監潭州南嶽廟를 지냈다. 그 뒤로 南嶽의 蕭寺에 우거하면서 胡宏에게 배웠다. 天文·象數·卜筮 등에 두루 통하였다.

- 조 당 趙棠(?-?)
생애가 자세치 않다. 衡山(湖南省) 사람이다. 일찍이 胡宏에게 수학하였다. 강개한 마음으로 큰 포부를 가지고 있었다. 張浚이 그의 재주를 아껴 천거하려 하였으나, 뜻을 굽히지 않았다. 아들 趙方이 張栻에게 수학하였다.

- 방 주 方疇(?-?) ☞ 紫微學案

- 상 오 向浯(?-?)
자는 伯源이며, 臨江軍 淸江(江西省) 사람이다. 侍郎을 지낸 薌林 向子諲(1085-1152)의 둘째 아들이다. 胡安國을 종유하였고, 胡宏에게 수학하였다. 朱熹·張栻과 친하게 지냈으며, 서로 왕래하면서 학문을 강론하였다. 邵陽通判·知永州 등을 지낸 뒤 은거하였다.

- 소 □ 蕭□(?-?)
이름 및 생애가 자세치 않다. 張栻의 高弟인 蕭佐의 부친으로, 胡宏에게 수학하였다. 張栻과 동문으로서 친하게 지냈다.

8) 胡宏의 再傳門人

◎ 彪居正의 門人

- 유강학 劉强學(1154-1224) ☞ 嶽麓諸儒學案

◎ 趙棠의 家學

- 조 방 趙方(?-1222) ☞ 嶽麓諸儒學案

◎ 蕭□의 家學

- 소 좌 蕭佐(?-?) ☞ 嶽麓諸儒學案

9) 胡宏의 續傳

● 양대이 楊大異(?-?)

자는 同伯이며, 潭州 醴陵(湖南省) 사람이다.『송원학안』에는 胡宏에게『춘추』를 배웠다고 기록되어 있으나, 1220년 진사가 되어 衡陽主簿가 되었다는 등의 기록으로 미루어 보아, 호굉의 문인이 되기에는 불가능한 점이 있다.『송원학안』의 附註에는 호굉의 아들에게 배운 것으로 추정하였다. 백성들에게 선정을 베풀었으며, 元나라 군대가 成都에 침입하였을 때 항전하기도 하였다. 뒤에 大理寺丞 · 廣東刑獄 등을 지냈으며, 秘閣修撰奉祠로 致仕하였다. 향년 82세로 졸하였다.

37. 劉勉之·胡憲·劉子翬의 學脈(劉胡諸儒學案)

1) 劉胡諸儒學案 圖表

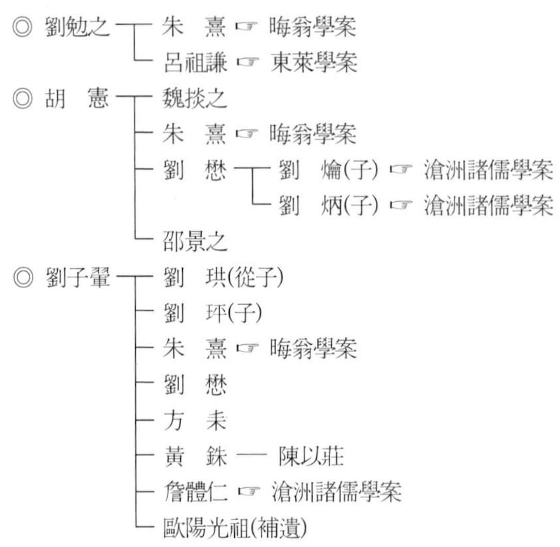

```
◎ 劉勉之 ┬ 朱  熹 ☞ 晦翁學案
         └ 呂祖謙 ☞ 東萊學案
◎ 胡  憲 ┬ 魏掞之
         ├ 朱  熹 ☞ 晦翁學案
         ├ 劉  懋 ┬ 劉  熻(子) ☞ 滄洲諸儒學案
         │        └ 劉  炳(子) ☞ 滄洲諸儒學案
         └ 邵景之
◎ 劉子翬 ┬ 劉  珙(從子)
         ├ 劉  玶(子)
         ├ 朱  熹 ☞ 晦翁學案
         ├ 劉  懋
         ├ 方  耒
         ├ 黃  銖 ── 陳以莊
         ├ 詹體仁 ☞ 滄洲諸儒學案
         └ 歐陽光祖(補遺)

※ 劉胡學侶 : 陸  祐
             方德順
             朱  松 ☞ 豫章學案
             潘  殖(補遺)
             楊由義(補遺)
             黃  中(補遺)
```

2) 劉胡諸儒學案序錄

　내가 삼가 살펴보건대, 白水 劉勉之·籍溪 胡憲·屛山 劉子翬 세 선생은 朱熹 (1130-1200)가 일찍이 스승으로 섬겼던 분들이다. 유면지는 元城 劉安世 (1048-1125)와 龜山 楊時(1053-1135)에게 배웠으며, 호헌은 胡安國(1074-1138)에게 배웠고, 또 유면지와 함께 譙定을 스승으로 섬겼다. 유독 유자휘만은 누구에게 배웠는지 알 수 없다. 세 선생의 학문은 대략 같지만 모두 禪學에 섞이지 않을 수 없었던 듯하다. 그러므로 五峯 胡宏(1106-1161)이 호헌에게 경계한 것이 매우 상세하다. 그 당시 閩 땅에 支離先生 陸祐란 학자가 있었는 데, 또한 세 선생의 學侶이다.

3) 劉安世·楊時의 門人

● 유면지 劉勉之(1091-1149)

자는 致中, 호는 白水·草堂이며, 建州 崇安(福建省) 사람이다. 鄕擧로 태학 에 들어갔다. 譙定에게 『周易』을 배웠으며, 과거를 포기한 뒤에는 劉安世·楊 時에게 배웠다. 紹興年間에 조정의 부름을 받았으나, 秦檜와 뜻이 맞지 않을 것을 알고 병으로 사양하였다. 朱松이 그와 절친하였는 데, 아들 朱熹가 그에 게 나아가 배웠으며, 사위가 되었다.

4) 胡安國의 家學

● 호　헌 胡憲(1084-1162)

자는 原仲, 호는 籍溪, 시호는 簡肅이며, 建寧 崇安(福建省) 사람이다. 紹興 年間 鄕貢으로 태학에 들어갔다. 建州學敎授 등에 제수 되었으나 나아가지 않다가, 뒤에 징소되어 秘書省正字를 지냈다. 胡安老의 아들로, 胡安國에게 수학하였고, 譙定에게 『주역』을 배웠다. 처음에는 劉勉之와 은거하여 二程의 학문에 전념하였고, 뒤에는 劉子翬·朱松과 교유하였다. 저술로 『論語會義』 가 있다.

5) 二程의 私淑

● 유자휘 劉子翬(1101-1147)

자는 彦沖, 호는 屛山·病翁, 시호는 文靖이며, 建州 崇安(福建省) 사람이다. 劉韐의 아들로, 門蔭으로 承務郎이 되어 通判興化軍을 지냈다. 병으로 벼슬을 사직하고 武夷山으로 돌아와 강학에 전념하였으며, 劉勉之·胡憲과 道義로써

교유하였다. 『周易』에 밝았는데, 朱熹가 그에게서 배웠다. 저술로 『屏山集』이
있다.

6) 劉勉之·胡憲·劉子翬의 學侶

- 육 우 陸祐(?-?)
  자는 亦顔, 호는 支離이며, 侯官(福建省) 사람이다. 徽宗 宣和年間(1119-
  1125)에 진사가 되어 莆田主簿·福建茶鹽公事官 등을 지냈다. 閩 땅으로 돌아
  오자, 林之奇·李楠·李樗가 그에게 나아가 배웠다.

- 방덕순 方德順(?-?)
  德順은 자이며, 이름은 자세치 않다. 興化軍 莆田(福建省) 사람이다. 文行으로
  이름났으며, 생애가 자세치 않다.

- 주 송 朱松(1097-1143) ☞ 豫章學案

- 반 식 潘殖(?-?)
  자는 子醇, 호는 浩然子이며, 浦城(福建省) 사람이다. 建炎年間(1127-1130)에 여
  러 번 천거되어 眞州推官에 임명되었다. 저술로 『忘筌書』·『性理書』가 있다.(보
  유 302쪽)

- 양유의 楊由義(?-?)
  자는 宜之이며, 開封(河南省) 사람이다. 太府卿 兼 刑部侍郎을 지냈다. 朱熹
  가 그에게 배웠다.(보유 302쪽)

- 황 중 黃中(1096-1180)
  자는 通老, 시호는 簡肅이며, 邵武(福建省) 사람이다. 1135년 진사가 되어 龍圖
  閣學士·兵部侍郎 등을 지냈다. 저술로 『奏議』가 있다.(보유 303쪽)

7) 劉勉之의 門人

- 주 희 朱熹(1130-1200) ☞ 晦翁學案
- 여조겸 呂祖謙(1137-1181) ☞ 東萊學案

8) 胡憲의 門人

● 위섬지 魏掞之(1116-1173)

자는 元履·子實, 호는 艮齋이며, 建寧(福建省) 사람이다. 胡憲에게 배웠고, 朱熹와 교유하였다. 乾道年間에 陳俊卿의 천거로 조정에 나아가 布衣로서 孝宗을 뵙고 당시 힘써야 할 바를 아뢰었다. 문묘에 배향된 王安石 부자의 위패를 폐출하고, 程顥·程頤를 追爵하여 배향하자고 청하였다. 台州教授를 지냈다. 옛날 社倉의 제도를 시행하여 백성들이 그 혜택을 입었다. 향촌의 사창제도를 다시 시행하게 하는데 큰 역할을 하였다.

● 주 희 朱熹(1130-1200) ☞ 晦翁學案

● 유 무 劉懋(?-?)

자는 子勉, 호는 恒軒이며, 建陽(福建省) 사람이다. 劉勉之·胡憲에게 배웠다. 劉爚이 그의 아들이다.

● 소경지 邵景之(?-?)

자는 季山·秀山이며, 古田(福建省) 사람이다. 張載의 제자인 邵淸의 조카로, 1172년 진사가 되어 莆田令 등을 지냈다. 胡憲에게 배웠으며, 族人 邵整과 함께 家學을 계승하였다. 저술로 『玉坡集』이 있다.

9) 劉子翬의 家學

● 유 공 劉珙(1122-1178)

자는 共父, 시호는 忠肅이며, 崇安(福建省) 사람이다. 劉子翬의 조카로, 그에게 수학하였다. 1142년 진사가 되어 禮部侍郎·觀文殿學士 등을 역임하였다.

● 유 평 劉玶(1138-1185)

자는 平甫, 자호는 七者翁·七省翁이며, 崇安(福建省) 사람이다. 劉子翬의 아들로, 從事郎을 지냈다. 朱熹 등 명현과 수창한 시집이 있다.

10) 劉子翬의 門人

● 주 희 朱熹(1130-1200) ☞ 晦翁學案

- 방　뢰 方耒(?-?)

  자는 耕道, 호는 困齋이며, 莆田(福建省) 사람이다. 方元寀의 증손으로, 1166년 진사가 되어 善化尉·連江令을 지냈다. 劉子翬에게 배웠고, 胡憲에게도 배웠다. 張栻과 절친하게 지냈으며, 朱熹와 함께 강학하였다.

- 황　수 黃銖(1131-1199)

  자는 子厚, 호는 穀城이며, 建安(福建省) 사람이다. 劉子翬를 사사하였으며, 朱熹와 동문이다. 유자휘가 죽자, 그의 遺文을 주희와 함께 교감하여 전하였다. 저술로 『穀城集』이 있다.

- 첨체인 詹體仁(1143-1206) ☞ 滄洲諸儒學案

- 구양광조 歐陽光祖(?-?)

  자는 慶似이며, 崇安(福建省) 사람이다. 1172년 진사가 되어 江西運幹을 지냈다. 劉子翬와 朱熹에게 배웠다.(보유 304쪽)

11) 胡憲의 再傳門人

◎ 劉懋의 家學

- 유　약 劉爚(1144-1216) ☞ 滄洲諸儒學案
- 유　병 劉炳(?-?) ☞ 滄洲諸儒學案

12) 劉子翬의 再傳門人

◎ 黃銖의 門人

- 진이장 陳以莊(?-?)

  자는 敬叟, 호는 月溪이며, 建安(福建省) 사람이다. 黃銖의 생질이며, 詩를 잘하였다. 저술로 『月溪集』이 있다.

38. 趙鼎·張浚 등의 學脈(趙張諸儒學案)

1) 趙張諸儒學案 圖表

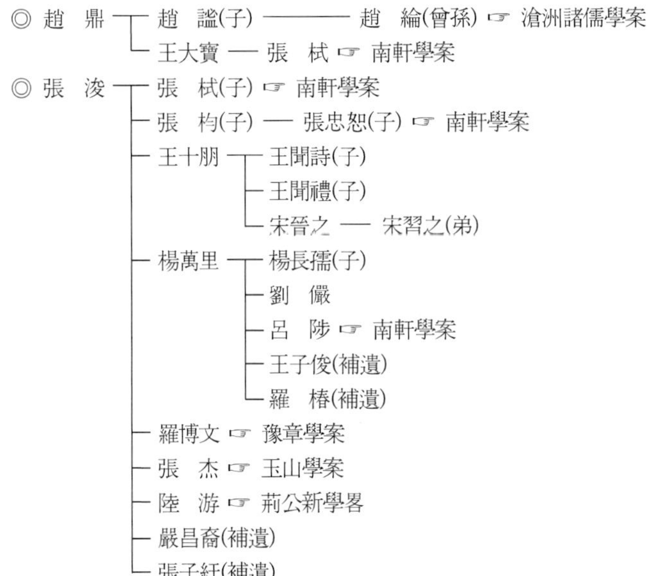

```
◎ 趙  鼎 ┬ 趙  諡(子) ─────── 趙  綸(曾孫) ☞ 滄洲諸儒學案
         └ 王大寶 ─ 張  栻 ☞ 南軒學案
◎ 張  浚 ┬ 張  栻(子) ☞ 南軒學案
         ├ 張  枃(子) ─ 張忠恕(子) ☞ 南軒學案
         ├ 王十朋 ┬ 王聞詩(子)
         │        ├ 王聞禮(子)
         │        └ 宋晉之 ─ 宋習之(弟)
         ├ 楊萬里 ┬ 楊長孺(子)
         │        ├ 劉  儼
         │        ├ 呂  陟 ☞ 南軒學案
         │        ├ 王子俊(補遺)
         │        └ 羅  椿(補遺)
         ├ 羅博文 ☞ 豫章學案
         ├ 張  杰 ☞ 玉山學案
         ├ 陸  游 ☞ 荊公新學畧
         ├ 嚴昌裔(補遺)
         └ 張子紆(補遺)
```

```
※ 趙張學侶： 應辰 ☞ 玉山學案
※ 趙張同調： 陳良翰
              芮  煜
              陳鵬飛
              詹  至(補遺)
```

2) 趙張諸儒學案序錄

　　내가 삼가 살펴보건대, 南宋 高宗 때 나라를 중흥시킨 두 재상 중에 豐國公 趙鼎은 邵伯溫(1057-1134)을 종유했고, 魏國公 張浚은 譙定에게 수학했다. 조정은 학식이 얕았고, 장준은 禪宗에 미혹되었지만 二程의 洛學은 이들을 통해 창성했다. 장준은 陳公輔(1077-1142)를 천거한 일로 인해 비방을 받았다. 그리하여 간혹 洛學을 막은 것으로 의심을 받아 조정과는 다르다고 하지만, 반드시 그런 것은 아니다. 陳良翰(1108-1172)·芮煜의 무리 또한 우리 유가의 도를 함께 한 자들이다.

3) 邵伯溫의 門人

● 조　정　趙鼎(1085-1147)

자는 元鎭, 호는 得全, 시호는 忠簡이며, 聞喜(山西省) 사람이다. 邵雍·程頤의 재전제자로, 소옹의 아들 邵伯溫을 사사하였다. 1106년 진사가 되었으며, 南宋 高宗 때 御史中丞·左相 등을 역임하면서 남송을 중흥시키는 데 큰 공을 세웠다. 저술로『得全集』이 있다.

4) 譙定의 門人

● 장　준　張浚(1094-1164)

자는 德遠, 호는 紫巖, 시호는 忠獻이며, 綿竹(四川省) 사람이다. 1118년 진사가 되었으며, 高宗 때 知樞密院事·右相 등을 지내면서 남송을 중흥시키는 데 큰 공을 세웠다. 張栻의 아버지로, 譙定의 문인이다. 저술로『紫巖易傳』·『周易解』·『尙書解』·『詩經解』·『禮記解』·『春秋解』·『中庸解』·『中興備覽』등과 문집이 있다.

5) 趙鼎·張浚의 學侶

● 왕응신　汪應辰(1118-1176)　☞　玉山學案

6) 趙鼎·張浚의 同調

● 진량한　陳良翰(1108-1172)

자는 邦彦, 시호는 獻肅이며, 臨海(浙江省) 사람이다. 1135년 진사가 되어 右

諫議大夫·太子詹事 등을 역임하였다.

- 예 욱 芮煜(?-?)

  자는 仲蒙·國器이며, 吳興(浙江省) 사람이다. 紹興年間(1131-1162)에 진사가 되어 仁和尉·監察御史 등을 역임하였다. 國子司業으로 있을 적에, 태학에서 수학한 陳傅良·陳亮·蔡幼學·陳謙 등에게 깊은 영향을 끼쳤다. 당시 學官으로 있었던 呂祖謙을 사위로 삼았다. 저술로『易傳』과 문집이 있다.

- 진붕비 陳鵬飛(1099-1148)

  자는 少南이며, 永嘉(浙江省) 사람이다. 1142년 진사가 되어 太學博士·禮部員外郎 등을 역임하였다. 저술로『陳博士書傳』·『陳博士詩傳』·『管見集』·『羅浮集』 등이 있다.

- 첨 지 詹至(?-?)

  자는 及甫이며, 嚴州(浙江省) 사람이다. 1102년 진사가 되어 江淮招討使·知常州 등을 역임하였다. 저술로『瀛山集』이 있다.(보유 326쪽)

7) 趙鼎의 家學

- 조 밀 趙謐(?-?)

  자는 安卿이며, 聞喜(山西省) 사람이다. 趙鼎의 아들로, 가학을 계승하였다. 永州太守를 지냈다.

8) 趙鼎의 門人

- 왕대보 王大寶(1094-1170)

  자는 元龜이며, 海陽(安徽省) 사람이다. 趙鼎이 潮州에 귀양오자, 나아가 수학하였다. 建炎年間 초 과거에 급제하여 諫議大夫·禮部尙書 등을 역임하였다. 知連州로 있을 때 귀양온 張浚이 아들 張栻에게 명하여 그에게 수학하도록 하였다.

9) 張浚의 家學

- 장 식 張栻(1133-1180) ☞ 南軒學案

- 장 진 張杓(?-?)

  이름을 杓라고도 한다. 자는 定叟이며, 綿竹(四川省) 사람이다. 張浚의 아들로 가학을 계승하였다. 門蔭으로 承奉郞에 제수되었으며, 이후 知建康府·端明殿學士 등을 역임하였다.

10) 張浚의 門人

- 왕십붕 王十朋(1112-1171)

  자는 龜齡, 호는 梅溪, 시호는 忠文이며, 樂淸(浙江省) 사람이다. 張浚의 제자이다. 1157년 진사가 되어 侍御史·龍圖閣學士 등을 역임하였다. 저술로『春秋解』·『尙書解』·『論語解』·『梅溪集』 등이 있다.

- 양만리 楊萬里(1127-1206)

  자는 廷秀, 호는 誠齋, 시호는 文節이며, 吉水(江西省) 사람이다. 1154년 진사가 되어 秘書監·寶謨閣學士 등을 역임하였다. 永州 零陵丞으로 재직할 적에 張浚이 귀양오자 나아가 수학하였다. 시에 뛰어나 尤袤·范成大·陸游와 함께 '南宋四大家'로 일컬어졌다. 또한 경학에 조예가 깊어『誠齋易傳』을 저술하였는데, 이는 義理學의 관점에서 역사적 사실을 가지고『주역』을 해석한 것이다. 문집으로『誠齋集』이 있다.

- 나박문 羅博文(1116-1168) ☞ 豫章學案

- 장 걸 張杰(?-?) ☞ 玉山學案

- 육 유 陸游(1125-1210) ☞ 荊公新學畧

- 엄창예 嚴昌裔(?-?)

  자는 慶曾이며, 零陵(湖南省) 사람이다. 張浚이 永州로 귀양왔을 적에 나아가 수학하였고, 張栻과 교유하였다.(보유 325쪽)

- 장자우 張子紆(?-?)

  이름을 紆라고도 한다. 자는 公飭이며, 零陵(湖南省) 사람이다. 張浚의 문하에서 수학하였으며, 張栻과 교유하였다.(보유 326쪽)

11) 張浚의 再傳門人

◎ 張杓의 家學

- 장충서 張忠恕(1174-1230) ☞ 南軒學案

12) 王十朋의 家學

- 왕문시 王聞詩(1141-1197)

  자는 興之이며, 樂淸(浙江省) 사람이다. 王十朋의 아들로, 가학을 계승하였다. 門蔭으로 承務郎에 제수되어 知光州·提點江東刑獄을 역임하였다.

- 왕문례 王聞禮(?-1206)

  자는 立之이며, 樂淸(浙江省) 사람이다. 王十朋의 아들로, 가학을 계승하였다. 門蔭으로 承務郎이 되어 知常州·江東轉運判官을 역임하였다.

◎ 王十朋의 門人

- 송진지 宋晉之(1126-1211)

  초명은 孝先이다. 자는 舜卿·正卿, 호는 樟坡이며, 樂淸(浙江省) 사람이다. 王十朋에게 수학하였다. 1163년 진사가 되어 通判信州·朝散郎 등을 역임하였다. 저술로 『乾坤二卦講義』·『中庸講義』·『大學講義』·『禹貢講義』·『洪範講義』·『春秋十二公論』·『歷代中興君臣論』·『擬進萬言書』·『樟坡集』이 있다.

◎ 楊萬里의 家學

- 양장유 楊長孺(?-?)

  자는 伯大, 호는 東山, 시호는 文惠이며, 吉水(江西省) 사람이다. 楊萬里(1127-1206)의 아들로, 가학을 계승하였다. 門蔭으로 守湖州가 되어 福建安撫使·敷文閣直學士를 역임하였다.

◎ 楊萬里의 門人

- 유 엄 劉儼(?-?)

  자는 子思이며, 安福(江西省) 사람이다. 楊萬里(1127-1206)에게 수학하였다.

- 여　척 呂陟(?-?) ☞ 南軒學案
- 왕자준 王子俊(?-?)

  자는 材臣, 호는 格齋이며, 吉水(江西省) 사람이다. 楊萬里·周必大에게 수학하였다. 저술로『史論』·『師友緖言』·『三松集』이 있다.(보유 331쪽)

- 나　춘 羅椿(?-?)

  자는 永年, 호는 就齋이며, 廬陵(江西省) 사람이다. 楊萬里의 高弟이다.(보유 331쪽)

13) 張浚의 三傳門人

◎ 宋晉之의 家學

- 송습지 宋習之(?-?)

  생애가 자세치 않다. 宋晉之보다 40살 적은 아우로, 가학을 계승하였다.

14) 趙鼎의 續傳

- 조　륜 趙綸(1164-1223) ☞ 滄洲諸儒學案

39. 范浚·許翰 등의 學脈(范許諸儒學案)

1) 范許諸儒學案　圖表

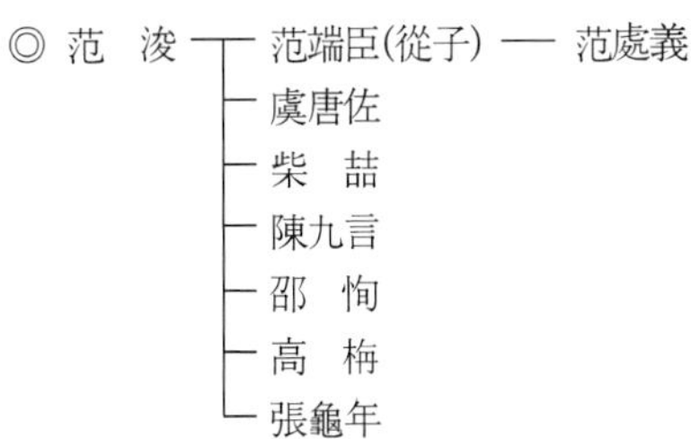

◎ 范　浚 ─┬─ 范端臣(從子) ── 范處義
　　　　　├─ 虞唐佐
　　　　　├─ 柴　喆
　　　　　├─ 陳九言
　　　　　├─ 邵　恂
　　　　　├─ 高　梅
　　　　　└─ 張龜年

◎ 許　翰

◎ 許　忻 ── 陸九齡 ☞ 梭山復齋學案

◎ 蕭　楚 ─┬─ 胡　銓 ☞ 武夷學案
　　　　　├─ 馮　澥
　　　　　├─ 趙　暘(補遺)
　　　　　├─ 胡　鑄(補遺)
　　　　　└─ 胡昌齡(補遺)

◎ 田亮功(補遺)

◎ 方逢嘉(補遺)

◎ 吳攀龍(補遺)

◎ 何夢桂(補遺)

◎ 何景文(補遺)

◎ 王德先(補遺)

◎ 鄭　樵(補遺)

◎ 鄭　厚(補遺)

◎ 張　翰(補遺) ─┬─ 高　頤(補遺)
　　　　　　　　└─ 余　復(補遺)

◎ 趙逢龍(補遺)

◎ 過　源(補遺)

◎ 何　源(補遺)

※ 許翰의 續傳：高元之 ☞ 龜山學案

2) 范許諸儒學案序錄

내가 삼가 살펴보건대, 二程의 학문이 나온 뒤로 여러 학자들이 각각 계승한 바가 있었다. 香溪 范浚은 婺源(江西省)에서 태어나 홀로 우뚝하였는데, 그의 말은 二程의 설과 합치되지 않음이 없어 晦翁 朱熹(1130-1200)가 그의 설을 취하였다. 그리고 襄陵 許翰(?-1133)은 中原地域의 문헌을 얻어 별도로 일가를 이루었다. 三顧 蕭楚(1064-1130)는 二程에게 배웠으나 전적으로 받아들이지 않고 스스로 자기의 학문을 가지고 홀로 행했으니, 또한 狷者일 것이다.

3) 潘良貴의 講友

● 범　준 范浚(1102-1151)

자는 茂明, 호는 香溪이며, 蘭溪(浙江省) 사람이다. 1131년에 賢良·方正으로 천거되었으나 당시 秦檜가 국권을 쥐고 있어 나아가지 않았다. 楊時의 문인 潘良貴(1094-1150)와 교유하였다. 그의 학문적 성향은 心學이 중심이었으며, 存心養性·愼獨·知恥知悔를 강조하였다. 저술로『香溪集』이 있는데, 朱熹가 그 가운데 실린「心箴」을 깊이 존중하였다.

4) 李綱의 講友

● 허　한 許翰(?-1133)

자는 崧老이며, 襄邑(河南省 睢縣) 사람이다. 1088년 진사가 되어 翰林學士·資政殿 太學士 등을 지냈다. 楊時(1053-1135)의 講友인 李夔의 아들 李綱(1083-1140)과 교유하였다. 저술로『論語解』·『春秋傳』·『襄陵集』 등이 있다.

5) 呂本中의 講友

● 허　흔 許忻(?-?)

자는 子禮이며, 襄邑(河南省 睢縣) 사람이다. 1121년 진사가 되었다. 紫微 呂本中(1084-1145)과 교유하였다. 高宗 때 吏部員外郎으로 있으면서 金나라와

和親을 하는 것을 반대하고 王倫을 탄핵하였다. 그 요청이 받아들여지지 않자 외직을 청해 荊湖南路 轉運判官으로 나갔다. 撫州에 유배되었다가 풀려난 뒤 다시 등용되어 知邵陽을 지냈다.

6) 程頤의 門人

● 소　초 蕭楚(1064-1130)

자는 子荊, 호는 三顧隱客·三楚隱士, 私諡는 淸節 또는 靖節이며, 廬陵(江西省) 사람이다. 紹聖年間에 太學에서 수학하였다. 『春秋』에 정밀하였으나, 당시 蔡京이 국권을 전횡하고 春秋學를 금하자 三顧山에 은거하며 서술에 전념하였다. 그의 문인으로 趙暘·胡銓·馮獬 등이 있다. 저술로 『春秋經辨』·『春秋辨疑』가 있다.

7) 劉若川의 門人

● 전량공 田亮功(?-?)

廬陵(江西省) 사람으로, 생애가 자세치 않다. 고을의 천거를 받아 진사가 되었다. 여릉에 살던 유약천의 문하에서 수학하였다.(보유 335쪽)

8) 方逢辰의 家學

● 방봉가 方逢嘉(?-?)

자는 君會, 호는 巖隱이며, 淳安(浙江省) 사람이다. 蛟峯 方逢辰(?-1291)의 아우다. 領漕의 천거로 無錫尉가 되었다.(보유 338쪽)

9) 方逢辰의 講友

● 오반룡 吳攀龍(?-?)

자는 元登, 호는 晉齋이며, 淳安(浙江省) 사람이다. 1265년에 진사가 되어 饒州 安仁主簿를 지냈다. 蛟峯 方逢辰·潛齋 何夢桂와 동문으로 교유하였다. 趙

白雲이 그의 기량을 보고 그의 집 편액을 '愛敬'이라 써 주기도 하였다.(보유 339쪽)

● 하몽계 何夢桂(?-?)

초명은 應祈, 자는 申甫·巖叟, 호는 潛齋이며, 淳安(浙江省) 사람이다. 訥齋 趙師淵에게 수학하였다. 1265년에 진사가 되어 太常博士·監察御使를 지냈다. 송나라가 망하자 은거하였다. 『周易』에 조예가 깊었으며, 저술로 『易衍』· 『中庸致用』·『潛齋集』 등이 있다.(보유 339쪽)

● 하경문 何景文(?-?)

자는 俊翁이며, 생애가 자세치 않다. 何夢桂의 조카로, 訥齋 趙師淵에게 수학하였다. 1265년에 진사가 되어 合肥簿 등을 지냈다.(보유 339쪽)

10) 魏新之의 門人

● 왕덕선 王德先(?-?)

생애가 자세치 않다. 教授 魏新之의 문인으로, 위신지의 『易學蠡測』을 敷衍하여 후세에 전했다.(보유 340쪽)

11) 自成一家

● 정 초 鄭樵(1104-1162)

자는 漁仲, 호는 溪西逸民·夾漈이며, 興化軍 莆田(福建省) 사람이다. 과거 시험에 응시하지 않고 30여 년 간 夾漈山에 은거해 독서하였다. 紹興年間에 王綸 등의 천거로 右迪功郎 등에 제수 되었으며, 이어 樞密院 編修官 등을 지냈다. 史學에 있어서는 通史를 중시하였으며, 司馬遷을 존숭하고 班固를 폄하하였다. 또한 陰陽五行災異의 설에 대해서도 妖學이라 하여 배척하였다. 저술로 毛亨·鄭玄의 설을 논박한 『詩傳辨妄』과 『爾雅注』·『通志』·『夾漈遺稿』 등이 있다.(보유 333쪽)

● 정 후 鄭厚(?-?)

자는 景韋·景常·叔文, 호는 湘鄕·溪東이며, 興化軍 莆田(福建省) 사람이다. 鄭樵(1104-1162)의 從兄이다. 『周易』에 조예가 깊어 학자들이 '湘鄕先生'

이라 불렀다. 1135년 진사가 되어 知潭州湘鄕縣·昭信軍節度推官을 지냈다.
저술로『六經雅言同辨』·『六經奧論』·『湘鄕文集』 등이 있다.(보유 333쪽)

- 장 한 張翰(?-?)
  자는 雲卿, 호는 坎翁이며, 寧德(福建省) 사람이다. 學行이 뛰어나 鄕先生이
  되었다. 高頤·余復이 모두 그의 문인이다. 乾道年間(1165-1173)에 진사가 되
  었다. 저술로『觀過錄』이 있다.(보유 333쪽)

- 조봉룡 趙逢龍(1176-1263)
  자는 應甫이며, 鄞縣(浙江省) 사람이다. 1223년 진사가 되어 宗正少卿·侍講
  등을 지냈는데, 愛民政策을 실현하였다.(보유 336쪽)

- 과 원 過源(1036-1106)
  자는 道源, 호는 浩齋이며, 臨川(江西省) 사람이다. 嘉祐年間(1056-1063)에
  國子監直講으로 불렀으나 나아가지 못하고 죽었다. 저술로『浩齋語錄』이 있
  다.(보유 337쪽)

- 하 원 何源(?-?)
  자는 淸卿이며, 大庾(江西省) 사람이다.(보유 337쪽)

12) 范浚의 家學

- 범단신 范端臣(?-?)
  자는 元卿, 호는 蒙齋이며, 蘭溪(浙江省) 사람이다. 范浚의 조카다. 1154년에
  진사가 되어 벼슬이 中書舍人에 이르렀다. 저술로『蒙齋集』이 있다.

13) 范浚의 門人

- 우당좌 虞唐佐(?-?)
  자는 堯卿이며, 盈川(浙江省) 사람이다. 范浚에게 10여 년 간 수학하였다. 성
  품이 근엄하고 한결같아 범준에게 칭송을 받았다

- 시 철 柴喆(?-?)
  자는 吉卿이며, 永豐(江西省) 사람이다. 范浚에게 수학하였다.

- 진구언 陳九言(?-?)

  자는 永叔이며, 義烏(浙江省) 사람이다. 范浚에게 수학하였으며, 범준의 형의 孫婿이다.

- 소　순 邵恂(?-?)

  자는 子信이며, 壽昌(安徽省) 사람이다. 范浚에게 수학하였다.

- 고　전 高梅(?-?)

  생애가 자세치 않으며, 蘭溪(浙江省) 사람이다. 范浚에게 수학하여 高弟가 되었다.

- 장구년 張龜年(?-?)

  생애가 자세치 않으며, 諸暨(浙江省) 사람이다. 范浚에게 수학하였다.

14) 許忻의 門人

- 육구령 陸九齡(1132-1180) ☞ 梭山復齋學案

15) 蕭楚의 門人

- 호　전 胡銓(?-?) ☞ 武夷學案
- 풍　해 馮澥(?-?)

  자는 長源이며, 安岳(四川省) 사람이다. 蕭楚에게 수학하였다. 『春秋』에 조예가 깊었던 馮山의 아들이다. 1082년 진사가 되어 左諫議大夫·資政殿學士· 知潼川府 등을 지냈다.

- 조　양 趙暘(?-?)

  생애가 자세치 않다. 蕭楚에게 『春秋』를 수학하였는데, 胡銓·馮澥와 더불어 『春秋』의 大義에 조예가 깊었다.(보유 334쪽)

- 호　주 胡鑄(?-?)

  호는 蓬山居士이며, 廬陵(江西省) 사람이다. 胡銓(1102-1180)의 兄이다. 형과 함께 精舍를 짓고 蕭楚에게 수학하였다.(보유 334쪽)

- 호창령 胡昌齡(? - ?)

  자는 長彦이며, 胡銓(1102-1180)의 조카다. 蕭楚에게 『春秋』를 수학하였다.
  (보유 334쪽)

16) 張翰의 門人

- 고　이 高頤(? - ?)

  자는 元齡, 호는 拙齋이며, 寧德(福建省) 사람이다. 張翰에게 수학하였다. 誠
  意正心를 학문의 기본으로 삼았으며, 經明行修로 명성이 있어 따르는 자가 천
  여 명에 이르렀다. 1199년 진사가 되어 永州 東安縣令을 지냈다. 저술로 『詩集
  傳解』·『鷄窗叢覽』이 있다.(보유 335쪽)

- 여　복 余復(? - ?)

  자는 子叔이며, 寧德(福建省) 사람이다. 張翰에게 수학하였는데, 『周禮』에
  정밀하였다. 1190년 진사가 되었다. 1190년에 光宗에게 對策을 올려 칭송을
  받기도 하였다. 寧宗年間(1194-1224)에 實錄檢討·秘書郎이 되었다. 저술로
  『禮記類說』·『左氏纂類』가 있다.(보유 336쪽)

17) 范浚의 再傳

- 범처의 范處義(? - ?)

  자는 子由, 호는 逸齋이며, 蘭溪(浙江省) 사람이다. 范端臣의 문인이다. 1154
  년 진사가 되어 秘書監·殿中侍御史 등을 지냈다. 『詩經』에 정밀하여 『詩補
  傳』을 저술하였다. 그 외 저술로 『解頤新語』 등이 있다.

18) 許翰의 續傳

- 고원지 高元之(1142-1197) ☞ 龜山學案

40. 玉山 汪應辰의 學脈(玉山學案)

1) 玉山學案 圖表

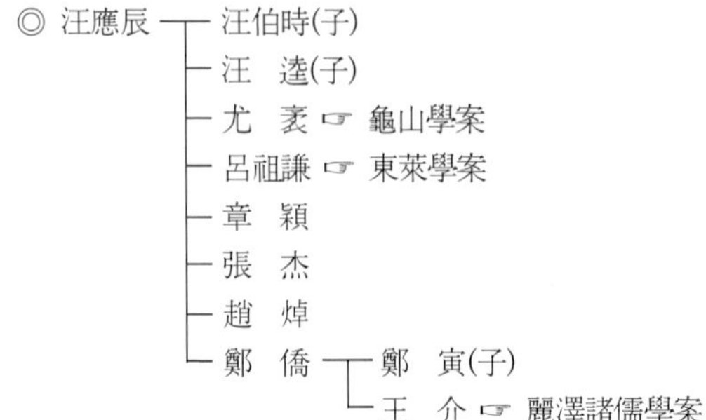

※ 學 侶 : 呂大同 ☞ 紫微學案
　　　　　趙汝愚
　　　　　朱 熹 ☞ 晦翁學案
　　　　　陸九齡 ☞ 梭山復齋學案
※ 同 調 : 程大昌(補遺)

2) 玉山學案序錄

　　내가 삼가 살펴보건대, 玉山 汪應辰이 젊어서 湍石 喩樗(？－1180)에게 배우기는 하였지만 그의 본래 스승은 橫浦 張九成(1092－1159)이다. 그는 또한 紫微 呂本中(1084－1145)을 종유하기도 하였다. 그러나 장구성과 여본중은 불교에 빠졌고, 왕응신만이 순수하게 한결같이 정도를 지켜 스승들의 명예를 회복시킨 제자가 되었다.

3) 呂本中·張九成의 門人

● 왕응신 汪應辰(1118－1176)
　　자는 聖錫, 호는 玉山, 시호는 文定이며, 玉山(江西省) 사람이다. 본래 농사꾼의 아들이었으나 喩樗가 玉山尉로 있을 때 기특하게 여겨 딸을 시집보내고, 제자로 가르쳐 洛學을 전수받게 되었다. 유저로 인해 趙鼎·胡安國·呂本中·張九成 등을 종유하게 되었다. 1135년 진사가 되어 秘書省正字·吏部尙書 등을 지냈다. 金나라와 화친을 맺는 것은 가하지만 경계를 늦추지 말고 대비해야 한다는 소를 올렸다가 秦檜에게 미움을 받아 建州通判으로 좌천되었다. 張浚과 함께 진회의 전횡을 규탄하다가 獄苦를 치르기도 하였다. 학문에 있어서는 제가의 설을 널리 종합하였는데, 그 강직함은 장구성을 닮았고, 많이 알아 덕을 쌓음은 여본중을 닮았다. 불교에 빠지지 않고 유교만을 순수하게 지켜 醇儒로 남았다. 저술로『文定集』이 있다.

4) 汪應辰의 學侶

● 여대동 呂大同(?-?) ☞ 紫微學案

● 조여우 趙汝愚(1140-1196)
  자는 子直, 시호는 忠定이며, 餘干(江西省) 사람이다. 張栻·朱熹·呂祖儉·汪應辰·王十朋·胡銓·李燾·林光朝 등과 교유하였다. 실용적인 학문에 힘썼으며, 司馬光·范仲淹 등을 추숭하였다. 1166년 진사가 되어 禮部尙書·知樞密院事 등을 지냈다. 그의 아들 趙崇憲·趙崇度·趙崇模·趙崇實 등이 그의 학문을 계승하였고, 손자 趙必愿·증손 趙良淳으로 이어지며 가학이 계승되었다. 저술로 시문집과『太祖實錄擧要』·『宋朝諸臣奏議』등이 있다.

● 주 희 朱熹(1130-1200) ☞ 晦翁學案

● 육구령 陸九齡(1132-1180) ☞ 梭山復齋學案

5) 汪應辰의 同調

● 정대창 程大昌(1123-1195)
  자는 泰之, 시호는 文簡이며, 休寧(安徽省) 사람이다. 1151년 진사가 되어 吏部尙書·龍圖閣學士 등을 지냈다. 평생 학문에 독실하였으며, 특히 名物과 典故의 考訂에 뛰어났다. 저술로『禹貢圖論』·『詩論』·『易原』·『雍錄』·『易老通言』·『考古編』·『演繁露』·『北邊備對』등이 있다.(보유 346쪽)

6) 汪應辰의 家學

- 왕백시 汪伯時(?-?)

  汪應辰의 아들로, 玉山(江西省) 사람이다. 생애가 자세치 않다.

- 왕　규 汪逵(?-?)

  자는 季路이며, 玉山(江西省) 사람이다. 汪應辰의 아들로 아버지에게 가학을 전수받았다. 乾道年間(1165-1173)에 진사가 되어 國子司業·吏部尙書 등을 지냈다. 韓侂胄가 理學이 僞學이라 배척하며 名士들을 축출하자 소를 올려 항변하다가 削職되었다. 그 뒤 李壁의 천거로 다시 太常卿에 제수되었다.

7) 汪應辰의 門人

- 우　무 尤袤(?-?) ☞ 龜山學案
- 여조겸 呂祖謙(1137-1181) ☞ 東萊學案
- 장　영 章穎(1141-1218)

  자는 茂獻, 시호는 文肅이며, 新喩(江西省) 사람이다. 汪應辰에게 배웠다. 鄕薦으로 兵部侍郞·禮部尙書 등을 지냈다. 道州敎授로 있으면서 周敦頤의 사당을 지었다. 『甲寅龍飛事迹』을 교정하여 편수하였다.

- 장　걸 張杰(?-?)

  자는 孟遠이며, 衢州(浙江省) 사람이다. 일찍이 張浚(1094-1164)의 문하에서 수학하다가 뒤에 汪應辰을 사사하였다. 張栻·朱熹·呂祖謙 등과 두루 교유하였다.

- 조　작 趙焯(?-1183)

  자는 景昭이며, 開封(河南省) 사람이다. 呂祖謙의 천거로 汪應辰을 사사하였다. 張杰과 가장 절친하였다. 벼슬이 司直에 이르렀다.

- 정　교 鄭僑(?-?)

  자는 惠叔, 호는 回溪, 시호는 忠惠이며, 莆田(福建省) 사람이다. 汪應辰의 사위로 그의 문하에서 배웠다. 1169년 진사가 되어 著作郞·知樞密院事 등을 지냈다.

8) 汪應辰의 再傳門人

◎ 鄭僑의 家學

- 정 인 鄭寅(? − 1237)

  자는 子敬·承敬이며, 莆田(福建省) 사람이다. 정교의 아들로 가학을 전수받
  았다. 知吉州·左司郎 등을 지냈다. 李燔·陳宓 등이 그를 중하게 여겼다. 저
  술로 『包蒙』·『中興綸言集』 등이 있다.

◎ 鄭僑의 門人

- 왕 개 王介(1158−1213) ☞ 麗澤諸儒學案

41. 艾軒 林光朝의 學脈(艾軒學案)

1) 艾軒學案 圖表

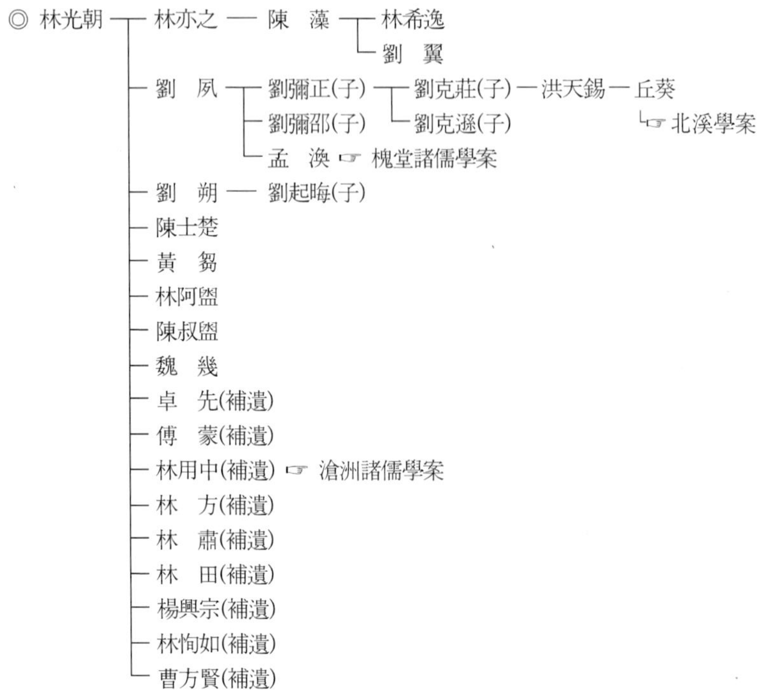

2) 艾軒學案序錄

내가 삼가 살펴보건대, 和靖 尹焞(1071-1142)의 高弟 가운데 呂堅中·王時敏·祁寬과 같은 이들은 모두 볼만한 문인이 없다. 鹽官의 陸景端이 오직 艾軒 林光朝에게 그의 학문을 전해주어 이에 紅泉과 雙井 사이에서 한 학파가 일어났다. 그런데 내가 임광조의 글을 읽어보니, 王蘋에게서 얻은 것도 겸하고 있는 듯하다. 그것은 아마도 육경단이 또한 왕빈을 종유했기 때문인 듯하다. 그리고 임광조 학문의 宗旨는 윤돈에게 근본하고 있는 것은 도리어 적고, 왕빈에게 근본을 둔 것은 오히려 많으니, 실로 '槐堂의 三陸'이라 불리는 陸九齡·陸九韶·陸九淵보다 먼지 心學을 일으켰던 것이다. 다만 槐堂의 諸儒들은 程頤를 폄하하는 데까지 이르렀지만, 임광조는 그렇게 하지 않았다. 그러므로 朱熹도 임광조에 대해 폄하한 말이 없다. 宋나라가 끝날 무렵 임광조의 학문은 별도로 하나의 원류를 형성하였다.

3) 陸景端의 門人

- 임광조 林光朝(1114-1178)

  자는 謙之, 호는 艾軒, 시호는 文節이며, 莆田(福建省) 사람이다. 1163년 진사가 되어 國子祭酒·中書舍人 등을 지냈다. 일찍이 林霆에게 배웠고, 뒤에 尹焞·王蘋의 문인 陸景端에게 배워 程頤의 三傳弟子가 되었다. 程子의 학풍이 동남지역에서 번창하게 되는 데에 공이 컸다.『중용』을 잘 강의하여 孝宗에게 칭송을 받았고, 六經에 능통하여 '南方의 夫子'라 일컬어지기도 하였다. 저술로『艾軒集』이 있다.

4) 林光朝의 講友

- 진준경 陳俊卿(1113-1186) ☞ 武夷學案
- 오송년 吳松年(1119-1180) ☞ 周許諸儒學案
- 조여우 趙汝愚(1140-1196) ☞ 玉山學案
- 육구연 陸九淵(1139-1193) ☞ 象山學案

- 방　저 方翥(?-?) ☞ 震澤學案

- 진소도 陳昭度(1111-1167)

  자는 元矩, 호는 西軒子이며, 仙遊(福建省) 사람이다. 1135년 진사가 되어 藤州教授·知長樂令 등을 지냈으며, 林光朝·方翥와 절친하였다. 저술로『西軒集』·『刻舟集』이 있다.

- 방병백 方秉白(?-?)

  자는 直甫, 호는 草堂이며, 莆田(福建省) 사람이다. 孝廉으로 천거되었으나 從弟인 方秉俟와 은거하였으며, 林光朝·方翥·劉夙·劉朔 등과 절친하였다. 뒤에 朝散大夫에 추증되었다.『莆陽志』를 편수하였으며, 저술로『草堂文集』이 있다.(보유 348쪽)

5) 林光朝의 同調

- 임국균 林國鈞(?-1175)

  자는 公乗, 호는 回年居士이며, 莆田(福建省) 사람이다. 林光朝의 諸父로, 高宗 때 承奉郎을 지냈으며, 紅泉義學을 세워 후학을 가르쳤다.(보유 349쪽)

- 장　옹 蔣雝(?-?)

  자는 元肅이며, 莆田(福建省) 사람이다. 博學强記하여 동향의 선배 宋藻에게서 '南方의 夫子'라는 칭찬을 들었다. 1151년 進士가 되어 泉州教授·知通州 등을 지냈다. 林光朝 등 10인과 함께 '莆陽十先生'으로 불리었다. 저술로『樸齋文稿』가 있다.(보유 349쪽)

6) 林光朝의 門人

- 임역지 林亦之(1136-1185)

  자는 學可, 호는 月漁·網山, 시호는 文介이며, 福清(福建省) 사람이다. 林光朝가 紅泉에서 강학할 때 찾아가서 수학하였다. 景定年間(1260-1264)에 迪功郎에 추증되었다. 趙汝愚가 學行과 德業으로써 조정에 천거하였다. 임광조가 죽은 후 뒤를 이어 홍천에서 강학하였다. 저술로『論語解』·『考工記解』·『毛詩解』·『莊子解』·『網山集』 등이 있다.

- 유　숙 劉夙(1124-1171)

  자는 賓之이며, 莆田(福建省) 사람이다. 아우 劉朔과 함께 林光朝에게 수학하였으며, ‘二劉’로 일컬어졌다. 1151년 진사가 되어 著作佐郎·知衢州 등을 지냈다. 朱熹가 학문을 허여하였으며, 張栻이 그를 중히 여겼다. 저술로『春秋解』가 있다.

- 유　삭 劉朔(1126-1170)

  자는 復之이며, 莆田(福建省) 사람이다. 林光朝를 사사하였으며, 형 劉夙과 함께 ‘二劉’로 일컬어졌다. 1160년 진사가 되어 溫州司戶·正字 등을 지냈다. 춘추학에 정밀하여『春秋紀年圖』를 저술하였다.

- 진사초 陳士楚(?-?)

  자는 英仲이며, 莆田(福建省) 사람이다. 林光朝를 종유하였다. 1172년 진사가 되어 國子監簿·侍講 등을 지냈다.『상서』「無逸」을 강할 적에 ‘소인이 조정에 있고, 군자는 재야에 있다’는 뜻을 잘 비유함으로써 孝宗의 칭찬을 받았다.

- 황　주 黃劦(?-?)

  자는 季野이며, 莆田(福建省) 사람이다. 林光朝에게 수학하였다. 1151년 진사가 되어 懷安縣丞을 지냈다. 志行이 高古하여 劉夙·劉朔·林亦之 등으로부터 推崇을 받았다.

- 임아관 林阿盥(?-?)

  자는 載德이며, 福淸(福建省) 사람이다. 陳叔盥과 함께 林光朝에게 배웠으며, 閩 땅 사람들에게 ‘二盥’이라 불리어졌다.

- 진숙관 陳叔盥(?-?)

  福淸(福建省) 사람으로, 생애가 자세치 않다. 林阿盥과 함께 林光朝에게 배웠으며, 行義로 이름이 났다.

- 위　기 魏幾(?-?)

  자는 天隨이며, 福淸(福建省) 사람이다. 林光朝를 사사하였다. 일찍이 「丹霞夾明月賦」를 지었는데, 그 중 ‘牛白在梨花’라는 시구로 인하여 사람들이 ‘牛白梨花郎’이라 일컬었다.

- 탁　선 卓先(?-?)

  자는 進之이며, 莆田(福建省) 사람이다. 林光朝의 高弟로, 紹熙年間(1190-

1194) 진사가 되어 建寧軍節度推官을 지냈다.(보유 350쪽)

- **부 몽 傅蒙(?-?)**
  자는 景初이며, 仙遊(福建省) 사람이다. 林光朝를 종유하였으며, 詞賦와 五經
  에 능하였다. 孝宗 때 萬言疏를 올리고는 조정에서 물러나 강학하였다. 저술로
  『詩講義』·『論語講義』가 있다.(보유 350쪽)

- **임용중 林用中(?-?)**(보유 351쪽) ☞ 滄洲諸儒學案

- **임 방 林方(?-?)**
  생애가 자세치 않다. 林光朝에게 수학하였다. 給事 王晞亮이 그의 인물됨을
  보고 孫壻로 삼았다.(보유 351쪽)

- **임 숙 林肅(?-?)**
  자는 恭之이며, 林光朝에게 배웠다. 1176년 진사가 되어 臨安府學敎授를 지냈
  다. 어려서부터 文名이 있었다.(보유 351쪽)

- **임 전 林田(?-?)**
  자는 叔疇이며, 莆田(福建省) 사람이다. 林光朝의 高弟이다.(보유 351쪽)

- **양흥종 楊興宗(?-?)**
  자는 似之이며, 興化(福建省) 사람이다. 林光朝를 사사하였다.(보유 352쪽)

- **임순여 林恂如(?-?)**
  莆田(福建省) 사람이다. 林光朝를 사사하였다.(보유 352쪽)

- **조방현 曹方賢(?-?)**
  福清(福建省) 사람이다. 林光朝을 사사하였으며, 요절하였다.(보유 352쪽)

7) 林光朝의 再傳門人

◎ 林亦之의 門人

- **진 조 陳藻(?-?)**
  자는 元潔, 호는 樂軒, 시호는 文遠이며, 福清 橫塘(福建省) 사람이다. 林光朝
  의 제자인 林亦之를 사사하여 임광조의 학문을 전수 받았다. 집이 가난하였지
  만 학문을 돈독히 하였다. 저술로 『論語解』·『樂軒集』이 있다.

◎ 劉夙의 家學

• 유미정 劉彌正(1157-1213)

　자는 退翁, 호는 退齋이며, 莆田(福建省) 사람이다. 劉夙의 아들로, 1181년 진사가 되어 太常寺丞·吏部侍郎 등을 지냈다. 朱熹의 諡號를 정하였다.

• 유미소 劉彌邵(1165-1246)

　자는 壽翁, 호는 習靜이며, 莆田(福建省) 사람이다. 劉彌正의 동생으로, 과거를 포기하고 학문에 전념하였다. 군수 楊棟이 尊德堂을 지어 거처하게 하였다. 저술로『易稿』·『漢考』·『讀書日記』 등이 있다.

◎ 劉夙의 門人

• 맹　환 孟渙(?-?)　☞ 槐堂諸儒學案

◎ 劉朔의 家學

• 유기회 劉起晦(?-?)

　자는 建翁이며, 莆田(福建省) 사람이다. 劉朔의 아들로, 과거에 급제하여 貴溪令·秘書省正字 등을 지냈다.

8) 林光朝의 三傳門人

◎ 陳藻의 門人

• 임희일 林希逸(?-?)

　자는 肅翁, 호는 竹溪·鬳齋이며, 福淸(福建省) 사람이다. 林光朝의 재전제자인 陳藻에게 수학하였다. 1235년 진사가 되어 司農少卿·中書舍人 등을 지냈다. 詩·書·畫에 능했으며, 저술로『鬳齋集』·『易義』·『春秋傳』·『考工記解』·『竹溪稿』·『鬳齋續集』 등이 있다.

• 유　익 劉翼(?-?)

　자는 躔文·躔父, 호는 心如이며, 福唐(福建省) 사람이다. 林希逸과 함께 林光朝의 재전제자인 陳藻에게 수학하였다. 저술로『心遊摘稿』가 있다.

◎ 劉彌正의 家學

● 유극장 劉克莊(1187-1269)

본명은 劉灼이다. 자는 潛夫, 호는 後村居士, 시호는 文定이며, 莆田(福建省) 사람이다. 劉彌正의 아들로, 眞德秀(1178-1235)에게 수학하였다. 1209년 蔭職으로 將仕郎이 되어 中書舍人·工部尙書 등을 지냈다. 시에 능했으며, 江湖派를 대표하였다. 저술로『後村文集』·『大全集』이 있다.

● 유극손 劉克遜(1189-1246)

자는 無競, 호는 西墅이며, 莆田(福建省) 사람이다. 劉彌正의 아들이자 劉克莊의 동생으로, 古田令·知泉州 등을 지냈다. 시에 능하여 葉適·趙汝談에게 칭찬을 받았다.

9) 林光朝의 四傳門人

◎ 劉克莊의 門人

● 홍천석 洪天錫(？-1272)

자는 君疇, 호는 陽巖, 시호는 文毅이며, 晉江(福建省 泉州) 사람이다. 1226년 진사가 되어 監察御史·刑部尙書 등을 지냈다. 저술로『奏議』·『經筵講義』·『進故事』·『通禮輯略』·『味言發墨』·『陽巖文集』 등이 있다.

10) 林光朝의 五傳門人

◎ 洪天錫의 門人

● 구 규 丘葵(？-？) ☞ 北溪學案

42. 晦翁 朱熹의 學脈(晦翁學案)

1) 晦翁學案 圖表

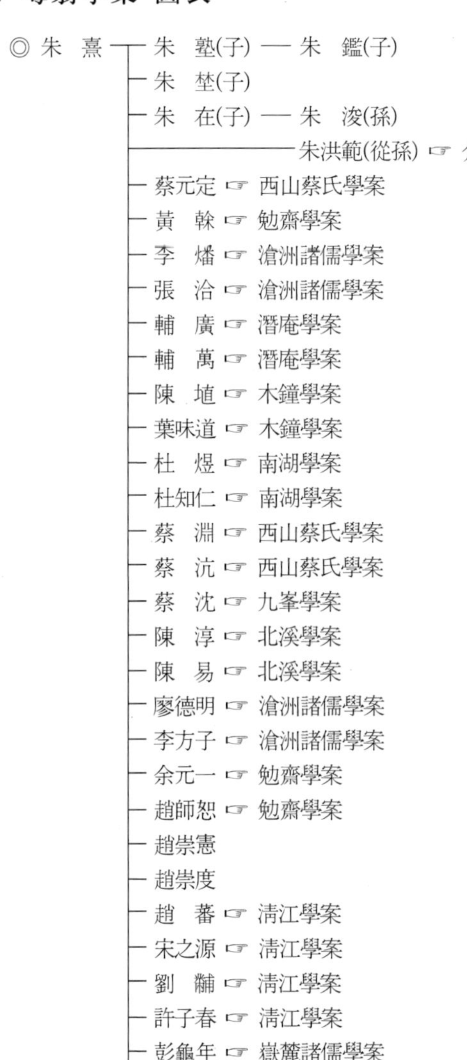

├ 張　巽 ☞ 嶽麓諸儒學案
├ 潘友端 ☞ 嶽麓諸儒學案
├ 胡大時 ☞ 嶽麓諸儒學案
├ 王　瀚 ☞ 麗澤諸儒學案
├ 王　洽 ☞ 麗澤諸儒學案
├ 詹儀之 ☞ 麗澤諸儒學案
├ 李大同 ☞ 麗澤諸儒學案
├ 周　介 ☞ 麗澤諸儒學案
├ 鄒補之 ☞ 麗澤諸儒學案
├ 黃　謙 ☞ 麗澤諸儒學案
├ 王　介 ☞ 麗澤諸儒學案
├ 呂喬年 ☞ 東萊學案
├ 高　松 ☞ 止齋學案
├ 傅　定 ☞ 說齋學案
├ 舒　璘 ☞ 廣平定川學案
├ 傅夢泉 ☞ 槐堂諸儒學案
├ 孫應時 ☞ 槐堂諸儒學案
├ 諸葛千能 ☞ 槐堂諸儒學案
├ 周　良 ☞ 槐堂諸儒學案
├ 包　揚 ☞ 槐堂諸儒學案
├ 包　約 ☞ 槐堂諸儒學案
├ 包　遜 ☞ 槐堂諸儒學案
├ 石斗文 ☞ 槐堂諸儒學案
├ 石宗昭 ☞ 槐堂諸儒學案
├ 喩仲可 ☞ 槐堂諸儒學案
├ 趙師蕆 ☞ 槐堂諸儒學案
├ 趙師雍 ☞ 槐堂諸儒學案
├ 李文子 ☞ 滄洲諸儒學案
├ 徐　僑 ☞ 滄洲諸儒學案
├ 劉　爚 ☞ 滄洲諸儒學案
├ 劉　炳 ☞ 滄洲諸儒學案
├ 劉剛中 ☞ 滄洲諸儒學案
├ 程　洵 ☞ 滄洲諸儒學案
├ 曹彥約 ☞ 滄洲諸儒學案
├ 曹彥純 ☞ 滄洲諸儒學案

─ 詹體仁 ☞ 滄洲諸儒學案
─ 林夔孫 ☞ 滄洲諸儒學案
─ 傅伯成 ☞ 滄洲諸儒學案
─ 黃　灝 ☞ 滄洲諸儒學案
─ 度　正 ☞ 滄洲諸儒學案
─ 任希夷 ☞ 滄洲諸儒學案
─ 宋　斌 ☞ 滄洲諸儒學案
─ 黃　㽦 ☞ 滄洲諸儒學案
─ 陳孔碩 ☞ 滄洲諸儒學案
─ 陳孔夙 ☞ 滄洲諸儒學案
─ 吳仁傑 ☞ 滄洲諸儒學案
─ 陳　守 ☞ 滄洲諸儒學案
─ 陳　定 ☞ 滄洲諸儒學案
─ 陳　宓 ☞ 滄洲諸儒學案
─ 程端夢 ☞ 滄洲諸儒學案
─ 董　銖 ☞ 滄洲諸儒學案
─ 王　過 ☞ 滄洲諸儒學案
─ 程　珙 ☞ 滄洲諸儒學案
─ 暖　淵 ☞ 滄洲諸儒學案
─ 方士繇 ☞ 滄洲諸儒學案
─ 竇從周 ☞ 滄洲諸儒學案
─ 竇　澄 ☞ 滄洲諸儒學案
─ 湯　泳 ☞ 滄洲諸儒學案
─ 劉　黻 ☞ 滄洲諸儒學案
─ 李耆壽 ☞ 滄洲諸儒學案
─ 趙　綸 ☞ 滄洲諸儒學案
─ 林　湜 ☞ 滄洲諸儒學案
─ 應純之 ☞ 滄洲諸儒學案
─ 應謙之 ☞ 滄洲諸儒學案
─ 應茂之 ☞ 滄洲諸儒學案
─ 沈　僩 ☞ 滄洲諸儒學案
─ 張宗說 ☞ 滄洲諸儒學案
─ 李如圭 ☞ 滄洲諸儒學案
─ 郭磊卿 ☞ 滄洲諸儒學案
─ 潘　植 ☞ 滄洲諸儒學案

```
├─ 潘 柄 ☞ 滄洲諸儒學案
├─ 滕 璘 ☞ 滄洲諸儒學案
├─ 滕 珙 ☞ 滄洲諸儒學案
├─ 胡 泳 ☞ 滄洲諸儒學案
├─ 章 康 ☞ 滄洲諸儒學案
├─ 陳 駿 ☞ 滄洲諸儒學案
├─ 歐陽謙之 ☞ 滄洲諸儒學案
├─ 饒敏學 ☞ 滄洲諸儒學案
├─ 孫 調 ☞ 滄洲諸儒學案
├─ 李閎祖 ☞ 滄洲諸儒學案
├─ 李相祖 ☞ 滄洲諸儒學案
├─ 李壯祖 ☞ 滄洲諸儒學案
├─ 王 遇 ☞ 滄洲諸儒學案
├─ 楊 楫 ☞ 滄洲諸儒學案
├─ 楊 方 ☞ 滄洲諸儒學案
├─ 楊 復 ☞ 滄洲諸儒學案
├─ 李唐咨 ☞ 滄洲諸儒學案
├─ 林易簡 ☞ 滄洲諸儒學案
├─ 石洪慶 ☞ 滄洲諸儒學案
├─ 施允壽 ☞ 滄洲諸儒學案
├─ 楊 至 ☞ 滄洲諸儒學案
├─ 余大雅 ☞ 滄洲諸儒學案
├─ 游 儆 ☞ 滄洲諸儒學案
├─ 鄭可學 ☞ 滄洲諸儒學案
├─ 許 升 ☞ 滄洲諸儒學案
├─ 劉 炎 ☞ 滄洲諸儒學案
├─ 黃士毅 ☞ 滄洲諸儒學案
├─ 劉 鏡 ☞ 滄洲諸儒學案
├─ 李 東 ☞ 滄洲諸儒學案
├─ 方 壬 ☞ 滄洲諸儒學案
├─ 方 禾 ☞ 滄洲諸儒學案
├─ 方大壯 ☞ 滄洲諸儒學案
├─ 上官謐 ☞ 滄洲諸儒學案
├─ 傅 誠 ☞ 滄洲諸儒學案
├─ 黃 寅 ☞ 滄洲諸儒學案
```

```
├ 梁　琢 ☞ 滄洲諸儒學案
├ 馮允中 ☞ 滄洲諸儒學案
├ 呂勝己 ☞ 滄洲諸儒學案
├ 楊仕訓 ☞ 滄洲諸儒學案
├ 葉武子 ☞ 滄洲諸儒學案
├ 俞聞中 ☞ 滄洲諸儒學案
├ 吳　英 ☞ 滄洲諸儒學案
├ 黃孝恭 ☞ 滄洲諸儒學案
├ 丘　珏 ☞ 滄洲諸儒學案
├ 饒　幹 ☞ 滄洲諸儒學案
├ 楊履正 ☞ 滄洲諸儒學案
├ 孫　枝 ☞ 滄洲諸儒學案
├ 周　謨 ☞ 滄洲諸儒學案
├ 余宋傑 ☞ 滄洲諸儒學案
├ 李　輝 ☞ 滄洲諸儒學案
├ 劉　黃 ☞ 滄洲諸儒學案
├ 李　杞 ☞ 滄洲諸儒學案
├ 李　雄 ☞ 滄洲諸儒學案
├ 宋之潤 ☞ 滄洲諸儒學案
├ 宋之汪 ☞ 滄洲諸儒學案
├ 潘友恭 ☞ 滄洲諸儒學案
├ 杜　斿 ☞ 滄洲諸儒學案
├ 杜　燴 ☞ 滄洲諸儒學案
├ 鄭昭先 ☞ 滄洲諸儒學案
├ 范念德 ☞ 滄洲諸儒學案
├ 劉孟容 ☞ 滄洲諸儒學案
├ 黎貴臣 ☞ 滄洲諸儒學案
├ 林學蒙 ☞ 滄洲諸儒學案
├ 徐　寅 ☞ 滄洲諸儒學案
├ 蔡念成 ☞ 滄洲諸儒學案
├ 江　默 ☞ 滄洲諸儒學案
├ 戴　蒙 ☞ 滄洲諸儒學案
├ 程永奇 ☞ 滄洲諸儒學案
├ 李季札 ☞ 滄洲諸儒學案
├ 林　至 ☞ 滄洲諸儒學案
```

嚴世文 ☞ 滄洲諸儒學案
楊與立 ☞ 滄洲諸儒學案
楊　驤 ☞ 滄洲諸儒學案
楊道夫 ☞ 滄洲諸儒學案
徐昭然 ☞ 滄洲諸儒學案
姜大中 ☞ 滄洲諸儒學案
潘時擧 ☞ 滄洲諸儒學案
吳必大 ☞ 滄洲諸儒學案
劉　砥 ☞ 滄洲諸儒學案
劉　礪 ☞ 滄洲諸儒學案
王力行 ☞ 滄洲諸儒學案
吳壽昌 ☞ 滄洲諸儒學案
甘　節 ☞ 滄洲諸儒學案
曾祖道 ☞ 滄洲諸儒學案
吳　昶 ☞ 滄洲諸儒學案
陳文蔚 ☞ 滄洲諸儒學案
方　誼 ☞ 滄洲諸儒學案
張顯父 ☞ 滄洲諸儒學案
孫自修 ☞ 滄洲諸儒學案
孫自新 ☞ 滄洲諸儒學案
孫自任 ☞ 滄洲諸儒學案
葉　湜 ☞ 滄洲諸儒學案
黃義勇 ☞ 滄洲諸儒學案
黃義剛 ☞ 滄洲諸儒學案
萬人傑 ☞ 滄洲諸儒學案
曹　建 ☞ 滄洲諸儒學案
詹　淵 ☞ 滄洲諸儒學案
符　敘 ☞ 滄洲諸儒學案
童伯羽 ☞ 滄洲諸儒學案
龔蓋卿 ☞ 滄洲諸儒學案
李宗思 ☞ 滄洲諸儒學案
黃學皐 ☞ 滄洲諸儒學案
廖晉卿 ☞ 滄洲諸儒學案
李伯誠 ☞ 滄洲諸儒學案
李周翰 ☞ 滄洲諸儒學案

  ├─ 劉定夫 ☞ 滄洲諸儒學案
  ├─ 賀　善 ☞ 滄洲諸儒學案
  ├─ 趙師淵(補遺)
  ├─ 趙師夏(補遺)
  ├─ 歐陽光祖(補遺) ☞ 劉胡諸儒學案
  ├─ 張彦淸(補遺) ☞ 龜山學案
  ├─ 曾三聘(補遺) ☞ 滄洲諸儒學案
  ├─ 楊長孺(補遺) ☞ 趙張諸儒學案
  ├─ 呂祖儉(補遺) ☞ 東萊學案
  ├─ 葉任道(補遺) ☞ 木鐘學案
  ├─ 彭龜年(補遺) ☞ 嶽麓諸儒學案
  ├─ 吳　獵(補遺) ☞ 嶽麓諸儒學案
  ├─ 周端朝(補遺) ☞ 嶽麓諸儒學案
  ├─ 蕭　佐(補遺) ☞ 嶽麓諸儒學案
  ├─ 康文虎(補遺) ☞ 麗澤諸儒學案
  ├─ 時　澔(補遺) ☞ 麗澤諸儒學案
  ├─ 林　謨(補遺) ☞ 麗澤諸儒學案
  ├─ 許文蔚(補遺) ☞ 麗澤諸儒學案
  ├─ 鞏　豐(補遺) ☞ 麗澤諸儒學案
  ├─ 李修己(補遺) ☞ 二江諸儒學案
  ├─ 沈　煥(補遺) ☞ 廣平定川學案
  ├─ 符　初(補遺) ☞ 槐堂諸儒學案
  ├─ 兪廷椿(補遺) ☞ 槐堂諸儒學案
  └─ 劉堯夫(補遺) ☞ 槐堂諸儒學案

※ 講友：張　栻 ☞ 南軒學案
       呂祖謙 ☞ 東萊學案
       趙汝愚 ☞ 玉山學案
       趙汝靚
       韓元吉 ☞ 和靖學案
       潘　時 ☞ 元城學案
       方　耒 ☞ 劉胡諸儒學案
       張　杰 ☞ 玉山學案
       石　䃀
       何　鎬

黃維之(補遺)

王　炎(補遺)

葉　時(補遺)

辛棄疾(補遺)

章才邵(補遺)

邱　義(補遺)

趙　惇(補遺)

王光祖(補遺)

王道深(補遺)

葉符叔(補遺)

徐大受(補遺)

吳　楫(補遺)

汪湛仲(補遺)

應　恕(補遺)

程　先(補遺)

汪庭祐(補遺)

汪楚材(補遺)

※ 學 侶 : 項安世

　　　　　黃樵仲

　　　　　陳景思

※ 同 調 : 趙不息

　　　　　劉靖之 ☞ 淸江學案

　　　　　劉淸之 ☞ 淸江學案

　　　　　劉光祖 ☞ 丘劉諸儒學案

　　　　　蔡　玆(補遺)

　　　　　洪興祖(補遺)

　　　　　余允文(補遺)

※ 續 傳 : 方　鎔 ☞ 北山四先生學案

　　　　　趙　復 ☞ 魯齋學案

　　　　　余季芳 ☞ 介軒學案

　　　　　俞　淅 ── 黃奇孫 ☞ 潛庵學案

　　　　　熊朋來 ┬ 熊太古(子)

　　　　　　　　 └ 邱　迪(補遺)

　　　　　俞　琰 ── 王都中 ☞ 魯齋學案

※ 私 淑 : 樓　鑰 ☞ 丘劉諸儒學案

吳柔勝┬ 吳　淵(子) ☞ 槐堂諸儒學案
　　　└ 吳　潛(子) ☞ 槐堂諸儒學案

陳　繽

柴中行 ☞ 丘劉諸儒學案

魏了翁 ☞ 鶴山學案

詹　初 ☞ 勉齋學案

蔡　和 ☞ 北溪學案

李道傳 ☞ 劉李諸儒學案

李大有 ☞ 東萊學案

謝夢生 ☞ 木鐘學案

陳　均

趙汝騰 ── 趙必曄(孫)┬ 陳仁伯
　　　　　　　　　　└ 陳　旅 ☞ 草廬學案

周　耜(補遺)

許巨川(補遺)

韓　補(補遺)

韓　祥(補遺)

尹起莘(補遺)

吳　壂(補遺)

胡仲雲(補遺)

胡仲霖(補遺)

潘　塀(補遺)

蔣　捷(補遺)

劉友益(補遺)

高天錫(補遺)

劉　瑾(補遺)

翁　森(補遺)

鄧文原(補遺) ── 兪　鎭(補遺)

陸以衛(補遺)

梁　益(補遺)

黎　獻(補遺)

鮑雲龍(補遺)

陸天祐(補遺)

史伯璿(補遺)┬ 徐　森(補遺)
　　　　　　　└ 陶　安(補遺)

<pre>
朱文霆(補遺) ┬ 木景方(補遺)
              └ 單仲友(補遺)
陶安得(補遺) ── 喩仲衡(補遺)
</pre>

2) 晦翁學案序錄

　내가 삼가 살펴보건대, 楊時의 학문이 네 번 전해져 朱熹에 이르러 광대함을 이루고 정미함을 극진히 하였으니, 이는 백대의 학문을 집대성한 것이다. 江西 지역의 학문과 浙東 지역 永嘉學派의 학문이 뛰어나지 않는 것은 아니나, 끝내 치우친 점이 없지 않다. 그러나 朱子의 글을 잘 읽는 자는 諸家의 설을 두루 구해 읽어서 주자가 단점을 버리고 장점만 뽑아놓은 이로운 점을 배워야 될 것이다. 만약 그렇게 하지 않고 주자의 글을 墨守하기만 하고 諸家의 설을 모두 버린다면 이는 주자의 학문이 아니다.

3) 李侗의 門人

● 주　희 朱熹(1130-1200)

　자는 元晦·仲晦, 호는 晦菴·晦翁·遯翁·考亭·紫陽·滄洲病叟·滄洲釣叟, 시호는 文이며, 婺源(江西省) 사람이다. 부친 朱松이 福建省 閩縣·延平縣·尤溪縣의 수령을 지낸 뒤 고향으로 돌아가지 않고 우계현에 거주하였는데, 이때 태어났다. 흔히 朱子·朱文公으로 불린다. 14세 때 부친의 遺命에 따라 胡憲·劉子翬 등을 사사하여 불교와 노자의 학문에 흥미를 가졌으나, 24세 때 李侗을 만나면서 유학에 전념하였다. 1148년 진사가 되어 同安主簿를 지냈고, 이후 知南康軍·知漳州 등 50여 년의 관직 생활을 했으나 실제로는 9년 정도만 현직에 있었고, 대부분 현지에 부임할 필요가 없는 명목상의 관직이어서 학문에 전념할 수 있었다. 張栻·呂祖謙 등과 절친하였다. 閩 땅에서 벼슬하고 考亭에 살았으므로 그의 학문을 閩學, 학파를 考亭學派라 부른다. 周敦頤·邵雍·張載·程顥·程頤의 학설을 종합하여 자신의 철학을 완성시켰고, 나아가 宋代 理學을 집대성하였다. 그는 우주가 형이상학적 無象인 理와 형이하학적 有象인 氣로 구성되었으며, 理는 太極이라고도 하는데 만물이 생겨나는 본체이며, 氣와 합쳐져 여러 가지 형상을 이룬다고 하였다. 인간은 본래 이 理가 본성으로 나타나 본질적으로 순수하고 선한데, 惡德을 포함하게 된 것은 氣 때문이며, 이것은 사물의 이치를 밝히는 格物에 의해 제거될 수 있다고 하였다. 이러한 논조는 당시 그의 論敵이었던 陸九淵의 心學 사상과 대립하였고, 이는 그 후 鵝湖寺에서 그들 형제와 벌인 철학 논쟁으로 유명해졌다. 또한 上古에서 후대까지 도학을 전한 聖賢의 계통을 밝혀 道學의 기초를 확립했으며, 역사에도 깊은 흥미를 보여 司馬光의 역사서인『資治通鑑』의 축약과 재편집을 지휘하기도 했다. 만년에는 권신 韓侂胄와의 마찰로 인해 그의 학문이 僞學이라 하여 금지되었으며, 解禁이 되기 전에 죽었다. 사후 그의 학문이 소성에서 인정되어 諡號가 내려졌고, 1241년 孔廟에 배향되었다. 그의 학문은 남송 말부터 국가의 정통사상이 되었고, 원나라 때에는 과거시험에서 모두 그의 四書章句集註를 표준으로 삼았다. 저술로『論語章句』·『孟子章句』·『大學章句』·『中庸章句』·『易傳』·『周易本義』·『易學啓蒙』·『古易音訓』·『詩集傳』·『詩序辨』·『朱子說書綱領』·『儀禮經典通解』·『通禮』·『二十家古今祭禮』·『紹興州縣釋儀圖』·『釋奠儀式』·『朱子家禮』·『四家禮範』·『家禮雜議』·『大學或問』·『中庸或問』·『中庸輯略』·『序十先生中庸集解』·『論語或問』·『論語精義』·『論語集義』·『論語注義問答通釋』·『孟子或問』·『孟子集義』·『孟子指要』·『孝經刊誤』·『太極圖說解』·『周易參同契』·『資治通鑑綱目』·『楚辭集注』등이 있다. 그 외에도 문인과의 문답을 기록한『朱子語類』와 후세 사람들이 편찬한『朱子大全』등이 있다.

4) 朱熹의 講友

- 장 식 張栻(1133-1180) ☞ 南軒學案
- 여조겸 呂祖謙(1137-1181) ☞ 東萊學案
- 조여우 趙汝愚(1140-1196) ☞ 玉山學案
- 조여정 趙汝靚(?-?)
  饒州 餘干(江西省) 사람으로, 趙汝愚의 사촌동생이다. 餘干縣에 東山書院을 창건하고 朱熹를 맞이해 강학하였다. 후에 주희와 함께 배향되었다.
- 한원길 韓元吉(1118-1187) ☞ 和靖學案

● 반 치 潘時(1126-1189) ☞ 元城學案

● 방 뢰 方耒(? - ?) ☞ 劉胡諸儒學案

● 장 걸 張杰(? - ?) ☞ 玉山學案

● 석 돈 石㪟(1128-1182)

石墩·石埻이라고도 한다. 자는 子重, 호는 克齋이며, 臨海(浙江省) 사람이다. 1145년 진사가 되어 知南康軍 등을 지냈다. 朱熹와 교유하였으며, 주희가 그의 묘지명을 지었다. 陳耆卿(1080-1236)이 郡의 역사를 정리할 적에 사람들이 그에게 洛學이 있음을 알게 되었다고 하였다. 만년에는 물러나 강학에 힘썼다. 저술로 『周易解』·『大學解』·『中庸解』·『中庸輯略』 등이 있다.

● 하 호 何鎬(1128-1175)

자는 叔京, 호는 臺溪이며, 邵武(福建省) 사람이다. 何兌의 아들로, 家學을 계승하였다. 부친의 공적으로 上杭丞·善化令 등을 지냈다. 朱熹와 교유하였고, 死後 주희가 그의 묘갈명을 지었다. 저술로 『易說』·『論語說』 등이 있다.

● 황유지 黃維之(? - ?)

초명은 偉, 자는 叔張, 호는 竹坡이며, 泉州 永春(福建省) 사람이다. 1157년 진사가 되어 大理寺丞·江西提學 등을 지냈다. 國子監主簿로 있을 때 『太祖政要論』을 올렸다. 朱熹와 학문을 논하였다. 저술로 『竹坡居士集』이 있다.(보유 368쪽)

● 왕 염 王炎(1137-1218)

자는 晦叔, 호는 雙溪이며, 婺源(江西省) 사람이다. 1169년 진사가 되어 潭州教授·軍器少監 등을 지냈다. 經史에 두루 통하고 시문에 뛰어났다. 저술로 『讀易筆記』·『雙溪集』 등이 있다.(보유 369쪽)

● 섭 시 葉時(? - ?)

자는 秀發, 호는 竹野愚叟, 시호는 文康이며, 仁和(浙江省) 사람이다. 1184년 진사가 되어 吏部尙書·龍圖閣學士 등을 지냈다. 저술로 『禮經會元』·『竹野詩集』 등이 있다.(보유 369쪽)

● 신기질 辛棄疾(1140-1207)

자는 坦夫·幼安, 호는 稼軒, 시호는 忠敏이며, 歷城(山東省) 사람이다. 금나라를 버리고 송나라로 귀의하여 龍圖閣待制·樞密都承旨 등을 지냈다. 朱熹

와 절친했는데, 주희가 죽자 당시 黨禁이 엄하여 문상 가기를 꺼려했지만 그는 홀로 가서 조문하였다. 저술로『稼軒集』·『稼軒長短句』등이 있다.(보유 370쪽)

- **장재소 章才邵(?-?)**
  자는 希古, 호는 篤實君子이며, 생애가 자세치 않다. 만년에 벼슬에서 물러나 朱熹와 교유하였다.(보유 370쪽)

- **구 의 邱義(?-?)**
  자는 通濟·子野, 호는 芹溪이며, 建陽(福建省) 사람이다. 벼슬하지 않고 학문에 힘써 子史類에 두루 통하였으며, 특히 역학에 밝았다. 朱熹와 절친했는데, 주희가 그의 堂號를 '芹溪小隱'이라 편액하고 詩序를 지어 주었다. 저술로『易說傳』이 있다.(보유 370쪽)

- **조 종 趙悰(?-?)**
  자는 彦忠이며, 晉江(福建省) 사람이다. 朱熹와 절친하였다. 福建運管·知惠州 등을 지냈으며, 善政을 베풀었다.(보유 371쪽)

- **왕광조 王光祖(?-?)**
  자는 文季이며, 處州 松陽(浙江省) 사람이다. 관직은 大理評事를 지냈다. 理學에 밝았다. 朱熹가 浙東提擧로 있을 때 처음 만나 질의문답을 통해 강론하였으며, 후에 주희의 칭송을 받았다.(보유 371쪽)

- **왕도심 王道深(?-?)**
  處州 松陽(浙江省) 사람이다. 벼슬하지 않고 은거하여 性命之理를 궁구하였는데, 朱熹가 보고 칭송하였다.(보유 371쪽)

- **섭부숙 葉符叔(?-?)**
  생애가 자세치 않다. 理學을 즐겨 공부하였는데, 朱熹가「敬齋箴」을 써서 그에게 주었다.(보유 372쪽)

- **서대수 徐大受(?-?)**
  자는 季可, 호는 竹溪이며, 天台(浙江省) 사람이다. 1184년 特科에 발탁되었다. 학자들과 석 달 동안 강학하면서 한 번도 仁을 어긴 적이 없었으며, 朱熹가 그의 어짊을 알아보고 道義之交를 맺었다. 저술로 경전해석과 문집이 있다.(보유 372쪽)

- **오　즙 吳楫(?-?)**

  자는 公濟이며, 崇安(福建省) 사람이다. 紹興年間(1131-1162) 말기에 鄕試에서 낙방하자 물러나 강학하였다. 吳郁·朱熹와 왕래하며 性理學을 講明하였고, 주희가 그의 독서당을 '悅齋'라 편액하였다.(보유 372쪽)

- **왕담중 汪湛仲(?-?)**

  자는 淸卿, 호는 敬齋이며, 婺源(江西省) 사람이다. 朱熹가 考亭에서 돌아왔을 때 그의 집에 묵으며 강학하였고, 그의 서재를 '愛日齋'라 편액했으며, 「敬齋箴」을 써서 주었다.(보유 373쪽)

- **응　서 應恕(?-?)**

  자는 仁仲, 호는 艮齋이며, 括蒼(浙江省) 사람이다. 朱熹가 그를 老友로 불렀으며, 함께 『대학』·『중용』·『예기』·『易本義』 등을 강학하였다.(보유 373쪽)

- **정　선 程先(?-?)**

  자는 傳之, 호는 東隱이며, 徽州 休寧(安徽省) 사람이다. 程全의 아들이다. 부친이 금나라와의 항전에서 죽자 벼슬하지 않고 東山에 은거하였다. 朱熹에게 서신을 보내 성현의 道를 물었는데, 주희가 그를 칭송하였다. 아들을 주희에게 보내 배우게 하였다. 저술로 『東隱集』이 있다.(보유 374쪽)

- **왕정우 汪庭祐(?-?)**

  자는 子卿이며, 婺源(江西省) 사람이다. 생애가 자세치 않다. 薦會와 함께 朱熹에게 質疑하곤 했다.(보유 374쪽)

- **왕초재 汪楚材(?-?)**

  자는 太初·南老이며, 休寧(安徽省) 사람이다. 1190년 진사가 되어 湖南按撫司公事·廣西轉運司幹官 등을 지냈다. 朱熹·吳儆과 서신을 왕래하며 그들의 인정을 받았고, 또한 성인의 문하에서의 학문하는 차례와 불교와 老莊의 폐단을 논하여 碩儒로서 명성을 얻었다.(보유 374쪽)

5) 朱熹의 學侶

- **항안세 項安世(?-1208)**

  자는 平甫, 호는 平庵이며, 江陵(湖北省) 사람이다. 1175년 진사가 되어 秘書省正字·龍圖閣直學士 등을 지냈다. 朱熹·陸九淵과 왕래하며 학문을 강학하였으나 어느 한 쪽에 치우치지는 않았다. 寧宗이 즉위하자 그는 朱熹를 가까이 두고 기용할 것을 청했는데, 이 일로 탄핵을 받아 파직되기도 하였다. 吳獵과 절친하였다. 저술로『易玩辭』·『項氏家說』·『平庵悔稿』등이 있다.

- **황초중 黃樵仲(?-?)**
  자는 道夫, 호는 敬齋이며, 漳州 龍溪(福建省) 사람이다. 黃預의 손자로, 1178년 진사가 되어 永福尉·漳州錄事參軍 등을 지냈다. 朱熹가 漳州의 수령으로 있을 때 예로써 맞이해 가르치게 했는데, 특히『小學』을 강할 때마다 칭송하였다. 저술로『禮記解』·『小學口義』등이 있다.

- **진경사 陳景思(1168-1210)**
  자는 思誠이며, 信州 弋陽(江西省) 사람이다. 陳康伯의 손자이며, 조부의 공적으로 承奉郎에 보임되었다가 朝請大夫·太府卿 등을 지냈다. 朱熹가 建安에 있을 때 편지를 왕래하였다. 慶元年間에 주희의 학문이 僞學으로 탄핵받을 때 韓侂胄 등과의 갈등 해소에 노력하였다.

6) 朱熹의 同調

- **조불식 趙不息(1121-1187)**
  자는 仁仲, 시호는 宣簡이며, 宋 太宗의 6세손이다. 趙汝談(?-1237)의 조부로, 1157년 진사가 되어 通判永州·昭慶軍承宣使 등을 지냈다. 朱熹를 敬慕하여 그의 기용을 적극 상소하였고, 또한 南軒 張栻에게 시호를 내려 줄 것을 청하였다.

- **유정지 劉靖之(?-?)** ☞ 淸江學案

- **유청지 劉淸之(1134-1190)** ☞ 淸江學案

- **유광조 劉光祖(1142-1222)** ☞ 丘劉諸儒學案

- **채　자 蔡玆(?-?)**
  자는 光烈이며, 泉州 永春(福建省) 사람이다. 1142년 진사가 되어 南安守 등을 지냈다. 試官으로 있을 때 朱熹를 발탁하였고, 훗날 그가 뛰어난 인물이 될 것임을 예언하였다.(보유 367쪽)

- **홍흥조 洪興祖(1090-1155)**
  자는 慶善, 호는 練塘이며, 丹陽(江蘇省) 사람이다. 1118년 上舍에 급제하여

秘書省正字 · 太常博士 등을 지냈다.(보유 367쪽)

● 여윤문 余允文(? – ?)

자는 隱之이며, 建安(福建省) 사람이다. 司馬光의『疑孟』과 李觀의『常語』및 鄭厚의『藝圃折衷』등이 맹자에 대한 毁詞를 담고 있다 하여『尊孟辯』을 지어 논박하였는데, 朱熹가 그의 설을 옳다고 여겼으며 이를 訂定했다고 한다.(보유 368쪽)

7) 朱熹의 家學

● 주　숙 朱塾(1153–1191)

자는 受之이며, 建陽(福建省) 사람이다. 朱熹의 長子로, 家學을 계승하였으며, 呂祖謙에게도 배웠다. 부친의 공적으로 將仕郎에 보임되었고, 사후에 中散大夫에 추증되었다.

● 주　야 朱埜(? – 1211)

자는 文之이며, 建陽(福建省) 사람이다. 朱熹의 次子로, 家學을 계승하였으며, 呂祖謙에게도 배웠다. 부친의 공적으로 迪功郎에 보임되었고, 사후에 朝散大夫에 추증되었다.

● 주　재 朱在(? – 1231)

자는 敬之 · 叔敬이며, 建陽(福建省) 사람이다. 朱熹의 季子로, 家學을 계승하였으며, 黃榦에게도 배웠다. 부친의 공적으로 承務郎에 보임되어 知信州 · 工部侍郎 등을 지냈다. 경연에서는 부친이 정한 四書를 강하였으며, 人主의 학문 요지를 논하기도 하였다. 종묘에서 揚雄 · 王雱 등을 철거하고 二程 · 張載 등을 종사할 것을 청하였다.

● 주　감 朱鑑(? – ?)

자는 子明이며, 建陽(福建省) 사람이다. 朱塾의 아들이며, 朱熹의 손자이다. 선대의 공덕으로 迪功郎에 보임되어 奉直大夫 · 湖廣總領 등을 지냈다. 寶慶年間(1225–1227)에 建陽으로 옮겨 그 곳에 주희의 사당을 세웠다. 저술로『朱文公易說』·『詩傳遺說』등이 있다.

● 주홍범 朱洪範(? – ?) ☞ 介軒學案

- 주　준 朱浚(?-?)
  자는 深源이며, 建陽(福建省) 사람이다. 朱在의 손자이며, 吏部侍郞 등을 시냈다. 理宗(재위 1224-1264)의 사위로, 원나라 군대가 建寧으로 들어오자 福州로 가서 항거하였고, 성이 함락되자 공주와 함께 자결하였다.

8) 朱熹의 門人

- 채원정 蔡元定(1135-1198) ☞ 西山蔡氏學案
- 황　간 黃榦(1152-1221) ☞ 勉齋學案
- 이　번 李燔(?-?) ☞ 滄洲諸儒學案
- 장　흡 張洽(1161-1237) ☞ 滄洲諸儒學案
- 보　광 輔廣(?-?) ☞ 潛庵學案
- 보　만 輔萬(?-?) ☞ 潛庵學案
- 진　식 陳埴(?-?) ☞ 木鐘學案
- 섭미도 葉味道(?-?) ☞ 木鐘學案
- 두　욱 杜煜(?-?) ☞ 南湖學案
- 두지인 杜知仁(?-?) ☞ 南湖學案
- 채　연 蔡淵(1156-1236) ☞ 西山蔡氏學案
- 채　항 蔡沆(?-?) ☞ 西山蔡氏學案
- 채　침 蔡沈(1167-1230) ☞ 九峯學案
- 진　순 陳淳(1159-1223) ☞ 北溪學案
- 진　역 陳易(?-?) ☞ 北溪學案
- 요덕명 廖德明(?-?) ☞ 滄洲諸儒學案
- 이방자 李方子(?-?) ☞ 滄洲諸儒學案
- 여원일 余元一(?-?) ☞ 勉齋學案
- 조사서 趙師恕(?-?) ☞ 勉齋學案
- 조숭헌 趙崇憲(1160-1219)
  자는 履常이며, 饒州 餘干(江西省) 사람이다. 1182년 진사가 되어 知靜江府 ·

廣西經略按撫 등을 지냈다. 趙汝愚의 장자로, 부친이 貶死한 후에는 수년 간 벼슬하지 않았다.

- 조숭도 趙崇度(1175-1230)
  자는 履節, 호는 節齋이며, 饒州 餘干(江西省) 사람이다. 承務郎을 거쳐 信州 通判·朝散大夫 등을 지냈다. 趙汝愚의 아들이며, 趙崇憲의 동생이다. 어려서 考亭에서 주희를 만나 『대학』을 배웠다. 저술로 『左氏常談』·『史髓』·『磬湖集』·『節齋聞記』가 있다.

- 조　번 趙蕃(1143-1229) ☞ 清江學案
- 송지원 宋之源(? - 1221) ☞ 清江學案
- 유　보 劉黼(? - ?) ☞ 清江學案
- 허자춘 許子春(? - ?) ☞ 清江學案
- 팽구년 彭龜年(1142-1206) ☞ 嶽麓諸儒學案
- 조선좌 趙善佐(1134-1185) ☞ 嶽麓諸儒學案
- 장　손 張巽(? - ?) ☞ 嶽麓諸儒學案
- 반우단 潘友端(? - ?) ☞ 嶽麓諸儒學案
- 호대시 胡大時(? - ?) ☞ 嶽麓諸儒學案
- 왕　한 王瀚(? - 1211) ☞ 麗澤諸儒學案
- 왕　흡 王洽(? - ?) ☞ 麗澤諸儒學案
- 첨의지 詹儀之(? - ?) ☞ 麗澤諸儒學案
- 이대동 李大同(? - ?) ☞ 麗澤諸儒學案
- 주　개 周介(? - ?) ☞ 麗澤諸儒學案
- 추보지 鄒補之(? - ?) ☞ 麗澤諸儒學案
- 황　겸 黃謙(? - ?) ☞ 麗澤諸儒學案
- 왕　개 王介(1158-1213) ☞ 麗澤諸儒學案
- 여교년 呂喬年(? - ?) ☞ 東萊學案
- 고　송 高松(1154-1211) ☞ 止齋學案
- 부　정 傅定(? - ?) ☞ 說齋學案
- 서　린 舒璘(1136-1199) ☞ 廣平定川學案

- 부몽천 傅夢泉(?-?) ☞ 槐堂諸儒學案
- 손응시 孫應時(1154-1206) ☞ 槐堂諸儒學案
- 제갈천능 諸葛千能(?-?) ☞ 槐堂諸儒學案
- 주 량 周良(?-?) ☞ 槐堂諸儒學案
- 포 양 包揚(?-?) ☞ 槐堂諸儒學案
- 포 약 包約(?-?) ☞ 槐堂諸儒學案
- 포 손 包遜(1152-?) ☞ 槐堂諸儒學案
- 석두문 石斗文(1129-1189) ☞ 槐堂諸儒學案
- 석종소 石宗昭(?-?) ☞ 槐堂諸儒學案
- 유중가 喻仲可(?-?) ☞ 槐堂諸儒學案
- 조사점 趙師蒧(?-?) ☞ 槐堂諸儒學案
- 조사옹 趙師雍(?-?) ☞ 槐堂諸儒學案
- 이문자 李文子(?-?) ☞ 滄洲諸儒學案
- 서 교 徐僑(1160-1237) ☞ 滄洲諸儒學案
- 유 약 劉爚(1144-1216) ☞ 滄洲諸儒學案
- 유 병 劉炳(?-?) ☞ 滄洲諸儒學案
- 유강중 劉剛中(?-?) ☞ 滄洲諸儒學案
- 정 순 程洵(1135-1196) ☞ 滄洲諸儒學案
- 조언약 曹彦約(1157-1228) ☞ 滄洲諸儒學案
- 조언순 曹彦純(?-?) ☞ 滄洲諸儒學案
- 첨체인 詹體仁(1143-1206) ☞ 滄洲諸儒學案
- 임기손 林夔孫(?-?) ☞ 滄洲諸儒學案
- 부백성 傅伯成(1143-1226) ☞ 滄洲諸儒學案
- 황 호 黃灝(?-?) ☞ 滄洲諸儒學案
- 도 정 度正(?-?) ☞ 滄洲諸儒學案
- 임희이 任希夷(?-?) ☞ 滄洲諸儒學案
- 송 빈 宋斌(?-?) ☞ 滄洲諸儒學案
- 황 순 黃𡎊(?-?) ☞ 滄洲諸儒學案

- 진공석 陳孔碩(?-?) ☞ 滄洲諸儒學案
- 진공숙 陳孔夙(?-?) ☞ 滄洲諸儒學案
- 오인걸 吳仁傑(?-?) ☞ 滄洲諸儒學案
- 진　수 陳守(?-1211) ☞ 滄洲諸儒學案
- 진　정 陳定(1150-1174) ☞ 滄洲諸儒學案
- 진　복 陳宓(1171-1230) ☞ 滄洲諸儒學案
- 정단몽 程端夢(1143-1191) ☞ 滄洲諸儒學案
- 동　수 董銖(1152-1214) ☞ 滄洲諸儒學案
- 왕　과 王過(?-?) ☞ 滄洲諸儒學案
- 정　공 程珙(?-?) ☞ 滄洲諸儒學案
- 난　연 暖淵(?-?) ☞ 滄洲諸儒學案
- 방사요 方士繇(1148-1199) ☞ 滄洲諸儒學案
- 두종주 竇從周(?-?) ☞ 滄洲諸儒學案
- 두　징 竇澄(?-?) ☞ 滄洲諸儒學案
- 탕　영 湯泳(?-?) ☞ 滄洲諸儒學案
- 유　불 劉黻(1217-1276) ☞ 滄洲諸儒學案
- 이기수 李耆壽(?-1230) ☞ 滄洲諸儒學案
- 조　륜 趙綸(1164-1223) ☞ 滄洲諸儒學案
- 임　식 林湜(?-?) ☞ 滄洲諸儒學案
- 응순지 應純之(?-?) ☞ 滄洲諸儒學案
- 응겸지 應謙之(?-?) ☞ 滄洲諸儒學案
- 응무지 應茂之(?-?) ☞ 滄洲諸儒學案
- 심　한 沈僩(?-?) ☞ 滄洲諸儒學案
- 장종열 張宗說(?-?) ☞ 滄洲諸儒學案
- 이여규 李如圭(?-?) ☞ 滄洲諸儒學案
- 곽뇌경 郭磊卿(?-?) ☞ 滄洲諸儒學案
- 반　식 潘植(?-?) ☞ 滄洲諸儒學案
- 반　병 潘炳(?-?) ☞ 滄洲諸儒學案

- 등　린 滕璘(?-?) ☞ 滄洲諸儒學案
- 등　공 滕珙(?-?) ☞ 滄洲諸儒學案
- 호　영 胡泳(?-?) ☞ 滄洲諸儒學案
- 장　강 章康(1168-1246) ☞ 滄洲諸儒學案
- 진　준 陳駿(?-?) ☞ 滄洲諸儒學案
- 구양겸지 歐陽謙之(?-?) ☞ 滄洲諸儒學案
- 요민학 饒敏學(?-?) ☞ 滄洲諸儒學案
- 손　조 孫調(1126-1204) ☞ 滄洲諸儒學案
- 이굉조 李閎祖(?-?) ☞ 滄洲諸儒學案
- 이상조 李相祖(?-?) ☞ 滄洲諸儒學案
- 이장조 李壯祖(?-?) ☞ 滄洲諸儒學案
- 왕　우 王遇(1142-1211) ☞ 滄洲諸儒學案
- 양　즙 楊楫(?-1213) ☞ 滄洲諸儒學案
- 양　방 楊方(?-?) ☞ 滄洲諸儒學案
- 양　복 楊復(?-?) ☞ 滄洲諸儒學案
- 이당자 李唐咨(?-?) ☞ 滄洲諸儒學案
- 임이간 林易簡(?-?) ☞ 滄洲諸儒學案
- 석홍경 石洪慶(?-약 1196) ☞ 滄洲諸儒學案
- 시윤수 施允壽(1138-1189) ☞ 滄洲諸儒學案
- 양　지 楊至(?-?) ☞ 滄洲諸儒學案
- 여대아 余大雅(1138-1189) ☞ 滄洲諸儒學案
- 유　경 游儆(?-?) ☞ 滄洲諸儒學案
- 정가학 鄭可學(1152-1212) ☞ 滄洲諸儒學案
- 허　승 許升(?-?) ☞ 滄洲諸儒學案
- 유　염 劉炎(?-?) ☞ 滄洲諸儒學案
- 황사의 黃士毅(?-?) ☞ 滄洲諸儒學案
- 유　경 劉鏡(?-?) ☞ 滄洲諸儒學案
- 이　동 李東(?-?) ☞ 滄洲諸儒學案

- 방　임 方壬(1147-1196) ☞ 滄洲諸儒學案
- 방　화 方禾(？-？) ☞ 滄洲諸儒學案
- 방대장 方大壯(？-？) ☞ 滄洲諸儒學案
- 상관밀 上官謐(？-？) ☞ 滄洲諸儒學案
- 부　성 傅誠(？-？) ☞ 滄洲諸儒學案
- 황　인 黃寅(？-？) ☞ 滄洲諸儒學案
- 양　전 梁琢(？-？) ☞ 滄洲諸儒學案
- 풍윤중 馮允中(？-？) ☞ 滄洲諸儒學案
- 여승기 呂勝己(？-？) ☞ 滄洲諸儒學案
- 양사훈 楊仕訓(1162-1219) ☞ 滄洲諸儒學案
- 섭무자 葉武子(？-1246) ☞ 滄洲諸儒學案
- 유문중 兪聞中(？-？) ☞ 滄洲諸儒學案
- 오　영 吳英(？-？) ☞ 滄洲諸儒學案
- 황효공 黃孝恭(？-？) ☞ 滄洲諸儒學案
- 구　각 丘珏(？-？) ☞ 滄洲諸儒學案
- 요　간 饒幹(？-？) ☞ 滄洲諸儒學案
- 양리정 楊履正(？-？) ☞ 滄洲諸儒學案
- 손　지 孫枝(？-？) ☞ 滄洲諸儒學案
- 주　모 周謨(1141-1202) ☞ 滄洲諸儒學案
- 여송걸 余宋傑(？-？) ☞ 滄洲諸儒學案
- 이　휘 李煇(？-？) ☞ 滄洲諸儒學案
- 유　분 劉賁(？-？) ☞ 滄洲諸儒學案
- 이　기 李杞(？-？) ☞ 滄洲諸儒學案
- 이　웅 李雄(？-？) ☞ 滄洲諸儒學案
- 송지윤 宋之潤(？-？) ☞ 滄洲諸儒學案
- 송지왕 宋之汪(？-？) ☞ 滄洲諸儒學案
- 반우공 潘友恭(？-？) ☞ 滄洲諸儒學案
- 두　유 杜斿(？-？) ☞ 滄洲諸儒學案

- 두　괴 杜燏(?－?) ☞ 滄洲諸儒學案
- 정소선 鄭昭先(?－?) ☞ 滄洲諸儒學案
- 범념덕 范念德(?－?) ☞ 滄洲諸儒學案
- 유맹용 劉孟容(?－?) ☞ 滄洲諸儒學案
- 여귀신 黎貴臣(?－?) ☞ 滄洲諸儒學案
- 임학몽 林學蒙(?－?) ☞ 滄洲諸儒學案
- 서　우 徐寓(?－?) ☞ 滄洲諸儒學案
- 채념성 蔡念成(?－?) ☞ 滄洲諸儒學案
- 강　묵 江默(?－?) ☞ 滄洲諸儒學案
- 대　몽 戴蒙(?－?) ☞ 滄洲諸儒學案
- 정영기 程永奇(?－?) ☞ 滄洲諸儒學案
- 이계찰 李季札(?－?) ☞ 滄洲諸儒學案
- 임　지 林至(?－?) ☞ 滄洲諸儒學案
- 엄세문 嚴世文(?－?) ☞ 滄洲諸儒學案
- 양여립 楊與立(?－?) ☞ 滄洲諸儒學案
- 양　양 楊驤(?－?) ☞ 滄洲諸儒學案
- 양도부 楊道夫(?－?) ☞ 滄洲諸儒學案
- 서소연 徐昭然(?－?) ☞ 滄洲諸儒學案
- 강대중 姜大中(?－?) ☞ 滄洲諸儒學案
- 반시거 潘時擧(?－?) ☞ 滄洲諸儒學案
- 오필대 吳必大(?－?) ☞ 滄洲諸儒學案
- 유　지 劉砥(?－?) ☞ 滄洲諸儒學案
- 유　려 劉礪(?－?) ☞ 滄洲諸儒學案
- 왕력행 王力行(?－?) ☞ 滄洲諸儒學案
- 오수창 吳壽昌(?－?) ☞ 滄洲諸儒學案
- 감　절 甘節(?－?) ☞ 滄洲諸儒學案
- 증조도 曾祖道(?－?) ☞ 滄洲諸儒學案
- 오　창 吳昶(?－1219) ☞ 滄洲諸儒學案

- 진문울 陳文蔚(1154-1239) ☞ 滄洲諸儒學案
- 방　의 方誼(？-？) ☞ 滄洲諸儒學案
- 장현부 張顯父(？-？) ☞ 滄洲諸儒學案
- 손자수 孫自修(？-？) ☞ 滄洲諸儒學案
- 손자신 孫自新(？-？) ☞ 滄洲諸儒學案
- 손자임 孫自任(？-？) ☞ 滄洲諸儒學案
- 섭　식 葉湜(1168-1226) ☞ 滄洲諸儒學案
- 황의용 黃義勇(？-？) ☞ 滄洲諸儒學案
- 황의강 黃義剛(？-？) ☞ 滄洲諸儒學案
- 만인걸 萬人傑(？-？) ☞ 滄洲諸儒學案
- 조　건 曹建(1147-1183) ☞ 滄洲諸儒學案
- 첨　연 詹淵(1168-1225) ☞ 滄洲諸儒學案
- 부　서 符敘(？-？) ☞ 滄洲諸儒學案
- 동백우 童伯羽(？-？) ☞ 滄洲諸儒學案
- 습개경 襲蓋卿(？-？) ☞ 滄洲諸儒學案
- 이종사 李宗思(？-？) ☞ 滄洲諸儒學案
- 황학고 黃學皐(？-？) ☞ 滄洲諸儒學案
- 요진경 寥晉卿(？-？) ☞ 滄洲諸儒學案
- 이백성 李伯誠(？-？) ☞ 滄洲諸儒學案
- 이주한 李周翰(？-？) ☞ 滄洲諸儒學案
- 유정부 劉定夫(？-？) ☞ 滄洲諸儒學案
- 하　선 賀善(？-？) ☞ 滄洲諸儒學案
- 조사연 趙師淵(？-？)

  자는 幾道, 호는 訥齋이며, 黃巖(浙江省) 사람이다. 宗室 사람으로, 太祖의 8
  대손이다. 1172년 진사가 되어 寗海軍推官·太常丞 등을 지냈다. 朱熹에게 배
  웠으며, 『資治通鑑綱目』을 논의하고 교정하였다. 승상 趙汝愚와의 마찰로 물
  러나 벼슬하지 않고 학업에 힘썼다. (보유 375쪽)

- 조사하 趙師夏(?-?)

  자는 致道·至道·志道, 호는 遠庵이며, 黃巖(浙江省) 사람이다. 宗室인 燕王의 후손으로, 趙師淵·趙師游·趙師雍의 동생이며, 朱熹의 孫壻이다. 1172년 진사가 되어 大理司直·知南康軍 등을 지냈다. 朱熹를 수학하여 道學의 요지를 얻었고, 「誠幾善惡圖」를 그려 周敦頤의 뜻과 胡宏의 잘못을 증명하였다. 社倉을 설립하는 등 善政이 많았다.(보유 376쪽)

- 구양광조 歐陽光祖(?-?)(보유 376쪽) ☞ 劉胡諸儒學案

- 장언청 張彦淸(?-?)(보유 376쪽) ☞ 龜山學案

- 증삼빙 曾三聘(1144-1210)(보유 376쪽) ☞ 滄洲諸儒學案

- 양장유 楊長孺(?-?)(보유 376쪽) ☞ 趙張諸儒學案

- 여조검 呂祖儉(?-1196)(보유 376쪽) ☞ 東萊學案

- 섭임도 葉任道(?-?)(보유 376쪽) ☞ 木鐘學案

- 팽구년 彭龜年(1142-1206)(보유 376쪽) ☞ 嶽麓諸儒學案

- 오 렵 吳獵(1143-1213)(보유 376쪽) ☞ 嶽麓諸儒學案

- 주단조 周端朝(1172-1234)(보유 376쪽) ☞ 嶽麓諸儒學案

- 소 좌 蕭佐(?-?)(보유 376쪽) ☞ 嶽麓諸儒學案

- 강문호 康文虎(?-?)(보유 377쪽) ☞ 麗澤諸儒學案

- 시 운 時瀞(?-?)(보유 377쪽) ☞ 麗澤諸儒學案

- 임 모 林謩(1135-1193)(보유 377쪽) ☞ 麗澤諸儒學案

- 허문울 許文蔚(?-?)(보유 377쪽) ☞ 麗澤諸儒學案

- 공 풍 鞏豐(1148-1217)(보유 377쪽) ☞ 麗澤諸儒學案

- 이수기 李修己(?-?)(보유 377쪽) ☞ 二江諸儒學案

- 심 환 沈煥(1139-1191)(보유 377쪽) ☞ 廣平定川學案

- 부 초 符初(?-?)(보유 377쪽) ☞ 槐堂諸儒學案

- 유정춘 俞廷椿(?-?)(보유 377쪽) ☞ 槐堂諸儒學案

- 유요부 劉堯夫(?-?)(보유 377쪽) ☞ 槐堂諸儒學案

9) 朱熹의 續傳

- 방 용 方鏞(?-?) ☞ 北山四先生學案
- 조 복 趙復(약 1215-1306) ☞ 魯齋學案
- 여계방 余季芳(?-?) ☞ 介軒學案
- 유 절 兪浙(?-?)

  자는 季淵, 호는 默翁·致曲이며, 新昌(浙江省) 사람이다. 1259년 진사가 되어 監察御史 등을 지냈고, 大理少卿에 제수되었으나 나가지 않았다. 송나라가 망하자 은거하여 강학에 힘썼다. 朱熹의 학문을 사숙하였다. 저술로『六經審問』·『離騷審問』·『韓文擧隅集』등이 있다.

- 웅붕래 熊朋來(1246-1323)

  자는 與可, 호는 天慵·彭蠡釣徒이며, 豫章(江西省) 사람이다. 1274년 진사가 되었으나 원나라가 들어서자 은거하여 朱熹의『小學』을 강학하였다. 후에 천거되어 福建郡 儒學教授·福清州判官 등을 지냈다. 특히 三禮에 조예가 깊었다. 저술로『經說』·『瑟譜』·『天慵文集』등이 있다.

- 유 염 兪琰(1258-1327)

  자는 玉吾, 호는 石澗·林屋山人이며, 吳郡(江蘇省) 사람이다. 송나라가 망하자 은거하여 저술에 힘썼으며, 원나라 때 溫州學錄으로 불렀으나 나아가지 않았다. 그는 河圖洛書에 대해 '河圖는 무늬가 있는 옥인데, 곤륜산에 옥이 있고 황하는 곤륜산에서 나오므로 황하에도 옥이 있다. 洛水에는 지금까지도 白石이 있으니, 洛書는 흰 무늬가 있는 돌'이라는 독특한 설을 주장하였다. 辭賦에 뛰어났고, 역학에 조예가 깊었다. 저술로『周易集說』·『經傳考證』·『讀易須知』·『六十四卦圖』·『古占法』·『卦爻象占分類』·『易圖合璧連珠』등이 있으나 전하지 않고, 문인 王都中에 의해『周易集說』만 간행되었다.

◎ 俞浙의 門人

- 황기손 黃奇孫(?-?) ☞ 潛庵學案

◎ 熊朋來의 家學

● 웅태고 熊太古(? - ?)

자는 鄰初이며, 豫章(江西省) 사람이다. 熊朋來의 아들로, 가학을 계승하였다. 1336년 진사가 되어 江西行省員外郞을 지냈고, 명나라가 들어서자 樵山에 은거하였다. 저술로 『冀越集記』가 있다.

◎ 熊朋來의 門人

● 구 적 邱迪(? - ?)

자는 彦啓이며, 常熟(江蘇省) 사람이다. 어려서 고아가 되어 외삼촌 孟潼과 함께 白鹿洞書院에서 熊朋來에게 義理之學을 배웠다. 출사하지 않고 향리에서 학생을 가르쳤으며, 湯彌昌·龔璛(1266-1331)·黃溍(1277-1357) 등과 교유하였다. 저술로 『尙書辨疑』·『玉淵雜著』 등이 있다.(보유 387쪽)

◎ 俞琰의 門人

● 왕도중 王都中(? - 1335) ☞ 魯齋學案

10) 朱熹의 私淑

● 누 약 樓鑰(1137-1213) ☞ 丘劉諸儒學案

● 오유승 吳柔勝(1154-1224)

자는 勝之, 시호는 正肅이며, 宣城(安徽省) 사람이다. 1181년 진사가 되어 嘉興敎授·秘閣修撰奉祠 등을 지냈다. 일정한 스승 없이 10여 년 간 朱熹의 학문을 사숙하였다. 嘉定年間 초 國子監正이 되었을 때 주희의 四書로 학생들을 가르쳤다.

● 진 진 陳績(? - ?)

자는 德容·師文이며, 福州 羅源(福建省) 사람이다. 젊어서 二程과 朱熹의 학문을 흠모하였다. 禮部試에 응할 때마다 '正心誠意'로 답하여 낙방하였고, 1181년 時務에 대한 대책으로 인재를 선발할 적에는 시종 程朱의 뜻을 천명하여 일등으로 발탁되었다. 그의 자손들이 대대로 가학을 계승하였다.

● 시중행 柴中行(? - ?) ☞ 丘劉諸儒學案

- 위료옹 魏了翁(1178-1237) ☞ 鶴山學案

- 첨　초 詹初(?-?) ☞ 勉齋學案

- 채　화 蔡和(?-?)

  자는 廷傑, 호는 白石이며, 晉江(福建省) 사람이다. 朱熹의 학문을 흠모하여 연로하여 공부하기 어려움에도 불구하고 陳易에게 나아가 공부하였다. 白石村에 살 적에 喪禮·祭禮 등 고금의 禮로써 향촌을 교화하였다.

- 이도전 李道傳(1170-1217) ☞ 劉李諸儒學案

- 이대유 李大有(1159-1224) ☞ 東萊學案

- 사몽생 謝夢生(?-?) ☞ 木鐘學案

- 진　균 陳均(1174-1244)

  자는 平甫, 호는 雲巖·純齋이며, 興化(江蘇省) 사람이다. 陳俊卿의 從孫으로, 여러 번 천거되었으나 나아가지 않았다. 저술로『皇朝編年綱目擧要』·『皇朝編年綱目備要』가 있는데, 李燾의『續資治通鑑長編』과『宋史』·『國紀』를 참고하고 朱熹의『資治通鑑綱目』차례를 모방하여 지은 것이다.

- 조여등 趙汝騰(?-1261)

  자는 茂實, 호는 庸齋, 시호는 忠淸이며, 福州(福建省) 사람이다. 송나라 종실의 자제이다. 1226년 진사가 되어 知溫州·翰林學士 등을 지냈다. 저술로『庸齋集』이 있다.

- 주　사 周耜(?-?)

  자는 植叟이며, 星子(江西省) 사람이다. 詩名이 있었으며, 張枃의 예우를 받았다. 만년에 朱熹의 語錄을 집성하여 후학을 가르쳤다. 江東繡使가 예로써 초빙하여 白鹿洞主로 삼았다.(보유 378쪽)

- 허거천 許巨川(?-?)

  자는 東甫이며, 泉州 溫陵(福建省) 사람이다. 嘉定年間(1208-1224)에 진사가 되어 東莞縣令 등을 지냈다. 二程과 朱熹의 학문을 사숙하였다. 재임 중 학교를 일으키고 학생들을 가르쳐 교육을 진흥시켰다.(보유 378쪽)

- 한　보 韓補(?-?)

  자는 復善이며, 玉山(江西省) 사람이다. 1223년 형 韓祥과 함께 진사가 되어 知徽州·淮西總領 등을 지냈다. 형과 함께 程朱의 理學을 배웠다. 淸靜을 治

世의 근본으로 삼아 선정을 베풀었다.(보유 379쪽)

● 한 상 韓祥(?-?)

자는 履善이며, 玉山(江西省) 사람이다. 1223년 동생 韓補와 함께 진사가 되어 吏部侍郎 등을 지냈다. 동생과 함께 程朱의 理學을 공부하여 '二韓'이라 불리었다. 理宗이 '翕和堂'이라는 御書를 내렸다.(보유 379쪽)

● 윤기신 尹起莘(?-?)

자는 耕道이며, 遂昌(浙江省) 사람이다. 벼슬하지 않고 은거하여 학문을 연마하였다. 저술로『資治通鑑綱目發明』이 있다.(보유 379쪽)

● 오 후 吳垕(?-?)

자는 基仲이며, 休寧(安徽省) 사람이다. 吳儆의 아들이다. 朱熹의 학문을 사숙하여 性理學에 정밀하였다. 벼슬하지 않고 은거하였다.(보유 380쪽)

● 호중운 胡仲雲(?-?)

자는 從甫이며, 筠州 高安(江西省) 사람이다. 1253년 진사가 되어 吏部左侍郎·浙東提刑 등을 지냈다. 蔡適이 國子祭酒로 있을 때 동생 胡仲霖과 함께 그에게 朱熹의 학문을 배웠다. 저술로『六經蠡測』·『周易見一』·『四書管窺』·『歷代遺論』·『宋朝政論』 등이 있다.(보유 381쪽)

● 호중림 胡仲霖(?-?)

자는 成甫이며, 高安(江西省) 사람이다. 胡仲雲의 동생으로, 형과 함께 蔡適에게 朱熹의 학문을 배웠다. 父子兄弟가 서로 師友가 되어 학업을 연마하였고, 아들 胡希와 함께 은둔하여 살았다.(보유 381쪽)

● 반 지 潘墀(?-?)

자는 經之·介巖, 호는 芥軒이며, 金華(浙江省) 사람이다. 1235년 진사가 되어 處州敎授·秘書少監 등을 지냈다. 저술로『論語語錄』이 있는데, 이는『朱子語錄』에서『논어』에 관해 미처 갖추지 못한 부분들을 보충한 것이다.(보유 381쪽)

● 장 첩 蔣捷(?-?)

자는 勝欲, 호는 竹山이며, 常州 陽羨(江蘇省) 사람이다. 1274년 진사가 되었으나 원나라가 들어서자 벼슬하지 않았다. 평생 저술에 힘썼는데, 義理를 위주로 하였다. 저술로『竹山詞』가 있다.(보유 381쪽)

● 유우익 劉友益(1248-1332)

자는 水窗이며, 吉州 永新(江西省) 사람이다. 經傳과 子史類 및 天文·地理·律曆·象數 등에 두루 통하였다. 송나라가 망하자 萬山에 은거하였다. 저술로 『通鑑綱目書法』이 있다.(보유 382쪽)

● 고천석 高天錫(？-？)

호는 竹澗이며, 彭澤(江西省) 사람이다. 송나라 말기 朱熹의 학문을 嚴禁할 때에도 道學 연구에 열중하여, 학자들의 신망을 받았다.(보유 382쪽)

● 유　근 劉瑾(？-？)

자는 公瑾·懷甫이며, 安福(江西省) 사람이다. 원나라 때 인물로, 벼슬하지 않고 은거하였다. 朱熹의 사위이며, 주희의 학문을 위주로 하여 그 요지를 闡發하였다. 저술로 『詩傳通釋』이 있다.(보유 382쪽)

● 옹　삼 翁森(？-？)

자는 秀卿·一瓢, 호는 此翁이며, 仙居(浙江省) 사람이다. 송나라가 망하자 은거하여 후학 양성에 힘썼는데, 朱熹의 白鹿洞學規를 교육의 지표로 삼았다. 저술로 『一瓢集』이 있다.(보유 383쪽)

● 등문원 鄧文原(1259-1328)

자는 善之·匡石, 시호는 文肅이며, 綿州(四川省) 사람이다. 至元年間에 杭州路儒學正이 되어 翰林待制·國子祭酒 등을 지냈다. 저술로 『讀易類編』과 후인이 집성한 『巴西集』이 있다.(보유 383쪽)

● 육이도 陸以衜(？-？)

無錫(江蘇省) 사람이다. 至正年間(1341-1367)에 翰林待制를 지냈다. 易學에 밝았는데, 程子·朱子를 거슬러 올라가 象數 이면의 깊은 요지를 터득하였다.(보유 384쪽)

● 양　익 梁益(？-？)

자는 友直, 호는 庸齋이며, 江陰(江蘇省) 사람이다. 원나라 때 인물로, 經史와 文辭에 뛰어났다. 기질을 변화시키는 것을 급선무로 삼아 가르치니, 배우는 자가 많았다. 스승인 陸文圭(1252-1336) 이후로 浙西 지역에서 순정한 학문의 師表로 칭송 받았다. 저술로 『三山稿』·『詩緒餘』·『史傳姓氏纂』·『詩傳旁通』 등이 있다.(보유 384쪽)

- 여　헌 黎獻(?-?)

  자는 了文, 호는 拙翁이며, 東莞(山東省) 사람이다. 학문을 독실히 하여, 약관의 나이에 이미 朱熹의 白鹿洞學規에 의거해 학생들을 가르쳤다.(보유 385쪽)

- 포운룡 鮑雲龍(1226-1296)

  자는 景翔, 호는 魯齋이며, 歙縣(安徽省) 사람이다. 閔厚甫에게 배웠다. 원나라가 들어서자 벼슬하지 않고 생도들을 가르치며 理學에 잠심하였다. 經史에 두루 통했으며, 특히 역학에 뛰어났다. 저술로『天原發微』가 있다.(보유 385쪽)

- 육천우 陸天祐(?-?)

  鄞縣(浙江省) 사람이다. 二程과 朱熹의 학문을 흠모하여 義塾을 세워 자제들을 교육하고자 했으나 이루지 못하였다. 후에 그의 두 아들이 부친의 遺命에 따라 東湖書院을 세워 자제들을 교육하였다.(보유 386쪽)

- 사백선 史伯璿(?-?)

  자는 文璣이며, 溫州 平陽(浙江省) 사람이다. 원나라 때 학자로, 평생 벼슬하지 않고 은거하였다. 朱熹의 학문을 사숙하였다. 주자의 제자인 饒魯(雙峯 饒氏)의 설을 비판적으로 검토하였다. 저술로『四書管窺』·『管窺外篇』등이 있다.(보유 388쪽)

- 주문정 朱文霆(1295-1363)

  자는 原道이며, 興化路 莆田(福建省) 사람이다. 1333년 진사가 되어 瑞安州同知·福建宣慰司都事 등을 지냈다. 朱熹의 학문을 사숙하였다.(보유 388쪽)

- 도안득 陶安得(?-?)

  생애가 자세치 않다. 二程과 朱熹의 학문을 사숙하였다.(보유 389쪽)

◎ 吳柔勝의 家學

- 오　연 吳淵(1190-1257) ☞ 槐堂諸儒學案
- 오　잠 吳潛(1196-1262) ☞ 槐堂諸儒學案

◎ 趙汝騰의 家學

- 조필엽 趙必曄(？-？)

  자는 伯煒, 호는 大蓬이며, 泉州 晉江(福建省) 사람이다. 송나라 종실이며, 趙汝騰의 손자이다. 가학을 계승하였다. 承務郎에 보임된 뒤 承議郎·廣東按撫使 등을 지냈다. 招撫使 蒲壽庚이 종실 사람들을 모두 죽이고 원나라에 항복하자 도망하여 泉州 東陵에 은거하였다. 저술로『續書譜辨妄』·『茹芝集』·『東陵集』 등이 있다.

◎ 趙必曄의 門人

- 진인백 陳仁伯(？-？)

  莆田(福建省) 사람이며, 관직은 同安尹을 지냈다. 동기간인 陳衆仲과 함께 문명이 있었다. 그의 학문은 모두 趙汝談(？-1237)에게서 나왔다.

- 진 려 陳旅(1288-1343) ☞ 草廬學案

◎ 鄧文原의 門人

- 유 진 兪鎭(？-？)

  자는 伯貞, 호는 學易이며, 崇德(浙江省) 사람이다. 1317년 鄕試에 1등으로 천거되어 建德路知事 등을 지냈다. 어려서 부친 兪天民에게 朱輔의 학문을 배웠으며, 후에 鄧文原에게 배웠다. 五經에 통달했으며, 특히 역학에 밝았다. 저술로『修詞藁』가 있다.(보유 386쪽)

◎ 史伯璿의 門人

- 서 삼 徐森(？-？)

  자는 宗茂이며, 黃巖(浙江省) 사람이다. 洪武年間(1368-1398)에 천거되어 徐聞敎諭 등을 지냈다. 육경과 제자백가에 두루 통하였으며, 특히 역학에 정밀하였다. 형과 함께 史伯璿에게 배웠다. 저술로『易說』·『詩書禮記經義』·『四書辨疑』가 있다.(보유 387쪽)

- 도 안 陶安(？-？)

  자는 主敬이며, 當塗(安徽省) 사람이다. 원나라 至正年間(1341-1367)에 明道書院山長을 지냈고, 명나라 때에는 江西參政을 지냈다.(보유 388쪽)

◎ 朱文霆의 門人

● 목경방 木景方(?-?)

瑞安(浙江省) 사람이다. 洪武年間(1368-1398) 초에 縣學訓導가 되었다가 明經으로 國子監學錄을 지냈다. 朱文霆에게 朱熹·蔡沈 학문의 微旨를 들었다. (보유 388쪽)

● 단중우 單仲友(?-?)

이름은 佑이며, 字로 더 유명하다. 鄞縣(浙江省) 사람이다. 1373년 桂彦良과 함께 明經으로 천거되어 國子助教·南大理府教授 등을 지냈다. 朱文霆에게 배워 經史百家는 물론 二程·朱熹 등 宋代 理學家의 서적까지 두루 섭렵하였다.(보유 389쪽)

◎ 陶安得의 門人

● 유중형 喩仲衡(?-?)

자는 單甫·平甫이며, 출생지는 정확지 않다. 洪武年間(1368-1398) 초에 賢良으로 천거되어 知台州府를 지냈다. 이모부 陶安得을 사사하여 二程과 朱熹의 性理學을 배웠다.(보유 389쪽)

43. 南軒 張栻의 學脈(南軒學案)

1) 南軒學案 圖表

◎ 張　栻 ┬ 張　庶(再從子) ― 張　坧(子)
　　　　　├ 張忠恕(從子) ― 張　洽(從子)
　　　　　├ 胡大時 ☞ 嶽麓諸儒學案
　　　　　├ 彭龜年 ☞ 嶽麓諸儒學案
　　　　　├ 吳　獵 ☞ 嶽麓諸儒學案
　　　　　├ 游九言 ☞ 嶽麓諸儒學案
　　　　　├ 游九功 ☞ 嶽麓諸儒學案
　　　　　├ 宇文紹節 ☞ 二江諸儒學案
　　　　　├ 陳　槩 ☞ 二江諸儒學案
　　　　　├ 楊知章 ☞ 二江諸儒學案
　　　　　├ 李修己 ☞ 二江諸儒學案
　　　　　├ 張仕佺 ☞ 二江諸儒學案
　　　　　├ 范仲黼 ☞ 二江諸儒學案
　　　　　├ 范子長 ☞ 二江諸儒學案
　　　　　├ 范子該 ☞ 二江諸儒學案
　　　　　├ 范　蓀 ☞ 二江諸儒學案
　　　　　├ 宋德之 ☞ 二江諸儒學案
　　　　　├ 曾　集 ☞ 鷹山學案
　　　　　├ 陳孔碩 ☞ 滄洲諸儒學案
　　　　　├ 襲蓋卿 ☞ 滄洲諸儒學案
　　　　　├ 吳必大 ☞ 滄洲諸儒學案
　　　　　├ 王　遇 ☞ 滄洲諸儒學案
　　　　　├ 呂勝己 ☞ 滄洲諸儒學案
　　　　　├ 舒　璘 ☞ 廣平定川學案
　　　　　├ 曾夢泉 ☞ 槐堂諸儒學案
　　　　　├ 詹阜民 ☞ 槐堂諸儒學案
　　　　　├ 詹儀之 ☞ 麗澤諸儒學案
　　　　　├ 周　奭 ☞ 嶽麓諸儒學案
　　　　　├ 趙善佐 ☞ 嶽麓諸儒學案
　　　　　├ 簡克己 ☞ 嶽麓諸儒學案
　　　　　└ 吳　倫 ☞ 嶽麓諸儒學案

　├─ 蔣　復 ☞ 嶽麓諸儒學案
　├─ 陳　琦 ☞ 嶽麓諸儒學案
　├─ 鍾如愚 ☞ 嶽麓諸儒學案
　├─ 張　巽 ☞ 嶽麓諸儒學案
　├─ 王居仁 ☞ 嶽麓諸儒學案
　├─ 趙　方 ☞ 嶽麓諸儒學案
　├─ 梁子强 ☞ 嶽麓諸儒學案
　├─ 鍾炤之 ☞ 嶽麓諸儒學案
　├─ 蔣元夫 ☞ 嶽麓諸儒學案
　├─ 沈有開 ☞ 嶽麓諸儒學案
　├─ 曾　撙 ☞ 嶽麓諸儒學案
　├─ 宋文仲 ☞ 嶽麓諸儒學案
　├─ 宋剛仲 ☞ 嶽麓諸儒學案
　├─ 吳　儆 ☞ 嶽麓諸儒學案
　├─ 曹　集 ☞ 嶽麓諸儒學案
　├─ 蘇　權 ☞ 嶽麓諸儒學案
　├─ 周去非 ☞ 嶽麓諸儒學案
　├─ 謝用賓 ☞ 嶽麓諸儒學案
　├─ 蕭　佐 ☞ 嶽麓諸儒學案
　├─ 李　壁 ☞ 嶽麓諸儒學案
　├─ 李　朣 ☞ 嶽麓諸儒學案
　├─ 劉强學 ☞ 嶽麓諸儒學案
　├─ 宋　甡 ☞ 嶽麓諸儒學案
　├─ 潘友端 ☞ 嶽麓諸儒學案
　└─ 曹　建(補遺) ☞ 滄洲諸儒學案

※ 講友：朱　熹 ☞ 晦翁學案
　　　　呂祖謙 ☞ 東萊學案
　　　　趙汝愚 ☞ 玉山學案
　　　　潘　時 ☞ 元城學案
　　　　吳松年 ☞ 周許諸儒學案
　　　　張　杰 ☞ 玉山學案
※ 學侶：陳傅良 ☞ 止齋學案
　　　　胡大本 ☞ 五峯學案
　　　　呂　陟

※ 同 調 : 趙不息 ☞ 晦翁學案
　　　　　劉靖之 ☞ 清江學案
　　　　　劉淸之 ☞ 清江學案
　　　　　丘　崈 ☞ 丘劉諸儒學案
※ 續 傳 : 張　唐
　　　　　方敏中
　　　　　木天駿 ― 木元思(子)(補遺)
※ 私 淑 : 趙　昱
　　　　　虞剛簡 ☞ 二江諸儒學案
　　　　　程遇孫 ☞ 二江諸儒學案
　　　　　薛　紱 ☞ 二江諸儒學案
　　　　　鄧諫從 ☞ 二江諸儒學案
　　　　　張　方 ☞ 二江諸儒學案
　　　　　魏了翁 ☞ 鶴山學案
　　　　　李大有 ☞ 東萊學案
　　　　　尹謙孫(補遺)
　　　　　尹復孫(補遺)
　　　　　吳　垕(補遺) ☞ 晦翁學案
　　　　　陳宏磬(補遺)
　　　　　汪士遜(補遺) ― 汪安甫(子)(補遺) ― 汪袞(子)(補遺)

2) 南軒學案序錄

　　내가 삼가 살펴보건대, 南軒 張栻은 明道 程顥와 유사하고, 晦翁 朱熹는 伊川 程頤과 유사하다. 만약 남헌이 오래 살았더라면, 그의 조예가 얼마나 진보했을지 모르겠다. 北溪 陳淳(1159-1223) 등 회옹의 제자들은 반드시 남헌이 회옹을 종유하여 영향을 받았다고 말하려 하겠지만, 이는 橫渠 張載의 학문이 程子에게서 나왔다고 말하는 경우와 같다. 자기 스승을 높이려 하다가 도리어 스승을 욕되게 하였다는 것이 바로 이를 두고 한 말이다.

3) 胡宏의 門人

- **장 식 張栻(1133-1180)**

  자는 敬夫·欽夫·樂齋, 호는 南軒, 시호는 宣이며, 漢州 綿竹(四川省 廣漢)
  사람인데 뒤에 衡陽(湖南省)으로 옮겨 살았다. 명신 張浚의 아들로, 門蔭으로
  承務郎에 제수되었다. 부친이 별세한 뒤에 劉珙의 천거로 知撫州·知嚴州 등
  을 지냈으며, 조정에 들어가 吏部員外郎·右文殿修撰 등을 역임하였다. 부친
  에게서 가학을 계승 받았으며, 胡宏에게 二程의 학문을 전수 받았는데 明道
  程顥의 학문에 더 가깝다는 평을 받았다. 호굉의 문하에 들어간 뒤로 더욱 발
  분하여 학문에 정진하였는데, 스스로 성현이 되겠다고 기약하여 「希顔錄」을 작
  성해 의지를 드러내기도 하였다. 사람됨이 평탄하고 명백하였으며, 표리가 투
  명하고 조예가 정밀하였다. 朱熹·呂祖謙과 함께 '東南三賢'으로 불리었다. 송
  나라 理宗 때 孔廟에 從祀되었다. 저술로『論語解』·『孟子解』·『詩解』·『書
  解』·『太極圖説解』·『南軒易説』·『經世編年』 등이 있다.

4) 張栻의 講友

- **주 희 朱熹(1130-1200)** ☞ 晦翁學案
- **여조겸 呂祖謙(1137-1181)** ☞ 東萊學案
- **조여우 趙汝愚(1140-1196)** ☞ 玉山學案
- **반 치 潘畤(1126-1189)** ☞ 元城學案
- **오송년 吳松年(1119-1180)** ☞ 周許諸儒學案
- **장 걸 張杰(?-?)** ☞ 玉山學案

5) 張栻의 學侶

- **진부량 陳傅良(1137-1203)** ☞ 止齋學案
- **호대본 胡大本(?-?)** ☞ 五峯學案
- **여 척 呂陟(?-?)**

  자는 昇卿이며, 永州 零陵(湖南省) 사람이다. 楊萬里에게 인정을 받아 '飽學之士'

로 불리었다. 張栻의 부친 張浚이 永州에 유배되었을 때, 장식이 부친을 따라
영주에 살면서 서로 교유하게 되었다. 관직은 監司에 이르렀다.

6) 張栻의 同調

- 조불식 趙不息(1121–1187) ☞ 晦翁學案
- 유정지 劉靖之(？-？) ☞ 淸江學案
- 유청지 劉淸之(1134–1190) ☞ 淸江學案
- 구 숭 丘崈(？-？) ☞ 丘劉諸儒學案

7) 張栻의 家學

- 장 서 張庶(？- 1199)

  자는 晞顔이며, 漢州 綿竹(四川省 廣漢) 사람인데 뒤에 衡陽(湖南省)으로 옮겨
  살았다. 張杓의 아들이며 장식의 再從子이다. 장식에게 수학하였으며, 蜀 땅
  의 牧齋 孫松壽에게도 나아가 배웠다. 從祖父인 張浚이 죽자 護喪하여 長沙로
  갔다가, 집으로 돌아가지 않고 9년 동안 장식의 문하에서 정진하였다. 장식이
  嶽麓書院에서 강학할 적에 司錄을 맡아 기록해 둔 책이『南軒書說』이며, 그
  당시 개인적으로 장식의 말을 기록해 놓은 책이『誠敬心法』이다. 장준과 장식
  이 그를 관직에 천거하려 하였으나 이루어지지 않았다.

- 장충서 張忠恕(1174–1230)

  자는 行父, 호는 拙齋이며, 漢州 綿竹(四川省 廣漢) 사람이다. 端明殿學士를
  지낸 장식의 동생 張杓의 아들이다. 門蔭으로 출사하여 寧宗 때 知澧州·知湖
  州 등을 지냈으며 조정으로 들어가 戶部郎官을 역임하였다. 理宗이 즉위하자,
  옛날 英宗이 삼년상을 행한 것을 본받자고 주청하였으며, 1225년 8조목의 封
  事를 올려 時務를 극언하였다. 그러나 자신의 간언이 받아들여지지 않자 외직
  을 청해 知贛州로 나갔으며, 다음 해 붕당을 했다는 이유로 파직되었다. 이후
  嶽麓書院에서 강학하였다. 1230년 복직되어 寶章閣直閣이 되었으나, 곧 노환
  으로 사직하고 귀향하였다.

- 장　비 張玭(? - ?)
  張庶의 아들로 衡陽(湖南省)에 살았다. 後溪 劉光祖(1142-1222)와 장식의 동생 張杓이 張庶를 천거하려 하였으나 뜻대로 되지 않자, 그의 아들 장비를 천거하여 관직에 나아가게 하였다.

- 장　흡 張洽(? - ?)
  장식의 손자이며, 張焯의 아들이다. 어려서 부친을 여의고 조부 슬하에서 자랐으며, 조부가 세상을 떠난 뒤에는 종조부인 張杓에게 의탁하였다. 장진의 아들 張忠恕에게 배워 가학을 번창하게 하였다. 楊州司理軍事를 역임하였으며, 白鹿書院 山長을 지냈다.

8) 張栻의 門人

- 호대시 胡大時(? - ?)　☞ 嶽麓諸儒學案
- 팽구년 彭龜年(1142-1206)　☞ 嶽麓諸儒學案
- 오　렵 吳獵(1143-1213)　☞ 嶽麓諸儒學案
- 유구언 游九言(1142-1206)　☞ 嶽麓諸儒學案
- 유구공 游九功(? - ?)　☞ 嶽麓諸儒學案
- 우문소절 宇文紹節(? - 1213)　☞ 二江諸儒學案
- 진　개 陳槩(? - ?)　☞ 二江諸儒學案
- 양지장 楊知章(? - ?)　☞ 二江諸儒學案
- 이수기 李修己(? - ?)　☞ 二江諸儒學案
- 장사전 張仕佺(? - ?)　☞ 二江諸儒學案
- 범중보 范仲黼(? - ?)　☞ 二江諸儒學案
- 범자장 范子長(? - ?)　☞ 二江諸儒學案
- 범자해 范子該(? - ?)　☞ 二江諸儒學案
- 범　손 范蓀(? - ?)　☞ 二江諸儒學案
- 송덕지 宋德之(? - ?)　☞ 二江諸儒學案
- 증　집 曾集(? - ?)　☞ 鹿山學案
- 진공석 陳孔碩(? - ?)　☞ 滄洲諸儒學案

- 습개경 襲蓋卿(?-?) ☞ 滄洲諸儒學案
- 오필대 吳必大(?-?) ☞ 滄洲諸儒學案
- 왕 우 王遇(1142-1211) ☞ 滄洲諸儒學案
- 여승기 呂勝己(?-?) ☞ 滄洲諸儒學案
- 서 린 舒璘(1136-1199) ☞ 廣平定川學案
- 증몽천 曾夢泉(?-?) ☞ 槐堂諸儒學案
- 첨부민 詹阜民(?-?) ☞ 槐堂諸儒學案
- 첨의지 詹儀之(?-?) ☞ 麗澤諸儒學案
- 주 석 周奭(?-?) ☞ 嶽麓諸儒學案
- 조선좌 趙善佐(1134-1185) ☞ 嶽麓諸儒學案
- 간극기 簡克己(?-?) ☞ 嶽麓諸儒學案
- 오 륜 吳倫(?-?) ☞ 嶽麓諸儒學案
- 장 복 蔣復(?-?) ☞ 嶽麓諸儒學案
- 진 기 陳琦(1136-1184) ☞ 嶽麓諸儒學案
- 종여우 鍾如愚(?-?) ☞ 嶽麓諸儒學案
- 장 손 張巽(?-?) ☞ 嶽麓諸儒學案
- 왕거인 王居仁(?-?) ☞ 嶽麓諸儒學案
- 조 방 趙方(?-1222) ☞ 嶽麓諸儒學案
- 양자강 梁子强(?-?) ☞ 嶽麓諸儒學案
- 종소지 鍾炤之(?-?) ☞ 嶽麓諸儒學案
- 장원부 蔣元夫(?-?) ☞ 嶽麓諸儒學案
- 심유개 沈有開(1134-1212) ☞ 嶽麓諸儒學案
- 증 준 曾撙(?-?) ☞ 嶽麓諸儒學案
- 송문중 宋文仲(?-?) ☞ 嶽麓諸儒學案
- 송강중 宋剛仲(?-?) ☞ 嶽麓諸儒學案
- 오 경 吳儆(1125-1183) ☞ 嶽麓諸儒學案
- 조 집 曹集(?-?) ☞ 嶽麓諸儒學案
- 소 권 蘇權(?-?) ☞ 嶽麓諸儒學案

- 주거비 周去非(?-?) ☞ 嶽麓諸儒學案
- 사용빈 謝用賓(?-?) ☞ 嶽麓諸儒學案
- 소　좌 蕭佐(?-?) ☞ 嶽麓諸儒學案
- 이　벽 李壁(1159-1222) ☞ 嶽麓諸儒學案
- 이　식 李塦(?-?) ☞ 嶽麓諸儒學案
- 유강학 劉强學(1154-1224) ☞ 嶽麓諸儒學案
- 송　신 宋牲(?-?) ☞ 嶽麓諸儒學案
- 반우단 潘友端(?-?) ☞ 嶽麓諸儒學案
- 조　건 曹建(1147-1183)(보유 393쪽) ☞ 滄洲諸儒學案

9) 張栻의 續傳

- 장　당 張唐(?-1278)

  이름을 鐣으로도 쓴다. 潭州 長沙(湖南省) 사람이다. 장식의 후손으로 가학을 이어받았으며, 朝奉郎을 지냈다. 1277년 원나라 군사가 汀州로 침입하자, 趙璠·張浩·熊桂·劉斗元·吳希奭·陳子全·王夢應 등과 邵州·永州에서 병사를 일으켰으나, 패해 체포되었다가 죽었다.

- 방민중 方敏中(?-?)

  자는 仕文, 호는 明軒이며, 巴陵(湖南省) 사람이다. 원나라 때 학자로, 장식의 학문을 사숙하였다. 『춘추』에 정통하였고, 理學에 잠심하였다. 자신의 서재를 '自明軒'이라 이름하고, 학자들에게는 克己로 학문의 요점을 삼았다.

- 목천준 木天駿(?-?)

  자는 德遠이며, 溫州 瑞安(浙江省) 사람이다. 止齋 陳傅良(1137-1203)과 같은 고을 사람으로, 젊어서 진부량의 학문을 익혔다. 진부량의 재전문인으로 일컬어지기도 한다. 1238년 진사가 되어 永州敎授에 제수되었다. 嶽麓書院을 지나다 장식의 가르침을 듣고 심취하여 사숙하였다. 뒤에 建昌守·大宗正丞 등을 역임하였다. (보유 393쪽)

◎ 木天駿의 家學

- 목원사 木元思(? - ?)

  溫州 瑞安(浙江省) 사람이다. 木天駿의 아들로 생애가 자세치 않다. 太學에서 수학할 적에 문장과 행실로 여러 사람들의 추중을 받았다. 가학을 잘 계승한 사람으로 평가된다.

10) 張栻의 私淑

- 조 욱 趙昱(? - 1209)

  자는 希光, 호는 中川이며, 資州(四川省) 사람이다. 趙雄의 아들로 어려서부터 司馬氏·周氏·程氏에게 부지런히 배웠으며, 뒤에 장식을 사숙하였다. 성품이 담박하여 세상에 나아가기를 좋아하지 않았다. 20여 년 동안 벼슬길에 있었지만, 실제로 관직에 나아간 것은 3년도 되지 않았다. 부친 조웅이 孝宗에게 吳挺이 蜀 땅에서 專橫하는 폐해를 아뢴 적이 있었는데, 1207년 吳挺의 후손 吳曦가 참람하게 반란을 일으켰다. 조욱이 부친의 뜻을 생각해 통곡을 하고, 成都의 장수 楊輔에게 편지를 보내 반란군 토벌을 청하였으나 양보는 따르지 않았다. 이에 조욱은 음식을 끊고 굶어 죽었다.

- 우강간 虞剛簡(1164-1227) ☞ 二江諸儒學案

- 정우손 程遇孫(? - ?) ☞ 二江諸儒學案

- 설 불 薛紱(? - ?) ☞ 二江諸儒學案

- 등간종 鄧諫從(? - ?) ☞ 二江諸儒學案

- 장 방 張方(? - ?) ☞ 二江諸儒學案

- 위료옹 魏了翁(1178-1237) ☞ 鶴山學案

- 이대유 李大有(1159-1224) ☞ 東萊學案

- 윤겸손 尹謙孫(? - ?)

  자는 希呂·虛心이며, 茶陵(湖南省) 사람이다. 어버이를 효성으로 섬겨 소문이 났다. 동생 尹復孫과 함께 師友가 되어 힘써 聖學에 치력하였다. 『예기』에 능통해 鄕薦에서 으뜸으로 천거되었으나 나아가지 않았다. 武昌의 張山翁은 그의 문장을 前漢의 長沙王 太傅였던 賈誼에 비견하였고, 王夢應은 朱熹·張栻의 마음으로 韓愈·柳宗元의 필법을 행하였다고 평하였다. (보유 393쪽)

- 윤복손 尹復孫(?-?)

  茶陵(湖南省) 사람으로, 尹謙孫의 동생이다. 생애가 자세치 않다. 형을 師友로 삼아 학문에 주력하였다.(보유 393쪽)

- 오 후 吳垕(?-?)(보유 394쪽) ☞ 晦翁學案

- 진굉경 陳宏罄(1326-1348)

  자는 則善이며, 瑞安(浙江省) 사람이다. 성품이 지극히 효성스러웠다. 젊어서 각고의 노력을 기울이며 독서를 하였는데, 어느 날 張栻과 楊時의 어록을 읽다가 깨달은 바가 있어 力行에 뜻을 두었다. 그리고 『惺惺稾』를 저술하였는데, 도를 체득하여 德化를 살핀다는 志趣를 담았다. 1348년 갑자기 병을 얻었는데, 朱子의 「齋居感興」 20수 중 첫 번째 '昆侖大無外 旁薄下深廣' 1장을 노래하고 서거하였다.(보유 394쪽)

- 왕사손 汪士遜(?-?)

  자는 宗禮이며, 休寧(安徽省) 사람이다. 원나라 至元年間(1335-1340) 南軒書院 山長에 제수되었다. 성품이 온순하고 진실하였으며, 교육에 부지런히 힘을 기울였다. 학문은 實踐과 致用을 근본으로 하고, 立身하는 데에는 孝悌를 先務로 삼았다.(보유 394쪽)

◎ 汪士遜의 家學

- 왕안보 汪安甫(?-?)

  休寧(安徽省) 사람으로, 汪士遜의 아들이며 생애가 자세치 않다. 가학을 계승하였다. 黟縣直學을 지냈다.(보유 394쪽)

- 왕 곤 汪袞(?-?)

  休寧(安徽省) 사람으로, 汪士遜의 손자이며 생애가 자세치 않다. 가학을 계승하였다. 國子學錄을 지냈다.(보유 394쪽)

44. 東萊 呂祖謙의 學脈(東萊學案)

1) 東萊學案

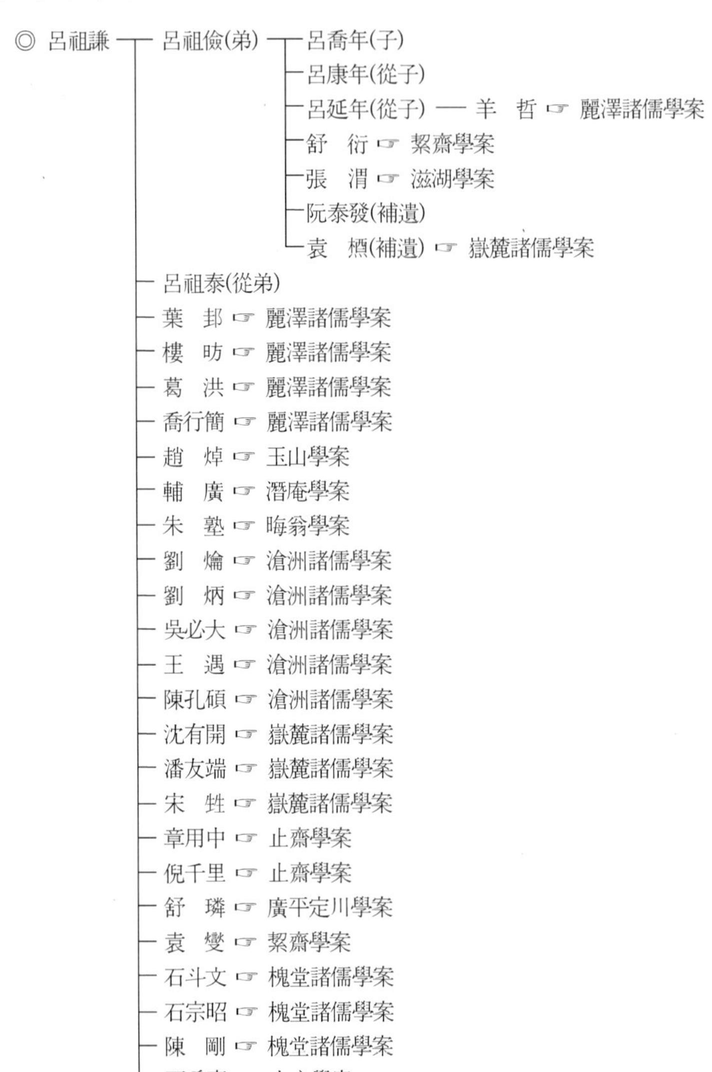

```
├─ 樓　昉 ☞ 麗澤諸儒學案
├─ 李誠之 ☞ 麗澤諸儒學案
├─ 王　介 ☞ 麗澤諸儒學案
├─ 喬夢符 ☞ 麗澤諸儒學案
├─ 王　瀚 ☞ 麗澤諸儒學案
├─ 王　洽 ☞ 麗澤諸儒學案
├─ 石　範 ☞ 麗澤諸儒學案
├─ 朱　質 ☞ 麗澤諸儒學案
├─ 葉秀發 ☞ 麗澤諸儒學案
├─ 潘景憲 ☞ 麗澤諸儒學案
├─ 潘景愈 ☞ 麗澤諸儒學案
├─ 潘景夔 ☞ 麗澤諸儒學案
├─ 潘景尹 ☞ 麗澤諸儒學案
├─ 鄒補之 ☞ 麗澤諸儒學案
├─ 杜　旃 ☞ 麗澤諸儒學案
├─ 戚如琥 ☞ 麗澤諸儒學案
├─ 戚如圭 ☞ 麗澤諸儒學案
├─ 戚如玉 ☞ 麗澤諸儒學案
├─ 夏明誠 ☞ 麗澤諸儒學案
├─ 鄭宗強 ☞ 麗澤諸儒學案
├─ 汪　淳 ☞ 麗澤諸儒學案
├─ 汪大度 ☞ 麗澤諸儒學案
├─ 汪大章 ☞ 麗澤諸儒學案
├─ 汪大亨 ☞ 麗澤諸儒學案
├─ 汪大明 ☞ 麗澤諸儒學案
├─ 黃　渙 ☞ 麗澤諸儒學案
├─ 黃　謙 ☞ 麗澤諸儒學案
├─ 陳　黼 ☞ 麗澤諸儒學案
├─ 詹儀之 ☞ 麗澤諸儒學案
├─ 邢世材 ☞ 麗澤諸儒學案
├─ 郭　澄 ☞ 麗澤諸儒學案
├─ 胡子廉 ☞ 麗澤諸儒學案
├─ 康文虎 ☞ 麗澤諸儒學案
├─ 康文豹 ☞ 麗澤諸儒學案
├─ 趙善談 ☞ 麗澤諸儒學案
```

```
├─ 趙彦秬 ☞ 麗澤諸儒學案
├─ 羊永德 ☞ 麗澤諸儒學案
├─ 李大同 ☞ 麗澤諸儒學案
├─ 時　瀾 ☞ 麗澤諸儒學案
├─ 時　澋 ☞ 麗澤諸儒學案
├─ 郭　頤 ☞ 麗澤諸儒學案
├─ 鞏　豊 ☞ 麗澤諸儒學案
├─ 鞏　嶸 ☞ 麗澤諸儒學案
├─ 鞏　峴 ☞ 麗澤諸儒學案
├─ 周　介 ☞ 麗澤諸儒學案
├─ 彭仲剛 ☞ 麗澤諸儒學案
├─ 盧汝琰 ☞ 麗澤諸儒學案
├─ 盧汝琯 ☞ 麗澤諸儒學案
├─ 樓孟愷 ☞ 麗澤諸儒學案
├─ 樓仲愷 ☞ 麗澤諸儒學案
├─ 樓叔愷 ☞ 麗澤諸儒學案
├─ 樓季愷 ☞ 麗澤諸儒學案
├─ 汪仲儀 ☞ 麗澤諸儒學案
├─ 郭粹中 ☞ 麗澤諸儒學案
├─ 郭敏中 ☞ 麗澤諸儒學案
├─ 郭允中 ☞ 麗澤諸儒學案
├─ 郭時中 ☞ 麗澤諸儒學案
├─ 葉　誕 ☞ 麗澤諸儒學案
├─ 徐文虎 ☞ 麗澤諸儒學案
├─ 陳　錫 ☞ 麗澤諸儒學案
├─ 徐　侃 ☞ 麗澤諸儒學案
├─ 徐　倬 ☞ 麗澤諸儒學案
├─ 王深源 ☞ 麗澤諸儒學案
└─ 孫應時(補遺) ☞ 槐堂諸儒學案
```

※ 講　友：朱　熹 ☞ 晦翁學案
　　　　　張　栻 ☞ 南軒學案
　　　　　潘　時 ☞ 元城學案
※ 學　侶：陳傅良 ☞ 止齋學案
　　　　　陳　亮 ☞ 龍川學案

```
※ 同 調 : 劉靖之 ☞ 淸江學案
         劉淸之 ☞ 淸江學案
         丘  崈 ☞ 丘劉諸儒學案
         郭良臣
※ 續 傳 : 宋  濂 ☞ 北山四先生學案
         王  禕 ☞ 滄洲諸儒學案
※ 私 淑 : 李大有
```

2) 東萊學案序錄

내가 삼가 살펴보건대, 東萊 呂祖謙의 학문은 心氣를 평이하게 하고 말로써 여러 학자들과 견주려 하지 않으며, 학문의 큰 요점이 同類들을 융합하여 그들의 단점을 점점 교화하는 데 있었으니, 재상다운 도량이었다. 애석하게 그는 일찍 죽었고, 晦翁 朱熹가 날마다 사람들과 힘든 논쟁을 하였는데, 비난하는 말이 婺學에까지도 함께 미쳤다. 그리고 宋史를 편찬한 비루한 식견을 가진 사람들이 그를 격하시켜 道學列傳에 넣지 않고 마침내 儒林列傳에 넣었다. 그러나 후세의 군자들은 끝내 그렇게 생각하지 않았다.

3) 林之奇 · 汪應辰의 門人

● 여조겸 呂祖謙(1137-1181)

자는 伯恭, 호는 東萊, 시호는 成 · 忠亮이며, 河東 婺州(浙江省 金華) 사람이다. 呂大器의 아들이다. 1163년 진사시 및 博學宏詞科에 합격하였고, 태학박사를 거쳐 秘書郎 · 著作郎 등을 역임하였다. 『徽宗實錄』을 수정하는 데 참여하였고, 『皇朝文鑑』을 편찬하였다. 林之奇 · 汪應辰 · 胡憲 등에게 수학하였으며, 동생 呂祖儉과 함께 明招山에 麗澤書院을 창건하고 강학하였다. 朱熹 · 張栻과 절친하였는데, 세상 사람들이 이들을 '東南三賢'이라 불렀다. 鵝湖之會를 개최하여 朱熹와 陸九淵의 학술을 조화시키려 하였고, 永嘉學派의 경세치용 사상을 받아들여 스스로 일가를 이룸으로써 '呂學' · '婺學' · '金華學派'로 일컬어졌다. 저술로 『東萊春秋左氏傳說』 · 『春秋左氏續說』 · 『東萊左氏博議』 · 『左

氏類編』·『考定古周易』·『周易繫辭精義』·『東萊易說』·『書說』·『少儀外傳』
·『呂氏家塾讀詩記』·『歷代制度詳說』·『大事記』·『讀詩記』·『辨志錄』·『歐
陽公本末』·『東萊集』 등이 있다.

4) 呂祖謙의 講友

- 주　희 朱熹(1130-1200) ☞ 晦翁學案
- 장　식 張栻(1133-1180) ☞ 南軒學案
- 반　치 潘時(1126-1189) ☞ 元城學案

5) 呂祖謙의 學侶

- 진부량 陳傅良(1137-1203) ☞ 止齋學案
- 진　량 陳亮(1143-1193) ☞ 龍川學案

6) 呂祖謙의 同調

- 유정지 劉靖之(？-？) ☞ 清江學案
- 유청지 劉清之(1134-1190) ☞ 清江學案
- 구　숭 丘崈(1135-1208) ☞ 丘劉諸儒學案
- 곽량신 郭良臣(？-？)
  자는 德鄰이며, 東陽(浙江省) 사람이다. 將仕郎을 지냈다. 張九成의 제자인 郭
  欽之의 從兄으로 呂祖謙과 절친하였다. 西園書院을 세워 강학하였다.

7) 呂祖謙의 家學

- 여조검 呂祖儉(？-1196)
  자는 子約, 호는 大愚, 시호는 忠이며, 河東 婺州(浙江省 金華) 사람이다. 呂祖
  謙의 동생으로 여조겸에게 수학하였으며, 太府丞 등을 역임하였다. 楊簡·沈

煥·袁爕과 함께 '明州四先生'으로 불리었다. 학문적으로는 程子를 계승하면
서 주희와 육구연의 설을 절충하려 하였다. 저술로『大愚集』이 있다.

● 여조태 呂祖泰(？-？)
  자는 泰然이며, 婺州(浙江省 金華) 사람이다. 呂祖謙의 從弟로, 여조겸에게 수
  학하였다.

8) 呂祖謙의 門人

● 섭 규 葉邽(？-？) ☞ 麗澤諸儒學案
● 누 방 樓昉(？-？) ☞ 麗澤諸儒學案
● 갈 홍 葛洪(？-1237) ☞ 麗澤諸儒學案
● 교행간 喬行簡(1156-1241) ☞ 麗澤諸儒學案
● 조 작 趙焯(？-1183) ☞ 玉山學案
● 보 광 輔廣(？-？) ☞ 潛庵學案
● 주 숙 朱塾(1153-1191) ☞ 晦翁學案
● 유 약 劉爚(1144-1216) ☞ 滄洲諸儒學案
● 유 병 劉炳(？-？) ☞ 滄洲諸儒學案
● 오필대 吳必大(？-？) ☞ 滄洲諸儒學案
● 왕 우 王遇(1142-1211) ☞ 滄洲諸儒學案
● 진공석 陳孔碩(？-？) ☞ 滄洲諸儒學案
● 심유개 沈有開(1134-1212) ☞ 嶽麓諸儒學案
● 반우단 潘友端(？-？) ☞ 嶽麓諸儒學案
● 송 신 宋牲(？-？) ☞ 嶽麓諸儒學案
● 장용중 章用中(？-？) ☞ 止齋學案
● 예천리 倪千里(？-？) ☞ 止齋學案
● 서 린 舒璘(1136-1199) ☞ 廣平定川學案
● 원 섭 袁爕(1144-1224) ☞ 絜齋學案
● 석두문 石斗文(1129-1189) ☞ 槐堂諸儒學案

- 석종소 石宗昭(?-?) ☞ 槐堂諸儒學案
- 진　강 陳剛(?-?) ☞ 槐堂諸儒學案
- 정희량 丁希亮(1146-1192) ☞ 水心學案
- 누　병 樓昞(?-?) ☞ 麗澤諸儒學案
- 이성지 李誠之(1152-1221) ☞ 麗澤諸儒學案
- 왕　개 王介(1158-1213) ☞ 麗澤諸儒學案
- 교몽부 喬夢符(?-?) ☞ 麗澤諸儒學案
- 왕　한 王瀚(?-1211) ☞ 麗澤諸儒學案
- 왕　흡 王洽(?-?) ☞ 麗澤諸儒學案
- 석　범 石範(1148-1213) ☞ 麗澤諸儒學案
- 주　질 朱質(?-?) ☞ 麗澤諸儒學案
- 섭수발 葉秀發(1161-1230) ☞ 麗澤諸儒學案
- 반경헌 潘景憲(1134-1190) ☞ 麗澤諸儒學案
- 반경유 潘景愈(?-?) ☞ 麗澤諸儒學案
- 반경기 潘景夔(?-?) ☞ 麗澤諸儒學案
- 반경윤 潘景尹(?-?) ☞ 麗澤諸儒學案
- 추보지 鄒補之(?-?) ☞ 麗澤諸儒學案
- 두　여 杜旟(?-?) ☞ 麗澤諸儒學案
- 척여호 戚如琥(?-?) ☞ 麗澤諸儒學案
- 척여규 戚如圭(?-?) ☞ 麗澤諸儒學案
- 척여옥 戚如玉(?-?) ☞ 麗澤諸儒學案
- 하명성 夏明誠(?-?) ☞ 麗澤諸儒學案
- 정종강 鄭宗强(?-?) ☞ 麗澤諸儒學案
- 왕　순 汪淳(?-?) ☞ 麗澤諸儒學案
- 왕대도 汪大度(?-?) ☞ 麗澤諸儒學案
- 왕대장 汪大章(?-?) ☞ 麗澤諸儒學案
- 왕대형 汪大亨(?-?) ☞ 麗澤諸儒學案
- 왕대명 汪大明(?-?) ☞ 麗澤諸儒學案

- 황　환 黃渙(？-？) ☞ 麗澤諸儒學案
- 황　겸 黃謙(？-？) ☞ 麗澤諸儒學案
- 진　보 陳黼(？-？) ☞ 麗澤諸儒學案
- 첨의지 詹儀之(？-？) ☞ 麗澤諸儒學案
- 형세재 邢世材(1140-1176) ☞ 麗澤諸儒學案
- 곽　징 郭澄(1150-1179) ☞ 麗澤諸儒學案
- 호자렴 胡子廉(？-？) ☞ 麗澤諸儒學案
- 강문호 康文虎(？-？) ☞ 麗澤諸儒學案
- 강문표 康文豹(？-？) ☞ 麗澤諸儒學案
- 조선담 趙善談(？-？) ☞ 麗澤諸儒學案
- 조언거 趙彦秬(？-？) ☞ 麗澤諸儒學案
- 양영덕 羊永德(？-？) ☞ 麗澤諸儒學案
- 이대동 李大同(？-？) ☞ 麗澤諸儒學案
- 시　란 時瀾(1156-1222) ☞ 麗澤諸儒學案
- 시　운 時澐(？-？) ☞ 麗澤諸儒學案
- 곽　이 郭頤(？-？) ☞ 麗澤諸儒學案
- 공　풍 鞏豊(1148-1217) ☞ 麗澤諸儒學案
- 공　영 鞏嶸(1151-1127) ☞ 麗澤諸儒學案
- 공　현 鞏峴(？-？) ☞ 麗澤諸儒學案
- 주　개 周介(？-？) ☞ 麗澤諸儒學案
- 팽중강 彭仲剛(1143-1194) ☞ 麗澤諸儒學案
- 노여염 盧汝琰(？-？) ☞ 麗澤諸儒學案
- 노여관 盧汝琯(？-？) ☞ 麗澤諸儒學案
- 누맹개 樓孟愷(？-？) ☞ 麗澤諸儒學案
- 누중개 樓仲愷(？-？) ☞ 麗澤諸儒學案
- 누숙개 樓叔愷(？-？) ☞ 麗澤諸儒學案
- 누계개 樓季愷(？-？) ☞ 麗澤諸儒學案
- 왕중의 汪仲儀(？-？) ☞ 麗澤諸儒學案

- 곽수중 郭粹中(?-?) ☞ 麗澤諸儒學案
- 곽민중 郭敏中(?-?) ☞ 麗澤諸儒學案
- 곽윤중 郭允中(?-?) ☞ 麗澤諸儒學案
- 곽시중 郭時中(?-?) ☞ 麗澤諸儒學案
- 섭　탄 葉誕(?-?) ☞ 麗澤諸儒學案
- 서문호 徐文虎(?-?) ☞ 麗澤諸儒學案
- 진　석 陳錫(?-?) ☞ 麗澤諸儒學案
- 서　간 徐侃(?-?) ☞ 麗澤諸儒學案
- 서　탁 徐倬(?-?) ☞ 麗澤諸儒學案
- 왕심원 王深源(?-?) ☞ 麗澤諸儒學案
- 손응시 孫應時(1154-1206)(보유 396쪽) ☞ 槐堂諸儒學案

9) 呂祖謙의 再傳門人

◎ 呂祖儉의 家學

- 여교년 呂喬年(?-?)

  자는 巽伯이며, 金華(浙江省) 사람이다. 呂祖儉의 맏아들이며, 沈端憲의 사위
  이다. 呂祖儉에게 수학하였으며, 가학을 계승하였다.

- 여강년 呂康年(?-?)

  呂祖謙의 조카이다. 呂祖儉에게 수학하였으며, 가학을 계승하였다.

- 여연년 呂延年(?-?)

  자는 伯愚이며, 呂祖謙의 아들이다. 呂祖儉에게 수학하였으며, 羊哲이 그에게
  배웠다.

◎ 呂祖儉의 門人

- 서　연 舒衍(?-?) ☞ 絜齋學案
- 장　위 張渭(?-?) ☞ 滋湖學案

- 완태발 阮泰發(?-?)

  武陵(湖南省) 사람이다. 呂祖儉에게 배웠으며, 古學에 두루 조예가 있었다.(보유 397쪽)

- 원 유 袁樞(?-?)(보유 397쪽) ☞ 嶽麓諸儒學案

10) 呂祖謙의 三傳門人

◎ 呂延年의 門人

- 양 철 羊哲(?-?) ☞ 麗澤諸儒學案

11) 呂祖謙의 續傳

- 송 렴 宋濂(1310-1381) ☞ 北山四先生學案
- 왕 의 王禕(?-?) ☞ 滄洲諸儒學案

12) 呂祖謙의 私淑

- 이대유 李大有(1159-1224)

  자는 謙仲이며, 東陽(浙江省) 사람이다. 1196년 진사가 되어 通州通判·太常博士를 지냈다. 李大同의 형으로, 呂祖謙·張栻·朱熹를 사숙하였다.

45. 艮齋 薛季宣의 學脈(艮齋學案)

1) 艮齋學案 圖表

```
◎ 薛季宣 ┬ 薛叔似(從子) ─ 郭 澄 ☞ 麗澤諸儒學案
         ├ 薛 溶(從子)(補遺)
         ├ 陳傅良 ☞ 止齋學案
         ├ 徐元德
         ├ 王 枏
         ├ 沈有開 ☞ 嶽麓諸儒學案
         ├ 樓 鑰 ☞ 丘劉諸儒學案
         ├ 高宗商(補遺) ☞ 槐堂諸儒學案
         ├ 石宗昭(補遺) ☞ 槐堂諸儒學案
         ├ 潘景憲(補遺) ☞ 麗澤諸儒學案
         └ 陳牧之(補遺)

    ※ 講 友 : 鄭伯熊 ☞ 周許諸儒學案
             鄭伯英 ☞ 周許諸儒學案
             劉 夙 ☞ 艾軒學案
             劉 朔 ☞ 艾軒學案
    ※ 學 侶 : 葉 適 ☞ 水心學案
             陳 亮 ☞ 龍川學案
    ※ 同 調 : 張 淳
```

2) 艮齋學案序錄

내가 삼가 살펴보건대, 永嘉 지역의 학통은 淵源이 심원하다. 그 중 程子의 문인 袁漑가 전한 것으로써 별도의 학파를 이룬 것은 艮齋 薛季宣(1134-1173)으로부터 시작되었다. 그의 아버지 薛徽言(1093-1139)은 武夷 胡安國에게 배웠으며, 간재 또한 스스로 一家를 이루었으니, 가학이 성대하다. 그의 학문은 예악과 제도를 위주로 하여 事功의 효과를 보는 것을 추구하였다. 그렇지만 간재가 『논어』에 "서 있을 적에는 忠信과 篤敬이 늘 눈 앞에 있음을 보고, 수레에 앉아 있을 때에도 충신과 독경이 눈 앞의 衡木에 있음을 본다."라고 한 구절로써 持敬에 대해 말한 것을 살펴보면, 그의 학문의 大本이 整然하지 않은 적이 없었다.

3) 袁漑의 門人

- 설계선 薛季宣(1134-1173)

  자는 士龍·士隆, 호는 艮齋, 시호는 文憲이며, 永嘉(浙江省) 사람이다. 젊어서 程子의 문인 袁漑에게 수학하였다. 大理寺 主簿·知湖州 등을 역임하였다. 그는 당시의 학자들이 性命·義理에 대해 공리공담하는 것을 반대하였으며, 실제의 효용을 중요하게 생각하였다. 그의 학문은 陳傳良에게 전수되었는데, 葉適에 이르러 집대성되어 경세치용을 중시하는 永嘉學派가 형성되었다. 저술로 『書古文訓義』·『詩性情說』·『春秋經解指要』·『尙書隸古定經文』·『大學說』·『論語小學約說』·『伊洛禮書補亡』·『伊洛遺禮』·『通鑑約說』·『漢兵制』·『九州圖志』·『武昌土俗編』·『浪語集』 등이 있다.

4) 薛季宣의 講友

- 정백웅 鄭伯熊(약 1127-1181) ☞ 周許諸儒學案
- 정백영 鄭伯英(1130-1192) ☞ 周許諸儒學案
- 유　숙 劉夙(1124-1171) ☞ 艾軒學案
- 유　삭 劉朔(1126-1170) ☞ 艾軒學案

5) 薛季宣의 學侶

- 섭　적 葉適(1150-1223) ☞ 水心學案
- 진　량 陳亮(1143-1194) ☞ 龍川學案

6) 薛季宣의 同調

- 장　순 張淳(?-?)

  자는 忠甫이며, 永嘉(浙江省) 사람이다. 薛季宣·鄭伯熊 등과 이름을 나란히 하였다. 唐代 이전『의례』의 訛文·脫句와 역대 注疏의 오류를 바로잡아『儀禮識誤』를 저술하였다.『永樂大典』중에 수록된「古禮」17권과「釋文」1권도 그가 교정한 것이다.

7) 薛季宣의 家學

- 설숙사 薛叔似(?−1221)
  자는 象先, 시호는 恭翼·文節이며, 永嘉(浙江省) 사람이다. 태학에서 공부하였으며, 薛季宣의 從子로 가학을 계승하였다. 太學博士·兵部尙書 등을 역임하였다. 朱熹를 존모하였으며, 道德·性命의 이치를 탐구하였다. 또한 천문·지리·음율·象數 등에 관해서도 담론하였다. 저술로『薛文節公集』이 있다.

- 설　용 薛溶(?−?)
  생애가 자세치 않다. 薛季宣의 從子로 가학을 계승하였다.

8) 薛季宣의 門人

- 진부량 陳傅良(1137−1203) ☞ 止齋學案

- 서원덕 徐元德(?−?)
  초명은 杏, 자는 居厚이며, 瑞安(浙江省) 사람이다. 薛季宣에게 수학하였다. 淳熙年間(1174−1189)에 진사가 되어 通州縣令 등을 지냈다. 制度에 밝아『周官制度精華』를 저술하였다.

- 왕　남 王柟(?−?)
  자는 木叔, 호는 合齋이며, 永嘉(浙江省) 사람이다. 薛季宣에게 수학하였다. 1166년 진사가 되어 婺州推官·秘書少監 등을 역임하였다. 台州推官으로 있을 적에 彭仲剛(1143−1194)·樓鑰·尤遂初·石應之 등을 종유하였다. 저술로『王秘監詩文集』이 있다.

- 심유개 沈有開(1134−1212) ☞ 嶽麓諸儒學案

- 누　약 樓鑰(?−?) ☞ 丘劉諸儒學案

- 고종상 高宗商(?−?)(보유 401쪽) ☞ 槐堂諸儒學案

- 석종소 石宗昭(？-？)(보유 401쪽) ☞ 槐堂諸儒學案
- 반경헌 潘景憲(1134-1190)(보유 402쪽) ☞ 麗澤諸儒學案
- 진목지 陳牧之(？-？)
  생애가 자세치 않다. 薛季宣에게 수학하였다.(보유 402쪽)

8) 薛季宣의 再傳 門人

◎ 薛叔似·王枬의 門人

- 곽　징 郭澄(1150-1179) ☞ 麗澤諸儒學案

46. 止齋 陳傅良의 學脈(止齋學案)

1) 止齋學案 圖表

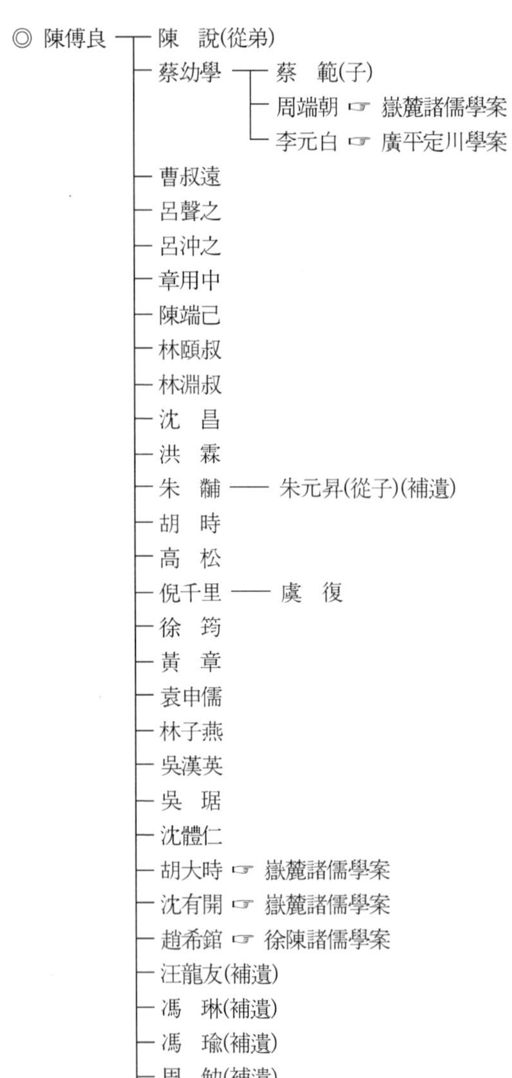

```
┌ 胡  宗(補遺)
├ 林居實(補遺)
├ 陳  剛(補遺) ☞ 槐堂諸儒學案
├ 陳應龍(補遺)
└ 湯  建(補遺) ── 趙汝馭(補遺)
```

※ 學 侶：陳 武
　　　　　陳 謙
　　　　　黃 度
　　　　　徐 誼 ☞ 徐陳諸儒學案
　　　　　薛叔似 ☞ 艮齋學案
　　　　　鄭 鑑
※ 同 調：唐仲友 ☞ 說齋學案
　　　　　錢文子 ☞ 徐陳諸儒學案
　　　　　戴 溪
　　　　　戴 厚(補遺)
※ 續 傳：木天駿 ☞ 南軒學案

2) 止齋學案序錄

내가 삼가 살펴보건대, 永嘉 지역의 여러 학자들은 모두 艮齋 薛季宣(1134-1173)과 師友 관계에 있다. 그들의 학문이 薛季宣으로부터 나왔으나, 또한 각각 같지는 않았다. 止齋 陳傅良(1137-1203)은 가장 순후하고 정성스러운 사람으로 일컬어졌다. 그의 학문적 성취를 살펴보면 薛季宣에 비해 더욱 평탄하고 신실하니, 한 걸음 더 나아간 듯하다.

3) 鄭伯熊·薛季宣의 門人

● 진부량 陳傅良(1137-1203)

자는 君擧, 호는 止齋, 시호는 文節이며, 溫州 瑞安(浙江省) 사람이다. 永嘉 學派의 창시자 薛季宣과 鄭伯熊에게 수학하였다. 학문 성향은 性理에 대해 공리공담하는 것을 반대하고 경세치용을 중시하였다. 1172년 진사가 되어 秘

書少監·寶謨閣待制 등을 역임하였다. 저술로『周禮說』·『春秋後傳』·『左氏章指』·『毛詩解詁』·『建隆編』·『讀書譜』·『西漢史鈔』·『止齋論祖』·『止齋文集』 등이 있다.

4) 陳傅良의 學侶

- **진 무 陳武(?-?)**

  자는 蕃叟이며, 溫州 瑞安(浙江省) 사람이다. 陳傅良의 族弟로 함께 공부하여 이름을 나란히 하였으며,『春秋』에 조예가 깊었다. 1178년에 진사가 되어 벼슬이 國子正에 이르렀다. 慶元年間(1195-1200)의 黨籍에 들어 파직되었다가 다시 기용되어 秘書監·右文殿修撰 등을 지냈다. 저술로『江東地利論』이 있다.

- **진 겸 陳謙(?-?)**

  자는 益之, 호는 易庵이며, 溫州 永嘉(浙江省) 사람이다. 陳傅良의 從弟로 함께 공부하였다. 1172년 진사가 되어 樞密院編修·寶謨閣待制 등을 역임하였다. 慶元年間(1195-1200)의 黨籍에 들어 있다. 저술로『毛詩解詁』·『周禮說』·『續周禮說』·『續毛詩解』·『續春秋後傳』·『續左氏章指』·『易庵集』·『永寧編』·『雁山詩記』가 있다.

- **황 도 黃度(1138-1213)**

  자는 文叔, 호는 遂初, 시호는 宣獻이며, 紹興 新昌(浙江省) 사람이다. 1163년 진사가 되어 禮部尙書·煥章閣學士 등을 지냈다. 저술로『詩說』·『書說』·『周禮說』이 있었으나 모두 전하지 않고,『尙書說』만이 通志堂經解에 전한다. 그 외 저술로『史通』·『藝祖憲監』·『仁皇從諫錄』·『屯田便宜』·『歷代邊防』이 있다.

- **서 의 徐誼(1144-1208)** ☞ 徐陳諸儒學案

- **설숙사 薛叔似(?-1221)** ☞ 艮齋學案

- **정 감 鄭鑑(?-?)**

  자는 自明, 호는 植齋이며, 長樂(福建省) 사람이다. 수 년간 陳傅良과 교유하였다. 淳熙年間(1174-1189) 초에 太學生이 되었으며, 太子侍講·著作郎 등을 지냈다.

5) 陳傅良의 同調

- 당중우 唐仲友(1135-1187) ☞ 說齋學案

- 전문자 錢文子(?-?) ☞ 徐陳諸儒學案

- 대　계 戴溪(?-1215)

  자는 肯望·少望, 호는 岷隱, 시호는 文端·文靖이며, 永嘉(浙江省) 사람이다. 1178년 진사가 되어 太學博士·龍圖閣學士 등을 지냈다. 經史는 물론 名物·訓詁에도 뛰어났다. 景獻太子가 명하여『大學』·『中庸』등을 강하게 하였다. 저술로『續呂氏家塾讀詩記』·『春秋講義』·『石鼓問答』·『論語問答』·『易經總說』·『曲禮口義』·『詩說續』등이 있다.

- 대　후 戴厚(1122-1189)

  자는 俊仲·長文이며, 永嘉(浙江省) 사람이다. 1181년 진사가 되어 迪功郎·從事郎 등을 지냈다. 저술로『春秋經解』·『橫蕩類槁』등이 있다.(보유 403쪽)

6) 陳傅良의 家學

- 진　열 陳說(?-?)

  자는 習之이며, 永嘉(浙江省) 사람이다. 陳傅良의 從弟다. 陳傅良과 兄인 陳謙에게 수학하여 가학을 계승하였다.

7) 陳傅良의 門人

- 채유학 蔡幼學(1154-1217)

  자는 行之이며, 瑞安(浙江省) 사람이다. 陳傅良에게 수학하였다. 1172년 진사가 되어 廣德軍教授·著作佐郎·龍圖閣待制 등을 지냈다. 司馬光의『百官表』에 대한 續傳을 지었다. 저술로『國史編年政要』·『國朝實錄擧要』·『宰輔拜罷錄』·『質疑』·『育德外制集』·『育德內制集』·『文懿公集』·『西垣集』·『春秋解訓』·『宋通志』·『育德堂奏議』가 있다.

- 조숙원 曹叔遠(?-?)

  자는 器遠, 시호는 文肅이며, 瑞安(浙江省) 사람이다. 陳傅良에게 수학하였다.

19세 때 춘추로 鄕薦에서 으뜸으로 뽑혔다. 1190년 진사가 되어 禮部侍郎·徽獻閣待制 등을 역임하였다. 저술로『周官講義』·『永嘉年譜』·『永嘉地譜』·『永嘉名譜』·『永嘉人譜』등이 있다.

- 여성지 呂聲之(?-?)

  자는 大亨이며, 新昌(浙江省) 사람이다. 陳傅良에게 수학하였으며, 蔡幼學과 벗하였다. 세 사람이 함께 太學에 들어가 수학하였다. 천거로 昭信軍節度推官을 지냈다. 저술로『沃洲雜詠』이 있다.

- 여충지 呂冲之(?-?)

  자는 大老이며, 新昌(浙江省) 사람이다. 呂聲之의 從弟로 陳傅良에게 수학하였다. 慶元年間(1195-1200)에 진사가 되어 南康軍籤判을 지냈다. 白鹿書院에서 講學하였다. 저술로『壁經宗旨』가 있다.

- 장용중 章用中(?-?)

  자는 端叟이며, 平陽(浙江省) 사람이다. 陳傅良의 문하에서 가장 오랫동안 수학하였으며, 呂祖謙·薛季宣에게도 배웠다.

- 진단기 陳端己(?-?)

  자는 子益이며, 平陽(浙江省) 사람이다. 陳傅良에게 수학하였다.

- 임이숙 林頤叔(?-?)

  자는 正仲이며, 瑞安(浙江省) 사람이다. 아우 林淵叔과 함께 陳傅良에게 수학하였다. 乾道年間(1165-1173)에 진사시에 급제하여 羅源主簿·建康戶部酒庫監을 지냈다.

- 임연숙 林淵叔(?-?)

  자는 懿仲이며, 瑞安(浙江省) 사람이다. 형 林頤叔과 함께 陳傅良에게 수학하였다. 1185년 진사가 되어 揚州司戶를 지냈다.

- 심　창 沈昌(?-?)

  자는 叔阜이며, 瑞安(浙江省) 사람이다. 蔡幼學과 함께 陳傅良에게 수학하였다.

- 홍　림 洪霖(?-?)

  天台(浙江省) 사람으로 생애가 자세치 않다. 陳傅良에게 수학하였다.

- **주 보 朱黼(?-?)**

  자는 文昭이며, 平陽(浙江省) 사람이다. 陳傅良에게 수학하였다. 평생 과거에 나아가지 않고 南蕩山 아래에서 손수 농사 지으며 학문연구에 전념하였다. 저술로『紀年備遺』·『統論』이 있는데, 堯舜시대로부터 五代에 이르기까지의 역사기록으로 呂尙·則天武后·王莽·曹丕 등의 紀年을 모두 삭제한 것이 특징이다.

- **호 시 胡時(?-?)**

  자는 伯正이며, 樂淸(浙江省) 사람이다. 陳傅良에게 수학하였다. 乾道年間(1165-1173)에 진사에 급제하여 袁州敎授를 지냈다.

- **고 송 高松(1154-1211)**

  자는 國楹이며, 福寧(福建省) 사람이다. 陳傅良에게 수학하였다. 1190년에 진사가 되어 台州敎授를 지냈다. 葉適이 그의 묘갈명을 지어주었다.

- **예천리 倪千里(?-?)**

  자는 起萬이며, 東陽(浙江省) 사람이다. 陳傅良·呂祖謙에게 수학하였으며, 진부량의 春秋學을 후세에 전했다. 1187년에 진사가 되어 監察御史·侍講을 지냈다.

- **서 균 徐筠(?-?)**

  자는 孟堅이며, 淸江(江西省) 사람이다. 陳傅良에게 수학하였다. 淳熙年間(1174-1189)에 진사가 되어 知金州를 지냈다.『周禮』에는 養君德·正紀綱·均國勢의 세가지 강령이 있다고 하였다. 또 鄭玄의『周禮』注에는 세가지 오류가 있으니, 첫째 漢나라 때 학자들이 만든 책으로서『周禮』를 해석하였고, 둘째 司馬法의 兵制로서 田制를 해석하였고, 셋째 秦나라 관제를 답습한 漢나라 관제로써『周禮』의 관제를 비교했기 때문이라고 하였다. 저술로『周禮微言』·『姓氏源流考』가 있다.

- **황 장 黃章(1166-1220)**

  자는 觀復이며, 新昌(浙江省) 사람으로 黃度의 아들이다. 陳傅良에게 수학하였다. 葉適이 그의 묘갈명을 지어주었다.

- **원신유 袁申儒(?-?)**

  建陽(福建省) 사람으로 생애가 자세치 않다. 陳傅良에게 수학하였다.

- 임자연 林子燕(?-?)

  자는 申甫이며, 樂淸(浙江省) 사람이다. 陳傅良에게 수학하였으며, 그의 사위가 되었다. 慶元年間(1195-1200)에 진사가 되어 太社令을 지냈다.

- 오한영 吳漢英(1141-1214)

  자는 長卿이며, 江陰(江蘇省) 사람이다. 1169년에 진사가 되어 湖南運幕이 되었다. 陳傅良이 轉運使로 있으면서 嶽麓書院에서 강학할 적에 여러 학생들을 데리고 가서 수학하였다. 知繁昌縣·兵部郎 등을 지냈다. 저술로『歸休集』이 있다.

- 오 거 吳琚(?-?)

  자는 居父·雲壑, 시호는 忠惠이며, 開封(河南省) 사람이다. 憲聖太后의 조카이다. 陳傅良이 太學錄으로 있을 때 그에게 수학하였다. 范成大·陸游 등과 교유하였다. 1173년 臨安府通判에 제수되었으며, 建康府通判 등을 지냈다. 저술로『雲壑集』이 있다.

- 심체인 沈體仁(1150-1211)

  자는 仲一이며, 瑞安(浙江省) 사람이다. 石經春秋에 조예가 깊고 '永嘉九先生'의 한 사람으로 일컬어진 沈躬行의 후손이다. 陳傅良에게 수학하였다.『春秋』가 學官에 오르지 못하자, 深明閣을 지어 봉안하였다. 葉適의 글을 좋아하여 손수 베껴두었고, 임종시 후손에게 葉適에게 자신의 묘갈명을 받도록 유언하였다.

- 호대시 胡大時(?-?) ☞ 嶽麓諸儒學案
- 심유개 沈有開(1134-1212) ☞ 嶽麓諸儒學案
- 조희관 趙希琯(1176-1233) ☞ 徐陳諸儒學案
- 왕용우 汪龍友(?-?)

  생애가 자세치 않다. 陳傅良에게 수학하였다.(보유 403쪽)

- 풍 림 馮琳(?-?)

  생애가 자세치 않다. 馮瑜의 형이다. 陳傅良에게 수학하였다.(보유 404쪽)

- 풍 유 馮瑜(?-?)

  생애가 자세치 않다. 馮琳의 아우다. 陳傅良에게 수학하였다.(보유 404쪽)

- 주　면 周勉(?-?)
  생애가 자세치 않다. 陳傅良에게 『春秋』를 수학하였다.(보유 404쪽)

- 호　종 胡宗(?-?)
  자는 太初이며, 생애가 자세치 않다. 周勉과 함께 陳傅良에게 수학하였다. 『春秋』에 조예가 깊었다.(보유 404쪽)

- 임거실 林居實(?-?)
  자는 安之이며, 瑞安(浙江省) 사람이다. 陳傅良과 呂祖謙에게 수학하였다.(보유 405쪽)

- 진　강 陳剛(?-?)(보유 405쪽) ☞ 槐堂諸儒學案

- 진응룡 陳應龍(?-?)
  자는 定夫이며, 福寧(福建省) 사람이다. 陳傅良에게 수학하였다.(보유 405쪽)

- 탕　건 湯建(?-?)
  자는 達可, 호는 藝堂이며, 樂淸(浙江省) 사람이다. 과거공부에 뜻을 버리고 『周易』을 연구하였으며, 천문·지리 등에도 정밀하였다. 저술로 『詩衍義』·『論語解』·『老子解』·『藝堂文集』·『周易荎傳』 등이 있다.(보유 406쪽)

8) 陳傅良의 再傳門人

◎ 蔡幼學의 家學

- 채　범 蔡範(?-?)
  자는 遵甫이며, 瑞安(浙江省) 사람이다. 蔡幼學의 넷째 아들이다. 吏部侍郎을 지냈다. 『宋通志』를 편찬하였다.

◎ 蔡幼學의 門人

- 주단조 周端朝(1172-1234) ☞ 嶽麓諸儒學案
- 이원백 李元白(?-?) ☞ 廣平定川學案

◎ 朱黼의 家學

- **주원승 朱元昇(?-?)**

  호는 水簹이며, 平陽(浙江省) 사람이다. 주보의 從子다. 嘉定年間(1208-1224)에 진사가 되어 政和縣巡檢을 지냈다. 뒤에 벼슬을 버리고 南蕩山에 들어가 수 십 년간 『周易』 연구에 잠심하였다. 저술로 『三易備遺』·『邵易略例』가 있다.(보유 406쪽)

◎ 倪千里의 門人

- **우 복 虞復(?-?)**

  자는 從道, 호는 遠齋이며, 義烏(浙江省) 사람이다. 倪千里에게 수학하였다. 진사가 되어 楊村酒官·大宗正丞知信州을 지냈다. 鄭淸之가 정승으로 있을 때 미움을 받아 東巖에 15년간 물러나 있었다. 정승 董槐가 천거하여 다시 尙書郎官이 되었다. 저술로 『成己集』·『古蒙集』·『告忠集』·『遠齋集』이 있다.

◎ 蕩建의 門人

- **조여어 趙汝馭(?-?)**

  樂淸(浙江省) 사람으로, 宋 太宗의 8世孫이다. 湯建에게 수학하였다. 1208년에 진사가 되었고, 1243년에 惠州 수령이 되어 선정을 베풀어 민심을 얻었다.(보유 406쪽)

9) 陳傅良의 續傳

- **목천준 木天駿(?-?)** ☞ 南軒學案

47. 水心 葉適의 學脈(水心學案)

1) 水心學案 圖表

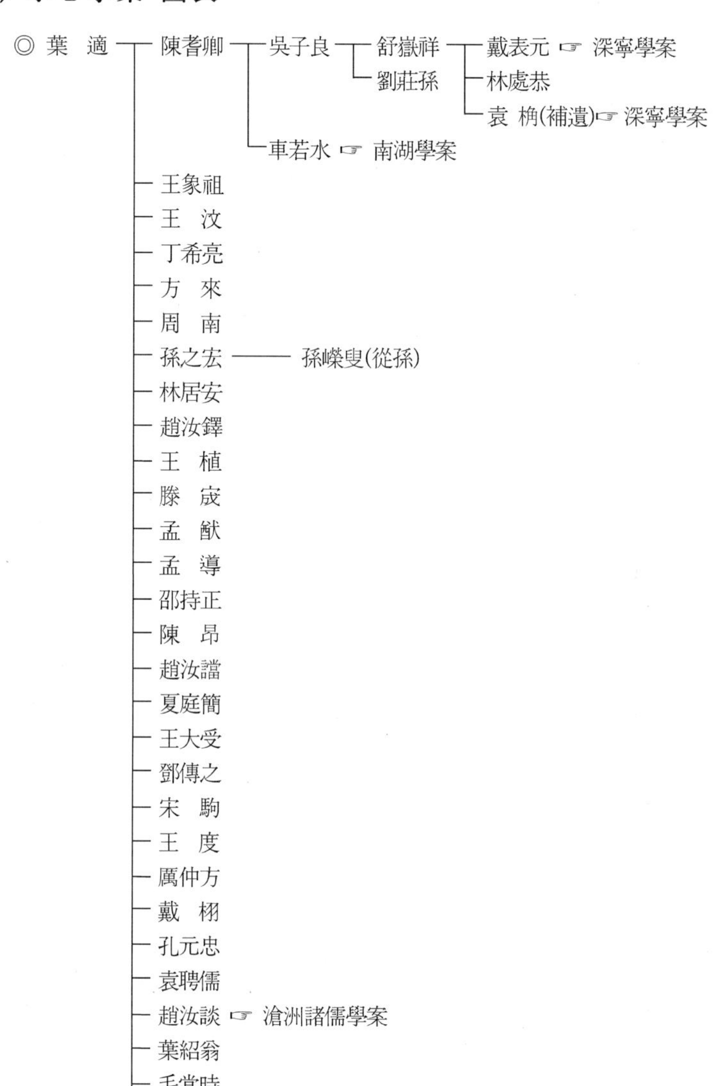

```
┌─ 張　垓
├─ 周端朝 ☞ 嶽麓諸儒學案
├─ 陳　埴 ☞ 木鐘學案
├─ 陳　韡
├─ 戴　許
├─ 蔡　仍
├─ 吳子良
├─ 葛紹體(補遺)
├─ 葛應龍(補遺)
├─ 陳　剛(補遺) ☞ 槐堂諸儒學案
├─ 趙師秀(補遺)
├─ 徐　照(補遺)
├─ 翁　卷(補遺)
├─ 徐　璣(補遺)
└─ 林表民(補遺)
```

```
※ 學　侶 : 陳　亮 ☞ 龍川學案
          劉　愚
          項安世 ☞ 晦翁學案
          陳景思 ☞ 晦翁學案
          王　綽
```

2) 水心學案序錄

내가 삼가 살펴보건대, 水心 葉適(1150-1223)은 止齋 陳傅良(1137-1203)보다 조금 늦게 태어났다. 그들의 학문의 시작은 같았지만 끝은 달랐다. 永嘉學派의 功利說은 수심에 이르러 비로소 한 번 새로워졌다. 그러나 수심은 타고난 자질이 고매하여 옛 사람들을 함부로 비판했는데 實情보다 지나친 점이 많았다. 曾子·子思로부터 그 이하는 모두 그의 비판을 면치 못하였으니, 陸象山이 程伊川을 비판한 것보다 덜하지 않았다. 요컨대 우뚝하게 남들이 가는 길을 경유하지 않은 점이 있으니, 그의 모난 견해로 그를 버려서는 안될 것이다. 乾道·淳熙年間에 여러 노학자들이 세상을 버리고 난 뒤 학술회의에서는 모두 朱

子·陸象山의 두 파가 주류를 이루었는데, 수심이 그들 사이에서 논쟁하여 드디어 鼎足의 형세를 이루었다. 그러나 수심은 文章에도 능했기 때문에 제자들이 대부분 辭章學 쪽으로 빠지게 되었다.

3) 鄭伯熊의 門人

- 섭　적 葉適(1150-1223)

  자는 正則, 호는 水心, 시호는 忠定·文定이며, 永嘉(浙江省) 사람이다. 鄭伯熊·薛季宣·陳傅良 등을 종유하였다. 1178년 진사가 되어 太學正·寶文閣待制 등을 역임하였다. 만년에 절강성 영가의 성밖 水心村에서 강학하여 '水心先生'이라 일컬어졌으며, 그 호로부터 水心學派가 유래하게 되었다. 永嘉學派의 功利說을 계승발전시켜 朱熹의 理學·陸九淵의 心學과 함께 鼎立하게 하였다. 空理를 말하는 것에 반대하여 실제에 베풀어서 허물이 없는 事功을 제창하였다. 그는 朱子의 도통설을 반대하고 철학상의 思辯을 좋아하지 않았으며, 실행을 위주로하여 禮를 유교의 안목으로 삼았다. 陳亮의 설에 비해 보다 실제적인 공리설을 편 것으로 평가된다. 저술로『習學記言』·『水心文集』등이 있다.

4) 葉適의 學侶

- 진　량 陳亮(1143-1194) ☞ 龍川學案

- 유　우 劉愚(1133-1215)

  자는 必明, 私諡는 謙靖·靖君이며, 龍游(浙江省) 사람이다. 20세에 태학에 들어가 수학한 뒤 과거에 급제하여 江陵府敎授·安鄉令 등을 지냈다. 葉適·項安世 등과 교유하였다. 저술로『論語』·『孟子』·『書經』·『禮記』를 해석한 것이 있다.

- 항안세 項安世(? - 1208) ☞ 晦翁學案

- 진경사 陳景思(1168-1210) ☞ 晦翁學案

- 왕　작 王綽(? - ?)

  자는 誠叟이며, 永嘉(浙江省) 사람이다. 나이는 葉適과 같았지만 섭적이 그를

畏友로 여겼다. 趙汝談이 천거하였지만 나가지 않았다. 제자로 戴許·蔡仍·王汶이 있는데, 이들은 모두 섭적의 제자이기도 하다. 그 외 제자로 尤焴·薛蒙 등이 있다. 저술로『春秋傳記』·『王徵君集』 등이 있다.

5) 葉適의 門人

● 진기경 陳耆卿(1180-1236)

자는 壽老, 호는 篔牕이며, 臨海(浙江省) 사람이다. 葉適에게 배워 永嘉學派의 맥을 잇게 되었다. 1214년 진사가 되어 國子監司業 등을 지냈으며, 문장으로 이름이 났다. 저술로『論語紀蒙』·『孟子紀蒙』이 있었으나 일실되었고, 그 외 저술로『赤城志』·『篔牕集』 등이 있다.

● 왕상조 王象祖(?-?)

자는 德甫이며, 臨海(浙江省) 사람이다. 葉適에게 배웠다. 문장에 뛰어나 陳耆卿도 그를 두려워 하였으며, 眞德秀가 특히 그를 중히 여겼다.

● 왕 문 王汶(?-?)

자는 希道, 호는 東谷이며, 黃巖(浙江省) 사람이다. 葉適과 王綽에게 배웠다. 고금의 전적을 두루 섭렵하여 문장에 능하였다. 저술로『東谷集』이 있다.

● 정희량 丁希亮(1146-1192)

자는 少詹이며, 黃巖(浙江省) 사람이다. 葉適·陳亮·呂祖謙 등을 종유하였다. 저술로『丁少詹集』이 있다.

● 방 래 方來(?-?)

자는 齊英이며, 永嘉(浙江省) 사람이다. 葉適에게 배웠다. 吳濂의 高弟이기도 하며, 安豊軍教授로 있을 때는 黃榦을 사사하기도 하였다. 1205년 진사가 되어 左司諫·兵部侍郎 등을 지냈다. 知漳州로 있을 때 龍江書院 옆에 道源堂을 지어 朱熹의 신위를 모시고, 陳淳을 배향하였다.

● 주 남 周南(1159-1213)

자는 南仲, 호는 山房이며, 吳縣(江蘇省) 사람으로, 葉適에게 배웠다. 1190년 진사가 되어 池州教授를 지냈다. 세상 모든 병폐의 근원이 道學이라고 보아 도학을 배척하였다. 저술로『山房集』이 있다.

- **손지굉 孫之宏(?-?)**

  자는 偉夫, 시호는 忠敏이며, 餘姚(浙江省) 사람이다. 葉適을 사사하였다. 葉
  適의 『習學記言』을 전해 받은 세 사람 중 한 사람으로, 서문을 지었다. 진사가
  되어 承直郎·禮部侍郎 등을 지냈다.

- **임거안 林居安(?-?)**

  자는 德叟이며, 생애가 자세치 않다. 葉適을 사사하였으며, 그의 『習學記言』
  을 전해 받은 세 사람 중 한 사람이다.

- **조여탁 趙汝鐸(?-?)**

  자는 振文이며, 생애가 자세치 않다. 葉適을 사사하였으며, 그의 『習學記言』
  을 전해 받은 세 사람 중 한 사람이다.

- **왕 식 王植(?-?)**

  자는 立之이며, 金華(浙江省) 사람이다. 王淮의 從子이다. 慶元年間(1195-
  1200)에 道學을 僞學으로 여겨 엄격하게 금하자 그는 재상의 아들로서 姓名을
  숨기고 葉適을 따라 배웠다.

- **등 성 滕宬(1154-1218)**

  자는 季度이며, 吳縣(江蘇省) 사람으로, 滕康의 손자이다. 葉適에게 배웠다.
  淳熙年間에 孝宗이 그의 어짊을 알고 등용하려 하였으나 考官들의 반대로 좌
  절되었으며, 그 뒤도 여러 번 천거되었으나 韓侂胄가 그를 싫어하여 끝내 出仕
  하지 못하였다. 섭적이 그를 '廉靖處士'라 불렀다.

- **맹 유 孟猷(1156-1217)**

  자는 良甫이며, 吳縣(江蘇省) 사람이다. 隆祐太后의 曾姪孫이며, 孟忠厚의 손
  자이다. 葉適이 오현으로 오자 그의 형제가 가장 먼저 가서 제자가 되었다. 조
  정에서 당파에 참여하지 않고 중립을 지켜 사대부들이 공경하였으며, 籍田
  令·刑部侍郎 등을 지냈다. 저술로 『孟侍郎集』이 있다.

- **맹 도 孟導(?-?)**

  자는 達甫이며, 吳縣(江蘇省) 사람이다. 孟猷의 동생으로, 형과 함께 葉適에게
  배웠다. 知嚴州·知臨江軍 등을 지냈다.

- **소지정 邵持正(?-?)**

  자는 子文이며, 平陽(浙江省) 사람이다. 葉適이 초기에 강학할 때 學舍에 있으

면서 섭적이 가는 곳마다 따라 다녔다. 歌詩와 騈體에 능했으며, 郎官으로 벼슬살이 하다가, 49세의 나이로 별세하였다.

- 진 앙 陳昂(?-?)
  平陽(浙江省) 사람으로 생애가 자세치 않다. 葉適의 문하에서 30년이나 배웠다.

- 조여당 趙汝讜(?-?)
  자는 踽中, 호는 爛庵이며, 餘杭(浙江省) 사람이다. 趙汝談(?-1237)의 동생으로 형과 이름을 나란히 하였다. 葉適에게 배웠다. 1208년 진사가 되어 知溫州 등을 지냈다.

- 하정간 夏庭簡(?-?)
  자는 迪卿이며, 黃巖(浙江省) 사람으로, 葉適에게 배웠다. 진사가 되어 長溪簿 등을 지냈다.

- 왕대수 王大受(?-?)
  자는 宗可·仲可, 호는 拙齋이며, 饒州(江西省) 사람이다. 王克明의 아들이다. 葉適의 제자로 시에 능해 섭적의 칭찬을 받았다. 저술로『拙齋詩集』이 있다.

- 등전지 鄧傳之(?-?)
  자는 師孟, 호는 求齋이며, 永豐(江西省) 사람이다. 葉適을 사사하였으며, 21세의 나이로 요절하였다. 저술로『求齋槀』·『易繫辭說』이 있다.

- 송 구 宋駒(1159-1220)
  자는 廄父이며, 紹興(浙江省) 사람이다. 葉適에게 배웠다. 진사가 되어 知壽春縣을 지냈다.

- 왕 도 王度(1157-1213)
  자는 君玉이며, 會稽(浙江省) 사람이다. 葉適에게 배웠다. 太學에서 수학하였으며, 舒州敎授로 있을 때 많은 문하생들이 있었다.

- 여중방 厲仲方(1159-1212)
  초명은 仲詳, 자는 約甫이며, 東陽(浙江省) 사람이다. 葉適에게 배웠다. 陳亮의 사위로, 事功學에 조예가 있어 주위로부터 칭찬을 받았다. 韓侂胄가 北伐을 추진할 때 동참하였다.

- 대　허 戴栩(?-?)

  자는 文子·立子이며, 永嘉(浙江省) 사람이다. 戴溪의 族子이다. 葉適에게 배웠으며 經學에 밝았다. 1208년 진사가 되어 秘書郞·太常博士 등을 지냈다. 저술로『五經說』·『諸子辯論』·『東都要略』·『戴博士集』등이 있다.

- 공원충 孔元忠(1157-1224)

  자는 復君, 호는 靜東·靜樂이며, 長洲(江蘇省) 사람이다. 孔道의 아들이다. 葉適의 高弟이다. 진사가 되어 太常寺主簿·太府寺丞 등을 지냈다. 저술로『論語說』·『豫齋集』·『論語鈔』·『祭編』·『編年通攷』·『書纂』·『攷古類編』·『緯書類聚』등이 있다.

- 원빙유 袁聘儒(?-?)

  자는 席之이며, 建安(福建省) 사람이다. 葉適에게 수학하였다. 1193년에 진사가 되어 朝奉郞·浙東安撫司機宜 등을 지냈다. 저술로 섭적의『易說』을 풀어 해석한 책이 있다.

- 조여담 趙汝談(?-1237) ☞ 滄洲諸儒學案

- 섭소옹 葉紹翁(?-?)

  자는 嗣宗, 호는 靖逸이며, 龍泉(浙江省) 사람이다. 葉適에게 수학하였다. 眞德秀와 절친하였다. 저술로『四朝聞見錄』·『靖逸小集』이 있다.

- 모당시 毛當時(?-?)

  생애가 자세치 않다. 葉適에게 배웠으며, 知同安縣을 지냈다.

- 장　해 張垓(?-?)

  자는 伯廣이며, 金華(浙江省) 사람이다. 葉適에게 수학하였다.

- 주단조 周端朝(1172-1234) ☞ 嶽麓諸儒學案

- 진　식 陳埴(?-?) ☞ 木鐘學案

- 진　위 陳韡(1179-1261)

  자는 子華, 호는 抑齋, 시호는 忠肅이며, 侯官(福建省) 사람이다. 陳孔碩의 아들이다. 동생 陳振과 함께 葉適에게 수학하였다. 1205년 진사가 되어 知潭州·禮部尙書兼侍讀·觀文殿學士 등을 지냈다.

- 대　허 戴許(?-?)

  생애가 자세치 않다. 蔡仍·王汶과 함께 葉適과 王緯에게 수학하였다.

- 채　잉 蔡仍(？-？)

  생애가 자세치 않다. 戴許·王汝과 함께 葉適과 王綽에게 수학하였다.

- 오자량 吳子良(1197-？)

  자는 明輔, 호는 荊溪이며, 臨海(浙江省) 사람이다. 葉適과 陳耆卿에게 수학하였다. 1226년 진사가 되어 湖南運使·太府少卿 등을 지냈다. 저술로 『荊溪集』·『荊溪林下偶談』이 있다.

- 갈소체 葛紹體(？-？)

  자는 元成·元承, 호는 東山이며, 黃巖(浙江省) 사람이다. 동생 葛應龍과 함께 葉適에게 수학하였다. 박학하고 문장에 능했다. 동생과 함께 ‘二葛’로 불리었다. 저술로 『四書述』·『東山詩選』이 있다.(보유 416쪽)

- 갈응룡 葛應龍(？-？)

  자는 元直, 호는 梧坡이며, 黃巖(浙江省) 사람이다. 형 葛紹體와 함께 葉適에게 수학하였다. 형과 함께 ‘二葛’로 불리었다. 천거로 國子校勘을 지냈으며, 淳祐年間(1241-1252)에 慶元司戶에 제수되었다. 저술로 『梧坡集』이 있다.(보유 416쪽)

- 진　강 陳剛(？-？)(보유 416쪽) ☞ 槐堂諸儒學案

- 조사수 趙師秀(？-？)

  자는 紫芝, 호는 靈秀이며, 永嘉(浙江省) 사람으로, 太祖의 8세손이다. 葉適에게 수학하였다. 1190년 진사가 되어 高安推官 등을 지냈다. 시를 잘 지었는데, 淸新野逸한 시를 좋아하였다. 南宋詩壇의 永嘉四靈 중 한 사람이다. 저술로 『淸苑齋集』이 있으며, 당나라의 詩歌를 선집한 『衆妙集』이 있다.(보유 416쪽)

- 서　조 徐照(？-1211)

  자는 道暉·靈暉, 호는 山民이며, 永嘉(浙江省) 사람이다. 葉適에게 수학하였다. 시를 잘 지었으며, 晩唐의 賈島·姚合을 숭상하여 閑逸寫景한 시를 주로 지었다. 南宋詩壇의 永嘉四靈 중 한 사람이다. 저술로 『芳蘭軒集』이 있다.(보유 417쪽)

- 옹　권 翁卷(？-？)

  자는 續古·靈舒이며, 樂淸(浙江省) 사람이다. 淳祐年間(1241-1252)에 鄕薦으로 벼슬길에 나가게 되었다. 시에 능해 徐照·徐璣·趙師秀와 함께 ‘永嘉四

靈'으로 일컬어졌다. 저술로『西巖集』이 있는데『葦碧軒集』이라고도 한다.(보유 417쪽)

- 서 기 徐璣(1162-1214)

  자는 文淵·致中, 호는 靈淵이며, 永嘉(浙江省) 사람으로, 徐定의 아들이다. 葉適에게 수학하였다. 縣官을 역임하고, 長泰令에 제수되었으나 나가지 않았다. 시에 능해 徐照·翁卷·趙師秀와 함께 '永嘉四靈'으로 일컬어졌다. 저술로『山泉集』·『二薇亭集』이 있다.(보유 418쪽)

- 임표민 林表民(?-?)

  자는 逢吉, 호는 玉溪이며, 永嘉(浙江省) 사람이다. 葉適에게 수학하였다. 陳耆卿·吳子良과 교유하였다. 진기경과 함께『赤城志』를 편수하여『赤城續志』를 지었다. 또『적성지』에 빠진 시문을 보충하여『赤城集』도 저술하였다.(보유 418쪽)

6) 葉適의 再傳門人

◎ 陳耆卿의 門人

- 차약수 車若水(?-?) ☞ 南湖學案

◎ 孫之宏의 家學

- 손영수 孫嶸叟(?-?)

  자는 仁則, 시호는 忠敏이며, 餘姚(浙江省) 사람이다. 孫之宏의 從孫으로 가학을 계승하였다. 진사시와 博學宏辭科에 급제한 뒤 禮部侍郎兼太子賓客 등을 지냈다. 저술로『讀易管見』이 있다.

7) 葉適의 三傳門人

◎ 吳子良의 門人

- 서악상 舒嶽祥(1236-?)

  자는 舜侯·景薛, 호는 閬風이며, 寧海(浙江省) 사람이다. 吳子良의 제자이

다. 1256년 진사가 되어 承直郎을 지냈다. 송나라가 망하자 벼슬하지 않고 奉
化에 은둔하였다. 戴表元과 절친하게 지냈다. 저술로『史述』·『漢砭』·『補史
家錄』·『蓀墅稾』·『避地稾』·『篆畦稾』·『蝶軒稾』·『梧竹里稾』·『三史纂言
談叢』·『叢續』·『叢殘』·『叢隸』·『昔遊錄』·『深衣圖說』·『閩風集』이 있다.

- 유장손 劉莊孫(?-?)
  자는 正仲, 호는 樗園이며, 寧海(浙江省) 사람이다. 吳子良의 제자이다. 문학으로
  舒嶽祥과 이름을 나란히 하였다. 저술로『劉黃陂集』·『易志』·『詩傳音旨補』·
  『書傳上下篇』·『周官集傳』·『春秋本義』·『論語章旨』·『老子發微』·『楚辭補
  注音釋』·『深衣考』·『芳潤稾』·『和陶詩』 등이 있다.

8) 葉適의 四傳門人

◎ 舒嶽祥의 門人

- 대표원 戴表元(1244-1310) ☞ 深寧學案
- 임처공 林處恭(?-?)
  생애가 자세치 않다. 舒嶽祥에게 수학하였으며, 제자가 아주 많았다. 저술로
  『四書指掌圖』가 있다.
- 원 각 袁桷(1266-1327)(보유 418쪽) ☞ 深寧學案

48. 龍川 陳亮의 學脈(龍川學案)

1) 龍川學案 圖表

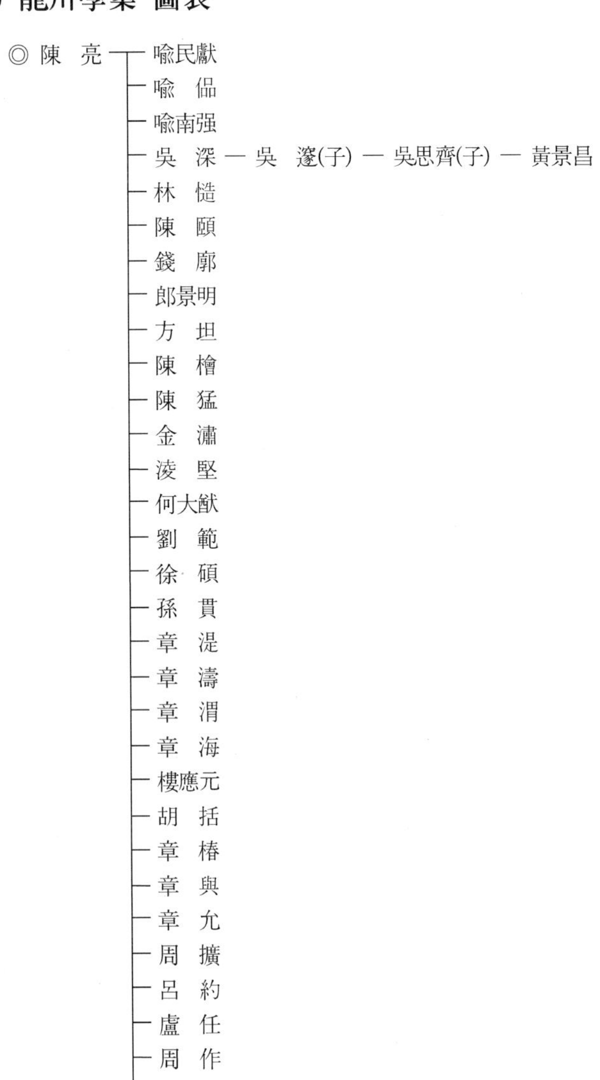

```
├─ 厲仲方 ☞ 水心學案
├─ 丁希亮 ☞ 水心學案
├─ 陳 剛 ☞ 槐堂諸儒學案
└─ 孫 枝(補遺) ☞ 滄洲諸儒學案
```

　※ 講 友 : 呂祖謙 ☞ 東萊學案
　　　　　　薛季宣 ☞ 艮齋學案
　　　　　　葉 適 ☞ 水心學案
　※ 學 侶 : 倪 樸
　※ 同 調 : 王自中

2) 龍川學案序錄

　내가 삼가 살펴보건대, 葉適이 주창한 永嘉學派는 經濟·制度로써 事功을 말하였으니, 모두 근원을 미루어보면 程子로부터 계통을 이은 것이라 하겠다. 陳亮이 주창한 永康學派는 오로지 事功만을 주장하여 계승되지 못했으며, 그의 학문은 더욱 거칠어지고 치우쳐서 만년에는 부끄러운 덕이 있게 되었다.

3) 鄭芮의 門人

● 진　량 陳亮(1143-1194)

　자는 同甫, 호는 龍川, 시호는 文毅이며, 永康(浙江省) 사람이다. 鄭芮·鄭伯熊에게 수학하였다. 1193년 진사가 되었으며, 簽書建康府判官廳公事에 제수되었으나 나아가지 못하고 죽었다. 金나라와의 화친을 반대하였으며, 실제의 효용을 중시하는 「中興五論」 등의 상소를 여러 차례 올렸다. 性理에 대해 공리공담하는 것을 비판하고 實事實功을 강조하였으며, 永嘉學派에 비해 보다 실제적인 功利를 주장하는 永康學派를 창립하였다. 王·霸와 義·利가 반드시 대립되는 것이 아니라고 하여 朱熹와 논쟁을 벌였는데, 후에 주자학파로부터 功利를 주장하는 자라고 葉適과 함께 배척당했다. 저술로『龍川文集』등이 있다.

4) 陳亮의 講友

- 여조겸 呂祖謙(1137-1181) ☞ 東萊學案
- 설계선 薛季宣(1134-1173) ☞ 艮齋學案
- 섭 적 葉適(1150-1223) ☞ 水心學案

5) 陳亮의 學侶

- **예 박 倪樸(?-?)**
  자는 文卿, 호는 石陵이며, 浦江(浙江省) 사람이다. 陳亮과 절친했으며, 그와
  함께 性命之學보다는 실용지학을 추구하였다. 金나라가 남하하려 하자 상소를
  올려 정벌할 것을 주장하였는데, 程子의 학문을 계승한 鄭伯熊(1127-1181)으
  로부터 극찬을 받았다. 兵法에 밝았으며 地理에 정밀하였다. 저술로『興地會
  元志』·『鑑轍錄』·『倪石陵書』등이 있다.

6) 陳亮의 同調

- **왕자중 王自中(1140-1199)**
  자는 道甫·道夫, 호는 厚軒이며, 平陽(浙江省) 사람이다. 陳亮과 절친하였
  다. 1178년 진사가 되어 嚴州分水令·知興化軍 등을 지냈다. 부국강병과 변방
  을 안정시키는 대책을 올려 孝宗의 인정을 받았지만 右正言 蔣繼周의 무고로
  파직되었다. 저술로『王政紀原』·『列代年紀』·『孫子新略注』·『厚軒集』등
  이 있다.

7) 陳亮의 門人

- **유민헌 喻民獻(?-?)**
  본명은 喻汝方이며, 義烏(浙江省) 사람이다. 陳亮에게 배웠으며, 스승으로부
  터 학문을 인정받았다. 조카 喻侃과 태학에 들어가 수학하였다.

- **유 간 喻侃(?-?)**
  본명은 喻宏, 자는 伯經, 호는 蘆隱이며, 義烏(浙江省) 사람이다. 喻民獻의 조

카로, 陳亮에게 배웠다. 1199년 진사가 되어 朝奉郎·簽書鎭南節度判官 등을 지냈다. 저술로『蘆隱類稿』·『隨見類錄』 등이 있다.

● 유남강 喩南强(?-?)

본명은 喩寬, 자는 伯强, 호는 梅隱이며, 義烏(浙江省) 사람이다. 喩侶의 從弟이다. 아버지 喩直方의 권유로 陳亮에게 나아가 배웠다. 慶元年間(1195-1200) 태학생이 되어 富陽尉·縉雲丞을 지냈으며, 향년 71세였다. 저술로『梅隱筆談』이 있다.

● 오　심 吳深(?-?)

麗水(浙江省) 사람으로 永康에 옮겨가 살았다. 吳澄의 아버지이자 吳思齊의 할아버지로, 陳亮에게 배웠는데 재주를 인정받아 그의 사위가 되었다.

● 임　조 林慥(?-?)

永康(浙江省) 사람으로, 생애가 자세치 않다. 陳亮에게 배웠다.

● 진　이 陳頤(?-?)

永康(浙江省) 사람으로, 생애가 자세치 않다. 陳亮에게 배웠다.

● 전　곽 錢廓(?-?)

자는 叔因이며, 浦江(浙江省) 사람이다. 陳亮에게 배웠다. 과거에 뜻을 두지 않았고, 학문에 전념하였다. 葉適으로부터 인정을 받았다.

● 낭경명 郎景明(?-?)

永康(浙江省) 사람이다. 鄭伯熊(1127-1181)과 절친했던 아버지 郎矞의 권유로 陳亮에게 나아가 수학하였다. 47세로 별세하자 스승 진량이 그의 묘지명을 지었다.

● 방　탄 方坦(?-?)

浦江(浙江省) 사람이다. 陳亮에게 수학하였다. 사람됨이 공손하고 돈독하였다.

● 진　회 陳檜(?-?)

縉雲(浙江省) 사람이다. 章服의 생질로, 동생 陳猛과 함께 陳亮에게 배웠다.

● 진　맹 陳猛(?-?)

縉雲(浙江省) 사람이다. 章服의 생질로, 형 陳檜와 함께 陳亮에게 배웠다.

- 금　숙 金潚(? - ?)

  자는 伯淸이며, 金華(浙江省) 사람으로, 생애가 자세치 않다. 陳亮에게 배웠다.

- 능　견 淩堅(? - ?)

  생애가 자세치 않다. 陳亮에게 배웠다.

- 하대유 何大猷(1162-1191)

  자는 少嘉이며, 義烏(浙江省) 사람이다. 陳亮의 처남으로, 그에게 수학하였다. 효성이 지극하고 우애가 돈독하였으며 행실이 醇謹하였다.

- 유　범 劉範(? - ?)

  본명은 劉淵으로, 金華(浙江省) 사람이다. 陳亮에게 배웠으며, 태학에 들어가 수학하였다.

- 서　석 徐碩(? - ?)

  永康(浙江省) 사람으로, 생애가 자세치 않다. 陳亮에게 배웠다.

- 손　관 孫貫(? - ?)

  자는 沖季이며, 永康(浙江省) 사람이다. 陳亮에게 배웠다. 23세로 요절하였는데, 스승 진량이 묘지명을 지었다.

- 장　식 章湜(? - ?)

  永康(浙江省) 사람으로, 생애가 자세치 않다. 章服의 아들로, 형제 章濤·章渭·章海와 함께 陳亮에게 배웠다.

- 장　도 章濤(? - ?)

  永康(浙江省) 사람으로, 생애가 자세치 않다. 章服의 아들로, 형제 章湜·章渭·章海와 함께 陳亮에게 배웠다.

- 장　위 章渭(? - ?)

  永康(浙江省) 사람으로, 생애가 자세치 않다. 章服의 아들로, 형제 章湜·章濤·章海와 함께 陳亮에게 배웠다.

- 장　해 章海(? - ?)

  永康(浙江省) 사람으로, 생애가 자세치 않다. 章服의 아들로, 형제 章湜·章濤·章渭와 함께 陳亮에게 배웠다.

- 누응원 樓應元(? - ?)

  東陽(浙江省) 사람이다. 아버지 樓民範과 절친했던 陳亮에게 배웠으며, 詩文에 능했다.

- 호 괄 胡括(? - ?)

  永康(浙江省) 사람으로, 생애가 자세치 않다. 陳亮에게 배웠다.

- 장 춘 章椿(? - ?)

  永康(浙江省) 사람으로, 생애가 자세치 않다. 동생 章與·章允과 함께 陳亮에게 배웠다.

- 장 여 章與(? - ?)

  永康(浙江省) 사람으로, 생애가 자세치 않다. 형제 章椿·章允과 함께 陳亮에게 배웠다.

- 장 윤 章允(? - ?)

  永康(浙江省) 사람으로, 생애가 자세치 않다. 형제 章椿·章與와 함께 陳亮에게 배웠다.

- 주 확 周擴(? - ?)

  永康(浙江省) 사람으로, 생애가 자세치 않다. 陳亮에게 배웠다.

- 여 약 呂約(? - ?)

  永康(浙江省) 사람으로, 생애가 자세치 않다. 陳亮에게 배웠다.

- 노 임 盧任(? - ?)

  생애가 자세치 않다. 陳亮에게 배웠다.

- 주 작 周作(? - ?)

  생애가 자세치 않다. 陳亮에게 배웠다.

- 하 응 何凝(? - ?)

  생애가 자세치 않다. 陳亮에게 배웠다.

- 여중방 厲仲方(? - ?) ☞ 水心學案
- 정희량 丁希亮(1146-1192) ☞ 水心學案
- 진 강 陳剛(? - ?) ☞ 槐堂諸儒學案
- 손 지 孫枝(? - ?)(보유 420쪽) ☞ 滄洲諸儒學案

8) 陳亮의 再傳門人

◎ 吳深의 家學

● 오 수 吳邃(?-?)

호는 松淵이며, 永康(浙江省) 사람이다. 陳亮의 문인 吳深의 아들이자, 吳思齊의 아버지로 가학을 계승하였다. 知廣德軍을 지냈다.

9) 陳亮의 三傳門人

◎ 吳邃의 家學

● 오사제 吳思齊(1238-1301)

자는 子善, 호는 全歸子이며, 永康(浙江省) 사람이다. 陳亮의 외손자이자 吳邃의 아들로, 가학을 계승하였다. 어려서 영민하여 國子監丞을 지낸 季父 吳天澤이 큰 인물이 될 것이라고 여겼다. 文蔭으로 벼슬에 나아가 監臨安府新城稅·嘉興丞을 지냈다. 宋이 망하자 浦陽에 은거하며 절의를 지켰다. 方鳳·謝翱와 절친하였다. 聖賢의 바른 일을 살펴『俟命錄』을 편찬하였으며, 저술로『左氏傳闕疑』·『全歸集』 등이 있다.

10) 陳亮의 四傳門人

◎ 吳思齊의 門人

● 황경창 黃景昌(1261-1336)

자는 淸遠·明遠, 호는 槐窓居士·田居子이며, 浦江(浙江省) 사람이다. 원나라 때 경학가로, 方鳳·吳思齊·謝翱에게 수학하였다. 五經에 밝았는데『상서』와『춘추』에 더욱 정밀하였다. 저술로『春秋舉傳論』·『周正如傳考』·『蔡氏傳正誤』·『古詩考』가 있다.

49. 陸九韶·陸九齡의 學脈(梭山復齋學案)

1) 梭山·復齋學案 圖表

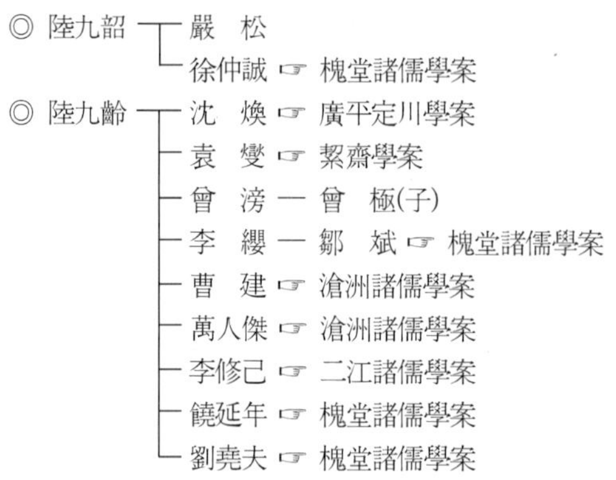

2) 梭山復齋學案序錄

　　내가 삼가 살펴보건대, 梭山 陸九韶·復齋 陸九齡·象山 陸九淵의 학문은, 사산이 이를 열었고 복재가 이를 창성시켰으며 상산이 이를 완성하였다. 사산은 樸實한 사람으로 그 말이 모두 切問近思한 데에서 나왔으니, 일상의 쓰임에 보탬이 있었다. 그러나 복재는 도리어 襄陵 許忻에게 배워 토론하는 학문을 좋아하였다. 『宋史』에는 단지 복재와 상산이 서로 친하게 지내면서도 성향은 달랐다고 하였는데, 包恢(1182-1268)의 말로써 고찰해 보면 사산 또한 독특한 성향이 있었다. 지금은 모두 그런 성향들이 전하지 않으니, 애석할 만한 일이다.

3) 陸賀의 家學

● 육구소 陸九韶(？-？)

자는 子美, 호는 梭山이며, 撫州 金溪(江西省) 사람이다. 陸九齡·陸九淵의 형이다. 遺逸로 천거되었으나 평생 벼슬에 나가지 않고 梭山에 은거하여 강학하였는데, 학자들이 '梭山居士'라 불렀다. 동생 육구연과 함께 周敦頤의 「太極圖說」에 대해 朱熹와 변론하였는데, 그는 태극 앞에 無極을 붙인 것은 儒家의 정설이 아니라 老子의 설을 취한 것으로, 「태극도설」이 주돈이의 저작이 아니라 주장하였다. 저술로 『梭山日記』·『梭山文集』이 있다.

● 육구령 陸九齡(1132-1180)

자는 子壽, 호는 復齋, 시호는 文達이며, 撫州 金溪(江西省) 사람이다. 陸九韶의 동생이며, 陸九淵의 형이다. 1169년 진사가 되어 桂陽軍學敎授·興國軍敎授 등을 지냈다. 二程의 학문에 심취하였으며, 후에는 육구연과 함께 心學을 제창하였다. 육구연과 師友가 되어 함께 강학하였는데, 학문 성향은 약간 달랐다. 육구연은 자기 정신을 주재자로 삼아 중시한 반면, 그는 하늘이 부여한 形質에 나아가 실천궁행하는 것을 중시하였다. 또한 육구연은 강학할 적에 꾸짖는 것이 많았고, 그는 和平함을 깨닫게 해 주었다. 1175년 呂祖謙의 주선으로 주희와 육구연이 鵝湖寺에서 만났을 때 함께 참여하여 토론하였다. 그의 高弟로는 沈煥이 있다. 저술로 『復齋文集』이 있다.

4) 陸九韶·陸九齡의 學侶

● 육구연 陸九淵(1139-1193) ☞ 象山學案

5) 陸九韶의 門人

● 엄 송 嚴松(？-？)

자는 松年이며, 臨川(江西省) 사람이다. 처음에는 陸九韶에게 배웠고, 후에 陸九淵(1139-1193)에게 수학하였다. 그가 집록한 『陸子論學語』에는 스승인 陸氏 형제와 朱熹가 鵝湖寺에서 만나 논쟁한 내용이 상세히 실려 있다.

- 서중성 徐仲誠(?-?) ☞ 槐堂諸儒學案

6) 陸九齡의 門人

- 심 환 沈煥(1139-1191) ☞ 廣平定川學案
- 원 섭 袁燮(1144-1224) ☞ 絜齋學案
- 증 방 曾滂(1132-?)
  자는 孟博이며, 臨川(江西省) 사람이다. 육씨 형제가 처음 性命之學을 담론할 적에 제자들이 많지 않았는데, 같은 나이에도 불구하고 그가 제일 먼저 육구령을 사사하여 李纓과 함께 高弟가 되었다. 육구연이 그를 중히 여겼다.
- 이 영 李纓(?-?)
  생애가 자세치 않다. 육구령을 사사하여 그의 高弟가 되었다.
- 조 건 曹建(1147-1183) ☞ 滄洲諸儒學案
- 만인걸 萬人傑(?-?) ☞ 滄洲諸儒學案
- 이수기 李修己(?-?) ☞ 二江諸儒學案
- 요연년 饒延年(?-?) ☞ 槐堂諸儒學案
- 유요부 劉堯夫(?-?) ☞ 槐堂諸儒學案

7) 陸九齡의 再傳門人

◎ 曾滂의 家學

- 증 극 曾極(?-?)
  자는 景建, 호는 雲巢이며, 臨川(江西省) 사람이다. 曾滂의 아들로, 가학을 계승하였다. 주희가 그의 글을 보고 칭송하였는데, 이 일을 계기로 서신을 왕래하며 신망을 쌓았다. 후에 승상 史彌遠의 미움을 받아 道州로 귀양가서 죽었다. 저술로『金陵百詠』·『春陵小雅』가 있다.

◎ 李纓의 門人

- 추 빈 鄒斌(?-?) ☞ 槐堂諸儒學案

50. 象山 陸九淵의 學脈(象山學案)

1) 象山學案 圖表

```
◎ 陸九淵 ─┬─ 陸持之(子) ─┬─ 葉元老 ☞ 鶴山學案
          │              └─ 張   璞(補遺)
          ├─ 陸   濬(從孫)(補遺)
          ├─ 楊   簡 ☞ 慈湖學案
          ├─ 袁   燮 ☞ 絜齋學案
          ├─ 舒   璘 ☞ 廣平定川學案
          ├─ 舒   琥 ☞ 廣平定川學案
          ├─ 舒   琪 ☞ 廣平定川學案
          ├─ 傅夢泉 ☞ 槐堂諸儒學案
          ├─ 傅子雲 ☞ 槐堂諸儒學案
          ├─ 鄧約禮 ☞ 槐堂諸儒學案
          ├─ 黃叔豊 ☞ 槐堂諸儒學案
          ├─ 嚴   松 ☞ 梭山復齋學案
          ├─ 胡大時 ☞ 嶽麓諸儒學案
          ├─ 蔣元夫 ☞ 嶽麓諸儒學案
          ├─ 李耆壽 ☞ 滄洲諸儒學案
          ├─ 曹   建 ☞ 滄洲諸儒學案
          ├─ 萬人傑 ☞ 滄洲諸儒學案
          ├─ 劉孟容 ☞ 滄洲諸儒學案
          ├─ 劉定夫 ☞ 滄洲諸儒學案
          ├─ 曾祖道 ☞ 滄洲諸儒學案
          ├─ 符   敘 ☞ 滄洲諸儒學案
          ├─ 沈   炳 ☞ 廣平定川學案
          ├─ 鄧   遠 ☞ 槐堂諸儒學案
          ├─ 張商佐 ☞ 槐堂諸儒學案
          ├─ 熊   鑑 ☞ 槐堂諸儒學案
          ├─ 黃   裳 ☞ 槐堂諸儒學案
          ├─ 彭興宗 ☞ 槐堂諸儒學案
          ├─ 詹阜民 ☞ 槐堂諸儒學案
          ├─ 利元吉 ☞ 槐堂諸儒學案
          └─ 陳去華 ☞ 槐堂諸儒學案
```

- 諸葛千能 ☞ 槐堂諸儒學案
- 諸葛受之 ☞ 槐堂諸儒學案
- 石斗文 ☞ 槐堂諸儒學案
- 石宗昭 ☞ 槐堂諸儒學案
- 孫應時 ☞ 槐堂諸儒學案
- 胡　拱 ☞ 槐堂諸儒學案
- 胡　撙 ☞ 槐堂諸儒學案
- 陳　剛 ☞ 槐堂諸儒學案
- 朱　桴 ☞ 槐堂諸儒學案
- 朱泰卿 ☞ 槐堂諸儒學案
- 李伯敏 ☞ 槐堂諸儒學案
- 符　初 ☞ 槐堂諸儒學案
- 周清叟 ☞ 槐堂諸儒學案
- 嚴　滋 ☞ 槐堂諸儒學案
- 林夢英 ☞ 槐堂諸儒學案
- 張孝直 ☞ 槐堂諸儒學案
- 饒延年 ☞ 槐堂諸儒學案
- 鄒　斌 ☞ 槐堂諸儒學案
- 趙師雍 ☞ 槐堂諸儒學案
- 趙師蒇 ☞ 槐堂諸儒學案
- 包　揚 ☞ 槐堂諸儒學案
- 包　約 ☞ 槐堂諸儒學案
- 包　遜 ☞ 槐堂諸儒學案
- 高商老 ☞ 槐堂諸儒學案
- 孟　渙 ☞ 槐堂諸儒學案
- 李　雲 ☞ 槐堂諸儒學案
- 豊有俊 ☞ 槐堂諸儒學案
- 潘友文 ☞ 槐堂諸儒學案
- 張明之 ☞ 槐堂諸儒學案
- 周　良 ☞ 槐堂諸儒學案
- 董德修 ☞ 槐堂諸儒學案
- 危　積 ☞ 槐堂諸儒學案
- 吳紹古 ☞ 槐堂諸儒學案
- 章節夫 ☞ 槐堂諸儒學案
- 游　元 ☞ 槐堂諸儒學案

├ 高宗商 ☞ 槐堂諸儒學案
├ 李　肅 ☞ 槐堂諸儒學案
├ 李　復 ☞ 槐堂諸儒學案
├ 徐子石 ☞ 槐堂諸儒學案
├ 晁百談 ☞ 槐堂諸儒學案
├ 王允文 ☞ 槐堂諸儒學案
├ 黃　柟 ☞ 槐堂諸儒學案
├ 黃　椿 ☞ 槐堂諸儒學案
├ 黃　棐 ☞ 槐堂諸儒學案
├ 兪廷椿 ☞ 槐堂諸儒學案
├ 邵叔誼 ☞ 槐堂諸儒學案
├ 繆文了 ☞ 槐堂諸儒學案
├ 江泰之 ☞ 槐堂諸儒學案
├ 徐仲誠 ☞ 槐堂諸儒學案
├ 趙子新 ☞ 槐堂諸儒學案
├ 丘元壽 ☞ 槐堂諸儒學案
├ □顯仲 ☞ 槐堂諸儒學案
├ 劉堯夫 ☞ 槐堂諸儒學案
└ 鄧　泳(補遺) ☞ 槐堂諸儒學案

※ 講 友 : 丁　錟(補遺)
　　　　　陳南仲(補遺)
　　　　　吳　箕(補遺)
　　　　　劉　迁(補遺)
※ 學 侶 : 劉淸之 ☞ 淸江學案
　　　　　李　浩
　　　　　王厚之
　　　　　楊庭顯
　　　　　豊　誼
　　　　　羅　點
　　　　　黃文晟
　　　　　劉　恭 ☞ 廬陵學案
※ 同 調 : 徐　誼 ☞ 徐陳諸儒學案
　　　　　陳　葵 ☞ 徐陳諸儒學案
※ 續 傳 : 湯　巾 ☞ 存齋晦靜息庵學案
　　　　　周可象

        程紹開
        胡長孺 ☞ 木鐘學案
        汪　深
        吳　澄 ☞ 草廬學案
        陳　苑 ☞ 靜明寶峯學案
※ 私　淑：趙彦肅 ― 喩仲可 ☞ 槐堂諸儒學案
        姚宏中
        桂　木(補遺)

2) 象山學案序錄

내가 삼가 살펴보건대, 象山 陸九淵의 학문은 먼저 大體를 세운 것이『맹자』에 근본했기 때문에 말세의 속유들이 귀로 듣고 입으로 외우기나 하는 지리한 학문에 일침을 가하기에 충분했다. 다만 상산은 타고난 자질이 빼어나 말을 하면 사람들을 경동시켰는데, 혹 편견에 빠져 실수를 하면서도 스스로 알지 못했으니, 이 점이 바로 그의 병폐였다. 程子 문하에서 上蔡 謝良佐(1050-1103) 이후 信伯 王蘋(1082-1153)·竹軒 林季仲(？-？)·無垢 張九成(1092-1159)으로부터 艾軒 林光朝(1114-1178)에 이르기까지의 모든 학자들은 그의 앞에서 싹을 틔워준 격이고, 상산에 이르러 그 사상이 크게 성취되었다. 그리고 그의 宗旨가 전해진 것도 가장 넓었다. 혹 그의 치우친 점을 가지고 그를 혹평하는 경우가 있다. 예컨대 세상의 남의 말만 듣고 부화뇌동하여 朱子에 우익이 되려고 자처하는 자들은 상산을 헐뜯어 이단의 학문으로 모는데, 나는 감히 그들의 말을 믿지 못하겠다.

3) 林光朝의 講友

● 육구연 陸九淵(1139-1193)

자는 子靜, 호는 存齋·象山, 시호는 文安이며, 撫州 金溪(江西省) 사람이다. 梭山 陸九韶, 復齋 陸九齡의 동생이다. 1172년 진사가 되었으며, 1174년 靖安 主簿에 제수된 뒤로 國子正·將作監丞 등을 지냈다. 給事 王信의 탄핵으로 좌천되었다가 歸鄕한 뒤로, 학도들이 운집하여 象山에서 강학하였다. 1191년 知荊門軍에 제수되어 郡邑을 다스리다가 3년만에 관아에서 졸하였다. 형 육구소·육구령과 함께 '陸三'으로 일컬어졌으며, 송대 理學에서 心學을 위주로 하는 象山學派를 개창하였다. 동시대 朱熹가 程頤의 설에 따라 道問學을 위주로 한 반면, 육구연은 程顥의 설에 따라 尊德性을 위주로 하여 주희의 性卽理說과 달리 心卽理說을 주장하였다. 周敦頤의 「太極圖說」에 대해서도 주희는 太極 앞에 無極을 말할 수 있다고 본 반면, 육구연은 태극 앞에 무극을 더할 수 없다고 하였다. 또한 "내가 六經의 脚註이기보다는 육경이 나의 각주가 되게 한다."고 하여, 자기의 마음을 주재자로 중시하였다. 1175년 呂祖謙의 주선으로 육구연의 형제들과 주희가 鵝湖寺에서 만나 토론을 벌였는데, 그때 육구연은 "簡易한 공부는 끝내 오래가고 위대하지만, 지리한 사업은 마침내 부침할 뿐이네. [易簡工夫終久大 支離事業竟浮沈]"라고 시를 읊어, 주희의 심기를 불편하게 하였다. 그리하여 주희를 종주로 하는 사람들은 육구연을 狂禪이라 비판하였고, 육구연을 추종하는 사람들은 주희를 俗學이라고 폄하하였다. 주희의 학문은 程頤 → 楊時로 이어지는 계통을 계승하여 格物窮理를 위주로 하고, 육구연의 학문은 程顥 → 謝良佐로 이어지는 계통을 계승하여 本心의 發明을 중시하였다. 저술로 후인들이 편찬한 『象山先生全集』이 있다.

4) 陸九淵의 講友

● 정 담 丁錟(? - ?)

자는 仲熊, 호는 瓮天이며, 新建(江西省) 사람이다. 二程의 학문을 江右 지역에 창도하여 제자들이 운집하였다. 육구연과 벗이 되어 학문을 강론하였다. 淳熙年間(1174-1189)부터 세 차례나 천거되었으며, 曲江縣主簿를 지냈다. 朱熹가 知南康軍으로 재직할 때 그를 불러 白鹿書院을 관장하게 하였으나, 나아가지 않았다. 주희와 왕복하며 학문을 논하기도 하였다. 아들 丁季敏도 박학하며 문장에 능하였다. 저술로 『春秋要辨』·『易通釋』·『書辨疑』·『王覇論』·『性理大旨』 등이 있다.(보유 428쪽)

● 진남중 陳南仲(? - ?)

자는 郴卿이며, 臨川(江西省) 사람이다. 향리에서 학생들에게 경서를 가르쳤다. 육구연과 함께 『서경』을 논하였는데, 서로 의견이 일치하였다.(보유

7) 陸九淵의 家學

● 육지지 陸持之(1171-1225)

자는 伯微이며, 撫州 金溪(江西省) 사람이다. 육구연의 장자로, 부친이 象山에
서 강학할 적에 곁에서 도왔다. 韓侂冑가 用兵하려고 하자, 여러 어진 이들을
찾아다니며 대책을 논의하였다. 1223년 寧宗이 특별히 秘書省讀書에 임명하
였으며, 理宗이 즉위한 뒤에는 修職郎으로 幹辦浙西安撫司에 제수되었는데
병으로 치사를 청하였다. 저술로 『戀說』·『易提綱』·『諸經雜說』 등이 있다.

● 육 준 陸濬(?-?)

자는 深甫이며, 撫州 金溪(江西省) 사람이다. 육구연의 長兄인 陸九思의 손자
이다. 진사에 급제하여 饒州教官을 지냈다.(보유 430쪽)

8) 陸九淵의 門人

● 양 간 楊簡(1141-1226) ☞ 慈湖學案
● 원 섭 袁燮(1144-1224) ☞ 絜齋學案
● 서 린 舒璘(1136-1199) ☞ 廣平定川學案
● 서 호 舒琥(?-?) ☞ 廣平定川學案
● 서 기 舒琪(?-?) ☞ 廣平定川學案
● 부몽천 傅夢泉(?-?) ☞ 槐堂諸儒學案
● 부자운 傅子雲(?-?) ☞ 槐堂諸儒學案
● 등약례 鄧約禮(?-?) ☞ 槐堂諸儒學案
● 황숙풍 黃叔豐(?-?) ☞ 槐堂諸儒學案
● 엄 송 嚴松(?-?) ☞ 梭山復齋學案
● 호대시 胡大時(?-?) ☞ 嶽麓諸儒學案
● 장원부 蔣元夫(?-?) ☞ 嶽麓諸儒學案
● 이기수 李耆壽(?-1230) ☞ 滄洲諸儒學案
● 조 건 曹建(1147-1183) ☞ 滄洲諸儒學案
● 만인걸 萬人傑(?-?) ☞ 滄洲諸儒學案

* 유맹용 劉孟容(?-?) ☞ 滄洲諸儒學案
* 유정부 劉定夫(?-?) ☞ 滄洲諸儒學案
* 증조도 曾祖道(?-?) ☞ 滄洲諸儒學案
* 부 서 符敍(?-?) ☞ 滄洲諸儒學案
* 심 병 沈炳(?-?) ☞ 廣平定川學案
* 등 원 鄧遠(?-?) ☞ 槐堂諸儒學案
* 장상좌 張商佐(?-?) ☞ 槐堂諸儒學案
* 웅 감 熊鑑(?-?) ☞ 槐堂諸儒學案
* 황 상 黃裳(?-?) ☞ 槐堂諸儒學案
* 팽흥종 彭興宗(?-?) ☞ 槐堂諸儒學案
* 첨부민 詹阜民(?-?) ☞ 槐堂諸儒學案
* 이원길 利元吉(?-?) ☞ 槐堂諸儒學案
* 진거화 陳去華(?-?) ☞ 槐堂諸儒學案
* 제갈천능 諸葛千能(?-?) ☞ 槐堂諸儒學案
* 제갈수지 諸葛受之(?-?) ☞ 槐堂諸儒學案
* 석두문 石斗文(?-?) ☞ 槐堂諸儒學案
* 석종소 石宗昭(?-?) ☞ 槐堂諸儒學案
* 손응시 孫應時(1154-1206) ☞ 槐堂諸儒學案
* 호 공 胡拱(?-?) ☞ 槐堂諸儒學案
* 호 준 胡撙(?-?) ☞ 槐堂諸儒學案
* 진 강 陳剛(?-?) ☞ 槐堂諸儒學案
* 주 부 朱桴(?-?) ☞ 槐堂諸儒學案
* 주태경 朱泰卿(?-?) ☞ 槐堂諸儒學案
* 이백민 李伯敏(?-?) ☞ 槐堂諸儒學案
* 부 초 符初(?-?) ☞ 槐堂諸儒學案
* 주청수 周淸叟(?-?) ☞ 槐堂諸儒學案
* 엄 자 嚴滋(?-?) ☞ 槐堂諸儒學案
* 임몽영 林夢英(?-?) ☞ 槐堂諸儒學案

- 장효직 張孝直(?-?) ☞ 槐堂諸儒學案
- 요연년 饒延年(?-?) ☞ 槐堂諸儒學案
- 추　빈 鄒斌(?-?) ☞ 槐堂諸儒學案
- 조사옹 趙師雍(?-?) ☞ 槐堂諸儒學案
- 조사점 趙師蒇(?-?) ☞ 槐堂諸儒學案
- 포　양 包揚(?-?) ☞ 槐堂諸儒學案
- 포　약 包約(?-?) ☞ 槐堂諸儒學案
- 포　손 包遜(1152-?) ☞ 槐堂諸儒學案
- 고상로 高商老(?-?) ☞ 槐堂諸儒學案
- 맹　환 孟渙(?-?) ☞ 槐堂諸儒學案
- 이　운 李雲(?-?) ☞ 槐堂諸儒學案
- 풍유준 豊有俊(?-?) ☞ 槐堂諸儒學案
- 반우문 潘友文(?-?) ☞ 槐堂諸儒學案
- 장명지 張明之(?-?) ☞ 槐堂諸儒學案
- 주　량 周良(?-?) ☞ 槐堂諸儒學案
- 동덕수 董德修(?-?) ☞ 槐堂諸儒學案
- 위　진 危稹(?-?) ☞ 槐堂諸儒學案
- 오소고 吳紹古(?-?) ☞ 槐堂諸儒學案
- 장절부 章節夫(?-?) ☞ 槐堂諸儒學案
- 유　원 游元(?-?) ☞ 槐堂諸儒學案
- 고종상 高宗商(?-?) ☞ 槐堂諸儒學案
- 이　숙 李肅(?-?) ☞ 槐堂諸儒學案
- 이　복 李復(?-?) ☞ 槐堂諸儒學案
- 서자석 徐子石(?-?) ☞ 槐堂諸儒學案
- 조백담 晁百談(?-?) ☞ 槐堂諸儒學案
- 왕윤문 王允文(?-?) ☞ 槐堂諸儒學案
- 황　남 黃枏(?-?) ☞ 槐堂諸儒學案
- 황　춘 黃椿(?-?) ☞ 槐堂諸儒學案

- 황　비 黃棐(?-?) ☞ 槐堂諸儒學案
- 유정춘 兪廷椿(?-?) ☞ 槐堂諸儒學案
- 소숙의 邵叔誼(?-?) ☞ 槐堂諸儒學案
- 우문자 繆文子(?-?) ☞ 槐堂諸儒學案
- 강태지 江泰之(?-?) ☞ 槐堂諸儒學案
- 서중성 徐仲誠(?-?) ☞ 槐堂諸儒學案
- 조자신 趙子新(?-?) ☞ 槐堂諸儒學案
- 구원수 丘元壽(?-?) ☞ 槐堂諸儒學案
- □현중 □顯仲(?-?) ☞ 槐堂諸儒學案
- 유요부 劉堯夫(?-?) ☞ 槐堂諸儒學案
- 등　영 鄧泳(?-?)(보유 431쪽) ☞ 槐堂諸儒學案

9) 陸九淵의 再傳門人

◎ 陸持之의 門人

- 섭원로 葉元老(?-?) ☞ 鶴山學案
- 장　박 張璞(?-?)

  생애가 자세치 않다. 陸持之에게 수학하였다.(보유 433쪽)

10) 陸九淵의 續傳

- 탕　건 湯巾(?-?) ☞ 存齋晦靜息庵學案
- 주가상 周可象(?-?)

  생애가 자세치 않다. 육구연의 四傳 門人인 陳苑(1256-1330)의 제자로 스승 및 동학 楊敬仲·傳子淵·袁廣微·錢子是·陳和仲과 함께 육구연의 경학 관련 저술을 모두 구해 읽었다.

- 정소개 程紹開(1212-1281)

  호는 月巖이며, 廣信(江西省) 사람이다. 道一書院을 지어 강학하였으며, 주희와 육구연의 설을 조화시키려 하였다.

- 호장유 胡長孺(1249-1323) ☞ 木鐘學案

- 왕　심 汪深(1231-1304)

  자는 萬頃, 호는 主靜이며, 休寧(安徽省) 사람이다. 당시 新安 지역 학자들은 모두 주희의 설을 종주로 하였는데, 왕심은 육구연의 설을 추종하였다. 약관의 나이도 되기 전에 眞州·楊州 지방을 유람하며 뜻을 같이 하는 학자들과 平山堂에서 강학하였다. 여러 차례 과거에 응시하였으나 낙방하였다. 景定年間 安吉敎諭에 제수되었는데, 예전 胡瑗이 강학하던 것을 본받아 학교교육의 진흥에 힘썼다. 조정의 신하들이 태학에 천거하려 하였으나, 주자학이 아닌 학문을 숭상한다는 이유로 중지되었다. 뒤에 賈似道가 전횡을 하자 사직하고 돌아갔다.

- 오　징 吳澄(1249-1333) ☞ 草廬學案

- 진　원 陳苑(1256-1330) ☞ 靜明寶峯學案

11) 陸九淵의 私淑

- 조언숙 趙彦肅(? - ?)

  자는 子欽, 호는 復齋이며, 嚴州 建德(浙江省) 사람이다. 1166년 진사가 되어 寧海軍節度推官을 지냈다. 육구연을 사숙하여, 嚴陵 지방에서 처음으로 陸學을 전파하였다. 태수 鄭之悌가 사당을 세워 제사하였다. 저술로『易說』·『廣學雜辯』·『士冠圖』·『士昏圖』·『饋食圖』 등이 있는데, 주희가 그의 저술을 칭찬하였다.

- 요굉중 姚宏中(? - ?)

  자는 安道이며, 海陽(安徽省) 사람이다. 嘉定年間(1208-1224)에 진사가 되어 靖江敎授를 지냈다. 師友들과 講學하는 외에는 남들과 일체 교유하지 않고 방안에 단정히 앉아 독서하였다. 陳淳이 郭子從에게 답한 편지에 '요굉중은 육상산의 학문을 한다'고 평한 말이 있는 것으로 미루어, 陸學을 사숙한 인물인 듯하다.

- 계　목 桂木(? - ?)

  자는 林伯이며, 貴溪(江西省) 사람이다. 가학을 계승하였다. 塵湖 지방의 학자들이 그를 추종하였으며, 별세한 뒤에 진호 동쪽에 靈谷書院을 건립하였다.

그의 학문은 陸學을 계승하여 흥기한 것인데, 배운 바는 朱子學에 근본한 것이 많았다. 학문 성향은 대체로 주희와 육구연의 다른 점을 합하는 데 주안점을 두었다. 저술로『四書通義』·『五經統會』·『三極一貫圖』·『金精鰲極類纂』·『道統銘』등이 있다.(보유 433쪽)

◎ 趙彦肅의 門人

● 유중가 喩仲可(?-?) ☞ 槐堂諸儒學案

51. 劉靖之·劉清之의 學脈(清江學案)

1) 清江學案 圖表

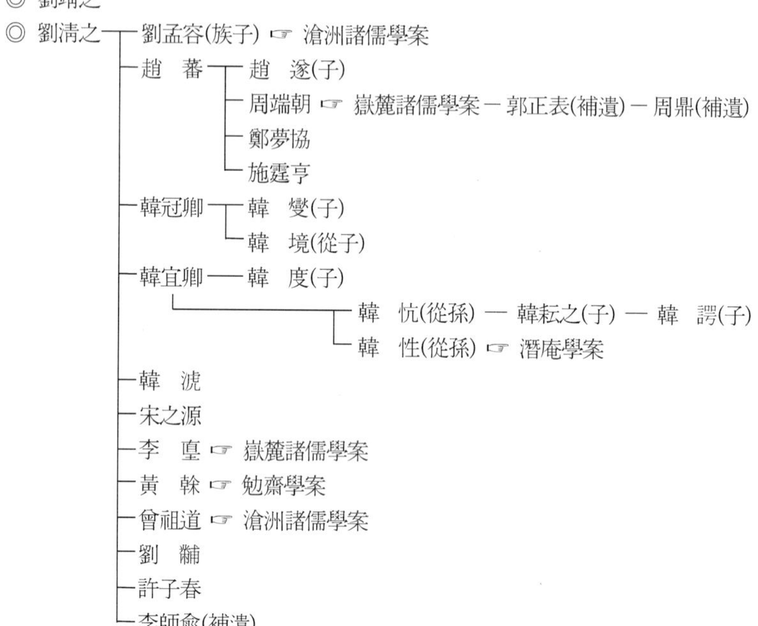

◎ 劉靖之
◎ 劉清之 ── 劉孟容(族子) ☞ 滄洲諸儒學案
　　　　　── 趙　蕃 ── 趙　逐(子)
　　　　　　　　　　── 周端朝 ☞ 嶽麓諸儒學案 ─ 郭正表(補遺) ─ 周鼎(補遺)
　　　　　　　　　　── 鄭夢協
　　　　　　　　　　── 施霆亨
　　　　　── 韓冠卿 ── 韓　變(子)
　　　　　　　　　　── 韓　境(從子)
　　　　　── 韓宜卿 ── 韓　度(子)
　　　　　　　　　　　　　　── 韓　忱(從孫) ─ 韓耘之(子) ─ 韓　諤(子)
　　　　　　　　　　　　　　── 韓　性(從孫) ☞ 潛庵學案
　　　　　── 韓　滤
　　　　　── 宋之源
　　　　　── 李　壼 ☞ 嶽麓諸儒學案
　　　　　── 黃　榦 ☞ 勉齋學案
　　　　　── 曾祖道 ☞ 滄洲諸儒學案
　　　　　── 劉　黼
　　　　　── 許子春
　　　　　── 李師愈(補遺)

※ 學侶：陸九淵 ☞ 象山學案
　　　　　彭龜年 ☞ 嶽麓諸儒學案
　　　　　向　浯 ☞ 五峯學案

2) 清江學案序錄

　　내가 삼가 살펴보건대, 晦翁 朱熹·南軒 張栻·東萊 呂祖謙 세 선생들이 강학할 때, 가장 동조한 사람이 清江지역의 劉靖之·劉清之 형제이다. 성품이 돈독하고 화평하였으며, 그의 생도들이 또한 동남쪽에 널리 퍼져 있었다. 근래

망령되게 유청지를 주희의 제자로 여기는 사람이 있으니, 잘못된 것이다.

3) 朱熹·張栻의 同調

● 유정지 劉靖之(?-?)

자는 子和, 호는 孝敬이며, 廬陵(江西省 吉安) 사람이다. 진사시에 급제하여 贛州敎授·宣敎郞 등을 지냈다. 동생 劉淸之(1134-1190)와 함께 朱熹·張栻·呂祖謙의 학문에 동조한 인물로 평가된다. 학문은 독서와 궁리를 우선하고, 교육은 持敬修身을 위주로 하였다. 그리하여 언행이 조금이라도 예에 맞지 않고, 복식이 조금이라도 법도에 맞지 않으면 반드시 규찰하여 바로잡아 주었다.

4) 劉靖之의 家學

● 유청지 劉淸之(1134-1190)

자는 子澄, 호는 靜春이며, 臨江(江西省 淸江) 사람이다. 어려서 형 劉靖之에게 배웠다. 뒤에 주희의 문하에 들어가 義理之學에 뜻을 두게 되었다. 1157년 진사가 되어 建德縣主簿·鄂州通判 등을 지냈으며, 후에 귀향하여 槐陰精舍를 짓고 후학을 가르쳤다. 저술로『曾子內外雜著篇』·『祭儀』·『時令書』·『續說苑』·『訓蒙新書』·『戒子通錄』·『墨莊總錄』 등이 있다.

5) 劉淸之의 學侶

● 육구연 陸九淵(1139-1193) ☞ 象山學案
● 팽구년 彭龜年(1142-1206) ☞ 嶽麓諸儒學案
● 상　오 向浯(?-?) ☞ 五峯學案

6) 劉靖之의 再傳門人

◎ 劉淸之의 家學

● 유맹용 劉孟容(?-?) ☞ 滄洲諸儒學案

◎ 劉淸之의 門人

● 조　번 趙蕃(1143-1229)

자는 昌父, 호는 章泉, 시호는 文節이며, 鄭州(河南省) 사람이다. 劉淸之에게
수학하였으며, 50세 때 朱熹의 문하에 나아가 배우기도 하였다. 門蔭으로 관
직에 나아가 太和主簿 등을 지냈다. 시를 잘 지어 楊萬里에게 인정받았다. 저
술로 『章泉集』·『乾道稿』·『淳熙稿』·『章泉稿』가 있다.

● 한관경 韓冠卿(?-?)

자는 貫道이며, 安陽(河南省) 사람이다. 劉淸之에게 수학하였다. 司馬光이 劉
安世를 가르칠 때, '誠'자 한 자를 강조하였듯이 유청지도 그에게 '實'자 한 글
자에 역점을 두었다. 韓琦의 후손으로 知饒州를 지냈다.

● 한의경 韓宜卿(?-?)

安陽(河南省) 사람으로, 생애가 자세치 않다. 韓冠卿의 동생이며 劉淸之에게
수학하였다.

● 한　표 韓淲(1159-1224)

자는 仲止, 호는 澗泉이며, 上饒(江西省) 사람이다. 韓元吉의 아들로, 劉淸之
에게 수학하였다. 趙蕃과 함께 시로 이름이 나 당시 '二泉'으로 일컬어졌다.
저술로 『澗泉日記』·『澗泉集』이 있다.

● 송지원 宋之源(?-1221)

자는 積之·深之이며, 雙流(四川省) 사람이다. 宋若水의 아들로, 朱熹에게 수
학하였으며, 후에 劉淸之·戴溪에게 배웠다. 蔭補로 벼슬길에 나아가 龍游
令·知雅州 등을 지냈다.

● 이　식 李寎(1161-1238) ☞ 嶽麓諸儒學案
● 황　간 黃榦(1152-1221) ☞ 勉齋學案
● 증조도 曾祖道(?-?) ☞ 滄洲諸儒學案
● 유　보 劉黼(?-?)

자는 季章이며, 朱熹와 劉淸之에게 배웠다. 許子春과 함께 廬陵 지방의 醇儒
로 이름이 났다.

- 허자춘 許子春(?-?)

  자는 景陽이며, 同安(福建省) 사람이다. 朱熹와 劉淸之에게 배웠다. 劉黼와 함께 廬陵 지방의 醇儒로 이름이 났다.

- 이사유 李師愈(?-?)

  자는 好古이며, 高安(江西省) 사람이다. 乾道年間(1165-1173)에 鄕薦되었다. 博學多聞하였고, 劉淸之를 따라 廬山에서 강학하였다.(보유 438쪽)

7) 劉靖之의 三傳門人

◎ 趙蕃의 家學

- 조 수 趙遂(?-?)

  자는 景初이며, 趙蕃의 아들이다. 가학을 계승하였다.

◎ 趙蕃의 門人

- 주단조 周端朝(1172-1234) ☞ 嶽麓諸儒學案
- 정몽협 鄭夢協(?-?)

  자는 新恩·南谷이며, 玉山(江西省) 사람이다. 趙蕃에게 수학하였으며, 魏了翁·眞德秀와 절친하였다. 秘閣修撰을 지냈다. 학문을 강론함이 매우 돈독하였고, 劉宰가 그의 문장을 칭찬하였다.

- 시정형 施霆亨(?-?)

  자는 榮南이며, 邵武(福建省) 사람이다. 趙蕃에게 수학하였다. 향리에서 학문을 가르쳤는데, 그를 '尊道先生'이라 일컬었다.

◎ 韓冠卿·韓宜卿의 家學

- 한 섭 韓爕(?-?)

  자는 仲和이며, 安陽(河南省) 사람이다. 韓冠卿의 아들로, 가학을 계승하였다. 知滁州를 지냈으며, 韓境과 함께 당시 '二仲'이라 일컬어졌다.

- 한 경 韓境(?-?)

  자는 仲容이며, 安陽(河南省) 사람이다. 韓冠卿의 조카로, 劉淸之의 학문을 계

승하였다. 史館·秘閣에서 벼슬하였으며, 韓爕과 함께 당시 '二仲'이라 일컬어
졌다.

* **한　도 韓度(?-?)**
  자는 百洪, 호는 戴山이며, 安陽(河南省) 사람이다. 韓宜卿의 아들로, 가학을
  계승하였으며 劉淸之에게도 나아가 수학하였다. 은거하여 강학에 힘썼는데,
  楊簡의 학설을 두루 참조하였다.

8) 劉靖之의 四傳門人

◎ 周端朝의 門人

* **곽정표 郭正表(?-?)**
  호는 湜溪이며, 周端朝에게 수학하였다.(보유 438쪽)

◎ 韓冠卿·韓宜卿의 家學

* **한　강 韓忼(?-?)**
  자는 義行이며, 會稽(浙江省) 사람이다. 韓冠卿의 從孫이며, 아버지는 韓桂甫
  이다. 성리학에 潛心하였으며 가학을 계승하였다.
* **한　성 韓性(1266-1341)** ☞ 潛庵學案

9) 劉靖之의 五傳門人

◎ 郭正表의 門人

* **주　정 周鼎(?-?)**
  자는 仲恒이며, 廬陵(江西省) 사람이다.

◎ 韓忼의 家學

* **한운지 韓耘之(?-?)**
  韓忼의 아들이며, 韓謔의 아버지이다. 학행으로 이름났으며, 가학을 계승하였다.

10) 劉靖之의 六傳門人

◎ 韓耘之의 家學

● 한　악 韓諤(1322-1380)

자는 致用, 호는 五雲이며, 會稽(浙江省) 사람이다. 천거로 太平路儒學正에
보임되었으나 나아가지 않았고, 후에 溫州路儒學敎授에 발탁되었다. 학행으
로 이름났으며, 가학을 계승하였다. 명나라가 들어서자 은거하여 저술활동에
전념하였다.

52. 說齋 唐仲友의 學脈(說齋學案)

1) 說齋學案 圖表

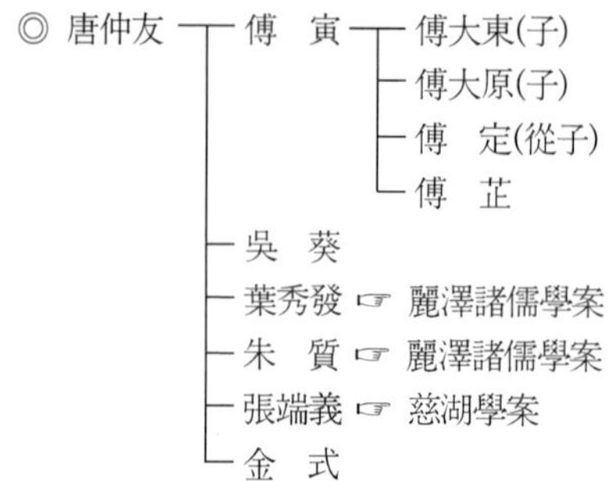

※ 學 侶 : 唐仲溫
　　　　　唐仲義
※ 續 傳 : 唐懷德(補遺) ☞ 北山四先生學案

2) 說齋學案序錄

　　내가 삼가 살펴보건대, 永嘉學派의 여러 선생들이 강학할 적에 가장 동조한 이는 說齋 唐仲友였다. 그런데 특별히 영가학파의 사람들과 교유하지 않았던 점은 이해할 수 없다. 어떤 사람은 영가학파의 학문은 열재가 실제로 창도하였다고 하지만, 그렇지는 않은 듯하다.

3) 永嘉學派(薛季宣·葉適·陳傅良)의 同調

● 당중우 唐仲友(1135-1187)

　　자는 與政, 호는 說齋이며, 金華(浙江省) 사람이다. 1151년 진사가 되어 通判 建康府를 거쳐 著作郎이 되었다. 그 뒤 江西 提刑에 발탁되었으나 朱熹에게 탄핵을 받고, 저술활동과 후학양성에만 전념하였다. 經世致用學을 강조하여 佛敎와 老莊을 배척함은 물론, 당시 공리공담으로 흐르던 心學에 대해서도 반대하였다. 全祖望은 송나라 孝宗年間에 呂祖謙 · 呂祖儉 형제는 性命之學으로 이름이 났고, 陳亮은 事功之學으로 이름이 났으며, 당중우는 經制之學으로 이름이 났다고 평하였다. 그는 禮經에 근본하여 經國의 제도를 갖추는 학문을 주장함으로써 陳傅良 · 呂祖謙 등과 이름을 나란히 하였다. 주희의 理學 위주의 학문에 반대하고 天文 · 地理 · 刑政 등 경세에 유익한 학문을 추구하였다. 저술로 『六經解』 · 『孝經解』 · 『愚書』 · 『天文詳辯』 · 『地理詳辯』 · 『九經發題』 · 『經史難答』 · 『諸史精義』 · 『帝王經世圖譜』 · 『辭料雜錄』 · 『故事備要』 · 『陸宣公奏議解』 · 『乾道祕府羣書新錄』 · 『說齋文集』 등이 있다.

4) 唐仲友의 學侶

● 당중온 唐仲溫(? - ?)

　金華(浙江省) 사람으로, 唐仲友의 형이다. 侍御史를 지낸 부친 唐堯封과 그의 형제들은 紹興年間의 이름난 진사였다. 饒州敎授를 지냈다.

● 당중의 唐仲義(? - ?)

　金華(浙江省) 사람으로, 唐仲友의 형이다. 侍御史를 지낸 부친 唐堯封과 그의 형제들은 紹興年間의 이름난 진사였다. 樂平主簿를 지냈다.

5) 唐仲友의 門人

● 부　인 傅寅(? - ?)

　자는 同叔, 호는 杏溪이며, 義烏(浙江省) 사람이다. 東陽(浙江省)의 부호인 吳葵가 安田書院에 唐仲友를 主講으로 초빙하자, 그의 문하에 나아가 수학하였다. 그는 천문 · 지리 · 율력 등을 두루 연구하였으며, 『禹貢說斷』을 저술하였다.

● 오　규 吳葵(1145-1217)

　자는 景陽이며, 東陽(浙江省) 사람이다. 부호가로서 安田書院을 소유하고 있었는데, 唐仲友를 주강으로 초빙하여 수학하였다. 通山縣簿 등을 역임하였다. 葉適이 그의 墓地銘을 지었다.

● 섭수발 葉秀發(1161-1230) ☞ 麗澤諸儒學案

- 주 질 朱質(?-?) ☞ 麗澤諸儒學案
- 장단의 張端義(1179-?) ☞ 慈湖學案
- 김 식 金式(?-?)
  자는 元度이며, 金華(浙江省) 사람이다. 唐仲友에게 수학하였다. 1184년 진사
  가 되었으며, 右正言으로 관직을 마쳤다.

6) 唐仲友의 再傳門人

◎ 傅寅의 家學

- 부대동 傅大東(?-?)
  義烏(浙江省) 사람이다. 傅寅의 아들로, 가학을 계승하였다.

- 부대원 傅大原(?-?)
  義烏(浙江省) 사람이다. 傅寅의 아들로, 가학을 계승하였다. 楊簡(1141-1226)
  에게도 나아가 수학하였다.

- 부 정 傅定(?-?)
  자는 敬子이며, 義烏(浙江省) 사람이다. 傅寅의 從子로, 가학을 계승하였다.
  朱熹(1130-1200)에게도 나아가 수학하였다.

◎ 傅寅의 門人

- 부 지 傅芷(?-?)
  자는 升可이며, 義烏(浙江省) 사람이다. 1178년 진사가 되었다. 傅寅에게 수학
  하였으며, 經史에 조예가 깊었다. 저술로『南園講錄』·『南園詩文集』이 있다.

7) 唐仲友의 續傳

- 당회덕 唐懷德(1307-1357)(보유 443쪽) ☞ 北山四先生學案

53. 徐誼·錢文子·陳葵의 學脈(徐陳諸儒學案)

1) 徐陳諸儒學案 圖表

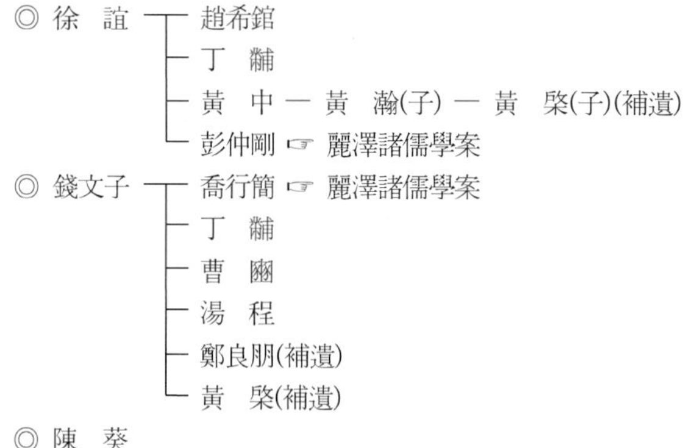

2) 徐陳諸儒學案序錄

  내가 삼가 살펴보건대, 三陸先生(陸九韶·陸九齡·陸九淵)이 강학할 때 가장 동조했던 사람은 徐誼(1144-1208)와 陳葵(1139-1194)였다. 그런데 육구연의 계보에 徐誼를 끌어들여 제자로 삼는 것은 또한 잘못이다.

3) 陳葵·陸九淵의 同調

● 서   의 徐誼(1144-1208)

  자는 子宜·宏父, 시호는 忠文이며, 溫州 平陽(浙江省) 사람이다. 1172년 진사가 되어 刑部侍郎·寶謨閣侍制 등을 지냈다. 韓侂冑에게 미움을 사 좌천되어 南安軍·婺州 등지로 떠돌다가 10년만에 풀려났다. 葉適이 그의 묘지명을 지었다. 그의 학문은 禪에 가까우며, 陸九淵의 사상과 유사한 점이 많아 육구연의 문인이라는 설이 있으나 확실치는 않다.

4) 永嘉學派(薛季宣·葉適·陳傅良)의 同調

● 전문자 錢文子(?-?)

자는 文季, 호는 白石山人이며, 溫州 樂淸(浙江省) 사람이다. 徐誼와 깊이 교유하였으며, 太學에서 수학할 때 명성이 났다. 嘉定年間(1208-1224) 이후 正學의 宗師가 되었다. 벼슬은 宗正少卿에 이르렀다. 저술로『白石詩集傳』이 있다.

5) 魏盆之의 同調

● 진 규 陳葵(1139-1194)

자는 叔向이며, 處州 靑田(浙江省) 사람이다. 1163년에 진사가 되어 知平陽縣을 지냈다. 魏盆之를 師事하였다. 朱熹가 그의 제자들을 배우게 하였다. 葉適(1150-1223)이 그의 묘지명을 지었다.

6) 徐誼의 門人

● 조희관 趙希錧(1176-1233)

초명은 希喆, 자는 君錫, 호는 時隱居士이며, 常山(浙江省) 사람이다. 宋 太祖의 9世孫이다. 처음에는 陳傅良(1137-1203)에게 수학하였고, 뒤에 徐誼에게 배웠다. 1196년 진사가 되어 汀州司戶로 나갔을 때 城을 잘 지켜 李元礪의 반란군을 擊退시켰다. 大理寺丞·安德軍節度使 등을 지냈으며, 信安郡公에 봉해졌다.

● 정 보 丁黼(?-1239)

자는 文伯, 호는 延溪, 시호는 恭愍이다. 선대는 徐州(江蘇省) 沛縣과 碭縣 사이에 살았는데, 徐州가 전쟁터로 변하여 靑陽·石埭로 옮겨 살았다. 전한 때『周易』에 조예가 깊었던 丁寬의 후손이다. 부친 丁泰亨으로부터 가학을 계승하였으며, 부친의 권유로 池州敎授로 있던 徐誼에게 나아가 수학하였다. 뒤에 錢文子에게도 나아가 배웠으며, 서의의 문하에서 수제자로 일컬어졌다. 淳熙年間(1174-1189)에 진사가 되어 成都制置使·軍器監 등을 지냈다. 1238년 元나라 병사가 成都를 침입했을 때, 싸우다 전사하였다. 魏了翁(1178-1237)·洪

呂喬(1176-1236)·眞德秀(1178-1235) 등이 모두 그를 推重하였다. 저술로
『延溪集』·『六經辯正疑問』·『諸史考』가 있다.

- **황 중 黃中(1096-1180)**
  자는 仲庸이며, 平陽(浙江省) 사람이다. 紹熙年間(1190-1194)에 진사가 되어
  知袁州·右文殿修撰 등을 지냈다. 徐誼가 平陽에서 강학할 적에 나아가 수학
  하였다. 朱熹와 학문을 논하였는데, 이론보다는 실제로 실천하는 것을 중시하
  였다.

- **팽중강 彭仲剛(1143-1194)** ☞ 麗澤諸儒學案

7) 徐誼의 再傳門人

◎ 黃中의 家學

- **황 한 黃瀚(?-?)**
  생애가 자세치 않다. 黃中의 아들로 가학을 계승하여 아들 黃㮤에게 전해주었
  다. 황계는 가학을 계승하고, 錢文子에게도 나아가 배웠다.

8) 錢文子의 門人

- **교행간 喬行簡(1156-1241)** ☞ 麗澤諸儒學案
- **조 빈 曹豳(1170-1249)**
  자는 西士, 호는 東畝·東畎, 시호는 文恭이며, 溫州 瑞安(浙江省) 사람이다.
  曹叔遠의 族子다. 錢文子에게 나아가 수학하였다. 1202년 진사가 되어 安吉
  州教授·寶章閣待制 등을 지냈다. 虎丘書院을 건립하여 尹焞을 제향하였다.
  당시 직간으로 이름이 나, 王萬·郭磊卿·徐淸叟와 함께 '嘉熙四諫'으로 불리
  었다. 한 때 余天錫·李明復의 잘못을 논박하다가 起居郎으로 강등되기도 하
  였다.

- **탕 정 湯程(?-?)**
  생애가 자세치 않다. 喬行簡과 함께 錢文子에게 수학하였으며, 縣尹을 지
  냈다.

- **정량붕 鄭良朋(?-?)**

  자는 少宏, 호는 東巖老人이며, 東陽(浙江省) 사람이다. 錢文子에게 수학하였다.(보유 444쪽)

- **황 계 黃槃(?-?)**

  자는 肅甫이며, 平陽(山西省) 사람이다. 黃中의 손자이고 司農을 지낸 黃瀚의 아들이다. 가학을 계승하는 한편 錢文子에게도 나아가 수학하였다. 1202년 진사가 되어 靖州의 관리로 있을 때 서원을 세워 강학하였다. 벼슬은 工部員外郎에 이르렀다.(보유 444쪽)

54. 西山 蔡元定의 學脈(西山蔡氏學案)

1) 西山蔡氏學案 圖表

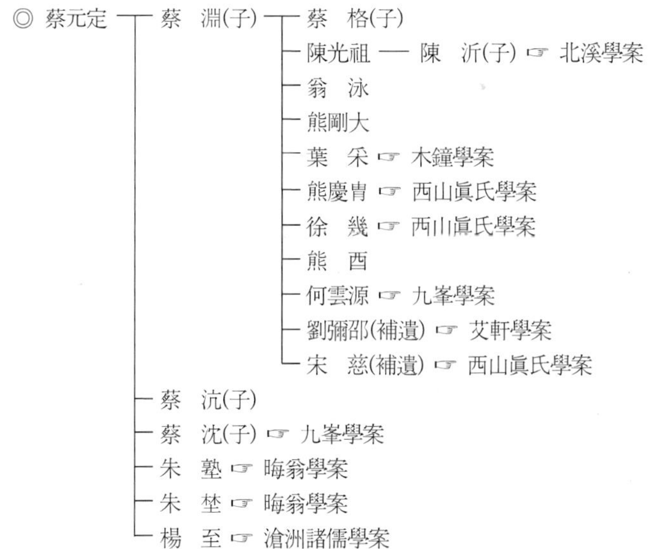

2) 西山蔡氏學案序錄

　내가 삼가 살펴보건대, 西山 蔡元定(1135-1198)은 주희의 문하에서 가장 뛰어난 사람이었다. 그러나 그의 律呂學과 象數學은 대체로 가학을 전수받은 것이다. 스승 주희와 문답한 내용을 적은 『翁季錄』이 전해지지 않은 점이 안타깝도다.

3) 朱熹의 門人

● 채원정 蔡元定(1135-1198)

자는 季通, 호는 西山, 시호는 文節이며, 建陽(福建省) 사람이다. 어려서 부친
蔡發에게 二程·邵雍·張載의 학문을 배웠으며, 뒤에 주희에게 찾아가 수학
하였다. 朱熹의 理學사상을 계승 발전시킨 주요인물로 평가된다. 樂律에 조예
가 깊었는데, 12율에 6개의 악률을 첨가해서 18악률을 개발하였다. 易學에 있
어서는 象數學과 義理學을 종합하려는 입장을 취하였다. 韓侂冑가 理學을 僞
學이라며 금하자, 벼슬하려는 뜻을 접고 학문과 강학에만 몰두하였다. 그의
학문은 아들 蔡淵·蔡沆·蔡沈에게 가학으로 계승되었다. 저술로『大衍詳說』
·『律呂新書』·『燕樂』·『原辯』·『皇極經世』·『太玄潛虛指要』·『洪範解』·
『八陳圖說』·『發微考』 등이 있다.

4) 蔡元定의 學侶

● 누　약 樓鑰(1137-1213) ☞ 丘劉諸儒學案
● 유　약 劉爚(1144-1216) ☞ 滄洲諸儒學案
● 유　병 劉炳(？-？) ☞ 滄洲諸儒學案
● 유　지 劉砥(？-？) ☞ 滄洲諸儒學案
● 유　려 劉礪(？-？) ☞ 滄洲諸儒學案
● 사심보 謝深甫(？-？)

자는 子肅, 시호는 惠正이며, 臨海(浙江省) 사람이다. 1166년 진사가 되어 知
青田縣·右丞相 등을 지냈으며, 魯國公에 봉해졌다. 丞相으로 있을 때 법도를
준수하며, 朱熹와 蔡元定의 학문을 지지했다.

5) 蔡元定의 家學

● 채　연 蔡淵(1156-1236)

자는 伯靜, 호는 節齋이며, 建陽(福建省) 사람이다. 蔡元定의 장자로 가학을
계승하였으며, 주희에게도 수학하였다.『주역』을 깊이 연구하여 인정을 받았

는데, 象數學과 義理學을 종합하려는 입장을 취하였다. 평생 벼슬길에 나가지 않고 학문과 강학에만 힘썼다. 저술로『易象意言』·『周易訓解』·『卦爻辭旨』 ·『論孟思問』·『詩思問』·『餘論』 등이 있다.

- 채 항 蔡沆(?-?)

  자는 復之, 호는 復齋·一菴이며, 建陽(福建省) 사람이다. 蔡元定의 次子로, 채원정의 외사촌 虞英에게 아들이 없자 그를 양자로 보내 이름을 '知方'으로 고쳤다. 가학을 전수받았으며, 주희에게도 수학하였다. 부친의 春秋學을 계승하여『春秋五論』·『春秋大義』·『春秋衍義』 등을 저술하였다. 敬으로 入德의 문호로 삼고, 義로 일신의 주재로 삼아 경의의 뜻을 발명하였다. 그리고 『주역』復卦의 뜻을 중시하여 힉자들이 개괴천선하는 기미로 삼았다. 그 밖이 저술로『敬義大旨』·『復卦大要』가 있다.

- 채 침 蔡沈(1167-1230) ☞ 九峯學案

6) 蔡元定의 門人

- 주 숙 朱塾(1153-1191) ☞ 晦翁學案
- 주 야 朱埜(?-1211) ☞ 晦翁學案
- 양 지 楊至(?-?) ☞ 滄洲諸儒學案

7) 蔡元定의 再傳門人

◎ 蔡淵의 家學

- 채 격 蔡格(?-?)

  자는 伯至, 호는 素軒이며, 建陽(福建省) 사람이다. 蔡淵의 長子로 가학을 전수받았다. 從弟 蔡模·蔡杭·蔡權과 師友로 지냈다. 당시 불교와 노장이 성행하자『맹자』의 盡心章의 뜻을 강론해 밝혔으며,『至書』를 지어 경계하였다. 저술로『廣仁說』이 있다.

◎ 蔡淵의 門人

- 진광조 陳光祖(?-?)

  자는 世德이며, 仙遊(福建省) 사람이다. 陳希造의 아들로 蔡淵에게 수학하였다. 廣東提刑을 지내면서「欽恤編」을 지어 官屬들을 경계시켰다. 관직이 朝奉郎에 이르렀다.

- 옹 영 翁泳(?-?)

  자는 永叔·思齋이며, 建陽(福建省) 사람이다. 蔡淵에게 수학하였다. 저술로『注釋河洛講義』가 있다.

- 웅강대 熊剛大(?-?)

  호는 古溪이며, 建陽(福建省) 사람이다. 1214년 진사가 되어 建安教授를 지내면서 蔡淵과 黃榦에게 수학하였다. 저술로『詩注解』가 있다.

- 섭 채 葉采(?-?) ☞ 木鐘學案
- 웅경주 熊慶胄(?-?) ☞ 西山眞氏學案
- 서 기 徐幾(?-?) ☞ 西山眞氏學案
- 웅 유 熊酉(?-?)

  蔡淵의 제자로, 생애가 자세치 않다.

- 하운원 何雲源(?-?) ☞ 九峯學案
- 유미소 劉彌邵(1165-1246)(보유 451쪽) ☞ 艾軒學案
- 송 자 宋慈(1186-1249)(보유 451쪽) ☞ 西山眞氏學案

7) 蔡元定의 三傳門人

- 진 기 陳沂(?-?) ☞ 北溪學案

55. 勉齋 黃榦의 學脈(勉齋學案)

1) 勉齋學案 圖表

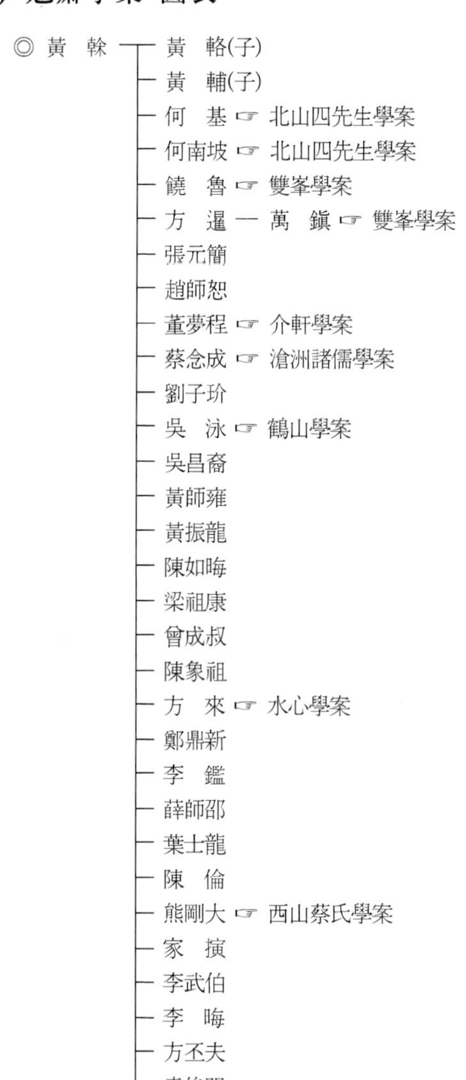

```
├ 葉　眞
├ 趙必愿
├ 宋　斌 ☞ 滄洲諸儒學案
├ 楊　楫(補遺) ☞ 滄洲諸儒學案
├ 黃義勇(補遺) ☞ 滄洲諸儒學案
├ 黃義明(補遺) ― 饒應子(補遺)
├ 董　鼎(補遺) ☞ 介軒學案
├ 楊　復(補遺) ☞ 滄洲諸儒學案
├ 陳　宓(補遺) ☞ 滄洲諸儒學案
├ 潘　柄(補遺) ☞ 滄洲諸儒學案
├ 曾守約(補遺)
├ 林學聚(補遺)
├ 鄭文遹(補遺) ☞ 滄洲諸儒學案
├ 劉養浩(補遺) ― 劉　光(孫)(補遺)
├ 熊剛大(補遺) ☞ 西山蔡氏學案
├ 黃崇義(補遺)
└ 宋　慈(補遺) ☞ 西山蔡氏學案
```

※ 講 友：李　燔 ☞ 滄洲諸儒學案
　　　　　張　洽 ☞ 滄洲諸儒學案
　　　　　劉剛中 ☞ 滄洲諸儒學案
　　　　　李方子 ☞ 滄洲諸儒學案
　　　　　楊仕訓 ☞ 滄洲諸儒學案
　　　　　王　遇 ☞ 滄洲諸儒學案
　　　　　劉　砥 ☞ 滄洲諸儒學案
　　　　　劉　礪 ☞ 滄洲諸儒學案
　　　　　李道傳 ☞ 劉李諸儒學案
　　　　　胡伯履
　　　　　詹　初
　　　　　余元一

2) 勉齋學案序錄

　　내가 삼가 살펴보건대, 嘉定年間(1208-1224) 이후 스승이 전해준 것을 찬란히 드러내 體·用을 겸비한 학자로는 勉齋 黃榦이 바로 그 사람이다. 玉峯 車若水(?-?)·東發 黃震(1212-1280)이 道統을 논하면서 '晦庵 朱熹(1130-1200)·南軒 張栻(1133-1180)·東萊 呂祖謙(1137-1181) 세 선생 이후로는 勉齋 한 사람 뿐이다'라고 하였다.

3) 朱熹·劉淸之의 門人

● 황   간 黃榦(1152-1221)

자는 直卿, 호는 勉齋, 시호는 文肅이며, 閩縣(福建省) 사람이다. 監察御史를 역임한 黃瑀의 아들로, 將仕郎을 거쳐 知漢陽軍·知安慶府 등을 지냈다. 朱熹와 劉淸之에게 수학하였는데, 주희는 그의 능력을 인정하여 학문을 전수하였으며, 사위로 삼았다. 그는 주희의 설을 계승하여 人心·道心에 대해 人心의 '人'은 몸을 말하는 것이고, 도심의 '道'는 理를 말하는 것이라 하였다. 그리고 사람의 몸에서 발하는 것은 喜怒哀樂이요, 理로부터 발하는 것은 仁義禮智라고 주장하였다. 門戶를 세워 다투는 것을 엄금하였다. 白鹿洞書院에서 강학하였으며, 武夷의 沖佑觀과 亳州의 明道宮을 주관하였다. 저술로『書說』·『六經講義』·『禮記集注』·『論語通釋』·『論語意原』·『中庸總論』·『中庸總說』·『經解』·『聖賢道統傳授總叙說』등이 있다.

4) 黃榦의 講友

● 이   번 李燔(?-?) ☞ 滄洲諸儒學案

● 장   흡 張洽(1161-1237) ☞ 滄洲諸儒學案

● 유강중 劉剛中(?-?) ☞ 滄洲諸儒學案

● 이방자 李方子(?-?) ☞ 滄洲諸儒學案

● 양사훈 楊仕訓(?-?) ☞ 滄洲諸儒學案

● 왕   우 王遇(1142-1211) ☞ 滄洲諸儒學案

● 유   지 劉砥(?-?) ☞ 滄洲諸儒學案

● 유   려 劉礪(?-?) ☞ 滄洲諸儒學案

● 이도전 李道傳(1170-1217) ☞ 劉李諸儒學案

- **호백리 胡伯履(?-?)**
  호는 西園이며, 崇安(福建省) 사람이다. 黃榦과 교유하였는데, 생애가 자세치 않다. 黃榦은 편지글에서 그의 인간됨을 '굳세며 과감하다' 라고 평가하였다.

- **첨 초 詹初(?-?)**
  자는 以元·子元, 호는 流塘이며, 休寧(安徽省) 사람이다. 천거로 太學錄이 되었지만, 군자와 소인·邪正을 분변하는 상소를 올렸다가 韓侂冑의 미움을 받아 파직되었다. 黃榦과 함께 강학하였으며, 朱熹를 私淑하였다. 또한 陸九淵의 문인들과도 교유하며, 주희와 육구연의 학문을 조화시키려 하였다. 저술로 『流塘集』(別稱 『寒松閣集』)이 있는데, 그 안에 「翼學」·「序經」·「序論語」 등 경학 관련 자료가 다수 수록되어 있다.

- **여원일 余元一(?-?)**
  자는 景思이며, 仙遊(福建省) 사람이다. 1178년 진사가 되어 知同安縣·池州通判 등을 지냈다. 朱熹의 사위인 黃榦의 여동생에게 장가듦으로써 주희에게 수학하였다. 주희가 그에게 보낸 「答余景思書」가 전한다.

5) 黃榦의 家學

- **황 로 黃輅(?-?)**
  자는 子木이며, 閩縣(福建省) 사람이다. 黃榦의 長子이자 朱熹의 외손자로 家學을 계승하였다. 주희가 그를 위해 陸探微가 그린 師子像을 물려주었다.

- **황 보 黃輔(?-?)**
  閩縣(福建省) 사람이다. 黃榦의 次子이자 朱熹의 외손자로 家學을 계승하였다.

6) 黃榦의 門人

- **하 기 何基(1188-1269)** ☞ 北山四先生學案
- **하남파 何南坡(?-?)** ☞ 北山四先生學案
- **요 로 饒魯(?-?)** ☞ 雙峯學案
- **방 섬 方暹(?-?)**
  자는 明甫, 호는 連雲이며, 平江(湖南省) 사람이다. 처음에 李燔을 사사하였는

데, 이번의 명으로 黃榦에게 나아가 제자가 되었다. 당시 饒魯·張元簡·趙師
恕와 함께 황간 문하의 '四子'로 일컬어졌다. 淳祐年間(1241-1252)에 董槐·
孟珙이 교대로 천거하였지만 사양하고 나아가지 않았다.

- 장원간 張元簡(?-?)

  자는 敬父이며, 淸江(江西省) 사람이다. 1214년 진사가 되어 直寶章閣·知鄂
  州兼沿江制置副使 등을 지냈다. 黃榦에게 배웠는데, 당시 饒魯·方遏·趙師
  恕와 함께 황간 문하의 '四子'로 일컬어졌다.

- 조사서 趙師恕(?-?)

  자는 季仁이며, 長樂(福建省)에 寓居하였다. 餘姚令을 지냈고, 1235년 廣西經
  略安撫使가 되어 治績을 세웠다. 黃榦에게 배웠는데, 당시 饒魯·方遏·張元
  簡과 함께 황간 문하의 '四子'로 일컬어졌다.

- 동몽정 董夢程(?-?) ☞ 介軒學案
- 채념성 蔡念成(?-?) ☞ 滄洲諸儒學案
- 유자개 劉子玠(?-?)

  자는 君錫이며, 長樂(福建省) 사람이다. 朱熹의 문인 劉砥의 아들로, 黃榦에게
  배웠다. 향년 48세였다.

- 오 영 吳泳(?-1275) ☞ 鶴山學案
- 오창예 吳昌裔(1183-1240)

  자는 季永·季允, 시호는 忠肅이며, 中江(四川省) 사람이다. 1214년 진사가
  되어 眉州教授·寶章閣待制 등을 지냈다. 程頤·張載·朱熹의 글을 읽었으
  며, 형 吳泳과 함께 黃榦을 사사하였다. 右文殿修撰이 되어 鴻慶宮을 주관하
  였다. 至和年間부터 紹興年間까지 여러 신하들의 奏議를 모은『儲鑑』을 편집
  하였고, 周·漢으로부터 宋에 이르기까지 蜀 땅의 得失을 모아서『蜀鑑』을 지
  었다. 그 외 저술로『四書講義』·『鄕約口義』·『諸老記聞』·『容臺議禮』 등이
  있다.

- 황사옹 黃師雍(?-?)

  자는 子敬이며, 閩中(福建省) 사람이다. 1226년 진사가 되어 禮部侍郎 등을
  지냈다. 어려서부터 黃榦에게 배웠으며, 婺州教授로 있을 적에는 한결같이 呂
  祖謙의 법도에 따라 州學을 운영하였다.

- 황진룡 黃振龍(1169-1219)

  자는 仲玉이며, 閩縣(福建省) 사람이다. 黃榦에게 배웠으며, 鄕薦을 받았다.
  朱熹의 說을 좋아하였다.

- 진여회 陳如晦(?-?)

  자는 日昭이며, 長樂(福建省) 사람이다. 經筵에 천거되었지만 나아가지 않았
  고 閩땅의 敎授를 지냈다. 黃榦을 사사하였다. 眞德秀의 「夜氣箴」을 읽고 「生
  意箴」을 지었는데 진덕수의 칭찬을 받았다. 저술로 『論語問答』·『論語講義』
  와 文集이 있다.

- 양조강 梁祖康(?-?)

  자는 寧翁이며, 생애가 자세치 않다. 黃榦에게 수학하였다.

- 증성숙 曾成叔(?-?)

  생애가 자세치 않다. 黃榦에게 수학하였다.

- 진상조 陳象祖(?-?)

  자는 儀父이며, 侯官(福建省) 사람이다. 朱熹의 제자인 陳孔碩의 집안 사람으
  로, 黃榦에게 배웠다.

- 방 래 方來(?-?) ☞ 水心學案

- 정정신 鄭鼎新(?-?)

  자는 中實·仲實이며, 仙遊(福建省) 사람이다. 1223년 진사가 되어 知晉江
  縣·朝奉郎 등을 지냈다. 黃榦에게 수학하였으며, 楊復과 교유하였다. 孔子廟
  를 건립하였으며, 禮樂에 조예가 깊어 『禮學擧要』·『禮學從宜集』을 지었다.

- 이 감 李鑑(?-?)

  자는 汝明이며, 寧德(福建省) 사람이다. 1217년 진사가 되어 廣東提擧를 지냈
  다. 黃榦에게 배웠으며, 楊復을 종유하였다. 저술로 『和鳴集』이 있다.

- 설사소 薛師邵(?-?)

  자는 希賢이며, 撫州(江西省) 사람이다. 黃榦이 臨川에서 벼슬할 적에 나아가
  수학하였다.

- 섭사룡 葉士龍(?-?)

  자는 雲叟, 호는 淡軒이며, 括蒼(浙江省) 사람이다. 뒤에 長樂의 唐石으로 옮
  겨 살았다. 黃榦에게 수학하였다. 일찍이 考亭書院의 堂長이 되어 『朱子語錄』

을 편찬하였다.

- 진　륜 陳倫(？-？)

　　자는 泰之이며, 長溪(福建省) 사람이다. 黃幹에게 배웠다.

- 웅강대 熊剛大(？-？) ☞ 西山蔡氏學案

- 가　연 家揻(？-？)

　　자는 本仲이며, 蜀 땅(四川省) 사람이다. 太學에 들어가 수학하였으며, 黃幹을
　　사사하였다. 黃自然·黃洪·周大同·徐士龍 등 태학생과 함께 金나라에 동조
　　한 喬行簡을 참수하자고 청하였다.

- 이무백 李武伯(？-？)

　　臨川(江西省) 사람으로, 생애가 자세치 않다. 黃幹에게 수학하였다.

- 이　회 李晦(？-？)

　　자는 隨甫이며, 長樂(福建省) 사람이다. 그가 저술한 『論語疑義』가 黃幹으로
　　부터 호평을 받은 뒤로 그에게 나아가 수학하였다.

- 방비부 方丕父(？-？)

　　莆田(福建省) 사람으로 생애가 자세치 않다. 呂本中의 문인 方豐之의 손자이
　　자, 朱熹의 문인 方士繇의 아들이다. 黃幹에게 배웠다.

- 원준명 袁俊明(？-？)

　　자는 稼學으로, 생애가 자세치 않다. 黃幹에게 배웠으며, 散逸된 『勉齋講錄』
　　을 모아 간행하였다.

- 섭　진 葉眞(？-？)

　　建安(福建省) 사람으로, 생애가 자세치 않다. 黃幹에게 수학하였다.

- 조필원 趙必愿(？-1249)

　　자는 立夫이며, 饒州 餘干(江西省) 사람이다. 趙汝愚의 손자로, 黃幹에게 수학
　　하였다. 1214년 진사가 되어 戶部侍郞·權戶部尙書 등을 지냈다.

- 송　빈 宋斌(？-？) ☞ 滄洲諸儒學案

- 양　즙 楊楫(？-1213)(보유 452쪽) ☞ 滄洲諸儒學案

- 황의용 黃義勇(？-？)(보유 452쪽) ☞ 滄洲諸儒學案

- 황의명 黃義明(？-？)

  자는 景亮, 호는 徹齋이며, 臨川(江西省) 사람이다. 白鹿洞堂長 黃義剛의 동생으로, 黃榦을 사사하였다. 저술로『詩文講義』가 있다.(보유 452쪽)

- 동　정 董鼎(？-？)(보유 452쪽) ☞ 介軒學案

- 양　복 楊復(？-？)(보유 453쪽) ☞ 滄洲諸儒學案

- 진　복 陳宓(1171-1230)(보유 453쪽) ☞ 滄洲諸儒學案

- 반　병 潘柄(？-？)(보유 453쪽) ☞ 滄洲諸儒學案

- 증수약 曾守約(？-？)

  자는 維魯이며, 大庾(江西省) 사람이다. 慶元年間(1195-1200)에 鄕貢으로 천거되어 學正을 지냈다. 濂洛의 학문을 사모하였으며, 黃榦을 사사하였다. 居敬으로 근본을 삼고, 窮理로써 요체를 삼았다.(보유 453쪽)

- 임학취 林學聚(？-？)

  생애가 자세치 않다. 黃榦에게 배웠다.(보유 453쪽)

- 정문휼 鄭文遹(？-？)(보유 453쪽) ☞ 滄洲諸儒學案

- 유양호 劉養浩(？-？)

  호는 白石이며, 上饒(江西省) 사람이다. 黃榦에게 수학하였다. 白石書院을 세워 朱熹를 모시고 黃榦을 배향하였다.(보유 453쪽)

- 웅강대 熊剛大(？-？)(보유 454쪽) ☞ 西山蔡氏學案

- 황숭의 黃崇義(？-？)

  호는 澗西이며, 樂安(江西省) 사람이다. 黃榦을 사사하였으며, 汝水書院의 주강을 지냈다. 저술로『周易集說』·『理學要語』·『澗西文集』이 있다.(보유 454쪽)

- 송　자 宋慈(1186-1249)(보유 454쪽) ☞ 西山眞氏學案

7) 黃榦의 再傳門人

◎ 方暹의 門人

- 만　진 萬鎭(？-？) ☞ 雙峯學案

◎ 黃義明의 門人

● 요응자 饒應子(1206-1262)

자는 定夫, 호는 南麓이며, 崇仁(江西省) 사람이다. 陸九淵의 제자 饒延年의 손자로, 1232년 진사가 되어 監察御史 · 大理寺少卿 등을 지냈다. 저술로『南麓集』이 있다.(보유 454쪽)

◎ 劉養浩의 家學

● 유 광 劉光(?-?)

자는 自謙이며, 上饒(江西省) 사람이다. 黃榦의 문인 劉養浩의 손자로, 家學을 계승하였다. 延祐年間(1314-1320)에 진사가 되어 翰林編修를 지냈다.(보유 455쪽)

56. 潛庵 輔廣의 學脈(潛庵學案)

1) 潛庵學案 圖表

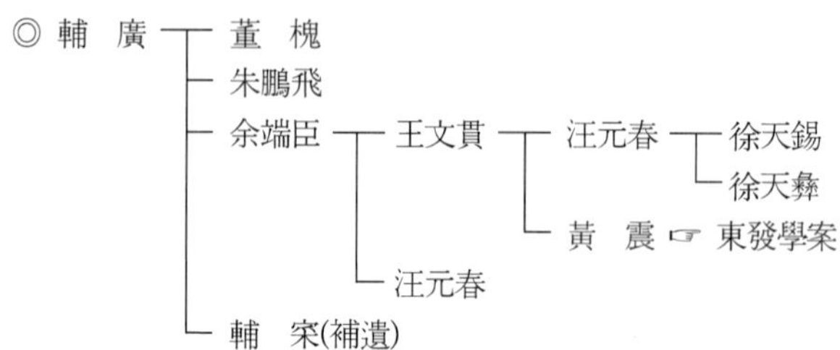

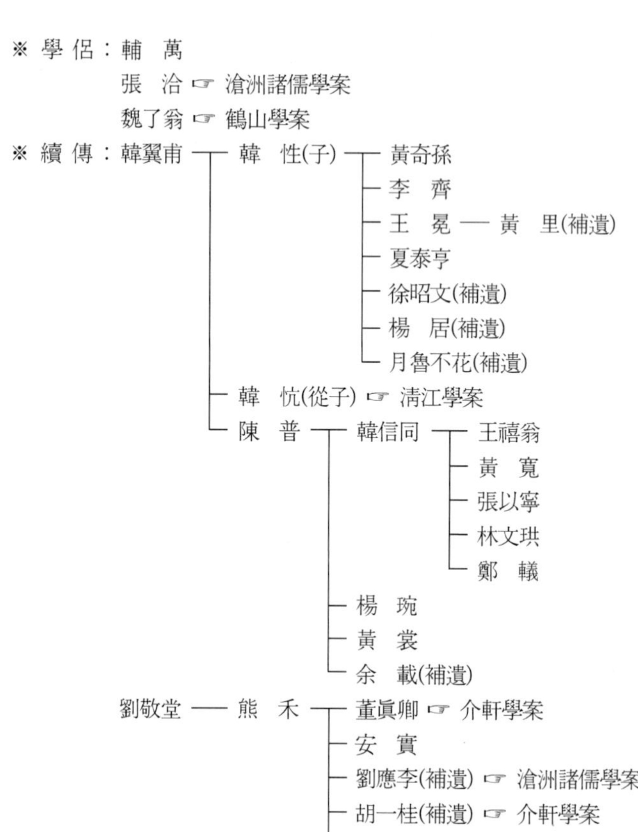

```
               ├ 李  文(補遺)
               └ 虞光祖(補遺)
        安  劉 ☞ 廣平定川學案
※ 私 淑 : 程復心(補遺)
```

2) 潛庵學案序錄

내가 삼가 살펴보건대, 慶源 輔廣(?-?)은 滄洲 지역에서 가장 학문이 뛰어난 인물이다. 그러나 遺書가 散失되어 지금 세상에 전해지는 『語溪宗輔錄』은 그 잔편일 뿐이다.

3) 朱熹·呂祖謙의 門人

● 보 광 輔廣(?-?)

자는 漢卿, 호는 潛庵이며, 崇德(浙江省) 사람이다. 그의 선대는 趙州 慶源(河北省) 사람인데, 부친이 崇德으로 옮겨 와 살았다. 부친의 공덕으로 保義郎에 제수 되었고, 과거시험에 네 번이나 응시했으나 합격하지 못하였다. 처음에는 呂祖謙에게 배웠고, 뒤에 朱熹를 사사하여 程朱가 주장한 '持敬'을 덕에 나아가는 바탕으로 여겨 강조하였다. 寧宗 초 程朱學을 僞學으로 몰아 嚴禁할 때 학자들이 화를 피해 달아났으나, 그는 전혀 동요하지 않았다. 嘉定年間(1208-1224) 초 조정에 글을 올려 是非成敗에 대해 반복해서 아뢰었고, 후에 傳貽書院을 세워 강학하니, '傳貽先生'이라 불리었다. 동문인 魏了翁(1178-1237)과 절친하였다. 저술로 『語孟學庸答問』·『四書纂疏』·『六經集解』·『詩童子問』·『通鑑集義』·『潛庵日新錄』·『師訓編』 등이 있다.

4) 輔廣의 學侶

● 보 만 輔萬(?-?)

생애가 자세치 않다. 輔廣의 從弟로, 朱熹에게 배웠다.

● 장 흡 張洽(1161-1237) ☞ 滄洲諸儒學案

- 위료옹 魏了翁(1178-1237) ☞ 鶴山學案

5) 輔廣의 門人

- 동 괴 董槐(？－1262)

  자는 庭植, 호는 榘堂, 시호는 文淸이며, 濠州(安徽省) 사람이다. 1213년 진사가 되어 知江州·右丞相 등을 지냈다. 젊어서 병법을 좋아하여 자신을 諸葛亮·周瑾에 比擬하였다. 후에 葉師雍에게 나아가 배웠고, 朱熹의 문인인 輔廣에게도 수학하였다. 그는 주희의『大學章句』를 일부 개정하였는데, 經文의 '知止' 이하 42 글자를 傳4章인 聽訟章과 합쳐 格物致知傳으로 삼자고 주장하였다. 葉夢鼎·王柏 등이 이 설에 동조하였다.

- 주붕비 朱鵬飛(？－？)

  崇德(浙江省) 사람으로, 생애가 자세치 않다. 진사가 된 후 高郵(江蘇省) 지역에서 강학하였다. 輔廣에게 배웠다.

- 여단신 余端臣(？－？)

  자는 正君, 호는 訥庵이며, 鄞縣(浙江省) 사람이다. 태학에서 수학하였으며, 輔廣에게 배웠다.

- 보 채 輔宷(？－？)

  자는 載伯이며, 福安(福建省) 사람이다. 紹定年間(1228-1233)에 진사가 되어 端明殿學士·同簽書樞密院事를 지냈다. 약관에 嘉興 지역에서 朱熹의 문인 輔廣이 강학한다는 소문을 듣고 나아가 배웠으며, 또 陳淳(1159-1223)에게 수학하였다. 저술로『北山遺藁』가 있다.(보유 457쪽)

6) 輔廣의 再傳門人

◎ 余端臣의 門人

- 왕문관 王文貫(？－？)

  자는 貫道이며, 鄞縣(浙江省) 사람이다. 1226년 진사가 되어 眞州敎授·宗學諭를 지냈다. 余端臣에게 배웠다.『毛詩』에 뛰어났다. 黃震이 그의 제자이다.

7) 輔廣의 三傳門人

◎ 王文貫의 門人

- **왕원춘 汪元春(1208-1266)**
  자는 景新이며, 奉化(浙江省) 사람이다. 1241년 진사가 되어 宗學博士·知興
  化軍을 지냈다. 王文貫에게 『시경』을 배웠다.

- **황 진 黃震(1212-1280)** ☞ 東發學案

8) 輔廣의 四傳門人

◎ 汪元春의 門人

- **서천석 徐天錫(?-?)**
  자는 禹圭, 호는 梅江이며, 그의 선대는 奉化(浙江省) 사람인데 부친이 鄞縣
  (浙江省)으로 옮겨 살았다. 동생 徐天彝와 함께 汪元春에게 배웠다. 鄕試에 합
  격하였으나 老母 봉양을 위해 벼슬하지 않았다.

- **서천이 徐天彝(?-?)**
  자는 禹疇이며, 그의 선대는 奉化(浙江省) 사람인데 부친이 鄞縣(浙江省)으로
  옮겨 살았다. 형 徐天錫과 함께 汪元春에게 배웠다. 滋溪府學教諭로 천거되었
  으나 나아가지 않았다.

9) 輔廣의 續傳

- **한익보 韓翼甫(?-?)**
  호는 恂齋이며, 會稽(浙江省) 사람이다. 벼슬은 朝奉郞·大理寺主簿 등을 지
  냈으며, 元나라가 들어서자 벼슬하지 않았다. 그의 학문은 輔廣에 근본 하였
  다. 학문하는 단계는 먼저 四書에 근본하고, 사서에 통달한 후 六經을 강구하
  였다. 문인으로 陳普가 있다.

- **유경당 劉敬堂(?-?)**
  호가 敬堂이며, 이름은 자세치 않은데 호로 더 알려져 있다. 熊禾(1253-1312)

가 절강성을 유람할 때 그에게 배웠는데, 그때 朱熹가 만년에 黃榦(1152-1221)·陳埴(?-?)과 함께 강론한 요지를 들었다고 한다.

- 안 유 安劉(?-?) ☞ 廣平定川學案

◎ 韓翼甫의 家學

- 한 성 韓性(1266-1341)

  자는 明善, 시호는 莊節이며, 紹興(浙江省) 사람이다. 韓翼甫의 아들로, 가학을 계승하였다. 그의 고조 韓膺冑부터 越 땅에 살았다. 族人인 戢山 韓度가 劉淸之(1134-1190)를 사사하고 楊簡(1141-1226)과 절친하여 그 학문이 유행하였는데, 그에 이르러 비로소 輔廣의 학문이 이 지역에 전해지게 되었다. 四書와 六經 외에도 二程과 朱熹의 性理說에 조예가 깊었다. 慈湖書院山長에 천거되었으나 나아가지 않았다. 저술로『禮記說』·『詩音釋』·『書辨疑』·『莊節先生集』·『五雲漫稿』·『續紹興志』 등이 있다.

- 한 강 韓忼(?-?) ☞ 淸江學案

◎ 韓翼甫의 門人

- 진 보 陳普(1244-1315)

  자는 尙德, 호는 石堂·懼齋이며, 福州 寧德(福建省) 사람이다. 韓翼甫가 절강성 동쪽지역에서 학문을 창도한다는 소문을 듣고 會稽로 가서 배웠다. 원나라에 들어와 조정에서 세 번이나 불렀으나 나아가지 않고 강학에 전념하여 따르는 자가 많았다. 雲莊書院의 主講을 지냈으며, 熊禾와 함께 鰲峯·饒州·廣州에서 강학하였다. 그의 학문은 眞知를 실천하여 옛 성현에 부끄럼이 없기를 강조하였다. 저술로『周易解』·『尙書補微』·『四書句解鈐鍵』·『字義』·『石堂文集』 등이 있다.

◎ 劉敬堂의 門人

- 웅 화 熊禾(1253-1312)

  초명은 鑠, 자는 去非, 호는 退齋·勿軒이며, 建陽(福建省) 사람이다. 1274년 진사가 되어 汀州司戶參軍을 지냈으며, 원나라가 들어서자 벼슬하지 않았다.

洪源書堂과 鰲峯書堂을 지어 강학하니, 배우는 자가 많았다. 濂洛의 학문에
뜻을 두어 輔廣의 문인 劉敬堂에게 배웠다. 謝枋得이 소문을 듣고 찾아와 강론
하였으며, 胡一桂와도 여러 경전에 대해 토론하였다. 六經 가운데『儀禮』등을
제외한 나머지 경전에는 모두 集疏를 편찬하였는데, 경전마다 一家의 설을 위
주로 하고 諸家의 설을 모아 이를 증명하였다. 그러나『春秋通解』는 이미 없어
졌고, 지금 전하는 것으로는『易義』·『大學講義』뿐이다. 그 외 저술로『三禮
考異』·『春秋論考』·『勿軒集』등이 있다.

◎ 韓性의 門人

● 황기손 黃奇孫(?-?)
　자는 行素이며, 紹興 新昌(浙江省) 사람이다. 黃度의 증손으로, 원나라가 들어
서자 벼슬하지 않았다. 韓性·兪浙·石余亨을 사사하였다. 저술로『蚓鳴集』
·『南明志』가 있으며, 조부의『三朝言行錄』을 집록하였다.

● 이　제 李齊(?-1353)
　자는 公平이며, 廣平(河北省) 사람이다. 1333년 진사가 되어 知高郵府를 지냈
다. 韓性에게 배웠다. 張士誠이 高郵府를 함락했을 때 피살되었다.

● 왕　면 王冕(1287-1359)
　자는 元章, 호는 煮石山農·梅花屋主이며, 諸暨(浙江省) 사람이다. 어려서 書
塾에서 글 읽는 소리를 몰래 듣고 모두 암송하였는데, 韓性이 그 소문을 듣고
제자로 삼았다. 한성이 죽자 門徒들이 모두 그를 스승으로 섬겼다.『춘추』등
여러 경전에 통달하였다. 과거시험에 응시하였으나 합격하지 못하였고, 燕京
에 유람갔을 때 泰不華가 관직에 천거했으나 나아가지 않았다. 시를 지어 세상
을 풍자하였는데, 관부에서 그를 체포하려 하자 처자를 이끌고 九里山에 은거
하였다. 朱元璋이 婺州를 점령했을 때 諮議參軍에 제수되었다. 저술로『竹齋
詩集』이 있다.

● 하태형 夏泰亨(?-?)
　자는 叔通이며, 會稽(浙江省) 사람이다. 韓性의 高弟이며, 鄕薦으로 벼슬길에 나
아가 翰林院編修를 지냈다. 저술로『詩經音考』·『矩軒集』이 있다.

- 서소문 徐昭文(?-?)

  자는 季章이며, 上虞(浙江省) 사람이다. 韓性에게 『尙書』를 배웠다. 두문불출하고 학업에 힘썼으며, 후에 징소되어 吳淞敎官을 지냈다. 저술로 『通鑑綱目考證』이 있다.(보유 458쪽)

- 양 거 楊居(?-?)

  자는 溫如이며, 新昌(浙江省) 사람이다. 天台에서 於子惠가 伊洛의 학문을 전수한다는 소문을 듣고 나아가 배웠으며, 韓性에게도 수학하였다. 또한 당시 문명이 높던 黃溍에게 집지하여 그의 예우를 받았다. 저술로 『愛齋藁』가 있다.(보유 459쪽)

- 월로불화 月魯不花(1308-1366)

  자는 彦明, 시호는 忠肅이며, 蒙古 蘇達 蘇氏이다. 1333년 진사가 되어 江南行御史·浙西肅政廉訪使를 지냈다. 台州路錄事로 있을 때 그 지역에 학교가 없는 것을 보고 孔子廟를 세우고 유생을 모아 그들을 가르쳤다.(보유 460쪽)

◎ 陳普의 門人

- 한신동 韓信同(1252-1332)

  자는 伯循, 호는 古遺·中村이며, 福寧(福建省) 사람이다. 延祐年間에 浙江 지역의 鄕薦에 뽑혔으나 시세와 맞지 않는다고 여겨 은거하였다. 陳普가 학문을 창도한다는 소문을 듣고 친구인 楊琬·黃裳과 함께 나아가 배웠다. 濂洛關閩의 학문을 궁구하였다. 韓性이 雲莊書院의 주강으로 초빙하자 나아가 四書와 六經을 위주로 가르쳤다. 문인으로 王禧翁이 있다. 저술로 『四書標註』·『易詩三禮旁註』·『書集解』·『書講義』·『諸史類纂』·『詩文集』이 있다.

- 양 완 楊琬(?-?)

  생애가 자세치 않다. 친구 韓信同·黃裳과 함께 陳普에게 배웠다.

- 황 상 黃裳(?-?)

  생애가 자세치 않다. 친구 韓信同·楊琬과 함께 陳普에게 배웠다.

- 여 재 余載(?-?)

  원나라 때 사람으로, 생애가 자세치 않다. 저술로 『中和樂經』·『莅採集』이 있다.(보유 460쪽)

◎ 熊禾의 門人

- 동진경 董眞卿(? - ?) ☞ 介軒學案

- 안 실 安實(? - ?)
  本姓은 哀, 자는 子仁이며, 崇安(福建省) 사람이다. 생애가 자세치 않다. 熊禾에게 배웠다.

- 유응리 劉應李(? - ?)(보유 457쪽) ☞ 滄洲諸儒學案

- 호일계 胡一桂(1247 - ?)(보유 458쪽) ☞ 介軒學案

- 이 문 李文(? - ?)
  자는 士則이며, 崇安(福建省) 사람이다. 생애가 자세치 않다. 熊禾에게 배웠다.(보유 458쪽)

- 우광조 虞光祖(? - ?)
  자는 善繼이며, 생애가 자세치 않다. 熊禾에게 배웠다.(보유 458쪽)

◎ 王冕의 門人

- 황 리 黃里(? - 1372)
  자는 德隣이며, 山陰(浙江省) 사람이다. 1371년 明經科에 뽑혀 雲南州同知를 지냈다. 王冕에게 배워『春秋』에 통달하였고, 특히 시에 뛰어났다. 몽고군이 쳐들어왔을 때 항거하다 죽었다.(보유 461쪽)

◎ 韓信同의 門人

- 왕희옹 王禧翁(? - ?)
  자는 馬山이며, 생애가 자세치 않다. 韓信同에게 배웠으며, 그의 사위가 되었다.

- 황 관 黃寬(? - ?)
  자는 洵饒이며, 福鼎(福建省) 사람이다. 생애가 자세치 않다. 韓信同에게 배웠으며, 貢師泰가 그의 묘지명을 지었다. 저술로『四書附纂』·『時事直紀』가 있다.

- 장이령 張以寧(1301-1370)
  자는 志道, 호는 翠屏이며, 古田(福建省) 사람이다. 1327년 진사가 되어 翰林

院에서 벼슬하였다. 명나라가 들어선 뒤에는 翰林院侍讀學士·知制誥 등을
지냈다. 寧德에 가서 韓信同에게 배웠다. 『春秋』에 뛰어나 『春秋正月考』를 지
었다. 그 외 저술로 『翠屛集』이 있다.

- 임문공 林文珙(?-?)

  자는 仲恭이며, 三山(安徽省) 사람이다. 1329년 鄕擧에 뽑혔다. 韓信同에게
  배웠다.

- 정 의 鄭轙(?-?)

  자는 子乘이며, 霞浦(福建省) 사람이다. 생애가 자세치 않다. 젊어서 韓信同에
  게 배웠다.

10) 輔廣의 私淑

- 정복심 程復心(1257-1340)

  자는 子見, 호는 林隱이며, 婺源(江西省) 사람이다. 벼슬은 徽州路學敎授를
  지냈다. 어려서부터 理學 공부에 잠심하였는데, 輔廣과 黃榦의 설을 모아 절충
  하고 문장을 나누어 그림을 그리고, 그 그림에 설명을 붙여 『四書章圖』라 이름
  하였다. 또한 여러 책의 語錄을 취하고 그 차이점을 변증하여 『四書纂釋』을
  지었다.(보유 461쪽)

57. 陳埴·葉味道의 學脈(木鐘學案)

1) 木鐘學案 圖表

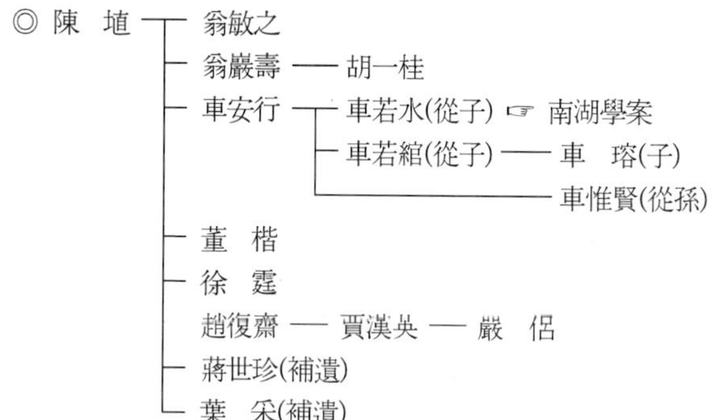

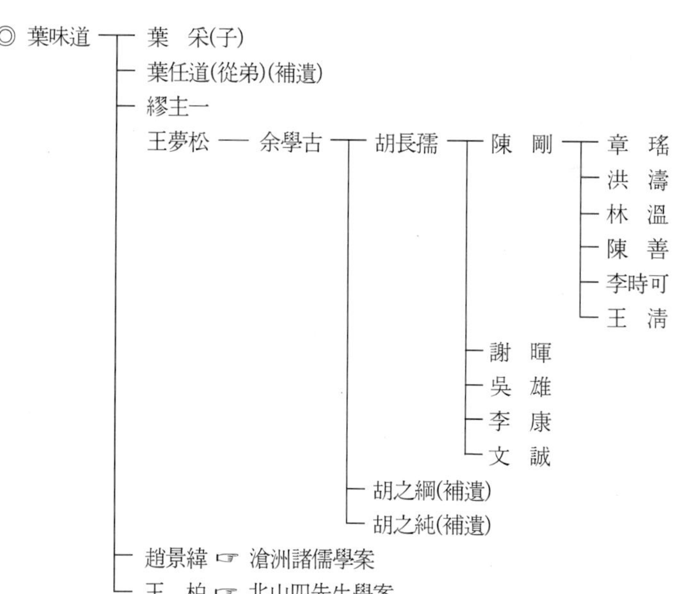

※ 講 友 : 謝夢生

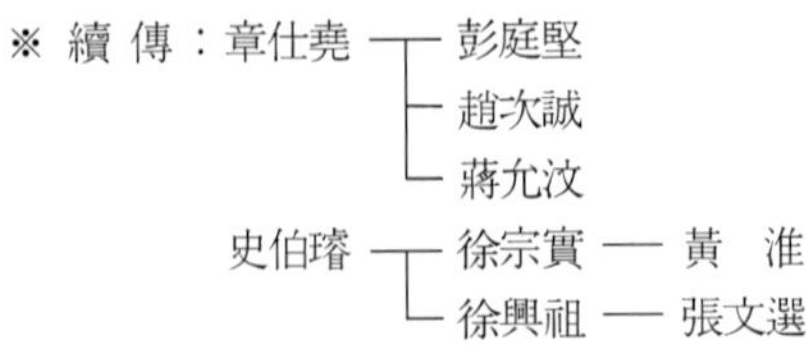

2) 木鐘學案序錄

내가 삼가 살펴보건대, 永嘉(浙江省 溫州) 지역 학자들이 주자의 학문을 배운 것은 文修公 葉味道(? - ?)와 潛室 陳埴(? - ?)으로부터 비롯되었다. 섭미도의 글은 고찰할 수 없지만, 진식의『木鐘集』에 오히려 그런 기록이 남아 있다. 이로부터 영가 지역의 학자들이 艮齋 薛季宣(1134-1173)의 학파로부터 점점 이탈되었다.

3) 朱熹·葉適의 門人

● 진 식 陳埴(? - ?)

자는 器之, 호는 潛室·木鐘이며, 永嘉(浙江省 溫州) 사람이다. 嘉定年間(1208-1224) 진사가 되어, 후에 通直郎으로 致仕하였다. 젊어서는 영가학파의 대표적인 학자 葉適(1150-1223)에게 배웠고, 뒤에 朱熹에게 나아가 수학하였다. 그는 정주학을 종주로 하였으며, 공부를 하는 데 있어 師友間의 問答을 매우 중요하게 생각하였다. '木鐘'이라는 그의 號도 이런 의미에서 '질문을 잘 하는 자는 견고한 나무를 베듯이 하고, 질문에 잘 대답하는 자는 종을 치듯이 한다'는 뜻을 취한 것이다. 江淮制使 趙善湘이 明道書院을 세우고 그를 초빙하여 幹官 및 山長을 맡겼는데, 배우는 자들이 매우 많았다. 당시 학자들이 '潛室先生'이라 불렀다. 저술로『禹貢辨』·『洪範解』·『王制章句』·『木鐘集』 등이 있다.

4) 朱熹의 門人

● 섭미도 葉味道(?-?)

초명은 賀孫, 자는 知道, 호는 西山, 시호는 文修며, 溫州(浙江省) 사람이다. 朱熹를 師事하였다. 과거시험에서 1등을 차지했으나, 당시 朱子學을 금하고 있던 터라 知擧 胡紘의 배척을 받아 낙방하였다. 學禁이 풀린 뒤 1220년 진사시에 합격하여 鄂州敎授가 되었고, 뒤에 太學博士·著作佐郞 등을 지냈다. 저술로 『四書說』·『大學講義』·『祭法宗廟廟享郊社外傳』·『經筵口奏』·『故事講義』 등이 있으며, 『朱子語錄』을 편집하였다.

5) 陳埴·葉味道의 講友

● 사몽생 謝夢生(?-?)

자는 性之·夢頤·孟頤이며, 永嘉(浙江省 溫州) 사람이다. 1223년 진사가 되어 秘書丞·知汀州 등을 지낸 뒤, 병으로 致仕하였다. 葉味道와 陳埴을 통해 주자학을 접하고, 이를 사숙하였다.

6) 陳埴의 門人

● 옹민지 翁敏之(?-?)

자는 功甫이며, 樂淸(浙江省 溫州) 사람이다. 젊어서 葉適에게 배웠고, 뒤에 陳埴을 사사하였다. 淳祐年間(1241-1252) 진사가 되어 벼슬이 閣門祗候에 이르렀다.

● 옹암수 翁巖壽(?-?)

초명은 虁, 자는 如山이며, 永嘉(浙江省 溫州) 사람이다. 翁敏之의 從弟로 陳埴을 가장 오랫동안 사사하였으며, 학문의 精髓를 전해 받았다. 淳祐年間(1241-1252) 진사가 되어 永州敎授에 제수되었고, 太常博士·國子丞 등을 역임한 뒤 知興化軍을 지냈다. 그의 학문은 修身과 勵行을 급무로 삼아 언어문자의 말단적인 것만을 일삼지 않았다.

● 차안행 車安行(?-?)

자는 正路, 호는 韶溪이며, 黃巖(浙江省) 사람이다. 車景山의 동생이다. 陳埴

의 문하에서 수학하여 주자학의 宗旨를 터득하였다. 聖賢의 窮達은 저절로 世道에 관계된 것이라 하여, 세상에 나아가기를 구하지 않았다. 시에 뛰어났다. 저술로 『鏤冰集』이 있다.

● 동 해 董楷(1226 - ?)

자는 正翁, 호는 克齋이며, 臨海(浙江省 台州) 사람이다. 어사를 지낸 董亨復의 아들이고, 戶部侍郎을 지낸 董樸의 동생이다. 진식을 사사하여 理學에 정통하였다. 1256년 文天祥이 시험을 주관할 때 진사시에 합격하여, 績溪縣簿·知洪州 등을 지냈는데 모두 治績이 있었다. 벼슬이 吏部郎中에 이르렀다. 저술로 『克齋集』·『程朱易』 등이 있다.

● 서 정 徐霆(? - ?)

자는 長孺이며, 永嘉(浙江省 溫州) 사람이다. 어려서부터 외삼촌 陳埴에게 의탁해 자랐으며, 부지런히 공부하여 性理의 요체를 체득하였다. 紹定年間(1228 -1233) 李全이 淮·楚 지역에서 반란을 일으키자, 趙善湘의 막하에서 난을 평정하는 데 공을 세웠다. 그 공으로 江東路兵馬鈐轄에 제수되었고, 벼슬이 漢陽軍에 이르렀다.

● 조복재 趙復齋(? - ?)

復齋는 그의 호이며, 이름은 자세치 않다. 楊維楨의 『東維子文集』에 嚴侶는 賈漢英에게 배우고, 가한영은 趙復齋에게 배우고, 조복재는 陳埴에게 배우고, 진식은 朱熹에게 배웠다고 하였다. 이를 통해 그의 연원이 밝혀졌을 따름이다.

● 장세진 蔣世珍(? - ?)

자는 君聘이며, 縉雲(浙江省 處州) 사람이다. 陳埴에게 수학하였다. 1259년 진사가 되어 從仕郎에 이르렀다. 鎭江·建德·溫州의 敎授를 지냈다.(보유 468쪽)

● 섭 채 葉采(? - ?)(보유 468쪽) ☞ 葉味道의 家學

7) 葉味道의 家學

● 섭 채 葉采(? - ?)

자는 仲圭·平巖, 호는 平翁이며, 邵武(浙江省 溫州) 사람이다. 葉味道의 아들이다. 家學을 계승하는 한편, 蔡淵에게 易學을 배우고, 陳淳에게 나아가 차례대

로 착실하게 공부하는 방법을 배웠으며, 陳埴에게도 사사하였다. 1241년 진사가
되어 景獻府敎授·秘書監 등을 지냈으며, 벼슬이 翰林侍講에 이르렀다. 벼슬살
이 할 적에 군수들의 貪虐한 폐해를 상소하기도 하였다.

- 섭임도 葉任道(？-？)
  자는 子重이며, 溫州(浙江省) 사람이다. 葉味道의 從弟로, 그에게 배웠다. 성
  품이 효성스럽고 우애 있고 정직하였다. 經史에 두루 통하였다.(보유 467쪽)

8) 葉味道의 門人

- 우주일 繆主一(？-？)
  자는 天隱이며, 永嘉(浙江省 溫州) 사람이다. 葉味道에게 수학하였으며, 博聞
  強記하였다. 太學에 유학할 적인 1274년 賈似道가 元軍에게 패하자, 대궐에
  나아가 그를 죽이자고 상소하였다. 송나라가 망하자, 은거하며 학생들을 가르
  쳤다. 만년에 소경이 되었는데, 당국자가 수레로 그를 모셔다 學舍經師로 삼
  았다. 元나라 成宗 大德年間(1297-1306) 처음으로 樂器를 만들 적에 그에게
  자문을 구했다. 저술로『論學規範』·『尙書說』·『禮記通考』·『天隱集』 등이
  있다.

- 왕몽송 王夢松(1186-1272)
  자는 曼卿, 호는 順齋·愼齋이며, 靑田(浙江省 處州) 사람이다. 葉味道에게
  수학하였다. 뜻을 돈독히 하고 배우기를 좋아하였다. 저술로『論語解』·『孟子
  解』·『大學中庸解』·『易解』·『書解』·『禮記解』 등이 있다.

- 조경위 趙景緯(？-？) ☞ 滄洲諸儒學案
- 왕　백 王柏(1197-1274) ☞ 北山四先生學案

9) 陳埴의 再傳門人

◎ 翁巖壽의 門人

- 호일계 胡一桂(？-？)
  자는 德夫, 호는 人齋이며, 永嘉(浙江省 溫州) 사람이다. 翁巖壽에게 수학하였
  다. 咸淳年間(1265-1274) 鄕薦을 받았고, 향리에서 敎授를 지냈다. 1275년 恭

宗에게 萬言封事를 올렸으나 받아들여지지 않았다.『周禮』의 經國制度를 정밀히 연구하였으며, 당시『주례』에 정통했던 鄭伯謙과 이름을 나란히 하였다. 저술로『古周禮補正』·『四書提綱』·『孝經傳贊』·『字義口義講義』·『人齋存稾』 등이 있다.

◎ 車安行의 家學

● 차약수 車若水(?-?) ☞ 南湖學案

● 차약관 車若綰(?-?)

뒤에 이름을 垓로 바꾸었다. 자는 經臣, 호는 雙峯이며, 黃巖(浙江省) 사람이다. 車安行의 從子로, 從兄 車若水와 함께 가학을 계승하였다. 咸淳年間(1265-1274) 特科로 迪功郎에 제수되었으나, 나아가지 않았다. 經學에 잠심하였는데, 특히 禮經에 해박하였다. 저술로『內外服制通釋』이 있는데, 주자의 설을 보완한 것이다.

● 차 용 車瑢(?-?)

자는 大雅이며, 黃巖(浙江省) 사람이다. 車若綰의 아들로, 가학을 계승하였다.

● 차유현 車惟賢(?-?)

생애가 자세치 않다. 黃巖(浙江省) 사람이다. 車安行의 從孫으로, 가학을 계승하였다.

◎ 趙復齋의 門人

● 가한영 賈漢英(?-?)

생애가 자세치 않다. 南康(江西省) 사람이다. 陳埴의 문인 趙復齋에게 수학하였으며, 문인으로 桐廬縣 출신 嚴侶가 있다.

10) 陳埴의 三傳門人

◎ 賈漢英의 門人

● 엄 려 嚴侶(?-1331)

자는 君友, 私諡는 高節이며, 桐廬(浙江省) 사람이다. 漢나라 때 高士 嚴光의

후손이다. 賈漢英에게 수학하여 주자의 四傳門人이 되었다. 송나라가 망하자 벼슬을 단념하였으며, 謝翱 등과 西臺에서 文天祥에게 곡하였다. 부모의 喪을 당해서는 한결같이 『朱子家禮』를 따랐다. 楊維楨이 그의 묘지명을 지었다.

11) 葉味道의 再傳門人

◎ 王夢松의 門人

● 여학고 余學古(?-?)

생애가 자세치 않다. 靑田(浙江省 處州) 사람이다. 동향인 王夢松에게 수학하여 주자의 삼전문인이 되었다. 國子正을 지냈다. 저술로 『大學辯問』이 있다.

12) 葉味道의 三傳門人

◎ 余學古의 門人

● 호장유 胡長孺(1249-1323)

자는 汲仲, 호는 石塘, 私諡는 純節이며, 永康(浙江省) 사람이다. 知台州軍州事를 지낸 胡居仁의 아들로, 余學古에게 수학하였다. 四川宣撫參議官인 장인 徐道隆을 따라 蜀 땅에 가서 高彭·李湜·梅應春 등과 교유하였는데, 이들을 '南中八士'라 일컬었다. 咸淳年間 門蔭으로 벼슬길에 나아가 福寧州의 수령을 지냈다. 송나라가 망하자 永康山에 은거하였다. 1288년 元 世祖의 부름을 받고 나아가 楊州敎授 등에 제수되었으며, 仁宗 초에 병으로 사직하고 杭州 虎林山에 은거하였다. 학문은 涵養과 主敬을 위주로 하였다. 종형 胡之綱·胡之純과 함께 '三胡'로 불리었다. 만년에는 陸九淵의 학문에 致力하였다는 설이 있다. 문인으로 陳剛·謝暉 등이 있다. 저술로 『石塘稿』·『瓦缶編』·『建昌集』·『寧海漫鈔』·『顏樂齋槀』 등이 있다.

● 호지강 胡之綱(?-?)

자는 仍仲이며, 永康(浙江省) 사람이다. 胡長孺의 從兄으로, 余學古에게 수학하였다. 經術과 문장으로 이름이 났다. 일찍이 鄕薦을 받았다. 聲音字畫의 설에 독자적인 조예가 있었는데, 전하는 것이 없다. 胡長孺·胡之純과 함께 '三

胡'로 일컬어졌다.(보유 468쪽)

● 호지순 胡之純(？-？)

자는 穆仲이며, 永康(浙江省) 사람이다. 胡長孺의 從兄으로, 余學古에게 수학
하였다. 經術과 문장으로 이름이 났다. 1274년 진사가 되었다. 실천하는 것은
옛날의 獨行者와 같았으며, 문장은 맑고 깨끗했다. 胡長孺·胡之純과 함께 '三
胡'로 일컬어졌다.(보유 469쪽)

13) 葉味道의 四傳門人

◎ 胡長孺의 門人

● 진　강 陳剛(？-？)

자는 公潛, 호는 潛齋이며, 平陽(浙江省 溫州) 사람이다. 元나라 때 학자로,
胡長孺의 문하에서 수학하였다. 호장유가 西湖書院의 山長으로 있을 때, 불철
주야 공부하는 모습을 보고 자기 집에서 침식을 함께 하며 가르쳤다. 문장이
西京에서 최고였으며, 詩도 六朝 이하의 풍조에 대해서는 달갑게 여기지 않았
다. 과거에 여러 번 응시하였으나 번번이 낙방하였다. 만년에 눈이 멀었는데도
입으로 불러주며 문장을 지었다. 그의 문하에서 章瑤 등 저명한 학자들이 배출
되었다. 저술로『四書通辯』·『五經問難』·『述歷代正潤圖說』·『渾天儀說』·『歷
代官制說』·『禹貢洪範手鈔』 등이 있다.

● 사　휘 謝暉(？-？)

자는 彦實이며, 본래 資陽(四川省 成都) 사람인데 증조 때부터 鄞縣(浙江省)으
로 옮겨 살았다. 元나라 때 학자로, 胡長孺의 문하에서 수학하였다. 식견이 통
달하고 영민하였으며, 德業을 힘썼다. 趙孟頫로부터 書法을 전수 받았고, 시문
은 간결하고 담박하다는 평을 들었다. 문장 중에서도 특히 尺牘에 뛰어났다.
당시 사람들이 그가 지은 글을 얻으면 영광으로 생각하였다.

● 오　웅 吳雄(？-？)

자는 一飛, 호는 碧崖이며, 諸暨(浙江省) 사람이다. 元나라 때 학자로, 胡長孺
의 문하에서 수학하였다. 조정에서 諸暨縣의 學正으로 임명하였으나, 나아가
지 않았다. 저술로『地里書』·『卜筮考』가 있다.

● 이　강 李康(？-？)

자는 寧之이며, 桐廬(浙江省) 사람이다. 元나라 때 학자로, 胡長孺에게 수학하였다. 어머니를 지극한 효성으로 섬겼으며, 시·글씨·거문고·바둑이 당대에 으뜸이었다. 順帝 때 여러 차례 徵召되었으나, 나아가지 않았다. 저술로 『杜詩補遺』·『桐川詩派』 등이 있다.

● 문　성 文誠(？-？)

자는 道元이며, 출신지가 자세치 않다. 원나라 때 승려로, 젊어서 胡長孺에게 수학하였다. 저술로 『性學指要』가 있는데, 그 내용 중에 주자의 설을 배척한 것이 많았다. 至正年間(1341-1367) 禾 땅 사람이 그의 글을 새겼는데, 淮 땅 사람 張建國·鄭明德·陳敬初 등이 그것을 헐어버렸다. 陸象山의 설을 종주로 하면서 주자의 설을 억누르려는 의도를 가진 인물로 전해진다.

13)　葉味道의　五傳門人

◎　陳剛의　門人

● 장　요 章瑤(？-？)

생애가 자세치 않다. 원나라 때 학자로, 陳剛에게 수학하였다.

● 홍　도 洪濤(？-？)

자는 元質이며, 永嘉(浙江省 溫州) 사람이다. 원나라 때 학자로, 陳剛에게 수학하였다. 至正年間(1341-1367) 浙省의 右丞 季朶兒只가 황제의 명으로 학자들을 모아 『一統志』를 교감할 적에, 陶凱·韓大理·瞿宗奎 등과 함께 참여하였다.

● 임　온 林溫(1317-？)

자는 伯恭이며, 永嘉(浙江省 溫州) 사람이다. 林邦福의 아들로, 陳剛에게 수학하였다. 여러 경전에 두루 통하고 정밀하였다. 1354년 진사가 되어 休寧縣尹에 제수되었고, 南臺掾·福建行省管勾 등을 역임하였다. 明나라 太祖의 명을 받고 孔克表·劉基 등과 함께 경전을 해석하였다.

● 진　선 陳善(？-？)

생애가 자세치 않다. 원나라 때 학자로, 陳剛에게 수학하였다.

- 이시가 李時可(?-?)

  생애가 자세치 않다. 원나라 때 학자로, 陳剛에게 수학하였다.

- 왕 청 王淸(?-?)

  생애가 자세치 않다. 원나라 때 학자로, 陳剛에게 수학하였다.

14) 續傳(朱學之餘)

- 장사요 章仕堯(?-?)

  자는 時雍·淸所이며, 平陽(浙江省 溫州) 사람이다. 원나라 때 학자로, 주자를 사숙하였다. "시대의 治亂은 인심의 邪正에서 말미암고, 인심의 邪正은 학술의 醇疵에서 말미암는다."고 하여, 醇正한 학술에 주력하였다. 문하에서 彭庭堅·趙次誠·蔣允汶 등이 배출되었다. 經史에 정통했으며, 四書의 奧旨를 깊이 연구하였다. 1317년과 1320년에 鄕貢으로 천거되었다.

- 사백선 史伯璿(?-?)

  자는 文璣이며, 平陽(浙江省 溫州) 사람이다. 원나라 때 학자로, 주자를 사숙하였다. 당시 학자들이 주자를 종주로 하였지만, 饒魯의『四書輯講』, 許謙의『讀四書叢說』, 胡炳文의『四書通』, 陳櫟의『四書發明』등은 주자의 설과 서로 다른 점이 많았다. 이에『四書管窺』를 저술해 그 점을 분변해 밝혔는데, 특히 요로의 설에 대해 비판한 것이 많았다. 또 經史는 물론 天文地理·古今制度·名物考證 등에서 취해『管窺外編』을 찬술하였다. 어떤 사람이 벼슬을 권하자, "독서는 본디 몸을 선하게 하는 것일 뿐 벼슬살이하면서 배우는 것은 나의 뜻이 아니다."라고 거절하고서 나아가지 않았다. 56세에 세상을 떠났다.

◎ 章仕堯의 門人

- 팽정견 彭庭堅(1312-1354)

  자는 允誠, 시호는 忠愍이며, 瑞安(浙江省 溫州) 사람이다. 원나라 때 학자로, 章仕堯에게 배웠다. 1344년 진사가 되어 承事郎에 제수되었고, 同知沂州事·崇安縣尹 등을 지냈다. 승진하여 同知福建宣慰使司副都元帥가 되었는데, 鎭撫萬戶 岳煥素가 횡포를 부려 법으로 다스리려 하다가, 도리어 그에게 피살되었다.

- 조차성 趙次誠(?-?)

  자는 學之, 호는 雪溪이며, 樂淸(浙江省 溫州) 사람이다. 원나라 때 학자로, 章仕堯에게 배웠다. 은거하며 벼슬하지 않았다. 저술로 『四書考義』·『雪溪集』이 있다.

- 장윤문 蔣允汶(?-?)

  자는 彬天, 호는 蒼巖이며, 永嘉(浙江省 溫州) 사람이다. 원나라 때 학자로, 章仕堯에게 배웠다. 원나라 말 閩中으로 移居하였는데, 流寓榜 進士試에 일등으로 합격하였으나 벼슬길에 나아가지 못했다. 明나라가 들어서자 고향으로 돌아갔는데, 府學의 五經師로 초빙되었다. 1387년 府學訓導에 제수되었다. 저술로 『四書纂類』·『中庸詳說』 등이 있다.

◎ 史伯璿의 門人

- 서종실 徐宗實(1344-1405)

  宗實은 자이고, 이름은 垢인데, 자로 행세하였다. 호는 靜齋이며, 黃巖(浙江省) 사람이다. 史伯璿의 문하에서 수학하였다. 范仲淹을 흠모하였으며, 서당을 개설하고 학생들을 가르쳤다. 명나라 초에 부름을 받아 銅陵主簿에 제수되었으며, 蘇州通判 등을 거쳐 兵部右侍郎에 이르렀다. 저술로 『靜齋集』이 있다.

- 서흥조 徐興祖(?-?)

  자는 宗起, 호는 橫陽이며, 平陽(浙江省 溫州) 사람이다. 史伯璿의 高弟로, 『시경』·『서경』·『주역』에 밝았다. 명나라가 들어선 뒤, 1372년 溫州府學敎授로 천거되어 학생들에게 성리학을 가르쳤다.

◎ 徐宗實의 門人

- 황 회 黃淮(1367-1449)

  자는 宗豫, 호는 介庵, 시호는 文簡이며, 永嘉(浙江省 溫州) 사람이다. 徐宗實의 문하에서 수학하였다. 1397년 진사가 되어 成祖 때 解縉 등과 文淵閣에서 근무하였으며, 右春坊太學士를 지냈다. 뒤에 漢王 高煦의 참소로 10년 동안 옥살이를 하였다. 1425년 복관되어 武英殿太學士가 되었으며, 楊榮 등과 內制

를 함께 관장하였다. 벼슬이 戶部尙書에 이르렀다. 성품이 밝고 과감하였으며, 정치의 大體에 통달하였다. 저술로 『介庵集』·『歸田稿』가 있다.

◎ 徐興祖의 門人

● 장문선 張文選(?-?)

자는 士銓이며, 永嘉(浙江省 溫州) 사람이다. 徐興祖의 高弟이다. 독서를 하는 것은 몸소 실천하기 위함이라는 학문관을 가지고 있었다. 벼슬이 翰林庶吉士에 이르렀으며, 實錄을 편찬하다가 별세하였다.

58. 杜煜·杜知仁의 學脈(南湖學案)

1) 南湖學案 圖表

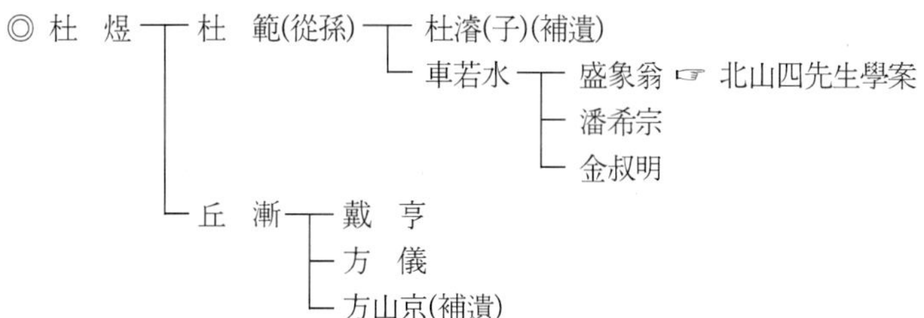

※ 同 調 : 車 瑾

2) 南湖學案序錄

　　내가 삼가 살펴보건대, 南湖 杜煜(? - ?)과 方山 杜知仁(? - ?) 형제는 滄洲 朱熹(1130-1200)의 문하에서 수학하였으며, 또한 그들은 훌륭한 학자들이었다. 그들의 학문은 다시 立齋 杜範(1182-1245)에게 전해졌는데, 그는 嘉定 年間(1208-1224) 이후 최고의 재상이었으며 名望이 涑水 司馬光(1019-1086)에 버금갔다. 그의 학문은 다시 車若水(? - ?)에게 전해졌다. 이 때 天台(浙江省) 지역의 학자들은 모두 葉適(1150-1223)의 영향을 받은 篔牕 陳耆卿(1180-1236)·莉溪 吳子良(1197 - ?)의 文風을 답습하고 있었는데, 차약수가 그런 풍들을 바로잡았다.

3) 朱熹·石塾의 門人

● 두　욱 杜煜(? - ?)

　　이름을 燏으로 쓰기도 한다. 자는 良仲, 호는 南湖이며, 黃巖(浙江省) 사람이다. 처음엔 동생 杜知仁과 함께 石塾에게 배웠으며, 뒤에 朱熹에게 10여 년간 수학하였다. 1208년 진사가 되어 東陽縣主簿를 지냈다. 주희가 敬을 논한 그의 공부를 매우 훌륭하다고 평가하였다. 저술로『南湖先生文集』이 있다.

● 두지인 杜知仁(?-?)

자는 仁仲, 호는 方山이며, 黃巖(浙江省) 사람이다. 杜煜의 동생으로, 石墪과 朱熹에게 수학하였다. 과거를 위한 詩文을 잘 지어 사람들을 놀라게 하였지만, 학문으로 삼기엔 부족하다 생각하여 六經과『論語』·『孟子』를 연구하였다. 『예기』·『주역』·『시경』을 교정하여 그에 대해 논술한 바가 많았지만, 완성하지 못하였다.

4) 杜煜의 同調

● 차 근 車瑾(?-?)

자는 元瑜, 호는 敬齋이며, 黃巖(浙江省) 사람이다. 평생 벼슬하지 않고, 馬家山에 은거하며 理學을 깊이 연구하였다. 문인으로 蔡夢說이 있다.

5) 杜煜의 家學

● 두 범 杜範(1182-1245)

자는 成之·成己, 호는 立齋, 시호는 淸獻이며, 黃巖(浙江省) 사람이다. 從祖인 杜煜·杜知仁에게 수학하였다. 1208년 진사가 되어 知寧國府·同知樞密院事·右丞相 등을 지냈다. 조정에 있을 적에 진정을 숨기지 않고 직언을 하였으며, 어려운 시국을 타개하기 위한 여러 가지 일을 아뢰었다. 임금과 재상이 私心을 제거하는 것으로 난국을 更新하고자 노력하여 司馬光에 버금가는 재상으로 일컬어지기도 하였다. 저술로『古律詩歌詞』·『雜文』·『奏稿』·『外制』·『進故事』·『經筵講義』·『淸獻集』 등이 있다.

6) 杜煜의 門人

● 구 점 丘漸(?-?)

자는 子木, 호는 木居이며, 黃巖(浙江省) 사람이다. 杜煜의 문하에서 수학하였으며, 杜範과 절친하였다. 두범이 재상으로 있을 때, 벼슬하기를 권하였지만 사양하고 평생 布衣로 지냈다. 저술로『四書衍義』가 있다.

7) 杜煜의 再傳門人

◎ 杜範의 家學

● 두 준 杜濬(?-?)

자는 淵卿·則卿이며, 黃巖(浙江省) 사람이다. 杜範의 아들이다. 司直으로 있을 때, 時事에 대해 직언을 하다 知汀州로 쫓겨났다. 從曾祖父인 杜煜의 글을 모아『南湖先生文集』을 편찬하였다. (보유 470쪽)

◎ 杜範의 門人

● 차약수 車若水(?-?)

자는 淸臣, 호는 玉峯山民이며, 黃巖(浙江省) 사람이다. 杜煜의 同調인 車瑾의 증손으로 가학을 계승하였다. 처음엔 陳耆卿에게 古文을 배웠으며, 후에 杜範·陳文蔚·王柏에게 理學을 배웠다. 賈似道가 史館으로 불러들였으나 나아가지 않았다. 程朱의 격물치지설을 계승하여 博學多聞과 窮理致精을 강조하고, 육구연의 心學과 도가·불교에 대해 모두 반대하였다. 주자학을 계승하여 전파시키는 데 중요한 역할을 하였다. 周敦頤로부터 黃榦에 이르기까지의 이학사상과 전수 연원을 서술한『道統錄』을 저술하였다. 또한 六經傳注 및 諸儒의 설을 평론한『脚氣集』을 저술하였는데,『시경』에 있어서는「小序」를 배척하고,『예기』에 있어서는 漢儒의 설을 공박하였다. 그 외 저술로『宇宙略記』·『世運錄』·『玉峯冗稿』가 있다.

◎ 丘漸의 門人

● 대 형 戴亨(?-?)

자는 子元, 호는 蠢翁이며, 臨海(浙江省) 사람이다. 丘漸에게 수학하였으며, 戴良齊의 조카이다. 사람들을 가르침에 있어 '毋自欺'를 첫 번째로 삼았다. 저술로『太極圖說』·『人心道心說』·『近思錄補注』·『朱子詩解』·『北溪字義辨

正」이 있다.

- 방　의 方儀(?-?)

  자는 儀父, 호는 懋翁이며, 黃巖(浙江省) 사람이다. 어려서 丘漸에게 수학하였고, 다시 徐霖·劉克莊·林希逸 등에게 배웠다. 성품이 沖淡溫厚하며, 사람들을 '誠'으로 대하였다. 『주역』에 침잠하여 『懋翁玩易』을 저술하였다. 그 외 저술로 『感遇歌』·『候樵存稿』가 있다.

- 방산경 方山京(?-?)

  자는 子高이며, 慈谿(浙江省) 사람이다. 丘漸에게 수학하였으며, 方季仁의 아들이다.(보유 470쪽)

8) 杜煜의 三傳門人

◎ 車若水의 門人

- 성상옹 盛象翁(?-?) ☞ 北山四先生學案

- 반희종 潘希宗(?-?)

  이름을 煙로 쓰기도 한다. 자는 景昭, 호는 柏峯居士이며, 黃巖(浙江省) 사람이다. 車若水·蔡希點에게 배웠다. 송나라가 망하자 은거하였다.

- 김숙명 金叔明(?-?)

  생애가 자체치 않다. 車若水에게 수학하였다. 저술로 『周禮十疑十答』이 있다.

59. 九峯 蔡沈의 學脈(九峯學案)

1) 九峯學案 圖表

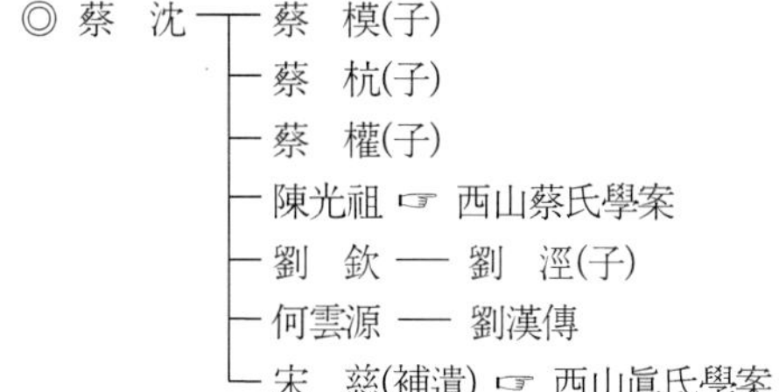

※ 同 調：黃千能
※ 續 傳：劉實翁 ┬ 劉 震(子)
　　　　　　　　└ 王充耘

　　　　黃鎭成
　　　　陳師凱
　　　　梁 臨(補遺)

2) 九峯學案序錄

　내가 삼가 살펴보건대, 蔡氏의 부자·형제·祖孫은 모두 주자학의 干城이 되었다. 그들 중 蔡沈(1167-1230)의 『洪範皇極』은 또한 스스로 一家를 이루었다.

3) 朱熹의 門人

● 채　침 蔡沈(1167-1230)

　자는 仲默, 호는 九峯, 시호는 文正이며, 建陽(福建省) 사람이다. 西山 蔡元定의 아들이며, 주희의 문인이다. 九峯山에 은거하여 학문과 저술에 전념하였다. 스승의 뜻을 받들어 『書集傳』을 완성했으며, 부친이 『書經』 「洪範」의 數에 관해 연구한 것을 계승 발전시켰다. 저술로 『洪範皇極』·『蔡九峰筮法』

등이 있다.

4) 蔡沈의 同調

● 황천능 黃千能(?-?)

자는 必强이며, 豐城(江西省) 사람이다. 벼슬길에 나아가지 않고 학문과 저술에 매진하였다. 저술로『皇極要論』·『禹貢圖說』등이 있다.

5) 蔡沈의 家學

● 채　모 蔡模(?-?)

자는 仲覺, 호는 覺軒이며, 建陽(福建省) 사람이다. 1244년 천거되어 迪功郎·建陽敎授 등을 지냈다. 蔡沈의 아들로, 가학을 계승하였다. 저술로『續近思錄』·『易傳集解』·『大學衍說』·『論孟集疏』·『河洛探賾』등이 있다.

● 채　항 蔡杭(1193-1259)

자는 仲節, 호는 久軒, 시호는 文簡·文肅이며, 建陽(福建省) 사람이다. 1229년 진사가 되어 秘書省正字·參知政事 등을 역임하였다. 蔡沈의 아들로, 가학을 계승하였다.

● 채　권 蔡權(?-?)

자는 仲平, 호는 靜軒이며, 建陽(福建省) 사람이다. 盧峰書院의 원장을 지냈으며, 門蔭으로 承務郎에 보임되었다. 蔡沈의 아들이며, 형 蔡模·蔡杭과 함께 가학을 계승하였다.

6) 蔡沈의 門人

● 진광조 陳光祖(?-?) ☞ 西山蔡氏學案

● 유　흠 劉欽(?-?)

자는 子時, 호는 冰壺散人, 시호는 忠簡이며, 建安(福建省) 사람이다. 門蔭으로 同知樞密院事를 지냈다. 蔡沈에게 수학하였다. 저술로『尙書衍義』등이 있다.

- 하운원 何雲源(?-?)

  호가 雲源이며, 이름 및 생애가 자세치 않다. 蔡沈에게 수학하였다.

- 송 자 宋慈(1186-1249)(보유 472쪽) ☞ 西山眞氏學案

7) 蔡沈의 再傳門人

◎ 劉欽의 家學

- 유 경 劉涇(?-?)

  자는 純父이며, 생애가 자세치 않다. 朱熹·呂祖謙의 문인 劉燴의 후손이며, 劉欽의 아들로 가학을 계승하였다. 胡炳文(1250-1333)의 『易學啓蒙通釋』에 跋文을 썼는데, 그 내용 중에 가학을 언급하고 있다.

◎ 何雲源의 門人

- 유한전 劉漢傳(1211-1286)

  자는 習甫, 호는 全歸居士이며, 上虞(浙江省) 사람이다. 1256년 진사가 되어 司農丞·直寶謨閣 등을 지냈다. 송나라가 망하자 벼슬하지 않았다. 何雲源에게 『周易』과 『書經』「洪範」을 배웠다. 저술로 『洪範奧旨』·『通鑑會評』·『止善集』 등이 있다.

8) 蔡沈의 續傳

- 유실옹 劉實翁(?-?)

  호는 竹坪이며, 吉水(江西省) 사람이다. 생애가 자세치 않으며, 『상서』에 조예가 깊었다.

- 황진성 黃鎭成(1288-1362)

  자는 元鎭, 호는 紫雲山人·存齋·存存子, 시호는 貞文處士이며, 邵武(福建省) 사람이다. 벼슬길에 나아가지 않고 학문과 저술에 힘썼다. 저술로 『尙書通考』·『周易通義』·『中庸章旨』 등이 있다.

- 진사개 陳師凱(?-?)

  자는 道勇이며, 南康(江西省) 사람이다. 廬山에 은거하여 학문과 저술에 힘썼
  다. 저술로『尙書蔡傳旁通』등이 있다.

- 양 림 梁臨(?-?)

  자는 仲敬이며, 新會(廣東省) 사람이다. 1371년 진사가 되었다. 젊어서 羅蒙正
  에게 수학하였으며,『상서』를 깊이 연구하였다.(보유 472쪽)

◎ 劉實翁의 家學

- 유 진 劉震(?-?)

  자는 庚振, 호는 蒼筤이며, 吉水(江西省) 사람이다. 진사에 합격하여 朝列大
  夫·知趙州 등을 지냈다. 劉實翁의 아들로, 가학을 계승하여『상서』에 조예가
  깊었다.

◎ 劉實翁의 門人

- 왕충운 王充耘(?-?)

  자는 耕野이며, 吉水(江西省) 사람이다. 1333년 진사가 되어 同知永新州事를
  지냈다.『상서』를 깊이 연구하였으며, 蔡沈의『書集傳』을 考訂하여『讀書管
  見』을 저술하였다. 그 외에『書義主意』·『書義矜式』등이 있다.

60. 北溪 陳淳의 學脈(北溪學案)

1) 北溪學案 圖表

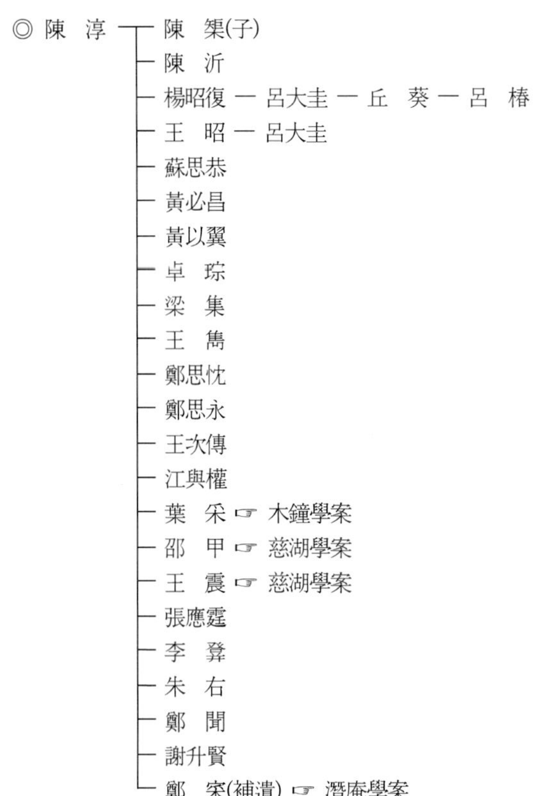

※ 講 友：陳 易
王 遇 ☞ 滄洲諸儒學案
楊仕訓 ☞ 滄洲諸儒學案

2) 北溪學案序錄

내가 삼가 살펴보건대, 滄洲 朱熹(1130-1200)의 여러 문인 중에 北溪 陳淳(1159-1223)은 만년에 배출된 제자이다. 그는 스승의 학문을 힘써 지켰는데, 발명한 바가 많았다. 그러나 그는 주자의 설과 다른 설도 가졌기 때문에 잘못된 설도 많았다.

3) 朱熹·林宗臣의 門人

● 진 순 陳淳(1159-1223)

자는 安卿, 호는 北溪, 시호는 文安이며, 漳州 龍溪(福建省) 사람이다. 초년에 林宗臣에게서 『近思錄』을 배웠다. 뒤에 朱熹가 漳州太守로 있을 때 나아가 수학하여 黃榦과 함께 高弟가 되었다. 1216년 嚴陵太守 鄭之悌로부터 陸九淵의 心學을 전해들었으나 배척하였으며, 永嘉學派인 陳亮의 功利之學도 배척하였다. 泉州와 安溪의 主簿에 제수되었으나 부임하지 못하고 죽었다. 저술로『北溪字義』·『嚴陵講義』·『二辨』·『論孟學庸口義』·『禮詩女學』·『北溪文集』등이 있다. 그리고 문인 陳沂가 그의 어록을 엮은『筠谷瀨口金山所聞』이 있다.

4) 陳淳의 講友

● 진 역 陳易(?-?)

자는 復之이며, 永春(福建省) 사람이다. 朱熹와 陳淳에게 수학하였다. 1196년 진사가 되어 福州懷安丞을 지냈다. 白石 蔡和가 그의 문인이다. 저술로『論孟解』가 있다.

● 왕 우 王遇(1142-1211) ☞ 滄洲諸儒學案

● 양사훈 楊仕訓(1162-1219) ☞ 滄洲諸儒學案

5) 陳淳의 家學

● 진 구 陳榘(?-?)

생애가 자세치 않다. 陳淳의 아들로 가학을 계승하였다. 부친의 문집을 편찬하였다.

6) 陳淳의 門人

- **진　기 陳沂(？-？)**

  자는 伯澡, 호는 貫齋이며, 仙遊(福建省) 사람이다. 陳光祖의 아들이다. 陳淳에게 수학하여 高弟가 되었으며, 蔡淵·蔡沈에게서『書經』과『周易』을 배웠다. 劉燴·廖德明·李方子·楊至 등을 종유하기도 하였다. 新州推官을 지냈다. 저술로『讀易記』·『讀禮記』·『大學論語說』이 있다.

- **양소복 楊昭復(？-？)**

  그의 姓이 王氏 또는 黃氏라는 설도 있다. 자는 延傑, 호는 白石이며, 閩 땅(福建省) 사람이다. 陳淳에게 수학하여 朱熹의 학맥을 이었다. 그의 문인에 呂大圭가 있다.

- **왕　소 王昭(？-？)**

  이름이 昭復이라는 설도 있다. 자는 成之, 호는 潛軒이며, 南安(福建省) 사람이다. 陳淳에게 수학하였으며, 鄕里에서 강학하였다. 그의 문인에 呂大圭가 있다.

- **소사공 蘇思恭(？-？)**

  자는 欽甫·德甫, 호는 省齋이며, 晉江(福建省) 사람이다. 학행으로 명성이 있었던 蘇尊己의 손자로, 陳淳과 蔡和에게 수학하였다. 1202년에 진사가 되어 興化軍敎授·韶州敎授 등을 지냈다. 陳宓 등이 그를 推重하였다. 저술로『省齋文稾』·『曲江志』등이 있다.

- **황필창 黃必昌(？-？)**

  자는 景文·京父이며, 晉江(福建省) 사람이다. 陳淳·蔡和·陳宓·潘柄에게 수학하였다. 1217년에 진사가 되어 循州通判을 지냈다. 저술로『大學中庸講稾』가 있다.

- **황이익 黃以翼(？-？)**

  자는 宗台이며, 泉州(福建省) 사람이다. 黃維의 조카이다. 陳淳·蔡和에게 수학하였다. 저술로『易說』·『禮說』·『周禮說』이 있다.

- 탁 종 卓琮(?-?)
  자는 廷瑞이며, 永春(福建省) 사람이다. 陳淳·蔡和에게 수학하였다.

- 양 집 梁集(?-?)
  자는 伯翔이며, 생애가 자세치 않다. 陳淳에게 수학하였다.

- 왕 준 王雋(?-?)
  생애가 자세치 않다. 陳淳·蔡和에게 수학하였다.

- 정사침 鄭思忱(?-?)
  자는 景千이며, 安溪(福建省) 사람이다. 陳淳·蔡和에게 수학하였다. 1121년 진사가 되어 新興縣令·崇安縣令을 지냈다. 浦城丞으로 좌천되었다가 眞德秀 (1178-1235)의 변호로 다시 知南恩州 등을 지냈다. 『시경』·『서경』에 정밀하여 『詩釋』·『書釋』 등을 저술하였다.

- 정사영 鄭思永(?-?)
  자는 景修이며, 安溪(福建省) 사람으로, 鄭思忱의 아우다. 陳淳·蔡和에게 수학하였다. 평소 好學篤行하였으며, 蔡和가 그의 소박한 성품을 좋아하여 사위로 삼았다. 저술로 『易說』이 있다.

- 왕차전 王次傳(?-?)
  생애가 자세치 않다. 陳淳·蔡和에게 수학하였다.

- 강여권 江與權(?-?)
  생애가 자세치 않다. 陳淳·蔡和에게 수학하였다.

- 섭 채 葉采(?-?) ☞ 木鐘學案
- 소 갑 邵甲(?-?) ☞ 慈湖學案
- 왕 진 王震(?-?) ☞ 慈湖學案
- 장응정 張應霆(?-?)
  嚴州(浙江省) 사람으로, 생애가 자세치 않다. 陳淳에게 수학하였다.

- 이 등 李聳(?-?)
  嚴州(浙江省) 사람으로, 생애가 자세치 않다. 陳淳에게 수학하였다.

- 주 우 朱右(?-?)
  자는 仁仲이며, 嚴州(浙江省) 사람이다. 陳淳에게 수학하였다.

- 정 문 鄭聞(?-?)

  자는 行之이며, 생애가 자세치 않다. 陳淳에게 수학하였다.

- 사승현 謝升賢(?-?)

  자는 景芳, 호는 恕齋이며, 仙遊(福建省) 사람이다. 陳淳에게 수학하였으며, 陳泝와 절친하게 지냈다. 1235년 진사가 되어 循州 興寧縣令 등을 지냈다. 저술로 『太極圖解』·『西銘解』·『中庸解』·『大學解』·『論語解』·『孟子解』 등이 있는데, 濂泉書院에서 간행되었다.

- 정 채 鄭寀(보유 473쪽) ☞ 潛庵學案

7) 北溪의 再傳門人

◎ 楊昭復의 門人

- 여대규 呂大圭(1227-1275)

  자는 圭叔, 호는 樸鄕이며, 南安(福建省) 사람이다. 楊昭復·王昭에게 수학하였다. 朱熹 → 陳淳 → 楊昭復 → 呂大圭로 이어지는 학파를 형성하여 세상에서 溫陵截派라 불렀다. 淳祐年間에 진사가 되어 吏部員外郎·國子編修·實錄檢討 등을 지냈다. 저술로 『易經集解』·『春秋或問』·『春秋五論』·『春秋集傳』·『學易管見』 등이 있다.

8) 北溪의 三傳門人

◎ 呂大圭의 門人

- 구 규 丘葵(?-?)

  자는 吉甫, 호는 釣磯翁이며, 同安(福建省) 사람이다. 처음에 辛介甫에게 배웠고, 이어서 吳千甫에게서 『春秋』를 배웠고, 다음으로 呂大圭·洪天錫에게 수학하여 주자학을 계승하였다. 송나라가 망한 뒤 과거에 응하지 않고 학문에 힘썼다. 저술로 『易解義』·『書解義』·『詩解義』·『春秋通義』·『周禮補亡』·『四書日講』 등이 있다.

9) 北溪의 四傳門人

◎ 丘葵의 門人

- **여　춘 呂椿(?-?)**
  자는 之壽이며, 晉江(福建省) 사람이다. 丘葵에게 수학하였다. 저술로『尙書直解』·『春秋精義』가 있다.

61. 李燔·張洽 등의 學脈(滄洲諸儒學案)

1) 滄洲諸儒學案 圖表

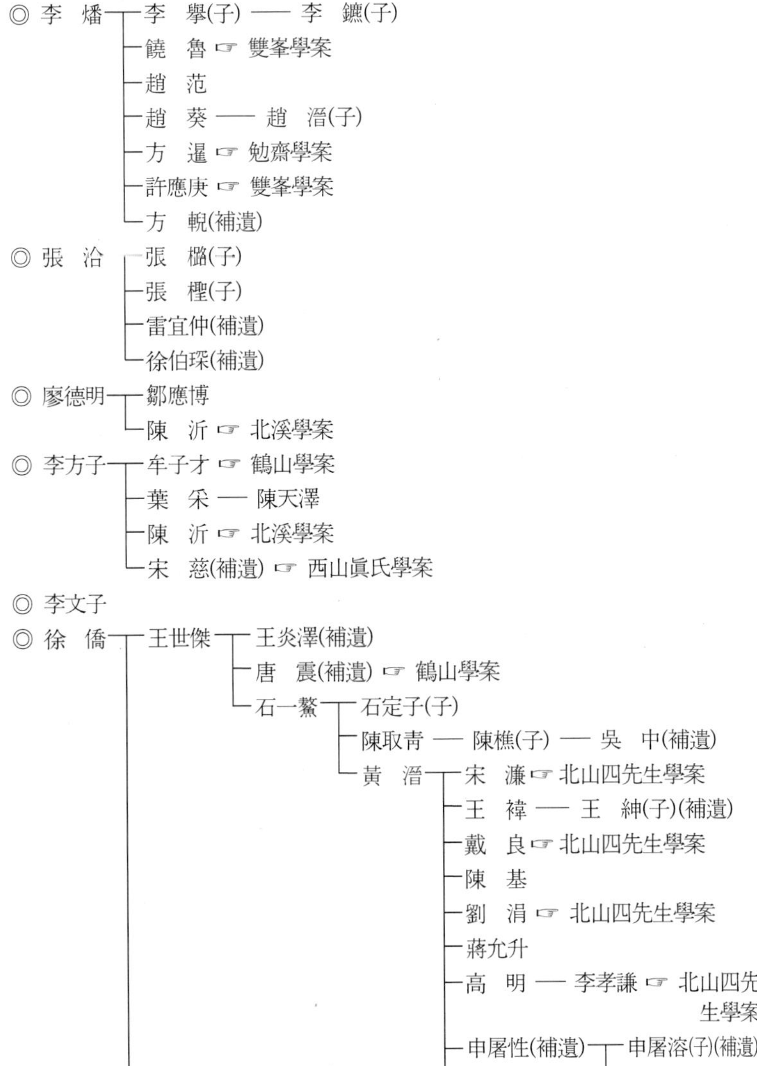

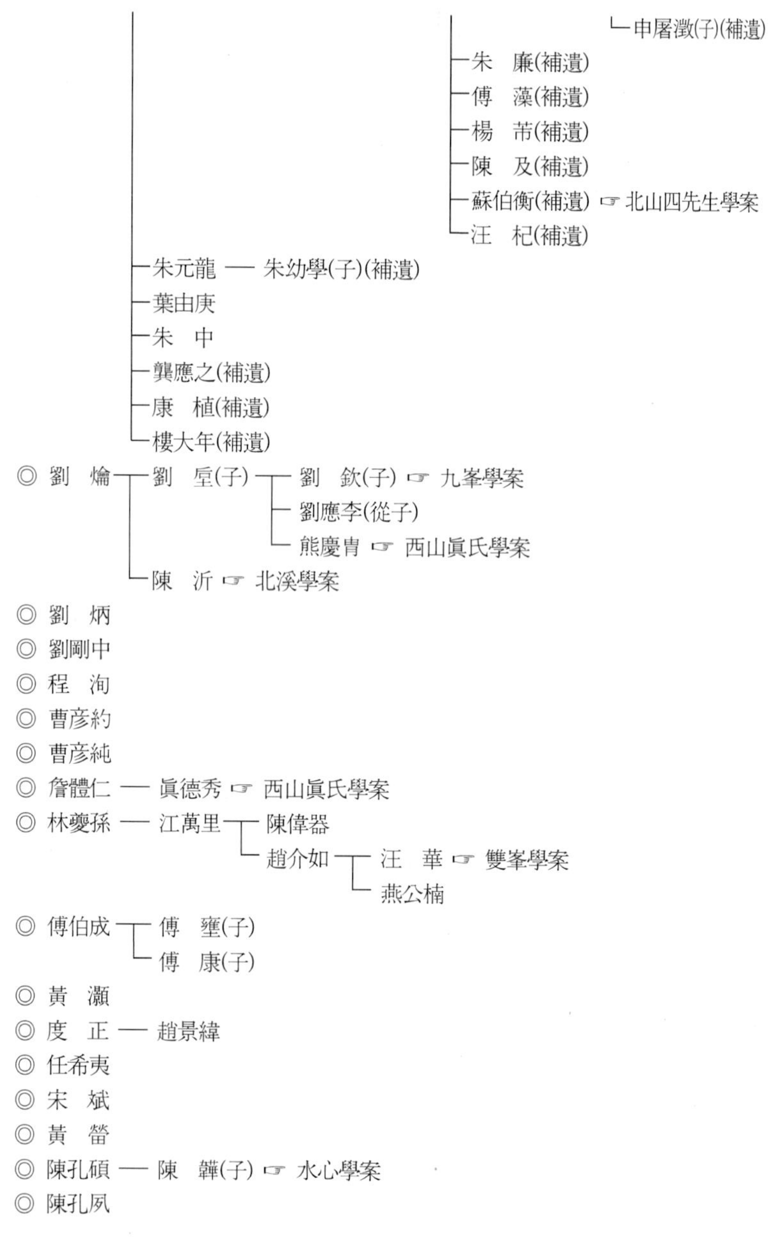
└申屠澂(子)(補遺)
┌朱　廉(補遺)
┌傅　藻(補遺)
┌楊　苗(補遺)
┌陳　及(補遺)
┌蘇伯衡(補遺) ☞ 北山四先生學案
└汪　杞(補遺)
┌朱元龍 — 朱幼學(子)(補遺)
┌葉由庚
┌朱　中
┌龔應之(補遺)
┌康　植(補遺)
└樓大年(補遺)
◎ 劉　爚 ┌劉　垕(子) ┌劉　欽(子) ☞ 九峯學案
　　　　　　　　　　 ┌劉應李(從子)
　　　　　　　　　　 └熊慶冑 ☞ 西山眞氏學案
　　　　　 └陳　沂 ☞ 北溪學案
◎ 劉　炳
◎ 劉剛中
◎ 程　洵
◎ 曹彦約
◎ 曹彦純
◎ 詹體仁 — 眞德秀 ☞ 西山眞氏學案
◎ 林夔孫 — 江萬里 ┌陳偉器
　　　　　　　　　 └趙介如 ┌汪　華 ☞ 雙峯學案
　　　　　　　　　　　　　 └燕公楠
◎ 傅伯成 ┌傅　壅(子)
　　　　　 └傅　康(子)
◎ 黃　灝
◎ 度　正 — 趙景緯
◎ 任希夷
◎ 宋　斌
◎ 黃　㽦
◎ 陳孔碩 — 陳　韡(子) ☞ 水心學案
◎ 陳孔夙

◎ 吳仁傑

◎ 陳　守

◎ 陳　定

◎ 陳　宓 ─┬ 劉彌邵(補遺) ☞ 艾軒學案
　　　　　├ 陳平甫(補遺)
　　　　　├ 顧君度(補遺)
　　　　　└ 顧君立(補遺)

◎ 程端蒙 ── 董夢程 ☞ 介軒學案

◎ 董　銖 ─┬ 董夢程(從子) ☞ 介軒學案
　　　　　├ 董　琮 ☞ 介軒學案
　　　　　└ 程正則 ☞ 介軒學案

◎ 王　過

◎ 程　珙

◎ 暖　淵 ─┬ 陽　枋
　　　　　└ 陽　岊 ─┬ 陽　恪(子)
　　　　　　　　　　├ 史蒙卿 ☞ 靜淸學案
　　　　　　　　　　└ 韓居仁

◎ 方士繇 ── 方丕父(子) ☞ 勉齋學案

◎ 竇從周 ── 衛　炳

◎ 竇　澄 ── 衛　炳

◎ 湯　泳 ── 衛　翼

◎ 劉　黻

◎ 李耆壽

◎ 趙　綸

◎ 林　湜

◎ 應純之

◎ 應謙之

◎ 應茂之

◎ 沈　僩

◎ 張宗說 ── 江　塤 ☞ 西山眞氏學案

◎ 李如圭

◎ 郭磊卿

◎ 趙汝談

◎ 潘　植

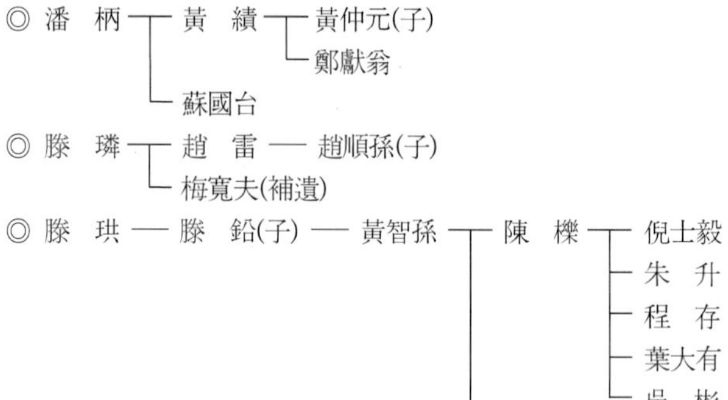

◎ 潘　柄 ┬ 黃　績 ┬ 黃仲元(子)
　　　　 │　　　 └ 鄭獻翁
　　　　 └ 蘇國台

◎ 滕　璘 ┬ 趙　雷 ── 趙順孫(子)
　　　　 └ 梅寬夫(補遺)

◎ 滕　珙 ── 滕　鉛(子) ── 黃智孫 ┬ 陳　櫟 ┬ 倪士毅
　　　　　　　　　　　　　　　　　│　　　 ├ 朱　升
　　　　　　　　　　　　　　　　　│　　　 ├ 程　存
　　　　　　　　　　　　　　　　　│　　　 ├ 葉大有
　　　　　　　　　　　　　　　　　│　　　 └ 吳　彬
　　　　　　　　　　　　　　　　　└ 程顯道

◎ 胡　泳 ┬ 黃　輔 ☞ 勉齋學案
　　　　 └ 李仁垕

◎ 曾三聘

◎ 章　康 ── 胡　淳

◎ 陳　駿 ── 陳成父(子)

◎ 歐陽謙之 ── 歐陽守道 ☞ 巽齋學案

◎ 饒敏學

◎ 孫　調

◎ 李閎祖

◎ 李相祖

◎ 李壯祖

◎ 王　遇

◎ 楊　楫

◎ 楊　方 ┬ 孟　渙 ☞ 槐堂諸儒學案
　　　　 ├ 邱　麟(補遺)
　　　　 ├ 宋　慈(補遺) ☞ 西山眞氏學案
　　　　 └ 孫伯溫(補遺) ☞ 慈湖學案

◎ 楊　復 ── 李　鑑 ☞ 勉齋學案

◎ 李唐咨 ── 陳思謙

◎ 林易簡

◎ 石洪慶

◎ 施允壽

◎ 趙師淵

◎ 趙師夏

◎ 楊　至 ── 陳　沂 ☞ 北溪學案
◎ 余大雅
◎ 游　儆
◎ 鄭可學
◎ 許　升
◎ 劉　炎 ┬ 王　侃 ☞ 北山四先生學案
　　　　 └ 王　佖 ☞ 北山四先生學案
◎ 黃士毅
◎ 劉　鏡
◎ 李　東
◎ 方　壬
◎ 方　禾
◎ 方大壯
◎ 上官謐
◎ 傅　誠
◎ 黃　寅
◎ 梁　琭
◎ 馮允中
◎ 呂勝己
◎ 楊仕訓
◎ 葉武子
◎ 兪聞中
◎ 吳　英
◎ 黃孝恭
◎ 丘　珏
◎ 饒　幹
◎ 楊履正
◎ 孫　枝 ┬ 孫起予(子)
　　　　 └ 孫願質(子) ── 孫　璹(子)
◎ 周　謨
◎ 余宋傑
◎ 李　煇
◎ 劉　貢
◎ 李　杞
◎ 李　雄

◎ 宋之源 ☞ 清江學案
◎ 宋之潤
◎ 宋之汪
◎ 潘友端 ☞ 嶽麓諸儒學案
◎ 潘友恭
◎ 杜　斿
◎ 杜　膾
◎ 鄭昭先
◎ 范念德
◎ 劉孟容
◎ 黎貴臣
◎ 林學蒙
◎ 徐　寓
◎ 蔡念誠
◎ 江　默
◎ 戴　蒙 ┬ 戴　仔(子)(補遺)
　　　　　 └ 戴　侗(子)(補遺)
◎ 程永奇
◎ 李季札
◎ 林　至
◎ 嚴世文
◎ 楊與立
◎ 楊　驤
◎ 楊道夫
◎ 徐昭然
◎ 姜大中
◎ 潘時擧 ── 陳紹大
◎ 吳必大
◎ 劉　砥 ── 劉子玠(子) ☞ 勉齋學案
◎ 劉　礪
◎ 王力行
◎ 吳壽昌
◎ 甘　節
◎ 曾祖道
◎ 吳　昶

◎ 陳文蔚 ── 徐元杰 ☞ 西山眞氏學案
◎ 方　誼
◎ 張顯父
◎ 孫自修
◎ 孫自新
◎ 孫自任
◎ 葉　湜
◎ 黃義勇
◎ 黃義剛
◎ 萬人傑
◎ 曹　建
◎ 詹　淵
◎ 符　敍
◎ 童伯羽
◎ 襲蓋卿
◎ 李宗思
◎ 黃學皐
◎ 黃　幹 ┬ 饒　魯 ☞ 雙峯學案
　　　　 └ 李　鑑 ☞ 勉齋學案
◎ 廖晉卿
◎ 李伯誠
◎ 李周翰
◎ 劉定夫
◎ 賀　善
◎ 張　顯(補遺)
◎ 時子源(補遺)
◎ 孫　枝(補遺)
◎ 李孝述(補遺)
◎ 余大猷(補遺)
◎ 鄭南升(補遺)
◎ 汪德輔(補遺)
◎ 王顯子(補遺)
◎ 王仲傑(補遺)
◎ 徐　琳(補遺)
◎ 任忠厚(補遺)

◎ 蔡　懸(補遺)

◎ 徐　容(補遺)

◎ 趙師邖(補遺)

◎ 舒　高(補遺)

◎ 郭友仁(補遺)

◎ 黃有開(補遺)

◎ 池從周(補遺)

◎ 杜貫道(補遺)

◎ 鄒　浩(補遺)

◎ 趙子明(補遺)

◎ 熊　恪(補遺)

◎ 黃升卿(補遺)

◎ 吳　振(補遺)

◎ 李儒用(補遺)

◎ 林子蒙(補遺)

◎ 馮　椅(補遺) ── 馮去非(子)(補遺)

◎ 林用中(補遺)

◎ 林允中(補遺)

◎ 林師魯(補遺)

◎ 余　隅(補遺)

◎ 余　範(補遺)

◎ 程深夫(補遺)

◎ 張　坰(補遺)

◎ 翁　易(補遺)

◎ 廖　謙(補遺)

◎ 鍾　震(補遺)

◎ 鄧　絅(補遺)

◎ 鄭光弼(補遺)

◎ 陳　址(補遺)

◎ 劉子寰(補遺)

◎ 劉子禮(補遺)

◎ 劉叔通(補遺)

◎ 劉學古(補遺)

◎ 劉學雅(補遺)

◎ 劉　銓(補遺)

◎ 劉　淮(補遺)
◎ 劉　瑾(補遺)
◎ 劉　炯(補遺)
◎ 陳　旦(補遺)
◎ 陳總龜(補遺)
◎ 邱　膚(補遺)
◎ 連嵩卿(補遺)
◎ 鄭仲履(補遺)
◎ 金去僞(補遺)
◎ 錢木之(補遺)
◎ 周明作(補遺)
◎ 黃　卓(補遺)
◎ 周亨仲(補遺)
◎ 周　仿(補遺)
◎ 游　倪(補遺)
◎ 游　開(補遺)
◎ 許景陽(補遺)
◎ 陳齊仲(補遺)
◎ 高　禾(補遺)
◎ 邵　浩(補遺)
◎ 呂光祖(補遺)
◎ 范元裕(補遺)
◎ 蔣　橒(補遺)
◎ 周　標(補遺)
◎ 曾興宗(補遺)
◎ 黎季成(補遺)
◎ 呂　竦(補遺)
◎ 林　振(補遺)
◎ 吳　南(補遺)
◎ 馮誠之(補遺)
◎ 魏　椿(補遺)
◎ 黃仲本(補遺)
◎ 饒克明(補遺)
◎ 丁　克(補遺)
◎ 陳士直(補遺)

◎ 傅公弼(補遺)

◎ 熊夢兆(補遺)

◎ 魏　丙(補遺)

◎ 馮　洽(補遺)

◎ 馮　倚(補遺)

◎ 張丰應(補遺)

◎ 馬節之(補遺)

◎ 吳　琮(補遺)

◎ 吳　玭(補遺)

◎ 吳　棻(補遺)

◎ 江　疇(補遺)

◎ 蘇　宜(補遺)

◎ 董拱壽(補遺)

◎ 熊以寯(補遺)

◎ 熊　節(補遺)

◎ 林　賜(補遺)

◎ 吳　雄(補遺)

◎ 鄭文遹(補遺)

◎ 徐文卿(補遺)

◎ 趙希漢(補遺)

◎ 郭　植(補遺)

◎ 趙善待(補遺)

◎ 林大春(補遺)

◎ 林　揆(補遺)

◎ 林　恪(補遺)

◎ 趙師皙(補遺)

◎ 李宗思(補遺)

◎ 李亢宗(補遺)

◎ 李　塾(補遺)

◎ 林　鼐(補遺)

◎ 林　鼏(補遺)

◎ 林　武(補遺)

◎ 林　補(補遺)

◎ 潘友文(補遺)

◎ 潘履孫(補遺)

◎ 辟　洪(補遺)
◎ 許　瑾(補遺)
◎ 吳梅卿(補遺)
◎ 陳祖永(補遺)
◎ 王　阮(補遺)
◎ 呂　炎(補遺)
◎ 呂　燾(補遺)
◎ 呂　煥(補遺)
◎ 曾三異(補遺)
◎ 彭　蠡(補遺)
◎ 彭　方(補遺)
◎ 彭　鳳(補遺)
◎ 彭　樓(補遺)
◎ 林學履(補遺)
◎ 林仁實(補遺)
◎ 祝　穆(補遺) ── 祝　洙(子)(補遺)
◎ 祝　癸(補遺)
◎ 祝汝玉(補遺)
◎ 方　符(補遺)
◎ 傅　修(補遺)
◎ 葉　湜(補遺)
◎ 曹晉叔(補遺)
◎ 王春卿(補遺)
◎ 林憲卿(補遺)
◎ 葉文炳(補遺)
◎ 龔　郊(補遺)
◎ 鄭性之(補遺)
◎ 鄭申之(補遺)
◎ 蕭長夫(補遺)
◎ 吳唐卿(補遺)
◎ 朱飛卿(補遺)
◎ 林　彎(補遺)
◎ 馬任仲(補遺)
◎ 陳　枡(補遺)
◎ 曾逢震(補遺)

◎ 蔣康國(補遺)
◎ 許 儉(補遺)
◎ 鄒 軏(補遺)
◎ 林德遇(補遺)
◎ 朱 滾(補遺)
◎ 朱 涓(補遺)
◎ 朱 漑(補遺)
◎ 朱 沅(補遺)
◎ 朱魯叔(補遺)
◎ 高 松(補遺)
◎ 宋聞禮(補遺)
◎ 鄭思孟(補遺)
◎ 陳 秠(補遺)
◎ 黎貴臣(補遺)
◎ 包 定(補遺)
◎ 陳 範(補遺)
◎ 范士衡(補遺)
◎ 郭叔雲(補遺)
◎ 陳邦衡(補遺)
◎ 陳邦鑰(補遺)
◎ 吳 雉(補遺)
◎ 程實之(補遺)
◎ 張彦先(補遺)
◎ 謝 璡(補遺)
◎ 胡安之(補遺)
◎ 熊 兆(補遺)
◎ 詹 介(補遺)
◎ 郭邦逸(補遺)
◎ 董壽昌(補遺)
◎ 陳 芝(補遺)
◎ 魏 恪(補遺)
◎ 方 壬(補遺)
◎ 柯 翰(補遺)
◎ 周 椿(補遺)
◎ 李 德(補遺)

◎ 兪潔己(補遺)
◎ 詹　觀(補遺)
◎ 陳夢良(補遺)
◎ 吳恭之(補遺)

2) 滄洲諸儒學案序錄

　내가 삼가 살펴보건대, 주희의 문하에서 수학한 사람들은 주로 남쪽 지방에 두루 퍼져 있었다. 그 중 李燔(?-?)·張洽(1161-1237)·廖德明(?-?)·李方子(?-?) 등은 모두 老宿한 학자였고, 그 나머지도 대단한 학자는 아니지만 그들 모두 은거해 학문에 침잠한 사람들로서 기록해 둔다. 이번·장흡 능의 책을 내가 얻어보지는 못했다.

3) 朱熹의 門人

● 이　번 李燔(?-?)

　자는 敬子, 호는 宏齋, 시호는 文定이며, 建昌(江西省) 사람이다. 1190년 진사가 되어 岳州教授에 제수되었으나 나아가지 않고, 建陽으로 가서 朱熹에게 배웠다. 주희가 별세하였을 때 동문들을 이끌고 장례에 참석하였다. 당시 주자학을 僞學이라 하여 엄격히 금하였으나 조금도 두려워하지 않고 장례를 마쳤다. 白鹿書院堂長을 지냈다. 江西運司幹으로 있으면서 贛江의 제방을 보수하여 洪州를 옥토로 만들었다. 黃榦과 함께 '黃李'로 일컬어졌다. 그의 문인으로 方暹·饒魯·趙葵 등이 있다.

● 장　흡 張洽(1161-1237)

　자는 元德, 호는 主一, 시호는 文憲이며, 淸江(江西省) 사람이다. 주희에게 배워 程朱學을 종주로 삼았으며, 白鹿書院 주강을 지냈다. 1208년 진사가 되어 秘書郎·著作佐郎 등을 지냈다. 젊어서부터 敬에 주력하여 '主一'을 齋名으로 하였다. 저술로『春秋集傳』·『春秋集注』·『讀通鑑長編事略』·『左氏蒙求』·『歷代地理沿革表』 등이 있다.

● 요덕명 廖德明(?-?)

자는 子晦, 호는 槎溪이며, 南劍(福建省) 사람이다. 젊어서는 불교에 깊은 관
심을 가지다가 楊時의 저술을 읽고 깨달은 바가 있어 朱熹에게 나아가 수학하
였다. 당시 주자학을 僞學으로 엄격히 금하였으나, 선생의 설을 굳게 지켜 時
論에 동화되지 않았다. 1169년 진사가 되어 莆田縣令·吏部左選郎官 등을 지
냈다. 저술로『文公語錄』·『春秋會要』·『槎溪集』이 있다.

● 이방자 李方子(?-?)

자는 公晦, 호는 果齋이며, 邵武(福建省) 사람이다. 주희의 제자이다. 성품이
단정하고 삼가고 순수하고 돈독하여 주희가 과단성을 가지라는 뜻으로 호를
‘果齋’로 지어 주었다. 1214년 과거에 합격하여 泉州觀察推官으로 나아가서
수령으로 있던 眞德秀와 道義로 교유하였다. 저술로『傳道精語』·『禹貢解』
·『朱子年譜』등이 있다.

● 이문자 李文子(?-?)

자는 公謹·公瑾, 호는 耘叟이며, 邵武(福建省) 사람이다. 李方子의 동생으
로, 주희의 제자이다. 1193년 진사가 되어 知綿州·知閬州·知潼州 등을 지
냈다.

● 서 교 徐僑(1160-1237)

자는 崇甫, 호는 毅齋, 시호는 文淸이며, 義烏(浙江省) 사람이다. 呂祖謙의 제
자인 葉邦에게 배웠다. 1187년 진사가 되어 上饒縣主簿로 나갔을 때 주희의
문하에 나아가 수학하였다. 주희는 그의 성품이 명백하고 강직하다고 칭찬하
며 ‘毅齋’라고 號하였다. 直寶謨閣·工部侍郎 등을 지냈다. 제자로 葉由庚·
朱中 등이 있다. 저술로『毅齋詩集』이 있다.

● 유 약 劉爚(1144-1216)

자는 晦伯, 호는 雲莊, 시호는 文簡이며, 建陽(福建省) 사람이다. 동생 劉炳과
함께 朱熹·呂祖謙의 문하에서 수학하였다. 1172년 진사가 되어 連城令·工部
尙書 등을 지냈다. 國子司業으로 있을 때 주자의 주가 달린『대학』·『중용』·
『논어』·『맹자』를 간행할 것과「白鹿洞學規」를 太學에 제시하자고 청하였다.
저술로『奏議』·『禮記解』·『東宮詩解』·『經筵故事』·『講堂故事』·『史稿』
·『雲莊外稿』등이 있다.

● 유　병 劉炳(?-?)

자는 韜仲, 호는 睦堂·悠然翁이며, 建陽(福建省) 사람이다. 형 劉爚과 함께 朱熹·呂祖謙의 문하에서 배웠다. 1178년 진사가 되어 兵部侍郎 등을 지냈다. 저술로『四書問目』이 있다.

● 유강중 劉剛中(?-?)

자는 德言, 호는 琴軒이며, 邵武(福建省) 사람이다. 젊어서는 老子·莊子·荀子·揚雄의 책을 두루 읽고 發明한 바가 있었으나, 朱熹에게 수학한 뒤로 理學에만 잠심하였다. 그리하여 주희는 그의 자를 '近仁'으로 바꾸어 주었다. 黃榦과 절친하였으며, 종유한 사람들이 매우 많았다. 1211년 진사가 되어 漢陽主簿·蘭溪丞 등을 지냈다. 저술로『師友問答』·『西溪奇語』 등이 있다.

● 정　순 程洵(1135-1196)

자는 允夫, 호는 克庵·翠林逸民이며, 婺源(福建省) 사람이다. 程鼎의 아들이며, 朱熹의 처남으로 그에게 배웠다. 盧陵錄參을 지냈다. 저술로『二蘇紀年』·『尊德性齋小集』이 있다.

● 조언약 曹彦約(1157-1228)

자는 簡甫, 호는 昌谷, 시호는 文簡이며, 都昌(江西省) 사람이다. 처음에는 白鹿書院과 嶽麓書院에서 朱熹에게 배웠다. 주희 문하에서 黃榦과 함께 호걸로 일컬어졌는데, 學統을 논할 때에는 황간을, 經濟大略을 논할 때는 조언약을 각각 제일로 꼽았다. 1181년 진사가 되어 建平尉·兵部尙書 등을 지냈다. 저술로『經幄管見』·『輿地綱目』·『昌谷類稿』 등이 있다.

● 조언순 曹彦純(?-?)

都昌(江西省) 사람으로, 생애가 자세치 않다. 曹彦約의 형이며, 朱熹의 제자이다.

● 첨체인 詹體仁(1143-1206)

자는 元善이며, 浦城(福建省) 사람이다. 젊어서부터 朱熹의 문하에서 배웠으며, 眞德秀를 종유하였다. 1163년 진사가 되어 太常博士·司農少卿 등을 지냈다. 저술로『象數總義』·『詹司農集』이 있다.

● 임기손 林夔孫(?-?)

자는 子武, 호는 蒙谷이며, 古田(福建省) 사람이다. 朱熹의 제자이다. 1214

년 천거를 받아 縣尉가 되었다. 저술로『中庸章句』·『書本義』·『蒙谷集』이
있다.

● 부백성 傅伯成(1143-1226)

자는 景初, 호는 竹隱, 시호는 忠簡이며, 晉江(福建省) 사람이다. 젊어서부터
朱熹에게 배웠다. 1163년 진사가 되어 知漳州·寶謨閣學士·龍圖閣學士 등을
지냈다. 저술로『竹隱居士集』·『奏議』·『耄志』가 있다.

● 황 호 黃灝(?-?)

자는 商伯·景夷, 호는 西坡이며, 都昌(江西省) 사람이다. 朱熹가 知南康軍으
로 있을 때 제자의 예를 갖추고 나아가 배웠다. 진사가 되어 太常寺簿·太府寺
丞 등을 지냈다. 저술로『西坡集』이 있다.

● 도 정 度正(?-?)

자는 周卿, 호는 性善이며, 合州(廣東省) 사람이다. 젊어서부터 朱熹에게 배웠
다. 1190년 진사가 되어 國子監丞·禮部侍郎 등을 지냈다. 저술로『性善堂文
集』이 있다.

● 임희이 任希夷(?-?)

자는 伯起, 호는 斯庵, 시호는 宣獻이며, 邵武(福建省) 사람이다. 任伯雨의
증손으로 주희에게 배웠으며, 주희가 '세상을 구제할 선비'라고 칭찬하였다.
1175년 진사가 되어 禮部尙書·權參知政事 등을 지냈다. 예부상서로 있을 때
周敦頤·程顥·程頤에게 시호를 내릴 것을 청하여 이들에게 시호가 내려지게
되었다.

● 송 빈 宋斌(?-?)

자는 文叔이며, 袁州(江西省) 사람이다. 젊어서 黃榦·李燔 등에게 배웠으며,
뒤에 朱熹의 문하에 나아가 배웠다. 주자학을 僞學으로 금지할 때 매우 곤궁하
게 지냈는데, 趙與懽이 모셔다 아버지처럼 섬겼다.

● 황 순 黃䔻(1147-1212)

자는 子耕, 호는 復齋이며, 分寧(江西省) 사람이다. 일찍이 朱熹에게 배웠다.
진사가 되어 大理寺簿·知台州 등을 지냈다. 저술로『復齋集』이 있다.

● 진공석 陳孔碩(?-?)

자는 膚仲, 호는 北山이며, 侯官(福建省) 사람이다. 張栻·呂祖謙에게 배우다

가 형 陳孔夙과 함께 주희의 문하에 나아가 배웠다. 1175년 진사가 되어 知邵武·秘閣修撰 등을 지냈다. 저술로 『中庸大學解』·『北山集』이 있다.

● **진공숙 陳孔夙(?-?)**

자는 仁仲이며, 侯官(福建省) 사람이다. 동생 陳孔碩과 함께 주희의 문하에 나가 배웠다. 1199년 진사가 되었다.

● **오인걸 吳仁傑(?-?)**

자는 斗南·南英, 호는 蠹隱·蠹豪이며, 洛陽에서 살다가 뒤에 昆山(江蘇省)으로 옮겨 살았다. 朱熹의 문하에서 수학하였다. 淳熙年間(1174-1189)에 진사가 되어 羅田令·國子學錄을 지냈다. 저술로 『古周易』·『易圖說』·『洪範辨圖』·『離騷草木疏』·『漢書刊誤補遺』가 있다.

● **진 수 陳守(?-1211)**

자는 師中이며, 莆田(福建省) 사람이다. 陳俊卿의 아들로, 朱熹가 白湖仰止堂에서 강학할 때 가서 배웠다. 주희가 그의 書室을 '敬恕'라 이름지어 주었다. 門蔭으로 출사하여 太常寺丞·工部員外郎 등을 지냈다.

● **진 정 陳定(1150-1174)**

자는 師德이며, 莆田(福建省) 사람이다. 陳俊卿의 셋째 아들이며, 陳守의 동생으로 朱熹에게 수학하였다. 右承奉郎을 지냈다.

● **진 복 陳宓(1171-1230)**

자는 師復, 호는 復齋이며, 莆田(福建省) 사람이다. 陳俊卿의 넷째 아들로, 젊어서부터 형 陳守·陳定과 함께 朱熹의 문하에서 수학하였다. 장성하여서는 黃榦을 종유하였다. 門蔭으로 출사하여 知安溪縣·軍器監簿 등을 지냈다. 白鹿書院에서 강학하였으며, 延平書院을 창건하였다. 저술로 『論語註義問答』·『春秋三傳鈔』·『續通鑑綱目』·『唐贅疣』 등이 있다.

● **정단몽 程端蒙(1143-1191)**

자는 正思, 호는 蒙齋이며, 鄱陽(江西省) 사람이다. 처음에는 江介에게 수학하다가 뒤에 朱熹에게 배웠다. 1180년 태학생으로 洛學을 금지하는 것에 대해 상소를 올렸으나 받아들여지지 않자 고향으로 돌아갔다. 四書 및 주희의 四書章句集注에 근거하여 命·性·心 등 30개 범주의 성리학 개념을 정리한 『性理字訓』을 저술하였다. 이 책은 陳淳의 『北溪字義』보다 먼저 지어진 것으로, 후대에 큰 영향을 미쳤다. 그 외 저술로 『學則』·『毓蒙明訓』 등이 있다.

● 동　수 董銖(1152-1214)

자는 叔重, 호는 槃澗이며, 德興(江西省) 사람이다. 처음에는 程洵을 종유하였다가 뒤에 朱熹에게 배웠다. 慶元年間에 주희가 강학하면서 제생과 학문을 논할 때, 동수가 그 일을 주관하였다. 嘉定年間에 진사가 되어 迪功郎·婺州金華尉 등을 지냈다. 저술로 『性理注解』·『易書注』 등이 있다.

● 왕　과 王過(?-?)

자는 幼觀, 호는 拙齋이며, 德興(江西省) 사람이다. 주희의 제자이다. 董銖·程珙과 함께 '德興學宮三先生'으로 일컬어졌다.

● 정　공 程珙(?-?)

자는 仲璧, 호는 柳湖이며, 鄱陽(江西省) 사람이다. 程端夢의 종증손으로, 주희의 제자이다. 董銖·王過와 함께 '德興學宮三先生'으로 일컬어졌다. 저술로 『易說』이 있다.

● 난　연 暖淵(?-?)

자는 亞夫, 호는 蓮塘이며, 涪陵(四川省) 사람이다. 西晉시대의 中郎將을 지낸 暖淸의 후손이다. 대대로 襄陽에 살다가 뒤에 蜀땅으로 옮겨 살았다. 朱熹의 제자이다. 문인으로 陽枋·陽嵒이 있다. 저술로 『孟子註』가 있었으나 일실되었다.

● 방사요 方士繇(1148-1199)

자는 伯謨·伯休, 호는 遠庵이며, 莆田(福建省) 사람이다. 方豐之의 아들로, 崇安으로 옮겨살 때에 주희에게 배웠다. 주희는 그의 시가 豪壯하다고 칭찬하였다. 여러 번 과거에 응시하였으나 등제하지 못하자, 과거에 대한 뜻을 버리고 강학하는 것을 업으로 삼았다. 『周易』에 정밀하였다. 저술로 『遠庵集』이 있다.

● 두종주 竇從周(?-?)

자는 文卿이며, 丹陽(江蘇省) 사람이다. 竇澄의 형으로, 50세가 넘어 동생과 함께 朱熹에게 나아가 수학하였다. 제자로 衛炳이 있다.

● 두　징 竇澄(?-?)

자는 叔淸이며, 丹陽(江蘇省) 사람이다. 竇從周의 동생으로, 형과 함께 朱熹에게 수학하였다. 제자로 衛炳이 있다.

- 탕　영 湯泳(?-?)

  자는 叔永, 호는 靜一이며, 丹陽(江蘇省) 사람이다. 竇從周·竇澄 형제의 뒤를 이어 朱熹에게 배웠다. 제자로 衛翼이 있다.

- 유　불 劉黻(?-?)

  자는 季文·靜春이며, 廬陵(江西省) 사람이다. 朱熹에게 수학하였다. 眞德秀가 그의 인물됨을 높이 평가하였다. 그러나 만년에 주희의『中庸章句』의 설에 대해 불만을 갖자 진덕수와 뜻이 맞지 않았다. 그의 주장은 人性이 物性보다 귀하다는 것으로, '天命之謂性'을 인성과 물성을 겸하여 말한 것이 아니라 인성만을 위주로 해석하였다. 그는 이런 자신의 주장을 정리하여『就正錄』을 저술하였다.

- 이기수 李耆壽(?-1230)

  자는 南公이며, 江陵(湖北省) 사람이다. 朱熹와 陸九淵에게 수학하였다. 여러 차례 知達州를 지냈고, 沔州通判·知隆慶府 등을 지낼 때 치적이 있었다.

- 조　륜 趙綸(1164-1223)

  자는 君任, 호는 時齋이며, 聞喜(山西省) 사람이다. 邵伯溫을 사사한 趙鼎의 증손으로, 富沙에 나아가 朱熹에게 배웠다. 門蔭으로 澧州安鄕令이 되어 학교를 일으키고 도적떼를 평정하였으며, 知益陽縣·江陵通判 등을 지내면서 치적을 남겼다. 知信陽軍이 되었을 적에는 金나라 군사를 물리쳤다. 저술로『時齋集』이 있다.

- 임　식 林湜(1132-1202)

  자는 正甫, 호는 盤隱이며, 長溪(福建省) 사람이다. 中奉大夫를 지낸 林師中의 아들로, 朱熹에게 배웠다. 1160년 진사가 되어 監察御史·司農卿 등을 지냈다. 韓侂冑 등이 朱子學을 僞學으로 배척할 적에도 제자의 예로 스승을 섬겼다. 저술로『盤隱類稿』가 있다.

- 응순지 應純之(?-?)

  자는 純甫이며, 永康(浙江省) 사람이다. 吏部侍郎을 지낸 應孟明의 아들로, 형 應謙之·應茂之와 함께 朱熹에게 나아가 수학하였다. 1210년 진사가 되어 知楚州·兵部侍郎 등을 지냈다. 金나라 군대와 싸우다 전사하였다.

● 응겸지 應謙之(?-?)

  永康(浙江省) 사람이다. 吏部侍郎을 지낸 應孟明의 아들로, 동생 應茂之·應純之와 함께 朱熹에게 나아가 수학하였다.

● 응무지 應茂之(?-?)

  永康(浙江省) 사람이다. 吏部侍郎을 지낸 應孟明의 아들로, 형 應謙之 및 동생 應純之와 함께 朱熹에게 나아가 수학하였다.

● 심　한 沈僴(?-?)

  자는 仲莊이며, 永嘉(浙江省) 사람이다. 朱熹에게 배웠으며, 地理에 정밀하였다.

● 장종열 張宗說(1145-1227)

  자는 巖夫, 호는 玉峯逸老이며, 崇安(福建省) 사람이다. 江塤의 장인으로, 朱熹에게 수학하였다. 慶元年間에 歸州推官에 제수되었다. 효성이 지극하고, 성품이 厚德하여 향리의 推重을 받았다.

● 이여규 李如圭(?-?)

  자는 寶之이며, 盧陵(江西省) 사람이다. 朱熹와 함께 『儀禮』을 교정하였다. 1193년 진사가 되어 福建安撫司幹辦公事를 지냈다. 魏了翁(1178-1237)이 그의 치밀함을 칭찬하였다. 저술로 『儀禮綱目』·『儀禮集釋』·『儀禮釋宮』 등이 있다.

● 곽뢰경 郭磊卿(?-?)

  자는 子奇, 호는 兌齋, 시호는 正肅이며, 仙居(浙江省) 사람이다. 1214년 진사가 되어 右正言·右史 등을 지냈다. 처음에 余天錫과 절친하였으나 그의 사람됨이 졸렬하고 외설스러움을 알고 탄핵하여 파직시켰다. 徐元杰·劉漢弼 등과 함께 '端平六君子'로 일컬어졌다. 저술로 『兌齋集』이 있다.

● 조여담 趙汝談(?-1237)

  자는 履常, 호는 南塘, 시호는 文恪·文懿이며, 大梁(浙江省) 사람이다. 溫州守領을 지낸 趙汝讜의 형으로, 宋 太宗의 8세손이다. 朱熹를 따라 經書에서 의심되는 수십 조항을 교정하였다. 門蔭으로 將仕郎이 되었고, 1184년 진사가 되어 江西安撫使幹辦·刑部尙書 등을 지냈다. 경서에 대해 특이한 견해를 가지고 있었는데, 『역경』은 점치는 사람이 지은 것이고, 『서경』의 堯典·舜典은 하나로 합쳐야 하며, 禹임금의 功은 河水·洛水에서만 베풀어졌고, 「洪範」은 箕子가 지은 것이 아니며, 『시경』의 小序는 믿을 것이 못되고, 『예기』는 여러 사람의 손에서 만들어졌다고 주장하였다. 저술로 『易注』·『書注』·『詩注』·『論語注』·『孟子注』·『周禮注』·『禮記注』·『荀子注』·『莊子注』·『通鑑注』·『杜詩注』 등이 있다.

● 반 식 潘植(?-?)

자는 立之이며, 懷安(福建省) 사람이다. 家學을 계승하였으며, 동생 潘柄과 함께 武夷로 가서 朱熹에게 배웠다. 문장을 잘 지었으며, 史學에 조예가 깊었다.

● 반 병 潘柄(?-?)

자는 謙之, 호는 瓜山이며, 懷安(福建省) 사람이다. 家學을 계승하였으며, 형 潘植과 함께 武夷로 가서 朱熹에게 배웠다. 저술로 『易解』·『尙書解』가 있다.

● 등 린 滕璘(1150-1229)

자는 德粹, 호는 溪齋이며, 婺源(江西省) 사람이다. 동생 滕珙과 함께 朱熹에게 나아가 수학하였다. 1181년 진사가 되어 四川制置司幹官·朝奉大夫 등을 지냈다. 재상 韓侂冑로부터 정치에 참여하라는 권유를 받았지만 거절하였다. 저술로 『溪齋類稿』가 있다.

● 등 공 滕珙(?-?)

자는 德章, 호는 蒙齋이며, 婺源(江西省) 사람이다. 형 滕璘과 함께 朱熹에게 나아가 수학하였다. 1187년 진사가 되어 合肥令을 지냈다. 『주자어록』을 조목 별로 분류하여 『經濟文衡』을 편찬하였다.

● 호 영 胡泳(?-?)

자는 伯量, 호는 洞源·桐源·桐柏이며, 建昌(江西省) 사람이다. 朱熹의 제자 이다. 과거공부를 일삼지 않았으며, 학덕으로 학자들의 추존을 받았다. 저술로 『四書衍說』이 있다.

● 증삼빙 曾三聘(1144-1210)

자는 無逸, 시호는 忠節이며, 新淦(江西省) 사람이다. 曾三復의 동생으로, 朱熹에게 배웠다. 1166년 진사가 되어 秘書郎·知郢州 등을 지냈다. 光宗 때 세 차례나 걸쳐 상소를 올려 時事를 논했다.

- **장　강 章康(1168-1246)**

  자는 季思, 호는 雪崖이며, 吳縣(江蘇省) 사람으로 平江에 살았다. 朱熹의 제자로, 은거하여 벼슬하지 않았다. 제자로 胡淳이 있으며, 저술로『雪崖文集』과『雪崖詩集』이 있다.

- **진　준 陳駿(?-?)**

  자는 敏仲, 호는 仁齋이며, 寧德(福建省) 사람이다. 朱熹에게 배웠다. 乾道年間(1165-1173) 진사가 되어 大治丞을 지냈다. 저술로『毛詩筆義』·『論語筆義』·『孟子筆義』가 있다.

- **구양겸지 歐陽謙之(?-?)**

  자는 希遜이며, 廬陵(江西省) 사람으로, 생애가 자세치 않다. 朱熹의 제자이다.

- **요민학 饒敏學(?-?)**

  昭武(福建省) 사람으로, 생애가 자세치 않다. 朱熹의 高弟로, 知黔陽縣을 지냈다.

- **손　조 孫調(1126-1204)**

  자는 和卿, 호는 龍坡이며, 長溪(福建省) 사람이다. 朱熹의 학문을 익혀 聖經을 밝히는 것으로 근본을 삼았으며, 老佛을 배척하였다. 저술로『冊府』·『易詩書解』·『中庸發題』·『浩齋稿』가 있다.

- **이굉조 李閎祖(?-?)**

  자는 守約, 호는 綱齋이며, 光澤(福建省) 사람이다. 李呂의 아들로, 家學을 계승하였다. 동생 李相祖·李壯祖와 함께 朱熹에게 수학하였다. 주희가 西塾에 머물게 하며『中庸章句或問輯略』을 편집케 하였다. 1211년 진사가 되어 靜江府臨桂簿·古田令 등을 지냈다. 黃榦·李燔·張洽·陳淳 등이 그를 존경하였으며, 황간은 그의 祭文을 지었다. 저술로『師友問答』이 있다.

- **이상조 李相祖(?-?)**

  자는 時可이며, 光澤(福建省) 사람이다. 李閎祖의 동생이자 李壯祖의 형으로, 형제들과 함께 朱熹에게 배웠다. 주희의 명으로『書說』을 편찬하였다.

- **이장조 李壯祖(?-?)**

  자는 處謙이며, 光澤(福建省) 사람이다. 형 李閎祖·李相祖와 함께 朱熹에게 수학하였다. 일찍이 眞德秀의 천거를 받았으며, 1211년 진사가 되어 閩淸尉를 지냈다.

- **왕 우 王遇**(1142-1211)

  자는 子正 · 子合, 호는 東湖이며, 龍溪(福建省) 사람이다. 衢州通判을 지낸 王羽儀의 아들로, 朱熹 · 張栻 · 呂祖謙의 문하에서 수학하였으며, 黃榦 · 陳淳 등과 절친하였다. 1169년 진사가 되어 太學博士 · 大宗正丞 등을 지냈다. 저술로『論孟講義』·『兩漢博議』 등이 있다.

- **양 즙 楊楫**(?-1213)

  자는 通老, 호는 悅堂이며, 長溪(福建省) 사람이다. 楊方 · 楊簡과 함께 朱熹를 사사하였는데, '三楊'이라고 일컬어졌다. 1178년 진사가 되어 國子博士 · 江西運判 등을 지냈다. 저술로『奏議』·『悅堂文集』이 있다.

- **양 방 楊方**(?-?)

  자는 子直, 호는 淡軒이며, 汀州(福建省) 사람이다. 崇安으로 가서 朱熹에게 수학하였다. 1163년 진사가 되어 秘書郎 · 廣西提刑 등을 지냈다. 저술로『寒泉語錄』이 있다.

- **양 복 楊復**(?-?)

  자는 志仁, 호는 信齋이며, 福州 福安(福建省) 사람이다. 朱熹에게 배웠으며, 黃榦과 절친하였다. 眞德秀가 閩 땅의 수령으로 있을 때 貴德堂을 지어 그를 초빙하였다. 저술로『祭禮』·『儀禮圖解』·『家禮雜說附註』 등이 있다.

- **이당자 李唐咨**(?-?)

  자는 堯卿이며, 漳州 龍溪(福建省) 사람이다. 朱熹가 知漳州로 있을 때 초빙해 諸生들의 모범으로 삼았다. 石洪慶 · 林易簡 · 施允壽와 함께 존중받았다.

- **임이간 林易簡**(?-?)

  자는 一之이며, 漳州(福建省) 사람이다. 貢士가 되었다. 朱熹가 知漳州로 있을 때 李唐咨와 함께 초빙하였다.

- **석홍경 石洪慶**(?-약 1196)

  자는 子餘이며, 相州 臨漳(河北省) 사람이다. 相州 府學의 學正을 지냈다. 1192년 朱熹가 知漳州로 있을 때 초빙하였다.

- **시윤수 施允壽**(1138-1189)

  자는 伯和이며, 相州 臨漳(河北省) 사람이다. 相州 府學의 學正을 지냈다.

1192년 朱熹가 知漳州로 있을 때 초빙하였다.

- **조사연 趙師淵(?-?)**

  자는 幾道, 호는 訥齋이며, 黃巖(浙江省) 사람이다. 송나라 종실로, 1172년 진사가 되어 寧海軍推官·司農太常丞 등을 지냈다. 朱熹의 문하에서 배웠으며, 스승과 함께 『資治通鑑綱目』을 교정하였다.

- **조사하 趙師夏(?-?)**

  자는 致道, 호는 遠庵이며, 黃巖(浙江省) 사람이다. 송나라 종실 사람으로, 趙師淵·趙師雍의 동생이다. 1190년 진사가 되어 大理司直·朝奉大夫 등을 지냈다. 朱熹에게 배웠다. 心·性·情으로써 儒家와 佛家의 다름을 분별하고 荀卿의 性惡說·禮僞說의 잘못을 논변하였다. 또한 「誠幾善惡圖」를 그려 周敦頤(1017-1073)의 뜻을 밝히고 胡宏(1106-1161)의 잘못을 증명하였는데, 모두 스승의 인정을 받았다.

- **양 지 楊至(?-?)**

  자는 至之이며, 泉州 晉江(福建省) 사람이다. 朱熹에게 배웠으며, 李唐咨와 함께 두각을 드러내었다. 『宋元學案』에는 蔡元定(1135-1198)의 孫壻로 되어 있으나, 다른 기록을 참조해 보면 사위인 듯하다. 저술로 『文公語錄』이 있다.

- **여대아 余大雅(1138-1189)**

  자는 正叔이며, 順昌(福建省) 사람이다. 游儆과 함께 閩 땅으로 朱熹를 찾아가 배웠다. 『朱子語錄』을 編次하였다.

- **유 경 游儆(?-?)**

  자가 敬仲인데, 이름을 敬仲, 자를 遠叔이라고도 한다. 劍州 劍浦(福建省) 사람이다. 余大雅와 함께 閩 땅으로 朱熹를 찾아가 배웠다.

- **정가학 鄭可學(1152-1212)**

  자는 子上, 호는 持齋이며, 莆田(福建省) 사람이다. 만년에 特科로 출사하여 衡州司戶·忠州文學 등을 지냈다. 朱熹에게 배웠는데, 스승이 知漳州로 있을 때 초빙되어 제자들을 가르쳤다. 저술로 『春秋博議』·『三朝北盟擧要』·『師說』이 있다.

- **허 승 許升(?-?)**

  이름을 升之라고도 한다. 자는 順之, 호는 存齋이며, 泉州 同安(福建省) 사람이다. 13세 때 朱熹가 同安主簿로 내려오자 나아가 배웠으며, 스승이 임지를 떠나자 建陽으로 좇아가 수학하였다. 사후에 주희가 그의 제문을 지었다. 저술로『易解』·『孟氏解』·『禮記文解』등이 있으며,『朱子語類』에 그와의 문답이 많이 실려 있다.

● 유 염 劉炎(?-?)
자는 潛夫, 호는 攟堂이며, 邵武(福建省) 사람이다. 朱熹에게 배웠다.

● 황사의 黃士毅(?-?)
자는 子洪, 호는 壺山이며, 莆田(福建省)에서 살다가 吳縣(江蘇省)으로 옮겨 살았다. 慶元年間(1195-1200)에 閩 땅으로 朱熹를 찾아가 배웠다.『의례』에 주석을 달았고,『文公書說』과 스승의 문집을 編次했으며, 또한 語錄을 분류하고 편차하여『文公語類』를 집성하였다.

● 유 경 劉鏡(?-?)
자는 叔光이며, 晉江 惠安(福建省) 사람이다. 朱熹에게 배워 高弟가 되었다.

● 이 동 李東(?-?)
자는 子賢이며, 邵武(福建省) 사람이다. 1190년에 진사가 되어 廬陵主簿·知萬安縣 등을 지냈다. 승상 李綱의 후손으로, 朱熹에게 수학하였다.

● 방 임 方壬(1147-1196)
자는 若水이며, 興化軍 莆田(福建省) 사람이다. 1187년 진사가 되어 漳州의 長泰主簿를 지냈다. 方元寀의 증손이며, 方耒의 동생이다. 朱熹에게 배웠다. 스승이 知漳州로 있을 때 초빙되어 府學을 주관하였다.

● 방 화 方禾(?-?)
자는 耕叟이며, 興化軍 莆田(福建省) 사람이다. 方耒의 동생이다. 朱熹에게 배웠다.

● 방대장 方大壯(?-?)
자는 履之, 호는 履齋이며, 興化軍 莆田(福建省) 사람이다. 젊어서 학문에 뜻을 두어 科擧를 일삼지 않았다. 朱熹가 莆田에 있을 때 나아가 배웠다.

● 상관밀 上官謐(?-?)
성은 上官, 이름은 謐, 자는 安國이며, 邵武(福建省) 사람이다. 朱熹에게 배웠다. 上官悟의 손자이다. 조부의 음덕으로 會昌東尉가 되어 永州推官·四會縣

令을 지냈다. 章句에 치중하지 않고 義理를 탐구하였다.

● 부　성 傅誠(?-?)

자는 至叔, 호는 雪澗이며, 興化軍 仙遊(福建省) 사람이다. 1181년 진사가 되어 永春尉·司封郎中 등을 지냈다. 朱熹에게 수학하였다. 저술로『雲泉霜林遺稿』가 있다.

● 황　인 黃寅(?-?)

자는 直翁이며, 邵武(福建省) 사람이다. 젊어서는 방탕하고 호탕했는데, 方士繇(1148-1199)의 훈계를 듣고서 朱熹에게 나아가 학문에 힘썼다.

● 양　전 梁琠(?-?)

이름을 琢이라고도 한다. 자는 文叔이며, 邵武(福建省) 사람이다. 朱熹에게 배워 스승의 인정을 받았다.『文公語錄』·『澹臺石刻』을 집성하였다.

● 풍윤중 馮允中(?-?)

자는 作肅, 호는 見齋이며, 邵武(福建省) 사람이다. 朱熹에게 배웠는데, 敬義·性情·心術에 대한 설을 지어 스승의 인정을 받았다. 벼슬은 道州 寧遠縣尉를 지냈다.

● 여승기 呂勝己(?-?)

자는 季克, 호는 渭川居士이며, 建陽(福建省)에서 살다가 邵武(福建省)로 옮겨 살았다. 음직으로 출사하여 湖南幹官·通判江州·知杭州 등을 지냈다. 張栻·朱熹에게 배웠다.

● 양사훈 楊仕訓(1162-1219)

이름을 士訓·嗣訓이라고도 한다. 자는 尹叔, 호는 盤庵이며, 漳州 漳浦(福建省) 사람이다. 1196년 진사가 되어 古田尉·永福縣令 등을 지냈다. 朱熹에게 배웠다.

● 섭무자 葉武子(?-1246)

자는 成之·誠之, 호는 息庵이며, 邵武(福建省) 사람이다. 1214년 진사가 되어 郴州敎授·直龍圖閣 등을 지냈다. 朱熹에게 배웠으며, 특히 易學에 뛰어났다.

● 유문중 兪聞中(?-?)

자는 夢達이며, 邵武(福建省) 사람이다. 1181년 진사가 되어 知黎州를 지냈다.

朱熹에게 배웠으며, 저술로『叙州圖經』이 있다.

- 오 영 吳英(?-?)

  자는 茂實이며, 邵武(福建省) 사람이다. 1160년 진사가 되었다. 朱熹에게 배웠다. 저술로『論語問答略』이 있다.

- 황효공 黃孝恭(?-?)

  자는 令裕이며, 邵武(福建省) 사람이다. 朱熹에게 배웠다.

- 구 각 丘玨(?-?)

  자는 玉父이며, 邵武(福建省) 사람이다. 朱熹에게 배웠으며, 저술로『主敬問答』이 있다.

- 요 간 饒幹(?-?)

  자는 廷老이며, 邵武(福建省) 사람이다. 1175년 진사가 되어 知長沙縣·知懷安軍을 지냈다. 知長沙縣으로 있을 때 마침 朱熹가 長沙太守로 부임하여, 나아가 배웠다.

- 양리정 楊履正(?-?)

  자는 子順이며, 泉州 晉江(福建省) 사람이다. 朱熹에게 수학하였는데, 스승으로부터 학문이 세밀하다고 칭찬을 받았다. 그의 문하에 생도들이 수백 명이나 되었다.

- 손 지 孫枝(?-?)

  자는 吉甫이며, 鄞縣(浙江省) 사람이다. 沈煥과 함께 주희의 문하에 나아가 수학하였다. 1194년 寧宗이 즉위하자 上書하여 天下大計를 극언하였으나, 받아들여지지 않았다. 1214년 아들 孫起予와 함께 진사시에 합격하였다. 迪功郎으로 潭州 南嶽廟를 감독하였다. 자질이 빼어나고 智略이 있어, 秦·隴·衡·湘 지역으로부터 淮 땅에 이르기까지 요새를 모두 손바닥을 들여다보듯이 꿰뚫고 있었다.

- 주 모 周謨(1141-1202)

  자는 舜弼이며, 南康軍 建昌(江西省) 사람이다. 젊어서부터 학문을 좋아하였는데, 주희가 南康太守로 재직할 때 나아가 배웠다. 그 뒤 주희가 武夷·臨漳에 있을 적에도 찾아가 배웠으며, 주희가 별세하자 먼 길을 걸어가 장례에 참여하였다. 만년에는 康·廬 지역의 학도들을 모아 강학하였다. 喪을 당해서는

佛家나 老子의 법을 배척하고 한결같이 古禮를 따랐는데, 고을 사람들이 모두 그를 본받았다. 黃榦이 그의 墓誌銘을 지었다.

● 여송걸 余宋傑(?-?)

자는 伯秀이며, 南康軍 建昌(江西省) 사람이다. 주희의 문인으로, 『주역』을 배웠다.

● 이 휘 李輝(?-?)

자는 晦叔이며, 南康軍 建昌(江西省) 사람이다. 주희의 문인으로, 『주역』·『시경』 및 禮學을 배웠다.

● 유 분 劉賁(?-?)

자는 炳文이며, 南康軍 建昌(江西省) 사람이다. 周謨·余宋傑·李輝와 함께 주희의 문하에서 수학하였다. 한 시대에 명성이 있었으며, 벼슬길에 나아가기를 구하지 않았다.

● 이 기 李杞(?-?)

자는 良仲, 호는 木川이며, 岳州 平江(湖南省) 사람이다. 1195년 韓侂胄가 주자학을 僞學으로 배척하여 주희가 西湖 靈芝寺에 우거할 적에, 홀로 나아가 窮理之學을 배웠다. 康淵에게도 배웠다. 주희의 實紀 중「姓氏錄」과「甲寅問答」을 지었다. 저술로『紫陽正傳校』가 있다.

● 이 웅 李雄(?-?)

자는 子誠이며, 岳州 平江(湖南省) 사람이다. 주희에게 수학하였으며, 康淵에게도 배웠다.

● 송지원 宋之源(?-1221) ☞ 淸江學案

● 송지윤 宋之潤(?-?)

자는 澤之이며, 成都府 雙流(四川省) 사람이다. 宋之源의 동생으로, 주희에게 수학하였다.

● 송지왕 宋之汪(?-?)

자는 容之이며, 成都府 雙流(四川省) 사람이다. 宋之源의 동생으로, 형들과 함께 주희에게 수학하였다.

● 반우단 潘友端(?-?) ☞ 嶽麓諸儒學案

- 반우공 潘友恭(?-?)

  자는 恭叔이며, 婺州 金華(浙江省) 사람이다. 潘友端의 동생으로, 형과 함께 주희의 문하에서 수학하였다. 江淮宣撫使 司幹을 역임하였다. 그의 부친 潘時가 月林書院을 창건하고 朱熹를 맞아하여 性命之學을 講論하였는데, 그때 주희에게 배웠다. 주희가 자청하여 浙東提擧를 그만 둘 적에, 그를 천거하여 대신하게 하였다.

- 두 유 杜旂(?-?)

  자는 叔高이며, 婺州 金華(浙江省) 사람이다. 주희에게 수학하였다. 辛棄疾 (1140-1207) 등과 교유하였다. 端平年間(1234-1236)에 布衣로 徵召되어 秘閣에 들어가 서책을 校閱하였다.

- 두 괴 杜旝(?-?)

  자는 幼高이며, 婺州 金華(浙江省) 사람이다. 杜旂의 동생으로, 주희에게 수학하였다. '金華五高'의 한 사람이다. 학식이 깊고 글을 잘 지었다. 저술로 『粹裘集』이 있다.

- 정소선 鄭昭先(?-?)

  자는 景明·景紹, 호는 日湖, 시호는 文靖이며, 福州 閩縣(福建省) 사람이다. 浦城主簿로 근무할 때 '요행이 급제했으나 학문이 미진하다'고 탄식한 뒤, 주희의 문하에 나아가 배웠다. 뒤에 參知政事·右丞相을 지냈다. 저술로 『日湖遺稿』가 있다.

- 범념덕 范念德(?-?)

  자는 伯崇이며, 建安(福建省) 사람이다. 知泉州를 지낸 范如圭의 아들로, 주희에게 배웠다. 劉勉之의 딸에게 장가들어 주희와 同壻가 되었다. 스승을 모시고 長沙로 張栻을 방문하기도 하였다. 吉州錄參·江東帥機 등을 지냈다.

- 유맹용 劉孟容(?-?)

  자는 公度이며, 隆興(江西省) 사람이다. 劉淸之의 族人으로, 처음에는 유청지·陸九淵에게 배웠으며, 뒤에 주희에게 수학하였다. 일찍이 주희에게 편지를 보내 論爭을 하지 말 것을 권하였다.

- 여귀신 黎貴臣(?-?)

  자는 昭文이며, 潭州 醴陵(湖南省) 사람이다. 주희에게 수학하여, 道學을 講明

하였다. 그를 宗主로 하는 士類들이 많았다.

- 임학몽 林學蒙(?-?)

  이름을 羽라고도 한다. 자는 正卿이며, 福州 永福(福建省) 사람이다. 주희에게 수학하였다. 龍門庵을 짓고 道德·性命의 학문을 강론하자 고을 사람들이 그를 스승으로 섬겼다.

- 서 우 徐寓(?-?)

  자는 居父, 호는 盤洲이며, 溫州 永嘉(浙江省) 사람이다. 1190년 臨漳으로 주희를 찾아가 師事하였다. 스승이 학문에 힘쓰고 의지가 확고한 사람이라고 칭찬하였다.

- 채념성 蔡念成(?-?)

  자는 元思이며, 江州 德安(江西省) 사람이다. 주희가 白鹿洞에서 강학할 적에 나아가 배웠다. 延平書院 堂長을 지냈다. 은거하여 안빈낙도하며 벼슬을 구하지 않았다. 주희가 별세하자 心喪 삼년을 마쳤으며, 뒤에 주희를 섬기듯이 黃榦을 섬기며 학문을 강마하였다.

- 강 묵 江默(?-?)

  자는 德功이며, 崇安(福建省) 사람이다. 武夷로 가서 주희에게 수학하였다. 1169년 진사가 되어 知建寧縣 등을 지냈다. 저술로『易訓解』·『四書訓詁』·『國朝綱集』등이 있다.

- 대 몽 戴蒙(?-?)

  뒤에 이름을 埜로 바꾸었다. 자는 養伯이며, 溫州 永嘉(浙江省) 사람이다. 紹熙年間(1190-1194)에 진사가 되어 麗水縣尉가 되었는데, 관직을 버리고 武夷에 있던 주희에게 나아가 수학하였다.

- 정영기 程永奇(?-?)

  자는 次卿, 호는 格齋이며, 休寧(安徽省) 사람이다. 程先의 아들로, 주희에게 배웠다. 관혼상제에 모두『朱子家禮』를 따랐으며, 임종하기 전에 '敬' 자를 크게 쓰고 서거하였다. 저술로『六經四書疑義』·『朱子語粹』·『格齋稿』등이 있다.

- 이계찰 李季札(?-?)

  자는 季子이며, 婺源(江西省) 사람이다. 李繪의 아들로, 주희에게 배웠다. 저술로『近思續錄』·『字訓續編』등이 있다.

- 임 지 林至(?-?)

  자는 德久이며, 嘉興府 華亭(江蘇省) 사람이다. 주희에게 배웠으며, 秘書郞을 지냈다. 저술로『易裨傳』이 있다.

- 엄세문 嚴世文(?-?)

  자는 時亨·亨父이며, 臨江軍 新喩(江西省) 사람이다. 주희를 사사하였다. 은거하며 벼슬을 구하지 않았다. 저술로『疑義問答往復書帖』이 있다.

- 양여립 楊與立(?-?)

  본명은 黻, 자는 與立인데 자가 이름처럼 쓰였다. 자를 子權이라고도 한다. 호는 船山이며, 建寧府 浦城(福建省) 사람이다. 주희에게 수학하였다. 일찍이 處州 遂昌縣令을 지냈으며, 뒤에는 蘭溪(湖北省)로 옮겨 살았다. 저술로『朱子語略』이 있다.

- 양 양 楊驤(?-?)

  자는 子昂·子節이며, 建寧府 浦城(福建省) 사람이다. 楊與立의 從弟로, 주희에게『주역』과 禮學을 배웠다.

- 양도부 楊道夫(?-?)

  자는 仲思이며, 建寧府 浦城(福建省) 사람이다. 楊與立의 從弟로, 주희에게 『주역』·『시경』 및 예학을 배웠다.

- 서소연 徐昭然(?-?)

  자는 子融이며, 信州 鉛山縣(江西省) 사람이다. 주희의 문인으로 되어 있으나 자세한 사적이 남아 있지 않다. 주희로부터 노성하며 자신을 지킴이 있어 師範이 될 만한 사람으로 평가되었다. 저술로『小學』이 있다고 하는데, 자세치 않다.

- 강대중 姜大中(?-?)

  자는 叔權이며, 생애가 자세치 않다. 주희에게『주역』을 배웠다.

- 반시거 潘時擧(?-?)

  자는 子善이며, 臨海縣(浙江省) 사람이다. 주희에게 수학하였다. 1222년 上舍生으로 과거에 합격하여 無爲軍敎授·國子正錄 등을 역임하였다. 육경의 疑義와 학문의 大端을 辨析한 것에 대해 주희가 칭찬하였다.

● **오필대 吳必大(?-1198)**

자는 伯豐이며, 興國(湖北省) 사람이다. 처음 張栻·呂祖謙에게 배웠고, 후에 朱熹에게 수학하였다. 門蔭으로 吉水丞을 지냈으며, 1196년 韓侂胄가 주희와 그의 학파를 僞學으로 지목하자 벼슬을 그만 두었다. 저술로『師海集』이 있다.

● **유　지 劉砥(?-?)**

자는 履之, 호는 存庵이며, 長樂(福建省) 사람이다. 劉世南의 아들로, 1190년대에 동생 劉礪와 함께 주희에게 수학하였다. 1166년 동생과 함께 童子科에 합격하였다. 蔡元定·黃榦과 절친하였다. 저술로『王朝禮』·『論語解』·『孟子解』가 있다.

● **유　려 劉礪(?-?)**

자는 用之, 호는 在軒이며, 長樂(福建省) 사람이다. 劉砥의 동생으로, 형과 함께 朱熹에게 수학하였다. 1166년 형과 함께 童子科에 합격하였다. 黃榦과 절친하였다.

● **왕력행 王力行(?-?)**

자는 近思이며, 同安(福建省) 사람이다. 朱熹에게 수학하였으며, 저술로『朱氏傳授支派圖』가 있다.

● **오수창 吳壽昌(?-?)**

자는 大年이며, 邵武(福建省) 사람이다. 처음엔 불교의 설을 좋아하였으나, 후에 朱熹의 문하에서 수학하였다. 저술로『問答畧』이 있다.

● **감　절 甘節(?-?)**

자는 吉甫이며, 臨川(江西省) 사람이다. 朱熹에게 수학하였다.

● **증조도 曾祖道(?-?)**

자는 宅之·擇之이며, 盧陵(江西省) 사람이다. 劉淸之의 문인으로, 陸九淵에게 배웠다. 그 후 1197년 朱熹에게 나아가 수학하였다.

● **오　창 吳昶(?-1219)**

자는 叔夏, 호는 友堂이며, 休寧(安徽省) 사람이다. 1176년 朱熹가 婺源으로 돌아왔을 때, 솔선하여 나아가 배웠다. 뒤에 주자학이 僞學으로 금지되자 제자들이 모두 떠났지만 그는 寒泉精舍로 찾아가 계속 배웠다. 저술로『易論』·『書說』이 있다.

- 진문울 陳文蔚(1154-1239)

  자는 才卿, 호는 克齋이며, 上饒(江西省) 사람이다. 朱熹에게 수학하였으며, 鉛山에 은거하여 강학하였다. 그의 학문은 誠을 구하는 것으로 근본을 삼고 躬行實踐을 일삼았다. 徐元杰이 그의 제자이다. 저술로『尙書解注』·『克齋集』이 있다.

- 방   의 方誼(?-?)

  자는 賓王이며, 嘉禾(浙江省) 사람이다. 朱熹에게 수학하였다.

- 장현부 張顯父(?-?)

  자는 敬之이며, 南劍(福建省) 사람이다. 朱熹에게 수학하였으며, 저술로『經說』이 있다.

- 손자수 孫自修(?-?)

  자는 敬甫이며, 宣城(安徽省) 사람이다. 從弟 孫自新·孫自任과 함께 朱熹에게 수학하였다.

- 손자신 孫自新(?-?)

  宣城(安徽省) 사람이다. 孫自修의 從弟로 孫自修·孫自任과 함께 朱熹에게 수학하였다.

- 손자임 孫自任(?-?)

  자는 仁甫이며, 宣城(安徽省) 사람이다. 孫自修·孫自新과 함께 朱熹에게 배웠다.

- 섭   식 葉湜(1168-1226)

  자는 子是이며, 建安(福建省) 사람이다. 朱熹에게 수학하였다. 門蔭으로 新化主簿가 되어 寧都尉·安仁令을 지냈다.

- 황의용 黃義勇(?-?)

  자는 去私이며, 臨川(江西省) 사람이다. 武夷精舍에서 朱熹에게 수학하였으며, 白鹿洞堂長을 지냈다.

- 황의강 黃義剛(?-?)

  자는 毅然이며, 臨川(江西省) 사람이다. 黃義勇의 동생으로, 朱熹를 가장 오래 師事하였다. 저술로『先師德言』이 있다.

- **만인걸 萬人傑(?-?)**

  자는 正淳·正純, 호는 止齋이며, 大冶(湖北省) 사람이다. 처음 陸九齡에게 배웠고 뒤에 槐堂에서 陸九淵에게 수학하였다. 1180년 南康에서 朱熹를 뵙고 그의 문인이 되었다.

- **조　건 曹建(1147-1183)**

  자는 立之, 호는 無妄이며, 餘干(江西省) 사람이다. 처음 程迥과 陸九淵 형제에게 배웠으며, 잠시 張栻의 학문에도 관심을 가졌다. 후에 朱熹가 知南康軍으로 있을 때 나아가 배웠다. 그 때 조건을 초빙하여 강학하게 했는데, 병으로 나아가지 못하였다.

- **첨　연 詹淵(1168-1225)**

  자는 景憲이며, 崇安(福建省) 사람이다. 朱熹에게 수학하였다. 1199년 진사가 되어 淸江戶曹掾·差監車輅院 등을 지냈다.

- **부　서 符敍(?-?)**

  자는 舜功이며, 建昌(江西省) 사람이다. 처음 陸九淵에게 배우고, 후에 朱熹에게 수학하였는데, 육구연의 문인으로 자처하지 않았다.

- **동백우 童伯羽(1144-?)**

  자는 蜚卿·飛卿, 호는 敬義이며, 甌寧(福建省) 사람이다. 朱熹에게 수학하였다. 道로 자임하여 향리를 교화시키는 데 힘썼다. 저술로『孝經衍義』·『五經訓解』·『四書訓解』·『四書集成』·『性理發微』가 있다.

- **습개경 襲蓋卿(?-?)**

  자는 夢錫이며, 常寧(湖南省) 사람이다. 張栻 및 朱熹 문하에서 수학하였다. 1187년 진사가 되어 右正言을 지냈다. 義理學에 밝았다. 저술로『朱子池州語錄』이 있다.

- **이종사 李宗思(?-?)**

  자는 伯諫이며, 建安(福建省) 사람이다. 朱熹에게 수학하였다. 1163년 진사가 되어 蘄州敎授를 지냈다. 저술로『禮范』·『尊幼儀訓』이 있다.

- **황학고 黃學皐(?-?)**

  자는 習之이며, 龍溪(福建省) 사람이다. 朱熹에게 수학하였다. 1217년 진사가 되어 鄱陽縣丞·泉州察推 등을 지냈다. 經史에 박통하였는데, 특히『시경』·

『서경』·『춘추』에 밝았다. 『朱文公續語錄』을 교감하였으며, 저술로 『評古』·『補注東坡詩集』이 있다.

- 황 간 黃幹(?-?)

  자는 尙質이며, 長溪(福建省) 사람이다. 朱熹에게 수학하였다. 直學士를 지냈으며, 饒魯·李鑑이 그의 제자이다. 저술로 『誨鑑語』·『五經講義』·『四書紀聞』이 있다.

- 요진경 廖晉卿(?-?)

  생애가 자세치 않다. 朱熹에게 수학하였다.

- 이백성 李伯誠(?-?)

  생애가 자세치 않다. 朱熹에게 수학하였다.

- 이주한 李周翰(?-?)

  생애가 자세치 않다. 朱熹에게 수학하였다.

- 유정부 劉定夫(?-?)

  생애가 자세치 않다. 朱熹에게 수학하였다.

- 하 선 賀善(?-?)

  생애가 자세치 않다. 朱熹에게 수학하였으며, 黃榦·李方子와 동문이다.

- 장 현 張顯(?-?)

  자는 立道이며, 德興(江西省) 사람이다. 董銖(1152-1214)·程端蒙(1143-1191)과 교유하였으며, 朱熹의 학문을 사숙하였다. 진사가 되어 武義尉酒醋監에 제수 되었고, 理宗 때 孝廉으로 천거되어 史館을 지냈다. 저술로 『雙澗文集』 등이 있다.(보유 506쪽)

- 시자원 時子源(?-?)

  東陽(浙江省) 사람으로, 생애가 자세치 않다. 朱熹의 제자이다.(보유 507쪽)

- 이효술 李孝述(?-?)

  자는 繼善이며, 建昌(江西省) 사람이다. 李燔의 從子이며, 朱熹에게 수학하였다.(보유 509쪽)

- 여대유 余大猷(?-?)

  자는 方叔이며, 上饒(江西省) 사람이다. 余大雅(1138-1189)의 동생이며, 朱熹

에게 수학하였다.(보유 509쪽)

- **정남승 鄭南升(?-?)**
  자는 文振이며, 潮陽(廣東省) 사람이다. 朱熹의 제자로, 『논어』·『맹자』에 조예가 깊었다. 『논어』·『맹자』에 대해 100 餘條를 질문하였는데, 주희가 취한 것이 많다.(보유 509쪽)

- **왕덕보 汪德輔(?-?)**
  자는 長孺이며, 鄱陽(江西省) 사람이다. 朱熹의 제자로, 『주역』과 禮學을 배웠다.(보유 509쪽)

- **왕현자 王顯子(?-?)**
  자는 敬之이며, 永嘉(浙江省) 사람이다. 朱熹의 제자로, 『주역』과 『시경』을 배웠다.(보유 509쪽)

- **왕중걸 王仲傑(?-?)**
  자는 之才이며, 縉雲(浙江省) 사람이다. 朱熹의 제자이다.(보유 510쪽)

- **서　림 徐琳(?-?)**
  자는 元明이며, 括蒼(浙江省) 사람이다. 朱熹의 제자이다.(보유 510쪽)

- **임충후 任忠厚(?-?)**
  자는 正甫이며, 遂安(浙江省) 사람이다. 朱熹의 제자이다.(보유 510쪽)

- **채　여 蔡懇(?-?)**
  자는 行夫이며, 平陽(浙江省) 사람이다. 朱熹에게 수학하였다.(보유 511쪽)

- **서　용 徐容(?-?)**
  자는 仁父이며, 永嘉(浙江省) 사람이다. 朱熹에게 『주역』과 『시경』을 배웠다.(보유 511쪽)

- **조사공 趙師邺(?-?)**
  자는 恭父·共父이며, 天臺(浙江省) 사람이다. 1190년 진사가 되어 嘉興府判官을 지냈다. 朱熹의 제자이다.(보유 511쪽)

- **서　고 舒高(?-?)**
  생애가 자세치 않다. 朱熹에게 『주역』과 『시경』을 배웠다.(보유 512쪽)

- 곽우인 郭友仁(? - ?)

  자는 德元이며, 山陽(江蘇省) 사람이다. 朱熹에게 『주역』과 『시경』을 배웠다. (보유 512쪽)

- 황유개 黃有開(? - ?)

  생애가 자세치 않다. 朱熹에게 『주역』과 『시경』을 배웠다.(보유 512쪽)

- 지종주 池從周(? - ?)

  자는 子文이며, 黃巖(浙江省) 사람이다. 朱熹의 제자로, 1214년 特科에 합격하였다.(보유 512쪽)

- 두관도 杜貫道(? - ?)

  黃巖(浙江省) 사람으로, 생애가 자세치 않다. 朱熹의 제자이다.(보유 512쪽)

- 추　호 鄒浩(? - ?)

  宣城(安徽省) 사람으로, 생애가 자세치 않다. 朱熹의 제자이다.(보유 513쪽)

- 조자명 趙子明(? - ?)

  子明은 字이고, 이름은 자세치 않다. 開封(河南省) 사람으로, 朱熹의 제자이다.(보유 513쪽)

- 웅　각 熊恪(? - ?)

  자는 子敬, 호는 謹節이며, 豐城(江西省) 사람이다. 朱熹의 제자이다.(보유 513쪽)

- 황승경 黃升卿(? - ?)

  생애가 자세치 않다. 朱熹에게 『시경』과 禮學을 배웠다.(보유 514쪽)

- 오　진 吳振(? - ?)

  자는 子奇이며, 鄞縣(浙江省) 사람이다. 朱熹의 문하에서 『詩經』과 『禮記』를 배웠다. 1187년 진사가 되었다.(보유 514쪽)

- 이유용 李儒用(? - ?)

  자는 仲秉, 호는 練溪이며, 岳陽(湖南省) 사람이다. 朱熹가 長沙에 있을 때 고을 사람 吳雄과 함께 문하에 나아가 『詩經』과 『禮記』를 배웠다. 특히 『春秋』에 조예가 깊었다. 1202년 진사가 되어 岳陽軍節度를 지냈다. 저술로 『理致集』이 있다.(보유 514쪽)

● 임자몽 林子蒙(?-?)
湖南省 사람으로 생애가 자세치 않다. 朱熹의 문하에서 『詩經』과 『禮記』를 배웠다.(보유 515쪽)

● 풍   의 馮椅(?-?)
자는 儀之·奇之, 호는 厚齋이며, 都昌(江西省) 사람이다. 朱熹에게 수학하였으며, 易學에 정밀하였다. 1193년 진사가 되어 江西運司幹辦公事·上高縣令 등을 지낸 뒤 사직하고 강학과 연구에 전념하였다. 그의 학문은 아들 馮去非에게 전해졌다. 저술로 『周易輯說』·『尚書輯說』·『詩經輯說』·『論語輯說』·『孟子輯說』·『太極圖輯說』·『西銘輯說』·『厚齋易學』·『孝經章句』·『喪禮』·『小學』·『孔子弟子傳』·『讀史記』·『詩文志錄』 등이 있다.(보유 515쪽)

● 임용중 林用中(?-?)
자는 擇之·敬仲, 호는 東屏·草堂이며, 古田(福建省) 사람이다. 처음에는 艾軒 林光朝에게 수학하다가, 뒤에 朱熹가 建安縣令으로 있을 때 나아가 수학하였다. 주희가 그를 畏友로 삼았으며, 西山 蔡元定과 이름을 나란히 하였다. 저술로 『草堂集』이 있다.(보유 515쪽)

● 임윤중 林允中(?-?)
자는 擴之이며, 古田(福建省) 사람이다. 林用中의 아우로, 朱熹의 문하에서 수학하였다.(보유 516쪽)

● 임사로 林師魯(?-?)
호는 芸谷이며, 古田(福建省) 사람이다. 이름은 魯山, 師魯가 자라는 설도 있다. 그의 부친은 주희의 부친 朱松과 절친하게 지냈는데, 이로 인해 朱熹의 문하에서 수학하게 되었다. 林用中이 그를 스승으로 섬겼다.(보유 516쪽)

● 여   우 余隅(?-?)
이름을 '余偶'라고도 한다. 자는 占之, 호는 克齋이며, 古田(福建省) 사람이다. 朱熹의 문하에서 수학하였다. 林用中과 이름을 나란히 하였다. 1181년 주희를 따라 廬山의 북쪽을 유람하였다. 東萊 呂祖謙(1137-1181)·勉齋 黃榦(1152-1221)과 함께 교유하면서 학문을 논하였다. 저술로 『克齋文集』이 있다.(보유 516쪽)

● 여   범 余範(?-?)
자는 彝孫이며, 古田(福建省) 사람으로 생애가 자세치 않다. 朱熹의 문하에서

수학하였다.(보유 516쪽)

- **정심부 程深夫(?-?)**

  古田(福建省) 사람으로 생애가 자세치 않다. 이름이 '深父' 또는 '深甫'라는 설도 있다. 朱熹의 문하에서 수학하였다.(보유 516쪽)

- **장 경 張埛(?-?)**

  자는 景林이며, 德興(江西省) 사람으로 생애가 자세치 않다. 朱熹의 문하에서 수학하였다.(보유 517쪽)

- **옹 이 翁易(?-?)**

  자는 粹翁·醉翁, 호는 竹林이며, 崇安(福建省) 사람이다. 六經에 두루 통했으며, 특히『春秋』에 조예가 깊었다. 처음 蔡元定(1135-1198)의 문하에서 수학하다가, 뒤에 朱熹의 문하에 나아가 수학하였다.(보유 517쪽)

- **요 겸 廖謙(?-?)**

  자는 益仲·德之이며, 衡陽(湖南省) 사람이다. 朱熹가 南嶽書院에서 강학할 때 나아가『周易』을 배웠다. 吉水縣尉를 지냈다.(보유 518쪽)

- **종 진 鍾震(?-?)**

  자는 春伯, 호는 宗一이며, 湘潭(湖南省) 사람으로 생애가 자세치 않다. 처음에는 蔡元定(1135-1198)의 문하에서 수학하다가 뒤에 朱熹의 문하에 나아가 수학하였다. 主一書院을 창건하여 강학하였는데, 배우는 자들이 그를 '宗一先生'이라 불렀다. 端平年間(1234-1236) 초에 侍讀에 제수되었다.(보유 518쪽)

- **등 경 鄧絅(?-?)**

  자는 衛老이며, 將樂(福建省) 사람으로 생애가 자세치 않다. 朱熹의 문하에서『周易』을 수학하였다.(보유 518쪽)

- **정광필 鄭光弼(?-?)**

  자는 子直이며, 생애가 자세치 않다. 朱熹의 문하에서『周易』을 수학하였다. (보유 519쪽)

- **진 지 陳址(?-?)**

  자는 廉夫이며, 莆田(福建省) 사람이다. 陳俊卿의 손자로 朱熹의 문하에서 수학하였다. 承奉郎에 제수되었으며, 監南安鹽稅를 지냈다. 28세에 졸하였다. (보유 519쪽)

- **유자환 劉子寰(?-?)**

  자는 圻父, 호는 篁墺翁이며, 建陽(福建省) 사람이다. 朱熹의 문하에서 수학하였다. 1217년에 진사가 되어 觀文殿學士를 지냈다. 詩文에 능해 고을 사람 劉淸夫와 이름을 나란히 하였다. 저술로『篁墺集』이 있다.(보유 519쪽)

- **유자례 劉子禮(?-?)**

  建州(福建省) 사람으로 생애가 자세치 않다. 朱熹의 문하에서 수학하였다.(보유 519쪽)

- **유숙통 劉叔通(?-?)**

  建州(福建省) 사람으로 생애가 자세치 않다. 朱熹의 문하에서 수학하였다.(보유 520쪽)

- **유학고 劉學古(?-?)**

  崇安(福建省) 사람으로, 平甫 劉玶의 아들이며 朱熹의 사위다. 주희의 문하에서 수학하였으며, 1181년 주희를 모시고 密菴을 유람하였다. 臨桂縣令을 지냈다.(보유 520쪽)

- **유학아 劉學雅(?-?)**

  자는 正之이며, 建陽(福建省) 사람으로 劉珙의 아들이다. 朱熹의 문하에서 수학하였으며, 1181년 주희를 모시고 仙洲 密庵을 유람하였다. 1181년에 진사가 되어 承務郎에 제수되었으며, 南雄府通判을 지냈다.(보유 520쪽)

- **유　전 劉銓(?-?)**

  자는 子平이며, 建陽(福建省) 사람이다. 朱熹의 문하에서 수학하였다.(보유 520쪽)

- **유　회 劉淮(?-?)**

  자는 叔通, 호는 泉溪이며, 建陽(福建省) 사람이다. 朱熹의 문하에서 수학하였다.(보유 520쪽)

- **유　근 劉瑾(?-?)**

  자는 懷甫이며, 建陽(福建省) 사람이다. 劉陽承의 아들이며, 朱熹의 甥姪이다. 朱熹의 문하에서 수학하였으며, 1181년 주희를 모시고 仙洲 密庵을 유람하였다. 將仕郎에 제수되었다.(보유 521쪽)

- 유　형 劉炯(?-?)

　　자는 季明·季銘이며, 建陽(福建省) 사람이다. 劉爚(1144-1216)의 아우로, 朱熹의 문하에서 수학하였다. 1199년 진사가 되어 進賢縣丞을 지냈다. 만년에는 武夷山에 은거하였다.(보유 521쪽)

- 진　단 陳旦(?-?)

　　자는 明仲이며, 建陽(福建省) 사람으로 생애가 자세치 않다. 朱熹의 문하에서 수학하였다.(보유 521쪽)

- 진총구 陳總龜(?-?)

　　자는 朝瑞이며, 建陽(福建省) 사람이다. 朱熹와 가까이 살면서 사우로 교유하였는데, 주희보다 20여 세 위인 듯하다. 따라서 주희의 문인으로 보는 것은 옳지 않다. 1134년에 진사가 되어 永豐縣尉에 제수되었으나 부임하지 못하고 졸하였다.(보유 521쪽)

- 구　응 邱膺(?-?)

　　자는 子服이며, 建陽(福建省) 사람이다. 朱熹의 제자이다.(보유 522쪽)

- 연숭경 連嵩卿(?-?)

　　생애가 자세치 않다. 朱熹에게 『주역』을 배웠다.(보유 522쪽)

- 정중리 鄭仲履(?-?)

　　생애가 자세치 않다. 朱熹에게 『주역』을 배웠다.(보유 522쪽)

- 김거위 金去僞(?-?)

　　자는 敬直, 호는 草窓이며, 浮梁(江西省) 사람이다. 鄕薦을 받았으나, 벼슬을 단념하고 朱熹에게 나아가 배웠다. 주위 사람들이 저술을 권하자 "학문은 經書를 經으로 하고, 史書를 緯로 하는 것이다. 諸儒들의 訓釋을 晦庵先生이 절충해서 집대성하였다."라 하고서 끝내 저술을 하지 않았다. 鍾離主簿에 제수되었으나 나가지 않았다.(보유 522쪽)

- 전목지 錢木之(?-?)

　　자는 子升·子山이며, 晉陵(江蘇省) 사람이다. 朱熹에게 『주역』·『시경』·禮學을 배웠다.(보유 523쪽)

- 주명작 周明作(?-?)

　　자는 元興이며, 建陽(福建省) 사람이다. 朱熹에게 『주역』·『시경』·禮學을 배

웠다.(보유 523쪽)

● 황　탁 黃卓(?-?)

자는 先之·德美이며, 南平(福建省) 사람이다. 朱熹에게『주역』·『시경』·禮
學을 배웠다.(보유 523쪽)

● 주형중 周亨仲(?-?)

瑞昌(江西省) 사람이다. 周謨의 동생으로, 형과 함께 朱熹에게 나아가 배웠다.
白鹿洞書院에서 강학하였다.(보유 523쪽)

● 주　방 周仿(?-?)

이름을 方이라고도 한다. 周謨의 從子로 朱熹에게 배웠다. 白鹿洞書院에서 강
학하였다.(보유 523쪽)

● 유　예 游倪(?-?)

자는 和之이며, 建寧(福建省) 사람이다. 朱熹의 제자이다.(보유 524쪽)

● 유　개 游開(?-?)

자는 子蒙이며, 建安(福建省) 사람이다. 朱熹의 제자이다.(보유 524쪽)

● 허경양 許景陽(?-?)

자는 子春이며, 同安(福建省) 사람이다. 이름을 子春, 字를 景陽이라고도 한
다. 朱熹의 제자이다.(보유 524쪽)

● 진제중 陳齊仲(?-?)

泉州(福建省) 사람으로, 朱熹의 제자이다.『송원학안보유』에는 이름이 '齊冲'
으로 되어 있는데, '齊仲'이 옳은 듯하다.(보유 524쪽)

● 고　화 高禾(?-?)

자는 穎叔이며, 晉江(福建省) 사람이다. 朱熹의 제자이다. 1181년에 진사가 되
어 兵部郞中 등을 지냈다.(보유 524쪽)

● 곽　호 郭浩(?-?)

생애가 자세치 않다.『송원학안보유』에는 邵浩로 되어 있으나, 王梓材·馮雲
濠의 原注에 郭浩로 되어 있다. 朱熹에게『주역』·『서경』·禮學을 배웠다.(보
유 524쪽)

- **여광조 呂光祖(?-?)**

  생애가 자세치 않다. 성을 ‘曾’으로 보아 曾光祖를 가리키는 것으로 보는 설도
  있다. 朱熹에게 『주역』을 배웠다.(보유 525쪽)

- **범원유 范元裕(?-?)**

  자는 益之이며, 范念德의 아들이다. 朱熹에게 『주역』을 배웠다.(보유 525쪽)

- **장　훈 蔣櫄(?-?)**

  생애가 자세치 않다. 朱熹에게 『주역』을 배웠다.(보유 525쪽)

- **주　표 周標(?-?)**

  생애가 자세치 않다. 朱熹에게 『주역』을 배웠다.(보유 525쪽)

- **증흥종 曾興宗(1146-1212)**

  자는 光祖이며, 寧都(江西省) 사람이다. 1171년에 천거로 肇慶推官에 제수되
  었다. 慶元年間 초에 朱熹의 학문을 僞學으로 금하자, 벼슬을 버리고 고향으로
  돌아와 簀當谷에 집을 짓고 호를 唯庵이라 하였다. 주희가 졸한 뒤 心喪 3년복
  을 마쳤다. 저술로 『唯庵槀稿』가 있다.(보유 525쪽)

- **여계성 黎季成(?-?)**

  寧都(江西省) 사람으로, 생애가 자세치 않다. 朱熹의 제자이다.(보유 526쪽)

- **여　송 呂竦(?-?)**

  자는 士瞻이며, 생애가 자세치 않다. 朱熹에게 『주역』을 배웠다.(보유 526쪽)

- **임　진 林振(?-?)**

  자는 子玉이며, 생애가 자세치 않다. 朱熹에게 『주역』을 배웠다.(보유 526쪽)

- **오　남 吳南(?-?)**

  자는 宜之이며, 생애가 자세치 않다. 朱熹에게 『주역』을 배웠다.(보유 526쪽)

- **풍성지 馮誠之(?-?)**

  생애가 자세치 않다. 朱熹에게 『시경』을 배웠다. ‘馮椅’를 잘못 표기한 것으로
  보는 설도 있다.(보유 527쪽)

- **위　춘 魏椿(?-?)**

  자는 元壽이며, 建陽(福建省) 사람이다. 朱熹에게 『시경』을 배웠다.(보유 527
  쪽)

● 황중본 黃仲本(?-?)

호는 復齋이며, 邵武(福建省) 사람이다. 朱熹의 제자이다.(보유 527쪽)

● 요극명 饒克明(?-?)

克明은 그의 자이며, 이름은 자세치 않다. 邵武(福建省) 사람으로, 朱熹의 제자이다.(보유 527쪽)

● 정 극 丁克(?-1185)

이름을 堯라고도 한다. 자는 復之이며, 崇安(福建省) 사람이다. 朱熹에게 배웠다. 爲己之學에 뜻을 두고 독실하게 공부하였다. 스승 주희가 그를 위해 묘지명을 지었다.(보유 527쪽)

● 진사직 陳士直(?-?)

자는 彦忠이며, 閩淸(福建省) 사람이다. 朱熹의 제자이다.(보유 528쪽)

● 부공필 傅公弼(?-?)

자는 夢良이며, 莆田(福建省) 사람이다. 朱熹에게 수학하였다.(보유 528쪽)

● 웅몽조 熊夢兆(?-?)

이름을 兆라고도 한다. 자는 世卿, 호는 拙逸子이며, 建昌(江西省) 사람이다. 朱熹에게 『詩經』을 배웠다.(보유 528쪽)

● 위 병 魏丙(?-?)

자는 才仲·材仲이며, 朱熹에게 『시경』을 배웠다.(보유 529쪽)

● 풍 흡 馮洽(?-?)

자는 深之이며, 大冶(湖北省) 사람이다. 朱熹의 제자이다. 일설에는 주희의 제자인 馮椅에게 수학하였다고도 한다.(보유 529쪽)

● 풍 의 馮倚(?-?)

大冶(湖北省) 사람으로, 생애가 자세치 않다. 朱熹에게 수학하였다.(보유 529쪽)

● 장봉응 張丰應(?-?)

大冶(湖北省) 사람으로, 생애가 자세치 않다. 朱熹에게 수학하였다.(보유 529쪽)

● 마절지 馬節之(?-?)

생애가 자세치 않다. 朱熹에게 『시경』을 배웠다.(보유 529쪽)

● 오 종 吳琮(?-?)

자는 仲方이며, 臨川(江西省) 사람이다. 吳玭의 동생으로, 朱熹에게 『시경』을
배웠다.(보유 529쪽)

● 오 빈 吳玭(?-?)

자는 仲玭이며, 臨川(江西省) 사람이다. 吳琮의 형으로, 朱熹의 제자이다.(보
유 530쪽)

● 오 절 吳鼇(?-?)

자는 直翁이며, 朱熹에게 배웠다.(보유 530쪽)

● 강 주 江疇(?-?)

자는 彝叟이며, 朱熹에게 『시경』을 배웠다.(보유 530쪽)

● 소 의 蘇宜(?-?)

이름을 宜久라고도 한다. 朱熹에게 『시경』을 배웠다.(보유 530쪽)

● 동공수 董拱壽(?-?)

자는 仁叔이며, 饒州(江西省) 사람이다. 朱熹에게 『시경』을 배웠다.(보유 530
쪽)

● 웅이녕 熊以寧(?-?)

호가 敬軒이며, 建陽(福建省) 사람이다. 朱熹에게 禮學을 배웠다. 1178년 진사
가 되어 光澤主簿를 지냈다. 저술로 『大學釋義』·『中庸續說』이 있다.(보유
531쪽)

● 웅 절 熊節(?-?)

자는 端操이며, 建陽(福建省) 사람이다. 朱熹의 제자이다. 1199년 진사가 되어
通直郎을 지냈다. 저술로 『中庸解』·『智仁堂稿』·『性理群書句解』 등이 있
다.(보유 531쪽)

● 임 사 林賜(?-?)

자는 聞一이며, 朱熹에게 禮學을 배웠다.(보유 532쪽)

● 오 웅 吳熊(?-?)

자는 伯英이며, 平江(湖南省) 사람이다. 蔡元定(1135-1198)을 통해 朱熹에게
나아가 수학하였다. 黃榦·康淵·蔡淵·蔡沈 등과 함께 강학하였다. 점성술
과 병법에 조예가 깊었다.(보유 532쪽)

- **정문휼 鄭文遹(?-?)**

  이름을 遹이라고도 한다. 자는 成叔, 호는 庸齋이며, 福州(福建省) 사람이다. 1204년 貢生이 되었다. 朱熹에게 수학하였는데, 주희가 그에게 喪禮의 編次를 명하였다. 저술로『易學啓蒙或問』·『春秋集解』·『禮記集解』·『喪禮長編』이 있다.(보유 533쪽)

- **서문경 徐文卿(?-?)**

  자는 斯遠이며, 玉山(江西省) 사람이다. 朱熹에게 수학하였다.(보유 533쪽)

- **조희한 趙希漢(?-?)**

  자는 南紀이며, 岳陽(湖南省) 사람으로, 邵武(福建省)에서 살았다. 朱熹의 제자이다.(보유 533쪽)

- **곽　식 郭植(?-?)**

  이름을 廷植이라고도 한다. 자는 廷碩이며, 吉州 盧陵(江西省) 사람이다. 朱熹의 제자이다.(보유 533쪽)

- **조선대 趙善待(1128-1188)**

  자는 時擧·子善이며, 聞喜(山西省) 사람으로, 四明(浙江省)에 살았다. 宋나라 왕실 濮安懿王의 5세손으로, 朱熹에게 배웠다. 1163년 진사가 되어 知岳州·浙東按察使參議官을 지냈다.(보유 533쪽)

- **임대춘 林大春(?-?)**

  자는 熙之, 호는 慥齋이며, 古田(福建省) 사람이다. 朱熹에게 수학하였다.(보유 534쪽)

- **임　규 林揆(?-?)**

  자는 一之이며, 朱熹의 제자이다.(보유 535쪽)

- **임　각 林恪(?-?)**

  자는 叔恭이며, 台州 天台(浙江省) 사람이다. 주희에게 배웠고, 학문을 하는데 있어서는 '致誠耐久'를 중시하였다.(보유 535쪽)

- **조사석 趙師皙(?-?)**

  자는 詠道이며, 黃岩(浙江省) 사람이다. 주희의 孫壻로, 그의 문하에서 배웠다.『台州府志』에는 '趙師蒇'으로 되어 있다.(보유 535쪽)

- 이항종 李亢宗(?-?)

  이름을 克宗이라고도 한다. 자는 子能이며, 泉州 南安(福建省) 사람이다. 주희의 제자로, 長沙丞을 지냈다.(보유 536쪽)

- 이 야 李埜(?-?)

  생애가 자세치 않다. 주희의 제자이다.(보유 536쪽)

- 임 내 林鼐(1144-1192)

  자는 伯和·元秀이며, 台州 黃岩(浙江省) 사람이다. 1172년 진사가 되어 奉化縣簿·定海縣丞 등을 지냈다. 동생 林鼎와 함께 주희에게 배웠다.(보유 536쪽)

- 임 자 林鼎(?-?)

  자는 叔和, 호는 草廬이며, 黃岩(浙江省) 사람이다. 林鼐와 趙師淵 및 杜曄 형제와 함께 주희에게 수학하였다.(보유 536쪽)

- 임 무 林武(?-?)

  자는 景文이며, 溫州 永嘉(浙江省) 사람이다. 河池縣尉를 지냈다. 주희가 武夷에서 강학할 때 나아가 배웠다.(보유 537쪽)

- 임 보 林補(?-?)

  자는 退思이며, 溫州 永嘉(浙江省) 사람이다. 주희에게 배웠다. 주희의 講友라는 설도 있다.(보유 538쪽)

- 반우문 潘友文(?-?)

  자는 文叔, 호는 櫟庵이며, 婺州 金華(浙江省) 사람이다. 潘時(1126-1189)의 從子로, 주희에게 배웠다. 開禧年間(1205-1207) 초에 知昆山縣을 지냈다. 呂祖謙·陸九淵에게도 배웠다.(보유 538쪽)

- 반리손 潘履孫(1177-?)

  자는 坦翁이며, 婺州 金華(浙江省) 사람이다. 潘友恭의 아들로, 주희에게 배웠다. 벼슬은 知江陵府를 지냈다.(보유 538쪽)

- 벽 홍 辟洪(?-?)

  자는 時忠이며, 溫州 永嘉(浙江省) 사람이다. 주희에게 배웠다.(보유 539쪽)

- 허 근 許瑾(?-?)

  자는 子瑜, 호는 高山이며, 紹興 剡縣(浙江省) 사람이다. 주희에게 배웠다. 남송 말기에 천거되었으나 나아가지 않았다. 저술로『春秋經傳』이 있다.(보유

539쪽)

- **오매경 吳梅卿(?-?)**

  자는 淸叔·德淑이며, 臺州 仙居(浙江省) 사람이다. 1224년 진사가 되어 忠州 文學을 지냈다. 주희에게 수학하였다. 저술로『經說語錄』이 있다.(보유 539쪽)

- **진조영 陳祖永(?-?)**

  자는 慶長이며, 紹興 會稽(浙江省) 사람이다. 주희에게 배웠다.(보유 540쪽)

- **왕 완 王阮(?-1208)**

  자는 南卿이며, 江州 德安(江西省) 사람이다. 1164년 진사가 되어 知濠州·知 撫州 등을 지냈다. 주희의 제자로, 스승과 함께 廬山을 유람하였다. 후에 韓侂 胄가 천거하였으나 여산으로 물러나 은거하였다. 저술로『義豐集』이 있다.(보 유 540쪽)

- **여 염 呂炎(?-?)**

  자는 德明이며, 南康軍 建昌(江西省) 사람이다. 동생 呂燾·呂煥과 함께 주희 의 문하에서 배웠으며, 벼슬하지 않고 은거하였다.(보유 540쪽)

- **여 도 呂燾(?-?)**

  자는 德昭, 호는 月坡이며, 南康軍 建昌(江西省) 사람이다. 형 呂炎 및 동생 呂煥과 함께 주희에게 나아가 배웠다.(보유 540쪽)

- **여 환 呂煥(?-?)**

  자는 德遠이며, 南康軍 建昌(江西省) 사람이다. 1199년 형 呂炎·呂燾와 함께 주희에게 배웠다.(보유 540쪽)

- **증삼이 曾三異(1156-1236)**

  자는 無疑, 호는 雲巢이며, 臨江軍 新淦(江西省) 사람이다. 벼슬은 承務郎·太 社令 등을 지냈다. 曾三聘의 동생으로, 주희에게 배웠다. 저술로『新舊官制通 考』가 있다.(보유 541쪽)

- **팽 려 彭蠡(1146-1200)**

  자는 師範, 호는 梅坡이며, 南康軍 都昌(江西省) 사람이다. 彭尋의 동생으로, 벼슬은 吏部尙書를 지냈다. 주희가 知南康府로 있을 때 나아가 배웠다.(보유 541쪽)

- 팽　방 彭方(?-?)

  자는 季正·季直, 시호는 文定이며, 南康軍 都昌(江西省) 사람이다. 彭尋의 아들이며, 彭蠡의 從子이다. 1193년 진사가 되어 兵部侍郎·龍圖閣學士를 지냈다. 주희가 知南康府로 있을 때 나아가 배웠다.(보유 541쪽)

- 팽　루 彭樓(?-?)

  자는 子儀이며, 袁州 宜春(江西省) 사람이다. 주희에게 배웠다.(보유 542쪽)

- 임학리 林學履(?-?)

  자는 安卿이며, 福州 永福(福建省) 사람이다. 林學蒙의 동생으로, 형과 함께 주희에게 수학하였다.(보유 542쪽)

- 임인실 林仁實(?-?)

  자는 敏翁이며, 福州 永福(福建省) 사람이다. 주희에게 배웠다.(보유 542쪽)

- 축　목 祝穆(약 1190-1256)

  초명은 丙, 자는 和甫·和父·伯化, 호는 樟隱, 시호는 文修이며, 建寧府 崇安(福建省) 사람이다. 부친 祝康國이 주희와 內外從間으로, 동생 祝癸와 함께 나아가 배웠다. 출사하지 않고 학문에 전념하여 家學을 창성시켰다. 저술로『事文類聚』·『方興勝覽』이 있다.(보유 543쪽)

- 축　계 祝癸(?-?)

  建寧府 崇安(福建省) 사람으로, 생애가 자세치 않다. 祝穆의 동생으로, 형과 함께 주희에게 배웠다.(보유 543쪽)

- 축여옥 祝汝玉(?-?)

  信安(河北省) 사람으로, 생애가 자세치 않다. 주희에게 배웠다.(보유 543쪽)

- 방　부 方符(?-?)

  자는 子約이며, 莆田(福建省) 사람이다. 1199년 진사가 되어 德慶府教授·徽州通判 등을 지냈다. 어려서는 주희의 문인이자 숙부인 方大壯에게 배웠으며, 후에 주희에게 배웠다.(보유 544쪽)

- 부　수 傅修(1139-1207)

  자는 子期이며, 進賢(江西省) 사람이다. 주희의 문하에서 수학하였으며, 黃榦과 교유하였다.(보유 544쪽)

- **조진숙 曹晉叔(?-?)**

  晉叔은 자인 듯하며, 이름은 자세치 않다. 建安(福建省) 사람으로, 주희의 문인이다.(보유 545쪽)

- **왕춘경 王春卿(?-?)**

  建安(福建省) 사람으로, 생애가 자세치 않다. 주희의 제자이다.(보유 545쪽)

- **임헌경 林憲卿(1148-1217)**

  자는 公度, 호는 存齋이며, 福州 懷安(福建省) 사람이다. 주희의 제자로, 안색이 온화하고 기상이 인자하였다. 말을 가려서 하고 행실이 조신하였으며, 의리로써 사람들을 가르쳤다. 노년에도 학문을 게을리 하지 않았으며, 향촌을 교화시키는 데 크게 기여하였다. 黃榦이 그의 묘지명을 지었다. 이름난 문인으로 吳宗萬·林士蒙 등이 있다.(보유 545쪽)

- **섭문병 葉文炳(1150-1217)**

  자는 晦叔이며, 浦城(福建省) 사람이다. 주희의 제자이다. 1184년 진사가 되어 晉江主簿에 임용되자, 부임하기 전에 주희에게 편지를 보내 도움을 청하였다. 부임한 뒤에 주희는 관리로서 백성들에게 임하는 법을 자세하게 일러주었다. 知仙遊縣을 거쳐 和州通判을 지냈으며, 품계가 奉議郎에 이르렀다.(보유 545쪽)

- **공　담 龔郯(?-?)**

  자는 曇伯, 호는 南峯이며, 福州 寧德(福建省) 사람이다. 이름을 剡, 자를 墨伯이라고도 한다. 증조부는 龔允昌이고, 조부는 龔必兪인데 모두 善士로서 이름이 있었다. 일찍이 주희의 문하에 나아가 수학하였는데, 口耳之學을 일삼지 않고 한결같이 躬行實踐을 위주로 하였다. 만년에 楊復과 理氣先後說에 대해 논변하면서 더욱 조예가 깊어졌다.(보유 546쪽)

- **정성지 鄭性之(1172-1255)**

  초명은 自誠이고 자는 性之였는데, 性之를 이름으로 하고 자를 信之·行之로 바꾸었다. 호는 毅齋, 시호는 文定이며, 福州 侯官(福建省) 사람이다. 약관의 나이에 주희의 문하에 나아가 배웠다. 1208년 진사가 되어 贛州·建寧 등의 수령을 지낸 뒤, 理宗 때 吏部侍郎이 되었으며, 1237년 知樞密院事 겸 參知政事가 되었다. 觀文殿學士 通議大夫로 致仕하였다. 저술로『端平奏議』및 陳均과 함께 편수한『編年備要』가 있다.(보유 546쪽)

● 정신지 鄭申之(?-?)

자는 惟任이며, 福州 長樂(福建省) 사람이다. 1169년 진사가 되어 國子助教를
지냈다. 韓侂胄가 주희의 학문을 僞學으로 금하여 주희가 長樂에 피해 있을
때, 그에게 나아가 수학하였다. 향리에서 강학하였는데, 배우는 자들이 매우
많아 文齋·行齋·忠齋·信齋를 건립하여 생도들을 머물게 하였다. 주희가
그가 거처하는 집을 '聚遠'이라 이름하였다.(보유 547쪽)

● 소장부 蕭長夫(?-?)

福州 사람으로, 생애가 자세치 않다. 주희의 문인이다.(보유 547쪽)

● 오당경 吳唐卿(?-?)

唐卿은 자이며, 이름은 자세치 않다. 泉州 南安(福建省) 사람으로, 주희의 문
하에서 수학하였다. 白鹿洞山長을 지냈으며, 주희와 落星寺를 유람한 적이 있
다.(보유 547쪽)

● 주비경 朱飛卿(?-?)

飛卿은 자이며, 이름은 자세치 않다. 漳州(福建省) 사람으로, 주희의 문하에서
수학하였다.(보유 547쪽)

● 임 만 林巒(?-?)

泉州(福建省) 사람으로, 생애가 자세치 않다. 주희의 문하에서 배웠다.(보유
548쪽)

● 마임중 馬任仲(?-?)

이름을 壬仲이라고도 한다. 자는 次幸이며, 建陽(福建省) 사람이다. 일찍이 주
희에게 수학하였으며, 뒤에는 呂祖謙에게도 배웠다. 1190년 진사가 되어 州縣
의 수령을 역임하였는데, 청렴하며 재능이 있다고 칭송을 받았다. 만년에 婺州
東陽에 우거하였다. 저술로『得齋集』이 있다.(보유 548쪽)

● 진 견 陳枅(?-?)

자는 自修이며, 長樂(福建省) 사람이다. 주희에게 수학하였다.(보유 548쪽)

● 증봉진 曾逢震(?-?)

자는 誠叟이며, 福州 閩縣(福建省) 사람이다. 林性之와 함께 주희에게 수학하
였다. 뒤에는 科擧를 위한 공부를 부끄럽게 여기고 道山에 은거하였다.(보유
548쪽)

● 장강국 蔣康國(?-?)

자는 彦禮, 호는 鼎山이며, 古田(福建省) 사람이다. 1157년 진사가 되어 饒州
司法參軍을 지냈다. 일찍이 주희를 따라 학문을 강론하였으며, 주희가『楚辭
集解』를 지은 뒤 그에게 자문을 구한 것이 많았다. 주희의 문인이기보다는 講
友로 보는 것이 옳을 듯하다.(보유 549쪽)

● 허　검 許儉(?-?)

자는 幼度이며, 福州 閩淸(福建省) 사람이다. 주희의 문인이다. 三世 동안 재
산을 분할하지 않고서 형제가 한 집에 살았는데, 잡음 없이 화목하였다. 승상
鄭性之가 '孝友' 두 자를 크게 써서 그의 집에 扁額하였다.(보유 549쪽)

● 추　예 鄒輗(?-?)

자는 行之·孝行이며, 岳州 平江(湖南省) 사람이다. 주희가 知潭州 겸 荊湖南
路按撫使로 長沙 지방을 통솔할 적에 平江을 지나게 되었는데, 그때 주희에게
배알하고 제자가 되었다. 주희는 그에게 돌아가 四書를 읽으라고 권유하였다.
안빈낙도하며 세속적인 삶에서 벗어나, 사람들이 모두 그를 중히 여겼다. 저술
로『自樂軒集』이 있다.(보유 549쪽)

● 임덕우 林德遇(?-?)

이름을 得遇라고도 한다. 자는 若時이며, 仙遊(福建省) 사람이다. 武夷精舍로
주희를 찾아가 배웠다. 자질이 총명하여 스승이『論語集註』를 강론하자, 문득
깨닫고 이치를 발명하였다.(보유 550쪽)

● 주　곤 朱滾(?-?)

仙遊(福建省) 사람으로, 생애가 자세치 않다. 주희의 문인이다.(보유 550쪽)

● 주　연 朱涓(?-?)

仙遊(福建省) 사람으로, 생애가 자세치 않다. 주희의 문인이다.(보유 550쪽)

● 주　개 朱漑(?-?)

仙遊(福建省) 사람으로, 생애가 자세치 않다. 주희의 문인이다.　(보유 550쪽)

● 주　원 朱沅(?-?)

자는 叔元이며, 생애 및 출신지가 자세치 않다. 주희의 문인이다.(보유 550쪽)

● 주로숙 朱魯叔(?-?)

魯叔은 자이며, 이름은 자세치 않다. 仙遊(福建省) 사람으로, 주희의 문인이

다.(보유 550쪽)

● 고 송 高松(?-?)

자는 子合이며, 龍溪(福建省) 사람이다. 주희의 문인이다. 자가 國楹인 高松
(1154-1211)과 같은 인물로 보는 설도 있다.(보유 551쪽)

● 송문례 宋聞禮(?-?)

자는 叔履이며, 龍溪(福建省) 사람이다. 주희의 문인이다.(보유 551쪽)

● 정사맹 鄭思孟(?-?)

이름을 師孟이라고도 한다. 자는 齊卿, 호는 存齋·有齋이며, 福州 寧德(福建
省) 사람이다. 주희의 문하에서 수학하였으며, 『洪範解義』를 저술하여 주희가
지은 「皇極辨」의 깊은 뜻을 발명하였다. 집안이 빈한하였으나 六經의 注疏를
모두 손수 베껴 가며 힘써 공부하였다. 黃榦이 그의 의지를 가상히 여겨 사위
로 삼았다.(보유 551쪽)

● 진 비 陳秠(?-?)

자는 秀成이며, 南康軍 星子(江西省) 사람이다. 陳瓘의 제자인 陳慕의 아들이
다. 주희의 문하에서 수학하였다.(보유 551쪽)

● 포 정 包定(?-?)

자는 定之이며, 永嘉(浙江省) 사람이다. 주희가 白鹿洞書院에서 강학할 적에
수학하였다. 『春秋』·『書經』·禮學에 능하였으며, 저술로 『中庸解疑』·『孟
子答問』·『池州語錄』이 있다.(보유 552쪽)

● 진 범 陳範(?-?)

자는 朝弼·仁復이며, 崇安(福建省) 사람이다. 1214년 진사가 되어 婺源尉·
崇仁縣丞을 지냈다. 주희의 문하에서 수학하였다.(보유 552쪽)

● 범사형 范士衡(?-?)

자는 平甫·正平이며, 豐城(江西省) 사람이다. 李德遠·劉淳叟에게 배웠고,
만년에는 주희를 사사하였다. 欽州推官을 지냈는데, 청렴으로 이름이 났다.
『춘추』에 대한 설이 많지만 모든 주석이 『춘추』의 本旨를 해친다고 여겨 『尊經
辨』·『春秋本末』을 저술하였다.(보유 553쪽)

● 곽숙운 郭叔雲(?-?)

자는 子從이며, 潮陽(廣東省) 사람이다. 주희를 찾아가 '格物致知'의 가르침을

구하였다.(보유 553쪽)

- **진방형 陳邦衡(?-?)**
  자는 伯明이며, 縉雲(浙江省) 사람이다. 동생 陳邦鑰과 함께 朱熹에게 수학하였다.(보유 554쪽)

- **진방약 陳邦鑰(?-?)**
  陳邦衡의 동생으로 朱熹에게 나아가 수학하였다.(보유 554쪽)

- **오　치 吳雉(?-?)**
  이름을 稚라고도 한다. 자는 和中·和仲이며, 建陽(福建省) 사람이다. 주희의 문하에서 수학하였다.(보유 554쪽)

- **정실지 程實之(?-?)**
  자는 士華, 호는 尊己翁이며, 歙縣(安徽省) 사람이다. 朱熹에게 수학하였다.(보유 554쪽)

- **장언선 張彥先(?-?)**
  자는 致遠·志遠이며 臨淮(安徽省) 사람이다. 朱熹에게 수학하였으며, 1181년 주희와 함께 廬山을 유람하였다.(보유 554쪽)

- **사　진 謝璡(?-?)**
  자는 公玉이며, 祁門(安徽省) 사람이다. 1226년 迪功郎에 제수되어 冀州助教를 지냈다. 朱熹의 문하에서 수학하였다.(보유 555쪽)

- **호안지 胡安之(?-?)**
  자는 叔器, 호는 白齋이며, 萍鄉(江西省) 사람이다. 주희에게 수학하였으며, 南軒書院에서 강학하였다.(보유 555쪽)

- **웅　조 熊兆(?-?)**
  자는 世卿, 호는 拙逸子이며, 建安(福建省) 사람이다. 朱熹에게 수학하였다.(보유 555쪽)

- **첨　개 詹介(?-?)**
  자는 敬父, 호는 玉澗이며, 縉雲(浙江省) 사람이다. 주희의 高弟로 朝官 儒林郎에 천거되었다.(보유 556쪽)

- **곽방일 郭邦逸(?-?)**
  자는 逍遙이며, 朱熹에게 수학하였다.(보유 556쪽)

- 동수창 董壽昌(?-?)

  자는 仁仲이며, 朱熹에게 수학하였다.(보유 556쪽)

- 진 지 陳芝(?-?)

  자는 庭秀이며, 臨川(江西省) 사람이다. 朱熹의 문하에서 수학하였다.(보유 556쪽)

- 위 각 魏恪(?-?)

  자는 元作이다. 주희의 사위이며, 廬山을 함께 유람하였다.(보유 557쪽)

- 가 한 柯翰(?-1177)

  자는 國材이며, 朱熹가 同安主簿로 있을 적에 수학하였다. 경학에 밝았다.(보유 557쪽)

- 주 춘 周椿(?-?)

  자는 伯壽이며, 朱熹의 문하에서 수학하였다.(보유 557쪽)

- 이 덕 李德(?-?)

  자는 季元이며, 주희에게 수학하였다. 李德은 李德之를 잘못 기록한 듯하다.(보유 557쪽)

- 유결기 俞潔己(?-?)

  자는 季淸이며, 朱熹에게 수학하였다.(보유 558쪽)

- 첨 관 詹觀(?-?)

  자는 尙賓이며, 朱熹에게 수학하였다.(보유 558쪽)

- 진몽량 陳夢良(?-?)

  자는 與叔이며, 朱熹에게 수학하였다.(보유 558쪽)

- 오공지 吳恭之(?-?)

  자는 叔惠이며, 潮陽(廣東省) 사람이다. 朱熹의 문하에서 수학하였으며, 저술로 『經說』이 있다.(보유 558쪽)

4) 朱熹의 再傳門人

◎ 李燔의 家學

● 이　거 李擧(?-?)

建昌(江西省) 사람으로, 생애가 자세치 않다. 李燔의 아들로, 가학을 계승하였다. 천거에 의해 州의 文學을 지냈다.

◎ 李燔의 門人

● 요　로 饒魯(?-?) ☞ 雙峯學案

● 조　범 趙范(?-?)

자는 武仲, 시호는 忠敏이며, 衡山(湖南省) 사람이다. 趙方의 아들이며, 趙葵의 형이다. 젊어서 鄭淸之·车子才에게 배웠으며, 뒤에 李燔의 문하에 나아가 수학하였다. 아버지를 따라 동생과 함께 금나라의 침입에 항전하였으며, 嘉靖年間 高頭에서 金軍을 크게 격퇴시킨 공로가 있었다. 淮東安撫副使·京湖安撫制置使 등을 역임하였다.

● 조　규 趙葵(1186-1266)

자는 南仲, 호는 信庵·庸齋, 시호는 忠靖이며, 衡山(湖南省) 사람이다. 趙方의 아들이며, 趙范의 동생이다. 李燔의 문인이다. 아버지를 따라 형과 함께 금나라의 침입에 항전하였으며, 嘉靖年間 高頭에서 金軍을 크게 격퇴시킨 공로가 있었다. 知滁州·右丞相 등을 역임하였으며, 魯國公에 봉해졌다.

● 방　섬 方暹(?-?) ☞ 勉齋學案

● 허응경 許應庚(?-?) ☞ 雙峯學案

● 방　예 方軏(?-?)

자는 叔行, 호는 學齋이며, 平江(湖南省) 사람이다. 李燔의 문인으로, 벼슬길에 나아가지 않고 학문에 매진하였다.(보유 559쪽)

◎ 張洽의 家學

● 장　로 張輅(?-?)

淸江(江西省) 사람으로, 생애가 자세치 않다. 張洽의 아들로, 가학을 계승하였다. 進士出身과 같은 자격을 하사 받았다.

● 장　정 張樫(?-?)

淸江(江西省) 사람으로, 생애가 자세치 않다. 張洽의 아들로, 가학을 계승하였다. 進士出身과 같은 자격을 하사 받았다.

◎ 張洽의 門人

- **뇌의중 雷宜仲(?-?)**
  자는 宜叔이며, 豐城(江西省) 사람이다. 張洽의 문인이다. 德祐年間(1275-1276) 禮部尙書에 제수 되었다.(보유 560쪽)

- **서백침 徐伯琛(?-?)**
  자는 通夫이며, 豐城(江西省) 사람이다. 張洽의 문인이며, 그의 사위이다. 景定年間(1260-1264) 迪功郞에 제수 되었다.(보유 561쪽)

◎ 廖德明의 門人

- **추응박 鄒應博(?-?)**
  泰寧(福建省) 사람으로, 생애가 자세치 않다. 廖德明의 문인이다. 開禧年間(1205-1207) 초에 급제하여 知婺州 등을 역임하였다.

- **진 기 陳沂(?-?)** ☞ 北溪學案

◎ 李方子의 門人

- **모자재 牟子才(?-?)** ☞ 鶴山學案
- **섭 채 葉采(?-?)**
  建安(福建省) 사람으로, 생애가 자세치 않다. 李方子의 사위이며, 그에게 수학하였다.
- **진 기 陳沂(?-?)** ☞ 北溪學案
- **송 자 宋慈(1186-1249)(보유 561쪽)** ☞ 西山眞氏學案

◎ 徐僑의 門人

- **왕세걸 王世傑(?-?)**
  자는 唐卿이며, 義烏(浙江省) 사람이다. 徐僑의 문인이다.

● 주원룡 朱元龍(?-?)

자는 景雲·冠之, 호는 勵志이며, 義烏(浙江省) 사람이다. 徐僑의 문인이며, 또한 袁燮에게 종유하였다. 朱熹와 陸九淵의 학문을 합하려고 노력하였다. 1223년 진사가 되어 權左司郎官 등을 역임하였다.

● 섭유경 葉由庚(1202-1279)

자는 成甫, 호는 通齋이며, 義烏(浙江省) 사람이다. 徐僑의 문인이다.

● 주 중 朱中(?-?)

義烏(浙江省) 사람으로 생애가 자세치 않다. 徐僑의 문인으로, 진사에 급제하였다. 저술로『太極演說』·『經世補遺』등이 있다.

● 공응지 龔應之(?-?)

자는 處善이며, 義烏(浙江省) 사람이다. 徐僑의 문인이다. 1223년 진사가 되어 右史·直寶謨閣 등을 지냈다.(보유 562쪽)

● 강 식 康植(?-?)

자는 子厚, 호는 誠求이며, 義烏(浙江省) 사람이다. 徐僑의 문인이다. 嘉靖年間(1208-1224) 진사가 되어 奉化主簿·兵部郎官 등을 역임하였다.(보유 563쪽)

● 누대년 樓大年(1185-1254)

자는 元齡이며, 義烏(浙江省) 사람이다. 徐僑의 문인이다. 1223년 진사가 되어 知隆興府南昌縣·吉州通判을 역임하였다. 訓廉과 謹刑에 관한 이 백여 가지의 고사를 뽑아 理宗에게 상소하고, 『銘心偶錄』이라고 이름하였다.(보유 564쪽)

◎ 劉爚의 家學

● 유 후 劉垕(?-?)

자는 伯醇, 호는 靜齋이며, 建陽(福建省) 사람이다. 劉爚의 아들로, 가학을 계승하였다. 知江寧縣·制置司幕官 등을 지냈다. 저술로『毛詩解』·『家禮集注』·『心經集說』등이 있다.

◎ 劉爚의 門人

● 진　기 陳沂(?-?) ☞ 北溪學案

◎ 詹體仁의 門人

● 진덕수 眞德秀(?-?) ☞ 西山眞氏學案

◎ 林夔孫의 門人

● 강만리 江萬里(1198-1275)
　　자는 子遠, 호는 古心, 시호는 文忠이며, 都昌(江西省) 사람이다. 부친 江煜에
　　게 배운 뒤, 林夔孫의 문하에 나아가 배웠다. 鄕薦으로 太學에 들어가 수학한
　　후, 과거에 급제하여 吏部尙書·太子賓客 등을 역임하였다. 知古州로 있을 적
　　에 白鷺洲書院을 창건하고, 權知隆興府를 지낼 때 宗濂書院을 세웠다.

◎ 傅伯成의 家學

● 부　옹 傅壅(?-?)
　　자는 仲珍이며, 晉江(福建省) 사람이다. 傅伯成의 아들로, 가학을 계승하였다.
　　慶元年間(1195-1200) 진사가 되어 知崇安縣 등을 역임하였다.

● 부　강 傅康(?-?)
　　자는 仲良이며, 晉江(福建省) 사람이다. 傅伯成의 아들로, 가학을 계승하였다.
　　司農少卿·直徽猷閣 등을 역임하였다.

◎ 度正의 門人

● 조경위 趙景緯(?-?)
　　자는 德父, 호는 星渚, 시호는 文安이며, 於潛(浙江省) 사람이다. 葉味道와 친
　　분이 있었으며, 度正의 문인이다. 1241년 진사가 되어 知台州·顯文閣待制 등
　　을 역임하였다.

◎ 陳孔碩의 門人

● 진　위 陳韡(1179-1261) ☞ 水心學案

◎ 陳宓의 門人

- 유미소 劉彌邵(1165-1246) ☞ 艾軒學案
- 진평보 陳平甫(?-?)
  생애가 자세치 않다. 陳宓의 高弟이다.(보유 565쪽)

- 고군도 顧君度(?-?)
  생애가 자세치 않다. 陳宓의 高弟이다.(보유 565쪽)

- 고군립 顧君立(?-?)
  생애가 자세치 않다. 陳宓의 高弟이다.(보유 566쪽)

◎ 程端蒙의 門人

- 동몽정 董夢程(?-?) ☞ 介軒學案

◎ 董銖의 家學

- 동몽정 董夢程(?-?) ☞ 介軒學案

◎ 董銖의 門人

- 동　종 董琮(?-?) ☞ 介軒學案
- 정정칙 程正則(?-?) ☞ 介軒學案

◎ 暖淵의 門人

- 양　방 陽枋(1187-1267)
  초명은 昌朝이다. 자는 宗驥·正父, 호는 字溪이며, 合州 巴川(四川省) 사람
  이다. 暖淵의 문인이다. 1241년 進士出身을 하사 받아 昌州監酒稅·大寧理掾
  등을 역임하였다. 그는 '大陽先生'으로, 同門 陽岊은 '小陽先生'으로 불리었다.
  저술로『易說』·『字溪集』 등이 있다.

- 양　절 陽岊(?-?)
  호는 存齋이며, 合州 銅梁(四川省) 사람이다. 暖淵의 문인이다. 동문 陽枋은

'大陽先生'으로, 그는 '小陽先生'이라 일컬어졌다. 저술로 『易說』 등이 있다.

◎ 方士繇의 門人

- 방비부 方조父(?-?) ☞ 勉齋學案

◎ 竇從周·竇澄의 門人

- 위　병 衛炳(?-?)
  자는 晦仲이며, 句容(江蘇省) 사람이다. 竇從周·竇澄에게 수학하였다.

◎ 湯泳의 門人

- 위　익 衛翼(?-?)
  자는 翼之이며, 句容(江蘇省) 사람이다. 湯泳에게 수학하였다. 衛炳의 從兄弟
  이다.

◎ 張宗說의 門人

- 강　훈 江塤(1169-1233) ☞ 西山眞氏學案

◎ 潘柄의 門人

- 황　적 黃績(1196-1266)
  자는 德遠이며, 莆田(福建省) 사람이다. 젊어서 淮水와 浙江 사이에 있는 宿儒
  들을 두루 찾아다니다가, 중년에 陳宓·潘柄에게 수학하였다. 두 스승이 별세
  하자 동문들과 東湖書堂을 건축하여 학통을 이어나갔다. 涵江書院의 山長을
  지냈다. 저술로 『四書遺說』·『近思錄義類』 등이 있다.

- 소국태 蘇國台(?-?)
  仙遊(福建省) 사람으로, 생애가 자세치 않다. 辰州守令을 지낸 蘇權의 아들이
  며, 潘柄의 문인이다.

◎ 滕璘의 門人

- 조　리 趙雷(?-?)
  자는 省之이며, 縉雲(浙江省) 사람이다. 滕璘에게 수학하였다.

- 매관부 梅寬夫(?-?)
  자는 伯大, 호는 裕堂이며, 縉雲(浙江省) 사람이다. 滕璘의 문인이다. 慈谿尉
  에 제수 되었다. 저술로『裕堂講義』등이 있다.(보유 566쪽)

◎ 滕珙의 家學

- 등　연 滕鉛(?-?)
  자는 和叔, 호는 萬菊이며, 婺源(江西省) 사람이다. 合肥守令을 지낸 滕德章
  의 아들이며, 滕珙의 문인이다. 安仁守令을 지냈다. 저술로『尙書注』·『尙書
  大義』등이 있다.

◎ 胡泳의 門人

- 황　보 黃輔(?-?) ☞ 勉齋學案
- 이인후 李仁垕(1203-1230)
  자는 載叔이며, 德興(江西省) 사람이다. 胡泳의 문인이다. 1226년 진사가 되
  어 鎭江都稅院監을 지냈다.

◎ 章康의 門人

- 호　순 胡淳(?-?)
  자는 以初이며, 생애가 자세치 않다. 章康의 문인이다.

◎ 陳駿의 家學

- 진성부 陳成父(?-?)
  寧德(福建省) 사람으로, 생애가 자세치 않다. 陳駿의 아들로, 가학을 계승하
  였다.

◎ 歐陽謙之의 門人

- 구양수도 歐陽守道(1209 - ?) ☞ 巽齋學案

◎ 楊方의 門人

- 맹　환 孟渙(? - ?) ☞ 槐堂諸儒學案
- 구　린 邱麟(? - ?)
  連城(福建省) 사람으로, 생애가 자세치 않다. 楊方의 문인이다.(보유 566쪽)
- 송　자 宋慈(1186-1249)(보유 567쪽) ☞ 西山眞氏學案
- 손백온 孫伯溫(? - ?)(보유 567쪽) ☞ 慈湖學案

◎ 楊復의 門人

- 이　감 李鑑(? - ?) ☞ 勉齋學案

◎ 李唐咨의 門人

- 진사겸 陳思謙(? - ?)
  자는 退之이며, 龍溪(福建省) 사람이다. 李唐咨의 문인이며, 朱熹의 사위이다.
  학문이 該博하였으며, 『春秋三傳會同』·『列國類編』 등을 저술하였다.

◎ 楊至의 門人

- 진　기 陳沂(? - ?) ☞ 北溪學案

◎ 劉炎의 門人

- 왕　간 王侃(? - ?) ☞ 北山四先生學案
- 왕　필 王伲(? - ?) ☞ 北山四先生學案

◎ 孫枝의 家學

- 손기여 孫起予(? - ?)
  자는 商友이며, 鄞縣(浙江省) 사람이다. 1214년 부친 孫枝와 함께 진사가 되었다. 監察御史·太常少卿 등을 지냈다. 가학을 계승하였다.

● 손원질 孫願質(?-?)

鄞縣(浙江省) 사람으로, 생애가 자세치 않다. 孫枝의 아들이며 孫起予의 동생
이다. 가학을 계승하였으며, 1232년 진사가 되어 工部侍郎 등을 역임하였다.

◎ 戴蒙의 家學

● 대　자 戴仔(?-?)

자는 守庸이며, 永嘉(浙江省) 사람이다. 戴蒙의 아들이며, 戴侗의 형이다. 가
학을 계승하였다. 孝廉으로 천거되었으며, 학문이 해박하였다.(보유 567쪽)

● 대　동 戴侗(?-?)

자는 仲達, 호는 合溪이며, 永嘉(浙江省) 사람이다. 戴蒙의 아들이며, 戴仔의
동생이다. 가학을 계승하였다. 淳祐年間(1241-1252) 진사가 되어 軍器少監
등을 역임하였다. 저술로『易書四書家說』·『六書故』등이 있다.(보유 567쪽)

◎ 潘時擧의 門人

● 진소대 陳紹大(?-?)

자는 成甫, 호는 西山이며, 黃巖(浙江省) 사람이다. 潘時擧에게 수학하였다.
經學으로 자임하며 문장을 지을 적에 반드시 經義를 근본으로 하였다. 저술로
『四書辨疑』가 있다.

◎ 劉砥의 門人

● 유자개 劉子玠(?-?) ☞ 勉齋學案

◎ 陳文蔚의 門人

● 서원걸 徐元杰(1194-1245) ☞ 西山眞氏學案

◎ 黃榦의 門人

● 요　로 饒魯(?-?) ☞ 雙峯學案

- 이 감 李鑑(?-?) ☞ 勉齋學案

◎ 馮椅의 家學

- 풍거비 馮去非(1192-?)

  자는 可遷, 호는 深居이며, 都昌(江西省) 사람이다. 馮椅의 아들로, 가학을 계승하였다. 1241년 진사가 되어 宗學諭 등을 지냈다. 저술로『易象通義』·『洪範補傳』 등이 있다.(보유 569쪽)

◎ 祝穆의 家學

- 축 수 祝洙(?-?)

  자는 安道·宗道이며, 崇安(福建省) 사람이다. 祝穆의 아들로, 가학을 계승하였다. 1256년 진사가 되었으며, 涵江書院의 山長을 지냈다.『四書集說附錄』에 주석을 단 것이 있었는데, 집정자가 황제에게 올려 태학박사에 제수되었다.

5) 朱熹의 三傳門人

◎ 李擧의 家學

- 이 표 李鑣(?-?)

  생애가 자세치 않다. 李擧의 아들로 가학을 계승하였다.

◎ 趙葵의 家學

- 조 진 趙溍(?-?)

  자는 元春, 호는 冰壺이며, 衡山(湖南省) 사람이다. 趙葵의 아들로 가학을 계승하였다. 咸淳年間(1265-1274)에 知建寧府를 지냈다. 저술로『養疴漫筆』이 있다.

◎ 葉采의 門人

- 진천택 陳天澤(?-?)

  자는 澤民·玉巖이며, 昌化(浙江省) 사람이다. 葉采에게 수학하였다.

◎ 王世傑의 門人

- 석일오 石一鰲(?-?)

  자는 晉卿, 호는 蟠松이며, 義烏(浙江省) 사람이다. 王若訥·王世傑에게 배웠으며, 『周易』 연구에 힘썼다. 저술로 『周易互言總論』이 있다.

- 당 진 唐震(?-?)(보유 570쪽) ☞ 鶴山學案

◎ 朱元龍의 家學

- 주유학 朱幼學(?-?)

  義烏(浙江省) 사람이다. 朱元龍의 아들로 가학을 계승하였다. 蔭職으로 臨安府觀察推官을 지냈다.(보유 570쪽)

◎ 劉壆의 家學

- 유 흠 劉欽(?-?) ☞ 九峯學案
- 유응계 劉應季(?-?)

  초명은 槃, 자는 希泌이며, 建陽(福建省) 사람이다. 劉壆의 조카로 그에게서 수학하였다. 咸淳年間(1265-1274)에 진사가 되어 建陽主簿를 지냈다. 송나라가 망하자 熊禾·胡一桂(1247-?)와 洪源山에서 강학하였으며, 莒潭에 化龍書院을 세워 후진을 양성하였다. 저술로 『易經精義』가 있다.

◎ 劉壆의 門人

- 웅경주 熊慶冑(?-?) ☞ 西山眞氏學案

◎ 江萬里의 門人

- 진위기 陳偉器(?-?)

  생애가 자세치 않다. 江萬里에게 수학하였다.

- 조개여 趙介如(?-?)

  자는 元道이며, 浮梁(江西省) 사람이다. 江萬里에게 수학하였다. 寶祐年間(1253-1258)에 진사가 되어 饒州通判을 지냈다. 元나라 때 雙溪書院 山長으로 있었는데, 배우는 자들이 많았다.

◎ 陽岊의 家學

- 양 각 陽恪(?-?)

  호는 以齋이며, 蜀郡(四川省) 사람이다. 陽岊의 아들로 가학을 계승하였다. 1263년에 蜀 땅에서 으뜸으로 천거되었다. 저술로 『春秋夏時考正』이 있다.

◎ 陽岊의 門人

- 사몽경 史蒙卿(?-?) ☞ 靜淸學案

- 한거인 韓居仁(?-?)

  자는 君美이다. 본래 開封(河南省)에 살았는데 뒤에 明州(浙江省)로 옮겨 살았다. 陽岊에게 수학하였다. 禮部郎中을 지냈다.

◎ 黃績의 家學

- 황중원 黃仲元(?-?)

  자는 善甫, 호는 四如이다. 黃績의 아들로 가학을 계승하였다. 咸淳年間(1265-1274)에 급제하여 太常博士·國子主簿 등에 제수되었으나 모두 나가지 않았다. 송나라가 망하자 이름을 '淵'으로 고치고 자도 '天叟'로 바꾸었다. 저술로 『四如講稿』·『經史辨疑』·『四如文稿』가 있다.

◎ 黃績의 門人

- 정헌옹 鄭獻翁(?-?)

  자는 帝臣이며, 莆田(福建省) 사람이다. 黃績에게 수학하였다. 咸淳年間(1265-1274)에 급제하여 漳州推官을 지냈다.

◎ 趙雷의 家學

- 조순손 趙順孫(1215-1276)

  자는 和仲, 호는 格齋·格庵이며, 處州 縉雲(浙江省) 사람이다. 趙雷의 아들

로 가학을 계승하였다. 1250년 진사가 되어 吏部尙書·福建安撫使 등을 역임하였다. 그의 문도가 四書에 대해 토론한 것들을 모아『四書纂疏』를 편찬하였다. 그 외 저술로『近思錄精義』·『中興名臣言行錄』·『孝宗繫年錄』·『格齋集』등이 있다.

◎ 滕鉛의 門人

- 황지손 黃智孫(?-?)

  자는 常甫, 호는 草窗이며, 休寧(安徽省) 사람이다. 滕鉛에게 수학하였다.

◎ 孫願質의 家學

- 손 숙 孫璹(?-?)

  자는 壽朋이며, 知臨海縣을 지냈다. 孫願質의 아들로 가학을 계승하였다. 葉夢鼎·王應麟이 문장으로 그를 추천하였다.

6) 朱熹의 四傳門人

◎ 石一鰲의 家學

- 석정자 石定子(?-?)

  자는 安叔이며, 義烏(浙江省) 사람이다. 石一鰲의 아들로 가학을 계승하였다.

◎ 石一鰲의 門人

- 진취청 陳取靑(?-?)

  호는 閒犠翁이며, 東陽(浙江省) 사람이다. 石一鰲에게 수학하였다. 國學進士가 된 뒤 朱熹의 학문을 따랐다.

- 황 진 黃溍(1277-1357)

  자는 晉卿이며, 義烏(浙江省) 사람이다. 石一鰲에게 수학하였으며, 方鳳을 종유하기도 하였다. 1315년에 진사가 되어 秘書少監·國子博士를 거쳐 翰林直學士를 지냈다. 시호는 文獻, 사시는 文貞이다. 저술로『日損齋稾』·『義烏志』·『筆記』·「弔諸葛武侯辭」가 있다.

◎ 趙介如의 門人

- 왕　화 汪華(?-?) ☞ 雙峯學案

- 연공남 燕公楠(1241-1302)
  자는 國材이며, 建昌(江西省) 사람이다. 趙介如에게 수학하였다. 鄕薦을 두 번
  이나 받았으며, 連師의 천거로 贛州事通判·湖廣行省右丞을 지냈다. 저술로
  『五峯集』이 있다.

◎ 黃智孫의 門人

- 진　력 陳櫟(1252-1334)
  자는 壽翁·定宇, 호는 新安·東阜老人이며, 休寧(安徽省) 사람이다. 黃智孫
  에게 수학하였다. 송나라가 망하자 은거하여 학문과 제자 양성에 힘썼다. 학문
  성향은 주희의 학문을 위주로 하였다. 주희 및 제가의 설을 채집하고 자신의
  견해를 덧붙여 『尙書集傳纂疏』를 저술하였다. 그 외 저술로 『四書發明』·『禮記
  集義』·『歷朝通略』·『勤有堂隨錄』·『百一易畧』·『書傳纂疏』 등이 있다.

- 정현도 程顯道(?-?)
  호는 松谷이며, 婺源(江西省) 사람이다. 黃智孫에게 수학하였으며, 저술로 『孝
  經衍義』가 있다.

7) 朱熹의 五傳門人

◎ 陳取靑의 家學

- 진　초 陳樵(1278-1365)
  자는 君采, 호는 鹿皮子이며, 陳取靑의 아들로 가학을 계승하였다. 李直方으
  로부터 五經의 大義를 전수 받았다. 東白山 大霞洞에 들어가 은거하며 저술에
  전념하였다. 당시 사람들이 그를 東陽隱君子라 불렀다. 저술로 『鹿皮子集』이
  있다.

◎ 黃溍의 門人

- 송　렴 宋濂(1310-1381) ☞ 北山四先生學案

● 왕 위 王褘(?-?)

자는 子充, 호는 華川, 시호는 忠文이며, 義烏(浙江省) 사람이다. 黃溍에게 수학하였다. 元末 危素·張起巖 등이 천거하였으나 나아가지 않고, 靑巖山에 은거하며 저술에 전념하였다. 明初에 江西儒學提擧司校理에 제수된 뒤로 翰林侍制·國史編修 등을 지냈다. 『元史』를 수찬하였다. 저술로 『華川集』·『玉堂雜著』가 있다.

● 대 량 戴良(1317-1383) ☞ 北山四先生學案

● 진 기 陳基(?-?)

자는 敬初, 호는 夷白이며, 臨海(浙江省) 사람이다. 黃溍에게 수학하였다.

● 유 연 劉涓(?-?) ☞ 北山四先生學案

● 장윤승 蔣允升(?-?)

자는 季高이며, 東陽(浙江省) 사람이다. 蔣元의 아들이다. 저술로 『時敏齋槀』가 있다.

● 고 명 高明(?-?)

자는 則誠, 호는 菜根道人이며, 永嘉(浙江省) 사람이다. 黃溍에게 수학하였다. 1345년에 급제하여 處州錄事 등을 지냈다. 저술로 『柔克齋集』이 있다.

● 신도성 申屠性(?-?)

성은 申屠, 이름은 性이며, 諸暨(浙江省) 사람이다. 黃溍에게 수학하였다. 아들 申屠澂이 그의 학문을 이었다.(보유 578쪽)

● 주 렴 朱廉(?-?)

자는 伯淸이며, 義烏(浙江省) 사람이다. 黃輔에게 수학하였다. 釣臺書院 원장을 지냈다. 1370년 『元史』 편수에 참여하였고, 뒤에 翰林編修에 제수되었다. 만년에 벼슬에서 물러나 朱熹의 『朱子語類』 중에서 요점을 간추려 『理學纂言』을 편찬하였다.(보유 575쪽)

● 부 조 傅藻(?-?)

자는 伯長이며, 義烏(浙江省) 사람이다. 黃溍에게 수학하였는데, 문장으로 명성이 있었다. 翰林編修·河南廉使 등을 지냈다. 저술로 『春秋始末』이 있다.(보유 576쪽)

- 양 불 楊芾(?-?)

  자는 仲章, 호는 鶴巖이며, 義烏(浙江省) 사람이다. 東陽(浙江省)으로 옮겨와 살면서 陳樵와 종유하였으며, 黃溍에게 수학하였다. 洪武年間(1368-1398) 초에 천거를 받았으나 병으로 사양하였다. 저술로 『一百稾』·『無逸齋稾』·『輯元詩』가 있다.(보유 576쪽)

- 진 급 陳及(?-?)

  자는 時甫이며, 생애가 자세치 않다. 黃溍에게 수학하였다.(보유 577쪽)

- 왕 기 汪杞(?-?)

  생애가 자세치 않다. 黃溍에게 수학하였다.(보유 577쪽)

◎ 陳樵의 門人

- 예사의 倪士毅(1303-1348)

  자는 仲宏·仲弘, 호는 道川, 사시는 文靜이며, 歙縣(安徽省) 사람이다. 趙東山·汪環谷과 朝夕으로 강학하여 당시 사람들이 新安에 세 도학자가 있다고 일컬었다. 徽州 祁門山에 은거해 살았다. 陳樵에게 수학하였다. 저술로 『重訂四書輯釋』 등이 있다.

- 주 승 朱升(1299-1370)

  자는 允升, 호는 楓林이며 休寧(安徽省) 사람이다. 陳樵·黃楚望에게 수학하였다. 향천을 받아 1345년 池州 學正이 되었으며, 명나라가 들어선 뒤 翰林學士에 제수 되었다. 저술로 『周易旁注圖』·『尙書旁注』·『詩旁注』·『禮旁注』·『春秋旁注』·『尙書補正輯注』·『易前圖說』 등이 있다.

- 정 존 程存(?-?)

  생애가 자세치 않다. 陳樵에게 수학하였다. 저술로 『太極圖說』이 있다.

- 섭대유 葉大有(?-?)

  자는 謙甫이며, 생애가 자세치 않다. 陳樵의 생질로, 그에게 수학하였다.

- 오 빈 吳彬(?-?)

  자는 仲文이며, 생애가 자세치 않다. 陳樵의 생질로, 그에게 수학하였다.

8) 朱熹의 六傳門人

◎ 陳樵의 門人

- **오 중 吳中(1312-1351)**
  자는 子善이며, 東陽(浙江省) 사람이다. 陳樵에게 수학하였다. 宋濂과 절친
  하게 지냈다. 그가 죽자 그의 묘지명을 지어 주었다.『周易』에 밝았다.(보유
  577쪽)

◎ 王褘의 家學

- **왕 신 王紳(1361-1400)**
  자는 仲儒이며, 義烏(浙江省) 사람이다. 王褘의 아들로 가학을 계승하였다. 宋
  濂에게도 나가 배웠다. 명나라 초에 文行으로 천거되어 國子博士에 제수되었
  다. 저술로『繫志齋集』이 있다.(보유 579)

◎ 高明의 門人

- **이효겸 李孝謙(?-?)** ☞ 北山四先生學案

◎ 申屠性의 家學

- **신도용 申屠溶(?-?)**
  성은 申屠, 이름은 溶이며, 諸暨(浙江省) 사람이다. 申屠性의 아들로 가학을
  계승하였다.(보유 578쪽)

- **신도징 申屠澂(?-?)**
  성은 申屠, 이름은 澂, 자는 仲敬이며, 諸暨(浙江省) 사람이다. 申屠性의 아들
  로 가학을 계승하였다. 저술로『孝全撫言』이 있다.(보유 578쪽)

62. 胡大時·吳獵 등의 學脈(嶽麓諸儒學案)

1) 嶽麓諸儒學案 圖表

◎ 胡大時
◎ 彭龜年 ┬ 彭　欽(子) ─ 彭　泏(子) ☞ 二江諸儒學案
　　　　 └ 彭　鉉(子)

◎ 吳　獵
◎ 游九言 ┬ 劉　宰 ─ 黃　復
　　　　 ├ 王　遂 ─ 黃　震 ☞ 東發學案
　　　　 ├ 竇從周 ☞ 滄洲諸儒學案
　　　　 ├ 鄭節夫
　　　　 └ 袁　樵(補遺)

◎ 游九功
◎ 周　奭
◎ 趙善佐
◎ 簡克己
◎ 吳　倫
◎ 蔣　復
◎ 陳　琦
◎ 鍾如愚
◎ 張　巽
◎ 王居仁
◎ 趙　方 ┬ 趙　范(子) ☞ 滄洲諸儒學案
　　　　 └ 趙　葵(子) ☞ 滄洲諸儒學案

◎ 梁子强
◎ 鍾炤之
◎ 蔣元夫
◎ 沈有開
◎ 曾　撙
◎ 宋文仲
◎ 宋剛仲
◎ 吳　儆
◎ 曹　集
◎ 蘇　權 ─ 蘇國台(子) ☞ 滄洲諸儒學案

◎ 周去非 ── 周端朝(從子)
◎ 謝用賓
◎ 蕭　佐
◎ 李　壁 ── 高　崇 ☞ 鶴山學案
◎ 李　亘
◎ 劉强學
◎ 宋　牲 ── 宋自適(子)
◎ 潘友端
◎ 徐椿年(補遺)
◎ 馬之純(補遺)
◎ 黃執矩(補遺)
◎ 鄭伯壽(補遺)
◎ 鄭仲禮(補遺)

2) 嶽麓諸儒學案序錄

　내가 삼가 살펴보건대, 宣公 張栻(1133-1180) 이후로, 湖湘의 제자 중에는 止齋 陳傅良(1137-1203)과 岷隱 戴溪(？-1215)를 종유한 자도 있다. 그러나 忠肅公 彭龜年(1142-1206)의 절개, 文定公 吳獵(1143-1213)의 공훈과 명망, ‘二游’라 불리는 文淸公 游九言(1142-1206)과 莊簡公 游九功(？-？)의 덕행과 재능, 盤谷 胡大時(？-？)의 무리에 이르기까지, 모두가 ‘嶽麓巨子’였다. 再傳弟子로 漫塘 劉宰(1167-1240)와 實齋 王遂(？-？)가 있으니, 누가 ‘張氏의 후계자가 朱子보다 미약하다’고 하겠는가?

3) 張栻의 門人

● 호대시 胡大時(？-？)
　자는 季隨, 호는 盤谷이며, 建寧 崇安(福建省) 사람이다. 胡宏의 막내아들이며, 胡安國의 손자이다. 처음에는 아버지의 제자인 張栻에게 나아가 수학하였으며, 그의 사위가 되었다. 張栻이 죽은 뒤에는 陳傅良에게 나아가 배웠고, 그 뒤에는 陸九淵에게도 배웠다. 朱熹와도 교유하였으며, 湖湘 지역에서 吳獵과 함께 명성이 높았다. 장식의 주장을 계승하면서 육구연의 心學과 永嘉學派였던 진부량의 經制之學과 주희의 학문을 아울러 수용하여 융합을 시도하였다. 저술로『湖南答問』등이 있다.

- **팽구년 彭龜年**(1142-1206)

  자는 子壽, 호는 止堂, 시호는 忠肅이며, 臨江軍 淸江(江西省) 사람이다. 張栻에게 나아가 수학하였다. 1169년 진사가 되어 太學博士·吏部侍郎 등을 지냈다. 韓侂冑의 배척을 받아 좌천되었다가 寶謨閣待制로 致仕하였다. 朱熹의『大學集註』와 다른 관점에서『대학』을 해석하였다. 저술로『止堂集』이 있다.

- **오 렵 吳獵**(1143-1213)

  자는 德天, 호는 畏齋, 시호는 文定이며, 潭州 醴陵(湖南省) 사람으로, 善化로 옮겨가 살았다. 張栻과 朱熹에게 배웠다. 淳熙年間에 진사가 되어 寶謨閣待制·四川安撫制置使 등을 지냈다. 湖湘에서 胡大時와 함께 명성이 높았다. 韓侂冑가 朱熹를 배척한 慶元黨禁에 연루되어 그로부터 미움을 받았다. 國事와 관련하여 수차례에 걸쳐 상소를 올렸으며, 스승에게서 전수받은 求仁之學을 실천하는 데 힘썼다. 저술로『畏齋文集』이 있었지만 대부분 없어지고,『宋史』에 일부만이 전한다.

- **유구언 游九言**(1142-1206)

  초명은 九思, 자는 誠之, 호는 默齋, 시호는 文淸이며, 建寧 建陽(福建省) 사람이다. 游九功의 형으로, 張栻에게 나아가 배웠다. 江西漕司로 천거되었으며, 진사가 되어 古田尉·知光化軍 등을 지냈다. 10세에 秦檜를 비판하는 글을 지었으며, 韓侂冑가 朱熹를 배척한 慶元黨禁 때「上元縣明道祠記」를 지어 權臣을 비판하였다. 이름난 제자로 劉宰가 있으며, 저술로『默齋遺稿』가 있다.

- **유구공 游九功**(?-?)

  자는 勉之·禹成, 호는 受齋, 시호는 莊簡이며, 建寧 建陽(福建省) 사람이다. 游九言의 동생으로, 張栻에게 배웠다. 蔭職으로 벼슬에 나아가 湖北運判·寶謨閣待制 등을 지냈다. 端平年間(1234-1236) 초에 司農少卿이 되어 연변 지역 부역의 폐단을 논하였다.

- **주 석 周奭**(?-?)

  자는 尤升, 호는 斂齋·飮齋이며, 潭州 湘鄕(湖南省) 사람이다. 張栻이 潭州에서 강학할 적에 그에게 나아가 수학하였으며, 戴溪에게도 배웠다. 眞德秀가

담주를 다스릴 적에 濂溪書院을 주관케 하였다. 저술로 『經世指要』가 있다.

- **조선좌 趙善佐(1134-1185)**

  자는 佐卿・左卿이며, 宋나라 宗室 사람으로, 邵武(福建省)에 살았다. 張栻과 朱熹에게 배웠다. 1160년 진사가 되어 知泰州・知常德 등을 지냈으며, 知贛州로 있을 때 治績이 있었다. 저술로 『易疑問答』이 있다.

- **간극기 簡克己(?-?)**

  廣州 南海(廣東省) 사람이다. 어려서 張栻을 사사하였다. 실천을 위주로 삼았으며, 벼슬하지 않고 은거하였다.

- **오 륜 吳倫(?-?)**

  자는 子常이며, 零陵(湖南省) 사람이다. 張栻이 江陵을 다스릴 적에 그에게 나아가 수학하였는데, 영릉 지역에서 蔣復과 함께 이름난 제자이다.

- **장 복 蔣復(?-?)**

  자는 汝行, 호는 淡巖이며, 永州 零陵(湖南省) 사람이다. 張栻을 사사하였는데, 영릉 지역에서 吳倫과 함께 이름난 제자이다. 東山에 은거하며 벼슬하지 않았다. 저술로 『淡巖文集』이 있다.

- **진 기 陳琦(1136-1184)**

  자는 澤之, 호는 克齋이며, 臨江軍 淸江(江西省) 사람이다. 張栻에게 배웠는데, 吳獵・游九言 등과 함께 經濟之學에 치중하였다. 1166년 진사가 되어 贛縣丞・知興國縣 등을 지냈다. 蜀 땅을 다스릴 적에 관리들이 뇌물 받는 폐단을 개혁하였다. 저술로 『克齋集』이 있다.

- **종여우 鍾如愚(?-?)**

  자는 師顏이며, 潭州 湘潭(湖南省) 사람이다. 16세 때 張栻에게 글을 보내 仁을 물어보면서부터 제자가 되었다. 弱冠에 진사가 되어 南嶽書院山長・監南嶽廟를 지냈다.

- **장 손 張巽(?-?)**

  자는 子文・深道, 호는 錦溪이며, 泉州(福建省) 사람이다. 張寓의 아들로, 아버지가 知臨江軍으로 있을 적에 張栻에게 배우게 하였다. 또한 武夷에 있는 朱熹에게도 나아가 수학하였다.

- 왕거인 王居仁(?-?)

  자는 習隱이며, 衡州 常寧(湖南省) 사람이다. 襲蓋卿과 함께 張栻에게 배웠다. 진사가 되었으나 벼슬길에 나아가지 않고 은거하였다.

- 조　방 趙方(?-1222)

  자는 彦直, 시호는 忠肅이며, 潭州 衡山(湖南省) 사람이다. 張栻에게 배웠으며, 劉光祖에게도 수학하였다. 1181년 진사가 되어 知靑陽縣·刑部尙書 등을 지냈다. 知襄陽府로 있을 때 金나라 사람들이 국경을 침범하자 금나라와 화친해서는 안 된다는 상소를 올렸다.

- 양자강 梁子强(?-?)

  자는 仁伯이며, 생애가 자세치 않다. 張栻을 사사하였으며, 潭州敎授를 지냈다.

- 종소지 鍾炤之(?-?)

  자는 彦昭이며, 饒州 樂平(江西省) 사람이다. 張栻을 사사하였다. 1160년 진사가 되어 善化尉·宿松令 등을 지냈다. 辭賦에 능했다.

- 장원부 蔣元夫(?-?)

  全州 淸湘(福建省) 사람이다. 張栻과 陸九淵에게 수학하였다. 글씨와 문장이 뛰어났다. 저술로『本宗譜系』가 있다.

- 심유개 沈有開(1134-1212)

  자는 應先이며, 常州(江蘇省) 사람이다. 張栻이 嚴州를 다스릴 적에 그에게 나아가 수학하였다. 또한 薛季宣·陳傅良 등과 교유하였다. 太學博士·秘書丞 등을 거쳐 直龍圖閣으로 致仕하였다. 葉適이 그의 묘지명을 지었다.

- 증　준 曾撙(?-?)

  자는 節夫이며, 建昌(江西省) 사람이다. 張栻에게 배웠다. 1163년 진사가 되었다. 아버지 曾信道는 학문으로써 呂本中의 추존을 받았다.

- 송문중 宋文仲(?-?)

  자는 伯華이며, 安州 安陸(湖北省) 사람으로, 衡陽에 거처하였다. 宋祁의 후예이자 宋剛仲의 형으로, 張栻에게 배웠다. 知長沙縣·桂陽錄事參軍을 지냈다. 陳傅良이 桂陽을 다스릴 적에 그에게『會稽錄』을 바쳤으며, 뒤에 그의 천거로 都堂審察에 제수 되었다.

● 송강중 宋剛仲(? - ?)

자는 仲潛이며, 安州 安陸(湖北省) 사람이다. 宋祁의 후예이자 宋文仲의 동생
으로, 張栻에게 배웠다. 知高安縣을 지냈다.

● 오 경 吳儆(1125-1183)

초명은 偁, 자는 益恭·恭父, 호는 竹洲, 시호는 文肅이며, 徽州 休寧(安徽省)
사람이다. 張栻을 사사하였으며, 朱熹·呂祖謙과 교유하였다. 紹興年間에 진
사가 되어 知泰州를 지냈다. 저술로『竹洲集』이 있다.

● 조 집 曹集(? - ?)

생애가 자세치 않다. 어려서 張栻에게 배웠다. 知南康軍을 지낼 적에 徐元德
등과 함께 楊萬里(1127-1206)의 천거를 받았다.

● 소 권 蘇權(? - ?)

자는 元中이며, 興化軍 仙游(福建省) 사람이다. 蘇洸의 아들로, 아버지가 賓州
에서 벼슬할 적에 張栻에게 나아가 수학하였다. 1184년 진사가 되어 福州敎
授·辰州守 등을 지냈다. 저술로『春秋解』가 있다.

● 주거비 周去非(? - ?)

자는 直夫이며, 溫州 永嘉(浙江省) 사람이다. 周行己(1067-1129)의 族孫으
로, 桂林에 있던 張栻에게 나아가 배웠다. 1163년 진사가 되어 桂林尉·紹興府
通判을 지냈다. 저술로『嶺外代答』이 있다.

● 사용빈 謝用賓(? - ?)

호는 雲山野客이며, 永州 祁陽(湖南省) 사람이다. 어려서 張栻의『晞顔錄』을
읽으면서부터 그를 스승으로 섬겼다. 橫州法曹를 지냈다.

● 소 좌 蕭佐(? - ?)

자는 定夫이며, 湘鄕(湖南省) 사람이다. 胡宏의 제자 黎才翁의 사위이며, 張
栻의 同門인 아버지의 권유로 張栻에게 나아가 수학하였다. 朱熹가 長沙를
다스릴 적에 그와 교유하였다. 魏了翁(1178-1237)이 그를 위해「師友堂銘」
을 지었다.

● 이 벽 李壁(1159-1222)

자는 季章, 호는 雁湖·石林, 시호는 文懿이며, 眉州 丹棱(四川省) 사람이다.
李燾의 아들이자 李埴의 형으로, 張栻에게 배웠다. 진사가 되어 正字·禮部尙

書 등을 지냈다. 문장이 뛰어났으며, 典章制度에 정통하였다. 아버지 및 동생
과 함께 문장으로 이름을 떨치자, 蜀 사람들은 세 父子를 三蘇에다 견주었다.
저술로 『雁湖集』·『消塵錄』·『中興戰功錄』·『中興奏議』·『援毫錄』·『臨汝
聞書』·『王荊公詩注』 등이 있다.

- 이 식 李壃(1161-1238)
  자는 季允, 호는 悅齋, 시호는 文肅이며, 眉州 丹棱(四川省) 사람이다. 李燾의
  아들이자 李壁의 동생으로, 張栻에게 배웠다. 樓昉·劉淸之에게도 수학하였
  다. 1190년 진사가 되어 知潼川·禮部尙書 등을 지냈다. 四川制置使 겸 知成
  都府로 있을 적에 백성을 안정시키고 병사를 훈련시켜 변방 수비에 주력하였
  다. 아버지 및 형과 함께 문장으로 이름을 떨치자, 蜀 사람들은 세 父子를 三蘇
  에다 견주었다. 1234년 周敦頤·程顥·程頤·張載 등 10인을 孔子廟에 종사
  하자는 奏請을 올렸다. 형과 함께 洛·蜀의 분쟁을 조정하여 통일시켰다. 저술
  로 『皇宋十朝綱要』·『李文肅集』이 있다.

- 유강학 劉强學(1154-1224)
  자는 行父, 호는 退庵이며, 衢州 西安(陝西省) 사람이다. 刑部侍郎이었던 劉穎
  의 아들로, 아버지와 절친했던 張栻을 사사하였다. 太學生이 되었으며, 知南康
  軍·廣東提刑 등을 지냈다.

- 송 신 宋牲(?-?)
  자는 茂叔이며, 金華(浙江省) 사람이다. 宋子適의 아버지로, 처음에는 呂成公
  에게 배웠고, 나중에 張栻에게 나아가 수학하였다. 紹熙年間(1190-1194)에 진
  사가 되어 高安主簿·廣西監事司 등을 지냈다. 시를 잘 지었는데, 眞德秀는
  그의 시를 '閒淡'이라 평하였다.

- 반우단 潘友端(?-?)
  자는 端叔이며, 婺州 金華(浙江省) 사람이다. 潘時의 아들로, 張栻과 朱熹를
  사사하였다. 1184년 진사가 되어 太學博士를 지냈다.

- 서춘년 徐椿年(?-?)
  자는 壽卿이며, 永豐(江西省) 사람이다. 張栻의 제자이다.(보유 588쪽)

- 마지순 馬之純(?-?)
  자는 師文, 호는 野亭·茂陵이며, 東陽(浙江省) 사람이다. 張栻에게 배웠다.

1163년 진사가 되어 知徽州比校務·沅州倅를 지냈으며, 江東轉運司文字를 주관하였다. 經書에 잠심하여 六經과 제자백가를 정밀히 연구하였다. 저술로 『尙書中庸論語說』·『周禮隨釋類編』·『左傳紀事編年』·『豫章雜著』 등이 있다.(보유 588쪽)

● 황집구 黃執矩(?-?)

자는 才用이며, 高要(廣東省) 사람이다. 張栻에게 배웠다.(보유 589쪽)

● 정백수 鄭伯壽(?-?)

이름과 생애가 자세치 않다. 張栻이 湘中에 있을 때 그에게 나아가 배웠다.(보유 589쪽)

● 정중례 鄭仲禮(?-?)

이름과 생애가 자세치 않다. 張栻이 湘中에 있을 때 그에게 나아가 배웠다.(보유 589쪽)

3) 張栻의 再傳門人

◎ 彭龜年의 家學

● 팽　흠 彭欽(1164-1228)

자는 仲恭·仲敬, 호는 澹齋이며, 臨江軍 淸江(江西省) 사람이다. 彭龜年의 아들이자 彭鉉의 형으로, 家學을 계승하였다. 蔭職으로 軍器監主簿가 되어 嘉興府通判·知峽州 등을 지냈다. 華州의 雲台觀을 주관하였으며, 저술로 『澹齋自鏡』·『愛蓮堂官箴』이 있다.

● 팽　현 彭鉉(?-?)

자는 仲誠이며, 臨江軍 淸江(江西省) 사람이다. 彭龜年의 아들이자 彭欽의 동생으로, 家學을 계승하였다. 蔭職으로 벼슬길에 나아가 知贛州·寶謨閣直學士 등을 지냈다. 저술로 『臨川可否錄』·『備寇議事錄』 등이 있다.

◎ 游九言의 門人

● 유　재 劉宰(1167-1240)

자는 平國, 호는 漫塘, 시호는 文淸이며, 鎭江 金壇(江蘇省) 사람이다. 張栻의

제자 游九言을 사사하였다. 1190년 진사가 되어 江陵主簿·眞州司法 등을 지냈
으며, 玉局觀을 주관하였다. 저술로 『漫塘文集』·『語錄』이 있다.

- 왕　수 王遂(?-?)
  자는 穎叔·去非, 호는 實齋, 시호는 正肅이며, 鎭江 金壇(江蘇省) 사람이다.
  王韶玄의 손자이자 王萬樞의 아들로, 張栻의 제자 游九言에게 배웠다. 1202년
  진사가 되어 監察御史·工部尙書 등을 지냈다. 劉宰에게서 문장이 雄建하다
  는 칭찬을 받았다.

- 두종주 竇從周(?-?) ☞ 滄洲諸儒學案

- 정절부 鄭節夫(?-?)
  생애가 자세치 않다. 游九言을 사사하였다.

- 원　유 袁栖(?-?)
  자는 木叔이며, 鄞縣(浙江省) 사람이다. 絜齋 袁燮(1144-1224)의 동생으로,
  張栻의 제자 游九言에게 배웠다. 천거되어 迪功郞·樂平縣丞 등을 지냈다.(보
  유 590쪽)

◎ 趙方의 家學

- 조　범 趙范(?-?) ☞ 滄洲諸儒學案
- 조　규 趙葵(1186-1266) ☞ 滄洲諸儒學案

◎ 蘇權의 家學

- 소국태 蘇國台(?-?) ☞ 滄洲諸儒學案

◎ 周去非의 家學

- 주단조 周端朝(1172-1234)
  자는 子靜, 호는 西麓, 시호는 忠文이며, 溫州 永嘉(浙江省) 사람이다. 周鼎臣
  의 아들이자, 周去非의 조카로, 家學을 계승하였다. 또한 蔡幼學·葉適·劉光
  祖 등을 사사하였다. 太學生 시절부터 韓侂冑의 미움을 받았다. 1211년 진사가
  되어 刑部侍郞을 지냈다.

◎ 李壁의 門人

● 고　숭 高崇(1173-1232) ☞ 鶴山學案

4) 張栻의 三傳門人

◎ 彭欽의 家學

● 팽　굉 彭法(?-?) ☞ 二江諸儒學案

◎ 劉宰의 門人

● 황　복 黃復(?-?)

자는 乾叟이며, 沙溪(江蘇省) 사람이다. 游九言의 제자 劉宰에게 수학하였다.
1226년 진사가 되어 高郵教授 등을 지냈다.

◎ 王遂의 門人

● 황　진 黃震(1212-1280) ☞ 東發學案

63. 二江 지역 諸儒들의 學脈(二江諸儒學案)

1) 二江諸儒學案 圖表

- ◎ 宇文紹節
  - 程公說
  - 程公碩
  - 程公許
- ◎ 陳 槪
- ◎ 陳 栗
- ◎ 楊知章 ── 楊子謨(子)
- ◎ 李修己 ── 李義山(子) ── 彭 汯
- ◎ 張仕佺
- ◎ 范仲黼
  - 蘇在鎔
  - 張 鈞
  - 師 遇
- ◎ 范子長 ── 高 載 ☞ 鶴山學案
- ◎ 范子該
- ◎ 范 蓀
- ◎ 宋德之 ── 高 崇 ☞ 鶴山學案

- ※ 范仲黼 所傳 : 魏了翁 ☞ 鶴山學案
- ※ 范仲黼 續傳 : 范大冶
- ※ 張 栻 私淑 : 虞剛簡
  - 虞 兟(從子) ☞ 鶴山學案
  - 虞 汲(曾孫) ☞ 草廬學案
- ※ 張 栻 私淑 (continued):
  - 程遇孫
  - 程壬孫
  - 薛 紱
  - 鄧諫從
  - 張 方

2) 二江諸儒學案序錄

내가 삼가 살펴보건대, 南軒 張栻(1133-1180)이 長沙의 湖水・湘水에 살면서 蜀 땅에서의 그의 학문은 도리어 소원해졌다. 그러나 宇文紹節(?-1213)・

范仲黼(?-?)·陳槩(?-?)가 그의 학문을 전수 받아 촉 땅으로 들어간 뒤로 二江(현 四川省 成都 동서를 흐르는 郫江·流江) 지역의 학문이 장사 지역 못지 않게 되었다. 黃裳(?-?)·楊子謨(1153-1226)·程公許(?-?)가 岷·峨 지역에서 학문을 우뚝하게 일으켰다. 蜀 땅에서 학문이 성대하게 된 것은 결국 장식으로부터 비롯된 것이다.

3) 張栻의 門人

- **우문소절 宇文紹節(?-1213)**
  성은 宇文, 자는 挺臣, 호는 顧齋, 시호는 忠惠이며, 成都(四川省) 사람이다. 張栻에게 배웠다. 1187년 진사가 되어 知廬州·端明殿學士 등을 지냈다.

- **진 개 陳槩(?-?)**
  자는 平甫이며, 隆慶 普城(四川省) 사람이다. 乾道年間(1165-1173)에 진사가 되었다. 魏掞之(1166-1173)의 소개로 형 陳栗과 함께 同鄕의 학자인 張栻에게 수학하였다. 范仲黼·范蓀 등과 종유했으며, 黃裳(1146-1194)이 그에게 배웠다.

- **진 률 陳栗(?-?)**
  隆慶 普城(四川省) 사람으로, 생애가 자세치 않다. 陳槩의 형이며, 동생과 함께 장식에게 나아가 배웠다.

- **양지장 楊知章(?-?)**
  호는 雲山老人이며, 潼川(四川省) 사람이다. 여러 번 천거되었으나 벼슬하지 않았다. 廣漢(四川省)에서 장식에게 수학하였다.

- **이수기 李修己(?-?)**
  자는 思永이며, 豐城(江西省) 사람이다. 乾道年間(1165-1173)에 진사가 되어 成都府通判·知成州 등을 지냈다. 陸九齡(1132-1180)에 의해 성현의 학문을 알게 되었으며, 이후 朱熹·張栻에게 배웠다. 范仲黼와 함께 강학하였으며, 당시 蜀 땅에 장식의 학문이 성행하는 데 張仕佺과 함께 일조하였다. 저술로 『李成州集』이 있다.

● 장사전 張仕佺(?-?)

자는 子眞이며, 延平(福建省) 사람이다. 融州通判을 지냈다. 張栻에게 배워 高弟가 되었다. 范仲黼·李修己 등과 함께 촉 땅에서 강학하며 스승의 학문을 전파하였다.

● 범중보 范仲黼(?-?)

자는 文叔, 호는 月舟이며, 成都 華陽(四川省) 사람이다. 范祖禹의 후손이다. 1178년 진사가 되어 國子博士·知彭州 등을 지냈다. 장식에게 수학하였다. 만년에 二江 지역에서 강학하여 스승의 학문을 널리 전했다. 당시 이강 지역의 范蓀·范子長·范子該·薛紱·鄧諫從·程遇孫·虞剛簡·宋德之와 함께 '九先生'으로 불리었다.

● 범자장 范子長(?-?)

자는 少才, 호는 雙流이며, 成都(四川省) 사람이다. 范仲黼의 從子이다. 知瀘州·知崇寧 등을 지냈다. 동생 范子該와 함께 장식에게 수학하였다. 嘉泰年間(1201-1204) 말기에 韓侂冑의 악행을 진언하다 미움을 받아 파직되었다. 魏了翁(1178-1237)이 초기에 이들 두 형제에게 수학하였다.

● 범자해 范子該(?-?)

자는 少約이며, 成都(四川省) 사람이다. 范仲黼의 從子이다. 형 范子長과 함께 장식에게 배웠다. 陳亮(1143-1194)과 절친하였다.

● 범 손 范蓀(?-?)

자는 季才, 호는 華陽이며, 成都(四川省) 사람이다. 宗正寺丞·知邛州 등을 지냈다. 장식에게 수학하였다. 촉 땅에 스승의 학문을 널리 전파하였으며, 范仲黼·范子長·范子該와 함께 '四范'으로 불리었다. 虞剛簡의 청으로 滄江書院에서 강학하였다.

● 송덕지 宋德之(?-?)

자는 正仲, 호는 彭山이며, 成都 江源(四川省) 사람이다. 1196년 外省試에 일등으로 합격하여 國子正·樞密院編修 등을 지냈다. 장식에게 배웠으며, 范仲黼와 함께 강학하였다.

4) 張栻의 再傳門人

◎ 宇文紹節의 門人

- **정공열 程公說(1171-1207)**

  자는 伯剛, 호는 克齋이며, 眉山(四川省) 사람이다. 진사가 되어 邛州教授를 지냈다. 동생 程公碩·程公許와 함께 宇文紹節에게 배웠다. 『춘추』에 조예가 깊었다. 저술로 『春秋分記』·『春秋精義』·『詩古文詞』·『士訓』·『程氏大宗譜』 등이 있었으나 모두 없어지고 『춘추분기』만 전한다.

- **정공석 程公碩(?-?)**

  자는 仲遜이며, 眉山(四川省) 사람이다. 程公說의 동생으로, 형제가 함께 宇文紹節에게 배웠다. 진사가 되어 益昌(四川省 昭化縣) 지역의 교육을 담당하였다. 吳曦가 촉 땅에서 반란을 일으키자 끝까지 항거하였다.

- **정공허 程公許(?-?)**

  자는 季與·希穎, 호는 滄洲이며, 眉山(四川省) 사람이다. 程公說·程公碩의 동생이며, 형제가 모두 宇文紹節에게 배웠다. 진사가 되어 知袁州·權刑部尙書를 지냈다. 지원주로 있을 때 周敦頤의 사당을 세우고 南軒書院을 수리했으며, 胡安之를 초빙해 학생들을 가르치게 하였다. 저술로 『塵缶集』이 있다.

◎ 楊知章의 家學

- **양자모 楊子謨(1153-1226)**

  자는 伯昌, 호는 浩齋이며, 潼川(四川省) 사람이다. 1181년 진사가 되어 成都府通判·徽猷閣奉祠 등을 지냈다. 부친에게서 장식의 학문을 배웠다. 雲山書院에서 강학하였으며, 諸生들과 함께 四書의 大義를 밝혔다. 저술로 『浩齋退稿』가 있다.

◎ 李修己의 家學

- **이의산 李義山(?-?)**

  자는 伯高, 호는 後林이며, 豐城(江西省) 사람이다. 李修己의 아들로 가학을 계승하였다. 1220년 진사가 되어 大宗正·中正大夫 등을 지냈다. 朱熹와 張栻

의 문인으로 보는 기록이 있으나, 연대를 살펴보아 再傳이 맞는 듯하다. 저술
로『後林遺藁』·『思過錄』이 있다.

◎ 范仲黼의 門人

● 소재용 蘇在鎔(1153-1234)

자는 和父이며, 成都 郫縣(四川省) 사람이다. 范仲黼에게 배웠다. 1208년 진
사가 되어 魏城縣丞·潼川常平司幹을 지냈다. 범중보의 학문을 아들에게 전
수하였다. 저술로『五峰遺書』가 있다.

● 장 균 張鈞(? - ?)

자는 子和이며, 成都 江源(四川省) 사람이다. 1193년 진사가 되어 隆州敎授·
潼川提刑 등을 지냈다. 범중보에게 배웠다.

● 사 우 師遇(? - ?)

자는 厚卿이며, 成都(四川省) 사람이다. 범중보의 문인이며 사위이다. 1232년
진사가 되었다.

◎ 范子長의 門人

● 고 재 高載(? - 1216) ☞ 鶴山學案

◎ 宋德之의 門人

● 고 숭 高崇(1173-1232) ☞ 鶴山學案

5) 張栻의 三傳門人

◎ 李義山의 門人

● 팽 굉 彭泓(? - ?)

清江(江西省) 사람으로, 彭龜年(1142-1206)의 손자이다. 李義山은 팽구년의 장자
彭欽(1164-1228)의 사위인데, 팽굉은 이의산의 사위이자 문인이다.

6) 范仲黼의 所傳

● 위료옹 魏了翁(1178-1237) ☞ 鶴山學案

7) 范仲黼의 續傳

● 범대야 范大冶(？-？)

成都(四川省) 사람이다. 젊어서 虞剛簡(1164-1227)의 滄江書塾에서 공부하였으며, 가학을 계승하였다. 虞集(1272-1348)이 보고 범씨의 후예답다고 칭찬하였다. 崇仁丞을 지냈으며, 송나라가 망하자 벼슬하지 않았다. 천문·지리·율력 등에 두루 뛰어났다.

8) 張栻의 私淑

● 우강간 虞剛簡(1164-1227)

자는 仲易·子韶, 호는 滄江이며, 隆州 仁壽(四川省) 사람이다. 虞允文의 손자이며, 趙雄의 사위이다. 知華陽縣·利州路 등을 지냈다. 知簡州로 있을 때 금나라 군대가 변방을 침범하자 항거하여 공적을 세웠다. 范仲黼가 강학할 때 張栻의 학문을 듣고 사숙하였으며, 范蓀을 사사하기도 하였다. 魏了翁·李心傳 등과 촉 땅에서 강학하였다. 成都의 合江에 옮겨 살았는데, 그의 스승 범손이 '滄江書院'이라 편액하였다. 『주역』에 조예가 깊어, 楊子謨·張方이 그에게 역학을 배웠다. 저술로 『易書論語說』·『易傳』·『論語解』·『詩說』 등이 있다.

● 정우손 程遇孫(？-？)

자는 叔達이며, 隆州 仁壽(四川省) 사람이다. 程壬孫의 동생이다. 太常寺丞·潼川漕使를 지냈다. 장식의 학문을 사숙하였다. 范仲黼가 二江 지역에서 강학할 때 '九先生'이 있었는데, 그 중 한 사람이다.

● 정임손 程壬孫(？-？)

隆州 仁壽(四川省) 사람이다. 程遇孫의 형으로, 장식의 학문을 사숙하였다. 1196년 진사가 되어 射洪令·雅州簽判 등을 지냈다. 학문은 실천을 위주로 하였으며, 당시 '躬行君子'로 불리었다.

- 설 불 薛紱(?-?)

  자는 仲章, 호는 符谿이며, 龍游(浙江省) 사람이다. 知黎州·秘書郎 등을 지냈으며, 韓侂冑의 악함을 극간하여 탄핵받기도 하였다. 장식의 학문을 사숙했으며, 지여주로 있을 때 玉淵書院을 지어 강학하였다. 二江 지역 '九先生' 중 한 사람이다. 저술로『則書』가 있는데 모두『주역』의 이치를 말한 것으로, 魏了翁(1178-1237)의 칭송을 받았다.

- 등간종 鄧諫從(?-?)

  자는 元卿이며, 漢嘉(四川省 雅安) 사람이다. 二江 지역 '九先生' 중의 한 사람이다. 黎州通判을 지냈다.

- 장 방 張方(?-?)

  자는 義立, 호는 亨泉이며, 資州 資陽(四川省) 사람이다. 范仲黼·虞剛簡에게서 장식의 학문을 듣고 사숙하였다. 1199년 진사가 되어 簡州敎授·尙書兵部郎 등을 지냈다. 저술로『亨泉稿』가 있다.

◎ 虞剛簡의 家學

- 우 신 虞牪(?-?) ☞ 鶴山學案
- 우 급 虞汲(?-1318) ☞ 草廬學案

64. 葉邽·樓昉 등의 學脈(麗澤諸儒學案)

1) 麗澤諸儒學案 圖表

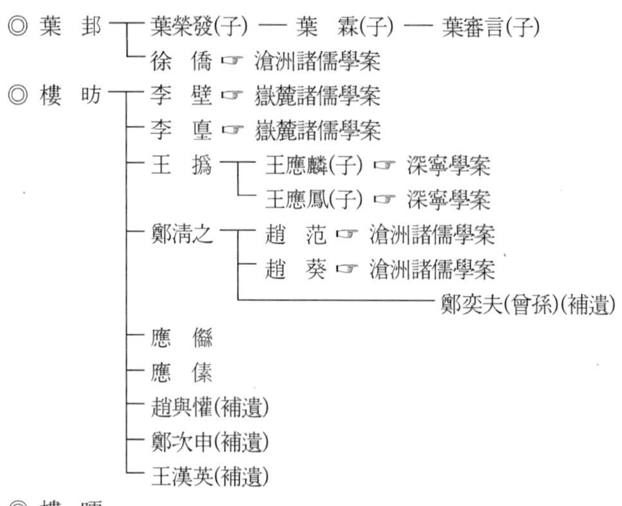

◎ 鄒補之

◎ 杜　旟 ── 杜濬之(孫)(補遺)

◎ 戚如琥 ── 戚　紹(孫) ── 戚象祖(子) ── 戚崇僧(子) ☞ 北山四先生學案

◎ 戚如圭

◎ 戚如玉

◎ 夏明誠

◎ 鄭宗强

◎ 汪　淳

◎ 汪大度 ── 汪開之(孫) ☞ 北山四先生學案

◎ 汪大章

◎ 汪大亨

◎ 汪大明

◎ 黃　渙

◎ 黃　謙

◎ 陳　黼

◎ 詹儀之

◎ 邢世材

◎ 郭　澄

◎ 胡子廉

◎ 康文虎

◎ 康文豹

◎ 趙善談

◎ 趙彦秬

◎ 羊永德 ── 羊　哲(子)

◎ 李大同

◎ 時　瀾 ── 時少章(子)

◎ 時　澐

◎ 郭　頤

◎ 鞏　豐

◎ 鞏　嶸

◎ 鞏　峴

◎ 周　介

◎ 彭仲剛

◎ 盧汝琰

◎ 盧汝琯

◎ 樓孟愷

◎ 樓仲愷

◎ 樓叔愷

◎ 樓季愷

◎ 汪仲儀

◎ 郭粹中

◎ 郭敏中

◎ 郭允中

◎ 郭時中

◎ 葉　誕

◎ 徐文虎

◎ 陳　錫

◎ 徐　侃

◎ 徐　倬

◎ 王深源 ─ 鄭　聞 ☞ 北溪學案

◎ 柴　淵(補遺)

◎ 葉季韶(補遺)

◎ 林　謨(補遺)

◎ 姜　模(補遺)

◎ 姜　柄(補遺)

◎ 許文蔚(補遺)

◎ 張成招(補遺)

◎ 胡居仁(補遺) ─ 胡　助(曾孫)(補遺)

◎ 何　逮(補遺)

◎ 邵　康(補遺) ┬ 何　造(補遺)
　　　　　　　　├ 何　適(補遺)
　　　　　　　　├ 何　遇(補遺)
　　　　　　　　└ 何　述(補遺)

◎ 李厚之(補遺)

◎ 唐　復(補遺) ─ 樂　韶(補遺)

◎ 林　穎(補遺)

2) 麗澤諸儒學案序錄

내가 삼가 살펴보건대, 明招山(浙江省 金華) 麗澤書院에서 공부한 학자들은, 東萊 呂祖謙(1137-1181)이 별세한 뒤로 그의 아우 呂祖儉(?-1196)이 계승하였다. 이로부터 끊이질 않고 대대로 전해졌다. 이들은 南軒 張栻(1133-1180)의 嶽麓書院 학자들과 함께 세도를 책임진 사람들로 병칭되었다. 악록서원이 있던 長沙 땅이 원나라 군대에게 함락될 때, 악록서원의 유생들은 창을 들고 성 위에 올라 싸우다가 죽은 자가 10분의 9에 달했다. 애석하게도 그들의 성명은 대부분 고찰할 길이 없다. 명초산 이택서원에서 공부한 유생들은 원나라를 거쳐 명나라에 이르도록 끊어지지 않았다. 그래서 4백 년 동안의 문헌이 이들에게 보존되어 전해졌다.

3) 呂祖謙의 門人

- 섭 규 葉邽(?-?)
  자는 子應이며, 金華(浙江省) 사람이다. 呂祖謙에게 수학하였다. 大冶主簿를 지냈다. 그의 문하에서 徐僑가 배웠는데, 뒤에 朱熹의 高弟가 되었다.

- 누 방 樓昉(?-?)
  자는 暘叔, 호는 迂齋이며, 鄞縣(浙江省) 사람이다. 呂祖謙에게 수학하였다. 1193년 진사가 되어 宗正簿·知興化軍 등을 지냈다. 동생 樓昞과 함께 文名이 있었다. 여조겸의 학문을 향리에서 가르쳤는데, 배우는 자들이 수백 명에 달했다. 그의 고제로 李塈·王應麟 등이 있다. 저술로『中興小傳』·『宋十朝綱目』·『東漢詔令』등이 있다.

- 누 병 樓昞(?-?)
  鄞縣(浙江省) 사람으로, 생애가 자세치 않다. 樓昉의 동생으로, 呂祖謙에게 수학하였다. 형과 함께 文名이 있었다.

- 갈 홍 葛洪(?-1237)
  자는 容父·容甫, 호는 蟠室老人, 시호는 端獻이며, 東陽(浙江省) 사람이다. 呂祖謙에게 수학하였다. 1184년 진사가 되어 參知政事에 이르고 東陽郡公에 봉해졌다. 장수를 엄하게 다스리고 軍政을 정돈할 것을 상소하기도 하였다. 杜

範이 그의 강직한 모습을 보고 大臣의 풍모가 있다고 칭찬하였다. 저술로『涉史隨筆』및 奏議 등이 있다.

- 교행간 喬行簡(1156-1241)

  자는 壽朋, 호는 孔山, 시호는 文惠이며, 東陽(浙江省) 사람이다. 呂祖謙에게 수학하였다. 1193년 진사가 되어 參知政事 兼 知樞密院事를 거쳐 丞相에 이르렀으며, 魯國公에 봉해졌다. 錢時·吳如愚 등 隱逸을 다수 천거하였다. 저술로『周禮總說』·『孔山文集』등이 있다.

- 이성지 李誠之(1152-1221)

  자는 茂欽이며, 東陽(浙江省) 사람이다. 呂祖謙에게 수학하였다. 慶元年間(1195-1200) 초에 진사가 되어 秘閣修撰·知蘄州 등을 지냈다. 金나라 군사가 淮南 지역을 침공하였을 때, 黃州를 굳게 지키다 전사하였다. 뒤에 正節侯에 봉해졌다.

- 왕 개 王介(1158-1213)

  자는 元石, 호는 渾尺居士, 시호는 忠簡이며, 金華(浙江省) 사람이다. 呂祖謙과 朱熹에게 수학하였다. 1190년 진사가 되어 太學博士 등을 지냈다. 韓侂冑에게 미움을 받아 물러났다가, 뒤에 京西安撫使 등을 지냈다.

- 교몽부 喬夢符(?-?)

  자는 世用이며, 東陽(浙江省) 사람이다. 呂祖謙에게 수학하였다. 1175년 진사가 되어 知歙縣·監察御史 등을 지냈다. 歙縣의 수령으로 있을 때 둑을 쌓고 도랑을 파 水害를 면하게 해주었는데, 그 고을 사람들이 '喬公街'라 불렀다. 저술로『西峴類稿』가 있다.

- 왕 한 王瀚(?-1211)

  자는 伯海, 호는 定庵이며, 金華(浙江省) 사람이다. 王師愈의 아들로, 呂祖謙에게 수학한 뒤 朱熹에게도 나아가 배웠다. 일찍이『資治通鑑』중에서 천하의 전투와 守城에 관한 큰 계책 아홉 가지를 뽑아 정리하여 '碩畫'이라 이름하였다. 朝奉郞으로 建昌軍 僊都觀을 주관하였다.

- 왕 흡 王洽(?-?)

  자는 伯禮이며, 金華(浙江省) 사람이다. 王師愈의 아들로, 呂祖謙에게 수학하였다. 知當塗縣으로 있을 때 眞德秀가 그를 조정에 천거하였다.

- **석　범 石範**(1148-1213)

  자는 宗卿이며, 浦江(浙江省) 사람이다. 呂祖謙·袁爕에게 수학하였다. 1190
  년 진사가 되어 奉化尉·袁州通判 등을 지냈다.

- **주　질 朱質**(?-?)

  자는 仲文이며, 義烏(浙江省) 사람이다. 呂祖謙·唐仲友에게 수학하였다. 紹
  熙年間(1190-1194)에 진사가 되어 右正言·吏部侍郎 등을 지냈다. 저술로『易
  說擧要』가 있다.

- **섭수발 葉秀發**(1161-1230)

  자는 茂叔, 호는 南坡이며, 金華(浙江省) 사람이다. 呂祖謙에게 수학하였다.
  1196년 진사가 되어 慶元府教授·知高郵軍을 지냈다.『論語講義』를 지어 제
  자들을 가르침으로써 한 시대 巨儒들이 그를 추중하였는데, 특히 楊簡과 학문
  을 토론한 것이 매우 상세하였다. 그 외 저술로『易說』·『周禮說』이 있다.

- **반경헌 潘景憲**(1134-1190)

  자는 叔度이며, 金華(浙江省) 사람이다. 9세에 동자로서 鄕薦을 받아 수도에
  나아갔으며, 뒤에 太學에 들어갔다. 태학의 學官 汪應辰·芮煜·王十朋이 모
  두 그를 추중하였다. 1163년 진사가 되어 太平教授 등을 지냈다. 뒤에 呂祖謙
  에게 나아가 수학하였다. 여조겸과 같은 해에 급제한 同年이었는데, 그의 학설
  에 감복하여 문인이 되었다. 伊川 程頤의『周易傳』을 깊이 연구하였다. 朱熹
  의 아들 朱塾이 그의 사위이다.

- **반경유 潘景愈**(?-?)

  자는 叔昌이며, 金華(浙江省) 사람이다. 潘景憲의 동생으로, 呂祖謙에게 수학
  하였다. 太學의 시험에서 수석을 차지하여 진사가 되었다. 安慶教授를 지냈다.

- **반경기 潘景夔**(?-?)

  松陽(浙江省) 사람으로, 생애가 자세치 않다. 부친 潘好謙이 수백 리 밖의 呂祖
  謙 문하에 나아가 수학하게 하였다.

- **반경윤 潘景尹**(?-?)

  松陽(浙江省) 사람으로, 생애가 자세치 않다. 부친 潘好謙이 수백 리 밖의 呂祖
  謙 문하에 나아가 수학하게 하였다.

- **추보지 鄒補之(?-?)**

  자는 公袞이며, 衢州 開化(浙江省) 사람이다. 呂祖謙·朱熹의 문하에서 수학하였다. 淳熙年間(1174-1189)에 진사가 되어 判江寧府를 지냈다. 저술로『春秋注』·『論語注』·『孟子注』·『兵書解』·『宋朝職略』등이 있다.

- **두 여 杜旟(?-?)**

  자는 伯高, 호는 橋齋이며, 金華(浙江省) 사람이다. 呂祖謙에게 수학하였다. 陸游·陳傅良·葉適·陳亮 등이 모두 그의 문장을 칭찬하였다. 淳熙年間(1174-1189)과 開禧年間(1205-1207)에 制科로 천거되었다. 저술로『橋齋集』이 있다.

- **척여호 戚如琥(?-?)**

  자는 少白, 私諡는 貞白이며, 金華(浙江省) 사람이다. 呂祖謙의 문하에서 수학하였는데, 修身·齊家의 도리에 독실하였다. 진사가 되어 國子博士·知台州 등을 지냈다.

- **척여규 戚如圭(?-?)**

  金華(浙江省) 사람으로, 생애가 자세치 않다. 戚如琥의 종형이다. 呂祖謙에게 수학하였으며, 太學에 유학하였다. 乾道年間(1165-1173)에 진사가 되어 嵊縣尉를 지냈다.

- **척여옥 戚如玉(?-?)**

  金華(浙江省) 사람으로, 생애가 자세치 않다. 戚如圭의 동생이다. 형과 함께 呂祖謙에게 수학한 뒤 太學에 유학하였다.

- **하명성 夏明誠(?-?)**

  자는 敬仲이며, 金華(浙江省) 사람이다. 呂祖謙에게 수학하였다. 1196년 진사가 되어 安慶推官을 지냈다. 「八詠樓賦序」를 지어 沈約이 八詠樓를 욕되게 했다고 배척하였는데, 吳敬卿이 그를 칭찬하였다.

- **정종강 鄭宗强(?-?)**

  자는 南夫, 호는 坦溪이며, 金華(浙江省) 사람이다. 呂祖謙의 문하에서 수학하였다. 저술로『坦溪集』이 있다.

- **왕 순 汪淳(?-?)**

  자는 文卿이며, 金華(浙江省) 사람이다. 呂祖謙에게 수학하였다. 吉州敎授를 지냈는데, 강학하는 자들이 모두 그를 추중하였다.

● **왕대도 汪大度(?-?)**

자는 時法, 호는 獨善·西山이며, 金華(浙江省) 사람이다. 呂祖謙에게 수학하였다. 慶元年間(1195-1200) 초에 여조겸·呂祖儉이 權奸에게 미움을 받아 韶州로 유배될 적에 유배지까지 따라 가서 호송하였다. 朱熹가 편지를 보내 크게 칭찬하였다.

● **왕대장 汪大章(?-?)**

자는 時晦, 호는 約叟이며, 金華(浙江省) 사람이다. 汪大度의 동생으로, 呂祖謙에게 수학하였다. 呂祖儉이 별세하자, 과거시험이 4일 남았는데 포기하고 달려가 護喪하였다. 형과 함께 둘 다 의리로 이름이 있었다.

● **왕대형 汪大亨(?-?)**

자는 時升이며, 金華(浙江省) 사람이다. 汪大度의 형으로, 呂祖謙에게 수학하였다.

● **왕대명 汪大明(?-?)**

자는 時晦이며, 金華(浙江省) 사람이다. 汪大度의 형으로, 呂祖謙에게 수학하였다.

● **황 환 黃渙(?-?)**

자는 德亨이며, 光澤(福建省) 사람이다. 呂祖謙의 문하에서 수학하였다. 1178년 南省試에서 2등을 차지하여 진사가 되었으며, 知岳州 등을 지냈다.

● **황 겸 黃謙(?-?)**

자는 德柄이며, 光澤(福建省) 사람이다. 黃渙의 형으로, 呂祖謙·朱熹의 문하에서 수학하였다.

● **진 보 陳黼(?-?)**

자는 斯士이며, 東陽(浙江省) 사람이다. 呂祖謙에게 수학하였다. 1181년 진사가 되었으나, 벼슬길에 나아가기를 급급히 하지 않았다. 1208년 장인 林大中이 졸한 뒤에 國子博士·著作郎 등을 지냈다.

● **첨의지 詹儀之(?-?)**

자는 體仁이며, 嚴州 遂安(浙江省) 사람이다. 呂祖謙·朱熹에게 수학하였다. 1151년 진사가 되어 廣東轉運使·吏部侍郎 등을 지냈다. 유언비어에 의해 袁

州로 유배되기도 하였다.

- **형세재 邢世材(1140-1176)**

  자는 邦用이며, 본래 靑州(山東省) 사람인데, 會稽(浙江省)로 옮겨 살았다. 呂祖謙에게 수학하였다. 진사가 되어 南康軍司戶參軍·金華縣丞 등을 지냈다. 진사가 된 뒤 전에 익힌 科擧之學을 모두 버리고 長者를 종유하며 배웠다.

- **곽 징 郭澄(1150-1179)**

  자는 伯淸이며, 東陽(浙江省) 사람이다. 郭良臣의 아들로, 呂祖謙에게 수학하였다. 西園書院에서 널리 명사들을 초빙하여 학문을 강론하였다. 南昌主簿 등에 임명되었으나 모두 나아가지 않았다.

- **호자렴 胡子廉(? - ?)**

  淳安(浙江省) 사람으로, 생애가 자세치 않다. 呂祖謙에게 수학하였다. 과거공부를 달갑게 여기지 않고 群書를 박람하였다.

- **강문호 康文虎(? - ?)**

  자는 炳道이며, 생애가 자세치 않다. 呂祖謙에게 수학하였다.

- **강문표 康文豹(? - ?)**

  자는 蔚道이며, 생애가 자세치 않다. 康文虎의 동생으로, 呂祖謙에게 수학하였다.

- **조선담 趙善談(? - ?)**

  생애가 자세치 않다. 呂祖謙에게 수학하였다. 安撫를 지냈다.

- **조언거 趙彦秬(? - ?)**

  자는 周錫이며, 東陽(浙江省) 사람이다. 呂祖謙에게 수학하였다. 1163년 진사가 되어 眉州通判 등을 지냈다. 『춘추좌씨전』에 정밀하여 100여 편의 『春秋發微』를 지어 진상했다.

- **양영덕 羊永德(? - ?)**

  縉雲(浙江省) 사람으로, 생애가 자세치 않다. 呂祖謙에게 배웠다. 紹興年間(1131-1162)에 진사가 되어 徽州通判 등을 지냈다. 저술로 『春秋發微』가 있다.

- **이대동 李大同(? - ?)**

  자는 從仲이며, 東陽(浙江省) 사람이다. 呂祖謙·朱熹의 문하에서 수학하였다. 嘉定年間(1208-1224)에 진사가 되어 工部尙書·寶謨閣直學士 등을 지냈다. 저술로 『群經講義』가 있다.

- **시　란 時瀾**(1156-1222)
  자는 子瀾, 호는 南堂拙叟이며, 蘭溪(浙江省) 사람이다. 呂祖謙에게 수학하였다. 1181년 진사가 되어 台州通判 등을 지냈다. 여조겸이 『書說』을 집필하다 완성하지 못하고 졸하자, 보충해 완성하였다. 저술로 『南堂集』이 있다.

- **시　운 時澐**(? - ?)
  자는 子雲이며, 蘭溪(浙江省) 사람이다. 時瀾의 형으로, 동생과 함께 呂祖謙에게 배웠다. 저술로 『尙書周官餘論』이 있는데, 미완성작이다.

- **곽　이 郭頤**(? - ?)
  자는 養正, 호는 固齋이며, 嚴州 壽昌(浙江省) 사람이다. 呂祖謙에게 수학하였다. 진사가 되어 軍器監主簿를 지냈다.

- **공　풍 鞏豊**(1148-1217)
  자는 仲至, 호는 栗齋이며, 선대는 본래 鄆州 須城(山東省) 사람인데 婺州 武義(浙江省)로 옮겨 살았다. 呂祖謙에게 수학하였다. 1184년 太學生으로 진사시에 급제하여 知臨安縣을 지냈다. 葉適이 그의 묘지명을 지었다. 저술로 『東平集』이 있다.

- **공　영 鞏嶸**(1151-1227)
  자는 仲問, 호는 厚齋이며, 武義(浙江省) 사람이다. 鞏豊의 동생으로, 呂祖謙에게 수학하였다. 1175년 진사가 되어 太學博士·大理寺丞 등을 지냈다. 저술로 『厚齋集』이 있다.

- **공　현 鞏峴**(? - ?)
  武義(浙江省) 사람으로, 생애가 자세치 않다. 鞏豊의 형으로, 呂祖謙에게 수학하였다.

- **주　개 周介**(? - ?)
  자는 叔謹이며, 括蒼(浙江省) 사람이다. 呂祖謙·朱熹에게 수학하였다.

- **팽중강 彭仲剛**(1143-1194)
  자는 子復이며, 溫州 平陽(浙江省) 사람이다. 젊어서 平陽 지역에서 徐宜가 주창한 心學과 金溪 지역에서 王自中이 주창한 事功學을 두루 섭렵하였다. 그 뒤 呂祖謙에게 나아가 수학하였는데, 論說을 주로 하지 않고 實踐을 위주로

하였다. 乾道年間(1165-1173)에 진사가 되어 金華主簿·提擧浙東常平 등을
지냈다. 저술로 『監丞集』이 있다.

- 노여염 盧汝琰(?-?)
  淳安(浙江省) 사람으로, 생애가 자세치 않다. 呂祖謙에게 수학하였다.

- 노여관 盧汝琯(?-?)
  淳安(浙江省) 사람으로, 생애가 자세치 않다. 呂祖謙에게 수학하였다.

- 누맹개 樓孟愷(?-?)
  義烏(浙江省) 사람으로, 생애가 자세치 않다. 樓蘊의 아들로, 呂祖謙에게 수학
  하였다.

- 누중개 樓仲愷(?-?)
  義烏(浙江省) 사람으로, 생애가 자세치 않다. 樓蘊의 아들로, 呂祖謙에게 수학
  하였다.

- 누숙개 樓叔愷(?-?)
  義烏(浙江省) 사람으로, 생애가 자세치 않다. 樓蘊의 아들로, 呂祖謙에게 수학
  하였다.

- 누계개 樓季愷(?-?)
  義烏(浙江省) 사람으로, 생애가 자세치 않다. 樓蘊의 아들로, 呂祖謙에게 수학
  하였다.

- 왕중의 汪仲儀(?-?)
  金華(浙江省) 사람으로, 생애가 자세치 않다. 呂祖謙에게 수학하였다.

- 곽수중 郭粹中(?-?)
  武夷(福建省) 사람으로, 생애가 자세치 않다. 朝散大夫·戶部員外郎을 지낸
  郭氏의 아들로, 呂祖謙에게 수학하였다. 龍游縣尉를 지냈다.

- 곽민중 郭敏中(?-?)
  武夷(福建省) 사람으로, 생애가 자세치 않다. 朝散大夫·戶部員外郎을 지낸
  郭氏의 아들로, 呂祖謙에게 수학하였다. 江山主簿를 지냈다.

- 곽윤중 郭允中(?-?)
  武夷(福建省) 사람으로, 생애가 자세치 않다. 朝散大夫·戶部員外郎을 지낸
  郭氏의 아들로, 呂祖謙에게 수학하였다.

- 곽시중 郭時中(?-?)

  武夷(福建省) 사람으로, 생애가 자세치 않다. 朝散大夫·戶部員外郞을 지낸 郭氏의 아들로, 呂祖謙에게 수학하였다.

- 섭 탄 葉誕(?-?)

  자는 必大이며, 蘭溪(浙江省) 사람이다. 呂祖謙에게 배웠다. 乾道年間(1165-1173)에 진사가 되어 淸江主簿·吳縣令 등을 지냈다.

- 서문호 徐文虎(?-?)

  分水(浙江省) 사람으로, 생애가 자세치 않다. 呂祖謙에게 수학하였다.

- 진 석 陳錫(?-?)

  烏傷(浙江省) 사람으로, 생애가 자세치 않다. 呂祖謙에게 수학하였다.

- 서 간 徐侃(?-?)

  義烏(浙江省) 사람으로, 徐僑의 형이다. 呂祖謙에게 수학하였다.

- 서 탁 徐倬(?-?)

  義烏(浙江省) 사람으로, 徐僑의 형이다. 呂祖謙에게 수학하였다.

- 왕심원 王深源(?-?)

  婺州(浙江省) 사람으로, 생애가 자세치 않다. 呂祖謙에게 수학하였다. 문인으로 鄭聞이 있다.

- 시 연 柴淵(1118-1172)

  자는 益深이며, 信州 永豊(江西省) 사람이다. 呂祖謙을 從遊하였다.(보유 593쪽)

- 섭계소 葉季韶(?-?)

  자는 承之, 호는 蘭谷이며, 縉雲(浙江省) 사람이다. 呂祖謙에게 수학하였다. 진사가 되어 臨安敎授를 지냈다. 저술로『蘭谷集』이 있다.(보유 594쪽)

- 임 모 林謨(1135-1193)

  자는 丕顯이며, 連江(福建省) 사람이다. 처음에 林子奇를 종유하였으며, 呂祖儉과 同舍生이었다. 여조겸보다 나이가 두 살이나 많았는데, 呂祖謙이 金華에서 강학할 적에 나아가 제자의 예를 갖추고 배웠다.(보유 594쪽)

- 강 모 姜模(?-?)

  鄞縣(浙江省) 사람으로, 姜浩(1108-1185)의 아들이다. 부친의 권유로 呂祖謙

에게 나아가 수학하였다.(보유 595쪽)

● 강　병 姜柄(?-?)

鄞縣(浙江省) 사람으로, 姜浩(1108-1185)의 아들이다. 부친의 권유로 형 姜模
와 함께 呂祖謙에게 나아가 수학하였다.(보유 596쪽)

● 허문울 許文蔚(?-?)

자는 衡父·行父, 호는 環山이며, 休寧(安徽省) 사람이다. 呂祖謙·朱熹에게
수학하였다. 1190년 진사가 되어 國子博士·著作郎 등을 지냈다.(보유 596쪽)

● 장성초 張成招(?-?)

생애가 자세치 않다. 呂祖謙의 문인으로, 스승의 『東萊博議』에 주를 달았다.
(보유 596쪽)

● 호거인 胡居仁(?-?)

생애가 자세치 않다. 呂祖謙에게 수학하였다.(보유 596쪽)

● 하　체 何逮(?-?)

東陽(浙江省) 사람으로, 何松의 아들이다. 呂祖謙에게 수학하였다.(보유 596쪽)

● 소　강 邵康(?-?)

생애가 자세치 않다. 呂祖謙에게 수학하였다. 何逮의 동생 何造·何適·何
遇·何述이 그에게 수학하였다.(보유 596쪽)

● 이후지 李厚之(?-?)

자는 躬父이며, 東陽(浙江省) 사람이다. 李誠之의 동생으로, 呂祖謙에게 수학
하였다.(보유 597쪽)

● 당　복 唐復(?-?)

자는 來復이며, 零陵(湖南省) 사람이다. 呂祖謙의 문인이다.(보유 597쪽)

● 임　영 林穎(?-?)

자는 叔嘉이며, 福淸(福建省) 사람이다. 呂祖謙의 문인이다.(보유 598쪽)

4) 呂祖謙의 再傳門人

◎ 葉邽의 家學

- **섭영발 葉榮發(?-?)**

  金華(浙江省) 사람이다. 葉邽의 아들로, 가학을 계승하였다.

- **섭 림 葉霖(?-?)**

  金華(浙江省) 사람이다. 葉榮發의 아들로, 가학을 계승하였다. 端明殿學士 王埜와 知南康軍 葉閶 등이 모두 그에게 공경히 예의를 갖추었다. 蘭溪儒學敎授를 지냈다.

- **섭심언 葉審言(?-?)**

  자는 謹翁이며, 金華(浙江省) 사람이다. 葉霖의 아들로, 가학을 계승하였다. 浦江·義烏의 敎諭를 지냈으며, 衢州 明正書院의 山長을 지냈다. 許謙·柳貫·吳師道·張樞 등이 모두 그를 추중하였다.

◎ 葉邽의 門人

- **서 교 徐僑(1160-1237)** ☞ 滄洲諸儒學案

◎ 樓昉의 門人

- **이 벽 李壁(1159-1222)** ☞ 嶽麓諸儒學案
- **이 식 李𡐖(1161-1238)** ☞ 嶽麓諸儒學案
- **왕 휘 王撝(1184-1252)**

  자는 謙父이며, 본래 開封府 浚儀 사람인데 鄞縣(浙江省)으로 옮겨 살았다. 樓昉에게 수학하였다. 1223년 진사가 되어 直秘閣·知溫州 등을 지냈다. 학문이 박학하고 성품이 강개하였으며, 논의를 잘 하였다. 『四朝國史』를 편수하는 데 참여하여 「輿服志」 6권을 만들었다.

- **정청지 鄭淸之(1176-1252)**

  초명은 燮, 자는 文叔이었는데, 이름을 淸之로 바꾸고, 자를 德源이라 하였다. 호는 安晩, 시호는 忠定이며, 鄞縣(浙江省) 사람이다. 鄭若沖의 아들로, 樓昉에게 수학하였다. 1217년 진사가 되어 丞相에까지 이르렀다. 천하를 자기의 임무로 여겨 眞德秀·魏了翁 등 15인을 조정에 불러들여 당시 사람들이 '小元祐'라 하였다.

550 · 宋元時代 학맥과 학자들

- 응　요 應繇(?-1255)
  자는 之道, 호는 葺芷, 시호는 文敏이며, 昌國(浙江省) 사람이다. 樓昉에게 수학하였다. 1223년 南省試에서 1등으로 급제하여 진사가 되었다. 參知政事·知樞密院事 등을 지냈으며, 臨海郡侯에 봉해졌다.

- 응　소 應傃(?-?)
  자는 自得, 호는 蘭坡이며, 昌國(浙江省) 사람이다. 應繇의 동생으로, 樓昉에게 수학하였다. 1231년 진사가 되어 烏程尉를 지냈으며, 文林郎에 이르렀다.

- 조여환 趙與懽(?-?)
  이름을 與權이라고도 한다. 자는 悅道, 시호는 淸敏이며, 鄞縣(浙江省) 사람이다. 樓昉에게 수학하였다. 송나라 황실의 종친으로 趙希言의 아들이다. 1214년 진사가 되어 吏部尙書 등을 지냈으며, 奉化郡王에 봉해졌다.(보유 598쪽)

- 정차신 鄭次申(?-?)
  鄞縣(浙江省) 사람으로, 생애가 자세치 않다. 鄭淸之의 형의 아들로, 樓昉에게 수학하였다. 1217년 진사가 되어 寶謨閣待制 등을 지냈다.(보유 599쪽)

- 왕한영 王漢英(?-?)
  자는 彦古이며, 奉化(浙江省) 사람이다. 樓昉에게 수학하였다. 1241년 진사가 되어 國子學錄 등을 지냈다.(보유 599쪽)

◎ 王介의 家學

- 왕　야 王埜(?-1260) ☞ 西山眞氏學案

◎ 王瀚의 家學

- 왕　백 王柏(1197-1274) ☞ 北山四先生學案

◎ 王瀚의 門人

- 문인선 聞人詵(?-?)(보유 600쪽) ☞ 北山四先生學案
- 우　석 于石(?-?)(보유 600쪽) ☞ 安定學案

◎ 羊永德의 家學

- 양 철 羊哲(?-?)

  縉雲(浙江省) 사람으로, 羊永德의 아들이다. 呂祖謙의 아들 呂伯愚에게 배우고, 가학을 계승하였다. 저술로『指南集』이 있다.

◎ 時瀾의 家學

- 시소장 時少章(?-?)

  자는 天彝, 호는 所性이며, 金華(浙江省) 사람이다. 時瀾의 아들로, 가학을 계승하였다. 1253년 진사가 되어 麗水主簿·南康軍學教授 등을 역임하였으며, 白鹿洞書院의 山長을 지냈다. 저술로『詩大義』·『書大義』·『易大義』·『論語大義』·『孟子大義』및『所性集』이 있다.

◎ 王深源의 門人

- 정 문 鄭聞(?-?) ☞ 北溪學案

◎ 邵康의 門人

- 하 조 何造(?-?)

  東陽(浙江省) 사람으로, 何松의 아들이다. 呂祖謙의 문인 邵康에게 수학하였다.(보유 600쪽)

- 하 적 何適(?-?)

  東陽(浙江省) 사람으로, 何松의 아들이다. 呂祖謙의 문인 邵康에게 수학하였다.(보유 600쪽)

- 하 우 何遇(?-?)

  東陽(浙江省) 사람으로, 何松의 아들이다. 呂祖謙의 문인 邵康에게 수학하였다.(보유 600쪽)

- 하 술 何述(?-?)

  東陽(浙江省) 사람으로, 何松의 아들이다. 呂祖謙의 문인 邵康에게 수학하였다.(보유 601쪽)

◎ 唐復의 門人

- 악 소 樂韶(?-?)

  자는 贋敬이며, 零陵(湖南省) 사람이다. 唐復에게 수학하였다.(보유 601쪽)

◎ 杜旟의 家學

- 두준지 杜濬之(?-?)

  자는 若川이며, 金華(浙江省) 사람이다. 杜旟의 손자로, 가학을 계승하였다. 송나라가 망하자 자취를 감추고 西峯의 山寺에서 寄食하다가 졸하였다.(보유 601쪽)

5) 呂祖謙의 三傳門人

◎ 王撝의 家學

- 왕응린 王應麟(1223-1296) ☞ 深寧學案
- 왕응봉 王應鳳(?-?) ☞ 深寧學案

◎ 鄭淸之의 門人

- 조 범 趙范(?-?) ☞ 滄洲諸儒學案
- 조 규 趙葵(1186-1266) ☞ 滄洲諸儒學案

◎ 戚如琥의 家學

- 척 소 戚紹(?-?)

  婺州(浙江省) 사람으로, 생애가 자세치 않다. 戚如琥의 손자로, 가학을 계승하였다. 知袁州를 지낸 뒤 송나라가 망하자 은거하였다. 사람들이 '貞孝先生'이라 불렀다.

- 척상조 戚象祖(?-?)

  자는 性傳이며, 婺州(浙江省) 사람이다. 戚紹의 아들로, 가학을 계승하였다. 약관의 나이에 王元章을 師事하였다. 거의 50세가 되어 천거로 東陽縣學敎諭

가 되었고, 紹興 和靖書院의 山長을 지냈다.

● 척숭승 戚崇僧(?-?) ☞ 北山四先生學案

◎ 汪大度의 家學

● 왕개지 汪開之(?-?) ☞ 北山四先生學案

6) 呂祖謙의 四傳門人

◎ 胡居仁의 家學

● 호　조 胡助(?-?)

자는 履信·古愚이며, 東陽(浙江省) 사람이다. 胡居仁의 증손으로, 가학을 계승하였다. 천거에 의해 建康路儒學錄에 제수된 뒤 翰林國史院 編修官·太常博士 등을 지냈다. 吳澄이 그의 시를 보고 크게 칭찬하였다. 저술로 『純白齋類稿』가 있다.(보유 601쪽)

7) 呂祖謙의 五傳門人

◎ 鄭淸之의 續傳

● 정혁부 鄭奕夫(?-?)

자는 景尤, 호는 習齋이며, 鄞縣(浙江省) 사람이다. 鄭淸之의 증손으로, 가학을 이어받았다. 성리학에 잠심하였으며, 慈溪·麗水·常山縣의 敎諭를 역임하였고, 徽州 紫陽書院의 山長을 지냈다. 저술로 『中庸大學章旨』·『論語本義』·『衍桂堂集』이 있다.(보유 602쪽)

65. 慈湖·楊簡의 學脈(慈湖學案)

1) 慈湖學案 圖表

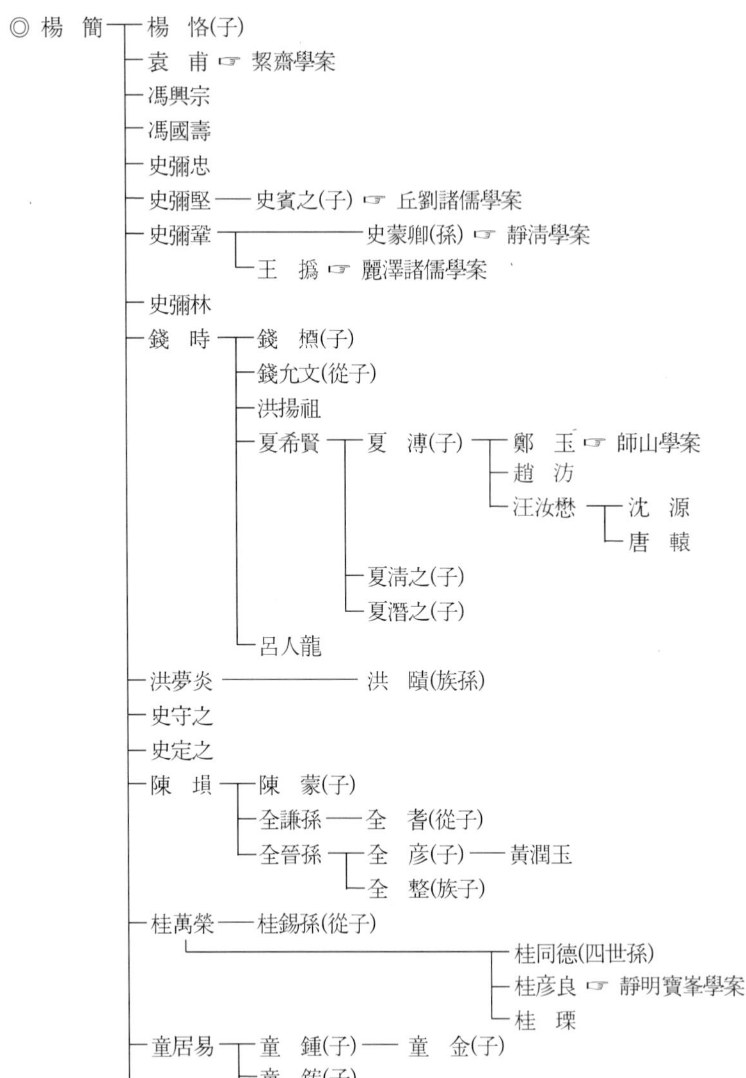

```
          ├─ 曹漢炎
          └─ 嚴  畏
├─ 趙彦慨
├─ 曾  熠
├─ 鄒近仁 ── 鄒  曾(子)
├─ 鄒夢遇
├─ 葉祐之
├─ 徐  鳳
├─ 曹  夙
├─ 張  渭
├─ 張  汾
├─ 孫明仲
├─ 沈  鞏
├─ 許  孚
├─ 朱  介
├─ 魏  榘
├─ 沈民獻 ──────────────────── 沈輝卿(四世孫)
├─ 劉厚南
├─ 舒  銑 ☞ 廣平定川學案
├─ 方  溥
├─ 王子庸
├─ 馬  樸 ── 馬  燮(子)
├─ 馬應之
├─ 王  琦 ── 鍾季正
├─ 舒  益
├─ 洪  簡
├─ 舒  衍 ☞ 絜齋學案
├─ 吳  塤
├─ 吳  坰
├─ 余元發
├─ 鍾  宏
├─ 曹  正
├─ 邵  甲 ── 邵大椿(子) ── 鄭  棠
├─ 王  震
└─ 鄭節夫 ☞ 嶽麓諸儒學案
```

```
├─ 顧平甫 ☞ 槐堂諸儒學案
├─ 張端義
├─ 王晉老
├─ 何元壽
├─ 傅正夫
├─ 傅大原 ☞ 說齋學案
├─ 薛疑之 ── 薛　璩(子)
├─ 趙與籌 ──────────── 趙　偕(孫) ☞ 靜明寶峯學案
├─ 孫伯溫(補遺)
├─ 胡　革(補遺) ☞ 絜齋學案
├─ 李　鸚(補遺) ☞ 絜齋學案
├─ 陳　瑢(補遺)
├─ 陳　從(補遺)
├─ 趙與峕(補遺)
├─ 劉伯諶(補遺)
├─ 汪　伋(補遺)
└─ 程士龍(補遺)
```

※ 講　友 : 舒　璘 ☞ 廣平定川學案
　　　　　　沈　煥 ☞ 廣平定川學案
　　　　　　袁　燮 ☞ 絜齋學案
　　　　　　韓宜卿 ☞ 清江學案
　　　　　　蔣存誠
　　　　　　沈文彪
　　　　　　湯　建
※ 學　侶 : 葉秀發 ☞ 麗澤諸儒學案
　　　　　　韓　度 ☞ 清江學案
※ 續　傳 : 陳　苑 ☞ 靜明寶峯學案
　　　　　　宋夢鼎
　　　　　　魯　淵
　　　　　　洪　源
　　　　　　楊　芮
　　　　　　楊伯純
　　　　　　楊　圭
※ 私　淑 : 眞德秀 ☞ 西山眞氏學案
　　　　　　劉　宰 ☞ 嶽麓諸儒學案

2) 慈湖學案序錄

내가 삼가 살펴보건대, 象山 陸九淵의 문하에는 반드시 甬上四先生(楊簡·袁燮·沈煥·舒璘)으로 으뜸을 삼는데, 대개 乾道年間(1165-1173)·淳熙年間(1174-1189)의 노숙한 학자들에 근본하였지만 그 가르침을 무너뜨린 사람은 실로 慈湖 楊簡이다. 양간의 말은 모두 따를 수는 없지만, 그의 행실은 본받을 만하다. 勉齋 黃榦이 말하길 "양간의 문집은 모두 덕이 있는 사람의 말이지만, 그는 도를 듣지 못했다."라고 하였다. 내가 가장 순수하고 평이한 것을 뽑아 단점을 버리고 장점을 모아 기록하니, 참으로 성인에게 질정을 하더라도 어긋나지 않을 것들이다.

3) 陸九淵의 門人

● 양 간 楊簡(1141-1226)

자는 敬仲, 호는 慈湖, 시호는 文元이며, 慈溪(浙江省 寧波) 사람이다. 1169년 진사가 되어 富陽主簿·寶謨閣 學士 등을 지냈다. 부양주부로 있을 때 陸九淵을 스승으로 섬겨 陸氏心學派의 대표적 인물이 되었다. 袁燮·舒璘·沈煥 등과 함께 甬上四先生·四明四先生으로 일컬어졌다. 육구연의 심학을 우주의 萬物·萬象·萬變이 모두 자신에게 속해 있다는 唯我論으로 발전시켰다. 저술로『慈湖詩傳』·『楊氏易傳』·『先聖大訓』·『五誥解』·『慈湖遺書』·『甲藁』·『乙藁』·『冠記』·『昏記』·『喪禮家記』·『家祭記』·『釋菜禮記』·『己易』·『啓蔽』 등이 있다.

4) 楊簡의 講友

● 서 린 舒璘(1136-1199) ☞ 廣平定川學案

● 심 환 沈煥(1139-1191) ☞ 廣平定川學案

● 원 섭 袁燮(1144-1224) ☞ 絜齋學案

● 한의경 韓宜卿(?-?) ☞ 淸江學案

- 장존성 蔣存誠(? – 1210)
  자는 秉信이며, 鄞縣(浙江省) 사람이다. 蔣琚의 손자로, 楊簡과 강학하며 절친하게 지냈다.

- 심문표 沈文彪(? – ?)
  호는 淸遲居士이며, 鄞縣(浙江省) 사람이다. 학행이 높았으며, 楊簡과 절친하였다.

- 탕　건 湯建(? – ?)
  자는 達可, 호는 藝堂이며, 樂淸(浙江省) 사람이다. 과거공부에 뜻을 버리고 『周易』을 연구하였으며, 천문·지리 등에도 정밀하였다. 저술로『詩衍義』·『論語解』·『老子解』·『藝堂文集』·『周易筮傳』 등이 있다.

5) 楊簡의 學侶

- 섭수발 葉秀發(1161–1230) ☞ 麗澤諸儒學案
- 한　도 韓度(? – ?) ☞ 淸江學案

6) 楊簡의 家學

- 양　각 楊恪(? – ?)
  자는 叔謹, 호는 磬齋이다. 楊簡의 맏아들로 가학을 계승하였다. 承務郞을 지냈다.

7) 楊簡의 門人

- 원　보 袁甫(? – ?) ☞ 絜齋學案
- 풍흥종 馮興宗(1176–1237)
  자는 振甫이며, 慈溪(浙江省) 사람이다. 從弟 馮國壽와 함께 楊簡에게 배웠으며, 당시 사람들이 '二馮'이라 일컬었다. 象山書院 堂長을 지냈다.

- 풍국수 馮國壽(? – ?)
  馮興宗의 從弟로, 楊簡에게 배웠다. 풍흥종과 함께 당시 '二馮'이라 불리었다.

● 사미충 史彌忠(?-?)

자는 良叔, 호는 自齋, 시호는 文靖이며, 鄞縣(浙江省) 사람이다. 史浩의 조카로, 楊簡에게 배웠다. 1187년 진사가 되어 鄂州 咸寧尉를 지냈으며, 楊簡의 천거로 廬陵의 수령을 역임하였다.

● 사미견 史彌堅(?-1232)

자는 固叔·開叔, 호는 滄洲, 시호는 忠宣이며, 鄞縣(浙江省) 사람이다. 史浩의 아들로 여러 형들과 함께 楊簡에게 배웠다. 軍器監으로 臨安尹이 되었는데, 형 史彌遠이 재상이 되자 외직을 청해 潭州·湖南按撫使로 나갔다. 建寧 수령으로 있을 적에 義倉法을 행하여 공적이 있었다.

● 사미공 史彌鞏(1170-1249)

자는 南叔, 호는 獨善이며, 鄞縣(浙江省) 사람이다. 史彌遠의 從弟로, 楊簡에게 수학하였다. 1217년 진사가 되어 知溧水 등을 지냈다.

● 사미림 史彌林(?-?)

호는 和旨이며, 鄞縣(浙江省) 사람이다. 史浩의 조카로, 楊簡에게 수학하였다.

● 전 시 錢時(?-?)

자는 子是, 호는 融堂이며, 淳安(浙江省) 사람이다. 1238년 喬行簡의 천거로 秘閣校勘에 제수되었으며, 象山書院의 주강을 지냈다. 楊簡에게 수학하였다. 저술로『周易釋傳』·『尙書演義』·『學詩管見』·『四書管見』·『春秋大旨』·『兩漢筆記』·『蜀阜集』·『冠昏記』·『百行冠冕集』 등이 있다.

● 홍몽염 洪夢炎(?-?)

자는 季思, 호는 默齋이며, 淳安(浙江省) 사람이다. 楊簡에게 수학하였다. 1225년 진사가 되어 司農·知衢州를 지냈다. 저술로『奏錄』·『高沙撫錄』·『荊襄語藁』와 文集이 있다.

● 사수지 史守之(?-?)

자는 子仁이며, 鄞縣(浙江省) 사람이다. 史浩의 손자이며, 史彌堅의 조카이다. 楊簡·袁燮에게 수학하였으며, 陸九淵을 사숙하였다. 樓鑰에게 고문을 배웠다. 史彌遠이 재상으로 있을 때,『升聞錄』을 지어 간언을 가탁하였다. 月湖의 松島로 물러나 강학에 힘썼다. 저술로『世學』이 있는데, 이단을 물리치는 것으로 주된 뜻을 삼았다.

- **사정지 史定之(?-?)**

  자는 子應, 호는 月湖漁老이며, 鄞縣(浙江省) 사람이다. 史浩의 손자이며, 楊簡에게 수학하였다. 嘉定年間(1208-1213)에 饒州의 수령을 지냈다. 저술로 『鄕飮酒儀』·『太極圖論』·『易賛著說』·『饒州志』 등이 있다.

- **진 훈 陳塤(1197-1241)**

  자는 和仲, 호는 習庵이며, 鄞縣(浙江省) 사람이다. 史彌遠의 甥姪이며, 楊簡에게 수학하였다. 1217년 진사가 되어 黃州敎授·太常博士 등을 역임하였다.

- **계만영 桂萬榮(?-?)**

  자는 夢協, 호는 石坡이며, 慈溪(浙江省) 사람이다. 楊簡에게 수학하였다. 1196년 진사가 되어 餘干尉·直寶章閣 등을 지냈다. 石坡書院을 짓고 그곳에서 학문에 힘썼다. 『棠陰比事』를 편찬하였다.

- **동거이 童居易(?-?)**

  자는 行簡, 호는 杜洲이며, 慈溪(浙江省) 사람이다. 처음엔 향선생 李耷과 王休에게 배웠고, 뒤에 楊簡에게 수학하였다. 1223년 진사가 되어 太常博士·知廣東德慶府 등을 역임하였다.

- **조언계 趙彦悈(?-?)**

  자는 元道이며, 餘姚(浙江省) 사람이다. 楊簡에게 수학하였다. 1205년 진사가 되어 吏部尙書·華文閣直學士 등을 지냈다.

- **증 습 曾熠(?-?)**

  자는 定遠이며, 廬陵(浙江省) 사람이다. 楊簡에게 수학하였다. 스승의 저술인 『己易』·『閒居解』를 간행하였다.

- **추근인 鄒近仁(?-1209)**

  자는 魯卿·季友, 호는 歸軒이며, 德興(江西省) 사람이다. 楊簡에게 수학하였으며, 靜江法曹·龍陽丞을 지냈다. 저술로 『歸軒集』이 있다.

- **추몽우 鄒夢遇(?-?)**

  자는 子祥·元祥, 호는 艮齋이며, 樂平(江西省) 사람이다. 鄒近仁의 조카로, 楊簡에게 수학하였다.

- **섭우지 葉祐之(?-?)**

  자는 元吉, 호는 同庵이며, 吳縣(江蘇省) 사람이다. 葉大顯의 아들로, 楊簡에게 수학하였다. 시를 잘 지었다.

- 서 봉 徐鳳(1177-1224)

  자는 子儀이며, 浦城(福建省) 사람이다. 楊簡에게 수학하였다. 1196년 진사가 되어 秘書少監·顯謨閣待制 등을 역임하였다. 저술로『內制』·『十箴』이 있다.

- 조 숙 曹夙(?-?)

  자는 叔達이며, 餘干(江西省) 사람이다. 楊簡에게 수학하였다.

- 장 위 張渭(?-?)

  자는 渭叔이며, 新昌(浙江省) 사람이다. 呂祖儉·楊簡에게 수학하였다.

- 장 분 張汾(1171-1208)

  자는 淸叔이며, 新昌(浙江省) 사람이다. 楊簡에게 수학하였다.

- 손명중 孫明仲(?-1192)

  富春(浙江省) 사람으로 생애가 자세치 않다. 楊簡이 富陽主簿로 있을 때, 나아가 배웠다.

- 심 공 沈鞏(?-?)

  자는 元吉이며, 嘉禾(浙江省) 사람이다. 楊簡에게 수학하였으며, 葉祐之와 함께 명성을 나란히 하였다.

- 허 부 許孚(?-?)

  호는 止齋이며, 昌國(浙江省) 사람이다. 楊簡에게 수학하였다. 孝·義로써 향리 사람들을 창도하였으며, 조정에서 여러 번 불렀으나 나아가지 않았다.

- 주 개 朱介(?-?)

  昌國(浙江省) 사람으로, 생애가 자세치 않다. 楊簡·袁燮에게 수학하였다.

- 위 구 魏榘(?-?)

  昌國(浙江省) 사람으로, 생애가 자세치 않다. 楊簡·袁燮에게 수학하였다.

- 심민헌 沈民獻(?-?)

  鄞縣(浙江省) 사람으로, 沈文彪의 아들이다. 楊簡에게 수학하였다.

- 유후남 劉厚南(?-?)

  자는 子固, 호는 寶山이며, 慈溪(浙江省) 사람이다. 沈文彪의 사위로, 沈民獻

과 함께 楊簡에게 수학하였다. 嘉定年間(1208-1224)에 진사가 되어 瑞安尉 ·
知台州 등을 지냈다.

- 서 선 舒銑(?-?) ☞ 廣平定川學案
- 방 부 方溥(?-?)
  자는 成大이며, 樂平(江西省) 사람이다. 楊簡에게 수학하였다.

- 왕자용 王子庸(?-?)
  錢塘(浙江省) 사람으로 생애가 자세치 않다. 楊簡에게 수학하였다.

- 마 박 馬樸(?-?)
  자는 季文이며, 樂平(江西省) 사람이다. 楊簡에게 수학하였으며, 廣昌主簿를
  지냈다.

- 마응지 馬應之(?-?)
  자는 定翁이며, 樂平(江西省) 사람이다. 馬樸의 조카로, 楊簡에게 수학하였다.

- 왕 기 王琦(?-?)
  자는 表文이며, 樂平(江西省) 사람이다. 楊簡에게 수학하였다.

- 서 익 舒盒(?-?)
  자는 裕父이며, 樂平(江西省) 사람이다. 楊簡에게 수학하였다.

- 홍 간 洪簡(?-?)
  자는 子斐 · 子裴이며, 樂平(江西省) 사람이다. 洪皓曾의 손자로, 楊簡에게 수
  학하였다. 조부의 훈공으로 知茶陵縣을 지냈다.

- 서 연 舒衍(?-?) ☞ 絜齋學案
- 오 훈 吳塤(?-?)
  자는 仲和이며, 樂平(江西省) 사람이다. 동생 吳坰과 함께 楊簡에게 수학하
  였다.

- 오 경 吳坰(?-?)
  자는 仲郊이며, 樂平(江西省) 사람이다. 형 吳塤과 함께 楊簡에게 수학하였다.

- 여원발 余元發(?-?)
  자는 永之이며, 樂平(江西省) 사람이다. 楊簡에게 수학하였다.

- **종 굉 鍾宏(?-?)**

  자는 遠之·子虛, 호는 了齋이며, 樂平(江西省) 사람이다. 楊簡에게 수학하였다. 嘉定年間(1208-1224)에 진사가 되어 建德主簿·貴溪丞 등을 지냈다. 저술로『論語約說』·『了齋綴藁』가 있다.

- **조 정 曹正(?-?)**

  자는 性之이며, 樂平(江西省) 사람이다. 楊簡에게 배웠으며, 永明尉를 지냈다.

- **소 갑 邵甲(?-?)**

  壽昌(浙江省) 사람으로 생애가 자세치 않다. 楊簡에게 수학하였다.

- **왕 진 王震(?-?)**

  嚴陵(浙江省) 사람으로, 생애가 자세치 않다. 楊簡에게 수학하였다.

- **정절부 鄭節夫(?-?)** ☞ 嶽麓諸儒學案

- **고평보 顧平甫(?-?)** ☞ 槐堂諸儒學案

- **장단의 張端義(1179-?)**

  자는 正夫, 호는 荃翁이며, 鄭州(河南省) 사람이다. 荊南에서 項平齋에게 배웠고, 후에 楊簡·葉祐之·唐仲友·魏了翁·陳居仁·陳塤에게 수학하였다. 端平年間(1234-1236) 조칙에 응해 글을 올린 것으로 인해 龍州安置가 되었다. 詩·詞賦를 잘 하였다. 저술로『荃翁集』·『貴耳集』이 있는데,『전옹집』은 전하지 않는다.

- **왕진로 王晉老(?-?)**

  자는 子康이며, 樂平(江西省) 사람이다. 王剛中의 손자로, 楊簡에게 수학하였다. 조부의 훈공으로 벼슬하였다.

- **하원수 何元壽(?-?)**

  생애가 자세치 않다. 楊簡에게 수학하였다.

- **부정부 傅正夫(?-?)**

  이름은 전하지 않는다. 자는 正夫이며, 建昌(江西省) 사람이다. 陸九淵의 고제인 傅夢泉의 조카로, 楊簡·袁燮에게 수학하였다.

- **부대원 傅大原(?-?)** ☞ 說齋學案

- **설의지 薛疑之(?-?)**

  이름을 凝之라고도 한다. 자는 季常, 호는 玉成이며, 永嘉(浙江省) 사람이다.

楊簡에게 수학하였다. 慶元年間(1195-1200)에 성리학이 위학으로 금지되자
『伊洛源流譜』를 지어 90여 명을 立傳하여 도통을 밝혔다.

● 조여주 趙與篴(1179-1260)
 자는 德淵, 호는 節齋, 시호는 忠惠이며, 湖州(浙江省) 사람이다. 楊簡에게 수학
하였다. 1220년 진사가 되어 觀文殿學士·知平江府 등을 역임하였다.

● 손백온 孫伯溫(?-?)
 자는 南叟이며, 豐城(江西省) 사람이다. 楊簡·楊方에게 수학하였다. 1193년
진사가 되어 龍城教官·知新昌縣을 지냈다. 시문을 잘 지었다.(보유 617쪽)

● 호 혁 胡革(?-?)(보유 618쪽) ☞ 絜齋學案

● 이 악 李鸚(?-?)(보유 618쪽) ☞ 絜齋學案

● 진 용 陳瑢(?-?)
 자는 端甫이며, 생애가 자세치 않다. 楊簡에게 수학하였으며, 衢州別駕를 지
냈다.(보유 618쪽)

● 주지덕 周之德(?-?)
 생애가 자세치 않다. 楊簡에게 수학하였다.(보유 618쪽)

● 진 종 陳從(?-?)
 鄞縣(浙江省) 사람으로, 생애가 자세치 않다. 陳邦臣의 아들로, 楊簡에게 수학
하였다. 진사가 되어 徽州錄事參軍 등을 지냈다.(보유 618쪽)

● 조여시 趙與峕(?-?)
 자는 德行이며, 臨江(江西省) 사람이다. 楊簡에게 수학하였다.(보유 619쪽)

● 유백심 劉伯諶(?-?)
 자는 諶甫이며, 歙縣(安徽省) 사람이다. 楊簡에게 수학하였다.(보유 619쪽)

● 왕 급 汪伋(?-?)
 慈溪(浙江省) 사람으로, 생애가 자세치 않다. 汪彦陽의 증손이며, 楊簡에게 수
학하였다. 從事郎을 지냈다.(보유 619쪽)

● 정사룡 程士龍(?-?)
 자는 應辰이며, 慈溪(浙江省) 사람이다. 王休·楊簡에게 수학하였다. 嘉定年
間(1208-1224)에 진사가 되어 句容主簿·臨江軍 등을 지냈다.(보유 620쪽)

8) 楊簡의 再傳門人

◎ 史彌堅의 家學

- 사빈지 史賓之(?-?) ☞ 丘劉諸儒學案

◎ 史彌鞏의 門人

- 왕　휘 王撝(1184-1252) ☞ 麗澤諸儒學案

◎ 錢時의 家學

- 전　유 錢栩(?-?)

  자는 誠甫이며, 생애가 자세치 않다. 錢時의 아들로, 가학을 계승하였으며, 楊簡에게 질정하기도 하였다.

- 전윤문 錢允文(?-?)

  호는 竹間이며, 淳安(浙江省) 사람이다. 錢時의 조카로, 가학을 계승하였다. 1273년 진사가 되어 武岡令을 지냈다.

◎ 錢時의 門人

- 홍양조 洪揚祖(?-?)

  자는 季揚, 호는 錦溪이며, 嚴州(浙江省) 사람이다. 洪璞의 아들로 錢時에게 수학하였으며, 楊簡·袁燮·袁甫를 종유하였다. 1232년 진사가 되어 太學博士·秘書省正字 등을 지냈다. 경연에서 正心·誠意를 위주로 강학하였다.

- 하희현 夏希賢(?-?)

  자는 自然, 호는 安正이며, 淳安(浙江省) 사람이다. 錢時의 제자로, 楊簡을 종유하였다. 평생 두문불출하고 성리학 연구에 힘썼다.

- 여인룡 呂人龍(?-?)

  자는 首之, 호는 鳳山이며, 淳安(浙江省) 사람이다. 錢時에게 수학하였다. 1262년 진사가 되어 承務郎을 지냈다. 저술로『鳳山集』이 있다.

◎ 陳塤의 家學

● 진　몽 陳蒙(？-？)

자는 伯求이며, 鄞縣(浙江省) 사람이다. 陳塤의 아들로, 가학을 계승하였다. 18세 때 上書하여 國事를 논하였다. 太府寺主簿가 되어 賈似道의 失政을 극언하다 建昌軍簿로 좌천되었다. 德祐年間(1275-1276)에 刑部侍郎으로 불렀으나 나아가지 않았다.

◎ 陳塤의 門人

● 전겸손 全謙孫(？-？)

자는 眞志이며, 鄞縣(浙江省) 사람이다. 동생 全晉孫과 함께 陳塤에게 수학하였으며, 陸九淵·楊簡을 사숙하였다. 부친 全汝梅, 백형 全鼎孫, 막내 동생 全頤孫, 조카 全耆와 함께 三代가 義田을 두어 일가를 진휼하였는데, 이들을 '義田六老'라 일컬었다.

● 전진손 全晉孫(？-？)

자는 本心이며, 鄞縣(浙江省) 사람이다. 형 全謙孫·全晉孫과 함께 陳塤에게 수학하였으며, 陸九淵·楊簡을 사숙하였다. '義田六老'라 일컬어졌으며, 그의 재전문인 黃潤玉은 명나라 초에 大儒가 되었다.

◎ 桂萬榮의 家學

● 계석손 桂錫孫(？-？)

자는 予之이며, 興國(江西省) 사람이다. 桂萬榮의 조카로, 가학을 계승하였다. 『春秋』에 능통하였고, 10세 때 童子科에 응시하여 신동으로 불리었다. 1232년 진사가 되어 御史·崇政殿說書를 지냈다.

◎ 童居易의 家學

● 동　종 童鐘(？-？)

호는 松簹이며, 慈溪(浙江省) 사람이다. 童居易의 아들로, 가학을 계승하였다. 童居易·曹漢炎·黃震·嚴畏·童鉉과 함께 '杜洲六先生'으로 불리었다.

- 동 횡 童鋐(?-?)

  호는 聲伯이며, 慈溪(浙江省) 사람이다. 童居易의 아들로, 가학을 계승하였다.
  '杜洲六先生'으로 불리었다.

- 동 금 童金(?-?)

  자는 子丹이며, 慈溪(浙江省) 사람이다. 童居易의 손자로, 가학을 계승하였다.
  至元年間(1335-1340)에 천거되어 進義副尉에 제수되었다.

◎ 童居易의 門人

- 조한염 曹漢炎(?-?)

  자는 久可, 호는 懋山이며, 慈溪(浙江省) 사람이다. 童居易에게 배웠으며, 慈
  湖書院·杜洲書院 堂長을 지냈다. '杜洲六先生'으로 불리었다.

- 엄 외 嚴畏(?-?)

  호는 草堂이며, 慈溪(浙江省) 사람이다. 童居易에게 수학하였다. 紹熙年間
  (1190-1194)에 진사가 되었다.

◎ 鄒近仁의 家學

- 추 증 鄒曾(?-?)

  자는 伯傳이며, 德興(江西省) 사람이다. 鄒近仁의 아들로, 가학을 계승하였다.

◎ 馬樸의 家學

- 마 섭 馬燮(?-?)

  자는 敬叔이며, 樂平(江西省) 사람이다. 楊簡에게 수학하였다. 馬樸의 아들로,
  가학을 계승하였다.

◎ 王琦의 門人

- 종계정 鍾季正(?-?)

  樂平(江西省) 사람으로, 생애가 자세치 않다. 王琦에게 배웠다.

◎ 邵甲의 家學

- **소대춘 邵大椿(?-?)**

  자는 春叟, 호는 顧齋이며, 壽昌(浙江省) 사람이다. 邵甲의 아들로, 가학을 계승하였다. 龍遊教諭를 지냈으며, 景定年間(1260-1264)에 천거되어 晦庵書院 山長을 지냈다. 저술로『四書講義』가 있다.

◎ 薛疑之의 家學

- **설 거 薛璩(?-?)**

  자는 叔容이며, 平陽(浙江省) 사람이다. 薛疑之의 아들로, 가학을 계승하였다. 저술로『孔子集語』·『宅揆成鑑』·『天保采薇末議』가 있다.

9) 楊簡의 三傳門人

◎ 史彌鞏의 續傳

- **사몽경 史蒙卿(1247-1306)** ☞ 靜清學案

◎ 夏希賢의 家學

- **하 부 夏溥(?-?)**

  자는 大之이며, 淳安(浙江省) 사람이다. 夏希賢의 아들로, 가학을 계승하였다. 安定書院 山長을 지냈는데, 한결같이 安定學規로써 가르쳤다. 經學에 박통하였으며, 시를 잘 지어 一家를 이루었는데, 당시에 ‘夏體’라 일컬었다. 문인으로 鄭玉·趙汸·汪汝懋가 있다.

- **하청지 夏淸之(?-?)**

  淳安(浙江省) 사람으로, 생애가 자세치 않다. 夏希賢의 아들로, 가학을 계승하였다.

- **하잠지 夏潛之(?-?)**

  淳安(浙江省) 사람으로, 생애가 자세치 않다. 夏希賢의 아들로, 가학을 계승하였다.

◎ 洪夢炎의 續傳

- **홍 색 洪賾(1290-1353)**

  자는 君實·本一이며, 淳安(浙江省) 사람이다. 洪夢炎의 族孫이다. 柯九思가
  불러 國子助敎로 삼으려 했으나, 나아가지 않았다. 저술로『庸言稿』가 있다.

◎ 全謙孫의 家學

- **전 기 全耆(?-?)**

  鄞縣(浙江省) 사람이다. 全鼎孫의 아들이고, 全謙孫의 조카이다. 전겸손에게
  수학하였으며, 가학을 계승하였다. 스스로 味道子라 불렀다.

◎ 全晉孫의 家學

- **전 언 全彦(?-?)**

  호는 遯翁이며, 鄞縣(浙江省) 사람이다. 全謙孫의 아들로, 가학을 계승하였다.
  洪武年間(1368-1398)에 조정에서 불렀으나, 나아가지 않았다. 그의 학문은
  黃潤玉에게 전해졌다.

- **전 정 全整(?-?)**

  자는 修齋이며, 鄞縣(浙江省) 사람이다. 족부 全謙孫·全晉孫에게 楊簡의 학
  문을 전수받았고, 丁鶴竿의 문하에서『시경』을 배웠다. 저술로『三石山房集』
  이 있다.

◎ 邵大椿의 門人

- **정 당 鄭棠(?-?)**

  자는 景召이며, 생애가 자세치 않다. 邵大椿에게 배웠다.

◎ 趙與篤의 續傳

- **조 해 趙偕(?-?)** ☞ 靜明寶峯學案

10) 楊簡의 四傳門人

◎ 夏溥의 門人

● 정　옥 鄭玉(1298-1358) ☞ 師山學案

● 조　방 趙汸(1319-1369)

자는 子常, 호는 東山이며, 休寧(安徽省) 사람이다. 夏溥에게도 배웠으나, 오랫동안 黃澤(1260-1346)에게 수학하여 『춘추』를 깊이 연구하였다. 이후 虞集 (1272-1348)을 종유하여 草廬 吳澄(1249-1333)의 학문을 계승하였다. 1369년 趙壎 등과 함께 『元史』편수에 참여하였으며, 책이 완성되어 고향으로 돌아오자 죽었다. 저술로 『春秋集傳』·『春秋屬辭』·『左氏補註』·『師說』 등이 있다.

● 왕여무 汪汝懋(1308-1369)

자는 以敬, 호는 遯齋이며, 歙縣 사람이었는데 뒤에 淳安(浙江省)으로 옮겨 살았다. 부친 汪斗建은 주자학을 존숭한 方逢辰의 문하에서 배웠으나, 왕여무는 육상산의 학문을 계승한 夏溥·吳暾·洪瓚에게 수학하였다. 천거로 丹陽 縣學教諭에 제수 되었다. 저술로 『春秋大義』·『深衣圖考』·『禮學幼範』·『善 行啓蒙』·『歷代紀年』·『山居四要』·『遯齋藁』가 있다. 문인으로 沈源·唐轍이 있다.

◎ 全彦의 門人

● 황윤옥 黃潤玉(?-?)

자는 孟清, 호는 南山이며, 鄞縣(浙江省 寧波) 사람이다. 全彦에게 수학하였다. 1403년 북경으로 이주하였고, 그 후 順天鄉試에 합격하여 建昌府學 訓導에 제수 되었다. 학문은 정주학을 종주로 하였다. 저술로 『儀禮記附注』·『戴禮 記附注』·『書經補注』·『學庸通旨』·『四明文獻錄』 등이 있다.

11) 楊簡의 五傳門人

◎ 汪汝懋의 門人

- 심　원 沈源(?-?)

  鄞縣(浙江省) 사람으로, 생애가 자세치 않다. 沈民獻의 五世孫이며 沈輝卿의 아들로, 汪汝懋에게 수학하였다.

- 당　원 唐轅(?-?)

  자는 伯度이며, 句章(浙江省) 사람이다. 沈輝卿의 사위로, 汪汝懋에게 수학하였다.

12) 楊簡의 續傳

- 진　원 陳苑(1256-1330) ☞ 靜明寶峯學案

- 송몽정 宋夢鼎(?-?)

  자는 翔仲이며, 淳安(浙江省) 사람이다. 楊簡·錢時를 사숙하였다. 1333년 진사가 되어 知奉化州를 지냈다.

- 노　연 魯淵(?-?)

  자는 道源, 호는 岐山이며, 淳安(浙江省) 사람이다. 楊簡·錢時를 사숙하였다. 1351년 진사가 되어 華亭丞을 지냈다. 저술로 『春秋節傳』·『策府樞要』가 있다.

- 홍　원 洪源(?-?)

  자는 子泉, 호는 泉齋이며, 淳安(浙江省) 사람이다. 楊簡·錢時를 사숙하였다. 洪武年間(1368-1398)에 천거로 태학에 들어갔으며, 安仁敎諭 등을 지냈다.

- 양　예 楊芮(?-?)

  자는 大章, 호는 小隱이며, 慈溪(浙江省) 사람이다. 楊簡의 五世孫으로, 가학을 계승하였다.

- 양백순 楊伯純(?-?)

  慈溪(浙江省) 사람으로, 생애가 자세치 않다. 楊芮의 아들로 가학을 계승하였으며, 南康都昌縣丞을 지냈다.

- 양　규 楊圭(?-?)

  慈溪(浙江省) 사람으로, 생애가 자세치 않다. 楊伯純의 아들로 가학을 계승하였으며, 知南陽郟縣을 지냈다.

◎ 桂萬榮의 續傳

- 계동덕 桂同德(?-?)

  호는 容齋이며, 慈溪(浙江省) 사람이다. 桂萬榮의 四世孫으로, 가학을 계승하였다. 제자들을 가르칠 때, 德行을 근본으로 삼았다. 저술로『容齋集』이 있다.

- 계언량 桂彦良(?-?) ☞ 靜明寶峯學案

- 계　율 桂瑮(?-?)

  자는 懷英, 호는 古香이며, 慈溪(浙江省) 사람이다. 桂萬榮의 후손으로, 가학을 계승하였다. 方孝孺(1357-1402)가 그를 방문하여 함께 학문을 논의하고 탄복하였다. 저술로『桑楡稿』가 있다.

◎ 沈民獻의 續傳

- 심휘경 沈輝卿(?-?)

  자는 明大이며, 鄞縣(浙江省) 사람이다. 沈民獻의 四世孫으로 가학을 계승하였다.

13) 楊簡의 私淑

- 진덕수 眞德秀(1178-1235) ☞ 西山眞氏學案
- 유　재 劉宰(1167-1240) ☞ 嶽麓諸儒學案

66. 絜齋 袁燮의 學脈(絜齋學案)

1) 絜齋學案 圖表

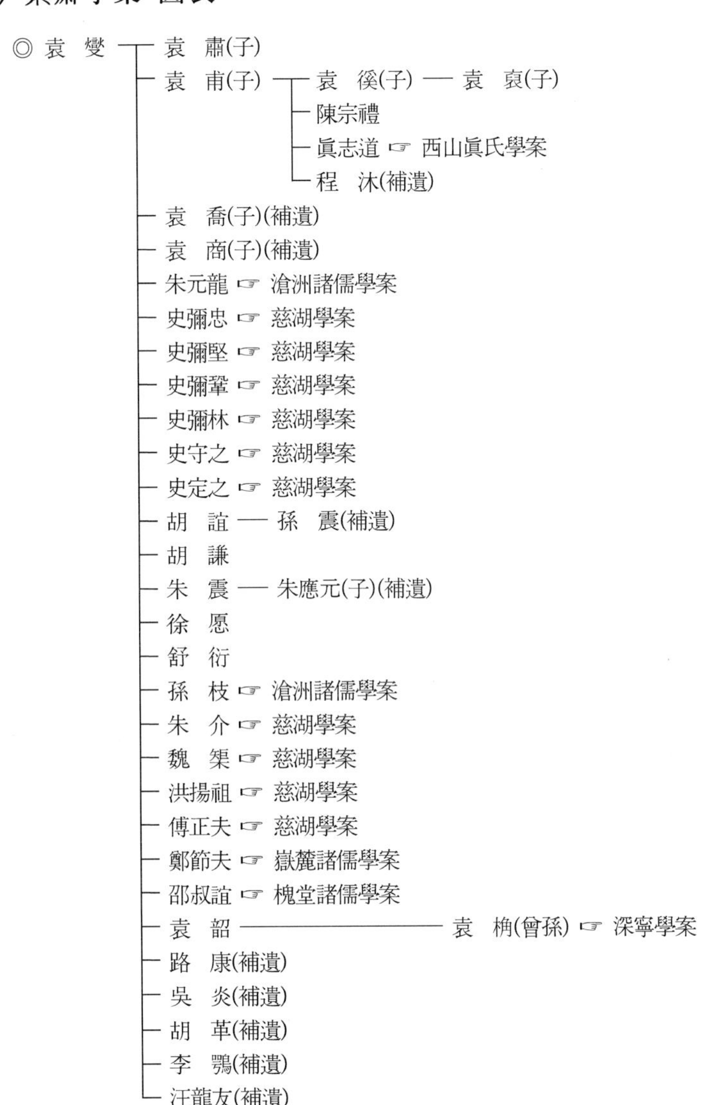

```
※ 講 友 : 陳傅良 ☞ 止齋學案
          舒  璘 ☞ 廣平定川學案
          沈  煥 ☞ 廣平定川學案
          楊  簡 ☞ 慈湖學案
          趙師淵 ☞ 滄洲諸儒學案
※ 私 淑 : 眞德秀 ☞ 西山眞氏學案
          劉  宰 ☞ 嶽麓諸儒學案
```

2) 絜齋學案序錄

내가 삼가 살펴보건대, 慈湖 楊簡(1141-1226)은 絜齋 袁燮(1144-1224)과 같은 부류라고 말할 수 없다. 양간은 범람하여 순수하지 못하지만, 원섭의 말은 법도가 있다. 黃震(1212-1280)이 나보다 먼저 이에 관해 언급하였다.

3) 呂祖謙·陸九淵의 門人

● 원 섭 袁燮(1144-1224)

자는 和叔, 호는 絜齋·洁齋, 시호는 正獻이며, 鄞縣(浙江省) 사람이다. 남송 때 학자로, 1181년 진사가 되어 國子祭酒·禮部侍郎 등을 지냈다. 乾道年間 초 태학에 입학하여 學錄으로 있던 陸九齡을 만나게 되었다. 이후 陸九淵을 사사하여 그의 학문을 전하였다. 그는 내면의 心으로부터 道를 터득하는 방법론을 주창하였다. 眞德秀가 지은 그의 행장에 의하면, 呂祖謙을 종유하고 陳傅良과 학문을 강마했다고 하니, 전적으로 心學만을 전공한 것은 아닌 듯하다. 楊簡·舒璘·沈煥과 함께 '甬上四先生'·'四明四先生'이라 불리었다. 저술로 『絜齋毛詩經筵講義』·『絜齋家塾書鈔』·『絜齋集』 등이 있다.

4) 袁燮의 講友

● 진부량 陳傅良(1137-1203) ☞ 止齋學案

● 서 린 舒璘(1136-1199) ☞ 廣平定川學案

● 심 환 沈煥(1139-1191) ☞ 廣平定川學案

- 양 간 楊簡(1141-1226) ☞ 慈湖學案
- 조사연 趙師淵(?-?) ☞ 滄洲諸儒學案

5) 袁燮의 家學

- 원 숙 袁肅(?-?)
  자는 恭安, 호는 晉齋이며, 鄞縣(浙江省) 사람이다. 袁燮의 아들이며, 舒璘에게 수학하였다. 1199년 진사가 되어 太府少卿 등을 지냈다.

- 원 보 袁甫(?-?)
  자는 廣微, 호는 蒙齋, 시호는 正肅이며, 鄞縣(浙江省) 사람이다. 袁燮의 아들이며, 楊簡에게 수학하였다. 1214년 진사가 되어 國子祭酒·兵部尙書를 역임하였다. 문인으로 陳宗禮·洪揚祖 등이 있다. 저술로『蒙齋中庸講義』가 있는데, 陸九淵의 학설에 근거하여 밝힌 것이 많다. 그 외에『孝經說』·『孟子解』·『蒙齋集』이 있다.

- 원 교 袁喬(?-?)
  자는 崇謙이며, 鄞縣(浙江省) 사람이다. 袁燮의 長子로, 가학을 계승하였다. 溧陽의 수령을 지냈다.(보유 625쪽)

- 원 상 袁商(?-?)
  자는 淸夷이며, 鄞縣(浙江省) 사람이다. 袁燮의 아들로 가학을 계승하였으며, 閤學을 지냈다.(보유 625쪽)

6) 袁燮의 門人

- 주원룡 朱元龍(?-?) ☞ 滄洲諸儒學案
- 사미충 史彌忠(?-?) ☞ 慈湖學案
- 사미견 史彌堅(?-1232) ☞ 慈湖學案
- 사미공 史彌鞏(1170-1249) ☞ 慈湖學案
- 사미림 史彌林(?-?) ☞ 慈湖學案
- 사수지 史守之(?-?) ☞ 慈湖學案

- 사정지 史定之(?-?) ☞ 慈湖學案

- 호 의 胡誼(1159-1232)

  자는 正之, 호는 觀省佚翁이며, 奉化(浙江省) 사람이다. 남송 때 학자로, 형 胡謙과 함께 袁燮을 사사하여 心學을 종주로 삼았다. 저술로『尙書釋疑』·『觀省雜著』 등이 있다.

- 호 겸 胡謙(?-?)

  자는 牧之이며, 奉化(浙江省) 사람이다. 남송 때 학자로, 동생 胡誼와 함께 袁燮을 사사하여 陸九淵의 학문을 전하였다.『주역』에 조예가 깊어『易說』·『易村』 등을 저술하였다.

- 주 진 朱震(?-?)

  자는 震之, 호는 坦齋이며, 安吉(浙江省) 사람이다. 袁燮에게 수학하여 存誠의 학문방법과 心으로부터의 체득을 중시하였다. 저술로『益泉集』 등이 있다.

- 서 원 徐愿(?-?)

  자는 恭先이며, 昌國(浙江省) 사람이다. 袁燮의 문하에서 공부하였으며, 袁甫의 형제들이 그를 존중하였다. 開禧年間(1205-1207)에 진사가 되어 福建提擧를 지냈다.

- 서 연 舒衍(?-?)

  초명은 沂이다. 자는 仲與이며, 鄞縣(浙江省) 사람이다. 袁燮에게 수학하였으며, 뒤에 沈煥·楊簡에게도 배웠다. 또한 呂祖謙·呂祖儉에게 질의하여 배움을 청하였다.

- 손 지 孫枝(?-?) ☞ 滄洲諸儒學案

- 주 개 朱介(?-?) ☞ 慈湖學案

- 위 구 魏榘(?-?) ☞ 慈湖學案

- 홍양조 洪揚祖(?-?) ☞ 慈湖學案

- 부정부 傅正夫(?-?) ☞ 慈湖學案

- 정절부 鄭節夫(?-?) ☞ 嶽麓諸儒學案

- 소숙의 邵叔誼(?-?) ☞ 槐堂諸儒學案

- 원 소 袁韶(?-?)

  자는 彦淳이며, 鄞縣(浙江省) 사람이다. 袁燮의 문인으로, 1187년 진사가 되었

다. 臨安府尹 · 參知政事 등을 역임하였으며, 후에 越國公에 봉해졌다. 저술로
『錢塘先賢傳贊』 등이 있다.

- 노 강 路康(?-?)
  자는 子齡이며, 象山(浙江省) 사람이다. 袁燮에게 수학하였으며, 江陰의 수령
  을 지냈다.(보유 625쪽)

- 오 염 吳炎(?-?)
  자는 晦夫이며, 생애가 자세치 않다. 袁燮의 문인이다.(보유 626쪽)

- 호 혁 胡革(?-?)
  어려서 원섭이 이름을 諶, 자는 實之라 지어주었는데, 뒤에 스스로 이름을 革,
  자는 從之로 바꿨다. 慈谿(浙江省) 사람으로, 袁燮 · 楊簡에게 배웠다. 鎭江府
  都統司左軍統領大監을 지냈다.(보유 626쪽)

- 이 악 李鶚(?-?)
  자는 雄飛이며, 奉化(浙江省) 사람이다. 楊子嘉에게 수학한 뒤, 沈煥 · 楊簡 ·
  袁燮에게 나아가 배웠다.(보유 627쪽)

- 왕용우 汪龍友(?-?)
  생애가 자세치 않으며, 袁燮의 문인이다.(보유 627쪽)

7) 袁燮의 再傳門人

◎ 袁甫의 家學

- 원 해 袁偰(?-?)
  鄞縣(浙江省) 사람으로, 생애가 자세치 않다. 袁甫의 아들로 가학을 계승하였
  다. 潭州通判을 지냈다.

◎ 袁甫의 門人

- 진종례 陳宗禮(?-1271)
  자는 立之, 시호는 文定이며, 南豐(江西省) 사람이다. 袁甫의 문인이며, 1244
  년 진사가 되어 刑部尙書 · 殿中侍御史 등을 역임하였다. 盱江郡侯에 추봉되
  었다. 저술로 『寄懷斐稿』 · 『曲轅散木集』 · 『兩朝奏議』 · 『經筵講義』 · 『經史

明辯』·『經史管見』·『人物論』 등이 있다.

- 진지도 眞志道(?-?) ☞ 西山眞氏學案
- 정　목 程沐(?-?)
  자는 自芳이며, 松陽(浙江省) 사람이다. 袁甫의 문인이며, 鄱陽의 수령을 지냈다.(보유 627쪽)

◎ 胡誼의 門人

- 손　진 孫震(?-?)
  天台(浙江省) 사람으로 생애가 자세치 않다. 胡誼의 문인이다.(보유 628쪽)

◎ 朱震의 家學

- 주응원 朱應元(?-?)
  자는 見則이며, 安吉(浙江省) 사람이다. 朱震의 아들로 가학을 계승하였다. 監察御史·右文殿侍講 등을 역임하였다.(보유 628쪽)

8) 袁燮의 續傳

◎ 袁俊의 家學

- 원　부 袁裒(1260-1320)
  자는 德平이며, 鄞縣(浙江省) 사람이다. 袁燮의 증손이며, 袁俊의 아들이다. 安定書院의 山長으로서 海鹽州儒學敎授에 제수되었으나 나아가지 못하고 죽었다.

◎ 袁韶의 家學

- 원　각 袁桷(1266-1327) ☞ 深寧學案

9) 袁燮의 私淑

- 진덕수 眞德秀(1178-1235) ☞ 西山眞氏學案
- 유　재 劉宰(1167-1240) ☞ 嶽麓諸儒學案

67. 舒璘·沈煥의 學脈(廣平定川學案)

1) 廣平定川學案 圖表

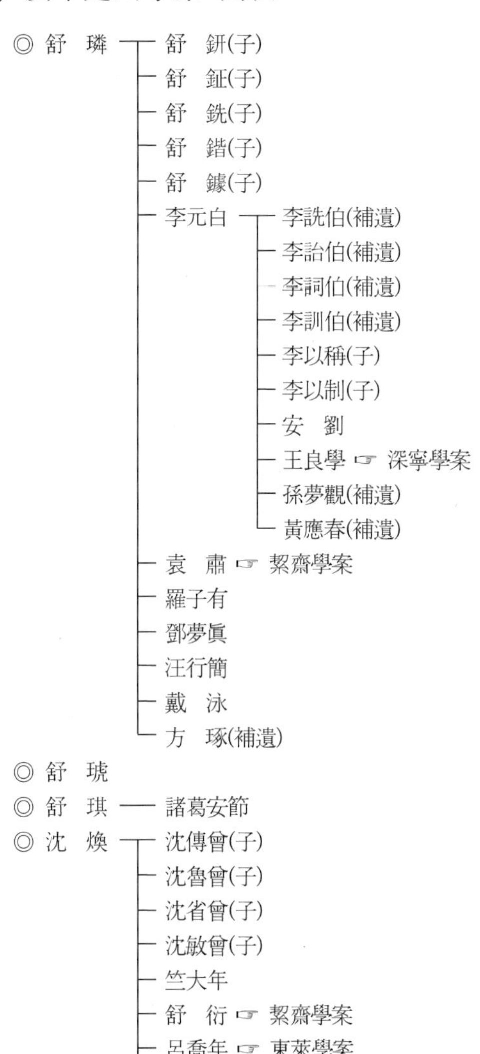

```
              └ 李  鶚(補遺) ☞ 絜齋學案
◎ 沈  炳 ┬ 李師尹(補遺)
        └ 吳  适(補遺)
```

※ 舒璘과 沈煥의 講友 : 楊 簡 ☞ 慈湖學案
　　　　　　　　　　　　袁 燮 ☞ 絜齋學案
　　　　　　　　　　　　呂祖儉 ☞ 東萊學案
　　　　　　　　　　　　王茂剛(補遺)
※ 舒璘의 同調 : 楊 琛
※ 舒璘의 續傳 : 舒 津(從孫) ── 李洧孫
　　　　　　　　　舒 潃(從孫)

2) 廣平定川學案序錄

　　내가 삼가 살펴보건대, 楊琛(？-？)과 袁燮(1144-1224)은 舒璘(1136-1199)과 沈煥(1139-1191) 보다 나이가 어렸지만 그들이 학문을 전한 것은 도리어 더 융성했으니, 이름을 어찌 舒璘과 沈煥보다 아래에 둘 수 있겠는가? 아! 이 또한 이유가 있구나. 그러나 舒璘과 沈煥의 평이하고 신실함은 또한 楊簡(1141-1126)과 袁燮보다 뛰어났다. 이 네 선생 중에 沈煥은 復齋 陸九齡(1132-1180)을 스승으로 섬겼는데, 『宋史』에는 뒤섞어서 陸九淵을 사사한 것으로 기술하였다.

3) 張栻과 陸九淵의 門人

● 서　린 舒璘(1136-1199)

　　자는 元質·元賓, 호는 廣平, 시호는 文靖이며, 奉化(浙江省) 사람이다. 1172년 진사가 되어 徽州教授·平陽令 등을 지냈다. 태학에서 공부할 때 張栻에게 배움을 청하였으며, 婺源으로 가서 朱熹·呂祖謙에게도 배웠다. 뒤에는 陸九淵의 문하에서 수업하여 육구연 학파의 주요 인물이 되었으며, 楊簡·袁燮·沈煥과 함께 '甬上四先生'으로 일컬어졌다. 육구연을 사사하여 자신을 수양하는 데 평실하고 돈독하였다. 주희의 설도 배척하지 않고 절충하는 경향이 있다. 경학에 있어서는 『시경』과 예학에 뛰어났으며, 저술로 『詩學發微』·『詩禮講解』·『廣平類稿』·『文靖集』이 있다.

4) 陸九淵의 門人

● 서 호 舒琥(?-?)

자는 西美이며, 奉化(浙江省) 사람이다. 鄕薦을 받고 진사가 되었다. 형 舒璘과 독실히 공부하였으며, 형과 함께 陸九淵의 문하에서 수업하였다.

● 서 기 舒琪(?-?)

자는 元英이며, 奉化(浙江省) 사람이다. 형 舒璘과 함께 陸九淵의 문하에서 수업하였다. 고을에서 자제들을 성실히 강학하여 慈湖 楊簡(1141-1226)으로부터 추중을 받았다.

● 심 병 沈炳(?-?)

자는 季文이며, 鄞縣(浙江省) 사람이다. 沈煥의 아우로, 陸九淵을 사사하였다. 趙汝愚(1140-1196)가 遺逸로 천거하였으나 벼슬에 나아가지 않았다.

5) 陸九齡의 門人

● 심 환 沈煥(1139-1191)

자는 叔晦, 호는 定川, 시호는 端憲이며, 定海(浙江省) 사람이다. 1169년 진사가 되어 揚州敎授·太學錄 등을 지냈다. 陸九淵의 형인 陸九齡을 사사하였는데, 결과적으로는 육구연의 학문을 전해받은 것으로 평가되었다. 楊簡·舒璘·袁燮과 함께 남송 陸學의 대표적 인물로 '甬上四先生'·'四明四先生'·'明州四先生'으로 일컬어졌다. 그는 陸門 외의 학파에 대하여 관용적인 태도를 취하였으며, 呂祖謙·呂祖儉 형제와도 학문을 강론하였다. 저술로 張壽鏞이 집록한 『定川集』이 있다.

6) 舒璘과 沈煥의 講友

● 양 간 楊簡(1141-1226) ☞ 慈湖學案

- 원 섭 袁燮(1144-1224) ☞ 絜齋學案
- 여조검 呂祖儉(? - 1196) ☞ 東萊學案
- 왕무강 王茂剛(? - ?)
  생애가 자세치 않다. 鄞縣(浙江省) 사람이다. 明州 林村의 깊은 골짜기에서 뜻을 돈독히 하여 독서하였으며, 세상에 나가기를 꺼려하였다. 『周易』에 조예가 깊었다. 沈煥이 그를 방문하여 학문을 토론하기도 하였다. 저술로 『武陵易說』이 있다.(보유 630쪽)

7) 舒璘의 同調

- 양 침 楊琛(? - ?)
  자는 獻子이며, 奉化(浙江省) 사람이다. 1193년 진사가 되어 國子博士 · 江東提刑司幹辦公事를 지냈다. 韓侂冑가 정권을 專橫하자 고향에 돌아와 時事를 말하지 않고 학문연구에 정진하였다. 經學에 淵源이 있어서 鄱陽의 士類들이 대부분 그에게 배웠다.

8) 舒璘의 家學

- 서 견 舒鈃(? - ?)
  생애가 자세치 않다. 자는 和仲이며, 奉化(浙江省) 사람이다. 舒璘의 長子로 가학을 계승하였으며, 沈煥에게도 수학하였다.

- 서 정 舒鉦(? - ?)
  생애가 자세치 않다. 奉化(浙江省) 사람이다. 舒璘의 아들로 가학을 계승하였다.

- 서 선 舒銑(? - ?)
  생애가 자세치 않다. 奉化(浙江省) 사람이다. 舒璘의 아들로 가학을 계승하였다.

- 서 개 舒鍇(? - ?)
  생애가 자세치 않다. 奉化(浙江省) 사람이다. 舒璘의 아들로 가학을 계승하였다.

● 서 거 舒鐻(?-?)

생애가 자세치 않다. 奉化(浙江省) 사람이다. 舒璘의 아들로 가학을 계승하
였다.

9) 舒璘의 門人

● 이원백 李元白(?-?)

자는 景平·希太, 호는 三江이며, 奉化(浙江省) 사람인데, 鄞縣에 옮겨 살았
다. 부친 李份은 여진족의 침입에 대항하여 의병을 일으켜 奉化를 지킨 인물이
다. 舒璘에게 수학하였으며, 『詩經』과 『禮記』에 조예가 깊었다. 1217년 진사
가 되어 國子博士 등을 지냈다.

● 원 숙 袁肅(?-?) ☞ 絜齋學案

● 나자유 羅子有(?-?)

생애가 자세치 않다. 舒璘이 新安의 學正으로 있을 때 나아가 수학하였다.

● 등몽진 鄧夢眞(?-?)

생애가 자세치 않다. 舒璘이 新安의 學正으로 있을 때 나아가 수학하였다.

● 왕행간 汪行簡(?-?)

생애가 자세치 않다. 舒璘이 新安의 學正으로 있을 때 나아가 수학하였다.

● 대 영 戴泳(?-?)

생애가 자세치 않다. 舒璘이 新安의 學正으로 있을 때 나아가 수학하였다.

● 방 탁 方琢(1174-1229)

생애가 자세치 않다. 자는 元章이며, 歙縣(安徽省) 사람으로 方回의 부친이다.
舒璘에게 수학하였다. 1214년 진사가 되어 楚州教授를 지냈으며, 廣西幹辦權
通判融州로 있다가 錢宏祖의 무고로 封州에 유배되었다.(보유 632쪽)

10) 舒琪의 門人

● 제갈안절 諸葛安節(?-?)

생애가 자세치 않다. 紹興(浙江省) 사람이다. 舒琪에게 수학하였다. 1220년

진사가 되었다.

11) 沈煥의 家學

- 심전증 沈傳曾(?-?)

  생애가 자세치 않으며, 定海(浙江省) 사람이다. 沈煥의 아들로 家學을 계승하였다.

- 심로증 沈魯曾(?-?)

  생애가 자세치 않으며, 定海(浙江省) 사람이다. 뒤에 이름을 木山으로 고쳤다. 沈煥의 아들로 家學을 계승하였다. 門蔭으로 迪功郎이 되었다.

- 심성증 沈省曾(?-?)

  자는 智甫이며, 定海(浙江省) 사람이다. 沈煥의 아들로 家學을 계승하였다. 別駕를 지냈다.

- 심민증 沈敏曾(?-?)

  생애가 자세치 않으며, 定海(浙江省) 사람이다. 沈煥의 아들로 家學을 계승하였다.

12) 沈煥의 門人

- 축대년 竺大年(?-?)

  자는 耕道이며, 奉化(浙江省) 사람이다. 『禮記』에 조예가 깊었으며, 저술로 『禮記訂義』가 있다. 楊琪가 그의 묘지명을 지었다.

- 서 연 舒衍(?-?) ☞ 絜齋學案

- 여교년 呂喬年(?-?) ☞ 東萊學案

- 왕 급 汪伋(?-?)

  자는 及甫이며, 奉化(浙江省) 사람이다. 부친은 王汝賢으로 常州綠事參軍을 지냈다. 舒璘과 沈煥의 문하에서 수학하였으며, 迪功郎을 지냈다. (보유 632쪽)

- 이 악 李鶚(보유 633쪽) ☞ 絜齋學案

13) 沈炳의 門人

● 이사윤 李師尹(?-?)

생애가 자세치 않다. 선대는 四明에 살았는데, 曾祖父 때에 이르러 餘姚에 옮겨 살았다. 부친 李必達은 四明先生을 사사하였으며, 그의 벗 沈炳을 초청하여 經學으로 鄕里 자제들을 가르치게 하였다. 그 때 아들 이사윤도 그에게 나아가 배웠다.(보유 633쪽)

● 오 괄 吳适(?-?)

자는 君若이며, 鄞縣(浙江省) 사람이다. 樞密計議를 지낸 吳秉彛의 증손이며, 어머니는 沈炳의 딸이다. 외할아버지 심병의 문하에 나아가 『大戴禮記』를 배웠다.(보유 634쪽)

14) 舒璘의 續傳

● 서 진 舒津(1213-1293)

자는 通叟이며, 奉化(浙江省) 사람이다. 舒璘의 從孫으로 가학을 계승하였다. 1262년 진사가 되어 太常博士·知平江府 등을 지냈다. 저술로『續蒙求』·『尙書解』·『春秋集注』가 있다

● 서 호 舒澔(?-?)

자는 平叟이며, 奉化(浙江省) 사람이다. 舒璘의 從孫으로 가학을 계승하였다. 1267년 태학에 들어가 수학하였다. 저술로『易釋』·『繫辭說』·『讀書隨筆』·『心書』 등이 있었으나 모두 전하지 않는다.

◎ 舒津의 門人

● 이유손 李洧孫(1243-1329)

자는 甫山, 호는 霽峯이며, 寧海(浙江省) 사람이다. 舒津을 사사하였다. 1274년 진사가 되어 迪功郎·杭州儒學教授 등을 지냈다.

15) 舒璘의 再傳門人

◎ 李元白의 家學

● 이선백 李詵伯(? - ?)

생애가 자세치 않다. 奉化(浙江省) 사람이다. 李元白의 동생으로 가학을 계승하였다. 1208년 진사가 되어 監紹興府三江鹽場을 지냈다.(보유 634쪽)

● 이이백 李詒伯(? - ?)

생애가 자세치 않다. 奉化(浙江省) 사람이다. 李元白의 동생으로 가학을 계승하였다. 鄕薦을 받은 뒤 진사가 되었다.(보유 634쪽)

● 이사백 李詞伯(? - ?)

초명은 詢伯, 자는 希岳, 호는 淸岩이며, 奉化(浙江省) 사람이다. 李元白의 동생으로 가학을 계승하였다. 60세에 진사가 되어 樞密院編修官 등을 지냈다. 저술로 『省府禧嘉會編』·『藝游集』이 있다.(보유 634쪽)

● 이훈백 李訓伯(? - ?)

생애가 자세치 않다. 奉化(浙江省) 사람이다. 李元白의 동생으로 가학을 계승하였다. 1205년 진사가 되어 餘姚縣尉를 지냈다.(보유 634쪽)

● 이이칭 李以稱(? - ?)

생애가 자세치 않다. 奉化(浙江省) 사람이다. 李元白의 아들로 가학을 계승하였다.

● 이이제 李以制(? - ?)

생애가 자세치 않다. 奉化(浙江省) 사람이다. 李元白의 아들로 가학을 계승하였다.

◎ 李元白의 門人

● 안 유 安劉(? - ?)

汴京(河南省) 사람으로, 鄞縣(浙江省) 小溪에 옮겨 살았다. 李元白에게 수학하였다. 秘丞郎官을 지냈다. 『詩經』에 조예가 깊었으며, 주자 문인 慶源 輔廣(? - ?)의 詩經學을 전했다.

● 왕량학 王良學(? - ?) ☞ 深寧學案

- 손몽관 孫夢觀(1200-1257)

  자는 守叔, 호는 雪牕이며, 慈溪(浙江省) 사람이다. 李元白에게 수학하였다.
  1226년에 진사가 되어 知嘉興府·國子監祭酒 등을 지냈다. 저술로『雪牕集』
  이 있다.(보유 635쪽)

- 황응춘 黃應春(?-?)

  생애가 자세치 않다. 奉化(浙江省) 사람이다. 奉議郎을 지낸 黃仁儉의 증손으
  로, 李元白에게 수학하였다. 1244년 진사가 되어 朝散郎·知處州 등을 지냈
  다.(보유 636쪽)

68. 傅夢泉·傅子雲 등의 學脈(槐堂諸儒學案)

1) 槐堂諸儒學案 圖表

◎ 傅夢泉 ┬ 傅道夫(從子)
　　　　 └ 傅正夫(從子) ☞ 慈湖學案

◎ 鄧約禮 ── 鄧　泳(子)

◎ 鄧　遠

◎ 傅子雲 ── 葉夢得

◎ 黃叔豐

◎ 張商佐

◎ 熊　鑑

◎ 黃　裳

◎ 彭興宗 ── 陸持之 ☞ 象山學案

◎ 詹阜民 ┬ 喩仲可
　　　　 └ 顧平甫

◎ 利元吉

◎ 陳去華

◎ 諸葛千能 ── 高公亮

◎ 諸葛受之

◎ 石斗文

◎ 石宗昭 ── 鍾　穎

◎ 孫應時 ── 史彌堅 ☞ 慈湖學案

◎ 胡　拱

◎ 胡　撙 ┬ 胡　衛(子)
　　　　 └ 胡　衍(子)

◎ 陳　剛

◎ 朱　桴

◎ 朱泰卿

◎ 李伯敏

◎ 符　初

◎ 周淸叟

◎ 嚴　滋

◎ 林夢英

◎ 張孝直

◎ 饒延年

◎ 鄒　斌　┬　吳　淵
　　　　　　└　吳　潛

◎ 趙師雍

◎ 趙師蒇

◎ 包　揚　──　包　恢(子)

◎ 包　約

◎ 包　遜

◎ 高商老

◎ 孟　渙

◎ 李　雲

◎ 豐有俊

◎ 潘友文

◎ 張明之

◎ 周　良

◎ 董德修

◎ 危　積　┬　羅必元
　　　　　　├　羅晉君
　　　　　　└　柴中守　☞　丘劉諸儒學案

◎ 吳紹古

◎ 章節夫

◎ 游　元

◎ 高宗商

◎ 李　肅

◎ 李　復

◎ 徐子石　──　徐元德(弟)

◎ 晁百談

◎ 王允文

◎ 黃　枏

◎ 黃　椿

◎ 黃　棐

◎ 俞廷椿

◎ 邵叔誼　──　邵魯子(子)

◎ 繆文子

◎ 江泰之

◎ 徐仲誠

◎ 趙子新
◎ 丘元壽
◎ □顯仲
◎ 劉堯夫

※ 危積의 學侶 : 危　和
※ 傅夢泉의 續傳 : 陳　苑 ☞ 靜明寶峯學案
※ 石宗昭의 續傳 : 石余亨 ── 黃奇孫 ☞ 潛庵學案

2) 槐堂諸儒學案序錄

　　내가 삼가 살펴보건대, 槐堂(陸九淵이 강학하던 槐堂書堂)의 학문이 우리 甬
上(현 절강성 동북지역의 옛이름)보다 성한 곳은 없었으니, 江西지역(현 江西
省 지역으로 陸九淵의 학문을 계승한 槐堂書院·象山書院의 학맥을 말함)도
도리어 이에 미치지 못하였다. 曾潭 傅夢泉·琴山 傅子雲 같은 사람들로부터
黃叔豐·鄧遠 같은 사람들에 이르기까지 무수히 많은 학자들이 있었으나, 지
금은 그들의 학맥이 까마득하다. 용상의 서쪽에는 오히려 嚴陵(현 嚴光의 묘가
있는 절강성 乾潭지역을 말함. 融堂 錢時가 이 지역에 살았음)이 있었으니, 또
한 하나의 큰 유파였다.

3) 陸九淵의 門人

● 부몽천 傅夢泉(？-？)
　　자는 子淵, 호는 若水·曾潭이며, 建昌 南城(江西省) 사람이다. 陸九淵·朱
熹·張栻의 문하에서 두루 배웠는데, 나중에 육구연의 高弟가 되었다. 鄧約
禮·傅子雲 등과 함께 '槐堂諸儒'로 일컬어진다. 육구연의 초기강학처였던 江
西省 金溪 괴당서당의 학맥을 대표하는 문도로 일컬어진다. 즉, 절강성 은현에
서 성행한 甬上四先生(楊簡·袁燮·沈煥·舒璘) 등의 학맥과 구별되는 陸學
의 한 파의 대표적 인물이다. 1175년 진사가 되어 衡陽敎授·淸江判 등을 지냈
다. 형양교수로 있을 때 陳傅良(1137-1203)과 함께 강학하였는데 따르는 자들
이 많았다. 육구연의 설을 굳게 지키며 육구연 학파의 문호를 크게 세웠다. 저

술로 『石鼓文』이 있다.

- **등약례 鄧約禮(?-?)**

  자는 文範, 호는 直齋이며, 처음엔 盱江에서 살았으나 臨川(江西省)으로 옮겨 살았다. 陸九淵에게 배웠다. 1178년 진사가 되어 德化丞·常德府推官 등을 지냈으며, 溫州敎授로 있을 때 葉適과도 교유하였다.

- **등 원 鄧遠(?-?)**

  생애가 자세치 않다. 陸九淵에게 배웠다.

- **부자운 傅子雲(?-?)**

  자는 季魯, 호는 琴山이며, 金溪(江西省) 사람으로, 陸九淵에게 배웠다. 육구언이 天山精舍에서 강하할 때 부자운을 곁에 두고 때때로 대강하도록 했다고 한다. 甌寧主簿 등을 지냈다. 그의 제자인 葉夢得이 金溪에 三陸祠를 세우고 그를 배향하였다. 저술로 『易傳』·『論語集傳』·『中庸大學解』·『童子指義』·『孟子指義』·『離騷經解』 등이 있다.

- **황숙풍 黃叔豐(?-?)**

  자는 元吉이며, 金溪(江西省) 사람이다. 陸九淵의 제자로, 육구연의 형인 陸九敍의 사위가 되었다. 육구연이 知荊門軍으로 있을 때 그를 따라 문답한 내용을 적은 『荊州日錄』이 있다.

- **장상좌 張商佐(?-?)**

  자는 輔之이며, 생애가 자세치 않다. 陸九淵에게 배웠다.

- **웅 감 熊鑑(?-?)**

  생애가 자세치 않다. 陸九淵에게 배웠다.

- **황 상 黃裳(?-?)**

  자는 元吉이며, 寧德(福建省) 사람이다. 陸九淵에게 배웠다. 1175년 진사가 되어 세 번 군수를 지냈다.

- **팽흥종 彭興宗(?-?)**

  자는 世昌이며, 金溪(江西省) 사람이다. 陸九淵에게 배웠다. 1187년 貴溪 應天山에 精舍를 짓고 스승 육구연을 초빙하여 강학하도록 하였는데, 뒤에 '象山精舍'로 이름을 바꾸었다. 육구연은 이 곳에서 약 5년 동안 강학하였는데, 문인이 수천 명에 달했다.

- **첨부민 詹阜民(?-?)**

  자는 子南, 호는 默信이며, 遂安(江西省) 사람이다. 陸九淵에게 배웠으며, 張
  栻과도 종유하였다. 宗正寺丞·駕部郎中·知徽州府 등을 지냈다.

- **이원길 利元吉(?-?)**

  자는 文伯이며, 旴江(江西省) 사람이다. 陸九淵의 고제이다. 紹熙年間(1190-
  1194)에 진사가 되어 金溪縣丞 등을 지냈다.

- **진거화 陳去華(?-?)**

  廣中(湖南省) 사람으로, 생애가 자세치 않다. 陸九淵에게 배웠다. 당시 광중에
  서는 張栻의 가르침을 많이 따라 '南方之學'이라 하였고, 진거화의 학문을 '北
  方之學'이라고 하였다.

- **제갈천능 諸葛千能(?-?)**

  자는 誠之이며, 會稽(浙江省) 사람이다. 1172년 형과 함께 陸九淵에게 나아가
  배웠고, 주희에게도 배웠다. 淳熙年間(1174-1189)에 진사가 되었다. 주희와 육
  구연의 문도들이 논쟁하는 것을 탐탁치 않게 여겨 중재하려 하였다.

- **제갈수지 諸葛受之(?-?)**

  이름은 알 수 없고, 자는 受之이며, 會稽(浙江省) 사람이다. 諸葛千能의 형으
  로, 1172년 동생과 함께 陸九淵에게 나아가 배웠고, 주희에게도 배웠다.

- **석두문 石斗文(?-?)**

  자는 天民이며, 越州 新昌(浙江省) 사람이다. 동생 石宗昭와 함께 朱熹·呂祖
  謙·陸九淵에게 배웠다. 1163년 진사가 되어 臨安府學教授·樞密院編修 등을
  지냈다.

- **석종소 石宗昭(?-?)**

  자는 應之이며, 越州 新昌(浙江省) 사람이다. 형 石斗文과 함께 朱熹·呂祖
  謙·陸九淵에게 배웠다.

- **손응시 孫應時(1154-1206)**

  자는 季和, 호는 燭湖이며, 餘姚(浙江省) 사람이다. 1172년 陸九淵에게 배웠
  고, 그 뒤 傅夢泉과 朱熹에게도 수학하였다. 1175년 진사가 되어 黃巖尉·遂安
  令 등을 지냈다. 주희와 육구연의 학문을 절충하기도 했지만, 육구연의 심학을
  주로 계승하였다. 저술로 『燭湖集』이 있다.

- **호 공 胡拱(?-?)**

  자는 達材이며, 東浙(浙江省) 사람이다. 陸九淵에게 배웠다. 1162년 鄕擧가 되었으며, 中散大夫에 추증되었다.

- **호 준 胡擣(?-?)**

  자는 崇禮이며, 東浙(浙江省) 사람이다. 胡拱의 동생으로, 陸九淵에게 배웠다. 茶鹽司幹辦을 지냈다.

- **진 강 陳剛(?-?)**

  자는 正己이며, 盰江(江西省) 사람이다. 陸九淵에게 배웠다. 진사가 되어 敎授를 지냈다.

- **주 부 朱桴(?-?)**

  자는 濟道이며, 金溪(江西省) 사람이다. 동생 朱泰卿과 함께 陸九淵에게 배웠다.

- **주태경 朱泰卿(?-?)**

  자는 亨道이며, 金溪(江西省) 사람이다. 형 朱桴와 함께 陸九淵에게 배웠다.

- **이백민 李伯敏(?-?)**

  자는 敏求·好古이며, 高安(江西省) 사람이다. 陸九淵에게 배웠다.

- **부 초 符初(?-?)**

  자는 復仲이며, 생애가 자세치 않다. 陸九淵에게 배웠다.

- **주청수 周淸叟(?-?)**

  자는 廉夫이다. 이름이 廉夫며, 자가 淸叟라는 설도 있다. 陸九敍의 사위인 黃叔豊의 同壻로, 육구연에게 배웠다. 육구연과『서경』·『주역』에 대해 문답한 내용을 적은『陸子語錄』을 편찬하였다. 그가 지은 육구연의 제문에는 孟子 이후로 끊어진 道統을 육구연이 다시 이었다고 평하였다.

- **엄 자 嚴滋(?-?)**

  자는 泰伯, 호는 守軒이며, 臨川(江西省) 사람이다. 陸九淵에게 배웠다. 여러 번 진사시에 응시하였으나 등제하지 못하였다. 彬陽主簿를 지낸 뒤 縣丞에 임명되었다. 저술로『寄松膔槀』·『守軒草綠』·『東征雜著』가 있다.

- **임몽영 林夢英(?-?)**

  자는 叔虎·子應, 호는 山房이며, 臨川(江西省) 사람이다. 陸九淵에게 배웠다. 1175년에 진사가 되어 祁陽主簿·秘書丞 등을 지냈다.

- **장효직 張孝直(?-?)**

  자는 英甫이며, 臨川(江西省) 사람이다. 陸九淵에게 배웠다. 만년에는 章節夫와 이름을 나란히 하였으며, 蔡杭(1193-1259)이 그를 중히 여겼다. 저술로 『周易口義』·『詩經口義』·『書經口義』·『論語口義』·『孟子口義』·『中庸口義』·『要言渾象原意』·『雜詩』가 있다.

- **요연년 饒延年(?-?)**

  자는 伯永, 호는 止翁이며, 臨川(江西省) 사람이다. 처음엔 文子壽에게 배웠으며, 뒤에 陸九淵에게 배웠다. 經學에 능통하였으며, 律曆·方輿·技數 등도 두루 연구하여 眞德秀(1178-1235)가 그를 중히 여겼다. 태수가 그를 조정에 천거하려 하였으나 사양하였으며, 평생 은거하여 벼슬하지 않았다.

- **추 빈 鄒斌(?-?)**

  자는 俊甫·倩父, 호는 南堂이며, 臨川(江西省) 사람이다. 처음엔 李德章에게 배웠으며, 뒤에 陸九淵에게 배웠다. 1211년 진사가 되어 德安司戶 등을 지냈다. 제자로 吳淵·吳潛 형제가 있으며, 육구연의 문하에서는 제일인자로 일컬어지기도 하였다. 저술로 『南堂槀』가 있다.

- **조사옹 趙師雍(?-?)**

  자는 然道이며, 黃巖(浙江省) 사람이다. 동생 趙師蒇과 함께 陸九淵·朱熹에게 배웠다. 1187년 진사가 되어 朝議大夫·直寶章閣 등을 지냈다.

- **조사점 趙師蒇(?-?)**

  자는 詠道이며, 黃巖(浙江省) 사람이다. 형 趙師雍과 함께 陸九淵·朱熹에게 배웠다.

- **포 양 包揚(?-?)**

  자는 顯道, 호는 克堂이며, 南城(江西省) 사람이다. 형 包約·동생 包遜과 함께 陸九淵에게 배웠다. 육구연이 졸한 뒤에 그의 문도들을 거느리고 주희에게 나아가 배웠다.

- **포 약 包約(?-?)**

  자는 詳道이며, 南城(江西省) 사람이다. 동생 包揚·包遜과 함께 陸九淵에게 배웠다. 육구연이 졸한 뒤에는 주희에게 나아가 배웠다.

- 포　손 包遜(1152－?)

  자는 敏道이며, 南城(江西省) 사람이다. 형 包約·包揚과 함께 陸九淵에게 배웠다. 육구연이 졸한 뒤에는 주희에게 나아가 배웠다.

- 고상로 高商老(?－?)

  括蒼(浙江省) 사람이다. 陸九淵에게 배웠다. 진사가 되어 知宜興縣·撫州守領 등을 지냈다.

- 맹　환 孟渙(?－?)

  자는 濟父이며, 澶淵에서 살다가 臨川(江西省)으로 옮겨 살았다. 臨汀의 楊方에게 배우고, 莆田의 劉夙 형제에게 나아가 배웠으며, 장성하여 陸九淵에게 배웠다. 1175년 진사가 되어 徽州敎授·知華容縣 등을 지냈다.

- 이　운 李雲(?－?)

  興國(江西省) 사람으로, 생애가 자세치 않다. 陸九淵에게 배웠다.

- 풍유준 豐有俊(?－?)

  자는 宅之이며, 鄞縣(浙江省) 사람이다. 陸九淵에게 배웠다. 紹熙年間(1190－1194)에 진사가 되어 知揚州 등을 지냈다.

- 반우문 潘友文(?－?)

  자는 文叔, 호는 櫟庵이며, 金華(浙江省) 사람이다. 潘時의 從子로, 陸九淵에게 배웠다. 朱熹·呂祖謙 등을 종유하기도 하였다. 嘉定年間(1208－1227)에 진사가 되어 提擧福建常平茶鹽公事를 지냈다.

- 장명지 張明之(?－?)

  자는 誠子이며, 貴溪(江西省) 사람이다. 대대로 龍虎山 근처에 살았다. 陸九淵에게 배웠다.

- 주　량 周良(?－?)

  자는 元忠이며, 南城(江西省) 사람이다. 陸九淵에게 배웠으며, 朱熹에게도 학문을 질정하였다. 1214년 진사가 되었다.

- 동덕수 董德修(?－?)

  자는 仲修, 호는 心齋이며, 樂安(江西省) 사람이다. 陸九淵에게 배웠다. 세 번이나 漕試에 등제하지 못하자 벼슬에 대한 생각을 접고 은거하여 학문에만 힘썼다.

● 위　진 危稹(?-?)

초명은 科, 자는 逢吉, 호는 巽齋·驪塘이며, 臨川(江西省) 사람이다. 陸九淵
에게 배웠다. 1187년 진사가 되자 효종이 이름을 '稹'으로 바꾸어 주었으며,
著作郎·知漳州 등을 지냈다. 문장으로 洪邁·楊萬里에게 칭송을 받았다. 저
술로 『巽齋集』이 있다.

● 오소고 吳紹古(?-?)

자는 子嗣이며, 安仁(江西省) 사람이다. 陸九淵에게 배웠다. 茶鹽幹辦官을 지
냈다.

● 장절부 章節夫(?-?)

자는 仲制·仲綺, 호는 從軒이며, 臨川(江西省) 사람이다. 陸九淵에게 배웠
다. 여러 경서에 두루 통하여 따르는 자들이 매우 많았다. 朱熹와 육구연의 설
중에서 말은 다르지만 뜻이 같은 부분을 모아서 소를 단 『修和管見』을 지었다.

● 유　원 游元(?-?)

자는 淳夫이며, 撫州(江西省) 사람이다. 直秘閣을 지낸 游經의 증손으로, 陸九
淵에게 배웠다. 『주역』에 정밀하였으며, 진사가 되어 安化主簿 등을 지냈다.

● 고종상 高宗商(?-?)

자는 應朝이며, 括蒼(浙江省) 사람이다. 1172년부터 陸九淵에게 배웠으며, 楊
簡·舒璘과 절친하였다. 邕川敎授 등을 지냈다.

● 이　숙 李肅(?-?)

자는 仲欽이며, 臨川(江西省) 사람이다. 李浩의 아들로, 陸九淵에게 배웠다.
1181년 진사가 되어 漢州司戶·衡州敎授 등을 지냈다.

● 이　복 李復(?-?)

자는 信仲이며, 臨川(江西省) 사람이다. 李肅의 아들로, 아버지를 따라 陸九淵
에게 배웠다.

● 서자석 徐子石(?-?)

자는 勁仲이며, 臨川(江西省) 사람이다. 陸九淵에게 배웠다. 1199년 진사가 되
어 閩主簿·鄂州錄事參軍 등을 지냈다. 저술로 『外治論』·『西銘章句雜著』가
있다.

- 조백담 晁百談(？-？)

이름을 伯談이라고도 한다. 자는 元默이며, 臨川(江西省) 사람이다. 晁詠의 증손으로, 陸九淵에게 배웠다.『춘추』에 정밀하였다. 1175년 진사가 되어 吉州敎授·知南康軍 등을 지냈다. 저술로『歸田雜著』·『帶川集』이 있다.

- 왕윤문 王允文(？-？)

자는 文伯이며, 豐城(江西省) 사람이다. 陸九淵에게 배웠으며, 彭龜年(1142-1206)에게 인정을 받았다. 乾道年間(1165-1173)에 진사가 되었다. 저술로『棲碧類稿』가 있다.

- 황 남 黃枏(？-？)

자는 達材이며, 南豐(江西省) 사람이다. 아버지 黃文晟이 陸九淵과 절친하여 동생 黃椿·黃棐와 함께 육구연에게 나아가 배웠다.

- 황 춘 黃椿(？-？)

자는 康年이며, 南豐(江西省) 사람이다. 아버지 黃文晟이 陸九淵과 절친하여 형 黃枏·동생 黃棐와 함께 육구연에게 나아가 배웠다.

- 황 비 黃棐(？-？)

자는 彦文이며, 南豐(江西省) 사람이다. 아버지 黃文晟이 陸九淵과 절친하여 형 黃椿·黃枏과 함께 육구연에게 나아가 배웠다. 형제 중에 가장 뛰어나 육구연의 칭찬을 받았다.

- 유정춘 兪廷椿(？-？)

이름을 庭椿이라고도 한다. 자는 壽翁이며, 臨川(江西省) 사람이다. 陸九淵에게 배웠다. 1172년 진사가 되어 南安主簿·古田令 등을 지냈다. 저술로『주례』의 오류를 고찰한『周禮復古編』·『北轅錄』이 있다.

- 소숙의 邵叔誼(？-？)

이름을 叔義라고도 한다. 생애가 자세치 않다. 陸九淵에게 배웠다. 書寫機宜文字를 지냈다.

- 우문자 繆文子(？-？)

생애가 자세치 않다. 陸九淵에게 배웠다.

- 강태지 江泰之(？-？)

생애가 자세치 않다. 陸九淵에게 배웠다.

- 서중성 徐仲誠(? – ?)
  생애가 자세치 않다. 陸九淵에게 배웠다.

- 조자신 趙子新(? – ?)
  생애가 자세치 않다. 陸九淵에게 배웠다.

- 구원수 丘元壽(? – ?)
  邵武(福建省) 사람으로, 생애가 자세치 않다. 陸九淵에게 배웠다.

- □현중 □顯仲(? – ?)
  성씨를 알 수 없으며, 생애도 자세치 않다. 陸九淵에게 배웠다.

- 유요부 劉堯夫(? – ?)
  자는 淳叟이며, 金溪(江西省) 사람이다. 17세 때 陸九淵의 두 형에게 먼저 배
  우고, 나중에 육구연을 사사하였다. 1175년 진사가 되어 國子正 · 通判隆興府
  등을 지냈다. 그 뒤 육구연의 학문을 배척하였는데, 朱熹가 그를 질책하였다.
  뒤에 禪學에 빠져 중이 되자 육구연이 매우 탄식하였다. 저술로『井藜齋集』이
  있다.

4) 危積의 學侶

- 위   화 危和(1166–1229)
  자는 應祥 · 祥仲, 호는 蟾塘 · 閒靜居士이며, 臨川(江西省) 사람이다. 형 危積
  과 함께 강학하였으며, 袁燮의 아들인 袁甫와 절친하였다. 1205년 진사가 되
  어 上元主簿 등을 지냈다.

5) 陸九淵의 再傳門人

◎ 傅夢泉의 家學

- 부도부 傅道夫(? – ?)
  建昌 南城(江西省) 사람으로 생애가 자세치 않다. 傅夢泉의 從子이며, 傅正夫
  의 형이다. 楊簡에게 학문을 질정하였다.

- 부정부 傅正夫(? – ?) ☞ 慈湖學案

◎ 鄧約禮의 家學

- **등　영 鄧泳(？-？)**

  자는 德裁, 호는 巽坡이며, 臨川(江西省) 사람이다. 鄧約禮의 아들로, 가학을
  계승하였다. 1220년 진사가 되어 淮西帥幕·刑部侍郎 등을 지냈다.

◎ 傅子雲의 門人

- **섭몽득 葉夢得(？-？)**

  호는 是齋이며, 貴溪(江西省) 사람이다. 傅子雲에게 배웠다. 진사가 되어 秘書
  丞 등을 지냈다. 石林書院을 창건하여 盧孝孫·陸九韶가 그 곳에서 강학하도
  록 하였다.

◎ 彭興宗의 門人

- **육지지 陸持之(1171-1225)** ☞ 象山學案

◎ 詹阜民의 門人

- **유중가 喻仲可(？-？)**

  자는 可中이며, 嚴陵(浙江省) 사람이다. 詹阜民·趙彦肅에게 배웠다.

- **고평보 顧平甫(？-？)**

  생애가 자세치 않다. 詹阜民에게 陸九淵의 학문을 배웠다.

◎ 諸葛千能의 門人

- **고공량 高公亮(？-？)**

  자는 和叔이며, 餘姚(浙江省) 사람이다. 諸葛千能에게 배웠다.

◎ 石宗昭의 門人

- **종　영 鍾穎(1159-1232)**

  자는 元達, 호는 練塘이며, 丹陽(江蘇省) 사람이다. 石宗昭에게 배웠다. 1196
  년 진사가 되어 濠洲通判 등을 지냈다. 호주통판으로 있을 때 금나라가 세 번

이나 침입하였으나 모두 막아내었다.

◎ 孫應時의 門人

- 사미견 史彌堅(? – 1232) ☞ 慈湖學案

◎ 胡撙의 家學

- 호 위 胡衛(? – ?)

  자는 衛道이며, 東浙(浙江省) 사람이다. 胡撙의 아들로 가학을 계승하였다. 벼슬이 禮部侍郎에 이르렀다.

- 호 연 胡衍(? – ?)

  자는 衍道·晉遠이며, 東浙(浙江省) 사람이다. 胡撙의 아들로 가학을 계승하였으며, 장인 孫應時에게도 배웠다. 1211년 진사가 되어 知漢陽軍事·知溧陽軍 등을 지냈다.

◎ 鄒斌의 門人

- 오 연 吳淵(1190–1257)

  자는 道夫, 호는 退庵이며, 宣城(安徽省) 사람이다. 동생 吳潛과 함께 鄒斌에게 배웠다. 1214년 진사가 되어 知隆興府·參知政事 등을 지냈다.

- 오 잠 吳潛(? – ?)

  자는 毅夫, 호는 履齋이며, 宣城(安徽省) 사람이다. 吳淵의 동생으로 형과 함께 鄒斌에게 배웠다. 1216년 진사가 되어 知臨安府·右丞相兼樞密使 등을 지냈다. 저술로『履齋遺集』이 있다.

◎ 包揚의 家學

- 포 회 包恢(1182–1268)

  자는 宏父, 호는 宏齋, 시호는 文肅이며, 南城(江西省) 사람이다. 包揚의 아들로 가학을 계승하였다. 1220년 진사가 되어 知建寧·刑部尚書 등을 지냈다. 저술로『周禮六官辯』·『敝帚稿略』 등이 있다.

◎ 危稹의 門人

- 나필원 羅必元(1175-1265)

  자는 亨父, 호는 北谷山人이며, 進賢(江西省) 사람이다. 危稹·危和·包遜에게 배웠으며, 柴中守·歐陽鎭·馮曾과 함께 강학하였다. 1217년 진사가 되어 撫州司法·通判贛州 등을 지냈다.

- 나진군 羅晉君(?-?)

  자는 晉伯이며, 進賢(江西省) 사람이다. 危稹·危和·柴中守·歐陽鎭에게 배웠다.

- 시중수 柴中守(?-?) ☞ 丘劉諸儒學案

◎ 徐子石의 家學

- 서원덕 徐元德(?-?)

  자는 靜甫이며, 臨川(江西省) 사람이다. 徐子石의 동생으로, 형에게 배웠다. 1225년 진사가 되어 漢梁令을 지냈다.

◎ 邵叔誼의 家學

- 소로자 邵魯子(?-?)

  생애가 자세치 않다. 邵叔誼의 아들로, 가학을 계승하여 육구연의 학문을 전수받았다.

6) 傅夢泉의 續傳

- 진 원 陳苑(?-?) ☞ 靜明寶峯學案

7) 石宗昭의 續傳

- 석여형 石余亨(?-?)

  자는 成己, 호는 休休翁·遯翁·致曲이며, 新昌(浙江省) 사람이다. 석씨 집안

의 학문을 계승하였다. 1271년 진사가 되어 明州와 衢州에서 벼슬하였으나,
송나라가 망하자 벼슬을 버리고 沃洲에 은거하였다.

8) 石余亨의 門人

● 황기손 黃奇孫(?-?) ☞ 潛庵學案

69. 張行成·祝泌 등의 學脈(張祝諸儒學案)

1) 張祝諸儒學案 圖表

◎ 張行成 ― 呂凝之
◎ 王卿月
◎ 祝　泌
◎ 朱元昇 ┬ 朱仕可(子)
　　　　 └ 朱仕立(子)
◎ 杜可大 ― 廖應淮 ― 彭復初 ― 傅　立 ┬ 程直方 ――――― 齊　琦(補遺)
　　　　　　　　　　　　　　　　　　 └ 王　奕(補遺) └ 徐　驥(補遺)

◎ 荊　□ ― 李俊民 ☞ 明道學案
◎ 郭　繽(補遺)
◎ 堯允恭(補遺)
◎ 鄭　松(補遺)
◎ 陳思謙(補遺)

2) 張祝諸儒學案序錄

　내가 삼가 살펴보건대, 康節 邵雍(1011-1077)의 학문은 세상에 전해지지 않았다. 牛師德·牛思純 부자는 자기들이 소강절의 학문을 전해 받았다고 말했지만, 세상 사람들은 감히 믿지 않았다. 張行成이 그런 불신을 해소하고 마침내 一家를 이루니, 玉山 汪應辰(1118-1176)이 그를 매우 중히 여겼다. 그 뒤로 祝泌 같은 이가 있었지만, 성향이 조금 달랐다. 廖應淮의 무리에 이르러서는 더욱 허탄해졌다. 소강절의 학문은 본래 希夷 陳搏(? - 989)에게서 나왔는데, 그 뒤로 전해 내려오다 마침내 요응회에 이르렀으니, 이른바 '반드시 처음으로 돌아간다'는 것이 이를 두고 한 말인가 보다.

3) 邵雍의 續傳

● 장행성 張行成(?-?)

자는 文饒·子饒, 호는 觀物이며, 臨邛(四川省) 사람이다. 譙定에게 易學을
배웠으며, 邵雍(1011-1077)의 象數學을 계승 발전시켰다. 1132년 진사가 되어
兵部郎中·知潼川府 등을 역임하였다. 紹興年間(1131-1162) 중 10년 동안 두
문불출하며 저작활동에 힘썼다. 저술로 伏羲·文王·孔子 三聖의 易을 밝힌
『述衍』, 楊氏의 역을 밝힌 『翼玄』, 衛氏의 역을 밝힌 『元包數義』, 司馬氏의
역을 밝힌 『潛虛衍義』, 邵氏의 역을 밝힌 『皇極經世索隱』·『皇極經世觀物外
篇衍義』 등이 있다. 그리고 陳搏으로부터 소옹에게 전해진 『先天卦數』 등 40
편의 그림을 취하여 부연 해석한 『周易通變』이 있다.

● 왕경월 王卿月(1138-1192)

자는 淸叔, 호는 醒庵·醒齋이며, 開封 祥符(河南省) 사람으로, 天台(浙江省)
에 옮겨가 살았다. 蜀 땅을 다스릴 적에 邵雍의 제자로부터 그의 易學을 전수
받았다. 1169년 진사가 되어 吏部尙書·太府卿 등을 지냈다. 金國生辰使가 되
어 임무를 수행하다 揚州에서 죽었는데, 그에 앞서 자신이 지은 글을 모아 다
태워버렸기 때문에 저술이 전하지 않는다. 박학강기하였으며, 단청이나 골동
품 등 다방면에 조예가 깊었다.

4) 邵雍의 流派

● 축 비 祝泌(?-?)

자는 子涇·涇甫, 호는 觀物老人이며, 饒州 德興(江西省) 사람이다. 邵雍의
皇極之學을 廖應淮에게 전하였다. 1274년 진사가 되어 饒州路三司提幹이 되
었다. 만년에 벼슬을 그만두자, 임금이 '觀物樓'라는 편액을 내려 주었다. 그가
지은 『皇極元元集』에는 張行成과 다른 설들이 많다. 그 외 저술로 『皇極經世
書鈐』이 있다.

● 주원승 朱元昇(?-?)

자는 日華, 호는 水簷이며, 平陽(浙江省) 사람이다. 邵雍의 학문을 전수 받아
수십 년 동안 易學에 주력하였다. 嘉定年間(1208-1224)에 진사가 되어 政和
縣巡檢을 지냈다. 그 후로는 벼슬을 버리고 南蕩山에 은거하였다. 저술로 『三

易備遺』·『邵易略例』가 있다.

5) 邵雍의 別派

- 두가대 杜可大(?-?)
  생애가 자세치 않다. 蜀 땅의 道士로, 術數學에 정밀하였다. 邵雍의 先天象數學을 廖應淮에게 전해 주었다.

- 형   □ 荊□(?-?)
  이름과 생애가 자세치 않다. 河南의 隱士로, 邵雍의 皇極術數學을 李俊民에게 전해 주었다.

- 곽   진 郭繽(?-?)
  이름을 緖라고도 한다. 자는 天錫이며, 蒲城(陝西省) 사람이다. 上杭主簿를 지냈다. 邵雍의 象數學을 전공하였고, 楊雄이 列山易을 모방해 만든 뜻을 취하여『易春秋』를 저술하였다.(보유 648쪽)

- 요윤공 堯允恭(?-?)
  자는 克遜, 호는 觀物이며, 泰州 海陵(江蘇省) 사람이다. 景定年間(1260-1264)과 咸淳年間(1265-1274) 두 차례에 걸쳐 천거되었다. 宋나라가 망하자 오로지 經傳 연구에 전력하였는데, 邵雍의 象數學을 전공하였다. 濂溪書院·東川書院의 山長에 제수 되었지만 나아가지 않았다. 저술로 詩文集이 있다.(보유 648쪽)

- 정   송 鄭松(?-?)
  이름을 復이라고도 한다. 자는 特立이며, 樂安(山東省) 사람이다. 邵雍의『皇極經世書』이후 275년간의 象數를 보충하였다. 宋나라가 망하고 元나라가 들어서자 벼슬하지 않고 布水谷에 은거하였다. 吳澄(1249-1333)이 그의 묘지명을 지었다.(보유 649쪽)

- 진사겸 陳思謙(1289-?)
  자는 景讓, 시호는 通敏이며, 趙州 寧晉(河北省) 사람이다. 1328년 천거되어 監察御史·御史中丞 등을 지냈다. 術數學에 조예가 깊었는데, 특히 邵雍의『皇極經世書』에 대해 자세히 연구하였다.(보유 650쪽)

6) 張行成의 門人

● 여응지 呂凝之(? - ?)

자는 墨夫 · 澤父이며, 成都(四川省) 사람이다. 張行成에게 배웠다. 紹興年間
(1131-1162)에 진사가 되어 知闐州 · 太府侍丞 등을 지냈다.

7) 杜可大의 門人

● 요응회 廖應淮(1229-1280)

자는 學海, 호는 溟滓生이며, 建昌軍 南城(江西省) 사람이다. 祝泌에게 수학
하였으며, 漢陽軍에 배속되어 있을 적에 杜可大로부터 先天易學說을 전수 받
았다. 저술로 『歷髓』·『星野指南』·『象滋說會補』·『畫前妙旨』 등이 있다.

8) 荊□의 門人

● 이준민 李俊民(1176-1260) ☞ 明道學案

9) 朱元昇의 家學

● 주사가 朱仕可(? - ?)

자는 起予이며, 平陽(浙江省) 사람이다. 朱元昇의 아들로, 家學을 계승하였다.

● 주사립 朱仕立(? - ?)

자는 起潛이며, 平陽(浙江省) 사람이다. 朱元昇의 아들로, 家學을 계승하였다.

10) 杜可大의 再傳門人

◎ 廖應淮의 門人

● 팽복초 彭復初(? - ?)

자는 復之이며, 吉州 安福(江西省) 사람이다. 杜可大의 문인 廖應淮에게 배웠
다. 과거에 급제하여 진사가 되었다. 易에 정밀하였으며, 저술로 朱熹와 邵雍

의 설에 근본한 『易學源流』가 있다.

11) 杜可大의 三傳門人

◎ 彭復初의 門人

● 부　립 傅立(?-?)

자는 權甫, 호는 初庵, 시호는 文懿이며, 德興(江西省) 사람이다. 외삼촌인 祝泌로부터 皇極象數學을 전수 받았다. 또한 廖應淮의 문인 彭復初에게도 배웠다. 천거되어 集賢院太學士를 지냈으며, 제자로 程直方이 있다. 저술로 축비의 『皇極元元集』을 이어서 지은 『皇極續元元集』이 있다.

12) 杜可大의 四傳門人

◎ 傅立의 門人

● 정직방　程直方(1251-1325)

자는 道大, 호는 前村이며, 徽州 婺源(江西省) 사람이다. 彭復初의 문인 傅立에게 배웠다고 하지만, 부립과 막역지우라는 설도 있다. 10년 간을 두문불출하며 道德性命之學과 經書를 정밀히 연구하였는데, 특히 易學에 조예가 깊었다. 송나라가 망하고 元나라가 들어서자 벼슬하지 않고, 觀易堂에 은거하였다. 서술로 『주역』에 관한 『程氏啓蒙翼得』·『四聖一心』·『觀易堂隨筆』, 『서경』에 관한 『蔡傳辨疑』, 『시경』에 관한 『學詩筆記』, 『춘추』에 관한 『諸傳考正』·『春秋旁通』이 있다.

● 왕　혁　王奕(?-?)

자는 復初이며, 德興(江西省) 사람이다. 彭復初의 문인 傅立에게 배웠다. 저술로 스승 부립으로부터 받은 수 천 권의 易書 가운데 正大하고 합리적인 내용만을 뽑아 편찬한 『易學纂言』이 있다.(보유 650쪽)

13) 杜可大의 五傳門人

◎ 程直方의 門人

● 제　기 齊琦(?-?)

자는 仲圭, 호는 易巖이며, 德興(江西省) 사람이다. 傅立의 문인 程直方에게 배
웠다. 천거되어 初庵書院의 山長을 지냈다. 종조부는 易學에 밝으면서 邵雍의
학문에 專心하여『經世觀物』등의 책에 주를 단 齊夢龍·齊貴澄으로, 가학을 계
승하였다. 또한 祝泌와 傅立의 설을 전승하였다.(보유 651쪽)

● 서　양 徐驤(?-?)

자는 伯驤이며, 婺源(江西省) 사람이다. 傅立의 문인 程直方에게 배웠으며, 邵
雍의 학문에 조예가 깊었다. 저술로『皇極經世發微』가 있다.(보유 652쪽)

70. 丘崈·劉光祖 등의 學脈(丘劉諸儒學案)

1) 丘劉諸儒學案 圖表

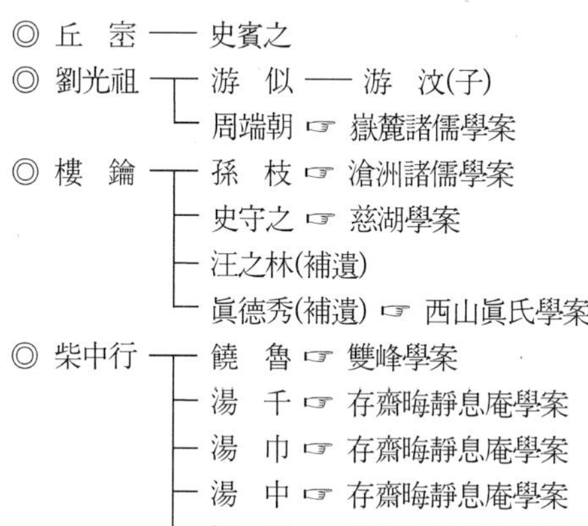

※ 樓鑰의 講友 : 崔與之
　　　　　　　　鄭若沖(補遺)
　　　　　　　　黃　艾(補遺)
　　　　　　　　趙希懌(補遺)
※ 柴中行의 學侶 : 柴中守
　　　　　　　　柴元裕
※ 慶元年間의 學者들 : 林大中
　　　　　　　　　游仲鴻
　　　　　　　　　趙　鞏
　　　　　　　　　章如愚(補遺)
※ 丘崈의 續傳 : 丘定夫(補遺) ┬ 丘　堅(子)(補遺)
　　　　　　　　　　　　　　 └ 丘　基(子)(補遺)
　　　　　　　　丘景唐(補遺)
　　　　　　　　丘景南(補遺)

2) 丘劉諸儒學案序錄

내가 삼가 살펴보건대, 淳熙年間(1174-1189)부터 嘉定年間(1208-1224)에 이르기까지 어느 학맥에도 속하지 않는 학자들을 대략 모아보면 丘崈(1135-1208)·劉光祖(1142-1222)·樓鑰(1137-1213) 등이 있다. 이들은 비록 유명한 여러 선생들의 학파에는 속하지 못했지만 모두 先聖의 도를 따랐는데, 그 중 柴中行(?-?)이 더욱 순정하였다.

3) 張栻·呂祖謙의 同調

● 구　종　丘崈(1135-1208)

　자는 宗卿, 시호는 忠定·文定이며, 江陰軍(江蘇省) 사람이다. 1163년 진사가 되어 國子博士·資政殿學士·同知樞密院事 등을 지냈다. 知慶元府로 있을 때 원나라 정벌에 대해 모의하다가 韓侂冑의 미움을 받아 파직되기도 하였다. 葉適이 그의 제문을 지어 '張呂同歸'라 하였다.

4) 朱熹의 同調

● 유광조　劉光祖(1142-1222)

　자는 德修, 호는 後溪·山堂, 시호는 文節이며, 簡州 陽安(四川省) 사람이다. 1169년 진사가 되어 劍南東川節度推官·寶謨閣直學士 등을 지냈다. 어려서 族兄인 劉伯熊에게 易學을 배웠다. 「涪州學記」를 지어 韓侂冑가 朱熹를 배척한 慶元黨禁 중 道學을 僞學이라 보는 시각에 일침을 가했으며,「論道學疏」를 지어 도학의 근원이 『대학』임을 밝혔다. 眞德秀가 제문을 지었다. 저술로 『後溪集』이 있다.

5) 朱熹의 私淑

● 누　약　樓鑰(1137-1213)

　자는 啓伯·大防, 호는 攻媿, 시호는 宣獻이며, 明州 鄞縣(浙江省) 사람이다.

주희를 사숙하였다. 1163년 진사가 되어 吏部尚書·參知政事 등을 지냈다. 어려서 王默·李鴻漸·李大辯·鄭鍔에게 수학하였고, 이후 永嘉學派의 王枏과 薛季宣에게서 經世之學과 兵法을 배웠다. 그는 어느 一家의 설을 추종하지 않고 독자적인 견해로 여러 학자들의 설을 논박하거나 바로잡았다. 또한 학문을 하는 데 있어 空言을 반대하고 實用을 강조하였다. 저술로『攻媿集』이 있다.

● 시중행 柴中行(?-?)

자는 與之, 호는 南溪, 시호는 獻肅·憲敏이며, 饒州 餘干(江西省) 사람이다. 1190년 진사가 되어 秘閣修撰·右文殿修撰을 지냈다. 동생 柴中守·柴中立과 함께 南溪에서 강학하였으며, 湯漢·饒魯 등이 종유하였다. 朱熹를 사숙하였으며, 程朱理學의 전파에 공헌하였다. 저술로『易繫集傳』·『書集傳』·『詩講義』·『論語童蒙說』이 있다.

6) 樓鑰의 講友

● 최여지 崔與之(1158-1239)

자는 正之·正子, 호는 菊坡, 시호는 淸獻이며, 廣州 增城(廣東省) 사람이다. 1193년 진사가 되어 知成都府·右丞相 등을 지냈다. 樓鑰과 절친하였다. 저술로『崔淸獻公集』이 있다.

● 정약충 鄭若冲(?-?)

자는 季眞이며, 鄞縣(浙江省) 사람이다. 鄭淸之의 부친으로, 魯國公에 봉해졌다. 과거시험을 치르지 않고 강학과 학문연구에 힘썼다. 汪大猷·陳居仁·樓鑰 등과 교유하였다.(보유 658쪽)

● 황 애 黃艾(?-?)

자는 伯耆이며, 莆田(福建省) 사람이다. 1172년 진사가 되어 中書舍人·刑部侍郎 등을 지냈다. 樓鑰과 교유하였다. 주희가 경연에서 물러난 뒤 나아가 강론하였다.(보유 658쪽)

● 조희역 趙希懌(1155-1212)

자는 伯和이며, 송나라 宗室이다. 1187년 진사가 되어 江西茶鹽提擧·昭信軍節度使 등을 지냈다. 樓鑰과 교유하였다.(보유 659쪽)

7) 柴中行의 學侶

● 시중수 柴中守(?-?)

호는 蒙堂이며, 饒州 餘干(江西省) 사람이다. 柴中行의 동생이며, 문인으로 羅 晉君이 있다.

● 시원유 柴元裕(?-?)

초명은 中立이며, 이름을 元祐라고도 한다. 자는 益之, 호는 强恕이며, 饒州 餘干(江西省) 사람이다. 五經에 통달했으며, 특히 『주역』에 조예가 깊었다. 강학에 힘써 배우는 자들이 많았는데, 饒魯·湯漢·李伯玉 등이 그의 문하에 서 배출되었다. 柴中行·柴中守와 함께 '三柴'로 불리었다. 저술로『春秋解』 ·『尙書解』·『論語解』·『易繫辭說』·『中庸說』·『大學說』·『宋名臣傳題』 등이 있다.

8) 慶元年間의 학자들

● 임대중 林大中(1131-1208)

자는 和叔, 시호는 正惠이며, 婺州 永康(浙江省) 사람이다. 1160년 진사가 되 어 知金溪縣을 지냈다. 朱熹의 추천으로 知寧國府를 지냈으며, 韓侂胄와의 불 화로 물러나 있다가 그가 죽은 후 端明殿學士 등을 역임하였다.

● 유중홍 游仲鴻(1138-1215)

자는 子正, 호는 果齋·鑒虛, 시호는 忠이며, 果州 南充(四川省) 사람이다. 1175년 진사가 되어 知中江縣·利州路提點刑獄 등을 지냈다. 寧宗 때 朱熹가 時弊를 진언하여 파직 당하자, 상소하여 극력 변호하였다. 吳曦의 반란이 일어 났을 때 楊輔·程松 등과 함께 토벌하려 했으나 성공하지 못하였다.

● 조 공 趙鞏(?-?)

자는 子固, 호는 西林이며, 臨安 錢塘(浙江省) 사람이다. 1172년 진사가 되어 秘閣修撰·知揚州 등을 지냈다. 금나라에 사신 가서 문명을 떨쳤다. 慶元年間 의 黨籍에 들어있다.

● 장여우 章如愚(?-?)

자는 俊卿, 호는 山堂이며, 金華(浙江省) 사람이다. 어려서부터 理學에 잠심하였다. 1196년 진사가 되어 國子博士·知貴州 등을 지냈다. 開禧年間(1205-1207) 초에 징소되어 時政의 잘못을 극언하다가 韓侂冑의 미움을 받아 파직되었다. 이후 저술과 강학에 전념하였다. 저술로『群書考索』이 있다.(보유 662쪽)

9) 丘崈의 門人

- 사빈지 史賓之(?-?)
  鄞縣(浙江省) 사람이다. 史彌堅의 아들로, 丘崈에게 배웠다. 直敷文閣·荊湖北路轉運副使를 지냈다.

10) 劉光祖의 門人

- 유　사 游似(?-1252)
  자는 景仁, 호는 克齋, 시호는 淸獻이며, 南充(四川省) 사람이다. 1221년 진사가 되어 吏部尙書·右丞相 등을 지냈다. 游仲鴻의 아들이며, 劉光祖에게 배웠다. 魏了翁(1178-1237)의 문인이라는 설도 있다.
- 주단조 周端朝(1172-1234) ☞ 嶽麓諸儒學案

11) 樓鑰의 門人

- 손　지 孫枝(?-?) ☞ 滄洲諸儒學案
- 사수지 史守之(?-?) ☞ 慈湖學案
- 왕지림 汪之林(?-?)
  자는 德仲이며, 鄞縣(浙江省) 사람이다. 汪大猷의 族孫으로, 樓鑰에게 배웠다.(보유 662쪽)
- 진덕수 眞德秀(1178-1235)(보유 662쪽) ☞ 西山眞氏學案

12) 柴中行의 門人

- 요　로 饒魯(?-?) ☞ 雙峰學案
- 탕　천 湯千(1172-1226) ☞ 存齋晦靜息庵學案
- 탕　건 湯巾(?-?) ☞ 存齋晦靜息庵學案
- 탕　중 湯中(?-?) ☞ 存齋晦靜息庵學案
- 탕　한 湯漢(?-?) ☞ 存齋晦靜息庵學案

13) 劉光祖의 再傳門人

◎ 游似의 家學

- 유　문 游汶(?-?)

  자는 魯望이며, 南充(四川省) 사람이다. 游似의 아들로, 家學을 계승하였다. 咸
  淳年間(1265-1274)에 福建提點刑獄 등을 지냈다. 당시 賈似道가 국정을 맡았는
  데, 그와 의견이 맞지 않아 관직을 버리고 귀향하였다. 원나라가 들어서자 벼슬
  하지 않았으며, 등 뒤에 '前宋遺民'이라 써 붙이고 다녔다.

14) 丘崈의 續傳

- 구정부 丘定夫(1258-1329)

  자는 景游이며, 江陰州(江蘇省) 사람이다. 丘崈의 4대손이다. 원나라 초에 田
  州路總管府經歷을 지냈고, 이어 龍州同知로 승진되었으나 병으로 나아가지 않
  았다. 동생 丘景唐·丘景南과 우애있게 지내며 함께 강학하였다.(보유 664쪽)

- 구경당 丘景唐(?-?)

  江陰州(江蘇省) 사람으로, 생애가 자세치 않다. 丘崈의 4대손이며, 丘定夫의
  동생이다.(보유 664쪽)

- 구경남 丘景南(?-?)

  江陰州(江蘇省) 사람으로, 생애가 자세치 않다. 丘崈의 4대손이며, 丘定夫의
  동생이다.(보유 664쪽)

◎ 丘定夫의 家學

- 구　견 丘堅(?-?)

  생애가 자세치 않다. 丘定夫의 아들로, 가학을 계승하였다.(보유 644쪽)

- 구　기 丘基(?-?)

  생애가 자세치 않다. 丘定夫의 아들로, 가학을 계승하였다.(보유 644쪽)

71. 鶴山 魏了翁의 學脈(鶴山學案)

1) 鶴山學案 圖表

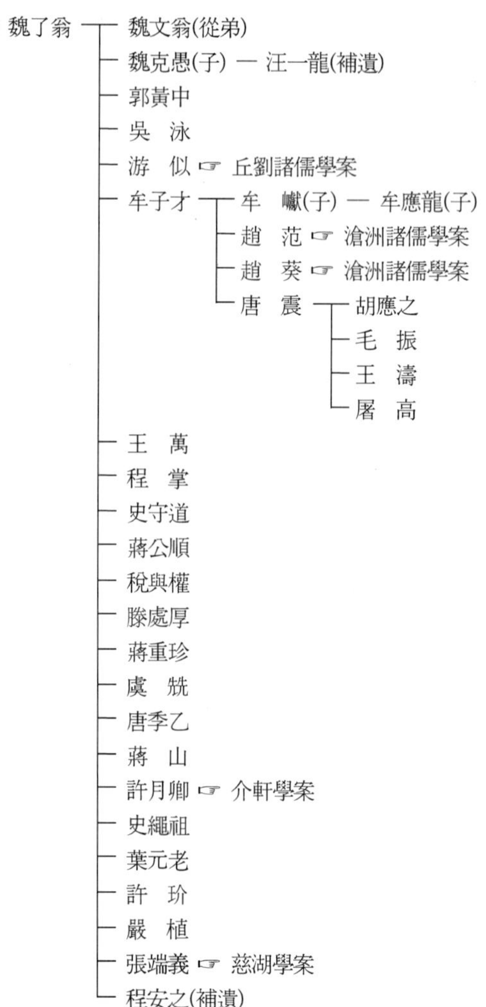

```
※ 學 侶 : 高　　載
          高　　稼
          高　　崇
          高定子
※ 講 友 : 眞德秀 ☞ 西山眞氏學案
          輔　　廣 ☞ 潛庵學案
          李　　燔 ☞ 滄洲諸儒學案
          張　　洽 ☞ 滄洲諸儒學案
          李坤臣
          譙仲午
          李從周
```

2) 鶴山學案序錄

내가 삼가 살펴보건대, 嘉定年間(1208-1224) 이후 朱熹와 張栻을 사숙한 학자로는 鶴山 魏了翁이 있다. 그는 永嘉學派의 현실제도를 경륜하는 장점을 겸하고 있었지만, 그들의 駁雜한 주장은 버렸다. 세상에서 그를 일컫는 자들은 西山 眞德秀(1178-1235)와 병칭하며, 司馬光(1019-1086)·范鎭(1008-1089) 과 같은 점이 있다고 보아 감히 우열을 두지 않는다. 黃宗羲는 말하기를 "학산 위료옹의 탁월한 점은 서산 진덕수가 門戶에 의지해도 미칠 수 있는 바가 아니 었다."고 하였는데, 나는 이 언급이 남의 말을 잘 안 것이라 생각한다.

3) 范子長·范子該의 門人

● 위료옹 魏了翁(1178-1237)

자는 華父, 호는 鶴山, 시호는 文靖이며, 邛州 蒲江(四川省) 사람이다. 張栻의 문인인 范子長·范子該 형제 및 薛紱에게 배웠으며, 중원에 나아가 벼슬할 적 에 朱熹의 문인인 輔廣·李燔과 교유하며 주자학을 접하였다. 陸九淵의 心學 도 일정하게 존신하였다. 1199년 진사가 되어 蜀 땅에서 知嘉定府 등을 지낸 뒤, 조정에 들어가 禮部尙書·端明殿學士 등을 지냈다. 경전 가운데 특히 『예 기』를 좋아하였는데, 『예기』의 요지를 天人의 도를 말한 것으로 보았다. 眞德

秀와 함께 理學을 통치이념으로 확립하는 데 큰 공헌을 하였다. 蜀 땅의 白鶴山 밑에 집을 짓고 강학하였는데 배우는 자들이 많았으며, 촉 땅에 義理之學을 전파하는 데 크게 기여하였다. 저술로『九經要義』·『易擧隅』·『經外雜抄』·『師友雅言』·『鶴山全集』 등이 있다.

4) 魏了翁의 學侶

● 고　재 高載(? – 1216)

자는 東叔이며, 邛州 蒲江(四川省) 사람이다. 魏了翁의 친형이다. 위료옹의 조모 高氏는 친정 오빠 高黃中이 아들이 없자 魏孝璹을 양자로 보냈다. 위효숙은 아들 여섯을 두었는데, 高載·高稼·高崇·高定子 등과 위료옹이다. 후에 위효숙의 본가 친형 魏士行이 後嗣가 없자, 위효숙이 魏了翁을 양자로 보내 대를 잇게 하였다. 따라서 위료옹와 고재 등은 실제로 친형제들이다. 형제들이 함께 강학하였는데, 읽지 않은 책이 없을 정도로 폭넓게 독서를 하였으며, 范子長의 막부에 들어가 조석으로 강학하기도 하였다. 1202년 진사가 되어 瀘州錄事·知靈泉縣 등을 지냈다.

● 고　가 高稼(? – 1235)

자는 南叔, 호는 縮齋, 시호는 忠이며, 邛州 蒲江(四川省) 사람이다. 高載의 동생으로, 형제들과 함께 강학하였다. 1214년 진사가 되어 成都尉·知沔州 등을 지냈다. 여러 책을 박람하였는데, 眞德秀가 한 번 보고 國士가 될 것이라 하였다. 원나라 군대가 蜀 땅으로 쳐들어오자 의병을 모집하여 완강하게 항쟁하였으나, 결국 성이 함락되어 전사하였다. 저술로『縮齋類槁』가 있다.

● 고　숭 高崇(1173-1232)

자는 西叔이며, 邛州 蒲江(四川省) 사람이다. 高載의 동생으로, 형제들과 함께 강학하였다. 1214년 진사가 되어 眉山尉·知黎州 등을 지냈다. 벼슬살이를 할 적에 백성들에게 선정을 베풀었으며, 黎州에 있을 때는 信賞必罰을 엄격히 하여 士氣를 진작시키는 한편 변경의 동요를 진정시켰다. 黎州의 玉淵書院을 수리하여 강학하였다. 저술로『周官解』가 있다.

● 고정자 高定子(1177-1247)

자는 瞻叔, 호는 著齋, 시호는 忠襄이며, 邛州 蒲江(四川省) 사람이다. 高稼

의 동생으로, 형제들과 함께 강학하였다. 1202년 진사가 되어 禮部尙書·參知政事 등을 지냈다. 忠과 孝를 겸한 인물로 평가되었으며, 벼슬살이를 할 적에 敎化를 선무로 여겼다. 夾江에 同人書院을 창건하였고, 長興의 학교를 보수하였으며, 六先生祠를 창건하였다. 만년에는 吳中에 살면서 저술로 소일하였다. 저술로『著齋文集』·『北門類稿』·『微垣類稿』·『經說』·『紹熙講義』·『奏議』·『歷官表奏』등이 있다.

5) 魏了翁의 講友

- 진덕수 眞德秀(1178-1235) ☞ 西山眞氏學案

- 부　광 輔廣(？-？) ☞ 潛庵學案

- 이　번 李燔(？-？) ☞ 滄洲諸儒學案

- 장　흡 張洽(1161-1237) ☞ 滄洲諸儒學案

- 이곤신 李坤臣(1168-1221)

  자는 中父이며, 邛州 臨邛(四川省) 사람이다. 1193년 진사가 되어 普州 州學敎授를 지냈다. 조부모와 부친의 상을 연속 당해 슬퍼하다가 실명하였다.『주역』에 정통하였는데, 周敦頤·程頤의 설을 가지고 邵雍의 설을 참조하였다. 三禮에 대해서도 조예가 깊어 魏了翁이 초빙해 禮를 토론하기도 하였다. 蜀 땅의 어진 대부들이 그를 모두 존중하였다. 그의 문인으로 魏文翁·高斯得·郭黃中 등이 있다.

- 초중오 譙仲午(1167-1225)

  자는 仲甫, 호는 說齋이며, 邛州 臨邛(四川省) 사람이다. 譙椿의 아들로, 1211년 진사가 되어 隆州敎授를 지냈다. 魏了翁과 이웃에 살며 벗이 되어 함께 강학하였다. 陸九淵의 학문을 비판하였다. 저술로『孟子旨義』·『漢書補注』·『三國名臣諸論』·『說齋集』등이 있다.

- 이종주 李從周(？-？)

  자는 肩吾·子我, 호는 蟠州이며, 邛州 臨邛(四川省) 사람이다. 魏了翁과 벗이 되어 함께 渠陽山에서 강학하였는데, 위료옹이 그의 강한 의지와 정밀한 식견에 대해 칭찬하였다. 六書의 학문에 정통하여 위료옹이 그에게 六書에 대해 자주 질정하였다. 저술로『字通』이 있었는데, 지금은 전하지 않는다. 위료옹의 문인 稅與權이 지은 『雅言』에 그의 설을 자주 인용하고 있는데, 모두 經史의 말을 고증한 것들이다.

6) 魏了翁의 家學

- **위문옹 魏文翁**(1181-1231)

  자는 嘉父, 호는 果齋이며, 邛州 蒲江(四川省) 사람이다. 위료옹의 從弟로 가학을 계승하였다. 위료옹이 삼년상을 치를 때 李坤臣을 초빙해 三禮를 강론하자, 벼슬을 버리고 돌아와 그에게 수학하였다. 스승이 실명하자 師弟의 예로써 손수 스승을 봉양하였다. 陸九淵의 心學을 배척하였다. 1211년 진사가 되어 知上律縣·知敍州 등을 지냈다. 知敍州·知安南堡 등으로 있을 때 변경의 오랑캐를 토벌하는 데 큰 공을 세웠다. 저술로 『讀書日記』·『中庸大學講義』가 있다.

- **위극우 魏克愚**(1219-1269)

  자는 明己, 호는 靖齋이며, 邛州 蒲江(四川省) 사람이다. 魏了翁의 아들로, 가학을 계승하였다. 理宗 寶祐年間(1253-1258)에 知徽州를 지냈으며, 1262년 兩浙轉運副使로 太府少卿兼知臨安府에 제수되었다.

7) 魏了翁의 門人

- **곽황중 郭黃中**(? - ?)

  자는 方叔이며, 邛州(四川省) 사람이다. 利州安撫를 지낸 郭正孫의 아들로, 魏了翁에게 배웠다. 新都令을 지냈으며, 학행으로 이름이 있었다.

- **오　영 吳泳**(? - ?)

  자는 叔永, 호는 鶴林이며, 潼川(四川省) 사람이다. 魏了翁에게 수학하였는데, 일설에는 黃榦의 문인이라고도 한다. 1209년 진사가 되어 刑部尚書·知溫州 등을 지냈다. 저술로 『鶴林集』이 있다.

- **유　사 游似**(? - 1252) ☞ 丘劉諸儒學案

- **모자재 牟子才**(? - 1265)

  자는 存叟, 호는 存齋, 시호는 淸忠이며, 隆州 井研(四川省) 사람이다. 魏了翁

에게 배웠으며, 뒤에 朱熹의 문인인 李方子에게도 수학하였다. 1223년 진사가 되어 禮部尙書·資政殿學士 등을 지냈다. 李心傳을 도와『四朝會要』·『中興四朝國史』등을 수찬하였다. 丁大全·賈似道 등의 탄핵으로 좌천되기도 하였다. 저술로『存齋集』이 있다.

- 왕　만 王萬(? - 1234)

  자는 萬里, 호는 淡齋이며, 邛州 蒲江(四川省) 사람이다. 魏了翁의 사위로, 그에게 배웠다. 1210년 省試에 일등으로 합격하여 太常博士 등을 지냈으며, 시폐를 극렬하게 논하다가 당국자인 史彌遠에게 미움을 사 파직되었다. 뒤에 다시 기용되어 知紹興府를 지냈다. 經術에 밝았는데, 특히 戴氏의 禮에 능통하였다. 저술로『心銘』·『淡齋規約』이 있다.

- 정　장 程掌(1184-1233)

  자는 叔運이며, 眉州 丹稜(四川省) 사람이다. 魏了翁에게 수학하였다. 1229년 진사가 되어 揚州觀察推官·巴州教授 등을 지냈다. 張載의 關學과 程顥·程頤의 洛學을 좋아하였으며,『資治通鑑』에 정밀하였다. 평생 남에게 조금도 굽히지 않는 강한 기상을 자부하자, 위료옹이 修養의 공부를 더하라고 권면하였다.

- 사수도 史守道(1173-1220)

  자는 孟傳, 호는 傳齋이며, 眉州 丹稜(四川省) 사람이다. 魏了翁에게 수학하였다. 1220년 入對하려고 하다가 갑자기 병이 나서 세상을 떠났다. 황제가 조서를 내려 同進士出身을 하사하고, 迪功郎에 제수하였다. 책을 한 번 보면 잊지 않았고, 전거를 인용하는 것이 매우 상세하였다. 저술로『傳齋集』·『傳齋有用之學』·『書略』·『詩略』·『周禮略』·『春秋統會』·『國朝名賢年譜』등이 있다.

- 장공순 蔣公順(? - ?)

  자는 成父, 호는 一齋이며, 全州 淸湘(廣西省) 사람이다. 魏了翁에게 7년 동안 수학하였으며, 의리학을 정밀히 연구하였다. 別之傑의 막부에 있으면서 安豐의 포위를 풀리게 한 공으로 관직에 보임되어 監施州靜江稅·沅州黔陽尉 등을 지냈다.

- 세여권 稅與權(? - ?)

  자는 巽甫이며, 巴郡(四川省) 사람이다. 魏了翁에게 수학하였는데, 특히 경학에 정밀하여 세상 사람들이 儒宗이라 일컬었다. 위료옹이『주례』를 강의한 내

용을 모아『周禮折衷』을 지었으며, 그 외 저술로『易學啓蒙小傳』·『古經傳』이
있다.

● 등처후 滕處厚(?-?)

자는 謹仲·景重, 호는 己齋·恕齋이며, 全州 淸湘(廣西省) 사람이다. 魏了翁
에게 수학하였다. 스승으로부터 경전에 능통하고 이치를 궁구하는 선비라고
칭찬을 받았다. 柳州馬評主簿·潭州甘泉酒庫兼帥幕을 지냈는데, 정도를 지키
며 아부하지 않았다.

● 장중진 蔣重珍(?-?)

자는 良貴, 호는 一梅, 시호는 忠文이며, 無錫(江蘇省) 사람이다. 魏了翁이 禮
部에서 시험을 주관할 적에 뽑힌 인연으로 그에게 나아가 배웠다. 1223년 진사
가 되어 簽判建康軍에 보임된 뒤 秘書省正字·刑部侍郎 등을 역임하였다. 황
제에게「爲君難」六箴을 지어 올렸으며, 眞德秀·魏了翁을 불러 쓸 것을 진언
하였다.

● 우　신 虞炕(?-?)

자는 退夫이며, 仁壽(四川省) 사람이다. 魏了翁의 講友인 滄江 虞剛簡(1164-
1227)의 從子로 위료옹의 사위가 되었다. 가학을 계승하는 한편 위료옹의 학문
을 전수받았다.

● 당계을 唐季乙(?-?)

초명은 述孫이었는데, 뒤에 季乙로 고치고 자를 述之라 하였다. 崇慶 晉原(四
川省) 사람이다. 高崇 형제들과 동거하였으며, 뒤에 고숭이 사위로 삼았다. 魏
了翁에게 배웠다. 縣州教授를 지냈는데, 일찍 별세하였다.

● 장　산 蔣山(?-?)

자는 得之이며, 靖州(四川省) 사람이다. 魏了翁에게 배웠으며,『주역』에 조예
가 깊었다.

● 허월경 許月卿(1216-1285) ☞ 介軒學案

● 사승조 史繩祖(?-?)

자는 長慶, 호는 學齋이며, 眉州 眉山(四川省) 사람이다. 魏了翁에게 수학하
였으며, 秘書監을 지냈다. 元나라가 들어선 뒤에는 衢州에 우거하였다. 저술
로『孝經解』가 있는데, 위료옹이 跋文을 지었다. 그 외 저술로『學齋佔畢』이

있다.

- **섭원로 葉元老(? - ?)**
  吳門(江蘇省) 사람으로, 생애가 자세치 않다. 元老는 字이고, 이름은 失傳되었다는 설도 있다. 魏了翁이 渠陽山에 있을 때 종유하며 배웠다. 象山學案에는 陸九淵의 아들 陸持之(1171-1225)에게 배운 것으로 되어 있다.

- **허 개 許玠(? - ?)**
  자는 介之이며, 睢州 襄邑(河南省) 사람으로 衡陽(湖南省)에 우거하였다. 魏了翁에게 수학하였다. 1236년 천거로 벼슬길에 나아가 衡州戶掾을 지냈다.

- **엄 식 嚴植(? - ?)**
  생애가 자세치 않다. 魏了翁에게 수학하였다.

- **장단의 張端義(1179 - ?)** ☞ 慈湖學案

- **정안지 程安之(? - ?)**
  생애가 자세치 않다. 眉州 丹稜(四川省) 사람이다. 程南金의 아들로, 魏了翁에게 수학하였다.(보유 669쪽)

8) 魏了翁의 再傳門人

◎ 魏克愚의 門人

- **왕일룡 汪一龍(1230-1282)**
  자는 遠翔, 호는 定齋이며, 徽州 休寧(安徽省) 사람이다. 魏了翁의 아들 魏克愚가 知徽州로 있을 적에 그에게 나아가 배웠다. 1268년 진사가 되어 建康 句容尉에 보임되었는데, 朱熹가 饑民을 구휼하던 것처럼 백성들을 돌보았다. 송나라가 망하자 벼슬하지 않았다. 원나라 世祖 때 紫陽書院의 山長을 지냈다. (보유 670쪽)

◎ 牟子才의 家學

- **모 헌 牟巘(1227-1311)**
  자는 獻甫・獻之, 호는 陵陽이며, 隆州 井研(四川省) 사람인데, 吳興(浙江省)으로 옮겨 살았다. 牟子才의 아들로, 가학을 계승하였다. 門蔭으로 浙東提

刑·大理少卿 등을 지냈다. 賈似道에게 미움을 받아 파직되었으며, 송나라가
망하자 벼슬하지 않았다. 아들 牟應龍과 함께 師友가 되어 六經을 강론하였으
며, 문장이 웅장하였다. 저술로 『陵陽集』이 있다.

◎ 牟子才의 門人

- 조 범 趙范(?-?) ☞ 滄洲諸儒學案
- 조 규 趙葵(1186-1266) ☞ 滄洲諸儒學案
- 당 진 唐震(?-1275)
  자는 景實·子華, 시호는 忠介이며, 會稽(浙江省) 사람이다. 牟子才에게 수학
  하였다. 1253년 진사가 되어 浙西提刑·知饒州 등을 지냈다. 賈似道에게 미움
  을 받아 면직되기도 하였다. 원나라 군대가 요주를 함락할 때 굽히지 않고 싸우
  다 殉節하였다.

9) 魏了翁의 三傳門人

◎ 牟子才의 家學

- 모응룡 牟應龍(1247-1324)
  자는 成父, 호는 隆山이며, 湖州 吳興(浙江省) 사람이다. 牟巘의 아들로, 가학
  을 계승하였다. 咸淳年間(1265-1274)에 진사가 되어 光州 定城尉를 지냈다.
  원나라가 들어선 뒤에는 溧陽教授·上元縣主簿 등을 지냈다. 동남 지역에서
  문장의 대가로 일컬어졌다. 여러 경전에 설을 지은 것이 있었는데, 지금은 전
  하지 않는다.

◎ 唐震의 門人

- 호응지 胡應之(?-?)
  자는 泰來이며, 紹興 嵊縣(浙江省) 사람이다. 唐震에게 수학하였는데, 그 문하
  에서 가장 빼어났다. 明善·誠身으로 학문의 근본을 삼았다. 黃震이 그를 보고
  古君子라 칭찬했다. 王淪 형제들과 교유하며 강학하였다. 송나라가 망하자 은
  거하였다.

● 모　진 毛振(?-?)

　　자는 翔父이며, 생애가 자세치 않다. 唐震에게 배웠다.

● 왕　도 王濤(?-?)

　　자는 東之이며, 생애가 자세치 않다. 唐震에게 배웠다.

● 도　고 屠高(?-?)

　　자는 仰之이며, 생애가 자세치 않다. 唐震에게 배웠다.

72. 西山 眞德秀의 學脈(西山眞氏學案)

1) 西山眞氏學案 圖表

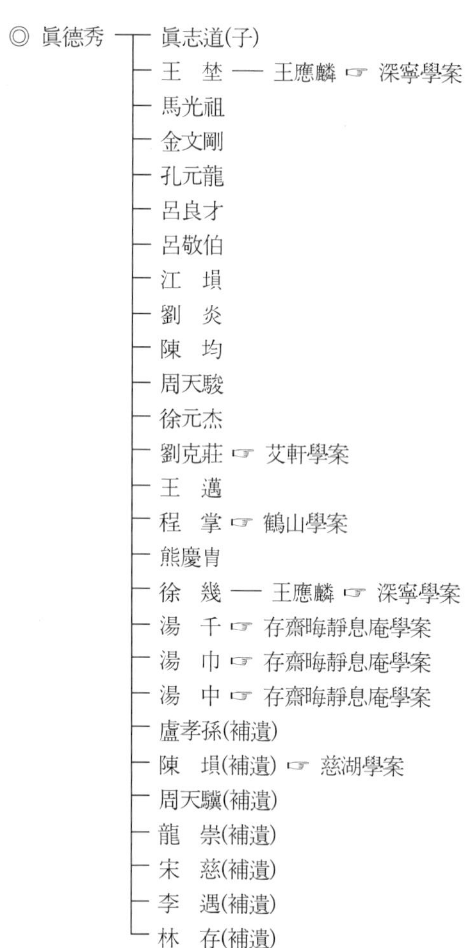

　　　　　　李方子 ☞ 滄洲諸儒學案
※ 續　傳 : 王天與 ── 王　振(子)
※ 私　淑 : 方　回(補遺) ── 程榮秀(補遺) ☞ 介軒學案

2) 西山眞氏學案序錄

　　내가 삼가 살펴보건대, 西山 眞德秀의 명망은 晦翁 朱熹를 곧바로 계승하였
으면서도 만년의 절개는 어찌 그리 곧지 못했던가. 東發 黃震(1212-1280)은
주자학을 가장 존신하였는데 진덕수에 대해 불만을 가졌으니, 『理度兩朝政要』
에 상세히 기록되어 있다. 『宋史』에도 그에 관한 은미한 말이 있다.

3) 詹體仁의 門人

● 진덕수 眞德秀(1178-1235)

　　자는 景元 · 希元 · 景峰 · 景希, 호는 西山, 시호는 文忠이며, 建州 浦城(福建
省) 사람이다. 1199년 진사가 되어 戶部尙書 · 參知政事 등을 역임하였다. 朱
熹의 문인 詹體仁에게 수학하였으며, 程朱理學을 계승 발전시키는 데 힘썼다.
魏了翁과 같은 해에 진사가 되어 함께 벼슬길에 나아갔으며, 그와 함께 理學을
통치이념으로 확립하는 데 큰 역할을 하였다. 위료옹과 같이 이름을 나란히
해 '西山 · 鶴山'이라 불리었다. 불교와 노장을 적극적으로 배척하지 않아 주자
학에 순수하지 못했다는 후세의 평이 있다. 저술로 『西山甲乙稿』 · 『對越甲乙
集』 · 『經筵講義』 · 『三禮考』 · 『大學衍義』 · 『四書集編』 · 『文章正宗』 · 『眞文
忠公集』 등이 있다.

4) 眞德秀의 講友

● 위료옹 魏了翁(1178-1237) ☞ 鶴山學案

● 이　번 李燔(? - ?) ☞ 滄洲諸儒學案

● 장　흡 張洽(1161-1237) ☞ 滄洲諸儒學案

● 이방자 李方子(? - ?) ☞ 滄洲諸儒學案

5) 眞德秀의 家學

● 진지도 眞志道(?-?)

자는 仁夫이며, 浦城(福建省) 사람이다. 진덕수의 아들로, 가학을 계승하였다.
戶部侍郎을 지냈다. 일찍이 육구연의 문인인 袁燮의 아들 袁甫에게 가르침을
청했는데, '實之' 두 글자를 주며 자세히 설명해 주었다.

6) 眞德秀의 門人

● 왕 야 王埜(?-1260)

자는 子文, 호는 潛齋이며, 婺州 金華(浙江省) 사람이다. 주희·여조겸의 제자
인 王介의 아들로, 진덕수에게 배웠다. 1220년 진사가 되어 端明殿學士·簽書
樞密院事 등을 지냈다.

● 마광조 馬光祖(?-?)

자는 華父, 호는 裕齋, 시호는 莊敏이며, 東陽(浙江省) 사람이다. 馬之孫의 손
자로, 진덕수에게 배웠다. 1226년 진사가 되어 新喻主簿·知樞密院事 등을 역
임하였다.

● 김문강 金文剛(1188-1258)

자는 子潛이며, 徽州 休寧(安徽省) 사람이다. 金安節의 손자로, 진덕수에게 배
웠다. 門蔭으로 將仕郎에 보임되어 浙江提擧·直龍圖閣 등을 지냈다. 寶祐年
間에 진덕수와 위료옹이 죄를 얻어 나라를 떠날 적에 문인들이 門戶를 등졌지
만 그는 소식을 끊지 않고 출입하였다.

● 공원룡 孔元龍(?-?)

자는 季凱, 私諡는 文介이며, 衢州(浙江省) 사람이다. 孔子의 후손으로 진덕
수에게 배웠다. 餘干主簿·柯山精舍山長을 역임하였다. 저술로 『柯山講義』
·『論語集說』·『魯樵斐稿』·『奏議叢壁』 등이 있다.

● 여량재 呂良才(?-?)

자는 賢甫이다. 진덕수에게 배웠으며, 淳祐年間(1241-1252)에 진사가 되어 潭
州善化尉를 지냈다.

● 여경백 呂敬伯(?-?)

이름은 中이며, 자는 仲甫·敬伯이다. 진덕수에게 배웠다. 진덕수가 그에게 求
道의 뜻이 있음을 보고서 入道의 요체를 가르쳐 주었다. 仁·誠·敬 세 글자를
가슴에 새기고 종신토록 잊지 않았다.

● 강 훈 江塤(1169-1233)

자는 叔文이며, 崇安(福建省) 사람이다. 진덕수에게 배웠다. 1208년 진사가
되어 古田縣尉·知南平軍 등을 지냈다.

● 유 염 劉炎(?-?)

자는 子宣이며, 括蒼(浙江省) 사람이다. 진덕수에게 배웠다. 저술로『邇言』이
있다.

● 진 균 陳均(?-?)

자는 子公·公齊이며, 平陽(浙江省) 사람이다. 진덕수에게 배웠다. 江東提
刑·秘閣修撰 등을 지냈다.

● 주천준 周天駿(?-?)

자는 子美, 호는 敬齋이며, 永豐(江西省) 사람이다. 진덕수에게 배웠다. 그의
학문은 持敬을 위주로 하였다.

● 서원걸 徐元杰(1194-1245)

자는 仁伯·子祥, 호는 梅野, 시호는 忠愍이며, 上饒(江西省) 사람이다. 처음
陳文蔚에게 배웠고, 후에 진덕수를 사사하였다. 1264년 진사가 되어 國子祭
酒·工部侍郎 등을 지냈다. 저술로『梅野集』이 있다.

● 유극장 劉克莊(1187-1269) ☞ 艾軒學案

● 왕 매 王邁(1185-1248)

자는 實之·貫之, 호는 臞軒이며, 仙遊(福建省) 사람이다. 진덕수에게 배웠다.
1217년 진사가 되어 秘書省正字·知邵武軍 등을 지냈다. 史嵩之가 재상으로
복귀하려 하자 그의 간사함과 잔인함을 극언하였다. 저술로『臞軒集』이 있다.

● 정 장 程掌(1184-1233) ☞ 鶴山學案

● 웅경주 熊慶冑(?-?)

자는 竹谷이며, 建陽(福建省) 사람이다. 젊어서 蔡淵에게 배웠고 후에 진덕
수·劉壆에게 수학하였다. 출사하지 않고 禮學을 정밀히 연구하여『三禮通議』

를 저술하였다.

- 서 기 徐幾(?-?)

  자는 子與, 호는 進齋이며, 崇安(福建省) 사람이다. 진덕수에게 배웠다. 景定
  年間(1260-1264) 何基와 함께 포의로 천거되어 迪功郎에 보임되었으며, 建寧
  府敎授·建安書院山長을 역임하였다. 經史에 박통하였는데, 특히 『주역』에
  정밀하였다. 저술로 『易輯』이 있다.

- 탕 천 湯千(1172-1226) ☞ 存齋晦靜息庵學案

- 탕 건 湯巾(?-?) ☞ 存齋晦靜息庵學案

- 탕 중 湯中(?-?) ☞ 存齋晦靜息庵學案

- 노효손 盧孝孫(?-?)

  자는 新之, 호는 玉溪이며, 貴溪(江西省) 사람이다. 진덕수에게 배웠다. 嘉泰
  年間(1201-1204)에 진사가 되어 太學正 등을 지냈다. 『四書集義』를 편찬하였
  다.(보유 672쪽)

- 진 훈 陳塤(1197-1241)(보유 673쪽) ☞ 慈湖學案

- 주천기 周天驥(?-?)

  자는 子德, 호는 穎齋이며, 永豊(江西省) 사람이다. 진덕수에게 배웠다. 淳祐
  年間(1241-1252)에 진사가 되어 儒林郎으로 史館校勘을 지냈다.(보유 673쪽)

- 용 숭 龍崇(?-?)

  자는 邦之·升之이며, 永新(江西省) 사람이다. 진덕수·楊萬里에게 배웠다.
  (보유 673쪽)

- 송 자 宋慈(1186-1249)

  자는 惠父이며, 建陽(福建省) 사람이다. 젊어서 吳雉를 사사하였고, 후에 진덕
  수에게 배웠다. 널리 楊方·黃榦·李方子·蔡淵·蔡沈과 함께 학문을 논하였
  다. 1217년 진사가 되어 新豊縣主簿·知廣州 등을 지냈다. 저술로 『洗寃集錄』
  이 있다.(보유 674쪽)

- 이 우 李遇(1178-1248)

  자는 用之, 호는 洞齋이며, 閩縣(福建省) 사람이다. 劉克莊과 함께 진덕수에게
  배웠다. 1214년 진사가 되어 秘書少監을 지냈다. 저술로 『詩解』가 있다.(보유
  674쪽)

- 임 존 林存(?-?)

  자는 以道이며, 閩縣(福建省) 사람이다. 진덕수에게 배웠다. 1238년 宏辭科로
  천거되어 知樞密院事·知潭州 등을 지냈다.(보유 675쪽)

7) 眞德秀의 再傳門人

◎ 王埜·徐幾의 門人

- 왕응린 王應麟(1223-1296) ☞ 深寧學案

8) 眞德秀의 續傳

- 왕천여 王天與(?-?)

  자는 立大, 호는 梅浦이며, 吉安(江西省) 사람이다. 저술로『尙書纂傳』이 있는
  데, 孔安國·孔穎達의 설을 인용하고 제가의 설을 수렴하였지만, 주희와 진덕
  수의 설을 위주로 하였다. 1298년 御使 臧夢解가 조정에 천거하여 臨江路 儒學
  敎授에 제수되었다.

◎ 王天與의 家學

- 왕 진 王振(?-?)

  생애가 자세치 않다. 王天與의 아들로, 가학을 계승하였다. 至大年間(1308-
  1311) 중에 부친의 저술인『尙書纂傳』을 간행하였다.

9) 眞德秀의 私淑

- 방 회 方回(1227-1307)

  자는 萬里, 호는 虛谷이며, 徽州 歙縣(安徽省) 사람이다. 어려서 고아가 되어
  숙부 方瓚에게 배웠다. 1262년 진사가 되어 知嚴州 등을 지냈다. 과거공부만
  을 일삼지 않았고, 性理를 공부함에 진덕수의 설을 따랐다. 저술로『桐江集』·
  『續古今考』가 있다. 그리고 唐·宋 이후의 율시를 뽑아 엮은『瀛奎律髓』가 있

다.(보유 676쪽)

◎ 方回의 門人

● 정영수 程榮秀(1263-1333)(보유 677쪽) ☞ 介軒學案

73. 何基·王柏·金履祥·許謙의 學脈(北山四先生學案)

1) 北山四先生學案 圖表

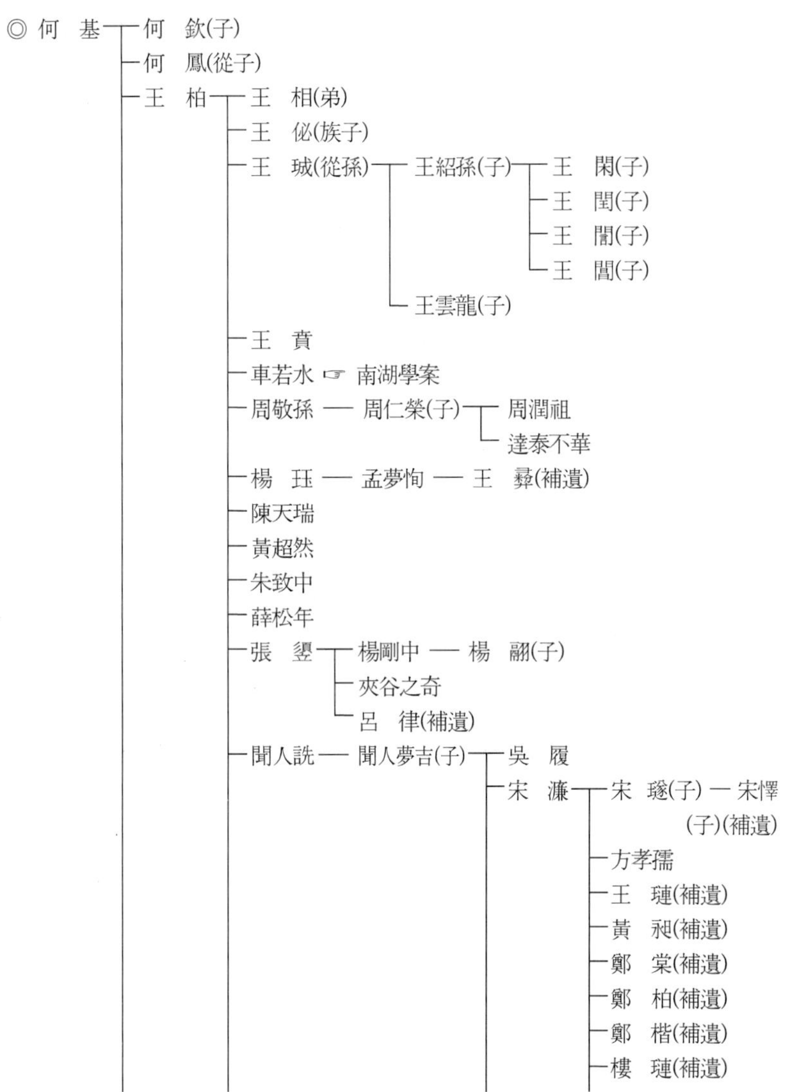

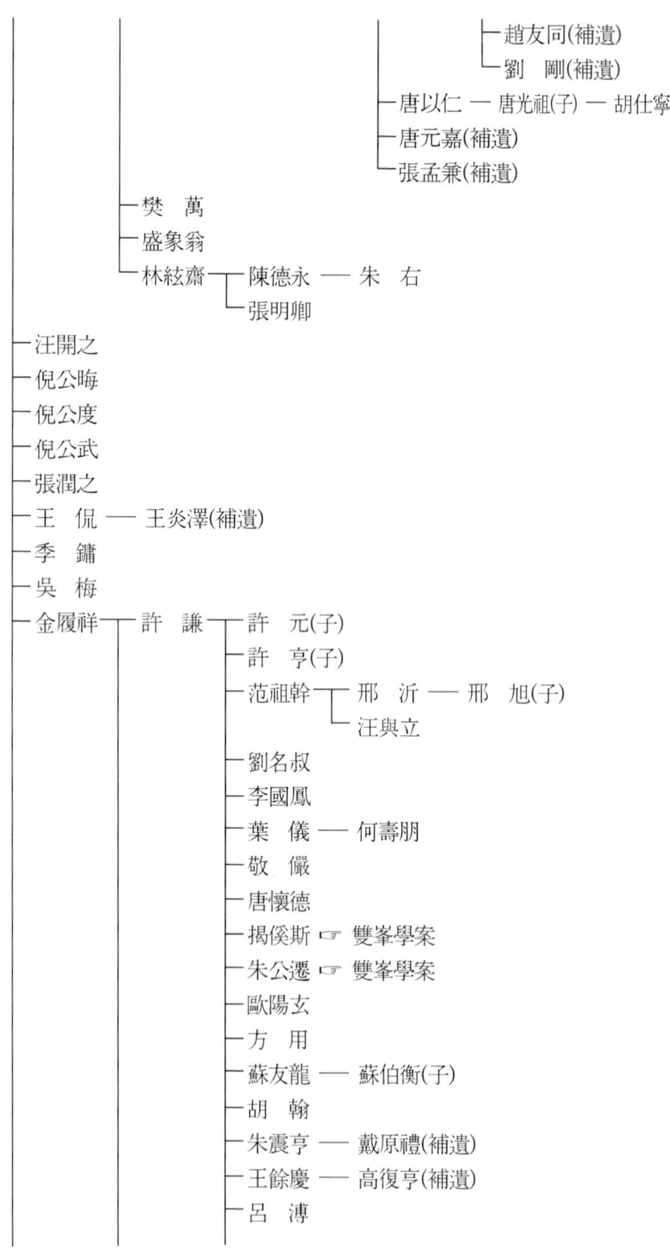

┌ 趙友同(補遺)
└ 劉　剛(補遺)
┌ 唐以仁 ― 唐光祖(子) ― 胡仕寧
├ 唐元嘉(補遺)
└ 張孟兼(補遺)
┌ 樊　萬
├ 盛象翁
└ 林絃齋 ┬ 陳德永 ― 朱　右
　　　　　└ 張明卿
┌ 汪開之
├ 倪公晦
├ 倪公度
├ 倪公武
├ 張潤之
├ 王　侃 ― 王炎澤(補遺)
├ 季　鏞
├ 吳　梅
└ 金履祥 ┬ 許　謙 ┬ 許　元(子)
　　　　　│　　　　├ 許　亨(子)
　　　　　│　　　　├ 范祖幹 ┬ 邢　沂 ― 邢　旭(子)
　　　　　│　　　　│　　　　└ 汪與立
　　　　　│　　　　├ 劉名叔
　　　　　│　　　　├ 李國鳳
　　　　　│　　　　├ 葉　儀 ― 何壽朋
　　　　　│　　　　├ 敬　儼
　　　　　│　　　　├ 唐懷德
　　　　　│　　　　├ 揭傒斯 ☞ 雙峯學案
　　　　　│　　　　├ 朱公遷 ☞ 雙峯學案
　　　　　│　　　　├ 歐陽玄
　　　　　│　　　　├ 方　用
　　　　　│　　　　├ 蘇友龍 ― 蘇伯衡(子)
　　　　　│　　　　├ 胡　翰
　　　　　│　　　　├ 朱震亨 ― 戴原禮(補遺)
　　　　　│　　　　├ 王餘慶 ― 高復亨(補遺)
　　　　　│　　　　└ 呂　溥

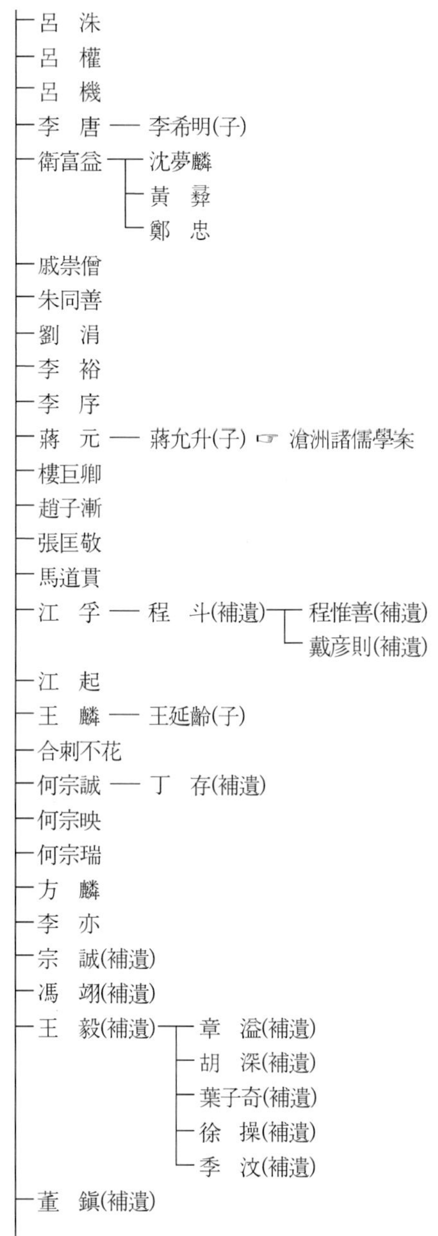

├ 呂　洙
├ 呂　權
├ 呂　機
├ 李　唐 ── 李希明(子)
├ 衛富益 ┬ 沈夢麟
　　　　　├ 黃　彝
　　　　　└ 鄭　忠
├ 戚崇僧
├ 朱同善
├ 劉　涓
├ 李　裕
├ 李　序
├ 蔣　元 ── 蔣允升(子) ☞ 滄洲諸儒學案
├ 樓巨卿
├ 趙子漸
├ 張匡敬
├ 馬道貫
├ 江　孚 ── 程　斗(補遺) ┬ 程惟善(補遺)
　　　　　　　　　　　　　└ 戴彦則(補遺)
├ 江　起
├ 王　麟 ── 王延齡(子)
├ 合剌不花
├ 何宗誠 ── 丁　存(補遺)
├ 何宗映
├ 何宗瑞
├ 方　麟
├ 李　亦
├ 宗　誠(補遺)
├ 馮　翊(補遺)
├ 王　毅(補遺) ┬ 章　溢(補遺)
　　　　　　　├ 胡　深(補遺)
　　　　　　　├ 葉子奇(補遺)
　　　　　　　├ 徐　操(補遺)
　　　　　　　└ 季　汶(補遺)
├ 董　鎭(補遺)

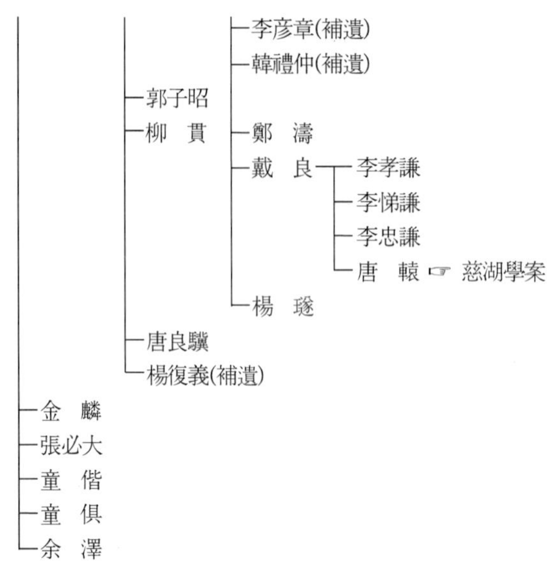

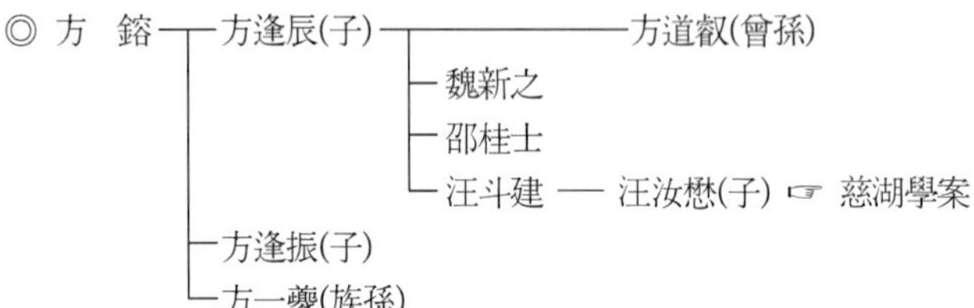

※ 何基의 學侶 : 何南坡
　　　　　　　　葉由庚 ☞ 滄洲諸儒學案
※ 王柏의 學侶 : 潘　墀
※ 王柏의 續傳 : 牟　楷
※ 許謙의 學侶 : 張　樞
　　　　　　　　吳師道

2) 北山四先生學案序錄

　내가 삼가 살펴보건대, 勉齋 黃榦(1152-1221)의 학통은 金華 지역 학자들을 통해 더욱 창성하게 되었다. 당시 사람들이 "北山 何基의 淸介와 純實은 和靖 尹焞(1071-1142)과 흡사하고, 魯齋 王柏의 高明과 剛正은 上蔡 謝良佐(1050-1103)와 흡사하다. 그리고 文安公 金履祥은 明體達用의 학자로서, 浙江의 학문을 중흥시켰다."라고 하였다.

　※ 北山四先生은 何基·王柏·金履祥·許謙을 말한다. 북산은 현 浙江省 金華市에 있는 金華山의 북쪽 지역을 가리킨다. 이 곳에서 멀지 않은 淳安에 주자학을 계승한 方鎔·方逢辰의 학맥이 있었는데, 북산사선생학안에 첨부되어 있다.

3) 黃榦의 門人

● 하　기 何基(1188-1269)

　자는 子恭, 호는 北山, 시호는 文定이며, 金華(浙江省) 사람이다. 젊어서 陳震에게 배웠으며, 후에 주희의 문인 黃榦에게 수학하였다. 咸淳年間 초에 史館校勘兼崇政殿說書 등에 제수 되었으나 끝내 사양하였다. 金華山 북쪽에 은거하여 강학과 저술에 전념하며 주자학을 널리 전파하였다. 王柏·金履祥·許謙과 함께 '北山四先生'·'金華四先生'이라 불리었다. 저술로『大學發揮』·『中庸發揮』·『易繫辭發揮』·『易學啓蒙發揮』·『太極圖說發揮』·『通書發揮』·『西銘發揮』등이 있다.

4) 何基의 學侶

● 하남파 何南坡(?-?)

　이름이 자세치 않다. 南坡는 호이며, 金華(浙江省) 사람이다. 何基(1188-1269)의 형으로, 동생과 함께 黃榦에게 수학하였다.

● 섭유경 葉由庚(1202-1279) ☞ 滄洲諸儒學案

5) 王柏의 學侶

● 반　지 潘塀(?-?)

자는 經之·介巖, 호는 芥軒이며, 金華(浙江省) 사람이다. 王柏과 교유하였으며, 1235년 진사가 되어 太府少卿·秘書修撰 등을 역임하였다. 『朱子語類』에서 『論語』에 관련된 내용을 뽑고 미비한 부분을 보충하여 『論語語類』를 편찬하였다.

6) 許謙의 學侶

● 장　추 張樞(1292-1348)

자는 子長이며, 金華(浙江省) 사람이다. 許謙과 교유하였으며, 박학하였다. 翰林修撰 등에 제수되었으나, 사양하고 나아가지 않았다. 저술로 『續後漢書』·『春秋三傳歸一義』·『刊定三國志』·『曲江張公年譜』 등이 있다.

● 오사도 吳師道(1283-1344)

자는 正傳이며, 蘭溪(浙江省) 사람이다. 젊어서 眞德秀의 저서를 읽고 義理之學에 마음을 정하게 되었으며, 許謙과 교유하였다. 1321년 진사가 되어 國子博士·禮部郎中 등을 지냈다. 그는 程朱의 理學을 존숭하였으며, 이단 및 불교·도교를 배척하였다. 저술로 『禮部集』·『敬鄉錄』·『戰國策校注』 등이 있다.

7) 何基의 家學

● 하　흠 何欽(?-?)

자는 無適이며, 金華(浙江省) 사람이다. 何基의 아들로 가학을 계승하였으며, 王城(1247-1324)과 함께 忘年之交를 맺었다.

● 하　봉 何鳳(1250-1327)

자는 天儀, 호는 遜山翁이며, 金華(浙江省) 사람이다. 何基의 從子로 가학을 계승하였다. 醫學에 조예가 깊어 元나라 元貞年間 초에 婺州醫學教授·江西醫學提擧에 제수 되었다. 何宗誠·何宗映·何宗瑞 세 아들이 가학을 계승하였는데, 許謙의 문하에 나아가 수학하였다.

8) 何基의 門人

- **왕　백 王柏(1197-1274)**

  자는 會之·伯會, 호는 魯齋·長嘯, 시호는 文憲이며, 金華(浙江省) 사람이다. 조부 王師愈는 楊時의 제자이며, 부친 王瀚은 呂祖謙에게 수학하였다. 何基의 문하에서 공부하였으며, 하기·金履祥·許謙과 함께 '金華四先生'·'北山四先生'으로 일컬어졌다. 麗澤書院師·上蔡書院師를 지냈다. 벗 汪開之와 함께 四書를 읽으면서 주희가 주해한 것에 대해 정밀히 연구하였으며, 그와 더불어 黃榦의『論語通釋』에 語錄의 내용을 보충하여『論語通旨』를 편찬하였다. 그리고『시경』·『상서』에 대해 의문을 제기한『詩疑』·『書疑』를 지었다. 그 외 저술로『讀易記』·『讀書記』·『詩辨說』·『涵古易說』·『魯經章句』·『研幾圖』·『朱子指要』·『天官考』·『地理考』 등이 있다.

- **왕개지 汪開之(？-？)**

  자는 元思이며, 金華(浙江省) 사람이다. 조부 汪獨善은 呂祖謙의 제자였다. 王柏과 절차탁마하였으며, 함께 黃榦의『論語通釋』에 語錄의 내용을 보충하여『論語通旨』를 편찬하였다. 그 외 저술로『固窮集』이 있다.

- **예공회 倪公晦(？-？)**

  자는 孟陽이며, 金華(浙江省) 사람이다. 그의 형인 倪公度·倪公武와 함께 何基(1188-1269)에게 배웠으며, 당시 '箕谷三倪'로 불리었다. 轉運司幹辦公事를 지냈다. 저술로『周易管窺』가 있다.

- **예공도 倪公度(？-？)**

  자는 孟容이며, 金華(浙江省) 사람이다. 동생 倪公武·倪公晦와 함께 何基에게 수학하였으며, 당시 '箕谷三倪'라 불리었다.

- **예공무 倪公武(？-？)**

  자는 孟德이며, 金華(浙江省) 사람이다. 형제 倪公度·倪公晦와 함께 何基에게 수학하였으며, 당시 '箕谷三倪'라 불리었다. 저술로『風雅質疑』·『六書本義』 등이 있다.

- **장윤지 張潤之(？-？)**

  자는 伯誠, 호는 思誠子이며, 蘭溪(浙江省) 사람이다. 何基에게 수학하였으며, 王柏과 교유하였다. 何基가『敬思錄』을 편찬하다가 이루지 못하자 金履祥이 이어서 완성하였는데, 매 조목마다 장윤지에게 질정을 한 뒤 편정하였다.

- **왕　간 王侃(?-?)**

  자는 剛仲, 호는 立齋이며, 金華(浙江省) 사람이다. 慶元年間 정주학을 僞學으로 금지했던 王淮(1126-1189)의 손자이다. 처음에는 劉炎에게 수학하였으며, 후에 何基에게 나아가 배웠다. 族父 王柏과 師友로 지냈고, 蔡杭과 교유하였다. 저술로『立齋集』이 있다.

- **계　용 季鏞(?-?)**

  자는 伯韶이며, 龍泉(浙江省) 사람이다. 何基에게 수학하였다. 1252년 知嚴州를 지냈으며, 浙東·浙西 지방의 轉運使를 역임하였다.

- **오　매 吳梅(?-?)**

  자는 仁伯이며, 麗水(浙江省) 사람이다. 何基에게 수학하였다. 咸淳年間(1265-1274) 진사가 되어 浦江縣尉·錢塘縣尉를 지냈다. 저술로『四書發揮』등이 있다.

- **김이상 金履祥(1232-1303)**

  이름은 祥·開祥·履祥, 자는 吉父, 호는 次農, 시호는 文安이며, 蘭溪(浙江省) 사람이다. 송말원초 때 학자로, 王柏·何基에게 배웠다. 원나라가 들어서자 벼슬하지 않고 仁山에 은거하였는데, 사람들이 '仁山先生'이라 일컬었다. 그는 周敦頤·二程·朱熹의 학문을 조종으로 삼아 義理를 궁구하였다. 왕백의 疑經精神을 계승하여『시경』·『서경』을 의심하였는데, 공자가 3000편을 300편으로 刪定하였다는 설을 부정하였고,『古文尙書』는 후한 때 儒者들이 僞作한 것이라 주장하였다. 주희가 발명하지 못한 부분을 밝힌 것이 많다. 저술로『尙書注』·『尙書表注』·『論語集注考證』·『孟子集注考證』·『大學章句疏義』·『中庸標注』·『資治通鑑前編』·『仁山集』등이 있다.

- **김　린 金麟(?-?)**

  蘭溪(浙江省) 사람으로, 생애가 자세치 않다. 金履祥의 동생으로, 何基에게 배웠다.

- **장필대 張必大(?-?)**

  생애가 자세치 않다. 何基에게 배웠다.

- 동　해 童偕(?-?)
  생애가 자세치 않다. 何基에게 배웠다.

- 동　구 童俱(?-?)
  생애가 자세치 않다. 何基에게 배웠다.

- 여　택 余澤(?-?)
  생애가 자세치 않다. 何基에게 배웠다.

9) 何基의 再傳門人

◎ 王柏의 家學

- 왕　상 王相(?-?)
  자는 元章이며, 金華(浙江省) 사람이다. 王柏의 동생으로, 가학을 계승하였다.
  金履祥과 절친하였다.

- 왕　필 王佖(?-?)
  자는 元敬, 호는 敬巖이며, 金華(浙江省) 사람이다. 慶元年間에 程朱學을 僞學
  으로 금지했던 王淮(1126-1189)의 손자이다. 王柏의 族子로, 가학을 계승하였
  다. 劉炎·饒魯에게 배웠으며, 후에 王柏에게 나아가 수학하였다. 直敷文閣·
  福建轉運副使 등을 역임하였다. 眞德秀의「夜氣歌」의 설을 배격하였다. 저술
  로『朱文公語後錄』등이 있다.

- 왕　성 王珹(?-?)
  자는 玉成, 호는 成齋이며, 金華(浙江省) 사람이다. 王柏의 從孫이며 王佖의
  從子로, 가학을 계승하였다. 修職郎 監建康酒稅院에 보임되었다.

◎ 王柏의 門人

- 왕　분 王賁(?-?)
  자는 蘊文, 호는 石潭이며, 天台(浙江省) 사람이다. 王柏이 上蔡書院의 堂長
  으로 있을 적에 나아가 배웠다. 나중에 왕백을 대신해 堂長을 지냈다.

- 차약수 車若水(?-?) ☞ 南湖學案

● 주경손 周敬孫(?-?)

자는 子高이며, 臨海(浙江省) 사람이다. 王柏이 上蔡書院의 堂長으로 있을 적에
나아가 배웠다. 저술로『易象占』·『尙書補遺』·『春秋類例』 등이 있다.

● 양 각 楊珏(?-?)

자는 君寶, 호는 簡齋이며, 臨海(浙江省) 사람이다. 王柏에게 배웠다. 1229년
진사가 되어 上虞尉·知肇慶府를 역임하였다.

● 진천서 陳天瑞(?-?)

자는 德修, 호는 南村·古堂이며, 臨海(浙江省) 사람이다. 王柏에게 배웠다.
1269년 진사가 되어 知金華縣을 지냈다. 저술로『甲子集』이 있다.

● 황초연 黃超然(?-1321)

자는 立道, 호는 壽雲, 私諡는 康敏이며, 黃巖(浙江省) 사람이다. 王柏에게 배
웠으며, 진사가 되었다. 원나라가 들어서자 은거하여 학문과 저술에 몰두하였
는데,『주역』에 조예가 깊었다. 저술로『周易通義』·『周易或問』·『周易發例』
·『周易釋象』·『壽雲集』 등이 있다.

● 주치중 朱致中(?-?)

台州(浙江省) 사람으로, 생애가 자세치 않다. 王柏이 上蔡書院의 堂長으로 있
을 적에 나아가 배웠다.

● 설송년 薛松年(?-?)

台州(浙江省) 사람으로, 생애가 자세치 않다. 王柏이 上蔡書院의 堂長으로 있
을 적에 나아가 배웠다.

● 장 수 張壄(1236-1302)

자는 達善, 호는 導江이며, 導江(四川省) 사람이었는데, 江左로 옮겨 살았다.
王柏이 上蔡書院의 堂長으로 있을 적에 나아가 배웠다. 至元年間에 江寧學官
을 지냈고, 조정의 명을 받아 孔顔孟三氏敎授가 되었다. 저술로『經說』이 있
었으나, 전하지 않는다. 문집으로『張達善文集』이 있다.

● 문인선 聞人詵(?-?)

자는 詵老, 호는 桂山翁이며, 金華(浙江省) 사람이다. 王柏에게 배웠다.

● 번 만 樊萬(?-?)

자는 萬里이며, 縉雲(浙江省) 사람이다. 王柏에게 배웠다. 원나라 초에 滁州敎

授가 되어 應擧翰林文字·江浙儒學提擧를 역임하였다.

- **성상옹 盛象翁(?-?)**
  자는 景則, 호는 聖泉이며, 黃巖(浙江省) 사람이다. 車若水·王柏에게 배웠으며, 黃超然(?-1321)과 절친하였다. 昌國州判官을 지냈다. 저술로 『聖泉集』이 있다.

- **임현재 林絃齋(?-?)**
  이름이 자세치 않다. 絃齋는 호이며, 天台(浙江省) 사람이다. 王柏(1197-1274)에게 배웠다.

◎ 王侃의 門人

- **왕염택 王炎澤(?-?)**
  자는 威仲, 호는 南稜이며, 義烏(浙江省) 사람이다. 王侃에게 수학하였으며, 정주학을 전파하는 데 힘을 쏟았다.

◎ 金履祥의 門人

- **허 겸 許謙(1270-1337)**
  자는 益之, 호는 白雲山人, 시호는 文懿이며, 金華(浙江省) 사람이다. 金陵講學을 지냈다. 金履祥의 문하에서 수업하였으며, 정주학을 전파하는 데 크게 공헌하였다. 東陽 八華山에 은거하여 강학하였는데, 문인이 1천여 명에 달하였다. 何基 → 王柏 → 金履祥으로 이어지는 주자학맥을 계승하여 '金華四先生'·'北山四先生'으로 일컬어졌으며, 북방의 許衡과 함께 '南北二許'로 불리었다. 天文·地理·典章·制度·字學·音韻 등에도 두루 통하였다. 저술로 『讀四書叢說』·『讀書叢說』·『詩集傳名物鈔』·『春秋溫故管窺』·『春秋三傳疏義』·『治忽幾微』·『自省編』·『白雲文集』 등이 있다.

- **곽자소 郭子昭(?-?)**
  汝南(河南省) 사람으로, 생애가 자세치 않다. 金履祥에게 배웠으며, 御史掾을 지냈다.

- **유 관 柳貫(1270-1342)**
  자는 道傳, 호는 烏蜀, 私諡는 文肅이며, 浦江(浙江省) 사람이다. 金履祥에게

배웠다. 太常博士・翰林待制 등을 역임하였다. 黃溍・虞集・揭傒斯와 함께
문장으로 이름을 떨쳐 '儒林四傑'이라 불리었다. 저술로『字系』・『近思錄廣
輯』・『金石竹帛遺文』・『柳待制文集』이 있다.

- 당량기 唐良驥(?-?)
  생애가 자세치 않으며, 蘭溪(浙江省) 사람이다. 金履祥에게 배웠으며, 齊芳書
  院을 지어 스승을 초빙하여 강학하였다.

- 양복의 楊復義(?-?)
  자는 子宜, 호는 西淸이며, 西安(浙江省) 사람이다. 金履祥에게 배웠다.

10) 何基의 三傳門人

◎ 王珹의 家學

- 왕소손 王紹孫(?-?)
  金華(浙江省) 사람으로, 생애가 자세치 않다. 王珹의 아들로, 가학을 계승하
  였다.

- 왕운룡 王雲龍(?-?)
  자는 雲卿이며, 金華(浙江省) 사람으로, 생애가 자세치 않다. 王珹의 아들로,
  가학을 계승하였다.

◎ 周敬孫의 家學

- 주인영 周仁榮(?-?)
  자는 本心이며, 臨海(浙江省) 사람이다. 주경손의 아들로 가학을 계승하였으
  며, 楊珏・陳天瑞를 사사하였다. 泰定年間(1324-1327) 초에 國子博士에 제
  수 되었고, 集賢待制를 지냈다.

◎ 楊珏의 門人

- 맹몽순 孟夢恂(1278-1353)
  자는 長文, 호는 森碧, 시호는 康靖이며, 黃巖(浙江省) 사람이다. 楊珏・陳天
  瑞를 사사하였다. 經史를 깊이 연구하였으며, 성리학에 정통하였다. 行義로

천거되어 台州學錄이 되었다. 1353년 도적을 막은 공로로 常州路宜興州判官에 제수 되었지만, 나아가지 못하고 세상을 떠났다. 저술로『四書五經辨疑』·『性理本旨』·『漢唐會要』·『七政疑解』·『筆海雜錄』 등이 있다.

◎ 張翌의 門人

- **양강중 楊剛中(?-?)**
  자는 志行, 호는 通微이며, 上元(江蘇省) 사람이다. 張翌에게 수학하였다. 江浙提學·翰林待制를 역임하였다. 저술로『易通微』·『說詩講義』·『霜月集』이 있다.

- **협곡지기 夾谷之奇(?-1289)**
  자는 士常, 호는 書穩이며, 女眞族이다. 滕州에 거주하였으며, 張翌에게 배웠다. 侍御史·吏部尙書를 역임하였다.

- **여 률 呂律(?-?)**
  호는 蘊齋이며, 鄆城(山東省) 사람이다. 呂衍의 아들이며, 張翌에게 배웠다. 承務郞·秘書少監 등을 역임하였다.

◎ 聞人詵의 家學

- **문인몽길 聞人夢吉(?-?)**
  자는 應之, 私諡는 凝熙이며, 金華(浙江省) 사람이다. 聞人詵의 아들로 가학을 계승하였다. 泉州教授 등을 역임하였으며, 1358년 福建副提擧에 제수 되었다.

◎ 林絃齋의 門人

- **진덕영 陳德永(?-?)**
  자는 叔夏, 호는 兩峯이며, 黃巖(浙江省) 사람이다. 盛象翁·林絃齋에게 배웠다. 和靖書院의 山長을 지냈으며, 江浙儒學提擧를 역임하였다. 저술로『兩峯慚草』가 있다.

- **장명경 張明卿(1279-1332)**
  자는 子晦, 호는 務光이며, 天台(浙江省) 사람이다. 林絃齋·邵素心에게 배웠다. 벼슬을 구하지 않고 평생 저술과 강학에 힘썼다. 그의 학술은 주희를 종주로 삼았다. 저술로 『言志稿』·『六藝編』·『存養錄』·『尙友編』·『世運畧』·『家傳』·『政事書』 등이 있다.

◎ 許謙의 家學

● 허 원 許元(?-?)

자는 存仁이며, 金華(浙江省) 사람이다. 許謙의 아들로 金履祥·葉儀에게 배웠으며, 주자학을 계승하였다. 國子博士·國子祭酒 등을 역임하였다.

● 허 형 許亨(?-?)

자는 存禮이며, 金華(浙江省) 사람이다. 許謙의 아들이며, 葉儀에게 배웠다. 北平敎授를 지냈다.

◎ 許謙의 門人

● 범조간 范祖幹(?-1385)

자는 景先, 호는 柏軒·純孝이며, 金華(浙江省) 사람이다. 許謙에게 수학하였으며, 誠意를 위주로 하여 愼獨·持守의 공부를 중시하였다. 孝行으로 인해 純孝坊이 세워졌다. 저술로 『衆經指要』·『讀詩記』·『大學中庸發微』·『柏軒集』이 있다.

● 유명숙 劉名叔(?-?)

생애가 자세치 않으며, 許謙에게 수학하였다.

● 이국봉 李國鳳(?-?)

자는 景儀이며, 山東省 사람이다. 許謙에게 배웠으며, 治書侍御史兼經略使를 지냈다.

● 섭 의 葉儀(?-?)

자는 景翰, 호는 南陽이며, 金華(浙江省) 사람이다. 許謙에게 수학하였으며, 五經師를 지냈다. 저술로 『南陽雜稿』가 있다.

● 경 엄 敬儼(?-?)

자는 威卿, 시호는 文忠이며, 易州(河北省) 사람이다. 浙東參政을 지낼 적에 許謙에게 배웠다. 許謙의 학려인 張樞를 종유하였다. 관직이 中書平章政事에 이르렀다.

- 당회덕 唐懷德(?-?)

  자는 思誠, 호는 存齋이며, 金華(浙江省) 사람이다. 許謙에게 수학하였으며, 金華敎諭·衢州學錄을 지냈다. 저술로『六經問答』·『破萬總錄』·『鉤玄集』·『書學指南』·『存齋集』이 있다.

- 게혜사 揭傒斯(1274-1344) ☞ 雙峯學案

- 주공천 朱公遷(?-?) ☞ 雙峯學案

- 구양현 歐陽玄(1273-1357)

  자는 原功, 호는 圭齋, 시호는 文이며, 瀏陽(湖南省) 사람이다.『宋元學案補遺』에는 歐陽元으로 되어 있다. 어려서 어머니 李氏에게 배웠으며, 張貫之·許謙에게 수학하였다. 1315년 진사가 되어 國子博士·翰林學士承旨를 지냈다. 칙명으로『經世大典』을 편수하였으며, 遼·金·宋의 三史를 편친할 적에 總裁官을 맡았다. 저술로『圭齋文集』이 있다.

- 방 용 方用(?-?)

  자는 希才, 호는 茗谷이며, 望江(安徽省) 사람이다. 許謙에게 수학하였으며, 揭傒斯·朱公遷·歐陽玄과 함께 '許門四傑'이라 불리었다. 저술로『先儒宗旨』·『茗谷叢說』등이 있다.

- 소우룡 蘇友龍(1296-1378)

  자는 伯夔, 호는 栗齋이며, 金華(浙江省) 사람이다. 許謙에게 수학하였으며, 紹興路 蕭山縣尹·樞密院照磨를 역임하였다.

- 호 한 胡翰(1307-1381)

  자는 仲申·仲子, 호는 長山이며, 金華(浙江省) 사람이다. 吳師道에게 경학을 배우고 吳萊에게 고문을 익혔으며, 許謙을 통해 주자학을 전수받았다. 名士들과 두루 교유하였으며, 余闕·貢師泰와 절친하였다. 衢州敎授를 지냈다. 원말 南華山에 은거하여 저술에 전념하다가, 명초에 징소되어『元史』편찬에 참여하였다. 시문에 능해 宋濂·王禕와 이름을 나란히 하였다. 저술로『春秋集義』·『胡仲子集』·『長山先生集』등이 있다.

- 주진형 朱震亨(1281-1358)

  자는 彦修, 호는 丹溪이며, 義烏(浙江省) 사람이다. 許謙에게 수학하였으며, 名醫 羅知悌에게도 배웠다. 理學과 醫學의 결합을 주장하였는데, 太極의 이치로써 보면『주역』·『예기』·『通書』등의 뜻이 모두『內經』과 통한다고 하였으며, 나아가 의학 원리로써 修心에 치중하는 理學을 전개하였다. 程朱의 이학을 元代에 전하는 교량 역할을 하였다. 후세 사람들이 '養陰派'라 불렀으며, 劉完素·張從正·李杲와 함께 '金元四家'로 칭한다. 저술로『格致餘論』·『金匱鉤元』·『局方發揮』·『傷寒論辨』·『外科精要發揮』등이 있다.

- 왕여경 王餘慶(?-?)

  자는 叔善이며, 金華(浙江省) 사람이다. 許謙에게 수학하였다. 至正年間(1341-1367) 초에 經筵에 들어가 檢討官이 되었고, 監察御史를 여러 차례 지냈다.

- 여 부 呂溥(?-?)

  자는 公甫, 호는 竹溪이며, 永康(浙江省) 사람이다. 呂洙의 동생이며, 許謙에게 배웠다. 저술로『大學疑問』·『史論』·『竹溪集』등이 있다.

- 여 수 呂洙(?-?)

  자는 宗魯이며, 永康(浙江省) 사람이다. 呂溥의 형이며, 許謙에게 배웠다. 저술로『周易圖說』·『太極圖說』·『大學辯疑』등이 있다.

- 여 권 呂權(?-?)

  자는 子義이며, 永康(浙江省) 사람이다. 呂機의 형이며, 許謙에게 배웠다.

- 여 기 呂機(?-?)

  자는 審言이며, 永康(浙江省) 사람이다. 呂權의 동생이며, 許謙에게 배웠다.『春秋左氏傳』·『資治通鑑』에 조예가 깊었다.

- 이 당 李唐(?-?)

  자는 仲宏, 호는 靜學이며, 東陽(浙江省) 사람이다. 許謙에게 수학하였으며, 東陽儒學敎授를 지냈다. 저술로『靜學齋集』·『尙絅齋集』이 있다.

- 위부익 衛富益(?-?)

  호는 耕讀, 私諡는 正節이며, 崇德(浙江省) 사람이다. 金履祥·許謙에게 배웠으며, 성리학을 깊이 연구하였다. 송나라가 망하자 石人涇에 은거하여 강학에 힘썼으며, 白社書院을 세웠다. 至大年間(1308-1311)에 천거를 받았으나 나아가지 않다가, 모함을 받아 서원이 훼철되었다. 그리하여 湖州 金蓋山으로 옮겨가서 강학에 힘을 기울였다. 저술로『四書考證』·『性理集義』·『易說』·『讀史纂要』·『耕讀怡情錄』등이 있다.

- 척숭승 戚崇僧(?-?)

  자는 仲咸, 호는 朝陽이며, 金華(浙江省) 사람이다. 戚紹의 손자로 許謙에게
  수학하였으며, 성리학에 조예가 깊었다. 저술로『春秋纂例原旨』·『四書儀對』
  ·『後復古編』·『昭穆圖』·『歷代指掌圖』 등이 있다.

- 주동선 朱同善(1297-1365)

  자는 聖與, 호는 裕軒이며, 義烏(浙江省) 사람이다. 許謙에게 배웠다.

- 유 연 劉涓(?-?)

  자는 德源, 호는 靑村이며, 義烏(浙江省) 사람이다. 許謙·黃溍에게 수학하
  였다.

- 이 유 李裕(1294-1338)

  자는 公饒이며, 東陽(浙江省) 사람이다. 許謙에게 수학하였다. 1330년 진사가
  되어 陳州同知 등을 지냈다.

- 이 서 李序(?-?)

  자는 仲倫이며, 東陽(浙江省) 사람이다. 許謙에게 수학하였다. 東白山에 은거
  하여 陳樵(1278-1365)와 함께 절차탁마하였다.

- 장 원 蔣元(?-?)

  자는 子晦·若晦, 私諡는 貞節이며, 東陽(浙江省) 사람이다. 許謙에게 수학하
  였다. 저술로『中庸注』·『四書箋惑』·『學則』 등이 있다.

- 누거경 樓巨卿(?-?)

  생애가 자세치 않으며, 東陽(浙江省) 사람이다. 許謙의 문하에서 수학하였는
  데, 高弟로 일컬어졌다.

- 조자점 趙子漸(?-?)

  이름은 嗣鴻, 자가 子漸이며, 金華(浙江省) 사람이다. 許謙에게 수학하였다.

- 장광경 張匡敬(?-?)

  자는 主一이며, 金華(浙江省) 사람이다. 許謙에게 수학하였다.

- 마도관 馬道貫(?-?)

  자는 德珍, 호는 一得叟이며, 東陽(浙江省) 사람이다. 許謙에게 수학하였으며,
  저술로『尙書疏義』·『一得叟集』 등이 있다.

- 강　부 江孚(?-?)

  생애가 자세치 않으며, 常山(浙江省) 사람이다. 許謙에게 수학하였으며, 형 江叔戴·동생 江起와 함께 '三江先生'이라 불리었다.

- 강　기 江起(?-?)

  생애가 자세치 않으며, 常山(浙江省) 사람이다. 許謙에게 수학하였으며, 형 江叔戴·江孚와 함께 '三江先生'이라 불리었다.

- 왕　린 王麟(?-?)

  자는 兆祥이며, 東平(山東省) 사람이다. 許謙에게 배웠으며, 昌平教諭를 지냈다.

- 합자불화 合剌不花(?-?)

  蒙古 사람이다. 許謙에게 배웠으며,『대학』의 誠意와 毋自欺를 학문의 요체로 삼았다.

- 하종성 何宗誠(?-?)

  생애가 자세치 않으며, 金華(浙江省) 사람이다. 何鳳의 아들이며, 許謙에게 수학하였다.

- 하종영 何宗映(?-?)

  생애가 자세치 않으며, 金華(浙江省) 사람이다. 何鳳의 아들이며, 許謙에게 수학하였다.

- 하종서 何宗瑞(?-?)

  생애가 자세치 않으며, 金華(浙江省) 사람이다. 何鳳의 아들이며, 許謙에게 수학하였다.

- 방　린 方麟(?-?)

  생애가 자세치 않으며, 太末(浙江省) 사람이다. 許謙에게 수학하였다.

- 이　역 李亦(?-?)

  생애가 자세치 않으며, 東陽(浙江省) 사람이다. 許謙에게 수학하였다.

- 종　성 宗誠(?-?)

  자는 仲實이며, 義烏(浙江省) 사람이다. 許謙에게 수학하였으며, 저술로『孝友通紀』가 있다.

- 풍　익 馮翊(?-?)

　　자는 原輔이며, 義烏(浙江省) 사람이다. 許謙에게 수학하였다. 洪武年間
　　(1368-1398)에 明經으로 천거되어 新淦知縣을 지냈다. 저술로『崑山片玉集』
　　이 있다.

- 왕　의 王毅(1303-1354)

　　자는 剛淑, 호는 木訥이며, 龍泉(浙江省) 사람이다. 젊어서 鄭原善에게 배웠으
　　며, 뒤에 許謙의 문하에 나아갔다. 저술로『木訥集』이 있다.

- 동　진 董鎭(?-1367)

　　자는 仲眞이며, 河南省 사람으로 曾祖 때 澂浦(浙江省)에 옮겨왔다. 오직 경학
　　을 연구하고 실천하는 데 힘썼으나, 평생 저술하지 않았다.

- 이언장 李彦章(?-?)

　　생애가 자세치 않으며, 許謙의 문인이다.

- 한례중 韓禮仲(?-?)

　　생애가 자세치 않으며, 天台(浙江省) 사람이다. 許謙에게 수학하였다. 징소되
　　었으나 나아가지 않았다.

◎ 柳貫의 門人

- 정　도 鄭濤(?-?)

　　자는 仲舒이며, 浦江(浙江省) 사람이다. 柳貫에게 수학하였다. 國史院編修·
　　太常博士를 지냈다.

- 대　량 戴良(1317-1383)

　　자는 叔能, 호는 九靈·雲林이며, 浦江(浙江省) 사람이다. 柳貫에게 수학하였
　　으며, 黃溍·吳萊·余闕에게도 배웠다. 月泉書院의 山長을 지냈으며, 儒學提
　　擧를 역임하였다. 저술로『九靈山房集』이 있다.

- 양　수 楊璲(?-?)

　　자는 元度이며, 餘姚(浙江省) 사람이다. 柳貫에게 수학하였다. 寧海·縉雲 및 餘
　　姚의 學官을 지냈다. 형 楊琰·동생 楊瑀와 함께 '三楊'으로 불리었다.

11) 何基의 四傳門人

◎ 王紹孫의 家學

- 왕 한 王閑(?-?)

  金華(浙江省) 사람으로, 생애가 자세치 않다. 王紹孫의 아들로, 가학을 계승하였다.

- 왕 윤 王閏(?-?)

  金華(浙江省) 사람으로, 생애가 자세치 않다. 王紹孫의 아들로, 가학을 계승하였다.

- 왕 은 王誾(?-?)

  金華(浙江省) 사람으로, 생애가 자세치 않다. 王紹孫의 아들로, 가학을 계승하였다.

- 왕 창 王闓(?-?)

  金華(浙江省) 사람으로, 생애가 자세치 않다. 王紹孫의 아들로, 가학을 계승하였다.

◎ 周仁榮의 門人

- 주윤조 周潤祖(?-?)

  자는 彦德, 호는 紫巖이며, 臨海(浙江省) 사람이다. 周仁榮에게 수학하였으며, 達泰不華와 교유하였다. 저술로 『紫巖集』이 있다.

- 달태불화 達泰不華(?-?)

  자는 兼善, 시호는 忠介이며, 台州(浙江省) 사람이다. 周仁榮에게 수학하였으며, 周潤祖와 교유하였다. 禮部尙書·台州路達魯花赤을 지냈다.

◎ 孟夢恂의 門人

- 왕 이 王彛(?-?)

  자는 常宗, 호는 嫣蜼子이며, 嘉定(上海) 사람이다. 孟夢恂에게 수학하였다. 洪武年間(1368-1398) 초에 布衣로서 『元史』 편찬에 참여하였다. 저술로 『三近齋稿』·『王常宗集』이 있다.

◎ 楊剛中의 家學

● 양　핵 楊翮(?-?)

　자는 文擧이며, 上元(江蘇省) 사람이다. 楊剛中의 아들로, 가학을 계승하였다. 江浙儒學提擧·太常博士를 지냈다. 저술로『佩玉齋類稿』가 있다.

◎ 聞人夢吉의 門人

● 오　리 吳履(?-?)

　자는 德基이며, 蘭溪(浙江省) 사람이다. 聞人夢吉의 문하에서 배웠으며, 史書에 조예가 깊었다. 南康丞·安化知縣 등을 지냈다.

● 송　렴 宋濂(1310-1381)

　자는 景濂, 호는 潛溪·玄眞子, 시호는 文憲이며, 浦江(浙江省) 사람이다. 聞人夢吉에게 배웠으며, 史學에 조예가 깊었다. 朱熹→黃榦→金華四先生(何基·王柏·金履祥·許謙)→聞人夢吉·柳貫·黃溍·吳萊로 전해진 金華朱子學을 계승하였다. 그러나 陸九淵의 心學과 佛敎도 수용하여『六經論』에서 六經을 모두 心學으로 보고, 治心이 治天下의 근본이라 하였다.『元史』의 편찬을 주관하였으며, 知制誥兼修國史·翰林侍講學士 등을 지냈다. 저술로『孝經新說』·『潛溪集』·『翰苑集』·『芝園集』·『蘿山集』·『龍門子』·『浦陽人物記』·『宋學士全集』 등이 있다.

● 당이인 唐以仁(?-?)

　생애가 자세치 않으며, 金華(浙江省) 사람이다. 聞人夢吉에게 배웠으며, 그의 사위가 되었다.

● 당원가 唐元嘉(?-?)

　자는 顯德이며, 蘭溪(浙江省) 사람이다. 聞人夢吉에게 배웠으며, 仁和縣丞·浙江行省掾을 역임하였다.

● 장맹겸 張孟兼(?-?)

　이름은 丁, 자가 孟兼이며, 浦江(浙江省) 사람이다. 聞人夢吉에게 배웠다. 國子監學錄으로서『元史』의 편찬에 참여하였으며, 太常司丞을 지냈다. 저술로『白石山房逸稿』가 있다.

◎ 陳德永의 門人

- **주 우 朱右(1314-1376)**
  자는 伯賢·序賢, 호는 鄒陽子·白雲이며, 臨海(浙江省) 사람이다. 程子의 문인 朱光庭의 후손이며, 陳德永에게 수학하였다. 晉府右長史 등을 지냈다. 저술로 『書傳發揮』·『春秋類編』·『深衣考誤』·『三史鉤元』·『秦漢文衡』·『歷代統紀要覽』·『元史補遺』·『白雲稿』 등이 있다.

◎ 范祖幹의 門人

- **형 기 邢沂(?-?)**
  이름을 祈라고도 하며, 金華(浙江省) 사람이다. 范祖幹에게 수학하였으며, 문장으로 이름이 났다.

- **왕여립 汪與立(?-?)**
  자는 師道이며, 金華(浙江省) 사람이다. 范祖幹에게 수학하였다. 何壽朋과 함께 德行으로 명망이 있었으며, 문장에 뛰어났다.

◎ 葉儀의 門人

- **하수붕 何壽朋(?-?)**
  자는 德齡, 호는 歸全이며, 金華(浙江省) 사람이다. 葉儀에게 수학하였으며, 洪武年間(1368-1398)에 孝廉으로 천거되었다.

◎ 蘇友龍의 家學

- **소백형 蘇伯衡(?-?)**
  자는 平仲이며, 金華(浙江省) 사람이다. 蘇友龍의 아들로, 가학을 계승하였다. 國子學正·翰林編修를 지냈다. 저술로 『蘇平仲集』이 있다.

◎ 朱震亨의 門人

- **대원례 戴原禮(?-?)**
  본명은 思恭, 자가 原禮인데, 자가 더욱 알려졌다. 浦江(浙江省) 사람으로, 朱

震亨의 문하에서 수학하였다. 名醫로 징소되어 太醫院使를 지냈다.

◎ 王餘慶의 門人

- **고복형 高復亨(? - ?)**
  자는 本中이며, 王餘慶·歐陽玄에게 수학하였다. 洪武年間(1368-1398)에 징소되어 總戎掌書記가 되었으며, 知獻縣을 역임하였다.

◎ 李唐의 家學

- **이희명 李希明(? - ?)**
  자는 濬文이며, 東陽(浙江省) 사람이다. 李唐의 아들로, 가학을 계승하였다. 洪武年間(1368-1398)에 천거를 받아 監察御史·刑部侍郎을 역임하였다.

◎ 衛富益의 門人

- **심몽린 沈夢麟(? - ?)**
  자는 元昭이며, 歸安(浙江省) 사람이다. 衛富益의 문인이며,『주역』에 조예가 깊었다. 婺州學正·武康尹을 역임하였다. 저술로『花溪集』이 있다.
- **황 이 黃彝(? - ?)**
  생애가 자세치 않으며, 衛富益의 문인이다.
- **정 충 鄭忠(? - ?)**
  자는 原凱이며, 嘉興(浙江省) 사람이다. 衛富益에게 수학하였으며, 沈夢麟·黃彝와 절친하였다.

◎ 蔣元의 家學

- **장윤승 蔣允升(? - ?)** ☞ 滄洲諸儒學案

◎ 江孚의 門人

- **정 두 程斗(? - ?)**
  자는 仲元, 호는 龍麓子이며, 開化(浙江省) 사람이다. 江孚에게 수학하여 성리학을 공부하였으며, 문장에 뛰어났다. 저술로『龍麓子集』이 있다.

◎ 王麟의 家學

● 왕연령 王延齡(?-?)

생애가 자세치 않으며, 東平(山東省) 사람이다. 王麟의 아들로 가학을 계승하
였으며, 翰林을 지냈다.

◎ 何宗誠의 門人

● 정　존 丁存(?-?)

자는 性初, 호는 雲崖이며, 義烏(浙江省) 사람이다. 何宗誠의 문인이며, 문장
에 뛰어났다. 明經으로 여러 번 징소되었으나 나아가지 않았다. 저술로『雲崖
雅稿』가 있다.

◎ 王毅의 門人

● 장　일 章溢(1314-1369)

자는 三益이며, 龍泉(浙江省) 사람이다. 王毅의 문인이며, 浙東按察司僉事·
御史中丞 등을 역임하였다.

● 호　심 胡深(1314-1365)

자는 仲淵이며, 龍泉(浙江省) 사람이다. 王毅의 문인이며, 吳王府參軍·守處
州 등을 역임하였다.

● 섭자기 葉子奇(?-?)

자는 世傑, 호는 靜齋이며, 龍泉(浙江省) 사람이다. 王毅의 문인이며, 學行으
로 천거되어 巴陵主簿를 지냈다. 저술로『範通元理』·『草木子』·『太玄本旨』
·『靜齋集』 등이 있다.

● 서　조 徐操(?-?)

생애가 자세치 않으며, 王毅에게 수학하였다.

● 계　문 季汶(?-?)

자는 彦父이며, 龍泉(浙江省) 사람이다. 王毅의 문인이며, 安南翼總管·處州

翼同知元帥를 역임하였다.

◎ 戴良의 門人

● 이효겸 李孝謙(? - ?)

李仕開의 아들로, 鄞縣(浙江省) 사람이다. 戴良·楊彝·陸德暘·高明·胡舜
咨 등에게 배웠다. 동생 李悌謙·李忠謙과 함께 孝友가 돈독하였다. 永樂年間
(1403-1424)에 칙명으로 圖志를 편찬하게 하였는데, 太守의 명을 받아 郡志
를 주관하였다. 저술로『經書問難』·『通鑑考證』·『許心百忍箴註』·『急就章
解』·『長律英華』·『中林集』등이 있다.

● 이제겸 李悌謙(? - ?)

李仕開의 아들로, 鄞縣(浙江省) 사람이다. 戴良의 문인이며, 형 李孝謙·동생
李忠謙과 함께 孝友가 돈독하였다.

● 이충겸 李忠謙(? - ?)

李仕開의 아들로, 鄞縣(浙江省) 사람이다. 戴良의 문인이며, 형 李孝謙·李悌
謙과 함께 孝友가 돈독하였다.

● 당　원 唐轅(? - ?) ☞ 慈湖學案

12) 何基의 五傳門人

◎ 宋濂의 家學

● 송　수 宋璲(1344-1380)

자는 仲珩이며, 浦江(浙江省) 사람이다. 宋濂의 아들로 가학을 계승하였으며,
서예에 조예가 깊었다. 1376년 中書舍人에 제수되었다. 저술로『水簾洞玉兔泉
諸詩集』이 있다.

◎ 宋濂의 門人

● 방효유 方孝孺(1357-1402)

자는 希直·希古, 호는 遜志·正學, 시호는 文正이며, 寧海(浙江省) 사람이
다. 方克勤의 아들로 가학을 계승하였으며, 宋濂에게 수학하였다. 翰林學士·

侍講學士 등을 지냈다. 明初의 주자학을 계승한 대학자로, 주희의『大學章句』
를 일부 수정하기도 하였다. 저술로『幼儀』·『宗儀』·『深慮論』·『雜誡』·『遜
志齋集』 등이 있다.

- **왕 련 王璉(?-?)**

  자는 宗器·汝器이며, 長洲(江蘇省) 사람이다. 宋濂에게 수학하였다. 1372년
  史館編修로 발탁되어 文華堂에 들어갔으며, 吏部主事·河南御史를 지냈다.
  동생 王璲·王珪과 함께 문장으로 이름을 떨쳤다.(보유 717쪽)

- **황 창 黃昶(?-?)**

  자는 叔暘이며, 義烏(浙江省) 사람이다. 黃溍의 증손이며, 宋濂에게 수학하였
  다. 문장에 뛰어났으며, 洪武年間(1368-1398)에 監察御史를 지냈다.(보유
  717쪽)

- **정 당 鄭棠(?-?)**

  자는 叔美이며, 浦江(浙江省) 사람이다. 동생 鄭柏과 함께 宋濂의 문하에서 수
  학하였으며, 형제가 문장으로 이름이 났다. 永樂年間(1403-1424)에『永樂大
  典』을 편수하는 데 참여하였으며, 관직이 翰林院檢討에 이르렀다. 저술로『金
  史評』·『元史評』·『道山集』 등이 있다.(보유 718쪽)

- **정 백 鄭柏(?-?)**

  자는 叔端, 호는 淸逸이며, 浦江(浙江省) 사람이다. 형 鄭棠과 함께 宋濂의 문하
  에서 수학하였으며, 형제가 문장으로 이름이 났다. 저술로『聖朝文纂』·『文章
  正原』·『續文章正宗』·『金華賢達傳』·『進德齋稿』 등이 있다.(보유 718쪽)

- **정 해 鄭楷(?-?)**

  자는 叔度이며, 浦江(浙江省) 사람이다. 宋濂의 문하에서 배웠으며, 鄭棠의 從
  兄이다. 蜀王이 그의 뛰어남을 듣고서 王府敎授에 제수하고 醇翁이라는 호를
  내렸다. 그 뒤 관직이 長史에 이르렀다. 저술로『鳳鳴集』이 있다.(보유 718쪽)

- **누 련 樓璉(?-1402)**

  자는 士連이며, 金華(浙江省) 사람이다. 宋濂의 문하에 나아가 수학하였다.
  建文年間(1399-1402) 초에 문학으로 천거되어 翰林院侍講을 지냈다.(보유
  719쪽)

- 조우동 趙友同(1364-1418)

  자는 彦如이며, 長洲(江蘇省) 사람이다. 宋濂의 문하에서 수학하였다. 洪武年間 말에 華亭訓導를 맡았으며, 永樂年間 초에 御醫에 제수되었다. 『永樂大典』·『性理大全』·五經大全·四書大全을 편수하는 데 참여하였다. 동생 趙友泰, 아들 趙季敷, 손자 趙同魯가 가학을 계승하였다.(보유 719쪽)

- 유　강 劉剛(？-？)

  자는 養浩이며, 義烏(浙江省) 사람이다. 宋濂의 문하에서 수학하였으며, 박학하고 문장에 뛰어났다.(보유 720쪽)

◎ 唐以仁의 家學

- 당광조 唐光祖(？-？)

  자는 仲暹, 호는 委順이며, 金華(浙江省) 사람이다. 唐以仁의 아들로, 가학을 계승하였다. 저술로 『委順夫集』이 있다.

◎ 邢沂의 家學

- 형　욱 邢旭(？-？)

  자는 景暘이며, 金華(浙江省) 사람이다. 邢沂의 아들로, 가학을 계승하였다. 1404년 진사가 되어 河南參政·四川布政 등을 역임하였다. 저술로 『退省集』이 있다.

◎ 程斗의 門人

- 정유선 程惟善(？-？)

  생애가 자세치 않으며, 程斗에게 수학하였다.

- 대언칙 戴彦則(？-？)

  생애가 자세치 않으며, 程斗에게 수학하였다.

13) 何基의 六傳門人

◎ 宋璲의 家學

- 송 역 宋懌(?-?)

  자는 子夷이며, 浦江(浙江省) 사람이다. 宋璲의 아들로 가학을 계승하였으며, 書法에 조예가 깊었다. 建文年間(1399-1402) 초에 翰林侍書를 지냈다.

◎ 唐光祖의 門人

- 호사녕 胡仕寧(?-?)

  생애가 자세치 않으며, 永康(浙江省) 사람이다. 唐光祖에게 수학하였다.

14) 王柏의 續傳

- 모 해 牟楷(?-?)

  자는 仲裵, 호는 靜正 · 九溪이며, 黃巖(浙江省) 사람이다. 王柏의 학문을 사숙하였으며, 誠意 · 正心에 힘썼다. 저술로 『九書辯疑』 · 『河洛圖書說』 · 『春秋建正辯』 · 『深衣刊誤』 · 『定武成錯簡』 · 『管仲子糾辯』 · 『致中和議』 · 『桐葉封弟辯』 · 『四書疑義』 등이 있다.

15) 朱熹의 續傳

- 방 용 方鎔(?-?)

  자는 伯冶, 호는 耐庵이며, 淳安(浙江省) 사람이다. 方逢辰 · 方逢振의 부친이다. 젊어서 문장으로 이름이 났으며, 郡試에 두 번이나 장원을 하였다. 그 뒤로 과거 시험에 응시하지 않고 聖賢之學에 전념하였는데, 주자학을 근본으로 삼았다. 두 아들이 급제한 후, 宣敎郎 · 奉直大夫에 제수되었다.

16) 方鎔의 家學

- 방봉신 方逢辰(1221-1291)

  본래 이름은 夢魁, 자는 君錫 · 聖錫, 호는 蛟峯이며, 淳安(浙江省) 사람이다. 方鎔의 아들로, 가학을 계승하였다. 1249년 진사가 된 뒤 國史修撰 · 吏部侍郎 등을 역임하였다. 뒤에 禮部尚書로 불렀으나 나아가지 않았고, 송나라가 망한 뒤에는 은거하여 후진을 양성하였다. 그는 四書를 근본으로 하고 六經을 律令으로 여겼으며, 주희의 사상을 종주로 하여 주자학의 格物窮理를 강조하고, 육구연에게서 비롯된 심학파의 易簡工夫를 반대하였다. 또한 程子 문하 4대제자 중 한 사람인 謝良佐의 仁에 관한 사상을 발휘하기도 하였다. 저술로『學庸注釋』·『格物入門』·『孝經解』·『尙書釋傳』·『易外傳』·『蛟峯集』 등이 있다.

- 방봉진 方逢振(?-?)

  자는 君玉, 호는 山房이며, 淳安(浙江省) 사람이다. 方鎔의 아들이며 方逢辰의 동생으로, 가학을 계승하였다. 1262년 진사가 되어 國史實錄院檢閱文字·太府寺主簿를 역임하였다. 송나라가 망하자 방봉신은 石峽에, 그는 鳳潭에 은거하여 학문에 전념하였다. 형이 죽은 뒤 石峽의 講席을 주관하였다.

- 방일기 方一夔(?-?)

  이름을 夔라고도 한다. 자는 時佐, 호는 知非子·富山이며, 淳安(浙江省) 사람이다. 方逢辰의 族孫으로 가학을 계승하였으며, 石峽의 講席을 주관하였다. 저술로『富山集』이 있다.

17) 方逢辰의 門人

- 위신지 魏新之(?-?)

  자는 德夫, 호는 石川이며, 桐廬(浙江省) 사람이다. 方逢辰의 문하에서 수학하였으며, 정주학을 존숭하였다. 1271년 진사가 되어 慶元府敎授를 지냈다. 송나라가 망하자 은거하였으며, 같은 고을의 孫潼發·袁易과 함께 '三先生'이라 일컬어졌다.

- 소계사 邵桂士(?-?)

  자는 古香이며, 淳安(浙江省) 사람이다. 方逢辰의 문하에서 수학하였다.

- 왕두건 汪斗建(1255-1326)

  자는 昌辰이며, 淳安(浙江省) 사람이다. 方逢辰의 문하에서 수학하였다. 太學에 있을 적에 同舍生과 함께 上書를 올려 賈似道가 나라를 망친다고 비판하였다. 원나라 때 3년 동안 典敎를 담당하다가 고향으로 돌아와 강학에 힘썼다.

18) 汪斗建의 家學

● 왕여무 汪汝懋(1308-1369) ☞ 慈湖學案

19) 方逢辰의 續傳

● 방도예 方道叡(?-?)
자는 以愚이며, 淳安(浙江省) 사람이다. 蛟峯 方逢辰(?-1291)의 증손으로
가학을 계승하였으며, 戚崇僧에게 수학하였다. 『춘추』에 조예가 깊어 至順年
間(1330-1332)에 진사가 되었으며, 翰林編修·杭州判官 등을 역임하였다. 명
나라 초에 징소되었으나, 나아가지 않았다. 저술로『春秋集釋』·『愚泉詩稿』
·『文說』·『詩說』 등이 있다.

74. 雙峯 饒魯의 學脈(雙峯學案)

1) 雙峯學案 圖表

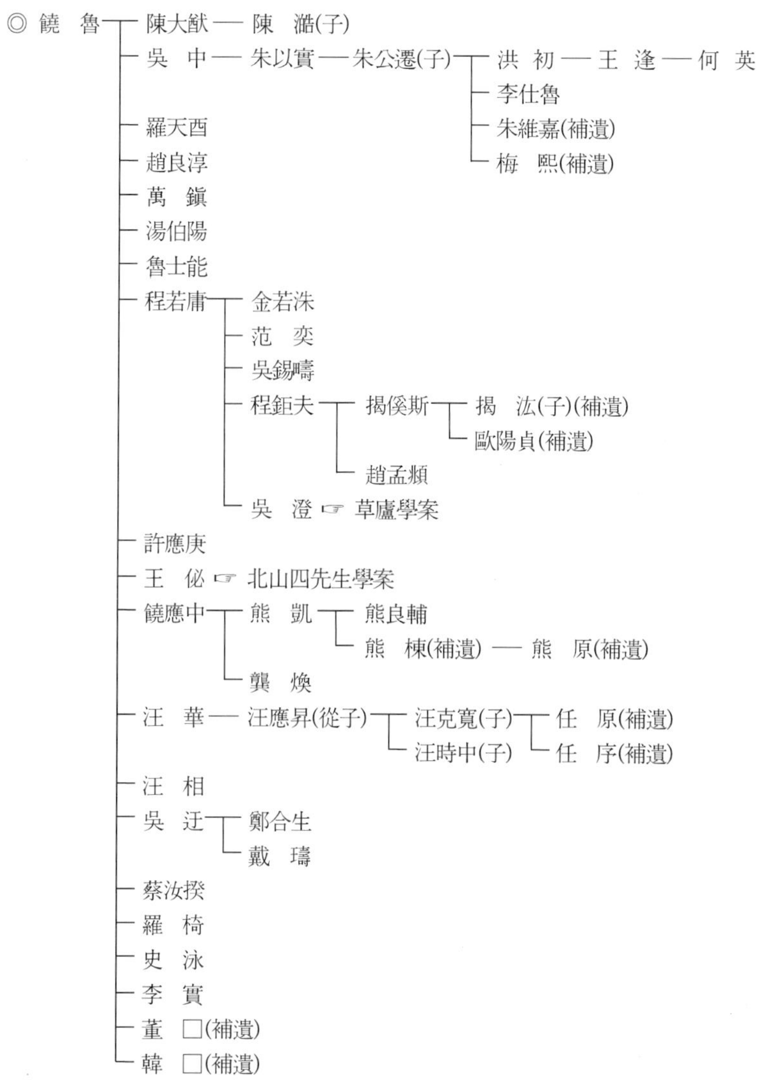

※ 講 友 : 方 逢 ☞ 勉齋學案
※ 私 淑 : 袁 易
           吳 存
           黃 震(補遺) ☞ 東發學案

2) 雙峯學案序錄

내가 삼가 살펴보건대, 雙峯 饒魯의 학맥도 勉齋 黃榦에게서 갈라져 나왔다. 그의 재전문인에 草廬 吳澄(1249-1333)이 있다. 사람들은 쌍봉이 만년에 朱熹의 설과 다른 점이 많다고 하여 그를 비방한다. 그러나 나는 이 점을 가지고 쌍봉을 과소평가하기에는 부족하다고 생각한다. 다만 그의 저서가 전하지 않아 애석할 뿐이다.

3) 黃榦의 門人

● 요 로 饒魯(?-?)
자는 伯興·仲元, 호는 雙峯, 시호는 文元이며, 饒州 餘干(江西省) 사람이다. 주희의 문인 黃榦(1152-1221)·李燔을 사사하였으며, 朋來館과 石洞書院을 세워 후학을 가르쳤다. 주희의 理學을 계승하였는데, 만년에는 主靜에 치우친 경향을 보였다. 저술로『五經講義』·『春秋節傳』·『學庸纂述』·『庸學十二圖』·『語孟紀聞』·『太極三圖』·『西銘圖』·『近思錄註』등이 있었으나 대부분 전하지 않고, 지금은『白鹿書院教規』·『程董二先生學則』등에 일부가 남아 있을 뿐이다. 그 외 저술로『饒雙峰講義』가 있다.

4) 饒魯의 講友

● 방 섬 方逢(1178-1237) ☞ 勉齋學案

5) 饒魯의 門人

● 진대유 陳大猷(?-?)

자는 文獻, 호는 東齋이며, 都昌(江西省) 사람이다. 饒魯에게 수학하였다.
1259년 진사가 되어 從政郎·黃州軍判官 등을 지냈다.『서경』에 조예가 깊었
다. 저술로『尙書集傳或問』·『尙書集傳會通』등이 있다.

● 오 중 吳中(?-?)

자는 中行, 호는 準軒이며, 樂平(江西省) 사람이다. 일찍이 程伊川의 학문을
사모하였는데, 饒魯가 朱熹의 학통을 이었다는 말을 듣고 찾아가 수학하였다.
평생 벼슬하지 않고 은거하여 학문을 연구하였다.

● 나천유 羅天酉(?-?)

자는 恭甫, 호는 柘岡이며, 新昌(浙江省) 사람이다. 饒魯에게 수학하였다.
1259년에 진사가 되어 懷柔縣令을 지냈다. 임금의 그릇된 마음을 바로잡고 조
정의 그릇된 사람을 내쫓으라고 상소하였다가 丁大全의 배척을 받았다. 저술
로『柘岡集』이 있다.

● 조량순 趙良淳(?-?)

자는 景程이며, 餘干(江西省) 사람이다. 趙汝愚(1140-1196)의 증손이며, 饒魯
에게 수학하였다. 知安吉州를 지냈으며, 元나라 군대가 安吉州를 침략하였을
때 항전하였다.

● 만 진 萬鎭(?-?)

자는 子靜이며, 平江(湖南省) 사람이다. 湯伯陽과 함께 方暹·饒魯에게 수학
하였다. 1251년 진사가 되어 澧州司戶參軍을 지냈다. 주희의 社倉制度를 모방
하여 고을 사람들과 함께 실천하였다. 賈似道가 公安의 竹□書院山長으로 불
렀으나 나아가지 않았다. 저술로『左傳十辨』이 있다.

● 탕백양 湯伯陽(?-?)

平江(湖南省) 사람이다. 萬鎭과 함께 饒魯에게 수학하였다.

● 노사능 魯士能(?-?)

자는 時擧, 호는 寶潭이며, 平江(湖南省) 사람이다. 饒魯에게 수학하였다.
1244년 진사가 되어 沅州錄事兼餉事를 지냈다.

- **정약용 程若庸(?-?)**

  자는 逢原, 호는 勿齋·徽庵이며, 休寧(安徽省) 사람이다. 饒魯·沈貴珤를 사사하였다. 淳祐年間(1241-1252) 安定書院·臨汝書院의 주강을 지냈으며, 1268년 武夷書院의 山長을 지냈다. 주희의 학문을 종주로 하였다. 남송의 程端蒙이 편찬한 『性理字訓』을 재편집하여 『性理字訓講義』를 편찬하였다. 그 외 저술로 『太極洪範圖說』이 있다.

- **허응경 許應庚(?-?)**

  자는 春伯이며, 平江(湖南省) 사람이다. 李燔과 饒魯에게 수학하였다. 동생 許應庭과 함께 당시 명성이 있었다. 1229년 진사가 되었으며, 張萬全이 守岳州로 있을 때 鄕薦을 받았다.

- **왕 필 王佖(?-?)** ☞ 北山四先生學案

- **요응중 饒應中(?-?)**

  생애가 자세치 않다. 饒魯에게 수학하였다.

- **왕 화 汪華(?-?)**

  자는 榮夫, 호는 東山이며, 祁門(安徽省) 사람이다. 族兄 汪相과 함께 饒魯에게 수학하였으며, 趙介如·江古心에게도 배웠다. 至元年間(1271-1294) 초에 燕公楠(1241-1302)과 함께 동문의 벗으로 사귀며 강학하였다. 연공남이 여러 번 조정에 천거하려 하였으나 끝내 사양하였다. 從孫 汪克寬이 명성이 있었다.

- **왕 상 汪相(?-?)**

  자는 魏夫이며, 祁門(安徽省) 사람이다. 族弟 汪華와 함께 饒魯에게 수학하였다. 汪華·汪相 형제로 인해 祁門 지역에 理學이 크게 융성해졌다.

- **오 우 吳迂(?-?)**

  자는 仲迂, 호는 可堂이며, 浮梁(江西省) 사람이다. 饒魯에게 수학하였다. 皇慶年間(1312-1313)에 浮梁牧使 郭郁이 그를 불러 스승으로 삼고 유생들을 가르치게 하였는데, 당시 사람들이 '可堂先生'이라 불렀다. 저술로 『四書語錄』·『五經發明』·『孔子世家』·『先儒法言粹言』·『重定綱目』이 있다.

- **채여규 蔡汝揆(?-?)**

  자는 君審, 호는 愚泉이며, 新昌(浙江省) 사람이다. 饒魯에게 수학하였다. 저술로 『希賢錄』·『貫道集』·『友議』가 있다.

- 나　의 羅椅(1214 - ?)
  자는 子遠, 호는 磵谷이며, 廬陵(江西省) 사람이다. 饒魯에게 수학하였다. 1256년 진사가 되어 江陵敎授 등을 지냈다.

- 사　영 史泳(? - ?)
  자는 自亨, 호는 水東이며, 餘干(江西省) 사람이다. 饒魯에게 수학하였다.

- 이　실 李實(? - ?)
  생애가 자세치 않다. 饒魯에게 수학하였다.

- 동　□ 董□(? - ?)
  생애가 자세치 않다. 新淦(江西省) 사람이다. 饒魯에게 수학하였다.(보유 722쪽)

- 한　□ 韓□(? - ?)
  생애가 자세치 않다. 新淦(江西省) 사람이다. 饒魯에게 수학하였다.(보유 722쪽)

6) 饒魯의 再傳門人

◎ 陳大猷의 家學

- 진　호 陳澔(1261-1341)
  자는 可大, 호는 雲莊 · 北山이며, 都昌(江西省) 사람이다. 陳大猷의 아들로 가학을 계승하였다. 송나라 말에 聞達을 구하지 아니하고 학문에 전념하였다. 저술로 『禮記集說』이 있다.

◎ 吳中의 門人

- 주이실 朱以實(? - ?)
  호는 梧岡이며, 樂平(江西省) 사람이다. 吳中에게 수학하여 주자학을 계승하였다.

◎ 程若庸의 門人

- 김약수 金若洙(? - ?)
  자는 子方, 호는 東園이며, 休寧(安徽省) 사람이다. 程若庸에게 수학하였다.

寶祐年間(1253-1258)에 향천을 받아 黔江縣令을 지냈다. 송나라가 망하자 벼슬에 나아가지 않고 고향으로 돌아와 은거하며 독서하였다. 저술로『東園集』·『四詠吟編』·『性理字訓集文』이 있다.

- 범 혁 范奕(?-?)

  생애가 자세치 않다. 新安(河南省) 사람으로, 程若庸에게 수학하였다.

- 오석주 吳錫疇(1215-1276)

  자는 元倫·元範, 호는 蘭皐이며, 休寧(安徽省) 사람이다. 程若庸에게 수학하였다. 저술로『蘭皐集』이 있다.

- 정거부 程鉅夫(1249-1318)

  이름은 文海, 자는 鉅夫인데, 자가 더 많이 알려졌다. 호는 雪樓, 시호는 文憲이며, 吳城(江西省) 사람이다. 臨汝書院에서 族叔 程若庸과 吳澄에게 수학하였다. 集賢殿學士·翰林學士承旨 등을 지냈다. 저술로『雪樓集』이 있다.

- 오 징 吳澄(1249-1333) ☞ 草廬學案

◎ 饒應中의 門人

- 웅 개 熊凱(?-?)

  자는 舜夫, 호는 遙溪이며, 南昌(江西省) 사람이다. 饒應中에게 배웠다. 저술로『易傳集疏』가 있다.

- 공 환 龔煥(?-?)

  자는 幼文·右文, 호는 泉峯이며, 進賢(江西省) 사람이다. 饒應中에게 배웠다.

◎ 汪華의 家學

- 왕응승 汪應昇(?-?)

  생애가 자세치 않다. 汪華의 조카로, 가학을 계승하였다.

◎ 吳迂의 門人

- 정합생 鄭合生(?-?)

  자는 子謙이며, 浮梁(江西省) 사람이다. 吳迂에게 수학하였다.

● 대　숙 戴璹(?-?)

자는 仲才이며, 浮梁(江西省) 사람이다. 吳迁에게 수학하였다. 저술로『東山集』이 있다.

7) 饒魯의 三傳門人

◎ 朱以實의 家學

● 주공천 朱公遷(?-?)

자는 克升, 호는 明所이며, 樂平(江西省) 사람이다. 朱以實의 아들로 가학을 계승하였다. 婺州·處州의 敎授를 지냈다. 저술로『四書通旨』·『四書約說』·『餘力稿』·『詩經疏義』 등이 있다.

◎ 程鉅夫의 門人

● 게혜사 揭傒斯(1274-1344)

자는 曼碩, 시호는 文安이며, 富州(江西省) 사람이다. 조정에 천거되어 翰林國史院 編修에 임명되었고, 벼슬이 侍講學士·同知經筵事에 이르렀다. 雙峰 饒魯의 재전문인 程鉅夫에게 수학하였으며, 당시의 저명한 학자 吳澄의 재전제자가 되었다. 그의 학문은 程朱의 理學과 陸九淵의 心學을 겸하였다. 저술로『揭文安公集』이 있다.

● 조맹부 趙孟頫(1254-1322)

자는 子昂, 호는 松雪, 시호는 文敏이며, 湖州(浙江省) 사람이다. 程鉅夫에게 수학하였다. 그의 글씨는 松雪體로 유명하다. 翰林學士承旨를 지냈다. 저술로『松雪齋集』이 있다.

◎ 熊凱의 門人

● 웅량보 熊良輔(?-?)

자는 任重, 호는 梅邊이며, 南昌(江西省) 사람이다. 1317년 貢生이 되었다. 熊凱와 龔煥에게『주역』을 배웠다. 저술로 주희의 설을 주로 하고 자기의 논의를 가미한『周易本義集成附錄』·『易傳集疏』와『風雅遺音』·『小學入門』 등이 있다.

- **웅 동 熊棟(?-?)**

  자는 季隆이며, 南昌(江西省) 사람이다. 熊凱의 아들로 가학을 계승하였다. 四書·五經을 독신하여 일상생활에 항상 실천하였다. 臨川學正에 제수되었으나 나아가지 않았다. (보유 727쪽)

◎ 汪應昇의 家學

- **왕극관 汪克寬(1304-1372)**

  자는 德輔·德一·仲裕, 호는 環谷이며, 祁門(安徽省) 사람이다. 泰定年間에 과거에 낙방하자 과거공부를 포기하고 경학에 치중하였으며, 宣州·歙州 등지에서 강학하였다. 吳迂·鄭玉과 교유하였다. 고대 典章度數에 진력하여 漢·唐 이후의 傳注와 諸儒의 설을 상세히 고증하고 해석하였는데, 특히 역대로 『주례』가 周公의 저술이 아니라는 설을 반박하여 주공이 지은 것임을 밝혔다. 그의 학문은 주희에 근원하고 黃榦·饒魯의 학파에 속하였으며, 元代 程朱理學을 전파하는 데 중요한 역할을 하였다. 저술로 胡安國의 『春秋胡氏傳』에 근거하여 그 설의 援引出處를 고증한 『春秋胡傳附錄纂疏』와 『禮經補逸』·『程朱周易傳義音考』·『詩傳音義會通』 등이 있다.

- **왕시중 汪時中(?-?)**

  자는 天麟, 호는 查山이며, 祁門(安徽省) 사람이다. 汪應昇의 아들로 가학을 계승하였다. 원나라 말 查山에 書堂을 짓고 형 汪克寬과 함께 강학하였으며, 평생 벼슬에 나아가지 않았다.

8) 饒魯의 四傳門人

◎ 朱公遷의 門人

- **홍 초 洪初(?-?)**

  자는 義初, 호는 野谷이며, 樂平(江西省) 사람이다. 朱公遷의 문하에서 수학하였다. 주공천이 『詩經疏義』를 편찬할 적에 곁에서 도왔다. 명나라 洪武年間(1368-1398) 초에 천거로 知洧川縣에 제수 되었다.

- 이사로 李仕魯(?-?)

  자는 宗孔이며, 濮州(山東省) 사람이다. 朱公遷이 朱熹의 학문을 계승하였다는 소문을 듣고 나아가 수학하였다.

- 주유가 朱維嘉(?-?)

  縉雲(浙江省) 사람이다. 朱公遷의 문하에서 수학하였다. 저술로 『素履集』이 있다.(보유 727쪽)

- 매　희 梅熙(?-?)

  자는 景和이며, 縉雲(浙江省) 사람이다. 朱公遷의 문하에서 수학하였다. 명나라 洪武年間(1368-1398) 초에 博學明經으로 천거되어 永安을 다스렸다.(보유 727쪽)

◎ 揭傒斯의 家學

- 게　긍 揭法(1304-1373)

  자는 伯防이며, 豊城(江西省) 사람이다. 揭傒斯의 아들로 가학을 계승하였다. 18세에 六經의 大義를 통달하였다. 門蔭으로 國史編修·秘書少監 등을 지냈다.(보유 728쪽)

◎ 揭傒斯의 門人

- 구양정 歐陽貞(?-?)

  자는 元春, 호는 石戶이며, 分宜(江西省) 사람이다. 揭傒斯에게 수학하였으며, 考城主簿 등을 지냈다. 저술로 『周易問辨』·『史提鉤』·『餘學初集』·『龍江叢稿』·『東齋寓錄』·『貧樂集』이 있다.(보유 729쪽)

◎ 熊棟의 門人

- 웅　원 熊原(?-?)

  자는 孟和, 호는 端學이며, 南昌(江西省) 사람이다. 熊棟의 문인이다.(보유 727쪽)

◎ 汪克寬의 門人

- **임 원 任原(?-?)**

  자는 本初이며, 徽州 休寧(安徽省) 사람이다. 동생 任序와 함께 汪克寬·趙汸
  에게 수학하였다. 雄峰翼管軍萬戶를 지냈다. 詩文集이 전한다.(보유 725쪽)

- **임 서 任序(?-?)**

  자는 本立이며, 徽州 休寧(安徽省) 사람이다. 형 任原과 함께 汪克寬·趙汸에
  게 수학하였다. 詩文集이 전한다.(보유 725쪽)

9) 饒魯의 五傳門人

◎ 洪初의 門人

- **왕 봉 王逢(1319-1388)**

  자는 原夫·原吉, 호는 松塢이며, 樂平(江西省) 사람이다. 洪初의 문하에서 수
  학하였다. 명나라 宣德年間 초 富陽訓導에 천거되었으나 나아가지 않고 학문
  에 전념하였다. 저술로 『言行志』가 있다.

10) 饒魯의 六傳門人

◎ 王逢의 門人

- **하 영 何英(?-?)**

  자는 積中이며, 鄱陽(江西省) 사람이다. 王逢의 문하에서 수학하였다. 玉溪書
  院을 세워 후학을 양성하였다. 여러 번 천거를 받았으나 벼슬에 나아가지 않았
  다. 저술로 『四書釋要』·『詩經增釋』·『易經發明』이 있다.

11) 饒魯의 私淑

- **원 이 袁易(1262-1306)**

  자는 通甫, 호는 靜春이며, 平江 長洲(江蘇省) 사람이다. 饒魯를 사숙하였다.
  石洞書院의 山長을 지냈다. 같은 고을 孫潼發·魏新之와 함께 '三先生'이라 일

컬어졌다. 저술로『靜春堂詩集』이 있다.

- **오　존 吳存**(1257-1339)
  자는 仲退이며, 鄱陽(江西省) 사람이다. 饒魯를 사숙하였다. 진사가 되어 本路
  學正·寧國敎授 등을 지냈다. 저술로『程朱傳義折衷』·『月灣集』이 있다.

- **황　진 黃震**(1213-1280)(보유 722쪽) ☞ 東發學案

75. 湯千·湯巾·湯中의 學脈(存齋晦靜息庵學案)

1) 存齋晦靜息庵學案 圖表

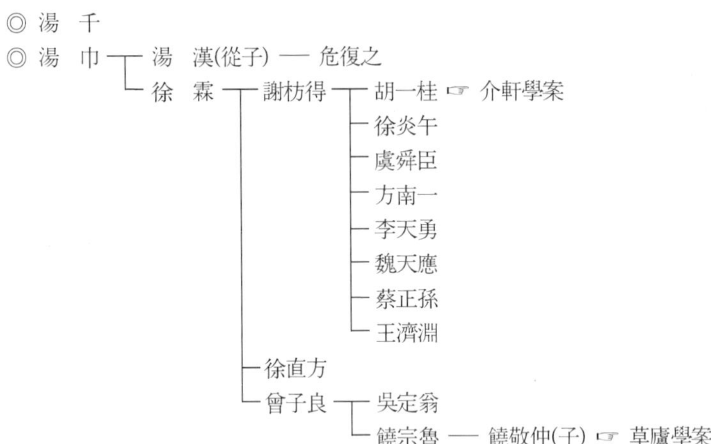

2) 存齋晦靜息庵學案序錄

　　내가 삼가 살펴보건대, 鄱陽 湯氏 세 선생은 南溪 柴中行(?-?)에게 배우고, 西山 眞德秀(1178-1235)에게 나아가 그의 학문을 종주로 하였다. 그런데 晦靜 湯巾만 주희의 학문에서 육구연의 학문으로 옮겨갔다. 그리고 그의 학문을 東澗 湯漢에게 전하고, 다시 徑畈 徐霖에게도 전하였다. 그래서 楊簡(1141-1226)·袁燮(1144-1224) 이후에 육구연의 학문이 다시 한 번 성행하게 되었다.

3) 柴中行·眞德秀의 門人

● 탕 천 湯千(1172-1226)

　　자는 升伯, 호는 隨適居士·存齋이며, 饒州 安仁(江西省) 사람이다. 柴中行과 眞德秀에게 배웠으며, 동생 湯中과 함께 朱熹의 학문을 주로 하여 '大湯·小

湯'이라 일컬어졌다. 1196년 진사가 되어 金華主簿·武昌軍節度推官 등을 지냈다. 저술로 『史漢雜考』·『泮宮講義』·『記聞』·『楮幣罪言』 등이 있다.

● 탕 건 湯巾(?-?)

자는 仲能, 호는 晦靜이며, 饒州 安仁(江西省) 사람이다. 湯千의 동생으로 柴中行과 眞德秀에게 배웠다. 형 湯千과 동생 湯中은 朱熹의 학문에 치중한데 비해 탕건은 陸九淵의 학문으로 기울었다. 1214년 진사가 되어 繁昌主簿·郡守 등을 지냈다.

● 탕 중 湯中(?-?)

자는 季庸, 호는 息庵이며, 饒州 安仁(江西省) 사람이다. 湯千과 湯巾의 동생으로 형들과 함께 柴中行과 眞德秀에게 배웠다. 형 탕천과 함께 朱熹의 학문을 주로 하여 '大湯·小湯'이라 일컬어졌다. 1226년 진사가 되어 校書郎·工部侍郎 등을 지냈다.

4) 湯巾의 家學

● 탕 한 湯漢(?-?)

자는 伯紀, 호는 東澗, 시호는 文淸이며, 饒州 安仁(江西省) 사람이다. 湯千의 從子로 가학을 계승하였다. 湯氏 삼형제 중 湯巾의 학문을 계승하여 陸九淵의 학문을 주로 하였다. 1244년 진사가 되어 太學博士·秘書郎 등을 지냈으며, 信州와 象山書院의 교수를 지냈다. 저술로 문집 64권이 있었으나 모두 일실되었다.

5) 湯巾의 門人

● 서 림 徐霖(1215-1262)

자는 景說, 호는 徑畈이며, 衢州 西安(浙江省) 사람이다. 湯巾에게 배웠다. 1244년 진사가 되어 沅州教授·秘書省著作郎 등을 지냈다.

6) 湯巾의 再傳門人

◎ 湯漢의 門人

● 위복지 危復之(?-?)

자는 見心, 私諡는 貞白으로, 撫州(江西省) 사람이다. 송나라 말 太學生으로 湯漢을 사사하였다. 『周易』을 좋아하였고, 詩에 뛰어났다. 원나라가 들어선 뒤 여러 차례 부름을 받았으나 나아가지 않고 紫霞山에 은거하였다.

◎ 徐霖의 門人

● 사방득 謝枋得(1226-1289)

자는 君直, 호는 疊山, 私諡는 文節이며, 弋陽(江西省) 사람이다. 徐霖에게 배웠다. 1256년 진사가 되어 撫州司戶參軍·知信州 등을 지냈다. 송나라가 망하자 閩中에 은거하였다. 程鉅夫가 천거하였으나 나아가지 않았다. 魏天祐가 燕京으로 압송하였는데 끝내 굶어 죽었다. 저술로 『文章軌範』·『疊山集』이 있다.

● 서직방 徐直方(?-?)

자는 立大, 호는 古爲이며, 廣信(江西省) 사람이다. 徐霖의 제자이다. 迪功郎이 된 뒤 正言을 지냈다. 1267년 『易解』6권을 지어 진상하였다.

● 증자량 曾子良(?-?)

자는 仲材, 호는 平山이며, 金溪(江西省) 사람이다. 徐霖의 제자이다. 1268년 진사가 되어 知淳安縣을 지냈다. 원나라가 들어서자 程鉅夫의 천거로 憲僉에 제수 되었으나 나아가지 않았다. '節居'라는 당호를 내걸고 은거하다가, 63세로 생을 마감하였다. 저술로 『易雜說』·『咸淳類稿』등이 있다.

7) 湯巾의 三傳門人

◎ 謝枋得의 門人

● 호일계 胡一桂(?-?) ☞ 介軒學案

● 서염오 徐炎午(?-?)

永豐(江西省) 사람으로, 謝枋得의 高弟이다. 景定年間(1260-1264)에 진사가

되어 建寧通判을 지냈다.

- 우순신 虞舜臣(1252 - ?)

  弋陽(江西省) 사람으로, 謝枋得의 제자이다. 송나라가 망하자 절개를 지켜 벼슬하지 않았다. 사방득이 별세하자 사재를 기울여 疊山書院을 세웠다. 저술로 『禮學韻語』가 있다.

- 방남일 方南一(? - ?)

  貴溪(江西省) 사람으로, 생애가 자세치 않다. 謝枋得의 고제로, 벼슬이 贛州判官에 이르렀다.

- 이천용 李天勇(? - 1275)

  자는 致宏으로, 臨川(江西省) 사람이다. 謝枋得에게 배웠다. 원나라 병사가 饒州를 침공하자 團湖坪에서 원군을 맞아 싸우다가 전사하였다.

- 위천응 魏天應(? - ?)

  호는 梅野이며, 建安(福建省) 사람으로, 생애가 자세치 않다. 謝枋得에게 배웠다. 저술로 『論學繩尺』이 있다.

- 채정손 蔡正孫(? - ?)

  자는 粹然, 호는 蒙齋이며, 생애가 자세치 않다. 謝枋得에게 배웠다. 저술로 『詩林廣記』가 있다.

- 왕제연 王濟淵(? - ?)

  자는 道可이며, 생애가 자세치 않다. 謝枋得에게 배웠다.

◎ 曾子良의 門人

- 오정옹 吳定翁(1263-1339)

  자는 仲谷·北齋이며, 臨川(江西省) 사람이다. 曾子良이 臨川에 물러나 있을 때 그를 따라 종유하였다. 송나라가 망하자 은거하였으며, 천거되어도 끝내 나아가지 않았다. 증자량의 학문을 전수받아 湯巾 → 徐霖 → 曾子良으로 이어지는 육구연의 학맥을 계승하였다. 崇仁의 甘永에게 시를 배우기도 하였다.

- 요종로 饒宗魯(? - ?)

  자는 心道, 호는 六有이며, 臨川(江西省) 사람이다. 曾子良에게 배웠다. 은거하여 평생 벼슬하지 않았다. 저술로 『易傳』·『庸言』이 있다.

8) 湯巾의 四傳門人

◎ 饒宗魯의 家學

- 요경중 饒敬仲(?-?) ☞ 草廬學案

76. 深寧 王應麟의 學脈(深寧學案)

1) 深寧學案 圖表

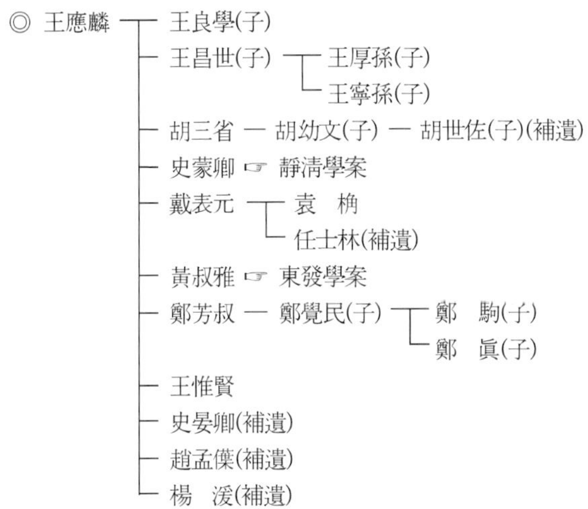

※ 學 侶 : 王應鳳
　　　　　韓　性 ☞ 潛庵學案
※ 同 調 : 黃　震 ☞ 東發學案

2) 深寧學案序錄

　내가 삼가 살펴보건대, 楊簡·袁燮·沈煥·徐璘 등 '四明四先生'의 학문은 陸學의 성향이 많다. 深寧 王應麟의 아버지도 史獨善을 사사하여 육구연의 학문을 접했는데, 왕응린도 그런 家學을 계승하였다. 또 子文 王埜(?－1260)를 종유하며 晦翁 朱熹의 학문을 접했고, 迂齋 樓昉을 종유하며 東萊 呂祖謙의 학문을 접하였다. 그리고 일찍이 東澗 湯漢을 종유하였으니, 동간도 주희·여조겸·육구연의 학문을 아울렀던 자이다. 짐작컨대, 그는 한 스승만을 섬겼다고 할 수 없다. 『宋史』에서는 다만 그의 辭章이 훌륭하다고 칭찬했지만, 내가 심

녕에게 조금 혐의를 두는 점은 바로 그 사장의 習氣가 극진하지 못한 것이다. 예컨대, 구구하게 그가 지은 『玉海』라는 일부 저작만으로 그의 온축된 사유를 극진히 드러냈다고 하는 견해는 비루하다.

3) 王埜 · 徐幾의 門人

● 왕응린 王應麟(1223-1296)

자는 伯厚, 호는 深寧 · 厚齋 · 浚儀遺民이며, 慶元府 鄞縣(浙江省) 사람이다. 樓昉 · 王埜 · 徐幾 · 湯漢에게 배웠다. 1241년 진사가 되었고, 1256년 博學宏詞科에 합격하였다. 太常寺主簿 · 禮部尙書 등을 지냈으며, 송나라가 망하자 벼슬하지 않았다. 朱熹 · 呂祖謙 · 陸九淵의 학문을 종합하였고, 또한 浙東 事功學派 중 永嘉學派의 영향을 아울러 받았다. 名物의 訓詁와 制度의 考證에 뛰어났으며, 經史百家 · 천문지리 · 문자훈고 및 古籍文獻의 정리에 조예가 깊었다. 저술로 『深寧集』· 『玉堂類稿』· 『詩攷』· 『詩地理攷』· 『漢藝文志攷證』· 『通鑑地理攷』· 『通鑑地理通釋』· 『通鑑答問』· 『困學紀聞』· 『蒙訓』· 『集解踐阼篇』· 『補註急就篇』· 『補註王會篇』· 『小學紺珠』· 『玉海』· 『詞學指南』· 『詞學題苑』· 『筆海』· 『姓氏急就篇』· 『漢制攷』· 『六經天文編』· 『小學諷詠』· 『掖垣類稿』 등이 있다.

4) 王應麟의 學侶

● 왕응봉 王應鳳(? - ?)

자는 仲儀, 호는 默齋이며, 慶元府 鄞縣(浙江省) 사람이다. 王應麟의 동생으로, 형과 함께 강학하였다. 1256년 진사가 되었고, 1259년 博學宏詞科에 합격하였다. 淮西制置司參議官을 거쳐 文天祥의 천거로 太常博士에 제수되었다. 저술로 『默齋稿』· 『訂正三輔黃圖』 등이 있다.

● 한　성 韓性(1266-1341)　☞ 潛庵學案

5) 王應麟의 同調

● 황　진 黃震(1213-1280)　☞ 東發學案

6) 王應麟의 家學

- **왕량학 王良學(?-?)**

  慶元府 鄞縣(浙江省) 사람이다. 王應麟의 長子로 가학을 계승하였다.

- **왕창세 王昌世(?-?)**

  자는 昭甫, 호는 靜學이며, 慶元府 鄞縣(浙江省) 사람이다. 王應麟의 次子로 가학을 계승하였다. 아버지의 은덕으로 承務郎이 되었으나 송나라가 망하자 벼슬길에 나아가지 않고, 아버지를 도와 經書·史書 등을 수집 교정하였다. 易筮에 조예가 깊었으며, 저술로『靜學稿』가 있다.

7) 王應麟의 門人

- **호삼성 胡三省(1230-1302)**

  자는 身之·元魯, 호는 梅磵이며, 天台 寧海(浙江省) 사람이다. 王應麟에게 배웠다. 1256년 진사가 되어 朝奉郎에 이르렀지만, 송나라가 망하자 은거하여 벼슬하지 않았다. 문장에 능했으며, 역사에 조예가 깊었다. 저술로『資治通鑑廣註』를 보충한『資治通鑑音註』가 있으며, 그 외에『通鑑釋文辨誤』가 있다.

- **사몽경 史蒙卿(1247-1306)** ☞ 靜淸學案

- **대표원 戴表元(1244-1310)**

  자는 帥初·曾伯, 호는 剡源·質野翁·充安老人이며, 慶元 奉化(浙江省) 사람이다. 王應麟과 舒岳祥에게 수학하였다. 1271년 진사가 되어 建康府教授·信州教授 등을 지냈다. 程朱의 理學을 종주로 삼으면서도 도가사상을 취하여 유가를 해석하기도 했다. 저술로『論語講義』·『急就篇注疏補遺』·『剡源文集』 등이 있다.

- **황숙아 黃叔雅(1267-1320)** ☞ 東發學案

- **정방숙 鄭芳叔(?-?)**

  자는 德仲이며, 慶元府 鄞縣(浙江省) 사람이다. 송나라가 망한 뒤에 王應麟에게 나아가 배웠다. 郡學訓導·郡學錄 등을 지냈다.

- **왕유현 王惟賢(?-?)**

  자는 思齊이며, 慶元府 鄞縣(浙江省) 사람이다. 王應麟에게 배웠으며, 동생 王

惟義와 함께 儒學으로 이름이 있었다. 저술로 『春秋指要』가 있다.

- 사안경 史晏卿(? - ?)
  생애가 자세치 않다. 王應麟에게 배웠다.(보유 739쪽)

- 조맹엽 趙孟僕(? - ?)
  생애가 자세치 않다. 王應麟에게 배웠다.(보유 739쪽)

- 양 원 楊湲(? - ?)
  생애가 자세치 않다. 王應麟에게 배웠다.(보유 739쪽)

8) 王應麟의 再傳門人

◎ 王昌世의 家學

- 왕후손 王厚孫(1300-1376)
  자는 叔載, 호는 遂初老人이며, 慶元府 鄞縣(浙江省) 사람이다. 王應麟의 손자이자 王昌世의 아들로, 가학을 계승하였다. 郡學訓導·象山教諭 등을 지냈다. 職官典故 및 世冑譜牒에 밝았으며, 조부의 遺書를 간행하였다.

- 왕녕손 王寧孫(1307-1364)
  자는 叔遠이며, 慶元府 鄞縣(浙江省) 사람이다. 王應麟의 손자이자 王昌世의 아들로, 가학을 계승하였다. 『시경』과 『춘추』에 박식하여 각 傳의 同異를 訂正하였으며, 典章制度에도 조예가 깊었다. 종신토록 벼슬하지 않았다.

◎ 胡三省의 家學

- 호유문 胡幼文(? - ?)
  자는 德華이며, 天台(浙江省) 사람이다. 胡三省의 아들이자 陳著의 사위로, 가학을 계승하였다.

◎ 戴表元의 門人

- 원 각 袁桷(1266-1327)
  자는 伯長, 호는 淸容, 시호는 文淸이며, 慶元府 鄞縣(浙江省) 사람이다. 越國

公 袁韶의 증손으로, 戴表元을 사사하였다. 大德年間에 閻復·程文海·王構 등의 추천을 받아 翰林國史院檢閱官이 되었으며, 翰林侍講學士 등을 지냈다. 麗澤書院의 山長을 역임하였으며, 掌故와 考據에 뛰어났다. 실용학문을 중시하여, 송대 말기에 四書의 注疏만 읽고 실용을 중시하지 않는 학문 분위기를 비판하였다. 저술로『易說』·『春秋說』·『延祐四明志』·『淸容居士集』 등이 있다.

- 임사림 任士林(1253-1309)
  자는 叔實, 호는 松鄕이며, 慶元府 鄞縣(浙江省) 사람이다. 戴表元에게 배웠다. 安定書院의 山長을 지냈다. 저술로『中庸論語指要』·『松鄕文集』이 있다.(보유 740쪽)

◎ 鄭芳叔의 家學

- 정각민 鄭覺民(1300-1364)
  자는 以道, 호는 求齋·求我齋이며, 慶元府 鄞縣(浙江省) 사람이다. 鄭芳叔의 아들로 가학을 계승하였으며, 효성이 지극하였다. 과거에 떨어진 이후로 다시는 응시하지 않았다. 그 뒤에 郡博士·衢州路龍游縣敎諭 등에 천거되었지만 나아가지 않았다. 저술로『求我齋集』이 있다.

9) 王應麟의 三傳門人

◎ 胡幼文의 家學

- 호세좌 胡世佐(?-?)
  자는 伯衡이며, 寧海(浙江省) 사람이다. 梅磵 胡三省(1230-1302)의 손자이자 胡幼文의 아들로 가학을 계승하였으며, 외할아버지 本堂 陳著(1214-1297)에게 수학하였다. 慶元路總管 阿般圖가 그를 불러 郡庠의 五經師로 삼았다. 危素(1303-1372)의 천거로 江浙儒學副提擧에 제수 되었으나, 나아가지 않았다. 당시에 文學과 德行으로 존중받았다.(보유 745쪽)

◎ 鄭覺民의 家學

● 정 구 鄭駒(?-?)

자는 千里이며, 慶元府 鄞縣(浙江省) 사람이다. 鄭覺民의 長子로, 가학을 계승하였다. 洪武年間(1368-1398)에 郡庠訓導로 초빙되어 義烏敎諭 등을 지냈다. 동생 鄭眞·鄭鳳과 함께 문학으로 이름이 나 '三驥'라고 불리었다.

● 정 진 鄭眞(?-?)

자는 千之이며, 慶元府 鄞縣(浙江省) 사람이다. 鄭覺民의 아들로, 가학을 계승하였다. 1371년 鄕試에 장원하여 臨淮敎諭가 되었고, 太祖로부터 文才를 인정받아 廣信敎授를 지냈다. 六經을 정밀히 연구하였는데, 특히『춘추』에 밝았다. 형 鄭駒 및 동생 鄭鳳과 함께 문학으로 이름이 나 '三驥'라고 불리었다. 제자백가의 격언을 취하여 集傳·集說·集論을 지었고, 고향 선현들의 言行과 文辭를 모아『四明文獻錄』을 편찬하였다. 그 외 저술로『滎陽外史集』이 있다.

77. 東發 黃震의 學脈(東發學案)

1) 東發學案 圖表

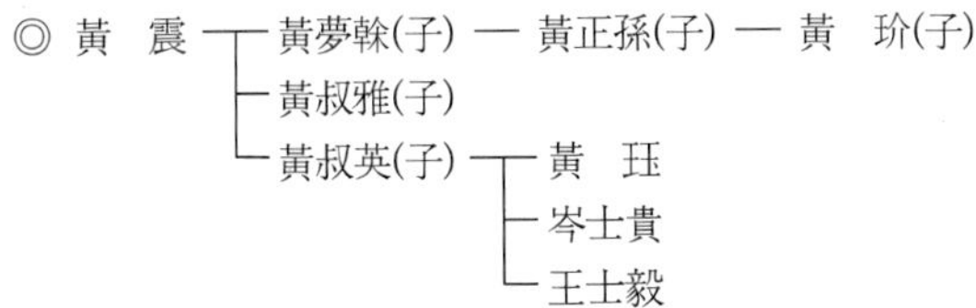

※ 學　侶：黃翔鳳
　　　　　陳　著
※ 同　調：安　劉 ☞ 廣平定川學案
※ 私　淑：楊維楨 —— 陶　振(補遺)
　　　　　　　　　—— 貝　瓊(補遺)
　　　　　　　　　—— 張　憲(補遺)
　　　　　　　　　—— 金　信(補遺)
　　　　　　　　　—— 宋元僖(補遺)
　　　　　陳　桱
　　　　　李仁壽(補遺)

2) 東發學案序錄

　　내가 삼가 살펴보건대, 四明(浙江省) 지역에서 오로지 주자학을 종주로 한 학자로는 東發 黃震이 최초이다. 『東發日鈔』 1백 권은 그가 몸소 행하여 자득한 말로써, 潛庵 輔廣에게 그 연원을 두고 있다. 주희는 평소 浙學(事功之學)을 좋아하지 않았으나, 端平年間(1234-1236) 이후로는 閩中과 江右 지역의 제자들이 지리멸렬하고 고루해져 浙學을 하지 않는 자가 없었다. 그때 주자학을 중흥시킨 학자로는 北山 何基(1188-1269)와 황진이 있었는데, 이들의 학파는 절강성 지역에서 일어난 것이다. 이 또한 주희가 절강성 지역의 학문에 정성을 쏟은 그 뜻에 보답한 것이리라.

3) 王文貫·王邃의 門人

● 황　진 黃震(1213-1280)

자는 東發, 호는 兪越·於越, 私諡는 文潔이며, 慈谿(浙江省) 사람이다. 주희의 삼전제자 王文貫을 사사하였으며, 何基 등과 함께 절강성 지역의 주자학을 계승·발전시킨 주요 인물이다. 1256년 진사가 되어 知撫州·浙東提擧常平 등을 역임했으며, 度宗 때 史官檢閱이 되어 寧宗·理宗의 國史와 實錄을 편수하였다. 송나라가 망하자 寶幢에 은거하였다. 저술로『東發日鈔』·『古今紀要』·『古今紀要逸編』·『戊辰修史傳』 등이 있다.『동발일초』는 諸儒의 학설을 절충한 것이지만, 자득한 내용도 많다.

4) 黃震의 學侶

● 황상봉 黃翔鳳(？-？)

자는 子羽, 호는 盧谷이며, 慈谿(浙江省) 사람이다. 황진의 族弟이며, 陳著의 장자인 陳深이 그의 사위이다. 山長을 지냈다.

● 진　저 陳著(1214-1297)

자는 子微, 호는 本堂·嵩溪遺耄이며, 鄞縣(浙江省) 사람이다. 習庵 陳塤의 조카이다. 1256년 진사가 되어 知嵊縣·知台州 등을 지냈다. 송나라가 망하자 四明山에 은거하였다. 그의 학문은 아들 陳深·陳泌, 조카 陳洙, 손자 陳樫으로 전해졌다. 저술로『本堂文集』이 있다.

5) 黃震의 同調

● 안　유 安劉(？-？) ☞ 廣平定川學案

6) 黃震의 門人

◎ 黃震의 家學

● 황몽간 黃夢榦(？-？)

자는 祖勉이며, 慈谿(浙江省) 사람이다. 황진의 장자로, 가학을 계승하였다.

송나라가 망하자 부친과 함께 寶幢에 은거하여 강학하였다.

- 황숙아 黃叔雅(1267-1320)
  자는 仲正이며, 慈谿(浙江省) 사람이다. 황진의 차자로, 가학을 계승하였다.
  출사하지 않고 은거하여 학문에 힘썼다.

- 황숙영 黃叔英(1273-1327)
  자는 彦實, 호는 戀庵이며, 慈谿(浙江省) 사람이다. 황진의 아들로 가학을 계
  승하였으며, 閩·越 땅에 주희의 학문을 전파하였다. 晉陵縣·宣城縣·蕪湖
  縣의 教諭를 지냈으며, 和靖書院·采石書院의 山長을 지냈다. 韓性과 절친하
  였다. 黃晉卿이 그의 묘지명을 지었다. 저술로『戀庵雜著』·『戀庵暇筆』등이
  있다.

7) 黃震의 再傳門人

◎ 黃夢斡의 家學

- 황정손 黃正孫(1266 - ?)
  자는 長孺, 호는 尙絅이며, 慈谿(浙江省) 사람이다. 황몽간의 아들이며, 陳著
  의 사위이다. 가학을 계승하였다. 12세에 송나라가 망하자 평생 벼슬하지 않
  았다.

◎ 黃叔英의 門人

- 황 각 黃珏(1300-1370)
  자는 玉合, 호는 菊東이며, 餘姚(浙江省) 사람이다. 黃叔英에게 尙書蔡氏學을
  배웠고, 邵雍의『皇極經世書』에 조예가 깊었다. 벼슬에 나아가지 않고 40여
  년 동안 강학하였다. 王萬石·謝肅과 절친하였다.

- 잠사귀 岑士貴(? - ?)
  자는 尙周, 호는 栲峯이며, 餘姚(浙江省) 사람이다. 黃叔英의 문인으로, 黃震
  의『東發日鈔』를 전수받았다. 王士毅와 이웃하여 절친하게 지냈다.

- 왕사의 王士毅(1285-1356)
  자는 子英, 호는 東皐이며, 秀州(浙江省)에서 살다가 餘姚(浙江省)로 옮겨 살

았다. 黃叔英이 慈谿의 杜洲書院에서 강학할 때 나아가 배웠다. 蘆花場典史를 지냈으나 이후로는 벼슬하지 않았다. 동문인 岑士貴와 이웃하여 절친하게 지냈다. 戴良(1317-1383)이 그의 묘지명을 지었다.

8) 黃震의 三傳門人

◎ 黃正孫의 家學

● 황 개 黃玠(?-?)

　　자는 孟成이며, 慈谿(浙江省) 사람이다. 黃夢榦의 손자로, 가학을 계승하였다. 弁山에 은거하여 강학하였다. 저술로 『弁山小隱集』·『知非槀』가 있다.

9) 黃震의 私淑

● 양유정 楊維楨(1296-1370)

　　자는 廉夫, 호는 鐵崖·東維子이며, 山陰(浙江省) 사람이다. 『東發日鈔』를 얻어 黃震의 학문을 사숙하였다. 1327년 진사가 되어 天台縣尹·江西儒學提擧 등을 지냈다. 후에 富春山·松江 등지에 은거하여 조정에서 불러도 나아가지 않았다. 詩에 뛰어나 그의 시를 鐵崖體라 일컬었으며, 鐵笛 연주에도 탁월하여 '鐵笛道人'이라 불리었다. 저술로 『東維子集』·『鐵崖先生古樂府』 등이 있다.

● 진 경 陳桱(?-?)

　　자는 子經이며, 奉化(浙江省) 사람이다. 陳著의 손자로 가학을 계승하였으며, 조부가 黃震과 절친한 것을 계기로 황진의 학문을 사숙하였다. 1369년 천거되어 翰林學士·翰林待制 등을 지냈다. 그의 집안은 대대로 史學을 전하였는데, 그는 司馬光의 『資治通鑑』과 주희의 『資治通鑑綱目』이 周 威烈王에서 시작해 五代에서 끝나고, 주 위열왕 이전에 대해서는 金履祥의 『通鑑前編』에 실려있긴 하나 陶唐氏까지만 기록한 것을 안타깝게 여겨, 盤古부터 高辛氏까지, 그리고 五代 이후부터 宋 至元年間(1334-1340)까지를 24권으로 엮어 『通鑑續編』이라 이름하였다.

● 이인수 李仁壽(?-?)

　　자가 山甫이며, 龍泉(浙江省) 사람이다. 원나라 말기에 慈谿教諭·松陽教諭

등을 지냈으며, 雙溪書院 山長을 역임하였다. 黃震의 학문을 사숙하였다. 『주
역』·『시경』·『서경』·『춘추』에 뛰어나 '四經先生'으로 불리었다. 저술로『春
谷讀書記』·『易詩書春秋四經衍義』·『易詩書春秋四經質義』·『詩林鉤元』·
『弓冶錄』 등이 있다.(보유 742쪽)

◎ 楊維楨의 門人

● 도　진 陶振(? - ?)
자는 子昌, 호는 釣鼇이며, 嘉興(浙江省) 사람이다. 楊維楨에게 배웠다. 三經
에 뛰어났는데, 『시경』은 주희를, 『서경』은 蔡沈을, 『춘추』는 胡安國의 학문
을 주로 하였다. 安化敎諭를 지냈다.(보유 745쪽)

● 패　경 貝瓊(? - 1379)
초명은 闕, 자는 廷臣인데, 후에 이름을 瓊, 자는 廷琚·廷珍으로 바꿨다. 호
는 淸江이며, 崇德(浙江省) 사람이다. 黃次山에게『주역』을 배웠으며, 楊維楨
이 會稽에서 강학할 적에 나아가 배웠다. 원나라 말기에 출사하지 않고 華亭
과 海昌 지역에서 강학하였다. 명나라 洪武年間(1368-1398) 초에 초빙되어
『元史』 편수에 참여하였으며, 國子助敎·中都國子監 등을 역임하였다. 저술
로『淸江集』이 있다.(보유 745쪽)

● 장　헌 張憲(? - ?)
자는 思廉, 호는 玉笥生이며, 山陰(浙江省) 사람이다. 楊維楨에게 시를 배웠
다. 저술로『玉笥集』이 있다.(보유 746쪽)

● 김　신 金信(? - ?)
자는 仲孚, 호는 漫吟이며, 金華(浙江省) 사람이다. 楊維楨에게 배웠다. 천거
에도 나아가지 않고 金華 優游洞에 은거하였다. 저술로『春草軒集』이 있다.
(보유 746쪽)

● 송원희 宋元僖(? - ?)
자는 無逸, 호는 庸庵이며, 餘姚(浙江省) 사람이다. 楊維楨에게 수학하였다.
繁昌敎諭를 지냈다. 명나라 洪武年間(1368-1398) 초에 초빙되어『元史』편수
에 참여하였다. 저술로『庸庵集』이 있다.(보유 747쪽)

78. 静淸 史蒙卿의 學脈(静淸學案)

1) 静淸學案 圖表

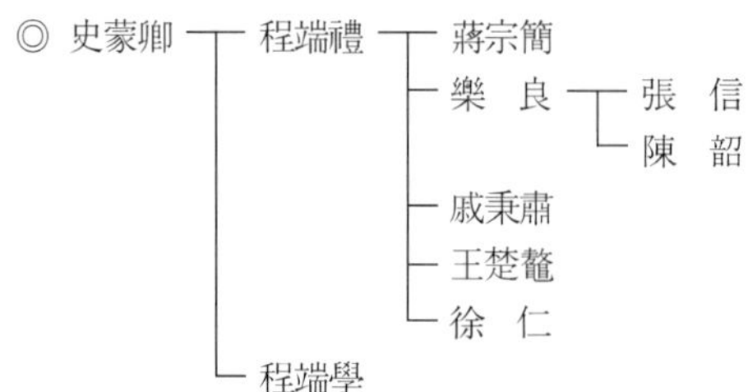

2) 静淸學案序錄

　　내가 삼가 살펴보건대, 四明(浙江省) 지역의 史氏는 모두 陸學을 추종했는데, 静淸 史蒙卿에 이르러 비로소 朱子學을 종주로 하기 시작했다. 사몽경은 朱熹의 문인 蓮塘 暖淵에게 그 연원을 두고 있다. 그러나 내가 듣기로는, 사몽경의 스승 深寧 王應麟(1223-1296)은 그의 『주역』 해설을 좋아하지 않았는데, 그것은 그가 기이한 것을 좋아했기 때문이라고 한다. 그러니 사몽경의 학문이 주자학과 모두 같은 것은 아닌 듯하다. 그의 문인으로 程端禮·程端學 형제가 있는데, 이들은 주자학에 순수했다.

3) 陽岊·王應麟의 門人

● 사몽경 史蒙卿(1247-1306)

　　자는 景正, 호는 果齋·静淸이며, 鄞縣(浙江省) 사람이다. 獨善 史彌鞏(1170-1249)의 손자로, 주자의 재전 문인인 陽岊에게 배우고, 다시 동향의 王應麟(1223-1296)에게 수학하였다. 12세에 國子學에 들어가 수학하였는데, 『춘추』·『주례』에 능통하여 당시 國子祭酒로 있던 江萬里가 큰 인물로 여겼다. 1265년 진사가 되어 景陵主簿·平江敎授 등을 역임하였다. 송나라가 망하자 벼슬에 나아가지 않았다. 그가 살던 四明 지역은 陸學을 추종하여 楊簡·袁燮의 학문을 종주로 하였는데, 黃震과 사몽경에 이르러 비로소 주자학이 보급되기 시작하였다. 황진은 躬行을 위주로 하고, 사몽경은 明體達用을 힘썼다. 그는 尙志·居敬·窮理·反身을 학문의 요체로 제시하였다. 학생들을 가르칠 적에 주희가 일상에서 스스로 경계한 시를 좌우에 게시해 자신을 경책하게 하였으며, 저술하고 말을 할 적에 한결같이 주자학으로 법을 삼았다. 저술로『靜淸集』이 있다.

4) 史蒙卿의 門人

● 정단례 程端禮(1271-1345)

지는 敬叔, 호는 長齋·畏齋이며, 鄞縣(浙江省) 사람이다. 程端學의 형으로, 史蒙卿에게 수학하였다. 안색이 장엄하고 기상이 평탄하며 師法이 있어서, 사람들이 河南의 程顥·程頤 형제에 비유하였다. 천거되어 建平縣·建德縣의 敎諭를 역임하고, 稼軒書院과 江東書院의 山長을 지냈으며, 鉛山州學 敎諭를 거쳐 台州路 儒學敎授로 致仕하였다. 그는 한결같이 주자학을 종주로 하였다. 저술로 주자의 心性說을 천명한「存存齋銘」과 교육과정에 대해 상세하게 기술한「讀書分年日程」등이 있다.

● 정단학 程端學(1278-1334)

자는 時叔, 호는 積齋이며, 鄞縣(浙江省) 사람이다. 程端禮의 동생으로, 史蒙卿에게 수학하였다. 1321년 진사가 되어 國子助敎·翰林國史院 編修官 등을 지냈다. 동향인 孫友仁과 함께『춘추』에 통일된 설이 없는 것을 안타깝게 여겨 역대『춘추』에 관한 130가의 설을 두루 모아 20여 년 동안 연구한 끝에,『春秋本義』·『春秋或問』·『春秋三傳辨疑』등을 저술하였다. 당시 춘추학에 가장 정통한 학자였다. 그 외 저술로『積齋集』이 있다.

5) 史蒙卿의 再傳門人

◎ 程端禮의 門人

● 장종간 蔣宗簡(1311-1341)

자는 敬之이며, 明州(浙江省) 사람이다. 尙書를 지낸 蔣猷의 6세손으로, 어려서는 天台의 翁伯章에게 배웠고, 뒤에는 程端禮에게 나아가 주자학을 배웠다.
날마다 鄭覺民·王厚孫 등과 정주학을 강론하였다. 郡學의 小學師로 초빙되
었고, 翰林 柳貫이 천거하려 하였으나, 오래지 않아 세상을 떠났다.

- 악　량 樂良(?-?)
  자는 仲本이며, 定海(浙江省) 사람이다. 어려서부터 큰 뜻을 품고 성현의 학문
  에 잠심하였다. 程端禮에게 수학하였는데, 스승이 그를 老友라 불렀다. 원나
  라 至正年間(1341-1367)에 賢良으로 천거되어 수도에 가서 黃溍·王褘·揭奚
  斯 등과 도학을 강론하였다. 원나라 정사에 기강이 없는 것을 보고 귀향하여
  大浹·小浹 사이에 은거해 從弟인 平江學正을 지낸 樂衍, 永嘉縣丞을 지낸 樂
  復과 함께 독서하였다. 명나라 洪武年間(1368-1398) 초에 천거로 定海學教諭
  에 제수되었다.

- 척병숙 戚秉肅(?-?)
  호는 礴齋이며, 嘉興(浙江省) 사람이다. 형이 浙東 지방에서 벼슬살이 할 적에
  따라가 그곳의 程端禮에게 수학하였다. 城市를 멀리 피해 水竹이 울창한 白紵
  溪 근처에 집을 짓고 自樂하였다. 始豊 徐大章이 그의 일을 기록하였다.

- 왕초오 王楚鼇(?-?)
  자는 元載이며, 泰安(山東省) 사람이다. 建平縣丞을 지낸 王起宗의 아들로, 程
  端禮가 建平縣 學諭로 있을 때 나아가 배웠다. 南臺御史·浙東廉訪僉事 등을
  지냈으며, 당시에 名臣이라 일컬어졌다.

- 서　인 徐仁(?-?)
  생애가 자세치 않다. 程端禮에게 수학하였다.

6) 史蒙卿의 三傳門人

◎ 樂良의 門人

- 장　신 張信(?-?)
  자는 誠甫이며, 定海(浙江省) 사람이다. 樂良에게 수학하였다. 명나라 태조 때
  인 1394년 진사가 되어 翰林修撰·侍講 등을 역임하였다.

- 진　소 陳韶(?-?)
  생애가 자세치 않다. 樂良에게 수학하였다.

79. 巽齋 歐陽守道의 學脈(巽齋學案)

1) 巽齋學案 圖表

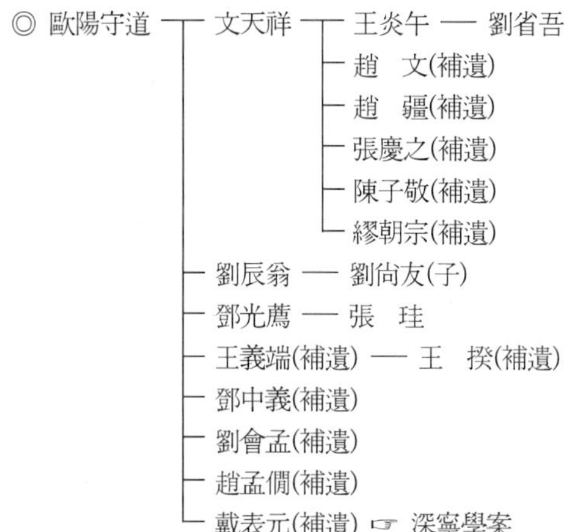

※ 講 友 : 胡敬之(補遺)
※ 學 侶 : 歐陽新

2) 巽齋學案序錄

　　내가 삼가 살펴보건대, 巽齋 歐陽守道는 주자학을 종주로 하였지만 연원을 알 수 없다. 朱熹의 제자들을 살펴보건대, 江西省 廬陵의 歐陽謙之가 종유하였으니, 구양수도는 아마도 그의 후손인 듯하다. 그들이 남긴 저서의 종지를 살펴볼 수는 없다. 그러나 구양수도의 문하에 文山 文天祥이 있고 徑畈 徐霖의 문하에 疊山 謝枋得이 있으니, 송나라 유학자들의 강학이 나라를 저버리지 않았음을 볼 수 있다.

3) 劉南甫의 門人

● 구양수도 歐陽守道(1209 - ?)

초명은 巽, 자는 公權·公叔·迂父, 自號는 巽齋이며, 吉州(江西省) 사람이
다. 주자의 문인 歐陽謙之의 후손으로 가학을 계승하였으며, 劉南甫에게도 수
학하였다. 1241년 진사가 되어 雩都主簿·秘書郎 등을 지냈다. 白鷺洲書院에
서 강학하였고, 嶽麓書院 山長을 지냈다. 程朱學을 종주로 하여 孟子의 주장을
밝혔으며, 경세치용의 실학을 강조하였다. 저술로『易故』와 문집이 있다.

4) 歐陽守道의 講友

● 호경지 胡敬之(? - ?)

吉州 吉水(江西省) 사람이다. 修職郎·沅州錄事參軍 등을 지냈으며, 歐陽守
道와 함께 白鷺洲書院에서 강학하였다.(보유 755쪽)

5) 歐陽守道의 學侶

● 구양신 歐陽新(? - ?)

자는 仲齊이며, 吉州 廬陵(江西省) 사람이다. 歐陽守道의 일가로, 그가 長沙
에 왔다는 소식을 듣고 가서 방문하였다. 嶽麓書院의 講書를 지냈다.

6) 歐陽守道의 門人

● 문천상 文天祥(1236-1283)

자는 宋瑞·履善, 호는 文山, 시호는 忠烈이며, 吉州 吉水(江西省) 사람이다.
歐陽守道에게 배웠으며, 1255년 진사가 되어 湖南提刑·右丞相兼樞密使 등을
지냈다. 원나라가 침입하자 恭帝의 명을 받고 원나라로 가서 강화를 청하였다.
원나라 總帥 伯顏에게 抗論하다가 구금되었다. 그 사이 임시수도 臨安이 함락
되어, 송나라는 멸망하였다. 포로가 되어 北送되던 중 탈주하여 福建省 福州에
웅거하고 있던 度宗의 장자 益王을 받들었다. 흩어진 병사를 모아 싸웠으나

廣東省 五坡玲 전투에서 다시 체포되었다. 독약을 먹고 자살을 기도하였으며, 燕京으로 압송되어 4년 간 옥살이 하였다. 원나라 世祖가 벼슬을 권하였으나 끝내 거절하다가 처형되었다. 詩에 능하였는데, 옥중에서 지은 「正氣歌」가 유명하다. 저술로 『文山集』이 있다.

● 유신옹 劉辰翁(1232-1297)

자는 會孟, 호는 須溪이며, 吉州 廬陵(江西省) 사람이다. 歐陽守道에게 배웠다. 1262년 진사가 되었다. 江萬里가 천거하여 太學博士에 제수되었으나 나아가지 않았다. 송나라가 망하자 벼슬하지 않고 은거하였다. 저술로 『須溪集』·『班馬異同評』·『放翁詩選後集』 등이 있다.

● 등광천 鄧光薦(?-?)

원래 이름은 剡이다. 자는 光薦·中甫, 호는 中齋이니, 吉州 廬陵(江西省) 사람이다. 歐陽守道에게 배웠다. 1262년 진사가 되었다. 江萬里가 여러 번 천거하였으나 나아가지 않았다. 文天祥과 함께 燕京으로 연행되었으나, 뒤에 풀려났다. 詩로 이름이 났다. 저술로 『中齋集』이 있다.

● 왕의단 王義端(?-?)

자는 元剛이며, 豐城(江西省) 사람이다. 歐陽守道에게 『주역』을 배웠다. 文天祥이 강서 지역에서 기병하여 항전할 적에 막부로 불렀다. 武岡縣令을 지냈다. 저술로 『經疑』·『史論』·『經邦讜論』이 있다.(보유 756쪽)

● 등중의 鄧中義(?-?)

생애가 자세치 않다. 歐陽守道에게 배웠다.(보유 757쪽)

● 유회맹 劉會孟(?-?)

생애가 자세치 않다. 歐陽守道에게 배웠다.(보유 757쪽)

● 조맹간 趙孟僩(?-?)

黃岩(浙江省) 사람이다. 송나라 宗室로서, 歐陽守道·劉辰翁에게 배웠다. 文天祥이 浙西 지역에서 군대를 일으켰을 때, 從事로 불렸다. 송나라가 망하자 은둔하여 도사가 되었고, 뒤에 중이 되었다. 스스로 '三敎遺逸'이라 칭하였다. 저술로 『湖山汗漫集』이 있다.(보유 757쪽)

● 대표원 戴表元(1244-1310) ☞ 深寧學案

7) 歐陽守道의 再傳門人

◎ 文天祥의 門人

● 왕염오 王炎午(1252-1324)

초명은 應梅이다. 자는 鼎翁, 호는 梅邊이며, 吉州 安福(江西省) 사람이다. 文天祥에게 배웠다. 咸淳年間에 太學上舍生이 되었다. 문천상이 의병을 일으키자 찾아가 막부에 종사하였다. 문천상이 잡히자, 제문을 지어 祭禮를 행했다. 뒤에 은거하였다. 저술로『吾汝稿』가 있다.

● 조 문 趙文(1239-1315)

초명은 宋永이다. 자는 儀可·惟恭, 호는 靑山이며, 吉州 廬陵(江西省) 사람이다. 동생 趙疆과 함께 文天祥에게 배웠다. 南雄府敎授와 東湖書院 山長을 지냈다. 저술로『靑山集』이 있다.(보유 758쪽)

● 조 강 趙疆(?-?)

吉州 廬陵(江西省) 사람으로, 형 趙文과 함께 文天祥에게 배웠다. 歙州 仁化主簿를 지냈다.(보유 758쪽)

● 장경지 張慶之(?-?)

자는 子善, 호는 海峰野逸이며, 吳縣(江蘇省) 사람이다. 文天祥에게 배웠으며, 經史諸子에 능통했다. 송나라가 망하자 杜甫의 시구를 모아 문천상의 큰 절개를 기술하였다. 성품이 狷介하고 지조가 있어 伯夷·獎詡·陶潛·司空圖에 비견되었다. 저술로『孔孟衍語』·『海峰遺編』·『老子注』등이 있다.(보유 759쪽)

● 진자경 陳子敬(?-?)

贛州(江西省) 사람이다. 文天祥에게 배웠다.(보유 759쪽)

● 우조종 繆朝宗(?-1277)

楚州 淮陰(江蘇省) 사람이다. 平江에서 文天祥에게 배웠다.(보유 760쪽)

◎ 劉辰翁의 家學

● 유상우 劉尙友(?-?)

吉州 廬陵(江西省) 사람이다. 劉辰翁의 아들로 가학을 계승하였다.

◎ 鄧光薦의 門人

● 장 규 張珪(1264-1327)

자는 公瑞, 호는 澹庵이며, 定興(河北省) 사람이다. 張弘範의 아들로, 鄧光薦에게 배웠다. 中書平章政事・翰林學士承旨 등을 지냈다.

◎ 王義端의 家學

● 왕 규 王揆(?-?)

豐城(江西省) 사람이다. 王義端의 아들로 가학을 계승하였으며, 程鉅夫(1249-1318)에게도 배웠다. (보유 756쪽)

8) 歐陽守道의 三傳門人

◎ 王炎午의 門人

● 유성오 劉省吾(?-?)

吉州 廬陵(江西省) 사람이다. 王炎午에게 배웠다.

80. 介軒 董夢程의 學脈(介軒學案)

1) 介軒學案 圖表

- ◎ 董夢程
  - 董　鼎(族弟)
  - 沈貴珤
    - 程若庸 ☞ 雙峯學案
    - 范　啓
  - 胡方平 — 胡一桂(子) — 董眞卿 — 董　僎(子)
  - 許月卿
    - 江　凱
    - 程榮秀
- ◎ 董　琮
- ◎ 程正則 — 程時登
  - 許　瑤
  - 操　琬(補遺)

※ 同 調 : 余季芳

※ 朱熹續傳 : 曹　涇
- 曹希文(子)
- 馬端臨
- 夏達材(補遺)

朱洪範 — 胡斗元 — 胡炳文(子)
- 程仲文
- 陳廷玉
- 王 偁 - 張以忠 - 鄭四表 - 趙 謙

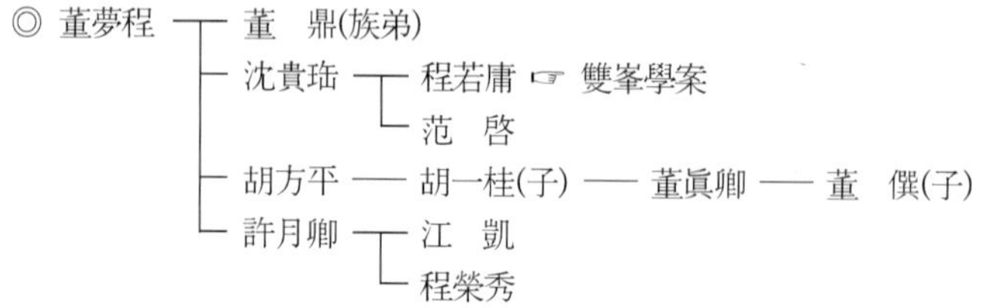

2) 介軒學案序錄

내가 삼가 살펴보건대, 勉齋 黃榦의 학문이 전하여 江西省 鄱陽 지역에서 婺源(新安) 지역으로 유입된 것이 있으니 介軒 董夢程의 일파가 그것이다. 파양 지역의 학문은 朱熹의 문인 蒙齋 程端蒙·槃澗 董銖·拙齋 王過에서 비롯되었는데, 동몽정에게 배운 자들이 많았다. 그러나 山屋 許月卿 외에는 訓詁에 치중하는 학문으로 점점 치우쳤다.

3) 黃榦·程端蒙의 門人

● 동몽정 董夢程(?-?)

자는 萬里, 호는 介軒이며, 鄱陽(江西省) 사람이다. 朱熹의 문인 董銖의 조카로, 처음 동수와 程端蒙에게 배웠고 뒤에 黃榦에게도 수학하였다. 1205년 진사가 되어 朝散郎·欽州通判을 지냈다. 訓詁에 치중하였다. 저술로『尙書訓釋』·『毛詩訓釋』·『大爾雅通釋』·『詩書通釋』 등이 있다.

4) 董銖의 門人

● 동 종 董琮(?-?)

자는 玉振, 호는 復齋이며, 饒州 德興(江西省) 사람이다. 朱熹의 문인 董銖에게 배웠다. 慶元年間(1195-1200)에 진사가 되어 龍陽簿를 지냈다. 저술로『書傳疏義』·『復齋集』이 있다.

● 정정칙 程正則(?-?)

호는 古山이며, 朱熹의 문인 董銖에게 배웠다.

5) 董夢程의 同調

● 여계방 余季芳(?-?)

자는 子初, 호는 桃谷이며, 饒州 德興(江西省) 사람이다. 1247년 진사가 되어 九江司法을 지냈다. 董夢程과 함께 주자학을 널리 밝혔다. 저술로『桃谷尙書義』·『桃谷集』이 있다.

6) 董夢程의 家學

● 동 정 董鼎(?-?)

자는 季亨, 호는 深山이며, 鄱陽(江西省) 사람이다. 董夢程의 族弟로, 가학을 계승하였다. 黃榦·董銖를 사숙하였다. 저술로『尙書傳輯錄纂注』·『四書疏義』·『書詩二經訓釋』·『孝經大義』가 있다.

7) 董夢程의 門人

- 심귀보 沈貴珤(? - ?)
  자는 誠叔, 호는 毅齋이며, 饒州 德興(江西省) 사람이다. 董夢程에게 배웠다.
  저술로 『正蒙疑解』·『四書要義』 등이 있다.

- 호방평 胡方平(? - ?)
  자는 師魯, 호는 玉齋이며, 徽州 婺源(江西省) 사람이다. 董夢程에게 『주역』
  을 배웠으며, 뒤에 沈貴珤에게 수학하였다. 저술로 20여 년간 『주역』의 뜻을
  정밀히 연구하여 주자의 뜻을 밝힌 『易學啓蒙通釋』이 있다.

- 허월경 許月卿(1216-1285)
  자는 太空·宋士, 호는 山屋·泉田子이며, 徽州 婺源(江西省) 사람이다. 董夢
  程·魏了翁에게 배웠다. 1244년 진사가 되어 濠州司戶參軍·臨安府學敎授
  등을 지냈다. 송나라가 망하자 은거하였다. 저술로 『先天集』·『百官箴』 등이
  있다.

8) 程正則의 門人

- 정시등 程時登(1249-1328)
  자는 登庸이며, 饒州 樂平(江西省) 사람이다. 程正則에게 배웠다. 咸淳年間에
  태학에 들어갔으나 송나라가 망한 후에는 벼슬하지 않았다. 저술로 『周易啓蒙
  輯錄』·『大學本末圖說』·『中庸中和說』·『太極通書』·『西銘互解』·『諸葛八
  陣圖通釋』·『律呂新書贅述』·『臣鑒圖』·『孔子世系圖』·『深衣翼』·『感興詩
  講義』·『古詩訂義』·『文章原委』 등이 있다.

9) 董夢程의 再傳門人

◎ 沈貴珤의 門人

- 정약용 程若庸(? - ?) ☞ 雙峰學案

- 범 계 范啓(? - ?)
  자는 彌發·求邇, 호는 風月處士이며, 徽州 德興(江西省) 사람이다. 沈貴珤에

게 배웠다. 저술로『鷄肋漫錄』·『管錐誌』·『井觀雜說』이 있다.

◎ 胡方平의 家學

● 호일계 胡一桂(1247 - ?)

자는 庭芳, 호는 雙湖이며, 徽州 婺源(江西省) 사람이다. 胡方平의 아들로, 부친에게『주역』을 배웠으며, 학문은 주희를 종주로 삼았다. 1264년 천거되어 과거에 응시하였으나 낙방하자 향리에서 강학에 전념하였다. 저술로『周易本義附錄纂疏』·『易學啓蒙翼傳』·『朱子詩傳附錄纂疏』 등이 있다.

◎ 許月卿의 門人

● 강 개 江凱(? - ?)

이름을 愷라고도 한다. 자는 伯幾, 호는 雪矼이며, 徽州 婺源(江西省) 사람이다. 許月卿의 사위로, 장인에게 수학하였다. 송나라가 망하자 은거하였다. 저술로『四書講義』·『詩經講義』·『箕裘集』이 있다.

● 정영수 程榮秀(1263-1333)

자는 孟敷이며, 徽州 休寧(江西省) 사람이다. 처음 方回에게 수학하였고, 뒤에 許月卿에게『주역』을 배웠다. 明道書院 山長·平江學錄 등을 지냈다.

10) 程正則의 再傳門人

◎ 程時登의 門人

● 허 요 許瑤(? - ?)

생애가 자세치 않다. 程時登에게 배웠다.

● 조 완 操琬(? - ?)

자는 公琰·公琬이며, 饒州 樂平(山西省) 사람이다. 程時登에게 배웠다. 1344년 鄕擧에 천거되어 池州學錄을 지냈다.(보유 762쪽)

11) 董夢程의 三傳門人

◎ 胡一桂의 門人

● 동진경 董眞卿(?-?)

자는 季眞이며, 鄱陽(江西省) 사람이다. 董鼎의 아들로, 가학을 계승하였다. 胡一桂(1247-?)와 熊禾에게 배웠다. 호일계의『周易本義附錄纂疏』를 근본으로 하고 제가의 설을 널리 수집하여, 象數學·義理學을 모두 수용한『周易會通』을 저술하였다.

12) 董夢程의 四傳門人

◎ 董眞卿의 家學

● 동 선 董僎(?-?)

鄱陽(江西省) 사람이다. 董眞卿의 아들로, 가학을 계승하였다.

13) 朱熹의 續傳

● 조 경 曹涇(1234-1315)

자는 淸甫, 호는 宏齋이며, 徽州 休寧(江西省) 사람이다. 1268년 진사가 되어 昌化縣主簿·紫陽書院 山長 등을 지냈다. 저술로『講義』·『書稿』·『文稿』·『韻稿』·『儷稿』·『服膺錄』·『讀書記』·『管見』·『泣血錄』·『過庭錄』·『課餘雜記』·『曹氏家錄』·『古文選』이 있다.

● 주홍범 朱洪範(?-?)

호는 小翁·子翁이며, 徽州 婺源(江西省) 사람이다. 朱熹의 從孫으로, 胡斗元의 부친인 胡師夔에게『주역』을 배웠다. 1253년 진사가 되어 臨江軍敎授·武夷書院 山長을 지냈다.

◎ 曹涇의 家學

● 조희문 曹希文(?-?)

자는 仲垈이며, 徽州 休寧(江西省) 사람이다. 曹涇의 아들로, 가학을 계승하였다. 저술로 『詩文講義』·『通鑑日纂』이 있다.

◎ 曹涇의 門人

- **마단림 馬端臨(1254-1323)**
  자는 貴與, 호는 竹洲이며, 饒州 樂平(江西省) 사람이다. 馬廷鸞의 아들로, 曹涇에게 수학하였다. 1273년 급제하여 慈湖書院·柯山書院의 山長을 지냈으며, 台州의 州學教授로 致仕하였다. 30세 전후에 『文獻通考』를 편수하기 시작하여 20년 뒤에 완성하였다. 그 외 저술로 『大學集傳』·『多識錄』·『義根守墨』 등이 있다.

- **하달재 夏達材(?-?)**
  자는 竹可이며, 徽州 休寧(江西省) 사람이다. 曹涇·宋士嘉에게 배웠다. (보유 762쪽)

◎ 朱洪範의 門人

- **호두원 胡斗元(?-?)**
  자는 聲遠, 호는 孝善이며, 徽州 婺源(江西省) 사람이다. 朱洪範에게 『주역』을 배웠다.

◎ 胡斗元의 家學

- **호병문 胡炳文(1250-1333)**
  자는 仲虎, 호는 雲峰이며, 徽州 婺源(江西省) 사람이다. 胡斗元의 아들로, 가학을 계승하였다. 천거로 道一書院 山長이 되었으며, 江寧教諭 등을 지냈다. 朱洪範에게 『주역』·『서경』을 배워 주자학에 잠심하였으며, 특히 『주역』에 뛰어났다. 저술로 『周易本義通釋』·『書集解』·『春秋集解』·『禮書纂述』·『四書通』·『大學指掌圖』·『五經會義』·『爾雅韻語』 등이 있다.

◎ 胡炳文의 門人

- **정중문 程仲文(?-?)**
  생애가 자세치 않다. 胡炳文에게 배웠다. 저술로 『大學釋旨』가 있다.

- 진정옥 陳廷玉(?-?)

  자는 伯圭이며, 徽州 德興(江西省) 사람이다. 胡炳文에게 배웠다. 시를 잘 지었다.

- 왕　칭 王偁(?-?)

  자는 伯武, 호는 絶壑居士·六善居士이며, 徽州 婺源(江西省) 사람이다. 胡炳文에게 배웠다.

◎ 王偁의 門人

- 장이충 張以忠(?-?)

  생애가 자세치 않다. 王偁에게 배웠다.

◎ 張以忠의 門人

- 정사표 鄭四表(?-?)

  天台(浙江省) 사람으로 생애가 자세치 않다. 張以忠에게 배웠다.

◎ 鄭四表의 門人

- 조　겸 趙謙(1351-1396)

  초명은 古則, 자는 撝謙, 호는 考古·瓊臺外史이며, 餘姚(浙江省) 사람이다. 鄭四表에게 배웠다. 國子監典簿·瓊山學敎諭를 지냈다. 문자·음운에 정밀하여 1379년『正韻』을 편수하는 데 참여하였다. 저술로『聲音文字通』·『六書本義』·『造化經綸圖』·『考古續戒書』 등이 있다.

81. 魯齋 許衡의 學脈(魯齋學案)

1) 魯齋學案 圖表

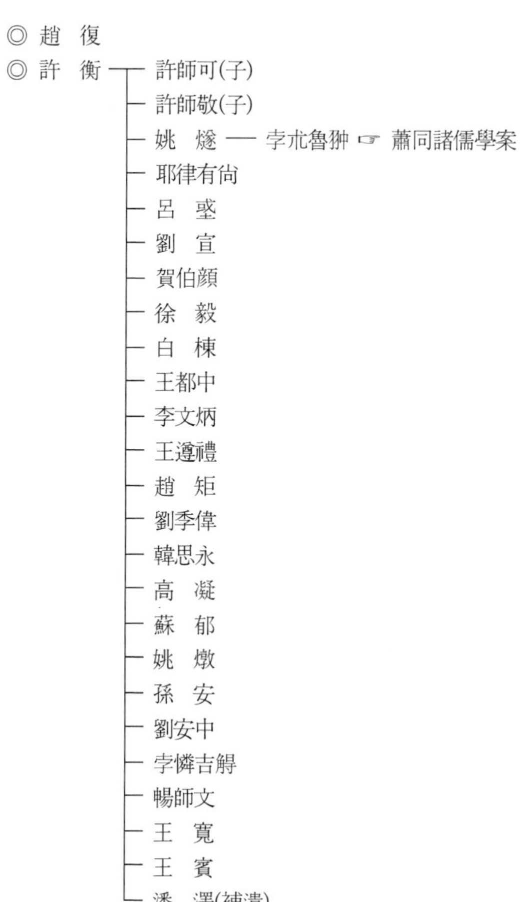

※ 趙復學侶 :　王 粹
　　　　　　　郝 經
※ 趙復同調 :　硯彌堅
　　　　　　　楊惟中(補遺)

※ 趙復別傳 : 劉　因 ☞ 靜修學案
※ 許衡講友 : 姚　樞
　　　　　　 竇　默
　　　　　　 趙吉甫(補遺)
※ 許衡同調 : 劉德淵
　　　　　　 張文謙
　　　　　　 董文忠(補遺)

2) 魯齋學案序錄

내가 삼가 살펴보건대, 남송 때 河北 지역의 학문은 江漢 趙復(약 1215-1306)에 의해 전해졌는데, 姚樞·竇默·郝經 등이 있었지만 許衡이 대종장이 되었다. 元나라 때의 학문은 실제로 그의 영향을 받았다.

3) 二程·朱熹의 續傳

● 조　복 趙復(약 1215-1306)

자는 仁甫, 호는 江漢이며, 德安(湖北省 安陸) 사람이다. 남송 때 북방 지역에 程朱理學을 전파한 주요 인물이다. 姚樞·楊惟中이 太極書院을 건립하고 周敦頤·程顥·程頤·張載·楊時·游酢·朱熹의 신위를 봉안한 뒤 조복을 초청하여 강학하게 하였다. 요추가 그의 학문을 전하였고 許衡·郝經·劉因 등이 그의 설을 존숭함으로써 河北 지방에 정주학이 흥성하게 되었다. 『春秋胡氏傳』을 중시하였는데, 元代에 그의 춘추학이 유행하게 되었다. 저술로『傳道圖』·『伊洛發揮』·『師友圖』·『希聖錄』 등이 있었으나 전하지 않는다.

4) 趙復의 所傳

● 허　형 許衡(1209-1281)

자는 仲平, 호는 魯齋, 시호는 文正이며, 河內(河南省) 사람이다. 과거에 뜻을 두지 않고 학문에 전념하였으며, 여러 차례 벼슬을 내렸으나 나아가지 않았다.

원나라 세조가 그의 제자 王梓·劉季偉·韓思永·耶律有尙·呂端善·姚燧·
高凝·白棟·蘇郁·姚燉·孫安·劉安中 등 12인을 불러 國子監의 齋長으로
삼았다. 蘇門山에 은거하고 있던 趙復의 문인 姚樞에게서 程朱의 遺書를 접한
뒤로 정주이학에 전념하여 북방에 정주학을 일으켰다. 주희의『大學章句集注』
·『論語章句集注』·『孟子章句集注』·『中庸章句集注』가 科試에 채택되게 하
는 데 크게 공헌하였다. 1271년 集賢殿大學士·國子祭酒 등을 지냈다. 저술로
『讀易私言』·『魯齋心法』·『魯齋遺書』·『許文正公遺書』·『許魯齋集』이 있다.

5) 許衡의 講友

● 요　추 姚樞(1202-1279)

자는 公茂, 호는 雪齋, 시호는 文獻이며, 柳城(河南省) 사람이다. 후에 洛陽으
로 옮겨 살았다. 程朱理學의 확산을 평생 자신의 소임으로 생각하고 북방지역
으로 전파하는데 기여하였다. 楊惟中과 함께 太極書院을 건립해 趙復을 모시
고 강학하였다. 벼슬을 버리고 輝州 蘇門山에 있을 때 許衡이 찾아와 程朱의
遺書를 처음으로 접하였다. 世祖가 나라 다스리는 법을 묻자 修身·力學·尊
賢·親親·畏天·愛民·好善·遠佞으로 답하였고, 時弊를 구제하는 방책을
묻자 조목조목 아뢰었다. 정벌할 적에 단 한사람도 죽이지 않는 것으로 법도를
삼고, 세조를 도와 천하를 평정하였다. 昭文館大學士·翰林學士承旨 등을 지
냈다. 『小學』과 四書 등을 간행하여 주자학을 전파하였다.

● 두　묵 竇默(1196-1280)

초명은 杰, 자는 漢卿이었는데, 이름을 默, 자를 子聲으로 고쳤다. 시호는 文正
이며 廣平 肥鄕(河北省) 사람이다. 楊惟中이 강학을 열자 姚樞·許衡 등과 함
께 나아가 程朱理學을 연구하였으며, 원나라에 정주이학을 전파시키는 데 중
요한 역할을 하였다. 원나라 世祖 때 翰林侍講學士가 되었으며, 후에 昭文館太
學士를 역임하였다.

● 조길보 趙吉甫(? - ?)

호는 拙存이다. 蜀 땅 사람인데 뒤에 王沙(湖北省)에 옮겨 살았다. 許衡과 절
친하게 지냈으며, 문학으로 명성이 있었다.(보유 772쪽)

6) 許衡의 同調

● 유덕연 劉德淵(1209-1286)

자는 道濟이며, 內丘(河北省) 사람이다. 원나라 中統年間 초에 翰林侍制에 제수되었으나 나아가지 않고 고향에서 강학에 전념하였다. 司馬光의 『資治通鑑』 수백 조를 분석하였는데, 모두 朱熹의 『資治通鑑綱目』과 부합되었다. 許衡이 그를 존경하였다.

● 장문겸 張文謙(1217-1293)

자는 仲謙, 호는 頤齋, 시호는 忠宣이며, 邢州 沙河(河北省) 사람이다. 원나라 王文統이 中書平章事로써 각박한 정사를 펼 적에 左丞으로서 나라를 안정시키고 민생을 돌보는데 힘썼다. 竇默과 함께 國子監을 세우자고 건의하였다. 세조의 명으로 許衡 등이 새 책력을 제정할 때 昭文館大學士가 되어 그 일을 주관하였다. 뒤에 樞密副使에 제수되었다.

● 동문충 董文忠(1231-1281)

자는 彥誠, 시호는 忠貞이며, 藁城(河北省) 사람이다. 中書左丞인 형 董文炳이 죽자 왕이 그로 하여금 벼슬을 대신하게 하였으나 사양하였다. 뒤에 僉書樞密院事에 제수되었다.(보유 773쪽)

7) 趙復의 學侶

● 왕 수 王粹(?-?)

초명은 元亮·元釋, 자는 子正이며, 右北平(北京市) 사람이다. 楊惟中이 국정을 맡은 뒤로 도학을 계승하기 위해 燕京에 書院을 세우고 남방의 서적을 수집하는 한편, 「太極圖」·「通書」·「書銘」 등을 벽에 새긴 뒤 雲夢·趙復을 초청하여 스승으로 삼았는데, 이 때 왕수가 나아가 돕고 수재를 뽑아 道學生으로 삼았다. 南陽酒官을 지냈다.

● 학 경 郝經(1226-1278)

자는 伯常, 호는 陵川, 시호는 文忠이며, 澤州 陵川(山西省) 사람이다. 元好問·趙復·楊奐에게 수학하였다. 姚樞·竇默·許衡 등과 교유하면서 河北 지방에 유학을 일으키는데 공헌하였다. 程朱理學을 종주로 하여 정주학이 북방에 전파되는 데 중요한 역할을 하였다. 翰林侍講學士를 지냈다. 저술로『周易外傳』·『春秋外傳』·『續後漢書』·『陵川文集』·『太極演』·『原大錄』·『玉衡貞觀』 등이 있다.

8) 趙復의 同調

● 연미견 硯彌堅(1212-1289)

　초명은 賢, 자는 伯固, 호는 郾城이며, 應城(湖北省) 사람이다. 천거에 의해 眞定敎授를 지냈으며, 원나라 至元年間에는 國子司業에 제수되었다. 저술로『郾城集』이 있다.

● 양유중 楊惟中(1205-1259)

　자는 彦誠, 시호는 忠肅이며, 弘州(河北省) 사람이다. 20세에 西域 30여 국에 사신을 다녀오기도 하였다. 정주이학에 관한 책을 수집하여 燕京에 보냈으며, 太極書院과 周子廟를 세우고 趙復 등을 초빙하여 강학하게 하였다. 中書令에 제수되었다.(보유 771쪽)

9) 趙復의 別傳

● 유　인 劉因(1249-1293) ☞ 靜修學案

10) 許衡의 家學

● 허사가 許師可(？-？)

　자는 可臣, 시호는 文簡이며, 河內(河南省) 사람이다. 許衡의 맏아들로, 가학을 계승하였다. 河東按察副使·懷孟路總管 등을 지냈다.

● 허사경 許師敬(？-？)

　자는 敬臣이며, 河內(河南省) 사람이다. 許衡의 넷째 아들로, 가학을 계승하였다. 參知政事·翰林承旨를 지냈다.

11) 許衡의 門人

● 요　수 姚燧(1238-1313)

자는 端甫, 호는 牧庵, 시호는 文이며, 柳城(河南省) 사람이다. 姚樞(1203-1280)의 조카로 가학을 계승하였으며, 1287년 翰林學士承旨·知制誥 등을 지냈다. 13세 때 蘇門山에서 許衡을 만났으며, 18세 때 長安에서 허형에게 수학하였다. 楊奐에게도 수학하였다. 문장은 韓愈를 본받았다. 窮理致知·反窮實踐으로 당시 名儒가 되었다. 저술로『牧庵文集』이 있다.

● 야률유상 耶律有尚(1236-1320)

자는 伯强, 시호는 文正이며, 東平(山東省) 사람이다. 許衡에게 수학하였다. 1271년에 太學齋長이 되었는데, 허형이 國子祭酒에 물러나자 그를 助敎로 삼아 學事를 총괄하게 하였다. 知蘇州로 있을 때 國學이 피폐해지자 다시 그를 불러 國子祭酒에 임명하였다. 저술로『許魯齋考歲略』이 있다.

● 여　역 呂璡(1237-1315)

자는 伯充, 시호는 文穆이며, 河內(河南省) 사람이다. 許衡이 國子祭酒로 있을 때 나아가 수학하였다. 1276년 陝西道按察使知事에 발탁되었다가 다시 四川行樞密院都事로 바꾸어 제수되었다. 仁宗이 즉위하자 翰林學士에 제수되었다.

● 유　선 劉宣(1233-1288)

자는 伯宣, 시호는 忠憲이며, 太原(山西省) 사람이다. 許衡에게 수학하였다. 張德輝의 추천으로 中書省掾이 되었으며 吏部尚書에 올랐다. 交趾國과 日本을 정벌하자고 간하였으며, 江浙行省丞相 忙古台에게 모함을 받아 자결하였다.

● 하백안 賀伯顔(?-?)

이름은 勝, 자는 貞卿·擧安·伯顔, 시호는 惠愍이다. 賀仁傑의 아들로, 許衡에게 수학하였다. 승상 帖木迭兒의 탐욕을 仁宗에게 아뢰어 파면시켰는데, 뒤에 그의 무고로 죽임을 당하였다. 參知政事·左丞相 등을 지냈다.

● 서　의 徐毅(1254-1314)

자는 伯宏·伯弘, 시호는 文靖이며, 趙城(山西省) 사람이다. 許衡에게 수학하였다. 刑部尚書·陝西行臺御史中丞을 지냈다. 저술로 奏議와 詩文이 전한다.

- 백　동 白棟(?-?)

  자는 彦隆이며, 太原(山西省) 사람이다. 許衡에게 수학하였다. 按察副使를 지냈다. 저술로 『道園集』이 있다.

- 왕도중 王都中(?-1335)

  자는 邦翰·元兪, 호는 本齋, 시호는 淸獻이며, 福寧(福建省) 사람이다. 許衡에게 수학하였다. 浙江行省參知政事를 지냈다. 저술로 詩集이 전한다.

- 이문병 李文炳(?-?)

  생애가 자세치 않다. 許衡에게 수학하였다.

- 왕준례 王遵禮(?-?)

  자는 安卿이며, 생애가 자세치 않다. 許衡이 國子祭酒로 있을 때 제자를 불러들여 齋長을 삼았는데, 12인 중 한 사람인 王梓인 듯하다.

- 조　구 趙矩(?-?)

  자는 義臣이며, 大都(北京) 사람이다. 許衡에게 수학하였다. 南樂縣尹으로 있을 때 농사를 근면하고 유생들을 양성하여 循吏로 명성이 있었다.

- 유계위 劉季偉(?-?)

  호는 存齋이며, 秦(甘肅省) 땅 사람이다. 許衡에게 수학하였다. 四川憲副를 지냈다.

- 한사영 韓思永(?-?)

  大名(河北省) 사람으로, 생애가 자세치 않다. 許衡이 國子祭酒로 있을 때 제자를 불러들여 齋長을 삼았는데, 그 12인 중 한 사람이다.

- 고　응 高凝(?-?)

  자는 道凝이며, 河內(河南省) 사람이다. 許衡에게 수학하였다. 1279년 南臺御使에 임명되어 翰林侍讀學士를 지냈다.

- 소　욱 蘇郁(?-?)

  大名(河北省) 사람으로, 생애가 자세치 않다. 許衡이 國子祭酒로 있을 때 제자를 불러들여 齋長을 삼았는데, 그 12인 중 한 사람이다.

- 요　돈 姚燉(?-?)

  河內(河南省) 사람이다. 姚樞(1203-1280)의 조카로 가학을 계승하였으며, 許

衡에게도 수학하였다. 許衡이 國子祭酒로 있을 때 제자를 불러들여 齋長을 삼았는데, 그 12인 중 한 사람이다. 江西湖東道提刑按察司事를 지냈다.

● 손 안 孫安(?-?)

河內(河南省) 사람으로, 생애가 자세치 않다. 許衡이 國子祭酒로 있을 때 제자를 불러들여 齋長을 삼았는데, 그 12인 중 한 사람이다.

● 유안중 劉安中(?-?)

秦(甘肅省) 땅 사람으로, 생애가 자세치 않다. 許衡에게 수학하였다. 許衡이 國子祭酒로 있을 때 제자를 불러들여 齋長을 삼았는데, 그 12인 중 한 사람이다.

● 패련길태 孛憐吉觮(?-?)

생애가 자세치 않다. 許衡에게 수학하였다.

● 창사문 暢師文(1247-1317)

자는 純甫, 시호는 文肅이며, 南陽(河南省) 사람이다. 許衡에게 수학하였으며 姚燧와 절친하였다. 至元年間에 時政 16策을 올렸다. 翰林學士를 지냈다. 저술로 『農桑輯要』가 있다.

● 왕 관 王寬(?-?)

唐縣(河北省) 사람으로, 王恂의 아들이다. 許衡에게 수학하였다. 兵部郎中을 지냈다.

● 왕 빈 王賓(?-?)

唐縣(河北省) 사람으로, 王恂의 아들이다. 許衡에게 수학하였다. 秘書監을 지냈다.

● 반 택 潘澤(1238-1292)

자는 澤民이며, 宣德府(河北省) 사람이다. 許衡에게 수학하였다. 浙西廉訪副使·監察御使를 지냈다.(보유 774쪽)

12) 許衡의 再傳門人

◎ 姚燧의 門人

● 패출로충 孛朮魯翀(1279-1338) ☞ 蕭同諸儒學案

82. 靜修 劉因의 學脈(靜修學案)

1) 靜修學案 圖表

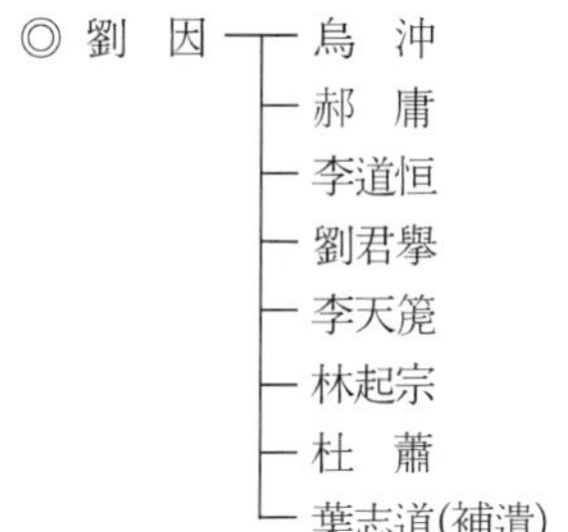

※ 講　友：滕安上
※ 私　淑：安　熙 ── 安　煦(弟)
　　　　　　　　　├ 李士興
　　　　　　　　　├ 蘇天爵
　　　　　　　　　└ 楊俊民

2) 靜修學案序錄

　내가 삼가 살펴보건대, 靜修 劉因(1249-1293)은 程朱의 속전인 趙復(1215-1306)의 학문을 전수 받아 별도의 한 학파를 형성하였다. 蕺山 劉宗周(1578-1645)는 말하기를 "유인은 거의 邵雍에 가깝다."고 하였다.

3) 趙復의 別傳

● 유　인 劉因(1249-1293)

　이름을 駰이라고도 한다. 자는 夢吉·夢驥, 호는 靜修, 시호는 文靖이며, 雄州 容城(河北省) 사람이다. 趙復에게 程朱의 理學을 배워 송대 이학을 계승하였으나, 정주의 이학만을 고집하지 않고 육구연의 학문도 수용하였다. 조복의 同調인 硯彌堅에게 배우기도 하였다. 許衡·吳澄과 더불어 元代 三大學者였으며, 허형과 함께 원나라 때 북방의 兩大儒者로 일컬어졌다. 1282년 원나라 조정의 부름을 받아 承德郎·右贊善大夫 등을 지냈다. 저술로『四書精要』·『易繫辭說』·『四書語錄』등이 있었으나 모두 일실되었고,『靜修先生文集』만 전한다.

4) 劉因의 講友

● 등안상 滕安上(1242-1295)

자는 仲禮, 호는 退齋·東庵, 시호는 文穆이며, 中山(河北省) 사람이다. 젊어서 의지할 데 없이 빈한하였으나 스스로 분발하여 性理學을 공부하였다. 천거를 받아 中山敎授에 제수 되었으며, 國子丞·太常丞 등을 지냈다. 저술로『易解』·『洗心管見』·『東庵稿』가 있다.

5) 劉因의 門人

● 오 충 烏冲(1264-1315)

자는 叔備, 호는 存齋이며, 大寧(山西省) 사람이다. 劉因에게 배웠다. 경서에 밝았고, 행실을 엄격하게 하여 가벼이 세상에 나가지 않았다. 거처하는 집을 '存齋'라 칭하고, 두문불출하며 학생들을 가르쳤다.

● 학 용 郝庸(?-?)

자는 季常이며, 澤州(山西省) 사람이다. 郝經(1223-1275)의 동생으로, 劉因에게『서경』과『시경』을 배웠다. 학경이 송나라에 사신 가서 10여 년 동안 억류되자, 직접 송나라로 찾아가 형을 돌려보내게 하였다. 潁川守令을 지냈다.

● 이도항 李道恒(?-?)

생애가 자세치 않다. 劉因에게 배웠다.

● 유군거 劉君擧(?-?)

자는 季賢이며, 南豐(江西省) 사람이다. 처음에는 王磐에게 배웠으며, 뒤에 劉因을 사사하였다.

● 이천지 李天箎(?-?)

吉水(江西省) 사람으로, 생애가 자세치 않다. 劉因에게 배웠다. 저술로『詩經

疏』·『書經疏』가 있다.

- 임기종 林起宗(1262-1337)

  자는 伯始, 호는 魯庵이며, 內丘(河北省) 사람이다. 劉因에게 배웠다. 향리에 은거하여 후학을 교수하였는데, 그를 종주로 하는 이들이 많았다. 저술로『志學 指南』·『心學淵源二圖』·『大學論語孟子中庸諸圖』·『孝經圖解』·『小學題詞』 가 있다.

- 두 소 杜蕭(?-?)

  생애가 자세치 않다. 劉因에게 배웠다. 河南儒學提擧를 지냈다.

- 섭지도 葉志道(?-?)

  자는 士心이며, 德興(江西省) 사람이다. 劉因에게 배웠다. 어머니를 모시는 효성이 지극하였다.(보유 776쪽)

6) 劉因의 私淑

- 안 희 安熙(1270-1311)

  자는 敬仲, 호는 默庵이며, 藁城(河北省) 사람이다. 劉因의 학문을 흠모하여 유인이 죽은 뒤 그의 제자 烏沖에게 스승의 학설을 묻기도 하였다.

◎ 安熙의 家學

- 안 후 安煦(?-?)

  호는 素庵이며, 藁城(河北省) 사람이다. 安熙의 동생으로, 가학을 계승하여 理學을 종주로 하였다.

◎ 安熙의 門人

- 이사흥 李士興(?-?)

  藁城(河北省) 사람으로, 생애가 자세치 않다. 安熙에게 배웠다. 楊俊民·蘇天爵(1294-1352) 등과 교유하였다.

- 소천작 蘇天爵(1294-1352)

  자는 伯修, 호는 滋溪이며, 眞定(河北省) 사람이다. 安熙에게 배웠다. 吏部尙

書·參議中書省事 등을 지냈다. 문장에 뛰어났으며 시에도 능하였다. 저술로
『國朝名臣事略』·『滋溪文稿』·『元文類』 등이 있다.

● **양준민 楊俊民(?-?)**

자는 士傑이며, 眞定(河北省) 사람이다. 安熙에게 배웠다. 1330년 진사가 되
어 翰林文字·國子祭酒 등을 지냈다. 『周易』에 밝았다.

83. 草廬 吳澄의 學脈(草廬學案)

1) 草廬學案 圖表

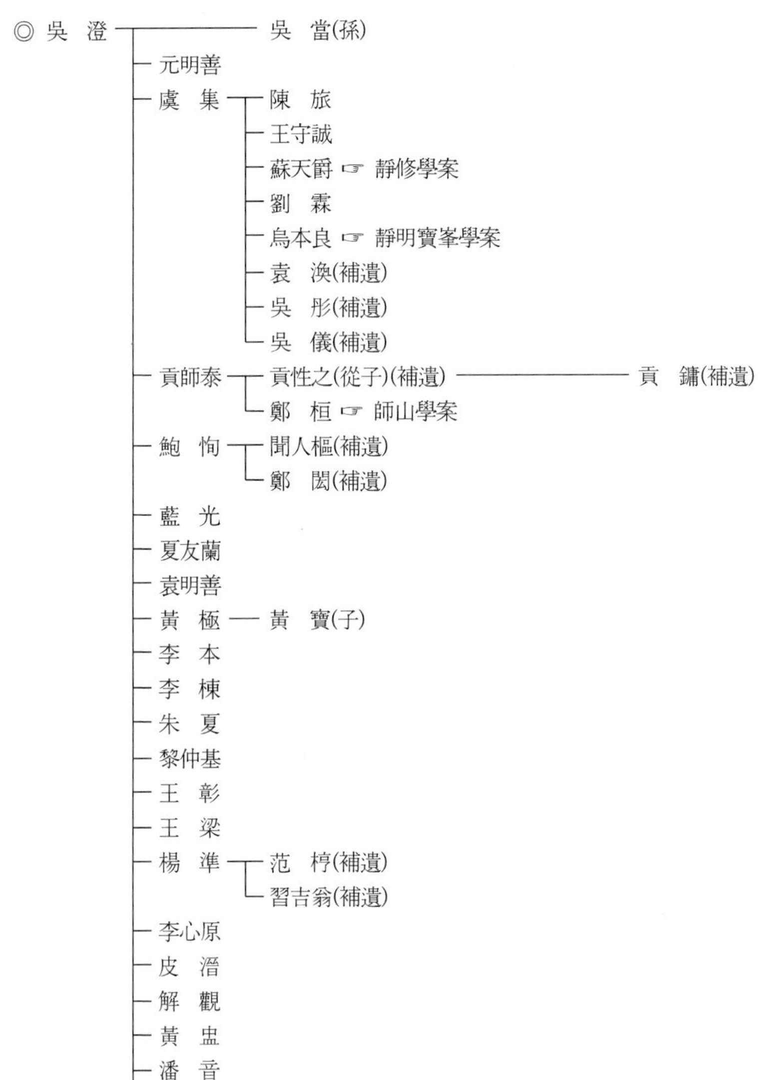

```
├─ 趙宏毅 ── 趙　恭(子)
├─ 王　祁
├─ 李　擴
├─ 陳伯柔
├─ 黃　昺
├─ 危　素 ☞ 靜明寶峯學案
├─ 包希魯 ┬─ 包　宏(子)(補遺)
│         ├─ 傅　箕(補遺)
│         └─ 王　槐(補遺)
├─ 熊　本
├─ 丁　儼 ── 丁之翰(子)(補遺)
├─ 許晉孫
├─ 饒敬仲
├─ 鄭　眞 ☞ 深寧學案
├─ 杜　本 ── 張　理
├─ 解　蒙(補遺)
├─ 虞　槃(補遺)
├─ 陳　徵(補遺)
├─ 柳從龍(補遺)
├─ 黃伯遠(補遺)
├─ 吳　皐(補遺)
├─ 康　震(補遺)
├─ 焦　位(補遺)
├─ 唐　術(補遺)
└─ 傅定保(補遺)
```

※ 講　友：王　科
　　　　　虞　汲
　　　　　劉岳申(補遺)
　　　　　詹崇樸(補遺)
　　　　　楊叔方(補遺)
※ 同　調：貢　奎
　　　　　黃　澤
　　　　　武　恪

2) 草廬學案序錄

내가 삼가 살펴보건대, 草廬 吳澄의 학문은 雙峯 饒魯에게서 나왔다. 그는 본래 朱子學派였지만, 그 뒤에는 陸九淵(1139-1193)의 학문도 겸하였다. 그것은 아마도 道一書院을 세워 朱·陸 양가의 사상을 조화시키려 했던 程紹開(1212-1281)를 스승으로 삼았기 때문인 듯하다. 그러나 초려의 설은 주자학에 가까웠다.

3) 程若庸·程紹開·戴良齊의 門人

● 오　징 吳澄(1249-1333)

자는 幼淸·伯淸, 호는 草廬, 시호는 文正이며, 撫州 崇仁(江西省) 사람이다. 宋나라 咸淳年間에 진사가 되었으나 벼슬하지 않고 은거하였다. 元나라 때 程鉅夫(1249-1318)가 그의 저서를 국자감에 두기를 청하였으며, 좌승상 董士選(1253-1321)의 천거를 받았지만 나아가지 않았다. 1308년 國子監丞이 되어 國子司業에 올랐으며, 翰林學士·太中大夫 등을 지냈다. 1324년 經筵講官이 되어 『英宗實錄』을 편수하였다. 어려서 饒魯의 제자인 程若庸에게 배웠으며, 그 후 朱熹와 陸九淵의 사상을 조화시키려 했던 程紹開(1212-1281)를 사사하였다. 또한 性理學에 정밀한 戴良齊에게도 배웠다. 주희의 四傳弟子로, 理學을 위주로 하면서 心學도 아울러 취하여 朱·陸 兩家의 사상을 조화시켰다. 『道統圖』를 지어 자신이 朱子 이후의 도통을 계승한 사람이라 자부하였다. 許衡(1209-1281)·劉因(1249-1293)과 더불어 元代의 저명한 학자로 꼽힌다. 저술로 『詩纂言』·『書纂言』·『易纂言』·『春秋纂言』·『禮記纂言』 등 五經의 纂言이 있는데, 그 중 『書纂言』에서 吳棫과 朱熹의 설을 따라, 『古文尙書』와 「尙書孔安國傳」의 의심스러운 부분은 모두 僞書라고 주장하였다. 그 외 저술로 『草廬精語』·『諸經序說』·『儀禮逸經傳』·『吳門正集』 등이 있다.

4) 吳澄의 講友

● 왕　과 王科(?-?)

자는 子純이며, 撫州 樂安(江西省) 사람이다. 그를 '耆儒宿學'이라고 칭찬한

吳澄과 절친하였다. 宋나라 말기에 鄕貢으로 國學生이 되었으나, 元나라가 들
어서자 벼슬하지 않았다.

● 우　급 虞汲(? - 1318)

　　호는 井齋이며, 仁壽(四川省) 사람이다. 虞剛簡(1164-1227)의 후손이자 虞集
　　(1272-1348)의 아버지이다. 吳澄과 절친하였는데, 오징은 그의 문장을 淸醇
　　하다고 칭찬하였다. 黃岡尉가 되었으나 송나라가 망하자 臨川 崇仁에 은거하
　　였다. 뒤에 翰林院編修官으로 치사하였다.

● 유악신 劉岳申(? - ?)

　　자는 高仲, 호는 申齋이며, 吉水(江西省) 사람이다. 학행이 높아 吳澄 · 劉辰翁
　　등의 추중을 받았다. 遼陽儒學副提擧에 천거되었으나 나아가지 않았고, 뒤에
　　泰和州判으로 치사하였다. 文詞가 簡約峻潔하여 劉詵 · 龍仁夫와 이름을 나란
　　히 하였다.(보유 777쪽)

● 첨숭박 詹崇樸(? - ?)

　　자는 叔厚이며, 樂安(江西省) 사람이다. 大德年間(1297-1307)에 吳澄의 요청
　　으로 夏友蘭이 건립한 鰲溪書院의 山長을 지냈다. 저술로『厚齋奎光集』이 있
　　다.(보유 778쪽)

● 양숙방 楊叔方(? - ?)

　　호는 學睡이며, 吉水(江西省) 사람이다. 吳澄과 함께 강학하였다. 淸江의 范德
　　機에게 經學을 전수하였고, 寧都의 習吉翁에게 曆法을 전수하였다.(보유 778
　　쪽)

5) 吳澄의 同調

● 공　규 貢奎(1269-1329)

　　자는 仲章, 호는 雲林, 시호는 文靖이며, 宣城(安徽省) 사람이다. 송나라가 망하자
　　은거한 貢士瞻의 아들로, 吳澄과 교유하였다. 池州의 齊山書院山長을 거쳐 江西儒
　　學提擧 · 集賢殿直學士 등을 지냈다. 저술로『雲林集』이 있다.

● 황　택 黃澤(1260-1346)

　　자는 楚望이며, 資州 內江(四川省) 사람이다. 九江에서 벼슬하던 백부 黃驥子

를 따라 그곳으로 이주하였다. 吳澄의 추중을 받았으며, 江州 景星書院과 洪州 東湖書院의 山長을 지냈다. 經을 밝히고 道를 배우는 것에 의미를 둔「仰高鑽堅論」과, 程·朱를 주종으로 삼아 名物度數를 깊이 관찰한『易春秋二經解』·『三禮祭祀述略』을 지었다. 또한 孔子로부터 교정한 六經을 직접 받는 꿈을 꾸고는『思古吟』을 지어 성인의 덕이 성함을 극언하였다. 그 외 저술로『九江經說』·『易學濫觴』·『春秋旨要』·『禮經復古正言』·『六經旨要』·『翼經罪言』등이 있다.

● 무 각 武恪(?-?)

자는 伯威이며, 宣德府(河北省) 사람이다. 吳澄이 江西儒學副提擧로 있으면서 그를 천거하여 國學에 들어가게 되었다. 明宗이 세자일 때 說書秀才로 뽑혔으며, 文宗 때 秘書監典簿를 지냈다. 이후에 中瑞司典簿·汾水縣尹 등에 제수되었지만 나아가지 않았다. 敬을 학문의 근본으로 삼았으며, 평생『주역』을 즐겨 읽었다. 저술로『水雲集』이 있다.

6) 吳澄의 家學

● 오 당 吳當(1297-1361)

자는 伯尙이며, 撫州 崇仁(江西省) 사람이다. 吳澄의 손자로, 가학을 계승하였다. 천거되어 國子助敎로서 遼·金·宋 세 나라의 역사 편찬에 참여했으며, 翰林院直學士·江西參政 등을 지냈다. 江南에 난이 일어나자 江西肅政廉訪使가 되어 난을 진압하는 공을 세웠다. 당시 參政이었던 朶歹의 무고로 파직 당했다가 복직되었으며, 그 후로 廬陵의 谷坪에 은거하였다. 저술로『周禮纂言』·『學言詩稿』가 있다.

7) 吳澄의 門人

● 원명선 元明善(1269-1322)

자는 復初, 시호는 文敏이며, 大名 淸河(河北省) 사람이다. 江西省椽으로 있으면서 吳澄에게 나아가 수학하였다. 浙東使者의 천거로 建康學政을 거쳐 禮部尙書·翰林學士 등을 지냈다. 문장을 잘 하였으며, 경서에 조예가 깊었는데 특히『춘추』에 정밀하였다. 저술로『淸河集』이 있었지만 대부분 전하지 않는다.

- 우 집 虞集(1272-1348)

  자는 伯生, 호는 道園·邵庵, 시호는 文靖이며, 撫州 崇仁(江西省) 사람이다. 虞槃의 형으로, 선대는 蜀 땅 사람이다. 송나라가 망한 뒤 아버지 虞汲이 숭인으로 이주하였다. 吳澄에게 배웠는데, 그의 영향으로 理學을 종주로 하여 朱熹와 陸九淵의 학문을 종합하였다. 大德年間에 천거되어 大都路儒學敎授를 거쳐 翰林待制·奎章閣侍書學士 등을 지냈다. 주희의 이학을 官學으로 삼고, 주희의 설을 과거시험의 표준으로 삼자고 주장하였다.『經世大典』을 책임지고 편수하였다. 저술로『道園學古錄』·『道園遺稿』가 있다.

- 공사태 貢師泰(1298-1362)

  자는 泰甫, 호는 玩齋이며, 寧國府 宣城(安徽省) 사람이다. 아버지 貢奎의 학문을 계승하였으며, 吳澄에게 수학하였다. 國子生이 되어 吏部侍郎·江浙行省參知政事 등을 지냈다. 스승의 학문이 전파되는 데 촉진제 역할을 하였으며, 虞集·揭傒斯 등과 교유하였다. 程朱理學의 理一分殊 관점을 발전시켜 萬殊一理說을 제시하였다. 또 莊子의 '齊物思想'을 취하여 만물간의 차별은 상대적인 것이라는 萬物一體說을 주장하였다. 翰林院에 들어가 后妃·功臣列傳을 편수하는 데 참여하였다. 저술로『玩齋集』이 있다.

- 포 순 鮑恂(?-?)

  자는 仲孚, 호는 西溪·環中이며, 崇德(浙江省) 사람이다. 吳澄에게『주역』을 배웠다. 1335년 진사가 되었고, 천거되어 溫州路學正에 제수되었다. 그 뒤 會試同考官·文華殿大學士에 제수되었으나, 벼슬길에 나아가지 않았다. 저술로『學易擧隅』·『西溪漫稿』 등이 있다.

- 남 광 藍光(?-?)

  자는 仲晦이며, 江西省 사람이다. 吳澄의 문하에서 수학하였다. 安南路主事를 지내면서 공적을 쌓았으나, 明나라가 들어선 뒤에는 벼슬하지 않고 은거하였다. 詩文에 능했으며, 考古制度에 조예가 깊었다.

- 하우란 夏友蘭(1270-1312)

  자는 幼安이며, 撫州 樂安(江西省) 사람이다. 吳澄에게 배웠다. 천거되어 將仕

佐郎을 지냈다. 大德年間에 鰲溪書院을 건립하여 학자들을 가르친 공으로, 당시 세자였던 仁宗으로부터 사액을 받았다. 同知會昌州事에 제수되었지만 나아가지 않았다.

● 원명선 袁明善(?-?)

자는 誠夫, 호는 樓山이며, 撫州 臨川(江西省) 사람이다. 吳澄에게 배웠으며, 만년에는 虞集의 문하생들을 가르쳤다. 經傳을 인용하여 井田法과 水利法에 대해 서술한 『征賦定考』가 있는데, 우집이 그 序文을 지었다. 그 외 저술로 『樓山集』이 있다.

● 황 극 黃極(?-?)

자는 建可, 호는 西齋이며, 撫州 樂安(江西省) 사람이다. 何淑·張潔·王翊과 함께 '樂安四傑'로 일컬어진 黃寶의 아버지로, 吳澄을 사사하였다. 義理之學을 궁구하고 청렴결백한 절개를 가진 것으로 천거되었지만 나아가지 않았다. 저술로 『西齋集』이 있다.

● 이 본 李本(?-?)

자는 伯宗이며, 撫州 臨川(江西省) 사람이다. 行軍令史를 지낸 李榮의 손자이자 寧都學正이었던 李伯源의 아들로, 吳澄에게 수학하였다. 스승이 별세하자, 그 뒤를 이어 從弟 李棟과 함께 程朱學을 강의하였다. 거처하던 곳에 있었던 環聚亭·君子堂·虞邵庵의 記文을 지었다.

● 이 동 李棟(?-?)

撫州 臨川(江西省) 사람이다. 行軍令史를 지낸 李榮의 손자이자 효자로 이름난 李季淵의 아들로, 吳澄에게 배웠다. 스승이 별세하자, 그 뒤를 이어 從兄 李本과 함께 程朱學을 강의하였다.

● 주 하 朱夏(?-?)

자는 元會·好謙이며, 金溪(江西省) 사람이다. 吳澄에게 수학하면서부터 두문불출하며 經史 연구에 전념하였다. 張起巖이 천거하였지만 나아가지 않았다. 至正年間(1341-1367) 고을의 도적들이 일으킨 난에 화를 당했다. 저술로 『鳴陽集』이 있다.

● 여중기 黎仲基(?-?)

원명은 黎載, 仲基라는 자로 더 알려졌으며, 臨川(江西省) 사람이다. 郡學에서

강의하던 吳澄에게 나아가 수학하였다. 경전에 밝고 박학한 것으로 湖廣左丞
章伯顏의 천거를 받아 太平路儒學敎授에 제수되었다. 뒤에 고향으로 돌아가
'瓜園'이라 이름 붙인 집을 짓고 은거하였다. 洪武年間(1368-1398) 초기에 다
시 천거되었지만 나아가지 않았다. 저술로『瓜園集』·『語錄』이 있다.

- 왕　창 王彰(?-?)
  자는 伯遠이며, 일명 黃伯遠으로도 불린다. 撫州 金溪(江西省) 사람이다. 吳澄
  에게 배웠다. 진사가 되어 國子博士를 지냈다. 元나라가 망하자 은거하였는데,
  王英은「六賢詠」을 지어 葛元喆·劉傑·朱夏·陳介·黃昺와 함께 '六賢'으로
  높였다.

- 왕　량 王梁(?-?)
  자는 純子, 호는 西齋이며, 樂安(江西省) 사람이다. 王科의 아들로 吳澄을 사
  사하였으며, 평생 벼슬하지 않았다. 뚝을 쌓고 관개시설을 만들어 백성들에게
  보급하였는데, 邑長 燮理·溥化와 郡守 楊友直이 예우하였다. 저술로『西齋
  藁』가 있다.

- 양　준 楊準(?-?)
  자는 公平, 호는 玉華이며, 泰和(江西省) 사람이다. 吳澄에게 배웠다. 학행이
  훌륭하고 문장이 高古하여 虞集·揭傒斯(1274-1344)의 추중을 받았는데, 특
  히 危素(1303-1372)가 그를 매우 존경하였다.

- 이심원 李心原(?-?)
  吉安 吉水(江西省) 사람이다. 吳澄에게 배웠으며, 五經에 통달하였다. 朱熹의
  학문을 확고히 지키면서 그의 주장을 미루어 넓혔다.

- 피　진 皮溍(?-?)
  자는 昭德이며, 淮安 淸江(江西省) 사람이다. 吳澄에게 배웠다. 門蔭으로 邵陽丞
  이 되어 선정을 베풀었으며, 平江路通判이 되어 화폐를 유통시켰다.

- 해　관 解觀(?-?)
  초명은 子尙, 자는 觀我·伯中이며, 吉安 吉水(江西省) 사람이다. 吳澄에게
  배웠는데, 스승의 인정을 받았다. 天曆年間(1328-1329)에 鄕貢으로 천거되어
  『宋史』를 편수하는 데 참여하였다. 이후에 東山書院을 건립하여 후학을 가르
  쳤다. 박학다식하였는데 특히『주역』에 조예가 깊어 스승이 지은『易纂言』의

발문을 지었다. 저술로『四書大義』·『宋書』·『武經刑書攷』·『萬分曆』·『周易疑義通釋』·『儒家博要』등이 있다.

- 황 충 黃盅(?-?)

  자는 子中이며, 萬載(江西省) 사람이다. 吳澄에게 수학하였는데, 뜻이 돈독함을 기특하게 여긴 스승이 그를 사위로 삼았다. 至正年間(1341-1367)에 鄕貢으로 천거되어 龍泉縣學敎諭에 제수되었다. 독서당에 '大本'이라 이름 붙였으며, 「虞道園記」를 지었다.

- 반 음 潘音(1270-1355)

  자는 聲甫, 호는 待淸이며, 紹興 新昌(浙江省) 사람이다. 吳澄에게 배웠다. 10세 때 송나라가 망했는데, 그 뒤에 천거되었지만 벼슬길에 나아가지 않았다. 南洲山에 '待淸隱居'라 이름한 집을 짓고 은기히였다. 저술로『待淸遺稿』가 있다.

- 조굉의 趙宏毅(?-?)

  자는 仁卿이며, 晉州(山西省) 사람이다. 吳澄에게 배웠다. 歷史編修官이 되었으나 元나라가 망하고 明나라 군대가 입성하자 아내 解氏와 함께 자결하였고, 이어서 아들 趙恭도 자결하였다.

- 왕 기 王祁(?-?)

  眞定路 藁城(河北省) 사람이다. 吳澄에게 배웠다. 鄕里에서 제자들을 많이 양성하였다.

- 이 확 李擴(?-?)

  歸德(河南省) 사람이다. 吳澄에게 배웠으며, 또한 虞集에게 문장을 배웠다.

- 진백유 陳伯柔(?-?)

  崇仁(江西省) 사람이다. 吳澄과 虞集에게 수학하였는데, 經學은 오징에게 근본을 두었고, 문장은 우집을 본받았다.

- 황 애 黃昮(1308-1368)

  자는 殷士이며, 金溪(江西省) 사람이다. 吳澄에게 배웠다. 좌승상 太平의 천거로 國子助敎에 제수되었으며, 太常博士·國子監丞을 거쳐 翰林待制 등을 지냈다. 明나라 군대가 京城을 함락하자, 우물에 몸을 던져 자결하였다. 박학다식하고 경전에 밝았으며, 글을 잘 지었는데 특히 시에 조예가 깊었다. 王英

은「六賢詠」을 지어 葛元喆 · 劉傑 · 朱夏 · 陳介 · 王彰과 함께 '六賢'으로 높였다.

- 위　소 危素(1303-1372) ☞ 靜明寶峯學案

- 포희로 包希魯(？-？)

자는 魯伯, 私諡는 文忠이며, 進賢(江西省) 사람이다. 吳澄에게 배웠다. 가르칠 적에 德行을 우선시하고, 文藝를 뒤로 하였다. 저술로『點四書凡例』가 있다.

- 웅　본 熊本(1287-1353)

자는 萬卿 · 萬初이며, 臨川(江西省) 사람이다. 진사 熊紹의 아들로, 吳澄에게 나아가 수학하였다. 孫轍 · 熊朋來 · 龍仁夫 · 揭侯斯 등과 망년지교를 맺었다. 宋나라 말기의 문장가 劉須溪의 괴벽함을 비판하였다. 저술로『讀書記』 · 『經問』 · 『讀史衍義』 · 『舊雨集』 · 『朝野詩集』 등이 있다. 그 외에 오징에게 질문하여 터득한 바를 기록한『吳山錄』과 虞集의 글을 손수 기록한『仁壽錄』이 있다.

- 정　엄 丁儼(？-？)

자는 主敬이며, 龍興路 新建(江西省) 사람이다. 吳澄의 문하에서 배웠으며, 오징이 예우하여 그에게 字說을 지어주었다. 隆興酒務大使에 제수되었지만 변란을 만나 임지로 나가기 전에 별세하였다.『金閨彝訓』을 손수 편찬하였으며, 저술로『小溪集』 · 『寓興』이 있다.

- 허진손 許晉孫(1288-1332)

자는 伯昭이며, 建昌(江西省) 사람이다. 吳澄에게 배웠다. 1315년 진사가 되어 南城縣丞 · 茶陵州判官 등을 지냈는데, 선정을 베풀었다. 黃晉卿이 그의 묘지명을 지었다.

- 요경중 饒敬仲(？-？)

본명은 宗魯, 敬仲은 그의 자인데 자로서 이름이 났다. 臨川(江西省) 사람이다. 吳澄에게 배웠다.

- 정　진 鄭眞(？-？) ☞ 深寧學案

● 두　본 杜本(1276-1350)

자는 伯原, 호는 淸碧·思學齋이며, 淸江(江西省) 사람이다. 吳澄에게 배웠다. 천거되었으나 오래지 않아 武夷山에 들어가 은거하였다. 文宗이 즉위한 뒤 그의 명성을 듣고 불렀지만 나아가지 않았다. 1343년 우승상 脫脫이 隱士로 천거하여 翰林待制·奉議大夫에 제수되었지만, 병을 핑계로 사양하였다. 講友였던 虞集이 「思學齋記」를 지어주었다. 천문·지리·율력 등을 두루 연구하여 박학다식하였는데, 특히 篆書·隷書에 조예가 깊었다. 저술로 『四經表義』·『六書通編』·『淸江碧嶂集』 등이 있다.

● 해　몽 解蒙(?-?)

자는 求我이며, 吉安 吉水(江西省) 사람이다. 吳澄에게 배웠다. 天曆年間(1328-1329)에 鄕貢으로 천거되었다. 『주역』에 조예가 깊었으며, 저술로 『易經精蘊』이 있다.(보유 779쪽)

● 우　반 虞槃(1274-1327)

자는 仲常·德常·叔當이며, 撫州 崇仁(江西省) 사람이다. 형 虞集과 함께 가학을 계승하였으며, 吳澄에게 나아가 수학하였다. 1318년 진사가 되어 吉安丞·湘鄕州判官 등을 지냈다. 柳宗元의 『非國語』를 읽고는 잘못이 있다고 여겨 『非非國語』를 저술하였다.(보유 780쪽)

● 진　징 陳徵(?-?)

자는 明善이며, 廬山(江西省) 사람이다. 吳澄에게 배웠다. 이치를 밝히는 데 힘쓰고, 영달을 추구하지 않아 선배였던 虞集·揭傒斯의 추중을 받았다.(보유 780쪽)

● 유종룡 柳從龍(?-?)

자는 雲卿, 호는 靜廬이며, 九江(江西省) 사람이다. 吳澄에게 배웠는데, 스승이 그를 위해 「靜廬精舍記」를 지어주었다.(보유 781쪽)

● 황백원 黃伯遠(?-?)

金溪(江西省) 사람이다. 吳澄에게 배웠다. 진사가 되어 國子博士에 제수되었다. 元나라가 망하자 은거하였다. 王英은 「六賢詠」을 지어 葛元喆·劉傑·朱夏·陳介·黃昰와 함께 '六賢'으로 높였다.(보유 781쪽)

- **오 고 吳皐(?-?)**

  자는 舜擧, 호는 平齋이며, 撫州 臨川(江西省) 사람이다. 陸九淵의 재전제자 吳潛의 6세손으로, 吳澄에게 수학하였다. 臨江路儒學敎授를 지냈지만, 원나라가 망하자 은거하였다. 문장을 지을 적에는 삼엄한 법도가 있었는데, 특히 韻에 정밀하였다. 저술로『吾吾齋類稿』가 있다.(보유 781쪽)

- **강 진 康震(?-?)**

  자는 宗武, 호는 莊山이며, 泰和(江西省) 사람이다. 吳澄과 劉岳申에게 배웠다. 천거되어 慶陽書院山長을 지냈다. 이후에 고향으로 돌아가 莊山書院을 짓고 제자들을 가르쳤다. 저술로『思治集』이 있다.(보유 782쪽)

- **초 위 焦位(?-?)**

  자는 致中이며, 進賢(江西省) 사람이다. 吳澄에게『서경』을 배웠다. 純孝로 명망이 높아 洪武年間(1368-1399)에 池洲敎授에 제수되었다.(보유 782쪽)

- **당 술 唐術(?-?)**

  자는 景行이며, 永豐(江西省) 사람이다. 吳澄에게 배웠다. 1350년 급제하여 宜春學諭에 제수되었다. 원나라 말기의 병란에 화를 입었다.(보유 783쪽)

- **부정보 傅定保(1250-1335)**

  자는 季謨, 호는 古直이며, 晉江(福建省) 사람이다. 吳澄에게 배웠다. 大德年間에 천거되어 漳州路 儒學正·福州路 三山書院山長을 지냈으며, 平江路 儒學敎授로 치사하였다. 6세 때『대학』·『논어』의 大義에 통달하여 文名을 떨쳤으며,「太極圖」와「西銘」의 강론을 잘 하였다.(보유 783쪽)

8) 吳澄의 再傳門人

◎ 貢師泰의 家學

- **공성지 貢性之(?-?)**

  자는 友初·有初, 私諡는 眞晦이며, 宣城(安徽省) 사람이다. 貢師泰의 조카로, 가학을 계승하였다. 簿尉·閩省理官을 지냈다. 명나라 洪武年間(1368-1399) 초기에 천거되었지만, 이름을 '悅'로 고치고 은거하였다. 저술로『南湖集』이 있다.(보유 812쪽)

◎ 黃極의 家學

- **황 보 黃寶(?-?)**

  자는 仲瑤이며, 撫州 樂安(江西省) 사람이다. 黃極의 아들로, 가학을 계승하였
  다. 永樂年間(1403-1424)에 천거되었으나, 나아가지 않았다. 經史에 정통하
  여 何淑·張潔·王翊과 더불어 '安樂四傑'로 일컬어졌다.

◎ 趙宏毅의 家學

- **조 공 趙恭(?-?)**

  晉州(山西省) 사람이다. 趙宏毅의 아들로, 가학을 계승하였다. 中書管句가 되
  었으나, 元나라가 망하자 부모를 따라 아내와 함께 자결하였다.

◎ 包希魯의 家學

- **포 굉 包宏(?-?)**

  자는 用夫이며, 進賢(江西省) 사람이다. 包希魯의 둘째 아들로, 가학을 계승하
  였다. 洪武年間(1368-1398) 초기에 문학으로 천거되어 山西 지역의 정사를
  살피다가 洪洞縣에 이르러 세상을 떠났다. 저술로『訥居文集』·『六書補義』가
  있다.(보유 787쪽)

◎ 丁儼의 家學

- **정지한 丁之翰(?-?)**

  자는 季簿이며, 新建(江西省) 사람이다. 丁儼의 아들로, 가학을 계승하였다. 五經
  에 정밀하였다. 명나라 초기에 新建縣教諭를 지냈다.『南昌府圖志』를 편찬하였
  으며, 저술로『潛夫集』이 있다.(보유 788쪽)

◎ 虞集의 門人

- **진 려 陳旅(1288-1343)**

  자는 衆仲이며, 莆田(福建省) 사람이다. 처음에는 傅古直에게 배웠으며, 뒤에
  虞集에게 나아가 수학하였는데, 스승으로부터 박학다식하다는 칭찬을 받았다.

천거되어 國子助教 · 國子監丞 등을 지냈다. 선대는 송나라 황족이었던 趙汝談
에게 수학하였다. 저술로『安雅堂集』이 있다.

- 왕수성 王守誠(1296-1349)

  자는 君實, 시호는 文昭이며, 陽曲(山西省) 사람이다. 1324년 진사가 되어 太
  常博士 · 河南行省參知政事 등을 지냈다.『經世大典』을 만드는 데 참여하였으
  며, 禮部尚書로 있을 적에 遼 · 宋 · 金 세 나라의 역사를 편수하는 데 참가하여
  中書參議에 발탁되었다.

- 소천작 蘇天爵(1294-1352) ☞ 靜修學案

- 유　림 劉霖(?-?)

  吉安 安福(江西省) 사람이다. 虞集에게 배웠다. 원나라 말 난리를 피해 泰和로
  옮겨 살았는데, 배우는 사람들이 많았다. 五經에 두루 통하였다. 저술로『四書
  纂釋』·『太極圖解』·『易本義』·『童子說』·『杜詩類注』등이 있다.

- 오본량 烏本良(?-?) ☞ 靜明寶峯學案

- 원　환 袁煥(?-?)

  徐州(江蘇省) 사람으로, 생애가 자세치 않다. 虞集에게 배웠다.(보유 784쪽)

- 오　동 吳彤(1317-1373)

  자는 文明이며, 臨川(江西省) 사람이다. 虞集에게 배웠다. 1347년 진사가 되
  어 贛州路錄事 · 國子監博士 등을 거쳐 明나라 洪武年間에는 平北副使를 지냈
  다. 저술로『山居集』·『南游集』이 있다.(보유 785쪽)

- 오　의 吳儀(?-?)

  자는 明善, 호는 東吾이며, 金溪(江西省) 사람이다. 가학을 계승하였으며, 江
  存禮 · 謝升孫을 종유하였고, 뒤에 虞集에게 배웠다. 1356년 鄕貢으로 천거되
  었으나, 병란이 일어나자 물러나 제자들을 가르쳤다. 五經에 밝았는데, 특히
  『춘추』에 조예가 깊었다. 저술로『稗傳』·『類編』·『五傳論辨』이 있다.(보유
  785쪽)

◎ 貢師泰의 門人

- 정　환 鄭桓(?-?) ☞ 師山學案

◎ 鮑恂의 門人

● 문인추 聞人樞(?-?)

聞人이 성이고, 樞가 이름이다. 자는 德機이며, 嘉興(浙江省) 사람이다. 鮑恂에게 배웠다. 1363년 진사가 되어 承事郎을 지냈다. 易州同知에도 제수되었으나 나아가지 못하고 병으로 세상을 떠났다.(보유 786쪽)

● 정 굉 鄭閎(?-?)

자는 以純·以仁, 호는 味易이며, 嘉定(上海市) 사람이다. 鮑恂에게 『주역』을 배웠다. 儒學訓導를 지냈으며, 洪武年間(1368-1398)에 천거되어 禮部郎中에 제수되었지만, 병으로 사양하고 고향으로 돌아가 제자들을 가르쳤다. 永樂年間(1403-1424)에 福建主考官을 지냈다. 저술로 『味易餘吟集』이 있다.(보유 786쪽)

◎ 楊準의 門人

● 범 형 范椁(?-?)

자는 亨父·德機이며, 淸江(江西省) 사람이다. 虞集과 교유하였으며, 楊準에게 배웠다. 董士選의 천거로 訪司經歷에 제수되었으나 부모님 부양 때문에 사양하였다. 청렴결백한 것으로 吳澄의 인정을 받았다.(보유 784쪽)

● 습길옹 習吉翁(?-?)

寧都(江西省) 사람으로, 생애가 자세치 않다. 楊準에게 배웠다.(보유 784쪽)

◎ 包希魯의 門人

● 부 기 傅箕(?-?)

자는 拱辰이며, 출신지가 자세치 않다. 包希魯에게 배웠다. 진사가 되어 延平路의 錄事·尹政을 지냈다. 洪武年間(1368-1398)에 다시 부름을 받았지만, 나아가지 않았다.(보유 787쪽)

● 왕 괴 王槐(?-?)

생애가 자세치 않다. 包希魯에게 배웠다.(보유 788쪽)

◎ 杜本의 門人

- **장 리 張理(?-?)**

  자는 仲純이며, 淸江(江西省) 사람이다. 武夷에서 杜本에게 배웠다. 泰寧敎諭・勉齋書院山長을 거쳐 福建儒學副提擧에 제수되었다. 저술로 『易象圖說』・『大易象數鉤深圖』가 있는데, 뒤에 貢師泰가 서문을 지었다.

9) 吳澄의 續傳

◎ 貢性之의 家學

- **공 용 貢鏞(?-?)**

  자는 元聲, 호는 西園이며, 宣城(安徽省) 사람이다. 貢師泰의 후손으로 가학을 계승하였으며, 劉績의 아들 劉師邵에게 배웠다. 저술로 『西園遺訓』・『西園集』이 있다.(보유 812쪽)

84. 陳苑·趙偕의 學脈(靜明寶峯學案)

1) 靜明寶峯學案 圖表

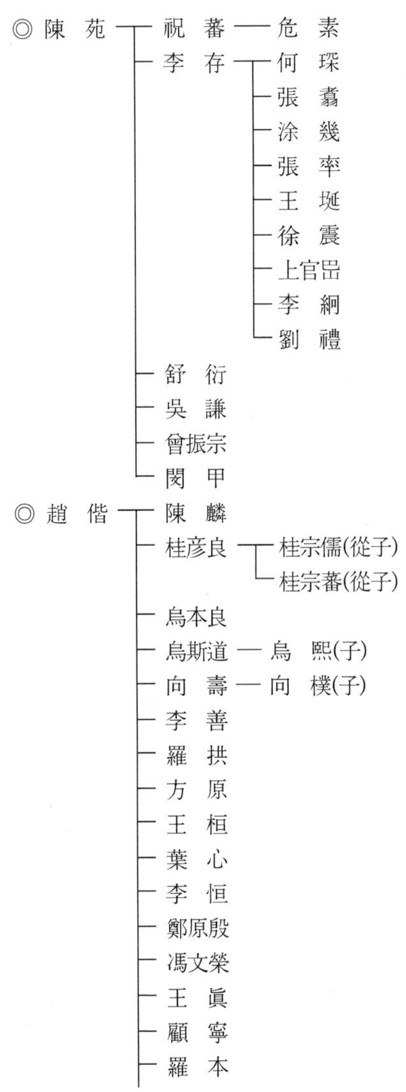

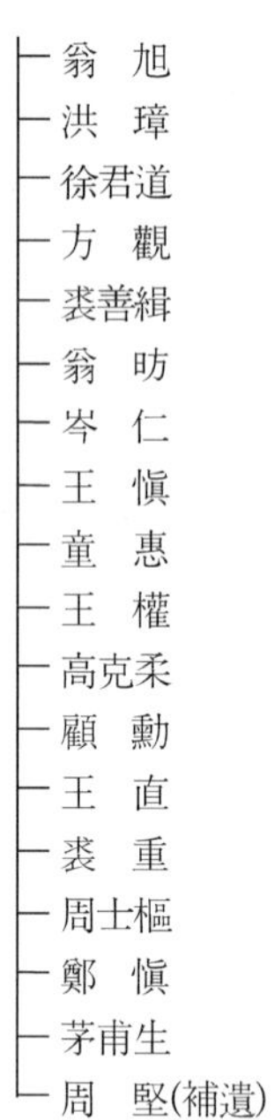

※ 趙偕의 講友 : 時　觀
　　　　　　　　王　約
※ 趙偕의 學侶 : 楊　芮 ☞ 慈湖學案

2) 靜明寶峯學案序錄

　내가 삼가 살펴보건대, 徑畈 徐霖이 세상을 떠난 후 육구연의 학문은 쇠퇴하였다. 石塘 胡長孺(1249-1323)가 비록 朱子學을 말미암아 陸學을 접하였지만, 이를 떨치지는 못하였다. 육구연의 학문을 중흥시킨 사람으로는 江西 지역에 靜明 陳苑이 있고, 浙東 지역에 寶峯 趙偕가 있었다.

3) 楊簡·傅夢泉의 續傳

- 진　원 陳苑(1256-1330)

  자는 立大, 호는 靜明이며, 上饒(江西省) 사람이다. 평생 육구연의 심학을 전파하고 진흥시키는 데 노력하였으며, 元代 陸學을 중흥시킨 중요 인물 중 한 사람이다. 원나라 때 草廬 吳澄이 주자학과 육학을 겸함으로써 胡長孺는 주자학을 배우다 육학으로 빠져들었고, 鄭玉(1298-1357)은 육학으로 말미암아 주자학을 배웠다. 그러나 육학을 독실히 계승한 사람으로는 陳苑과 趙偕 뿐이었다. 그의 문하생 가운데 祝蕃·李存·舒衍·吳謙은 '江東四先生'이라 불리었다.

4) 趙與鸞의 續傳

- 조　해 趙偕(?-?)

  자는 子永, 호는 寶峯이며, 慈溪(浙江省) 사람이다. 송나라 종실로, 송나라가 망하자 大寶山에 은거하여 학문에 전념하였다. 楊簡의 遺書를 읽은 후 육구연의 心學을 종주로 하였고, 禪學의 영향을 받아 澄心靜坐를 강조하였다. 저술로 『寶雲堂集』이 있다.

5) 趙偕의 講友

- 시　관 時觀(?-?)

  자는 子中, 호는 是齋이며, 慈溪(浙江省) 사람이다. 1366년 趙偕의 祭文을 지었다.

- 왕　약 王約(?-?)

  자는 子復, 호는 相山이며, 慈溪(浙江省) 사람이다. 趙偕와 내외종 간으로, 그와 함께 楊簡의 陸學을 배웠다. 조해의 제문을 지었다. 布衣로 일생을 마쳤다.

6) 趙偕의 學侶

- 양　예 楊芮(?-?) ☞ 慈湖學案

7) 陳苑의 門人

- 축　번 祝蕃(1286-1347)

  자는 蕃遠이며, 玉山(江西省)에서 貴溪(江西省)로 옮겨 살았다. 陳苑에게 배
  웠으며, 육구연의 遺書를 구해 읽고 심학을 일으키는 데 전념하였다. 高節書院
  과 饒州 南溪書院의 山長을 지냈으며, 饒州路儒學敎授·溙州總管經歷 등을 역임
  하였다. 李存·舒衍·吳謙과 함께 '江東四先生'이라 불리었다.

- 이　존 李存(1281-1354)

  자는 明遠·仲公, 호는 俟庵이며, 安仁(江西省) 사람이다. 친구 舒衍의 소개로
  陳苑에게 나아가 배웠다. 천문·지리·의약·도가 등 여러 분야에 두루 관심
  을 가졌으며, 古文詞에 뛰어났다. 일생 은거하여 강학하니, 배우는 자들이 많
  았다. 祝蕃·舒衍·吳謙과 함께 '江東四先生'이라 불리었다. 저술로『俟庵集』
  이 있다.

- 서　연 舒衍(?-?)

  자는 仲昌이며, 安仁(江西省) 사람이다. 陳苑에게 배웠다. 祝蕃·李存·吳謙
  과 함께 '江東四先生'이라 불리었다.

- 오　겸 吳謙(?-?)

  자는 尊光이며, 安仁(江西省) 사람이다. 陳苑에게 배웠으며, 祝蕃·李存·舒
  衍과 함께 '江東四先生'이라 불리었다. 원나라 초에 여러 번 징소되었으나 나
  아가지 않았다.

- 증진종 曾振宗(1276-1323)

  자는 子翬이며, 安仁(江西省) 사람이다. 陳苑에게 수학하였다. 역학공부에 진
  력하였다.

- 민　갑 閔甲(?-?)

  자는 仲魯이며, 覃懷(河南省) 사람으로 후에 揚州(江蘇省)로 옮겨 살았다. 陳
  苑에게 배웠다. 金陵의 수령이 초빙하여 學宮을 주관하게 하니, 종유하는 자가

많았다.

8) 趙偕의 門人

● 진　린 陳麟(1312-1368)

자는 文昭이며, 溫州(浙江省) 사람이다. 1354년 진사가 되어 慈溪縣尹·知瑞安州 등을 지냈다. 趙偕에게 수학하였는데, 특히 역학에 조예가 깊었다.

● 계언량 桂彦良(? - 1387)

이름은 德稱, 자는 彦良인데, 字로 더 알려져 있다. 호는 淸節·淸溪, 시호는 文裕이며, 慈溪(浙江省) 사람이다. 원나라 말기에 진사가 되어 包山書院 山長을 지냈으며, 平江路學敎授·太子正字 등을 지냈다. 趙偕에게 수학하였다. 명나라 태조가 '通儒'라 칭송하였다. 동향의 王約과 강학하였으며, 存心養性을 근본으로 하였다. 저술로 『淸節集』·『淸溪集』·『山西集』·『拄笏集』·『老拙集』 등이 있다.

● 오본량 烏本良(? - ?)

자는 性善, 호는 春風이며, 慈溪(浙江省) 사람이다. 趙偕에게 배웠다. 烏斯道의 형으로, 동생과 함께 詩詞와 서법에 뛰어나 '二烏'라 불리었다. 楊簡의 『易解』를 읽고서 마치 春風 속에 앉아 있는 듯하다고 여겨 '춘풍'이라 자호하였다.

● 오사도 烏斯道(? - ?)

자는 繼善, 호는 春草이며, 慈溪(浙江省) 사람이다. 趙偕에게 배웠다. 烏本良의 동생으로, 형과 함께 시와 서법에 뛰어나 '二烏'라 불리었다. 명나라 洪武年間(1368-1398) 초에 천거되어 永新縣令을 지냈다. 저술로 『秋吟稿』·『春草集』이 있다.

● 상　수 向壽(? - ?)

자는 樂中, 호는 樂齋이며, 慈溪(浙江省) 사람이다. 趙偕에게 수학하여 楊簡의 학문을 종주로 하였다. 선대부터 송나라의 世臣으로 원나라에 버슬하는 것을 부끄럽게 여겼으며, 王約·時觀과 함께 治身明道의 학문에 전념하고 출사하지 않았다. 저술로 『從政章』이 있다.

- 이 선 李善(?-?)

  자는 元善·原善이며, 東平(山東省) 사람이다. 趙偕의 문하에서 강학하였다. 저술로 『崇陽稿』가 있다.

- 나 공 羅拱(?-?)

  자는 彦威, 호는 常明이며, 慈溪 杜湖(浙江省) 사람이다. 趙偕에게 배웠다. 스승이 「常明齋銘」을 지어 주어 '常明子'라 불리었다.

- 방 원 方原(?-?)

  자는 景淵이며, 慈溪 杜湖(浙江省) 사람이다. 趙偕에게 배웠으며, 羅拱과 함께 명성이 있었다.

- 왕 환 王桓(?-?)

  자는 彦貞·彦眞, 호는 明白이며, 慈溪(浙江省) 사람이다. 趙偕에게 수학하였다. 1371년 通經學古로 천거되어 國子學正·知河南盧氏縣을 지냈다. 저술로 『明白先生集』이 있다.

- 섭 심 葉心(?-?)

  자는 伯奇이며, 慈溪(浙江省) 사람이다. 趙偕에게 수학하였다.

- 이 항 李恒(?-?)

  자는 可道이며, 慈溪(浙江省) 사람이다. 趙偕에게 수학하였다. 개구리 울음소리를 듣고 깨달음을 얻었다고 한다.

- 정원은 鄭原殷(?-?)

  생애가 자세치 않다. 趙偕에게 배웠다.

- 풍문영 馮文榮(?-?)

  생애가 자세치 않다. 趙偕에게 배웠다.

- 왕 진 王眞(?-?)

  생애가 자세치 않다. 趙偕에게 배웠다.

- 고 녕 顧寧(?-?)

  생애가 자세치 않다. 趙偕에게 배웠다.

- 나 본 羅本(?-?)

  자는 彦直이며, 생애가 자세치 않다. 趙偕에게 배웠다.

- 옹　욱 翁旭(?-?)
  생애가 자세치 않다. 趙偕에게 배웠다.

- 홍　장 洪璋(?-?)
  생애가 자세치 않다. 趙偕에게 배웠다.

- 서군도 徐君道(?-?)
  생애가 자세치 않다. 趙偕에게 배웠다.

- 방　관 方觀(?-?)
  생애가 자세치 않다. 趙偕에게 배웠다.

- 구선집 裘善緝(?-?)
  생애가 자세치 않다. 趙偕에게 배웠다.

- 옹　방 翁昉(?-?)
  생애가 자세치 않다. 趙偕에게 배웠다.

- 잠　인 岑仁(?-?)
  생애가 자세치 않다. 趙偕에게 배웠다.

- 왕　신 王愼(?-?)
  생애가 자세치 않다. 趙偕에게 배웠다.

- 동　혜 童惠(?-?)
  생애가 자세치 않다. 趙偕에게 배웠다.

- 왕　권 王權(?-?)
  생애가 자세치 않다. 趙偕에게 배웠다.

- 고극유 高克柔(?-?)
  생애가 자세치 않다. 趙偕에게 배웠다.

- 고　훈 顧勳(?-?)
  생애가 자세치 않다. 顧宏이라고도 하나 자세치 않다. 趙偕에게 배웠다.

- 왕　직 王直(?-?)
  생애가 자세치 않다. 趙偕에게 배웠다.

- 구　중 裘重(?-?)
  생애가 자세치 않다. 趙偕에게 배웠다.

- 주사추 周士樞(?-?)

  생애가 자세치 않다. 趙偕에게 배웠다.

- 정 신 鄭愼(?-?)

  생애가 자세치 않다. 趙偕에게 배웠다.

- 모보생 茅甫生(?-?)

  생애가 자세치 않다. 趙偕에게 배웠다.

- 주 견 周堅(?-?)

  자는 砥道, 호는 皜齋이며, 慈溪(浙江省) 사람이다. 趙偕와 王約에게 배웠
  으며, 楊芮·時觀·向壽·李善·王桓·烏本良·烏斯道와 종유하였다.(보유
  798쪽)

9) 陳苑의 再傳門人

◎ 祝蕃의 門人

- 위 소 危素(1303-1372)

  자는 太樸·雲林이며, 金溪(江西省) 사람이다. 祝蕃에게 수학하였으며, 李存·
  吳澄에게도 배웠다. 원나라 至正年間에 經筵檢討官이 되어 宋·遼·金나라의
  三史를 편수하였고, 명나라 때에는 宋濂과 함께『元史』를 편수하였다. 翰林院學
  士承旨·翰林院侍講學士 등을 지냈다. 저술로『危學士集』이 있다.

◎ 李存의 門人

- 하 침 何琛(?-?)

  생애가 자세치 않다. 李存에게 수학하였다.

- 장 저 張翥(?-?)

  자는 仲擧, 호는 蛻庵이며, 晉寧(湖南省) 사람이다. 李存에게 수학하였다. 至
  正年間(1341-1367) 초에 國子助敎가 되어 翰林院侍講兼祭酒·翰林院學士承
  旨 등을 지냈다. 翰林院編修官으로 있을 때 宋·遼·金나라의 三史를 편수하
  였다. 仇遠에게 시를 배워 近體詩와 長短句에 뛰어났다. 저술로『蛻庵集』이
  있다.

- 도　기 涂幾(?-?)

  자는 守約·孟規이며, 宜黃(江西省) 사람이다. 李存에게 육구연의 심학을 배웠다. 辭賦에 뛰어났다. 명나라 초에 南城訓導를 지냈다. 저술로 『東遊集』·『涂子類稿』가 있다.

- 장　솔 張率(?-?)

  자는 孟循이며, 安仁(江西省) 사람이다. 李存에게 수학하였다. 원나라 말에 張翥·黃復珪·危素와 함께 詩名이 있었다. 명나라 초에 知嘉定州를 지냈다. 저술로 『張嘉定集』이 있다.

- 왕　연 王埏(?-?)

  자는 景達이며, 본래 촉 땅 涪城 사람인데 후에 安仁(江西省)으로 옮겨 살았다. 李存에게 배웠다. 道州의 永明稅大使를 지냈다.

- 서　진 徐震(?-?)

  자는 伯輈이며, 上饒(江西省) 사람이다. 李存에게 배웠다.

- 상관절 上官岊(?-?)

  자는 伯升이며, 上饒(江西省) 사람이다. 李存에게 배웠다.

- 이　경 李綱(?-?)

  자는 伯尙이며, 臨川(江西省) 사람이다. 李存에게 배웠다.

- 유　례 劉禮(?-?)

  자는 孟中이며, 臨川(江西省) 사람이다. 李存에게 배웠다.

10) 趙偕의 再傳門人

◎ 桂彦良의 家學

- 계종유 桂宗儒(?-?)

  자는 文藪이며, 慈溪(浙江省) 사람이다. 桂彦良의 조카로, 가학을 계승하였다. 貢生으로 천거되어 『永樂大典』 편찬에 참여하였다. 蘄州同知·修撰 등을 지냈다.

- 계종번 桂宗蕃(?-?)

  慈溪(浙江省) 사람이다. 桂彦良의 조카이자 桂宗儒의 동생으로, 가학을 계승하였다. 『永樂大典』 편수에 참여하였다.

◎ 烏斯道의 家學

● 오　희 烏熙(?-?)

자는 緝之이며, 慈溪(浙江省) 사람이다. 烏斯道의 아들로 가학을 계승하였다.

◎ 向壽의 家學

● 상　박 向樸(1358-1399)

자는 遵博이며, 慈溪(浙江省) 사람이다. 向壽의 아들로, 가학을 계승하여 楊簡의 학문을 종주로 하였다. 1387년 천거되어 獻縣令을 지냈다.

85. 師山 鄭玉의 學脈(師山學案)

1) 師山學案 圖表

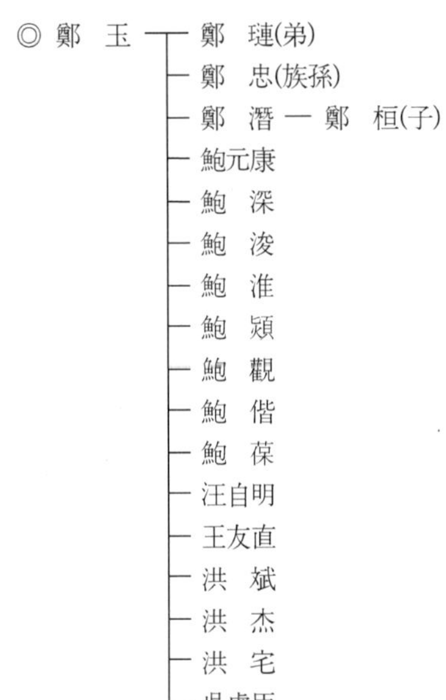

　　※ 講　友：鮑同仁
　　　　　　　鮑　葉
　　　　　　　危　素 ☞ 靜明寶峯學案
　　※ 學　侶：唐仲實
　　※ 同　調：王廷珍
　　　　　　　胡　默
　　　　　　　程　文

2) 師山學案序錄

　　내가 삼가 살펴보건대, 草廬 吳澄(1249-1333)의 뒤를 이어 朱熹와 陸九淵의 학문을 조화시키려 한 사람이 師山 鄭玉(1298-1358)이다. 그런데 초려는 육

구연 쪽으로 상당히 기울고 사산은 주희 쪽으로 경도되었으니, 이것이 다른
점이다.

3) 夏溥·吳曔의 門人

● 정 옥 鄭玉(1298-1358)

자는 子美, 호는 師山이며, 徽州 歙縣(安徽省) 사람이다. 夏溥·吳曔·洪震老
에게 배웠다. 벼슬을 단념하고 오경을 깊이 연구하였는데, 특히 『춘추』에 조예
가 깊었다. 師山書院에서 강학하였다. 鮑氏 門中의 경제적 도움으로 歙縣 지
역에 학문을 크게 흥기시켰다. 문장은 화려한 수식을 추구하지 않았는데, 당대
揭傒斯·歐陽玄 등으로부터 칭찬을 받았다. 1354년 翰林待制·奉議大夫에
제수되었으나, 나아가지 않았다. 다시 御酒·名幣를 하사하여 징소하였으나,
정중히 사양하고 저술을 일삼았다. 明나라가 들어선 뒤 장수 鄧愈가 강제로
조정에 출사시키려 하였는데, 명을 거역해 옥에 갇혀 있다가 스스로 목을 매어
죽었다. 저술로 『周易纂註』·『春秋經傳闕疑』·『師山集』이 있다.

4) 鄭玉의 講友

● 포동인 鮑同仁(?-?)

자는 國良이며, 徽州 歙縣(安徽省) 사람이다. 1324년 翰林院 시험에 합격하여
全州學正에 제수된 뒤, 여러 고을의 수령을 거쳐 會昌州同知에 이르러 치사하
였는데, 모두 治績이 있었다. 鍼術에도 정통하였다. 아들 鮑深·鮑浚·鮑淮를
강우였던 鄭玉에게 보내 수학하게 하였다. 저술로 『通玄指要賦注』·『經驗鍼
法』이 있다.

● 포 엽 鮑葉(?-?)

자는 君茂이며, 歙縣(安徽省) 사람이다. 아들 鮑觀과 鮑偕가 鄭玉의 문하에서
수학하였다.

● 위 소 危素(1303-1372) ☞ 靜明寶峯學案

5) 鄭玉의 學侶

● 당중실 唐仲實(?-?)

본명은 仲·桂芳이고, 仲實은 그의 자인데 자로써 통용되었다. 호는 白雲이
며, 歙縣 槐塘(安徽省) 사람이다. 교수를 지낸 唐元의 다섯째 아들로, 洪焱
祖·錢水村에게 수학하였다. 당시 중망을 받고 있던 鄭玉·危素 등과 교유하
였으며, 천거에 의해 崇文學諭·南雄學正에 제수되었으나 나아가지 않았다.
明 太祖가 흡현을 순행할 적에 고을 수령의 천거로 면대하여, 사람 죽이기를
좋아하지 말라고 아뢴 뒤 민간의 괴로움을 진언하였다. 향리에 三峯書院을 창
건하고 鄭玉·危素를 초빙하여 강학하였으며, 紫陽書院 山長을 지냈다. 저술
로『武夷小稾』·『白雲集略』이 있다.

6) 鄭玉의 同調

● 왕정진 王廷珍(1278-1335)

자는 子眞이며, 徽州 祁門(安徽省) 사람이다. 벼슬을 구하지 않고 은거하여 독
서하길 좋아하였다. 성현이 경전을 지은 뜻은 言外에 있으니, 註釋에 얽매이지
말고 참된 本體를 인식하고 本旨를 살펴 일상생활 속에서 구현해야 한다고 주
장하였다. 鄭玉이 그의 묘지를 지었다.

● 호   묵 胡默(?-?)

자는 孟成, 호는 石丘生이며, 婺源(安徽省) 사람이다. 鄭玉이 그의 문집에 서
문을 지었는데, '산문은 奇崛하면서도 기운이 있고 시는 심원하면서도 흠이 없
다.'고 칭찬하였다. 문인으로 洪斌과 鮑頏이 있다.

● 정   문 程文(1289-1359)

자는 以文, 호는 黟南이며, 婺源(安徽省) 사람이다. 일찍 효성으로 소문이 났
으며, 집안이 빈한했지만 부지런히 학문에 힘썼다. 육경과 제자백가에 두루 통
하였다. 수도로 가서『經世大典』의 편수에 참여한 공으로 懷孟敎授에 제수되
었고, 이어 翰林院編修官 및 監察御史를 지낸 뒤 禮部員外郎에 이르렀다. 저
술로『蚊雷小稾』·『師吾集』·『黟南生集』이 있다.

7) 鄭玉의 家學

● 정　련 鄭璉(1317-1360)

자는 希貢이며, 徽州 歙縣(安徽省) 사람이다. 鄭玉의 동생으로, 형에게 수학하였다. 1353년 婺源州를 회복한 공으로 太白渡巡司가 되었고, 1356년 원수 八爾思의 천거로 歙縣尹에 제수되었다.

● 정　충 鄭忠(?-?)

자는 以孝, 호는 溪西漁이며, 歙縣(安徽省) 사람이다. 鄭玉의 族孫으로, 그에게 수학하였다. 뒤에 천거되어 歙學訓導를 지냈다.

● 정　잠 鄭潛(?-?)

자는 彦昭, 호는 樗庵이며, 歙縣(安徽省) 사람이다. 鄭玉의 族人이 아니었지만, 그를 숙부로 섬기며 수학하였다. 원나라 때 海北廉訪司副使를 지낸 뒤, 福州 懷安에 우거하여 義學을 건립하고 후진을 양성하였다. 또 白苗渡·陽岐渡를 세우고 토지를 매입하여 뱃사공들의 생계에 충당하게 하였는데, 그 고장 사람들이 그 나루터를 '鄭公渡'라 불렀다. 명나라가 들어선 뒤 다시 벼슬길에 나아가, 寶應縣主簿·潞州同知를 지냈다. 저술로『白沙槀』·『樗庵類稿』가 있다.

● 정　환 鄭桓(?-?)

歙縣(安徽省) 사람이다. 鄭潛의 아들로, 생애가 자세치 않다. 벼슬이 河南參政에 이르렀으며, 당대에 名望이 있었다.

8) 鄭玉의 門人

● 포원강 鮑元康(1309-1352)

자는 仲安이며, 歙縣(安徽省) 사람이다. 독서를 좋아하여 유가경전 외에도 제자백가 및 역사·의학·병법 등에 관한 책을 두루 읽었는데, 鄭玉에게 수학한 뒤로 자신의 학문방법이 잘못된 것을 크게 깨달았다. 그 뒤로 六經·四書에 주력하였는데, 특히『주역』에 정통하였다. 한 해 수입의 10분의 3만 자신의 생계를 위해 쓰고, 나머지 10분의 3은 세금 및 관청의 공적 자금으로, 10분의 2는 水災·旱災를 구휼하는 자금으로, 10분의 1은 생활이 어려운 친척·이웃을 구휼하는 자금으로, 10분의 1은 어려움에 처한 친구들을 돕는 자금으로 썼다. 홍건적이 饒州에 이르렀을 때 의병을 모집해 지역을 방어하였으며, 스승 鄭玉이 환난에 처했을 때 가산을 기울여 그를 구원하였다. 홍건적을 막다가 병이 나 죽었다.

- **포　심 鮑深(?-?)**
  자는 伯原이며, 歙縣(安徽省) 사람이다. 鮑元康의 조카이다. 그의 부친 鮑同仁은 鄭玉의 講友로 會昌州同知를 지냈다. 동생 鮑浚·鮑淮와 함께 鄭玉에게 수학하였다. 행적이 鮑元康과 유사하다. 스승 정옥이 구금되자 죽음을 무릅쓰고 구원하였으며, 홍건적이 침입했을 때 의병을 모아 향촌을 지켰다. 당시 사람들이 '정옥의 문하에 鮑氏 두 사람이 있다.'고 일컬었다. 명나라 장수 鄧愈가 스승 정옥을 구금하려 하자, 아들 鮑頲으로 하여금 대신 감옥에 가게 하고 스승을 도피시켰으나 끝내 화를 면할 수 없었다. 스승이 구금되었을 때에는 정성을 다해 돌보았고, 스승이 별세하자 부모를 잃은 것처럼 슬퍼하였다. 스승이 강학하던 師山書院의 山長을 지냈다.

- **포　준 鮑浚(?-?)**
  歙縣(安徽省) 사람이다. 鮑元康의 아들이며 鮑深의 동생으로, 鄭玉에게 수학하였다.

- **포　회 鮑淮(?-?)**
  歙縣(安徽省) 사람이다. 鮑元康의 아들이며 鮑深의 동생으로, 鄭玉에게 수학하였다.

- **포　경 鮑頲(?-?)**
  자는 尙褧이며, 歙縣(安徽省) 사람이다. 鮑深의 아들로, 아버지를 따라 鄭玉에게 수학하였다. 胡默·鄭潛·張子經 등에게도 배웠다. 명나라 洪武年間(1368-1398) 초에 천거로 尙賓館에 들어가 『元史』 편찬에 참여하였으며, 여러 관직을 거쳐 翰林修撰·同知耀州 등을 지냈다. 무고로 구금되어 옥에서 죽었다.

- **포　관 鮑觀(?-?)**
  자는 以仁이며, 歙縣(安徽省) 사람이다. 鮑葉의 아들이자 鮑元康의 조카로, 동생 鮑偕와 함께 부친의 친구인 鄭玉에게 수학하였다. 향리에서 효성과 우애로 이름이 났다. 스승 정옥이 '집안 식구들에게 모범이 되고 향촌을 교화하는 것도

政事를 하는 것이다.'라는 뜻으로 그의 집에 '亦政堂'이라는 이름을 붙여주었다.

● 포　해 鮑偕(?-?)

　　歙縣(安徽省) 사람이다. 鮑葉의 아들로, 형 鮑觀과 함께 鄭玉에게 수학하였다.

● 포　보 鮑葆(?-?)

　　歙縣(安徽省) 사람이다. 鮑深의 아들로, 鄭玉에게 수학하였다. 스승이 옥에 갇혔을 때 지성으로 돌보았다.

● 왕자명 汪自明(?-?)

　　자는 俊德이며, 歙縣(安徽省) 사람이다. 鄭玉에게 수학하였다. 정옥이 세상을 떠나면서 아들 鄭逢辰을 그에게 부탁하였다.

● 왕우직 王友直(?-?)

　　자는 季溫이며, 婺源(安徽省) 사람이다. 鄭玉에게 수학하였다. 처음에는 程文에게 배웠는데, 정문이 정옥에게 보내 강학을 돕게 하였다. 그리하여 6년 동안 정옥에게 배우면서 한편으로 학생들을 가르쳤다. 정옥이 화를 당해 옥에 갇혔을 때 하루도 그의 곁을 떠나지 않았다. 정옥의 저술『春秋闕疑』에 정문의 서문을 받아 간행하였다.

● 홍　빈 洪斌(?-?)

　　자는 節夫이며, 歙縣(安徽省) 사람이다. 동생 洪杰·洪宅과 함께 鄭玉에게 나아가 배웠으며, 胡黙에게도 배웠다. 覆船山 眠雲石 아래에 招隱草堂을 짓고 스승 정옥과 程文 등을 초빙해 시를 지으며 소요하였다.

● 홍　걸 洪杰(?-?)

　　자는 仲德이며, 歙縣(安徽省) 사람이다. 형 洪斌과 함께 鄭玉에게 수학하였다.

● 홍　택 洪宅(?-?)

　　자는 季安이며, 歙縣(安徽省) 사람이다. 형 洪斌·洪杰과 함께 鄭玉에게 수학하였다.

● 오호신 吳虎臣(?-?)

　　자는 道威이며, 歙縣(安徽省) 사람이다. 鄭玉의 妹夫로, 그에게 수학하였다. 그가 살던 富登이란 곳의 강가에 우뚝한 바위가 있었는데, 정옥이 그곳에서 낚시를 하였다고 하여 '鄭公釣臺'라고 이름이 붙여졌다. 鮑觀 등이 그곳에 초당을 짓고 강학처로 삼았다.

86. 蕭斛·同恕의 學脈(蕭同諸儒學案)

1) 蕭同諸儒學案 圖表

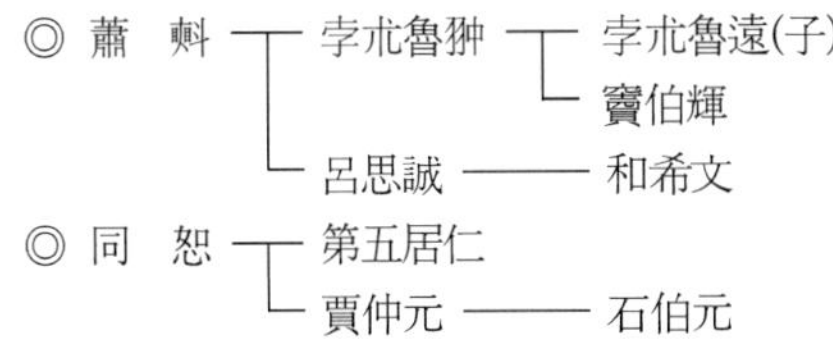

```
◎ 蕭  斛 ┬─ 孛尤魯狪 ┬─ 孛尤魯遠(子)
         │          └─ 寶伯輝
         └─ 呂思誠 ──── 和希文
◎ 同  恕 ┬─ 第五居仁
         └─ 賈仲元 ──── 石伯元
```

※ 蕭斛의 同調 : 韓 擇
　　　　　　　　侯 均
※ 同恕의 同調 : 趙世延

2) 蕭同諸儒學案序錄

　내가 삼가 살펴보건대, 원나라가 세워진 뒤에 칭송할 만한 것이 없었지만, 학술은 오히려 변하지 않았다. 위정자들이 비록 천시하였지만 재야에서는 그 학풍을 따랐으니, 이는 程朱學이 널리 확산되었기 때문이다. 勤齋 蕭斛와 椠庵 同恕 등도 許衡과 劉因의 무리들이다.

3) 朱熹의 續傳

● 소　구 蕭斛(1237-1307)

　자는 惟斗·維斗, 호는 勤齋, 시호는 貞敏이다. 원래 北海(山東省) 사람이었는데 부친이 關中에서 벼슬살이를 함으로써 西安 奉元(陝西省)에서 살았다. 평생 학문에만 전념하여 배움을 청하는 자들이 많았다. 元 世祖 때 集賢直學士·國子司業 등에 제수 되었으나 나아가지 않았고, 武帝 때에도 國子祭酒 등에 제수 되었으나 역시 병으로 사양하였다. 학문은 程朱學을 위주로 하였으며, 가르침은 반드시 『소학』으로부터 시작하였다. 학문이 광박하고 덕행이 높아 한 시대의 醇儒로 推崇되었다. 저술로 『三禮說』·『小學標題駁論』·『九州志』·『勤

齋文集』 등이 있다.

● 동　서 同恕(1254-1331)

자는 寬甫, 호는 榘庵, 시호는 文貞이며, 奉元(陝西省) 사람이다. 奉元의 魯齋書院 山長으로 있을 적에 배우러 오는 자가 많았다. 文宗 때 集賢侍讀學士에 제수되었으나 병으로 사양하였다. 그의 학문은 程朱學을 바탕으로 하여 孔孟의 원시 유학으로 소급되었다. 사리를 꿰뚫어 알아 실천하는데 힘썼다. 성 밖 남산 아래 살던 蕭㪇와 도학으로 이름을 나란히 하였는데, 당시 사람들이 蕭·同이라 일컬었다. 저술로 『榘庵集』이 있다.

4) 蕭㪇의 同調

● 한　택 韓擇(?-?)

자는 從善이며, 奉元(陝西省) 사람이다. 蕭㪇와 절친하였다. 배우러 오는 자가 비록 중년을 넘었더라도 반드시 『소학』부터 가르쳤다. 元 世祖가 징소하였으나 나아가지 않았다.

● 후　균 侯均(?-?)

자는 伯仁이며, 奉元(陝西省) 사람이다. 蕭㪇와 절친하였다. 평생 학문에 전념하여 경전과 백가에 두루 통하였다. 關中 지역에 명성이 널리 알려져서 太常博士에 천거되었다. 당시 집권자와 뜻이 맞지 않자 벼슬을 버리고 돌아갔다.

5) 同恕의 同調

● 조세연 趙世延(1260-1336)

자는 子敬, 시호는 文忠이며, 汪古部(河北省) 사람이다. 雍古族의 후예로, 按竺邇의 손자이며 외조부 尤要甲이 키웠다. 외조부의 성씨가 와전되어 趙氏가 되었고, 마침내 조씨로 성씨를 삼았다. 同恕와 절친하였다. 1284년 承仕郎에 제수되어 平章政事·翰林學士承旨 등을 지냈다. 독서를 즐겨하였고 마음을 다해 體用의 학문을 연구하였다. 유자의 名敎에 대해 더욱 정성을 다하였다. 1330년 虞集 등과 함께 『皇朝經世大全』를 편수하였다.

6) 蕭㪺의 門人

● 패출로충 孛朮魯翀(1279-1338)

　본명은 思溫, 자는 伯和·子翬, 호는 菊潭, 시호는 文靖이며, 鄧州 順陽(河南省) 사람이다. 女眞族이며, 蕭翁·蕭㪺에게 배웠다. 成宗 때 천거로 襄陽縣 儒學敎諭에 제수되어 集賢直學士 兼 國子祭酒 등을 지냈다. 학문은 한결같이 性命·道德에 근본하였다. 저술로『菊潭集』이 있다.

● 여사성 呂思誠(1293-1357)

　자는 仲實, 시호는 忠肅이며, 平定(山西省) 사람이다. 蕭㪺에게 배웠다. 1324년 진사가 되어 集賢侍讀學士 兼 國子祭酒 등을 지냈다. 저술로『仲實集』·『兩漢通紀』가 있다.

7) 同恕의 門人

● 제오거인 第五居仁(?-?)

　자는 士安, 私諡는 靜安이며, 奉元(陜西省) 사람이다. 蕭㪺·同恕에게 배웠으며, 經史에 박통하였다.

● 가중원 賈仲元(?-?)

　생애가 자세치 않다. 蕭㪺·同恕에게 배웠다.

8) 蕭㪺의 再傳門人

◎ 孛朮魯翀의 家學

● 패출로원 孛朮魯遠(?-?)

　자는 朋道이며, 鄧州 順陽(河南省) 사람이다. 孛朮魯翀의 아들로, 가학을 계승하였다. 門蔭으로 秘書郎이 되어 襄陽縣尹 등을 지냈다.

◎ 孛朮魯翀의 門人

● 두백휘 竇伯輝(?-?)

　定州 中山(河北省) 사람이다. 孛朮魯翀에게 배웠다. 郡博士를 지냈다. 孛朮魯

狮이 그의 독서당을 醉經이라 명하였다.

◎ 呂思誠의 門人

- **화희문 和希文(?-?)**
  平定(山西省) 사람이다. 呂思誠에게 배웠다. 洪武年間(1368-1398)에 발탁되어 刑部侍郎을 지냈다.

9) 同恕의 再傳門人

◎ 賈仲元의 門人

- **석백원 石伯元(?-?)**
  京兆(北京) 사람이다. 鄕貢進士에 천거되었으나 나아가지 않았다. 賈仲元에게 배웠다. 『주역』 연구에 전념하였는데 傳注만으로 『周易』의 도를 구하지 않았다. 저술로 『周易演說』이 있다.

87. 元祐黨案

※ 元祐黨案表에 등재된 인물은 모두 117명인데, 「元祐黨人名籍」에 수록된 97명과 全祖望이 첨입한 20명이다. 이 가운데 「跋元祐黨人碑」에 의거하여 鄭雍・李淸臣・楊畏 3인은 원우당안에서 제외하였다. 『宋元學案補遺』에 수록된 인물들은 혼란을 피하기 위해 모두 배제하였다.

1) 元祐黨案 圖表

◎ 曾任宰相者 7人

- 司馬光 ☞ 涑水學案
- 文彦博 ☞ 泰山學案
- 呂公著 ☞ 范呂諸儒學案
- 呂大防 ☞ 范呂諸儒學案
- 劉 摯 ☞ 泰山學案
- 范純仁 ☞ 高平學案
- 韓忠彦

◎ 曾任執政者 16人

- 鄭 雍 ☞ 龜山學案
- 李淸臣 : 除外
- 梁 燾 ☞ 泰山學案
- 王巖叟 ☞ 范呂諸儒學案
- 王 存
- 傅堯兪 ☞ 涑水學案
- 趙 瞻 ☞ 涑水學案
- 韓 維 ☞ 范呂諸儒學案
- 孫 固 ☞ 涑水學案
- 范百祿 ☞ 范呂諸儒學案
- 胡宗愈 ☞ 廬陵學案
- 蘇 轍 ☞ 蘇氏蜀學略

- 劉奉世 ☞ 廬陵學案
- 范純禮 ☞ 高平學案
- 陸　佃 ☞ 荊公新學略
- 安　燾 ☞ 安定學案

◎ **曾任待制以上者 35人**
- 楊　畏 ☞ 荊公新學略
- 蘇　軾 ☞ 蘇氏蜀學略
- 范祖禹 ☞ 華陽學案
- 王欽臣
- 姚　勔
- 顧　臨 ☞ 安定學案
- 趙君錫
- 馬　默 ☞ 泰山學案
- 孔武仲 ☞ 濂溪學案
- 王　汾
- 孔文仲 ☞ 濂溪學案
- 朱光庭 ☞ 劉李諸儒學案
- 吳安持
- 錢　勰
- 李之純 ☞ 蘇氏蜀學略
- 孫　覺 ☞ 安定學案
- 鮮于侁
- 趙彦若
- 趙　高
- 孫　升
- 李　周 ☞ 涑水學案
- 劉安世 ☞ 元城學案
- 韓　川
- 賈　易
- 呂希純 ☞ 范呂諸儒學案
- 曾　肇 ☞ 廬陵學案
- 王　覿
- 范純粹 ☞ 高平學案

· 呂　陶 ☞ 蘇氏蜀學略
· 王　古
· 陳次升
· 豐　稷 ☞ 范呂諸儒學案
· 謝文瓘
· 鄒　浩 ☞ 陳鄒諸儒學案
· 張舜民 ☞ 呂范諸儒學案

◎ **餘官 39人**
· 秦　觀 ☞ 蘇氏蜀學略
· 湯　戩
· 杜　純 ☞ 范呂諸儒學案
· 司馬康 ☞ 涑水學案
· 宋保國 ☞ 荊公新學略
· 吳安詩
· 張　耒 ☞ 蘇氏蜀學略
· 歐陽棐 ☞ 廬陵學案
· 呂希哲 ☞ 滎陽學案
· 劉唐老
· 晁補之 ☞ 蘇氏蜀學略
· 黃庭堅 ☞ 范呂諸儒學案
· 黃　隱 ☞ 涑水學案
· 畢仲游
· 常安民 ☞ 范呂諸儒學案
· 孔平仲 ☞ 濂溪學案
· 王　鞏 ☞ 蘇氏蜀學略
· 張保源
· 汪　衍
· 余　爽
· 鄭　俠 ☞ 荊公新學略
· 常　立
· 程　頤 ☞ 伊川學案
· 唐義問
· 余　卞

· 李格非 ☞ 蘇氏蜀學略
· 商　倚
· 張庭堅 ☞ 范呂諸儒學案
· 李　祉
· 陳　祐
· 任伯雨
· 陳　郛
· 朱光裔
· 蘇　嘉
· 陳　瓘 ☞ 陳郳諸儒學案
· 龔　夬 ☞ 范呂諸儒學案
· 呂希績 ☞ 范呂諸儒學案
· 歐陽中立 ☞ 涑水學案
· 吳　儔

◎ 添入

◎侍從官 2人
· 岑象求
· 上官均 ☞ 范呂諸儒學案

◎餘官 4人
· 孫　諤
· 范柔中
· 鄧考甫
· 江公望

◎曾任執政 1人
· 蔣之奇 ☞ 廬陵學案

◎曾任待制以上 1人
· 龔　原 ☞ 荊公新學略

◎庶官 9人
· 鄧忠臣
· 馬　涓 ☞ 呂范諸儒學案

- 尹　材 ☞ 涑水學案
- 李　深 ☞ 范呂諸儒學案
- 李之儀 ☞ 高平學案
- 范正平 ☞ 高平學案
- 蘇　昞 ☞ 范呂諸儒學案
- 周　鍔 ☞ 士劉諸儒學案
- 李昭玘 ☞ 安定學案

◎ 不在碑目 3人
- 晁說之 ☞ 景迂學案
- 李　勉
- 家　愿

2) 元祐黨案序錄

내가 삼가 살펴보건대, 元祐年間의 道學을 蔡京 · 蔡卞 및 章惇 · 安惇이 금지하였지만, 다시 일어나자 豊國公 趙鼎이 금지를 완화시켰다. 금나라와의 화의가 제기될 적에 秦檜가 또 금지하였으나, 紹興年間 말에 다시 완화되었다. 鄭丙 · 陳賈가 朱熹를 미워하여 學禁을 일으켰으며, 더 심해져서 慶元年間(1195-1200)의 禁錮가 이루어졌다. 이는 북송과 남송의 治亂 및 存亡이 관련된 것이다. 嘉定年間(1208-1224) 이후에는 겉으로는 높이지만 속으로는 억눌러 儒術이 점점 쇠퇴하였다. 그 사적이 여러 인물의 전기에 산견되지만, 또한 사건의 전말을 널리 드러내려는 의도로 元祐學案과 慶元學案을 서술하고, 남송 말에 儒者들을 헐뜯은 周密 같은 무리들을 모두 덧붙인다.

3) 曾任宰相者 7人
(元祐年間 黨錮가 일어나기 이전 宰相을 역임한 사람)

- 사마광 司馬光(1019-1086) ☞ 涑水學案
- 문언박 文彥博(1006-1097) ☞ 泰山學案

- 여공저 呂公著(1018-1089) ☞ 范呂諸儒學案
- 여대방 呂大防(1027-1097) ☞ 范呂諸儒學案
- 유　지 劉摯(1030-1097) ☞ 泰山學案
- 범순인 范純仁(1027-1101) ☞ 高平學案
- 한충언 韓忠彦(1038-1109)
  자는 師樸이며, 安陽(河南省) 사람이다. 韓琦의 맏아들로, 開封府判官·宣奉大夫 등을 역임하였다. 이름이 元祐黨籍에 들어가 있다. 저술로 문집이 있다.

4) 曾任執政者 16人(元祐年間 黨錮가 일어나기 이전 집정자)

- 정　옹 鄭雍(1031-1098) : 除外
- 이청신 李淸臣(1032-1102) : 除外
- 양　도 梁燾(1034-1097) ☞ 泰山學案
- 왕암수 王巖叟(1044-1094) ☞ 范呂諸儒學案
- 왕　존 王存(1023-1101)
  자는 正仲이며, 丹陽(江蘇省) 사람이다. 1046년 진사가 되어 尙書右丞·吏部尙書 등을 역임하였다. 朋黨의 폐해에 대해 간언하다가 元祐黨人으로 지목되어 知杭州로 좌천되었다.
- 부요유 傅堯兪(1024-1091) ☞ 涑水學案
- 조　첨 趙瞻(1019-1090) ☞ 涑水學案
- 한　유 韓維(1017-1098) ☞ 范呂諸儒學案
- 손　고 孫固(1016-1090) ☞ 涑水學案
- 범백록 范百祿(1030-1094) ☞ 范呂諸儒學案
- 호종유 胡宗愈(1029-1094) ☞ 廬陵學案
- 소　철 蘇轍(1039-1112) ☞ 蘇氏蜀學略
- 유봉세 劉奉世(1041-1113) ☞ 廬陵學案
- 범순례 范純禮(1031-1106) ☞ 高平學案
- 육　전 陸佃(1042-1102) ☞ 荊公新學略

- 안　도　安燾(1034-1108) ☞ 安定學案

5) 曾任待制以上者 35人
(元祐年間 黨錮가 일어나기 이전 待制 이상을 역임한 사람)

- 양　외　楊畏(1044-1112) : 除外
- 소　식　蘇軾(1037-1101) ☞ 蘇氏蜀學略
- 범조우　范祖禹(1041-1098) ☞ 華陽學案
- 왕흠신　王欽臣(?-?)

  자는 仲至이며, 宋城(河南省) 사람이다. 王洙의 아들이며, 歐陽脩에게 수학하였다. 門蔭으로 벼슬길에 나아가 工部員外郎을 지냈으며, 직명을 받들어 사신으로 高麗에 갔었다. 太僕少卿·秘書少監 등을 역임하였다. 章惇에게 미움을 받아 元祐黨人으로 지목되었다.

- 요　면　姚勔(?-?)

  자는 輝中이며, 山陰(浙江省) 사람이다. 진사가 되어 左正言·國子祭酒 등을 지냈다. 呂大防·范純仁에게 아부한다고 논핵되어 知信州로 좌천되었다.

- 고　림　顧臨(?-?) ☞ 安定學案
- 조군석　趙君錫(?-?)

  자는 無愧이며, 洛陽(河南省) 사람이다. 趙安仁의 손자며, 趙良規의 아들이다. 홀로 된 아버지를 극진히 봉양하였는데, 『禮記』「曲禮」에 실린 내용대로 실천하지 않은 것이 없었다. 哲宗(1086-1100) 때 給事中이 되어 蔡確·章惇의 죄를 논핵하고 蘇軾이 조정에 남는 것이 마땅하다고 건의하였다. 刑部侍郎·御史中丞 등을 역임하였다. 향년 72세이다.

- 마　묵　馬默(?-?) ☞ 泰山學案
- 공무중　孔武仲(1041-1097)

  자는 常父이며, 新淦(江西省) 사람이다. 孔文仲의 동생으로, 1063년 진사가 되어 國子司業·禮部侍郎 등을 지냈다. 王安石의 『三經新義』의 학설을 배척하였다. 孔文仲·孔平仲과 함께 '臨江三孔'으로 일컬어졌다. 저술로 『詩書論語說』·『金華講義』·『芍藥譜』·『內外制』·『宗伯集』 등이 있다.

● 왕　분 王汾(?-?)

鉅野(山東省) 사람이다. 진사가 되어 工部侍郎 등을 지냈다. 元祐黨人으로 지목되었다.

● 공문중 孔文仲(1033-1088)

자는 經父이며, 新喩(江西省) 사람이다. 孔延之의 장자로, 1061년 진사가 되어 餘杭尉·中書舍人 등을 지냈다. 동생 孔武仲·孔平仲과 함께 '臨江三孔'으로 일컬어졌다. 저술로『淸江三孔集』이 있다.

● 주광정 朱光庭(1037-1094) ☞ 劉李諸儒學案

● 오안지 吳安持(?-?)

浦城(福建省) 사람으로, 工部侍郎·天章閣待制 등을 역임하였다. 吳充의 次子이며, 吳安詩의 동생이다. 元祐黨人으로 지목되었다.

● 전　협 錢勰(1034-1097)

자는 穆父이며, 臨安(浙江省) 사람이다. 門蔭으로 벼슬에 나아가 龍圖閣待制·吏部尙書 등을 역임하였다. 章惇에게 미움을 받아 元祐黨人으로 지목되었다.

● 이지순 李之純(?-?) ☞ 蘇氏蜀學略

● 손　각 孫覺(1028-1090) ☞ 安定學案

● 선우신 鮮于侁(1019-1087)

자는 子駿이며, 閬州(四川省) 사람이다. 진사가 되어 太常少卿·左諫議大夫 등을 역임하였다. 元祐黨人으로 지목되어 파직되었다.

● 조언약 趙彦若(?-?)

宗室로서 翰林學士를 지냈으며, 元祐黨人으로 지목되어 澄州로 귀양갔다.

● 조　설 趙卨(1027-1091)

자는 公才이며, 邛州(四川省) 사람이다. 진사가 되어 端明殿學士·太中大夫 등을 역임하였다. 元祐黨人으로 지목되었다.

● 손　승 孫升(?-?)

자는 君孚이며, 高郵(江蘇省) 사람이다. 진사가 되어 殿中侍御史·天章閣待制 등을 역임하였다. 紹聖年間(1094-1097) 초, 翟思·張商英에게 탄핵을 받아 汀州에 安置되었다.

- 이　주 李周(？-？) ☞ 涷水學案
- 유안세 劉安世(1048-1125) ☞ 元城學案
- 한　천 韓川(？-？)

  자는 元伯이며, 陝州(山西省) 사람이다. 진사가 되어 殿中侍御史·龍圖閣待制 등을 역임하였다. 孫升과 함께 문책을 받아 道州에 안치되었다.

- 가　이 賈易(？-？)

  자는 明叔이며, 無爲(安徽省) 사람이다. 진사가 되어 刑部侍郎·寶文閣待制 등을 지냈다. 元祐黨人으로 지목되었다.

- 여희순 呂希純(？-？) ☞ 范呂諸儒學案
- 증　조 曾肇(1047-1107) ☞ 廬陵學案
- 왕　적 王覿(？-？)

  자는 明叟이며, 如皋(江蘇省) 사람이다. 진사에 급제하여 戶部侍郎·翰林學士 등을 지냈다. 章惇을 탄핵하여 臨江軍에 안치되었다.

- 범순수 范純粹(1046-1117) ☞ 高平學案
- 여　도 呂陶(1027-1103) ☞ 蘇氏蜀學略
- 왕　고 王古(？-？)

  자는 敏仲이며, 莘縣(河北省) 사람이다. 진사가 되어 太府少卿·刑部尙書 등을 지냈다. 崇寧黨籍에 연루되어 溫州에 안치되었다.

- 진차승 陳次升(1044-1119)

  자는 當時이며, 仙遊(福建省) 사람이다. 진사가 되어 監察御史·殿中侍御史 등을 역임하였다. 章惇·蔡卞 등을 극력 탄핵하였으며, 崇寧黨籍에 연루되어 循州에 귀양을 갔다.

- 풍　직 豐稷(1033-1107) ☞ 范呂諸儒學案
- 사문관 謝文瓘(？-？)

  자는 聖藻이며, 陳州(河南省) 사람이다. 진사가 되어 秘書省正字 등을 역임하였다. 元豐年間에 올린 상소로 인해 知處州로 좌천되었는데, 徽宗이 黨籍에서 제외시키고 集英殿修撰에 제수하였다.

- 추　호 鄒浩(1060-1111) ☞ 陳鄒諸儒學案

- 장순민 張舜民(？-？) ☞ 呂范諸儒學案

6) 餘官 39人
(元祐年間 黨錮가 일어날 당시 待制 이하의 관직에 있던 사람)

- 진 관 秦觀(1049-1100) ☞ 蘇氏蜀學略

- 탕 괵 湯馘(？-？)
  생애가 자세치 않다. 元祐黨人으로 지목되었다.

- 두 순 杜純(1032-1095) ☞ 范呂諸儒學案

- 사마강 司馬康(1050-1090) ☞ 涑水學案

- 송보국 宋保國(？-？) ☞ 荊公新學略

- 오안시 吳安詩(？-？)
  자는 傳正이며, 浦城(福建省) 사람이다. 吳充의 장자이며, 吳安持의 형이다.
  門蔭으로 벼슬길에 나아가 1088년 禮部員外郎에 제수되었으며 右司諫 등을
  역임하였다. 元祐黨人으로 지목되어 連州에 안치되었다.

- 장 뢰 張耒(1054-1114) ☞ 蘇氏蜀學略

- 구양비 歐陽棐(1047-1113) ☞ 廬陵學案

- 여희철 呂希哲(1039-1116) ☞ 滎陽學案

- 유당로 劉唐老(？-？)
  생애가 자세치 않다. 秘閣校理를 지냈으며, 元祐黨人으로 지목되어 1097년 삭
  직되었다.

- 조보지 晁補之(1053-1110) ☞ 蘇氏蜀學略

- 황정견 黃庭堅(1045-1105) ☞ 范呂諸儒學案

- 황 은 黃隱(？-？) ☞ 涑水學案

- 필중유 畢仲游(1047-1121)
  자는 公叔이며, 鄭州(河南省) 사람이다. 진사에 급제하여 集賢校理·吏部郎中
  등을 역임하였다. 元祐黨人으로 지목되어 삭직되었다.

- 상안민 常安民(1049-1118) ☞ 范呂諸儒學案

- **공평중 孔平仲(?-?)**

  자는 義甫·毅父이며, 新淦(江西省) 사람이다. 孔武仲의 동생으로, 1065년 진사가 되었고 呂公著의 천거로 秘書丞·集賢校理 등을 지냈다. 史學에 뛰어났으며, 孔文仲·孔武仲과 함께 '臨江三孔'으로 일컬어졌다. 저술로『孔氏談苑』·『續世說』·『良世事證』·『釋稗』·『詩戲』·『朝散集』 등이 있다.

- **왕 공 王鞏(?-?)** ☞ 蘇氏蜀學略

- **장보원 張保源(?-?)**

  자는 澄之이며, 생애가 자세치 않다. 그가 王固와 함께 여러 번 상소하여 조정의 일을 논한 것으로 인해 1098년 禁錮되어 峽州에 안치하였다.

- **왕 연 汪衍(?-?)**

  생애가 자세치 않다. 朝散郎을 지냈으며, 元祐黨人으로 지목되어 1098년 禁錮를 당하고 昭州에 귀양갔다.

- **여 상 余爽(?-?)**

  자는 荀龍이며, 分宜(江西省) 사람이다. 門蔭으로 校書郎을 지냈으며, 章惇에게 미움을 받아 封州에 귀양갔다.

- **정 협 鄭俠(1041-1119)** ☞ 荊公新學略

- **상 립 常立(?-?)**

  생애가 자세치 않으며, 汝陰(安徽省) 사람이다. 蔡卞이 천거하여 秘書正字를 지냈으며, 曾布의 모함에 의해 監酒稅로 좌천되었다.

- **정 이 程頤(1033-1107)** ☞ 伊川學案

- **당의문 唐義問(?-?)**

  자는 士宣·君益이며, 江陵(湖北省) 사람이다. 여러 차례 湖南轉運判官을 지냈으며, 文彦博의 천거로 集賢殿修撰에 제수되었다. 章惇이 집정할 때에 渠陽을 버린 죄로 논핵되어 徐州團練副使로 좌천되었다.

- **여 변 余卞(?-?)**

  자는 洪範이며, 分宜(江西省) 사람이다. 唐州判官·知沅州를 지냈다. 紹聖年間(1094-1098) 초 五溪의 南蠻이 반란을 일으켰을 때 渠陽 땅을 포기한 죄로 인해 파직되었다.

- **이격비 李格非(?-?)** ☞ 蘇氏蜀學略

- 상　의 商倚(?-?)

  생애가 자세치 않으며, 淄川(山東省) 사람이다. 太學博士를 지냈으며, 元祐黨
  人으로 지목되었다. 시집으로『同文館集』이 있다.

- 장정견 張庭堅(?-?)　☞ 范呂諸儒學案

- 이　지 李祉(?-?)

  생애가 자세치 않으며, 元祐黨人으로 지목되었다.

- 진　호 陳祜(?-?)

  이름을 祐라고도 한다. 자는 純益이며, 仙井(四川省) 사람이다. 진사가 되어
  右正言·右司諫 등을 지냈다. 章惇·蔡京·蔡卞·郝隨·鄧洵武를 논핵하다
  가 歸州로 유배되었다.

- 임백우 任伯雨(1047-1119)

  자는 德翁, 시호는 忠敏이며, 眉山(四川省) 사람이다. 진사시에 급제하여 여러
  차례 右正言을 지냈다. 蔡卞의 모함을 받아 昌化로 유배되었다.

- 진　부 陳郛(?-?)

  자는 彦聖이며, 建陽(福建省) 사람이다. 진사가 되어 司農丞·太府丞 등을 지
  냈다. 元祐黨人으로 지목되어 삭직되었다.

- 주광예 朱光裔(?-?)

  자는 公遠이며, 河南(河南省) 사람이다. 1095년 通判府事에 제수되었다.

- 소　가 蘇嘉(?-?)

  생애가 자세치 않으며, 元祐黨人으로 지목되었다.

- 진　관 陳瓘(1057-1124)　☞ 陳鄒諸儒學案

- 공　쾌 龔夬(1057-1111)　☞ 范呂諸儒學案

- 여희적 呂希績(?-?)　☞ 范呂諸儒學案

- 구양중립 歐陽中立(?-?)　☞ 涑水學案

- 오　주 吳儔(?-?)

  생애가 자세치 않으며, 建安(福建省) 사람이다. 承議郎을 지냈으며, 元祐黨人
  으로 지목되었다.

7) 첨입된 인물

◎ **侍從官** 2人(元祐年間 黨錮가 일어날 당시 侍從官으로 있던 사람)

● 잠상구 岑象求(? - ?)

　자는 巖起이며, 梓州(四川省) 사람이다. 寶文閣待制를 지냈으며, 元祐黨人으로 지목되었다.

● 상관균 上官均(1038-1115) ☞ 范呂諸儒學案

◎ **餘官** 4人(元祐年間 黨錮가 일어날 당시 待制 이하의 관직에 있던 사람)

● 손　악 孫諤(? - 1100)

　자는 元忠이며, 睢陽(河南省) 사람이다. 孫文用의 아들로, 진시에 급제하여 太常博士 · 左正言 등을 역임하였다. 元祐黨人으로 지목되었으며, 章惇의 미움을 받아 知廣德軍으로 좌천되었다.

● 범유중 范柔中(? - ?)

　자는 元翼이며, 南城(江西省) 사람이다. 1085년 진사가 되어 宣德郎 · 太學博士를 역임하였다. 元祐年間에 상소를 올려 時事를 논하다가 黨錮를 당하여 귀양가서 죽었다. 『춘추』에 조예가 깊어 『春秋見微』를 저술하였다.

● 등고보 鄧考甫(1020 - ?)

　이름을 孝甫라고도 한다. 자는 成之이며, 臨川(江西省) 사람이다. 진사가 되어 知上饒事 · 提點開封府界河渠를 역임하였다. 哲宗 때 상소를 올려 新法의 해로움과 權臣이 나라를 그릇되게 하는 일을 직언하였다. 蔡京의 미움을 받아 삭직되고 筠州에 귀양가서 죽었다.

● 강공망 江公望(? - ?)

　자는 民表이며, 睦州(湖北省) 사람이다. 左司諫을 지낼 적에 당시 정치의 폐단을 극력 간언하였으며, 知壽州 등을 역임하였다. 蔡京이 집정할 때 南安軍에 유배되었다가 풀려났다.

◎ **曾任執政** 1人(元祐年間 黨錮가 일어나기 이전 집정자)

● 장지기 蔣之奇(1031-1104) ☞ 廬陵學案

◎ **曾任待制以上 1人**(元祐年間 黨錮가 일어나기 이전 待制 이상을 역임한 사람)

- 공　원 龔原(?-?) ☞ 荊公新學略

◎ **庶官 9人**(元祐年間 黨錮가 일어날 당시의 하급관리)

- 등충신 鄧忠臣(?-?)
  자는 謹思이며, 長沙(湖南省) 사람이다. 1069년 진사가 되어 大理丞・考功郎을 지냈다. 元祐黨人으로 지목되었다.

- 마　연 馬涓(?-?) ☞ 范呂諸儒學案

- 윤　재 尹材(?-?) ☞ 涑水學案

- 이　심 李深(?-?) ☞ 范呂諸儒學案

- 이지의 李之儀(?-?) ☞ 高平學案

- 범정평 范正平(?-?) ☞ 高平學案

- 소　병 蘇昞(?-?) ☞ 范呂諸儒學案

- 주　악 周鍔(?-?) ☞ 士劉諸儒學案

- 이소기 李昭玘(?-?) ☞ 安定學案

◎ **不在碑目 3人**(元祐黨人碑에 기록되지 않은 사람)

- 조열지 晁說之(1059-1129) ☞ 景迂學案

- 이　면 李勉(?-?)
  생애가 자세치 않다. 李深(?-?)의 아우다.

- 가　원 家愿(?-?)
  자는 處厚이며, 眉山(四川省) 사람이다. 1094년 진사가 되어 普州 樂至令을 지냈다. 元祐黨人으로 지목되어 10년간 禁錮를 당했으며, 大觀年間에 해제되어 知彭州 등을 역임하였다.

8) 元祐年間의 학자를 공격한 사람들

- 장 돈 章惇(1035-1106)

  자는 子厚이며, 浦城(福建省) 사람이다. 左僕射를 지냈으며, 전적으로 新法의
  회복을 임무로 삼았다.

- 안 돈 安惇(1042-1105)

  자는 處厚이며, 廣安(四川省) 사람이다. 同知樞密院事를 지냈으며, 元祐年間
  의 학자들을 모함하였다.

- 채 경 蔡京(1047-1126)

  자는 元長이며, 浦城(福建省) 사람이다. 左僕射를 지냈으며, 元祐黨籍碑를 만
  들어 元祐年間의 학자들을 禁錮시켰다.

- 채 변 蔡卞(1058-1117)

  자는 元度이며, 蔡京의 동생이다. 知樞密院事를 지냈으며, 章惇 밑에서 요직
  을 역임하였다.

- 형 서 邢恕(?-?)

  자는 和叔이며, 陽武(河南省) 사람이다. 待制를 지냈으며, 元祐年間의 학자들
  을 모함하였다.

- 증 포 曾布(1036-1107)

  자는 子宣이며, 南豐(江西省) 사람이다. 右僕射를 지냈으며, 章惇의 新法 회복
  에 찬성하였다.

- 정 옹 鄭雍(1031-1098)

  자는 公肅이며, 襄邑(河南省) 사람이다. 尙書左丞을 지냈으며, 章惇에게 아부
  하였다.

- 이청신 李淸臣(1032-1102)

  자는 邦直이며, 安陽(河南省) 사람이다. 中書侍郎을 지냈으며, 元祐年間의 학
  자들을 모함하였다.

- 양 외 楊畏(1044-1112)

  자는 子安이며, 洛陽(河南省) 사람이다. 禮部侍郎을 지냈으며, 章惇과 결탁하
  였다.

- **조정지 趙挺之(1040-1107)**

  자는 正夫이며, 諸城(山東省) 사람이다. 右僕射를 지냈다. 新法의 회복을 건의
  하였으며, 元祐年間의 학자들을 배격하였다.

- **황　리 黃履(?-1101)**

  자는 安中이며, 邵武(福建省) 사람이다. 尙書右丞을 지냈다. 章惇에게 아부하
  고, 元祐年間의 학자들을 배격하였다.

- **장상영 張商英(1043-1122)**

  자는 天覺이며, 新津(四川省) 사람이다. 右僕射를 지냈으며, 元祐年間의 대신
  들을 공격하였다.

- **임　희 林希(약 1035-약 1101)**

  자는 子中이며, 福州(福建省) 사람이다. 同知樞密院事를 지냈으며, 元祐年間
  의 학자들을 공격하였다.

- **내지소 來之邵(?-?)**

  자는 祖德이며, 開封(河南省) 사람이다. 御史를 지냈으며, 元祐年間의 학자들
  을 공격하였다.

- **주　질 周秩(?-?)**

  자는 重實이며, 泰州(江蘇省) 사람이다. 京西轉運使를 지냈으며, 元祐年間의
  학자들을 공격하였다. 周祕의 형이다.

- **적　사 翟思(?-?)**

  생애가 자세치 않다. 章惇 밑에서 요직을 지냈으며, 元祐年間의 학자들을 공격
  하였다.

- **건서신 蹇序辰(?-?)**

  자는 授之이며, 雙流(四川省) 사람이다. 蘇州守를 지냈으며, 元祐年間의 학자
  들을 공격하였다.

- **오　재 吳材(?-?)**

  자는 聖取이며, 處州(浙江省) 사람이다. 左司諫을 지냈으며, 元祐年間의 학자
  들을 공격하였다.

- **왕능보 王能甫(?-?)**

  생애가 자세치 않다. 元祐年間의 학자들을 공격하였다.

- 강준명 强浚明 (? - ?)

  생애가 자세치 않으며, 錢塘(浙江省) 사람이다. 蔡京과 함께 元祐黨籍을 만들었다.

- 섭몽득 葉夢得 (1077-1148)

  자는 少蘊이며, 吳縣(江蘇省) 사람이다. 戶部尙書를 지냈으며, 蔡京과 함께 元祐黨籍을 만들었다.

- 여혜경 呂惠卿 (1032-1112)

  자는 吉甫이며, 晉江(福建省) 사람이다. 參知政事를 지냈으며, 新法의 회복에 찬성하였다.

9) 道學者를 공격한 사람들

- 진   회 秦檜 (1090-1155)

  자는 會之이며, 江甯(江蘇省) 사람이다. 左僕射를 지냈으며, 금나라와의 和議를 앞장서서 주장하였다.

- 진공보 陳公輔 (1077-11142)

  자는 國佐이며, 臨海(浙江省) 사람이다. 吏部員外郎을 지냈으며, 程頤의 학문을 금지시킬 것을 청하였다.

- 주   비 周祕 (? - ?)

  생애가 자세치 않으며, 泰州(江蘇省) 사람이다. 中丞을 지냈으며, 胡安國을 탄핵하였다. 周秩의 동생이다.

- 석공규 石公揆 (? - ?)

  자는 道任이며, 新昌(浙江省) 사람이다. 侍御史를 지냈으며, 胡安國을 탄핵하였다.

- 왕   발 汪勃 (1088-1171)

  자는 彦及이며, 黟縣(安徽省) 사람이다. 簽書樞密院事를 지냈으며, 道學者들을 물리칠 것을 청하였다.

- 하   약 何若 (? - ?)

  생애가 자세치 않다. 右正言을 지냈으며, 程頤·張載의 학문을 물리칠 것을 청하였다.

- **조　균 曹筠(?-?)**
  생애가 자세치 않다. 도학자들을 공격하였다.

- **정중웅 鄭仲熊(?-?)**
  자는 行可이며, 西安(陝西省) 사람이다. 權參知政事를 지냈으며, 도학자들을
  공격하였다.

- **장　진 張震(?-?)**
  자는 眞父이며, 廣漢(四川省) 사람이다. 中書舍人을 지냈으며, 도학자들을 공
  격하였다.

87-1. 元祐黨案 附錄

◎ 元祐黨錮 年表

- **1085년(元豊 8年 乙丑)**
  - 3월. 神宗이 죽고, 哲宗이 즉위하였다. 宣仁太后 高氏가 함께 청정하였다.
  - 5월. 당시 재상이던 王珪가 죽고, 蔡確·韓縝이 재상이 되었다. 司馬光을 知陳州에 기용하였다. 宗正丞으로 程顥를 불렀으나, 나아가지 못하고 죽었다.
  - 7월. 呂公著를 尙書左丞으로 삼았다. 司馬光·呂公著·韓絳 등이 程頤를 천거하였다.
  - 11월. 程頤가 汝州 團練推官·西京 國子監敎授에 제수되었다.
  - 12월. 經筵을 열었다.

- **1086년(元祐 元年 丙寅)**
  - 宣仁太后가 조정에 나와 정사를 돌보았다.
  - 2월. 『神宗實錄』을 편수하였다.
  - 程頤가 수도에 나아가 宣德郞·秘書省校書郞에 제수되었다. 臺諫인 孫覺·劉摯·王巖叟·朱光庭·上官均이 蔡確·章惇의 죄를 번갈아 논하였다.
  - 윤2월. 蔡確이 파직되고, 司馬光이 재상이 되었다.
  - 3월. 章惇이 파직되었다. 范純仁이 同知樞密院事가 되었다. 韓維·呂大防·孫永·范純仁에게 명하여 役法을 상세히 정하였다. 程頤에게 조서를 내려 通德郞으로 삼고, 崇政殿 說書에 임명하였다.
  - 4월. 韓縝이 파직되었다. 呂公著가 재상이 되었다. 司馬光이 文彦博을 平章事軍國重事에 기용하길 청하였다. 이 달에 옛 재상 王安石이 죽었다. 程頤가 經筵에 참석하라는 명을 받았다.
  - 6월 庚辰日. 呂惠卿이 죄악의 우두머리로서 귀양을 갔다. 程頤에게 명하여 國子監 太學條制를 겸하게 하였다.
  - 8월에는 程頤를 判登聞鼓院에 임명하였다.
  - 9월. 司馬光이 죽었다.
  - 이 해에 楊時를 발탁하였는데, 당시 徐州司法으로 있다가 親喪을 당해 돌아

갔다.

- **1087년(元祐 2年 丁卯)**
  - 宣仁太后가 조정에 나와 정사를 돌보았다. 文彦博·呂公著가 재상이 되었다. 蘇轍·劉攽에게 조서를 내려『神宗御製』를 순서에 따라 편찬하게 하였다.
  - 2월. 程頤가 權同管句 西京國子監에 임명되었으나, 고향으로 돌아가길 청하였다.
  - 4월. 文彦博이 十日一議事都堂이 되었다.
  - 8월. 孔文仲이 程頤를 탄핵하였다.

- **1088년(元祐 3年 戊辰)**
  - 宣仁太后가 조정에 나와 정사를 돌보았다.
  - 2월. 程頤가 부친봉양을 이유로 致仕를 청하여 疏章을 다섯 번 올렸으나, 윤허를 받지 못하였다.
  - 4월. 呂公著가 간절히 청하여 재상의 직위를 그만두었다. 孔文仲이 죽었다. 呂大防·范純仁이 재상이 되었다. 孫固·劉摯가 門下中書侍郎으로 옮겼고, 王存·胡宗愈가 左右丞이 되었으며, 趙瞻이 簽書樞密院事가 되었다. 이 때 元祐의 정치는 嘉祐年間(1056-1063)보다 성대했다. 그러나 얼마 안 되어 黨議가 다시 일어나 胡宗愈가「君子無黨論」을 올렸다.
  - 12월.「元祐勅令式」을 반포하였다. 范鎭이 죽었다.

- **1089년(元祐 4年 己巳)**
  - 宣仁太后가 조정에 나가 정사를 돌보았다. 文彦博·呂公著·呂大防·范純仁이 재상이 되었다.
  - 2월. 呂公著가 죽었다.
  - 3월. 簽書樞密院事 趙瞻이 죽었다.
  - 4월. 簽書樞密院事 孫固가 죽었다.
  - 5월. 蔡確이 新州에 안치되었다.
  - 6월. 范純仁이 知潁昌府로 나갔다.
  - 이 해에 李籲가 죽었다.

- 1090년(元祐 5年 庚午)
  - 宣仁太后가 조정에 나와 정사를 돌보았다. 文彦博·呂大防이 함께 재상이 되었다. 程頤가 부친상을 당해 관직을 그만두었다.
  - 2월. 文彦博이 벼슬을 그만 두었다.
  - 4월. 조서를 내려 講讀官을 經筵에 참여하게 하였다. 司馬光이 죽은 후, 王安石의 무리들이 유언비어를 퍼뜨려 관직에 있는 사람들을 동요시켰다. 呂大防·范純仁이 이들을 두려워하여 그 무리들을 정사에 참여시켜 오래된 원한을 없애고자 하였는데, 이를 '調停'이라 한다.
  - 11월. 侍郎 傅堯兪가 죽었다.

- 1091년(元祐 6年 辛未)
  - 宣仁太后가 조정에 나와 정사를 돌보았다.
  - 2월. 劉摯가 재상이 되었다.
  - 3월. 呂大防이 『神宗實錄』을 올렸다.
  - 11월. 劉摯가 파직되었다. 『元祐觀天歷』을 행하였다.
  - 이 해 馬涓이 진사시에 1등을 차지하였다.

- 1092년(元祐 7年 壬申)
  - 宣仁太后가 조정에 나와 정사를 돌보았다.
  - 3월. 程頤가 直秘閣·權判西京國子監에 제수되었다.
  - 6월. 蘇頌이 재상이 되었다.
  - 7월. 조서를 내려 『神宗史』를 편수하게 하였다.

- 1093년(元祐 8年 癸酉)
  - 宣仁太后가 조정에 나와 정사를 돌보았다.
  - 정월. 范祖禹가 『仁皇訓典』을 올렸다. 蔡確이 新州에서 죽었다.
  - 3월. 蘇頌이 파직되었다.
  - 6월. 中書省에서 『元祐在京通用條貫』을 올렸다.
  - 7월. 范純仁이 재상에 복직되었다.
  - 9월. 宣仁太后가 죽었다.
  - 10월. 哲宗이 비로소 친히 정사를 돌보았다.

・11월. 楊畏가 상소하여, 神宗이 법을 만들고 제도를 고쳐 만세에 전하고자 하였으니, 강구하여 그 뜻을 이어 완성하고 펴나갈 방안을 내려달라고 청하였다.

・12월. 章惇이 資政殿學士에, 呂惠卿이 中大夫에, 王遙가 郡團練使에 제수되었다.

● 1094년(紹聖 元年 甲戌)

・2월. 李淸臣을 中書侍郎으로 삼고, 鄧潤甫를 尙書右丞으로 삼았다.

・3월. 來之邵가 상소하여 呂大防을 파직시켰다. 李淸臣이 진사시의 策問 제목을 '元祐年間의 신하들을 벌주자는 논의'로 내었는데, 尹焞이 답을 하지 않고 나가버리자, 이로부터 선대의 일을 이어서 펴나가자는 논의가 크게 일어났다. 范祖禹가 복직을 청하여, 程頤를 불러 경연에 다시 돌아왔다.

・4월. 章惇이 재상이 되어 曾布를 翰林學士로, 張商英을 右正言으로 삼았다. 曾布가 연호를 고쳐 天意를 따르고 先代의 일을 이어 펴나가는 도를 밝히라고 청하였다. 范純仁이 물러나길 청하여 蔡卞을 國史修撰으로 삼았다. 이 달에 章惇이 王安石을 神宗의 廟廷에 배향하였고, 蔡確의 관직을 원래대로 복원시켰으며, 『神宗實錄』을 중수하였다.

・5월. 張商英의 말을 따라, 元祐年間의 여러 신하의 疏章과 다시 고친 事條를 분류하여 편찬하였다. 鄧潤甫가 죽었다.

・7월. 司馬光·呂公著의 諡號를 삭탈하였다. 王巖叟에게 관작을 추증하였다. 呂大防·劉摯·蘇轍·梁燾 등을 貶職하였다.

・12월. 范祖禹·趙彦若·黃庭堅·呂大防 등이 안치되었다.

● 1095년(紹聖 2年 乙亥)

・章惇이 정사를 전횡하였다.

・정월. 國史院에 조서를 내려 先帝의 御集을 증보하라 하였다.

・11월. 옛 재상인 范純仁을 폄직하였다.

● 1096년(紹聖 3年 丙子)

・章惇이 정사를 전횡하였다.

・2월 富弼의 배향을 罷黜시켰다.

- 1097년(紹聖 4年 丁丑)
  - 章惇이 정사를 전횡하였다. 哲宗이 마음으로 元祐年間의 재상과 집정한 重臣들을 미워하였다.
  - 2월. 司馬光·呂公著·王巖叟·趙瞻·傅堯俞·韓維·孫固·范百祿·胡宗愈를 추급해 폄직하고, 呂大防·范純仁·劉摯·蘇轍·梁燾를 循州·雷州·化州·永州·新州에 안치시켰다. 또 劉奉世를 柳州에 안치시켰다. 韓維를 다시 均州로 유배보냈다. 王覿·韓川·孫升·呂陶·范純禮·趙君錫·馬默·顧臨·范純粹·孔武仲·王欽臣·呂希哲·希純·希績·姚勔·吳安詩·秦觀 등 17명을 通州·隋州·峽州·衡州·蔡州·亳州·單州·饒州·均州·池州·信州·和州·金州·光州·衢州·連州·橫州에 안치시켰다. 王汾·孔平仲은 파직되었다. 張耒·晁補之·賈易는 監當官으로 좌천되있다. 朱光庭·孫覺·趙卨·李之純·朴純·李周·孔文仲은 추급해 폄직되었다. 文彦博은 太子少保로 강등되었다. 程頤는 급제한 이후의 문자를 추급해 훼손당하고 고향으로 추방되었다.
  - 윤2월. 張君說이 상소해 선왕조의 치사를 비방하다 연좌되어 처형되었다. 蘇軾은 昌化軍으로, 范祖禹·劉安世는 高州·賓州로 移配되었다.
  - 3월. 蹇序辰에게 명하여 司馬光 등의 事狀과 臣僚들의 疏章을 분류 편집해 한 사람당 한 질씩 만드니, 모두 143질 이상이 되었다. 벼슬아치들이 이로부터 화를 면할 수 없었다.
  - 4월. 司馬光을 朱厓 司戶參軍으로, 呂公著를 昌化 司戶參軍으로, 王珪를 萬安 司戶參軍으로 다시 추급해 폄직하였다. 呂大防이 虔州에서 죽었다.
  - 5월. 文彦博이 죽었다.
  - 11월. 程頤가 涪州로 유배되었다.
  - 12월. 劉摯가 新州에서 죽었다.

- 1098년(元符 元年 戊寅)
  - 章惇이 정사를 전횡하였다.
  - 3월. 同文館에 獄事가 일어나 蔡京·安惇이 함께 訊問 하였다. 관련이 없는 사람들도 얽어매려 하는 생각이 극도에 달하여 劉摯·梁燾의 자손이 거듭 移配되었다. 諫官 范祖禹·劉安世가 내시 陳衍停을 죽였는데, 王巖叟·朱光庭 등 여러 사람들이 말하지 않았다. 呂升卿·董必을 보내 元祐年間의 유

배인들을 모두 죽였다.

- 4월. 梁燾가 化州에서 죽었다.
- 7월. 다시 鄭俠을 귀양보냈다. 秦觀을 제명하고 雷州로 보내 평민이 되게 하였다. 거듭 죄를 얻은 자가 830명이었다. 范祖禹가 化州에서 죽었다.
- 11월. 元祐의 나머지 무리로서 관직에 있던 자와 특별한 교지를 받고 파견된 자들이 모두 죄를 얻어 멀리 유배되었다.

- **1099년(元符 2年 己卯)**
 - 章惇이 정사를 전횡하였다.

- **1100년(元符 3年 庚辰)**
 - 정월. 哲宗이 죽고, 徽宗이 즉위하였다.
 - 2월. 章惇이 특진하여 申國公에 봉해졌다. 韓忠彦을 門下侍郎으로 삼고, 黃履를 尙書右丞으로 삼았다. 黨人을 敍用 복직시켜 范純仁 이하 劉奉世·呂希純·王覿·吳安詩·韓川·唐義問은 鄧州·光州·唐州·和州·澧州·隨州·安州를 나누어 맡게 하였고, 呂希哲·希績·呂陶·陳祐는 宮觀을 주관하게 하였다. 蘇軾·蘇轍·劉安世·秦觀·程頤는 廉州·衡州·英州·峽州 등으로 移配하였고, 王古·楊畏·王欽臣·范純禮·范純粹·晁補之는 和州·潤州·襄州·袞州·亳州·信州 등으로 이배하였다. 張耒는 河中府로, 劉唐老는 武勝軍으로, 鄒浩·黃隱·黃庭堅·賈易·王回는 監當官으로 차임하였고, 鄭俠은 편의대로 거주하게 하였다.
 - 4월. 程頤가 宣德郎에 복직되었으며, 편의대로 거주하게 하였다. 韓忠彦이 재상이 되었고, 范純仁 등 19명이 다시 서용되었다. 曾布가 재상이 되었다.
 - 5월. 황제가 韓忠彦의 말에 따라 元祐年間의 臣僚 중 살아 있는 자는 은총을 받고, 죽은 자에게는 사면을 베풀었다. 조서를 내려 文彦博·王珪·司馬光·呂公著·呂大防·劉摯·韓維·梁燾·孫固·傅堯兪·趙瞻·鄭雍·王巖叟·范祖禹·趙彦若·錢勰·顧臨·趙君錫·李之純·呂大忠·鮮于侁·孔文仲·孔武仲·姚勔·盛陶·趙卨·孫覺·杜純·朱光庭·李周·張茂則·高士英·孫升은 생전의 官爵·致仕·遺表·恩澤을 모두 회복시켜 주었다. 邢恕가 均州로 폄직되어 나갔다. 安惇·蹇序辰이 제명되어 쫓겨났다.
 - 12월. 程頤가 通德郎·權判西京 國子監에 복직되었다. 國子監 提擧 方宙가

程頤의 빼앗긴 田土를 되돌려달라고 청하였으나, 받아들여지지 않았다.

● 1101년(建中靖國 元年 辛巳)
 • 정월. 范純仁이 죽었다. 趙挺之가 先代의 일을 이어 펴길 건의하여 다시 元祐年間의 舊臣을 공격하니, 范純禮·豐稷·任伯雨·陳瓘·姜公望·傅揖出·呂希純·晁補之 등이 파직되었다.
 • 2월. 章惇이 雷州 司戶參軍으로 폄직되었다.
 • 5월. 蘇子容이 죽었다.
 • 11월. 다시 蔡京을 불러 翰林學士承旨로 삼았다.
 • 12월. 조서를 내려 邢恕·呂嘉問·路昌衡·安惇·蹇序辰을 宮觀을 주관하는 관직에 복직시켰다.

● 1102년(崇寧 元年 壬午)
 • 3월. 韓忠彦이 파직되었다.
 • 5월. 司馬光 이하 44인이 다시 추급해 貶職되었다. 程頤가 복직된 관직을 추급해 폄직 당하여 예전의 관직으로 치사하였다. 門下省·中書省·尙書省으로 하여금 폄직된 44인의 성명을 당적에 기록하고, 다시는 도성에 있는 관직에 차임될 수 없게 하였다. 황칙으로 朝堂에 방을 붙였는데, 元祐·元符 연간의 黨人이 新舊를 합하여 모두 50여 인이었다.
 • 윤6월. 曾布가 知潤州로 나갔다.
 • 7월. 蔡京이 재상이 되어 元祐의 법을 금지시키고, 講議司를 만들어 스스로 영수가 되었다.
 • 9월. 中書省에 조서를 내려 元符 3년에 올린 臣僚들의 疏章과 성명을 기록해 적어 邪·正으로 나누어 각각 세 등급으로 만들었다. 中書省에서 아뢴 것에 의하면, 正上은 鍾世美 등 6인, 正中은 耿毅 등 13인, 正下는 許奉世 등 33인이었으며, 邪上 중 더욱 심한 사람은 范柔中 등 39인, 邪上은 梁寬 등 41인, 邪中은 趙越 등 150인, 邪下는 王鞏 등 312인이었다. 端禮門 앞에 黨人碑를 세우니, 文臣으로 정사를 담당한 重臣은 文彦博 등 24인, 待制 이상을 지낸 사람은 蘇軾 등 35인, 餘館은 秦觀 이하 48인, 內臣은 張士良 등 8인, 武臣은 王獻可 등 4인으로 모두 御書로 그 죄상을 돌에 새겨 간사한 무리로 나열되었다.

・10월. 李淸臣・黃履가 추급해 폄직되었다. 曾肇 이하 17인이 遠州로 유배되었다. 韓忠彦・梁燾・曾布・范純禮가 폄직되었다.

● 1103년(崇寧 2年 癸未)
・蔡京이 정사를 전횡하였다.
・정월. 任伯雨 등 9인이 유폐되었다.
・4월. 范致明이 程頤가 산에 들어가 저술한 책을 논하였는데, 30일 동안 살핀 뒤 程頤가 급제한 이후의 문자를 추급해 훼손하고 제명하였다.
・8월. 黨人의 성명을 반포하였는데, 아래로 監司・長吏에 이르기까지 돌에 새기니 모두 97인이었다.
・11월. 諫官이 程頤가 학생을 모아 가르치는 것을 논하면서 철저히 금지시키길 청하니, 그의 말을 따랐다.
・이 해에 元祐年間의 학술과 정사를 금하였는데, 모두 24년 간이나 지속되었다. 金나라가 수도를 포위한 뒤에 비로소 해금되었다.

● 1104년(崇寧 3年 甲申)
・蔡京이 정사를 전횡하였다.
・6월 丁巳日. 조서를 내려 元符의 姦黨이 元祐의 姦黨과 통한다 하니, 모두 309인이었다. 황제의 친서로 文德殿의 동쪽 벽에 새겼다. 또 蔡京에게 명해 글로 써서 천하에 반포하라 하였다.
・8월. 蔡京이 『神宗史』를 올렸다.
・12월. 安惇이 죽었다.

● 1105년(崇寧 4年 乙酉)
・蔡京이 정사를 전횡하였다.
・정월. 蔡卞이 知河南府로 나갔다.
・3월. 趙挺之가 재상이 되었다.
・5월. 黨人의 父兄子弟는 禁錮에서 제외시켰다.
・6월. 趙挺之가 파직되었다.
・9월. 폄직되어 유배되었던 사람들을 빙환해 다시 수도 가까운 곳으로 옮겨와 머물게 하였다.

· 11월. 章惇이 죽었다.

● 1106년(崇寧 5年 丙戌)
　· 정월. 별자리의 변고가 생겼는데, 元祐黨人碑가 훼손되었다. 劉摯 이하 207
　　인이 서용 복직되었다. 程頤가 承務郞에 복직되어 예전의 관직으로 치사하
　　였다.
　· 2월. 蔡京이 파직되었다.
　· 3월. 조서를 내려 黨人이 畿縣에 이를 수 있도록 허락하였다. 程頤가 餘官
　　중에 제2등 제23인이 되었다가 通直郞으로 致仕하였다.

● 1107년(大觀 元年 丁亥)
　· 정월. 蔡京이 다시 재상이 되었다.
　· 5월. 조서를 내려 지금부터 總一路 및 監司의 직임에는 元祐年間의 학술 및
　　이에 이의를 제기한 사람은 선발하지 말라고 하였다.
　· 7월. 程頤가 죽었다.
　· 8월. 曾布가 죽었다.

● 1108년(大觀 2年 戊子)
　· 3월. 사면령을 내렸다. 孫固·安燾·賈易를 제외한 나머지 사람들을 모두 당
　　적에서 빼게 하였다. 葉祖洽 등 6인도 모두 黨籍에서 빼게 하였다.
　· 6월. 다시 사면령을 내려 韓維 등 95인을 黨籍에서 모두 빼게 하였다.

● 1109년(大觀 3年 己丑)
　· 6월. 蔡京이 파직되었다.
　· 7월. 조서를 내려 유배간 黨籍인 중 元祐의 姦黨과 宗廟에 죄를 얻은 자를
　　제외하고 나머지는 모두 敍用하도록 하였다.

● 1110년(大觀 4年 庚寅)
　· 3월. 상서하였다가 邪下 등급인 된 사람은 허물이 없는 사람의 예에 의거하
　　여 지금부터 改官·升任하도록 하고, 아울러 檢擧를 면하도록 하였다.

・윤8월. 조서를 내려 朋黨을 경계하였다.

● 1111년(政和 元年 辛卯)
  ・11월. 상서하였다가 邪 등급이 된 사람 및 일찍이 黨籍에 들어간 사람은 모두 試學官이 되는 것을 불허하게 하였다.

● 1112년(政和 2年 壬辰)
  ・蔡京이 재상에 복직되었다.
  ・정월. 상서하였다가 邪 등급이 된 사람은 監司에 제수 되지 못하게 하였다.
  ・12월. 蘇轍이 죽었다.

● 1113년(政和 3年 癸巳)
● 1114년(政和 4年 甲午)
● 1115년(政和 5年 乙未)
● 1116년(政和 6年 丙申)
● 1117년(政和 7年 丁酉)
● 1118년(重和 元年 戊戌)
  ・정월. 元符 말 상서하였다가 邪中 등급이 된 사람 가운데 허물이 없는 사람은 예에 의하게 하였다.
  ・9월. 신하들에게 朋黨을 금하였다.

● 1119년(宣和 元年 己亥)
  ・王黼가 中書侍郎에서 특진하여 少宰兼中書侍郎이 되었다.
  ・12월. 楊時를 불러 秘書郎으로 삼았다.

● 1120년(宣和 2年 庚子)
  ・6월. 蔡京이 파직되었다.

● 1121년(宣和 3年 辛丑)
  ・王黼가 정사를 전횡하였다.

• 정월. 鄧洵武가 죽었다.

● 1122년(宣和 4年 壬寅)
 • 王黼가 정사를 전횡하였다.
 • 2월. 陳瓘이 楚州에서 죽었다.
 • 12월. 상서하였다가 邪上 등급이 된 사람에게 특별히 실적을 심사해 승진시
   키게 하였다.

● 1123년(宣和 5年 癸卯)
 • 王黼가 정사를 전횡하였다.
 • 5월. 楊時가 崇政殿 說書가 되었다.
 • 7월. 元祐의 학술을 금하였지만, 과거에 응시하는 사람들이 모두 元祐의 학
   술을 배우고 전하니, 법을 제정한 취지에 어긋났다.

● 1124년(宣和 6年 甲辰)
 • 11월. 王黼가 파직되었다.
 • 12월. 蔡京이 전 太師로서 三省의 일을 다스렸다.

● 1125년(宣和 7年 乙巳)
 • 4월. 蔡京이 파직되었다. 劉安世가 죽었다.
 • 12월. 欽宗이 즉위하였다.

● 1126년(靖康 元年 丙午)
 • 정월. 金나라 사람이 변방을 침범하였다. 楊時를 右諫議大夫兼侍講으로 삼
   았다. 張邦昌이 재상이 되었다.
 • 2월. 조서를 내려 元祐의 學術과 政事 및 元祐의 黨籍을 다시 시행하지 않도
   록 지휘하였다. 楊時가 祭酒를 겸하였다.
 • 7월. 元符年間 상서하였다가 邪 등급이 된 사람을 금고한 조처를 해제하였
   다. 种師道가 尹焞은 학행이 구비되어 강관으로 적합한 인물이라고 천거하
   였다. 尹焞이 소명으로 수도에 이르렀는데, 머물려고 하지 않았다. 和靖處士

란 호를 내렸다. 蔡京이 潭州에서 죽었다.

- 10월. 种師道가 죽었다.

- **1127년(建炎 元年 丁未)**
  - 4월. 欽宗이 金나라에 잡혀갔다.
  - 5월. 高宗이 즉위하고, 연호를 고쳤다.
  - 12월. 楊時를 工部侍郎兼內殿侍講에 발탁하였다. 그는 『맹자』의 治道를 논한 말을 취하여 좌우명으로 삼았다. 그는 宣仁太后의 죄를 비방하고, 蔡確·蔡卞·邢恕 등의 관직을 추급해 폄직하고 자손들이 조정에 들어와 벼슬하는 것을 허락하지 않았다.

- **1128년(建炎 2年 戊申)**
  - 12월. 黃潛善·汪伯彦이 재상이 되었다.

- **1129년(建炎 3年 己酉)**
  - 2월. 黃潛善·汪伯彦이 함께 파직되었다.
  - 3월. 朱勝非가 재상이 되었다.
  - 4월. 呂頤浩가 재상이 되었다.

- **1130년(建炎 4年 庚戌)**
  - 5월. 范宗尹이 재상이 되었다.
  - 11월. 조서를 내려 옛 재상 呂大防·呂公著·范純仁에게 추급해 封하고 贈職하였다.

- **1131년(紹興 元年 辛亥)**
  - 7월. 高宗이 張守·秦檜에게 회유하기를 "黨籍人들에 대한 追贈이 끝나지 않았다. 程頤·任伯雨·龔夫·張舜民 4인은 명성과 덕이 더욱 드러나니, 마땅히 褒贈해야 한다."라고 하였다.
  - 8월. 秦檜가 재상이 되었다. 程頤를 直龍圖閣에 추증하고, 그의 손자 將仕郎 程晟을 불러 행재소로 오게 하였다.

- 1132년(紹興 2年 壬子)
  - 4월. 진사시에서 張九成이 1등을 차지하였다.
  - 8월. 秦檜가 파직되었다.
  - 9월. 朱勝非가 다시 재상이 되었다.

- 1133년(紹興 3年 癸丑)
  - 4월. 朱勝非가 모친상으로 인해 재상을 그만두었다.
  - 7월. 朱勝非가 다시 재상이 되었다.
  - 9월. 呂頤浩가 파직되었다.

- 1134년(紹興 4年 甲寅)
  - 4월. 范沖이 直史館이 되었다.
  - 5월. 范沖이 尹焞을 천거하였다. 尹焞이 右宣教郎을 제수 받고, 崇政殿說書가 되었다.
  - 9월. 趙鼎이 재상이 되었다.
  - 11월. 邵伯溫이 죽었다.

- 1135년(紹興 5年 乙卯)
  - 2월. 張浚이 재상이 되었다.
  - 4월. 張浚이 변방으로 나갔다. 楊時가 죽었다.
  - 9월. 진사시에 汪應辰이 1등을 차지하였다.

- 1136년(紹興 6年 丙辰)
  - 張浚·趙鼎이 재상이 되었다. 朱震이 孔子·孟子의 학문이 二程에게 전해졌음을 논하였다.
  - 5월. 謝良佐의 아들 謝克念을 특별히 右迪功郎에 제수하였다.
  - 12월. 趙鼎이 재상에서 면직되었다. 陳公輔가 程頤의 학문은 천하를 의혹시키고 어지럽힌다고 논하면서 물리치길 청하였다. 崇寧年間부터 程頤의 학문이 세상에 크게 금해진 것이 25년이었는데, 靖康年間 초에 해제되어 겨우 10년만에 다시 금지되었다.

● 1137년(紹興 7年 丁巳)

· 張浚 · 趙鼎이 재상이 되었다.

· 정월. 周秘가 董弅를 탄핵하여 詔令이 이르는 것을 막았다. 9일에 董弅이
  集賢殿修撰 · 提擧江州太平觀에 제수되었다. 呂祉가 君子 · 小人의 中庸을
  논하였다.

· 3월. 胡安國이 邵雍 · 張載 · 程顥 · 程頤를 封爵하고 從祀하기를 청하였다.
  張浚이 疏章을 올려 아뢰자, 윤허하였다. 陳公輔 · 周秘 · 石公揆가 胡安國
  의 학술은 편벽되고 行義가 닦여지지 않았다고 탄핵하여, 胡安國을 提擧太
  平觀에 제수하였다.

· 4월. 尹焞이 程子가 오랫동안 경연을 사양한 것을 본받았다.

· 9월. 朱震이 죽었다. 尹焞이 國門에 이르자 秘書郎兼說書에 명하였는데, 힘
  써 사양하고 조서를 받지 않았다. 張浚이 파직되어, 永州로 유배되었다. 趙
  鼎이 재상이 되었다.

● 1138년(紹興 8年 戊午)

· 2월. 尹焞을 秘書少監에 제수하고, 특별히 太常少卿에 제수하였다.

· 3월. 秦檜가 다시 재상이 되었다.

· 6월. 呂本中이 直學士院이 되었다.

· 10월. 趙鼎이 재상에서 면직되자, 秦檜가 정사를 전횡하였다.

· 11월. 金나라와 和親하자는 논의가 일어나자, 直學士院 曾開가 從官 張燾 ·
  晏敦復 · 魏矼 · 李彌遜 · 尹焞 · 梁汝嘉 · 樓炤 · 蘇符 · 薛徽言과 御史 方廷
  實과 館職 胡珵 · 朱松 · 張擴 · 成景夏 · 常明 · 范如圭 · 馮時中 · 趙雍 등과
  더불어 화의할 수 없다고 극언하였다. 許忻 · 胡銓도 함께 항쟁하자는 소를
  올렸다.

● 1139년(紹興 9年 己未)

· 秦檜가 정사를 전횡하였다.

· 정월. 尹焞이 待制 · 侍講을 사양하였다. 提擧江州 · 提擧太平에 임명하자,
  待制 때와 같이 사양하였다.

· 4월. 呂頤浩가 죽었다.

- 1140년(紹興 10年 庚申)
  - 秦檜가 정사를 전횡하였다.
  - 4월. 程頤의 손자 程陽이 將仕郎에 서용되었다
  - 8월. 화의를 주장하던 張九成은 知邵州로, 喩樗는 知懷寧으로, 陳剛中은 知安遠으로, 凌景夏는 知辰州로, 樊光遠은 閬州教授로, 毛叔度는 嘉州 司戶參軍으로 좌천되었다.

- 1141년(紹興 11年 辛酉)
  - 秦檜가 정사를 전횡하였다.

- 1142년(紹興 12年 壬戌)
  - 秦檜가 정사를 전횡하였다.
  - 11월. 尹焞이 죽었다.

- 1143년(紹興 13年 癸亥)
  - 秦檜가 정사를 전횡하였다.
  - 5월. 張九成이 趙鼎의 黨에 연좌되어 南安軍에 거주하게 되었다.

- 1144년(紹興 14年 甲子)
  - 秦檜가 정사를 전횡하였다.
  - 4월. 秦檜가 野史를 금하길 청하였다.
  - 8월. 汪勃이 科場主司에게 경계시켜 도학을 전문으로 하여 의논하는 曲說을 제거하자고 청하였다.
  - 10월. 何若이 師儒에게 경계시켜 程頤·張載의 학문을 축출하자고 청하였다. 이로부터 도학을 전문으로 하여 의논하는 것을 금하는 조처가 10여 년 시행되었는데, 秦檜가 죽자 이에 그쳤다.
  - 11월. 朱勝非가 죽었다.

- 1145년(紹興 15年 乙丑)
  - 秦檜가 정사를 전횡하였다.
  - 4월. 秦檜가 하사 받은 집에 들어가 거처하였는데, 이날 밤 혜성이 동쪽에서

나타났다. 이에 천하에 사면하는 글을 내렸는데, 한 조항에 "죄를 조사함이 수십 년에 학자들은 같으면 무리짓고 다르면 배척하였다. 지금 雅言을 금하고 浮言을 내치며, 전문으로 의론하는 자를 억제하는 것은, 祖宗 이래로 이와 같은 조처가 있지 않았으니, 이는 천하사람들로 하여금 그것을 알게 하고자 함이다."라고 하였다.

- 6월. 呂本中이 上饒에서 죽었다.

● 1146년(紹興 16年 丙寅)
- 秦檜가 정사를 전횡하였다.

● 1147년(紹興 17年 丁卯)
- 秦檜가 정사를 전횡하였다.
- 8월. 趙鼎이 吉陽軍에서 죽었다.

● 1148년(紹興 18年 戊辰)
- 秦檜가 정사를 전횡하였다.
- 4월. 朱熹가 진사시에 합격하였다.
- 12월. 胡銓이 海南에 유배되었다. 潘良貴가 죽었다.

● 1149년(紹興 19年 己巳)
- 秦檜가 정사를 전횡하였다.
- 9월. 劉勉之가 죽었다.

● 1150년(紹興 20年 庚午)
- 秦檜가 정사를 전횡하였다.
- 정월. 胡寅이 新州에 유배되었다.
- 9월. 考試官이 도학을 전문으로 하는 자를 취하는 경우 御史로 하여금 탄핵하게 해야 한다고 曹筠이 논하였다.

● 1151년(紹興 21年 辛未)
- 秦檜가 정사를 전횡하였다.

- 1152년(紹興 22年 壬申)
  - 秦檜가 정사를 전횡하였다.

- 1153년(紹興 23年 癸酉)
  - 秦檜가 정사를 전횡하였다.
  - 11월. 趙鼎이 도학을 전문으로 하는 학문을 세운 것은 국가의 근심거리가 된다고 鄭仲熊이 논하였다.

- 1154년(紹興 24年 甲戌)
  - 秦檜가 정사를 전횡하였다. 鄭仲熊이 위의 일을 다시 논하였다.

- 1155년(紹興 25年 乙亥)
  - 秦檜가 정사를 전횡하였다.
  - 10월. 張震이 천하의 학교에서 專門의 학을 금할 것을 거듭 청하였다. 秦檜가 죽었는데, 사대부가 程頤를 공격하는 것이 이로부터 조금 줄어들었다.

- 1156년(紹興 26年 丙子)
  - 6월. 葉謙이 程頤의 학문은 마땅히 모두 버릴 수 없는 것이라고 논하였다. 조서를 내려 선비를 뽑을 때 程頤·王安石 一家의 설에 얽매이지 말라고 하였다. 秦檜가 정권을 잡은 후 程頤의 학문이 세상에 금지된 지 12년이었는데, 이 때에 이르러 비로소 해금되었다.
  - 10월. 張浚이 永州에 안치되었다.

- 1157년(紹興 27年 丁丑)
  - 3월. 王十朋이 진사시에 1등으로 합격하였다.

- 1158년(紹興 28年 戊寅)

88. 慶元黨案

1) 慶元黨案　圖表

◎ 曾任宰執者 4人
- 趙汝愚 ☞ 玉山學案
- 留　正
- 周必大 ☞ 陳鄒諸儒學案
- 王　藺

◎ 曾任待制以上者 13人
- 朱　熹 ☞ 晦翁學案
- 徐　誼 ☞ 徐陳諸儒學案
- 彭龜年 ☞ 嶽麓諸儒學案
- 陳傅良 ☞ 止齋學案
- 薛叔似 ☞ 艮齋學案
- 章　穎 ☞ 玉山學案
- 鄭　湜
- 樓　鑰 ☞ 丘劉諸儒學案
- 林大中 ☞ 丘劉諸儒學案
- 黃　由
- 黃　黼 ☞ 涑水學案
- 何　異
- 孫逢吉

◎ 餘官 31人
- 劉光祖 ☞ 丘劉諸儒學案
- 呂祖儉 ☞ 東萊學案
- 葉　適 ☞ 水心學案
- 楊　方 ☞ 滄洲諸儒學案
- 項安世 ☞ 晦翁學案
- 李　埴 ☞ 嶽麓諸儒學案
- 沈有開 ☞ 嶽麓諸儒學案
- 曾三聘 ☞ 滄洲諸儒學案
- 游仲鴻 ☞ 丘劉諸儒學案

- 吳　獵 ☞ 嶽麓諸儒學案
- 李　祥
- 楊　簡 ☞ 慈湖學案
- 趙汝讜 ☞ 水心學案
- 趙汝談 ☞ 滄洲諸儒學案
- 陳　峴
- 范仲黼 ☞ 二江諸儒學案
- 汪　逵 ☞ 玉山學案
- 孫元卿
- 袁　燮 ☞ 絜齋學案
- 陳　武 ☞ 止齋學案
- 田　澹
- 黃　度 ☞ 止齋學案
- 詹體仁 ☞ 滄洲諸儒學案
- 蔡幼學 ☞ 止齋學案
- 黃　灝 ☞ 滄洲諸儒學案
- 周　南 ☞ 水心學案
- 吳柔勝 ☞ 晦翁學案
- 王厚之 ☞ 象山學案
- 孟　浩
- 趙　鞏 ☞ 丘劉諸儒學案
- 白炎震

◎ 武臣 3人
- 皇甫斌
- 范仲壬
- 張致遠

◎ 士人 8人
- 楊宏中
- 周端朝 ☞ 嶽麓諸儒學案
- 張　衜
- 林仲麟
- 蔣　傅
- 徐　範
- 蔡元定 ☞ 西山蔡氏學案

· 呂祖泰 ☞ 東萊學案

2) 慶元黨案序錄

이 序錄은 제87의 元祐黨案에 합하여 서술되어 있음.

3) 曾任宰執者 4人
(慶元年間 黨錮가 일어나기 이전 재상으로 집정한 사람)

● 조여우 趙汝愚(1140-1196) ☞ 玉山學案

● 유 정 留正(1129-1206)

자는 仲至, 시호는 忠宣이며, 泉州 晉江(福建省) 사람이다. 1144년 진사가 되어 孝宗年間 給事中에 제수 되었다. 그 후 端明展學士 · 參知政事 등을 지냈으며, 姜特立의 발탁으로 知閤門事가 되었다. 趙汝愚 · 黃黨 등을 발탁하여 함께 정사를 논하였으나, 韓侂胄와 張叔椿의 미움을 받아 좌천되었다.

● 주필대 周必大(1126-1204) ☞ 陳鄒諸儒學案

● 왕 린 王藺(?-?)

자는 謙仲, 호는 軒山, 시호는 獻肅이며, 廬江(安徽省) 사람이다. 1169년 진사가 되어 武學諭 · 樞密院編修官 등을 지냈다. 저술로 「奏議」가 있다.

4) 曾任待制以上者 13人
(慶元年間 黨錮가 일어나기 이전 待制 이상을 역임한 사람)

● 주 희 朱熹(1130-1200) ☞ 晦翁學案

● 서 의 徐誼(1144-1208) ☞ 徐陳諸儒學案

● 팽구년 彭龜年(1142-1206) ☞ 嶽麓諸儒學案

● 진부량 陳傅良(1137-1203) ☞ 止齋學案

- 설숙사 薛叔似(?-1221) ☞ 艮齋學案
- 장　영 章穎(1141-1218) ☞ 玉山學案
- 정　식 鄭湜(?-?)

  자는 溥之, 시호는 文肅이며, 福州 閩縣(福建省) 사람이다. 1166년 진사가 되어 秘書郞에 제수되었다. 慶元年間 초 起居郞으로 있을 때 趙汝愚가 知福州로 좌천되자 그를 변호하다가 韓侂冑의 미움을 받아 좌천되었다. 朱熹와 도적을 잡는 법에 관해 논하였다. 翰林學士·刑部侍郞 등을 지냈다.

- 누　약 樓鑰(1137-1213) ☞ 丘劉諸儒學案
- 임대중 林大中(1131-1208) ☞ 丘劉諸儒學案
- 황　유 黃由(?-?)

  자는 子由, 오는 盤野居士이며, 半江(湖南省) 사람이다. 1181년 진사가 되어 禮部尙書 겸 直學士院을 지냈다. 嘉定年間에 浙東安撫使로 발탁되었다.

- 황　보 黃黼(?-?) ☞ 涑水學案
- 하　이 何異(?-?)

  자는 同叔, 호는 月湖이며, 撫州 崇仁(江西省) 사람이다. 1153년 진사가 되어 石城主簿·知萍鄕縣을 지냈으며, 孝宗年間에는 周必大·留正 등의 도움으로 國子監主簿를 지냈다. 劉光祖와 친밀하게 지냈다. 뒤에 留正·趙汝愚와 친하다는 이유로 韓侂冑의 미움을 받아 파직되었다. 1208년에 복직되어 寶章閣學士 등을 지냈다. 저술로『月湖詩集』이 있다.

- 손봉길 孫逢吉(?-?)

  자는 從之, 시호는 獻簡이며, 吉州(江西省) 사람이다. 1163년 진사가 되었고, 1171년 黃鈞이 승상으로 있던 虞允文·梁克家에게 천거하였으나 끝내 常德敎授로 나아갔다가 귀향하였다. 1190년 秘書郞 겸 皇子嘉王府直講에 임명되었다. 朱熹·劉光祖 등과 함께 절친하게 지냈다. 彭龜年이 韓侂冑의 전횡을 논하다가 좌천되었는데, 그가 팽구년을 변호하다가 韓侂冑의 미움을 받아 知太平으로 좌천되었다. 동생 孫逢年과 孫逢辰은 모두 문학과 행실로 이름이 나 당시 '孫氏三龍'이라 일컬었다.

5) 餘官 31人

(慶元年間 黨錮가 일어날 당시 待制 이하의 관직에 있던 사람)

- 유광조 劉光祖(1142-1222) ☞ 丘劉諸儒學案
- 여조검 呂祖儉(? - 1196) ☞ 東萊學案
- 섭 적 葉適(1150-1223) ☞ 水心學案
- 양 방 楊方(? - ?) ☞ 滄洲諸儒學案
- 항안세 項安世(? - 1208) ☞ 晦翁學案
- 이 식 李墍(1161-1238) ☞ 嶽麓諸儒學案
- 심유개 沈有開(1134-1212) ☞ 嶽麓諸儒學案
- 증삼빙 曾三聘(1144-1210) ☞ 滄洲諸儒學案
- 유중홍 游仲鴻(1138-1215) ☞ 丘劉諸儒學案
- 오 렵 吳獵(1143-1213) ☞ 嶽麓諸儒學案
- 이 상 李祥(1128-1201)

  자는 元德, 시호는 肅簡이며, 常州 無錫(江蘇省) 사람이다. 1163년에 진사가
  되어 錢塘縣主簿가 되었으며, 太學博士를 거쳐 國子祭酒를 지냈다. 趙汝愚가
  좌천되자 太學諸生 楊宏中·周端朝 등 6인과 함께 상소하였다. 湖南轉運副使
  로 있을 때 언간의 탄핵으로 파직되었으며, 龍圖閣直學士로 致仕하였다.

- 양 간 楊簡(1141-1226) ☞ 慈湖學案
- 조여당 趙汝讜(? - ?) ☞ 水心學案
- 조여담 趙汝談(? - 1237) ☞ 滄洲諸儒學案
- 진 현 陳峴(1145-1212)

  자는 壽南, 호는 東齋이며, 溫州 平陽(浙江省) 사람이다. 陳桷의 손자이다.
  1187년 博學宏詞科로써 진사가 내려져 中書舍人·秘書郎 등을 지냈다. 韓佗
  胄가 北伐을 하고자 하여 친한 관리인 蘇師旦을 節度使로 삼고자 하였다. 이
  때 선생이 극렬히 반대하자 한탁주의 미움을 받아 관직에서 쫓겨났다. 저술로
  『東齋集』이 있다.

- 범중보 范仲黼(? - ?) ☞ 二江諸儒學案
- 왕 규 汪逵(? - ?) ☞ 玉山學案

- 손원경 孫元卿(?-?)

  자는 東伯으로, 생애가 자세치 않다. 國子博士를 지냈다.

- 원　섭 袁燮(1144-1224) ☞ 絜齋學案

- 진　무 陳武(?-?) ☞ 止齋學案

- 전　담 田澹(?-?)

  南劍(福建省) 사람으로, 생애가 자세치 않다. 宗正丞·工部郎官을 지냈다.

- 황　도 黃度(1138-1213) ☞ 止齋學案

- 첨체인 詹體仁(1143-1206) ☞ 滄洲諸儒學案

- 채유학 蔡幼學(1154-1217) ☞ 止齋學案

- 황　호 黃灝(?-?) ☞ 滄洲諸儒學案

- 주　남 周南(1159-1213) ☞ 水心學案

- 오유승 吳柔勝(1154-1224) ☞ 晦翁學案

- 왕후지 王厚之(1131-1204) ☞ 象山學案

- 맹　호 孟浩(?-?)

  자는 養直이며, 袁州 宜春(江西省) 사람이다. 1166년에 진사가 되어 知武寧縣
  을 지냈는데, 치적이 있었다. 知湖州로 있을 때 權貴의 미움을 받아 파직되었
  다가 뒤에 복직되어 直秘閣을 지냈다. 저술로 『黽技集』이 있다.

- 조　공 趙鞏(?-?) ☞ 丘劉諸儒學案

- 백염진 白炎震(?-?)

  普州(四川省) 사람으로, 생애가 자세치 않다. 成都府通判을 지냈다.

6) 武臣 3人(慶元年間 武臣으로 있던 사람)

- 황보빈 皇甫斌(?-?)

  자는 文仲이며, 華陰縣 華山(陝西省) 사람이다. 池州都統制를 지냈다.

- 범중임 范仲壬(?-?)

  蜀(四川省) 땅 사람이다. 武科에 급제하여 1126년에 知金州가 되고 利路鈐轄
  을 지냈다.

● 장치원 張致遠(1090-1147)

자는 子猷이며, 南劍州 沙縣(福建省) 사람이다. 1121년에 진사가 되어 廣東轉
運判官 · 顯謨閣待制 등을 지냈다.

7) 士人 8人(慶元年間 黨錮가 일어날 당시 연루된 士人들)

● 양굉중 楊宏中(?-?)

자는 充甫이며, 福州 侯官(福建省) 사람이다. 약관에 國子生이 되었다. 韓侂胄
가 집권하여 趙汝愚를 유배보내자, 林仲麟 등 5인과 함께 상소하여 韓侂胄를
논핵하다가 영남으로 귀향 갔다. 당시 세상 사람들이 林仲麟 · 徐範 · 楊宏中 ·
張衛 · 周端朝 · 蔣傳를 '慶元六君子'라고 불렀다. 嘉泰年間에 사면되었으며,
1205년 진사가 되어 潭州通判을 지냈다.

● 주단조 周端朝(1172-1234) ☞ 嶽麓諸儒學案

● 장   도 張衛(?-?)

자는 用叟이며, 侯官(福建省) 사람이다. 慶元年間(1195-1200)에 楊宏中 등 5
인과 함께 趙汝愚를 구원하는 상소를 올렸다. 세상 사람들이 당시 蔣傳 · 楊宏
中 · 周端朝 · 張衛 · 林仲麟 · 徐範을 '慶元六君子'라고 불렀다. 뒤에 泰和令을
지냈다.

● 임중린 林仲麟(?-?)

자는 景仲이며, 寧德(福建省) 사람이다. 1178년에 太學의 시험에서 1등을 차지
했다. 慶元年間에 楊宏中 등 5인과 함께 趙汝愚를 구원하는 상소를 올렸다가
韓侂胄의 분노를 사 毘陵으로 유배되었다. 세상 사람들이 당시 蔣傳 · 楊宏
中 · 周端朝 · 張衛 · 林仲麟 · 徐範을 '慶元六君子'라고 불렀다.

● 장   부 蔣傳(?-?)

자는 象夫이며, 信州(江西省) 사람이다. 寧宗 때 太學에 들어가 수학하였다.
韓侂胄가 집권하여 趙汝愚를 유배보내자, 林仲麟 등 5인과 함께 상소하여 韓
侂胄를 논핵하다가 太平州에 유배되었다. 세상 사람들이 당시 蔣傳 · 楊宏
中 · 周端朝 · 張衛 · 林仲麟 · 徐範을 '慶元六君子'라고 불렀다.

- **서 범 徐範(?-?)**

  자는 彛父이며, 福州 侯官(福建省) 사람이다. 韓侂胄가 집권하고 있을 때 趙汝愚를 永州로 유배 보내자, 林仲麟 등 5인과 함께 상소하여 韓侂胄를 논핵하다가 臨海에 유배되어 10년간 禁錮되었다. 세상 사람들이 당시 蔣傅·楊宏中·周端朝·張衢·林仲麟·徐範을 '慶元六君子'라고 불렀다. 1208년 진사가 되어 淸江縣尉·著作郎 등을 지냈다.

- **채원정 蔡元定(1135-1198)** ☞ 西山蔡氏學案

- **여조태 呂祖泰(?-?)** ☞ 東萊學案

88-1. 慶元黨案 附錄

◎ 慶元黨錮 年表

- 1159년(紹興 29年 己卯)
  - 8월. 陳康伯이 朱熹의 어짊을 아뢰어 행재소로 불렀으나, 주희는 나아가지 않았다.
  - 9월. 陳康伯이 재상이 되었다.

- 1160년(紹興 30年 庚辰)
  - 陳康伯이 재상이었다.

- 1161년(紹興 31年 辛巳)
  - 陳康伯이 재상이었다.

- 1162년(紹興 32年 壬午)
  - 陳康伯이 재상이었다.
  - 6월. 高宗이 太子에게 讓位하여, 孝宗이 즉위하였다.
  - 12월. 胡憲이 죽었다.

- 1163년(隆興 元年 癸未)
  - 정월. 史浩가 재상이 되었다. 陳康伯의 진언으로 다시 朱熹를 불렀다. 주희가 황제를 알현하고 講學·復讎 두 가지 일을 먼저 논하였으나, 뜻이 맞지 않았다. 武學博士에 제수되어 발령을 기다렸다.
  - 4월. 呂祖謙이 진사가 되었다.
  - 5월. 史浩가 파직되었다.
  - 12월. 張浚이 재상이 되었다. 陳亮이 「中興論」을 올렸다. 陳康伯이 파직되었다.

- 1164년(隆興 2年 甲申)
  - 11월. 陳康伯이 다시 재상이 되었다.

- 1165년(乾道 元年 乙酉)
  - 2월. 陳康伯이 죽었다. 朱熹에게 관직에 부임할 것을 재촉하였다. 또 집정으로 있던 錢端禮 등과 의론이 맞지 않아 돌아갔다.

- 1166년(乾道 2年 丙戌)
  - 12월. 魏杞가 재상이 되었다.

- 1167년(乾道 3年 丁亥)
  - 陳俊卿·劉珙이 처음으로 정권을 잡았다. 朱熹가 樞密院 編修官에 제수되었다.
  - 9월. 朱熹가 모친상을 당하였다.

- 1168년(乾道 4年 戊子)
  - 10월. 陳俊卿이 재상이 되었다.

- 1169년(乾道 5年 己丑)
  - 봄에 孔子에 대한 釋奠을 지냈다. 太學錄 魏掞之가 재상에게 고하여, 王安石 부자의 從祀를 파하고 程顥·程頤의 追爵을 청하였지만, 재상이 허락하지 않았다.
  - 8월. 虞允文이 재상이 되었다.
  - 이 해 鄭僑가 진사시에 1등으로 합격하였다.

- 1170년(乾道 6年 庚寅)
  - 5월. 陳俊卿이 파직되었다.

- 1171년(乾道 7年 辛卯)
  - 虞允文 혼자 재상으로 있었다.

- 1172년(乾道 8年 壬辰)
  - 8월. 梁克家가 재상이 되었다.
  - 9월. 虞允文이 파직되었다.

- 1173년(乾道 9年 癸巳)
  - 5월. 朱熹가 台州 崇道觀을 주관하였다.

- 1174년(淳熙 元年 甲午)
  - 2월. 虞允文이 죽었다.
  - 11월. 葉衡이 재상이 되었다.

- 1175년(淳熙 2年 乙未)
  - 葉衡 혼자 재상으로 있었다.

- 1176년(淳熙 3年 丙申)
  - 2월. 汪應辰이 죽었다. 龔茂良이 승상의 일을 행하며 朱熹를 천거하여, 주희가 비서랑에 제수되었다. 뒤에 사양하고 奉祠職에 차임되었다. 呂祖謙이 秘書郎·國史院 編修에 제수되었다.

- 1177년(淳熙 4年 丁酉)
  - 6월. 龔茂良이 파직되었다. 侍郎 趙粹中이 王雱의 화상을 철거하고 本朝의 名儒를 가려 從祀할 것을 청하였다. 孝宗이 范仲淹·司馬光·歐陽脩·蘇軾을 從祀하도록 명하였다. 趙雄은 범중엄·구양수는 신위만 설치하고, 사마광·소식은 신위를 堂上에 올리려 하였으나, 參政 龔茂良·李彦穎이 찬성하지 않아 시행하지 못했다.
  - 가을에 王雱의 畵像이 철거되었다.

- 1178년(淳熙 5年 戊戌)
  - 3월. 史浩가 다시 재상이 되어 朱熹·呂祖謙·張栻·曾逢을 천거하여 불렀으나, 장식은 나아가지 않았다. 趙雄이 집정하였다. 史浩가 朱熹를 천거하여 知南康軍에 차임되었다.
  - 11월. 사호가 파직되었다. 趙雄이 재상이 되었다.

- 1179년(淳熙 6年 己亥)
  - 趙雄 혼자 재상으로 있었다.

- 1180년(淳熙 7年 庚子)
  - 趙雄이 혼자 재상으로 있었다.
  - 2월. 張栻이 죽었다. 주희가 提擧江西常平茶鹽에 제수되어 후보자로 하례를 기다렸다.
  - 7월. 朱熹가 直秘閣에 제수되었다가 다시 提擧浙東常平茶鹽에 제수되었다.
  - 9월. 陸九齡이 全州教授에 발탁되었으나, 부임하기 전에 죽었다.
  - 12월. 胡銓이 죽었다.

- 1181년(淳熙 8年 辛丑)
  - 2월. 陸九淵이 南康에 있는 朱熹를 내방하였다.
  - 5월. 史浩를 少師로 삼았다.
  - 6월. 史浩가 薛叔似·楊時·陸九淵·陳謙·石應之·石宗昭·葉適·袁燮·趙靜之·張子智 등 15명을 천거하였다.
  - 7월. 呂祖謙이 죽었다.
  - 8월. 王淮가 재상이 되었다.
  - 이 해 黃由가 진사시에 1등으로 합격하였다.

- 1182년(淳熙 9年 壬寅)
  - 王淮 혼자 재상으로 있었다.
  - 정월. 陸九淵이 國子學正에 제수되었다.
  - 8월. 朱熹가 浙東 지방을 진휼하는 데 공로가 있어 直徽猷閣에 제수되었다.

- 1183년(淳熙 10年 癸卯)
  - 王淮 혼자 재상으로 있었다.
  - 정월. 朱熹가 台州 崇道觀을 주관하는 봉사직에 차임되었다. 이때부터 두문불출하며 武夷精舍에 거처하였다.
  - 6월. 陳賈가 道學의 欺世盜名을 논하고, 배척할 것을 청하였다. 이 때 鄭丙이 吏部尙書가 되어 "근세에 도학자라고 일컫는 자들은 欺世盜名하니, 믿고 등용하기엔 마땅치 않습니다."라고 하여, 마침내 '道學'이라는 지목이 있게 되었다.
  - 12월. 陸九淵이 칙명에 의해 删定官으로 옮겼다.

800 · 宋元時代 학맥과 학자들

- 1184년(淳熙 11年 甲辰)
  - 王淮 혼자 재상으로 있었다.
  - 11월. 峽州縣令에게 명하여 해마다 郭雍을 위문하게 했다.

- 1185년(淳熙 12年 乙巳)
  - 王淮 혼자 재상으로 있었다.

- 1186년(淳熙 13年 丙午)
  - 王淮 혼자 재상으로 있었다.
  - 11월. 陸九淵이 將作監丞에 제수되자, 王信이 논박하여 台州 崇道觀을 주관하게 되었다.
  - 12월. 陳俊卿이 죽었다.

- 1187년(淳熙 14年 丁未)
  - 2월. 周必大가 재상이 되었다.
  - 6월. 梁克家가 죽었다.
  - 7월. 朱熹가 江西提刑에 제수되었으나, 힘써 사양하였다. 王淮가 오랫동안 집정하자, 실직한 士人들이 많았다. 周必大가 재상이 되었지만, 팔짱만 끼고 침묵하며 간여하는 바가 없었다. 詹體仁이 뜻을 같이 하는 사람들을 거느리고 주필대에게 반복하여 극론하며 變通의 이치로써 책망하고, 소를 올려 폐치되어 등용되지 못하고 있는 명사들의 명단을 올렸다. 陳傅良 이하 33명이 었는데, 주필대가 등용하진 못했지만, 그 후에 또한 수용되어 발탁된 인사가 많았다.
  - 12월. 郭雍이 죽었다.

- 1188년(淳熙 15年 戊申)
  - 5월. 王淮가 파면되었다. 조서를 내려 朱熹에게 西太乙宮을 주관하게 하고, 崇政殿 說書를 겸하게 하였다. 주희를 秘閣 修撰에 제수하고, 예전대로 崇福宮을 주관하게 하였다. 주희가 사직하자 예전대로 直寶文閣에 제수하였다.
  - 8월. 朱熹가 兵部郞官에 제수되었으나, 부임하지 않았다. 林栗이 주희를 탄핵하는 疏章을 올리자, 葉適이 朱熹를 위하여 무고임을 밝히고 陳賈의 封事

에 대해 논박하였다. 주희가 浙東轉運副使에 제수되었으나, 사양하였다.
- 11월. 주희가 知漳州에 차임되었다.

- **1189년(淳熙 16年 己酉)**
  - 정월. 留正이 재상이 되어 何澹을 발탁해 諫官으로 삼고 周必大를 공격하였다.
  - 2월. 孝宗이 讓位하고, 光宗이 즉위하였다.
  - 5월. 周必大가 파직되었다.
  - 8월. 王淮가 죽었다.
  - 9월. 劉淸之가 죽었다. 태학박사 沈有開가 留正에게 명사를 발탁하여 등용하라고 힘써 권하였는데, 留正이 이를 따랐다. 이로부터 한 때 선량한 인사들이 조정에 많이 있었다.
  - 12월. 조서를 내려 陸九淵을 기용하여 主荊門軍으로 삼았다.

- **1190년(紹熙 元年 庚戌)**
  - 留正 혼자 재상으로 있었다.
  - 정월. 陳傅良을 기용하여 吏部員外郎으로 삼았다.
  - 2월. 劉光祖가 道學이 程氏의 사사로운 말이 아님을 논하였다. 그는 入對하여 "전 諫議大夫 陳賈와 지금의 右正言 黃掄은 간사하고 아첨을 잘하여 조정의 의론이 비난하는 대상입니다."라고 논하였다. 이로 인해 陳賈는 봉사직으로, 黃掄은 지방관으로 좌천되었는데, 이 두 사람은 모두 도학자를 공격하였기 때문이다.

- **1191년(紹熙 2年 辛亥)**
  - 留正 혼자 재상으로 있었다.
  - 봄에 朱熹가 秘閣修撰에 제수되었으나, 봉사직을 청하였다.
  - 9월. 주희가 湖南轉運副使에 제수되고 知靜江府에 차임되었으나, 사양하였다. 주희가 다시 知潭州에 차임되었다.
  - 겨울에 光宗이 병환이 있었는데, 계속해서 孝宗의 진의를 의심하고 두려워하는 것 때문에 병을 얻었다. 이에 孝宗이 머무는 重華殿에 대한 예가 지나치다고 하여 비로소 간소해졌다.

- **1192년(紹熙 3年 壬子)**
  - 留正 혼자 재상으로 있었다.
  - 11월. 尙書 羅點, 給事 尤袤, 舍人 黃裳, 御史 黃度, 郎官 葉適 등이 光宗에게 重華宮에 조회 할 것을 청하였지만, 광종이 따르지 않았다.

- **1193년(紹熙 4年 癸丑)**
  - 3월. 葛邲이 재상이 되었다.
  - 5월. 陳亮이 진사시에 1등으로 합격하여 簽書建康府判官廳公事에 제수되었으나, 나아가지 못하고 죽었다.

- **1194년(紹熙 5年 甲寅)**
  - 6월. 孝宗이 죽었다.
  - 7월. 光宗이 선위하여 寧宗이 즉위하였다. 光宗을 높여 '太上皇'이라 하였다. 黃榦이 迪功郎이 되었다.
  - 8월. 朱熹가 煥章閣待制·侍講에 제수되었다. 留正이 재상에서 파직되었다. 趙汝愚가 재상이 되었다. 徐誼가 中書門下省檢正諸房公事에 발탁되었다. 韓侂胄가 정사를 전횡하였다.
  - 9월. 張叔椿이 諫議大夫에 제수되어 학술은 치우치게 숭상해서는 안 된다고 아뢰었다. 樞密 羅點이 죽었다.
  - 10월 辛卯. 朱熹가 황제를 알현하였다. 彭龜年과 함께 면대를 청하여 韓侂胄의 간악함을 아뢰었다. 正言 黃度가 韓侂胄를 논핵하려 하였는데, 계획이 누설되어 쫓겨났다.
  - 윤10월. 朱熹가 宮觀을 주관하는 봉사직에 제수되었다. 趙汝愚가 황제의 비답을 소매 속에 넣고 가서 황제에게 올렸다. 樓鑰이 中書省에서 聖旨를 받아 작성한 錄黃을 봉해 돌려보내고, 舍人 鄧馹이 황제를 면대하여 붙잡으라고 청하자 황제가 이를 허락하고 수도의 봉사직에 제수하였다. 한 동안 비답이 내려오지 않자 劉光祖가 다시 말하고, 陳傅良이 다시 錄黃을 봉해 돌려보내자, 朱熹를 寶文閣 待制에 제수하고, 郡에 차임하였다. 劉光祖가 다시 만류하라고 상소하였으나, 비답이 없었다. 樓鑰이 다시 錄黃을 봉해 돌려보내자 聖旨가 내렸는데, 이미 지시한 대로 侍郎 孫逢吉의 상소에 따라 朱熹를 조정에 머물게 하였다. 吳獵이 차자를 올려 주희를 조정에 머물게 하기를 청하였

으나, 비답이 없었다. 주희가 조정에 있은 것이 겨우 46일이었다. 이때부터 陳傅良·劉光祖·吳獵이 차례로 쫓겨났다.

- 11월. 朱熹가 知江陵府에 차견되었으나 거듭 사임하니, 提擧鴻慶宮에 제수하였다.

- 이 해에 尙書 黃裳이 죽었다.

● 1195년(慶元 元年 乙卯)

- 韓侂胄가 정사를 전횡하였다.

- 3월. 趙汝愚가 右正言 李沐이 권력을 전횡하는 것에 대해 논하다 파직되었다. 章穎이 상소하여 그를 머물게 하였으나, 李沐이 조여우는 아랫사람에게 붙어 윗사람을 속인다고 탄핵하여 郡으로 좌천되었다. 徐誼도 상소하여 조여우를 조정에 두라고 청하였다가 파직되었다. 李祥·楊簡이 다시 소를 올려 조여우를 조정에 머물게 하라고 청하자, 李沐이 다시 그들을 탄핵하여 이상·양간이 모두 파직되었다.

- 4월. 呂祖儉이 상소하여 趙汝愚을 조정에 머무르게 하라 청하고, 아울러 朱熹·彭龜年 등을 내쫓는 것은 마땅하지 않다고 하였는데, 韓侂胄를 공격하였다 하여 韶州에 안치되었다. 舍人 鄧馹이 錄黃을 봉해 돌려보냈다. 태학생 楊宏中·周端朝·張衜·林仲麟·蔣傅·徐範 등 6명이 궁궐에 나아가 글을 올렸다.

- 6월. 조서를 내려 楊宏中 등을 5백 리 밖 軍·州로 유배보냈다. 劉德秀가 孫元卿·袁燮·陳武를 탄핵하여 모두 파직되어 쫓겨났다. 汪逵가 箚子를 올려 그들을 변론하다가 또한 파직되었다. 劉德秀가 상소하여 사건의 진위를 자세히 살펴 邪正을 분별해 달라고 청하였다.

- 7월. 何澹이 도학을 專門으로 하는 학문은 졸렬하고 奸詐하니, 마땅히 眞儒를 취하고 僞學者를 내치자고 건의하였다. 황제가 朝堂에 조서를 내렸는데, 趙汝愚가 등용한 사람들이 망라되어 있었다.

- 11월. 趙汝愚를 永州로, 徐誼를 南安軍으로 안치하였다.

- 12월. 朱熹가 待制에서 파직되고, 예전대로 宮觀을 주관하는 봉사직에 제수되었다.

- 1196년(慶元 2年 丙辰)
  - 韓侂冑가 정사를 전횡하였다.
  - 정월. 京鏜이 재상이 되고, 何澹이 同知樞密院事가 되었는데, 이때부터 道學을 僞學으로 금하자고 주장한 것이 6년이나 되었다. 趙汝愚가 衡州에서 약을 먹고 죽었다. 留正이 僞學의 무리들을 이끌고 社稷을 위태롭게 하였다고 劉德秀가 논핵하였는데, '僞學'이라는 명칭이 이때부터 비롯되었다.
  - 2월. 省闈知貢擧 葉翥 등이 문장의 폐단을 논하고, 六經 및 『논어』·『맹자』·『중용』·『대학』을 크게 금하였다.
  - 7월. 呂祖儉이 筠州에서 죽었다.
  - 8월. 胡紘이 僞學의 무리들이 날뛰고 불법을 도모하니 어찌 함께 조정에 나아가는 것을 용납할 수 있겠냐고 논핵하였다. 沈繼祖가 胡紘의 초고를 가지고 朱熹를 탄핵하였다.
  - 12월. 蔡元定이 道州로 유배되었다.

- 1197년(慶元 3年 丁巳)
  - 韓侂冑가 정사를 전횡하였다.
  - 2월. 邵褒가 지금부터 權臣의 黨與와 僞學의 무리를 내직에 差遣하지 말 것을 청하였다.
  - 3월. 劉三傑이 "僞學의 당이 변하여 逆黨이 되었으니, 방지하는 데 지극하게 하지 않아서는 안 됩니다"라고 논하였다. 留正이 邵州에 유배되었다.
  - 6월. 諫官 楊寅이 "廷試·省試에 장원한 사람과 內舍生으로 연달아 두 차례 우등을 차지하여 임용된 자들이 모두 僞學의 무리이니 가벼이 부를 수 없다."고 하였다.
  - 12월. 王沆이 僞學의 黨籍을 두자고 청하였다. 이에 당적을 만들었는데, 宰相으로 집정한 사람은 趙汝愚 등 4명이고, 待制 이상을 역임한 자는 朱熹 등 13명이고, 待制 이하의 관직에 있던 사람은 劉光祖 등 31명이며, 武臣은 皇甫斌 등 3명이고, 士人은 楊宏中 등 8명으로, 모두 59명이었다.
  - 이 해에 蔡元定이 春陵에서 죽었다.

- 1198년(慶元 4年 戊午)
  - 韓侂冑가 정사를 전횡하였다.

- 4월. 姚愈가 "간사한 僞學의 무리가 세상을 속이고 이름을 훔치니, 國是를 정하자."고 청하였다.
- 5월. 高文虎에게 명해 조서를 초안하여 僞學의 무리에 유시하고, 그들의 동태를 살펴 보고하게 하였다.
- 12월. 朱熹가 致仕를 청하였다.

● 1199년(慶元 5年 己未)
- 韓侂冑가 정사를 전횡하였다.
- 정월. 조서를 내려 彭龜年은 三官의 직을 추급해 정지하고, 曾三聘은 兩官의 직을 추급해 정지하도록 하였다.
- 2월. 조서를 내려 劉光祖를 파직시키고 房州에 거주하게 하였다.
- 5월. 眞德秀·魏了翁이 진사시에 합격하였다.
- 9월. 진사 呂祖泰가 登聞鼓를 두드리고 글을 올려 僞學을 금하는 것의 부당함을 논하자, 連州로 유배보냈다가 다시 欽州 牢城으로 유배보냈다.
- 12월. 諫官이 허위의 무리들에게 우선 외부의 봉사직을 주어 정도로 돌아오게 하자고 청하였다. 朱熹가 청한 바에 따라 朝奉大夫로 致仕하게 하였다.

● 1200년(慶元 6年 庚申)
- 韓侂冑가 정사를 전횡하였다.
- 윤2월. 謝深甫가 재상이 되었다.
- 3월. 朱熹가 考亭에서 죽었다.
- 8월. 京鏜이 죽었다. 諫官 施康年이, 僞學의 무리들이 모여 僞學의 스승인 朱熹를 장사지내니, 엄하게 단속하라고 청하였다.

● 1201년(嘉泰 元年 辛酉)
- 韓侂冑가 정사를 전횡하였다.
- 2월. 논핵하는 자가 "僞學의 무리들을 모두 혁파할 수 없으니, 인재를 등용하고 간언을 들을 적에 그 근원을 막으시길 바랍니다."라고 하였다. 周必大가 폄직되어 少保가 되었다.
- 8월. 李祥이 죽었다.

- 1202년(嘉泰 2年 壬戌)
  - 韓侂冑가 정사를 전횡하였다.
  - 정월. 諫官이 "僞學을 익힌 무리들도 僞學을 공격하는 설을 주장하고 있으니, 위학을 금지하길 청한다"고 논하였다.
  - 2월 초에 張孝伯·陳景思의 간언으로 趙汝愚를 資政殿 太學士에 추급해 복직시키고, 黨人으로 생존한 徐誼·劉光祖·陳傅良·章穎·薛叔似·葉適·林大中·詹體仁·蔡幼學·曾三聘·項安世·范仲黼·黃灝·游仲鴻 등은 모두 앞뒤로 편의에 따라 복직시켜 州郡의 수령으로 임명하거나 봉사직을 제수하였다. 또 천거하는 문서 중에 僞學과 관련 없는 것을 삭제하고 다시는 말을 하지 않도록 하였다.
  - 10월. 朱熹를 華文閣 待制에 제수하고 致仕에 따른 恩澤을 내렸다.
  - 12월. 周必大가 少傅에 복직되고 留正이 少保에 복직되었는데, 이때부터 도학을 금지한 것이 점차 해제되었다.

- 1203년(嘉泰 3年 癸亥)
  - 韓侂冑가 정사를 전횡하였다.
  - 5월. 陳自强이 재상이 되었다.

- 1204년(嘉泰 4年 甲子)
  - 韓侂冑가 정사를 전횡하였다.
  - 12월. 周必大가 죽었다.

- 1205년(開禧 元年 乙丑)
  - 韓侂冑가 정사를 전횡하였다.
  - 7월. 留正이 죽었다. 韓侂冑가 太師·永興軍節度使·平原郡王平章軍國事가 되었다.

- 1206년(開禧 2年 丙寅)
  - 韓侂冑가 정사를 전횡하였다.
  - 7월. 楊萬里가 죽었다.
  - 12월. 吳曦가 금나라에서 왕으로 칭한 명을 받았다. 彭龜年이 죽었다.

- 1207년(開禧 3年 丁卯)
  - 韓侂冑가 정사를 전횡하였다.
  - 11월 3일에 계책을 정하여 韓侂冑가 형벌을 받고 죽었다.
  - 12월. 錢象祖가 재상이 되었다.

- 1208년(嘉定 元年 戊辰)
  - 2월. 조서를 내려 趙汝愚의 원래 관직을 모두 회복시키고, 시호를 내렸다.
  - 6월. 林大中이 죽었다.
  - 7월. 丘崈이 죽었다.
  - 10월. 史彌遠이 재상이 되었다. 朱熹에게 시호를 내리라는 교지가 있었다. 조서를 내려 六士가 올린 글을 모으게 하였다. 趙汝愚가 다시 太師에 추증되고, 沂國公에 추봉되었다.
  - 12월. 錢象祖가 파직되었다.
  - 이 해 연호를 바꾸었다.

- 1209년(嘉定 2年 己巳)
  - 史彌遠 혼자 재상으로 있었다.
  - 정월. 樓鑰이 參知政事가 되었다.
  - 12월. 朱熹에게 '文公'이란 시호를 내렸다. 박사 章徠가 시호를 의논하여 '文忠'이라 하였는데, 劉彌正이 '忠'자를 버리고 '文'자만 남겼다. 彭龜年·孫逢吉·呂祖儉에게 차례로 시호가 내렸다. 蔡元定이 특별히 迪功郎에 추증되었다.

- 1210년(嘉定 3年 庚午)
  - 史彌遠 혼자 재상으로 있었다.
  - 5월. 朱熹를 中大夫·寶謨閣 直學士에 추증하였다.

- 1211년(嘉定 4年 辛未)
  - 史彌遠 혼자 재상으로 있었다.
  - 12월. 李道傳이 學禁을 없애는 조서를 내리고 朱熹의 四書를 반포하고 周敦頤·邵雍·程顥·程頤·張栻 다섯 선생을 從祀하길 청하였으나, 실행되지

않았다.
· 이 해 呂泰然이 죽었다.

● 1212년(嘉定 5年 壬申)
· 史彌遠 혼자 재상으로 있었다.
· 劉熿이 朱熹의『논어집주』·『맹자집주』를 학관에 설치하길 청하니, 그것을
따랐다.

● 1213년(嘉定 6年 癸酉)
· 史彌遠 혼자 재상으로 있었다.

● 1214년(嘉定 7年 甲戌)
· 史彌遠 혼자 재상으로 있었다.
· 8월. 衛涇이 張栻을 위해 시호를 청하였다.

● 1215년(嘉定 8年 乙亥)
· 史彌遠 혼자 재상으로 있었다.
· 6월. 丘壽雋이 呂祖謙을 위해 시호를 청하였다.
· 8월. 張栻에게 시호를 내렸다. 박사 孔煒가 시호를 의논하여 '宣'으로 하니,
楊汝明이 다시 의논하였지만 그 시호를 따랐다.

● 1216년(嘉定 9年 丙子)
· 史彌遠 혼자 재상으로 있었다.
· 정월. 呂祖謙에게 시호가 내려졌다. 孔煒가 시호를 의논하여 '成'으로 하니,
丁端祖가 다시 의논하였지만 그 시호를 따랐다. 魏了翁이 周敦頤를 위해 시
호를 청하였다.
· 11월. 任希夷가 程顥·程頤를 위해 시호를 청하였다.

● 1217년(嘉定 10年 丁丑)
· 史彌遠 혼자 재상으로 있었다. 魏了翁이 周敦頤·程顥·程頤·張載를 위해
시호를 청하였다. 陸九淵에게 '文安'이란 시호를 내렸다.

• 이 해 吳潛이 진사시에 1등으로 합격하였다.

• 1218년(嘉定 11年 戊寅)
  • 史彌遠 혼자 재상으로 있었다.

• 1219년(嘉定 12年 己卯)
  • 史彌遠 혼자 재상으로 있었다.

• 1220년(嘉定 13年 庚辰)
  • 史彌遠 혼자 재상으로 있었다.
  • 6월. 太常 臧格이 시호를 의논하여 周敦頤는 '元', 程顥는 '純', 程頤는 '正'이
    라 하니, 樓觀이 다시 의논하였지만 그 시호를 따랐다.

• 1221년(嘉定 14年 辛巳)
  • 史彌遠 혼자 재상으로 있었다.
  • 3월. 李誠之가 순국하였다.
  • 12월. 魏了翁이 다시 張載를 위해 시호를 청하였다.

• 1222년(嘉定 15年 壬午)
  • 史彌遠 혼자 재상으로 있었다.

• 1223년(嘉定 16年 癸未)
  • 史彌遠 혼자 재상으로 있었다.
  • 5월. 蔣重珍이 진사시에 1등으로 합격하였다. 박사들이 張載의 시호를 의논
    하여 '達'이라 하였다. 禮部侍郎이 시호를 논의해 '明'·'誠'·'中' 세 글자 중
    하나를 취하자고 하여 이를 따랐다. 魏了翁이 '誠'자를 쓰자고 하니, 의논한
    사람들이 불가하다고 하였다.

• 1224년(嘉定 17年 甲申)
  • 史彌遠 혼자 재상으로 있었다.

· 정월. 程頤의 후손을 채용하여 증손인 程觀之를 登仕郞에 보임하였다.
· 6월. 조서를 내려 程頤의 玄孫인 程源을 迪功郞에 보임하였다.
· 8월. 孝宗이 죽고, 理宗이 즉위하였다.

● 1225년(寶慶 元年 乙酉)
· 史彌遠이 정사를 전횡하였다.
· 8월. 張九成에게 '文忠'이란 시호를 내렸다.

● 1226년(寶慶 2年 丙戌)
· 史彌遠이 정사를 전횡하였다.
· 정월. 陸九齡에게 '文達'이란 시호를, 沈煥에게 '端憲'이란 시호를 내렸다.
  布衣 李心傳을 대궐로 불렀다.

● 1227년(寶慶 3年 丁亥)
· 史彌遠이 정사를 전횡하였다.
· 5월. 朱熹에게 太師를 증직하고, 信國公에 추봉하였다.

● 1228년(紹定 元年 戊子)
· 史彌遠이 정사를 전횡하였다.

● 1229년(紹定 2年 己丑)
· 史彌遠이 정사를 전횡하였다.
· 9월. 朱熹를 徽國公으로 고쳐 봉하였다.

● 1230년(紹定 3年 庚寅)
· 史彌遠이 정사를 전횡하였다.
· 5월. 蔡沈이 죽었다.

● 1231년(紹定 4年 辛卯)
· 史彌遠이 정사를 전횡하였다.

- 1232년(紹定 5年 壬辰)
  - 史彌遠이 정사를 전횡하였다.

- 1233년(紹定 6年 癸巳)
  - 10월. 鄭淸之가 재상이 되었다. 史彌遠이 죽었다.

- 1234년(端平 元年 甲午)
  - 鄭淸之 혼자 재상으로 있었다.
  - 5월. 徐僑을 불러 太常少卿으로 삼았다.
  - 9월. 眞德秀를 불러 翰林學士로 삼고, 魏了翁을 直學士院으로 삼았다.

- 1235년(端平 2年 乙未)
  - 정월. 조서를 내려 의논하여 胡瑗·孫復·邵雍·歐陽修·周敦頤·司馬光·蘇軾·張載·程顥·程頤 등 18명을 孔子廟庭에 從祀하였다.
  - 3월. 眞德秀가 參知政事가 되었다.
  - 5월. 眞德秀가 죽었다.
  - 6월. 喬行簡이 재상이 되었다.
  - 8월. 조서를 내려 趙汝愚를 寧宗의 廟廷에 배향하였다.
  - 12월. 知沔州 高稼가 순국하였다.

- 1236년(端平 3年 丙申)
  - 9월. 崔與之가 재상이 되었다.

- 1237년(嘉熙 元年 丁酉)
  - 8월. 조서를 내려 趙汝愚를 福王에 추봉하였다.

- 1238년(嘉熙 2年 戊戌)

- 1239년(嘉熙 3年 己亥)
  - 정월. 喬行簡이 平章軍國重事가 되었고, 李宗勉·史嵩之가 재상이 되었다.
  - 12월. 崔與之가 죽었다. 陳和仲을 國子司業으로 삼았다.

- 1240년(嘉熙 4年 庚子)
  - 이 해에 李宗勉이 죽었다.

- 1241년(淳祐 元年 辛丑)
  - 史嵩之가 정사를 전횡하였다.
  - 정월. 周敦頤·程顥·程頤·張載·朱熹을 從祀하고, 주돈이는 汝南伯에, 정호는 河南伯에, 정이는 伊陽伯에, 장재는 郿伯에 봉하였다. 王應麟이 진사가 되었다.
  - 2월. 喬行簡이 죽었다.

- 1242년(淳祐 2年 壬寅)
  - 史嵩之가 정사를 전횡하였다.

- 1243년(淳祐 3年 癸卯)
  - 史嵩之가 정사를 전횡하였다.

- 1244년(淳祐 4年 甲辰)
  - 史嵩之가 정사를 전횡하였다.
  - 9월. 史嵩之가 재상에서 쫓겨났다.
  - 12월. 范鍾·杜範이 재상이 되었다.

- 1245년(淳祐 5年 乙巳)
  - 4월. 杜範이 죽었다.
  - 6월. 侍郎 徐元杰이 갑자기 죽었다.
  - 12월. 游似가 재상이 되었다.

- 1246년(淳祐 6年 丙午)

- 1247년(淳祐 7年 丁未)
  - 4월. 鄭淸之가 다시 재상이 되었다.

- 1248년(淳祐 8年 戊申)
  - 鄭淸之 혼자 재상으로 있었다.

- 1249년(淳祐 9年 己酉)
  - 정월. 范鍾이 죽었다.
  - 윤2월. 趙葵가 재상이 되었다.

- 1250년(淳祐 10年 庚戌)
  - 이 해 方逢辰이 진사시에 1등으로 합격하였다.

- 1251년(淳祐 11年 辛亥)
  - 11월. 謝方叔·吳潛이 재상이 되었다.

- 1252년(淳祐 12年 壬子)
  - 謝方叔 혼자 재상으로 있었다.

- 1253년(寶祐 元年 癸丑)
  - 謝方叔 혼자 재상으로 있었다.

- 1254년(寶祐 2年 甲寅)
  - 8월. 董槐가 재상이 되었다.

- 1255년(寶祐 3年 乙卯)

- 1256년(寶祐 4年 丙辰)
  - 10월. 程元鳳이 재상이 되었다.
  - 5월. 文天祥이 진사시에 1등으로 합격하였다.

- 1257년(寶祐 5年 丁巳)
  - 程元鳳 혼자 재상으로 있었다.

　•8월. 史嵩之가 죽었다.

● 1258년(寶祐 6年 戊午)
　•4월. 丁大全이 재상이 되었다.

● 1259년(開慶 元年 己未)
　•10월. 吳潛이 다시 재상이 되었다. 賈似道가 재상이 되었다.

● 1260년(景定 元年 庚申)
　•4월. 吳潛이 파직되었다.

● 1261년(景定 2年 辛酉)
　•賈似道가 정사를 전횡하였다.
　•정월. 張栻에게 華陽伯을, 呂祖謙에게 開封伯을 加封하고 함께 孔子廟庭에 從祀하였다.

● 1262년(景定 3年 壬戌)
　•賈似道가 정사를 전횡하였다.
　•6월. 吳潛이 循州에서 갑자기 죽었다.

● 1263년(景定 4年 癸亥)
　•賈似道가 정사를 전횡하였다.
　•5월. 婺州의 布衣 何基와 建寧의 布衣 徐幾가 함께 迪功郎에 제수되었다.

● 1264년(景定 5年 甲子)
　•賈似道가 정사를 전횡하였다.
　•9월. 建寧教授 謝枋得이 興國軍에 유배되었다.
　•10월. 度宗이 즉위하였다.

● 1265년(咸淳 元年 乙丑)
　•賈似道가 정사를 전횡하였다.

- 1266년(咸淳 2年 丙寅)
  - 賈似道가 정사를 전횡하였다.

- 1267년(咸淳 3年 丁卯)
  - 賈似道가 정사를 전횡하였다.
  - 3월. 程元鳳이 다시 재상이 되었다.
  - 8월. 葉夢鼎이 재상이 되었다.

- 1268년(咸淳 4年 戊辰)
  - 賈似道가 정사를 전횡하였다.
  - 12월. 程元鳳이 죽었다.

- 1269년(咸淳 5年 己巳)
  - 賈似道가 정사를 전횡하였다.
  - 3월. 江萬里·馬廷鸞이 재상이 되었다.

- 1270년(咸淳 6年 庚午)
  - 賈似道가 정사를 전횡하였다.
  - 5월. 江萬里가 파직되었다.

- 1271년(咸淳 7年 辛未)
  - 賈似道가 정사를 전횡하였다.

- 1272년(咸淳 8年 壬申)
  - 賈似道가 정사를 전횡하였다.

- 1273년(咸淳 9年 癸酉)
  - 賈似道가 정사를 전횡하였다.

- 1274년(咸淳 10年 甲戌)
  - 賈似道가 정사를 전횡하였다.

- 7월. 瀛國公이 황제로 즉위하였다.
- 11월. 王爚이 재상이 되었다.
- 12월. 章鑑이 재상이 되었다.

● 1275년(德祐 元年 乙亥)
  - 2월. 賈似道가 파직되었다.
  - 4월. 陳宜中·留夢炎이 재상이 되었다.
  - 5월. 婺州의 處士 何基에게 '文定'이란 시호가 내렸고, 王柏에게 承事郎의 직책이 내려졌다.
  - 9월. 賈似道가 南劍州에서 죽었다.
  - 11월. 謝枋得을 江西招諭使로 삼았다.

● 1276년(德祐 2年 丙子)
  - 정월. 吳堅·文天祥이 재상이 되었다. 李芾이 순국하였다. 趙良淳이 순국하였다.

89. 荊公 王安石의 學脈(荊公新學略)

1) 荊公新學略 圖表

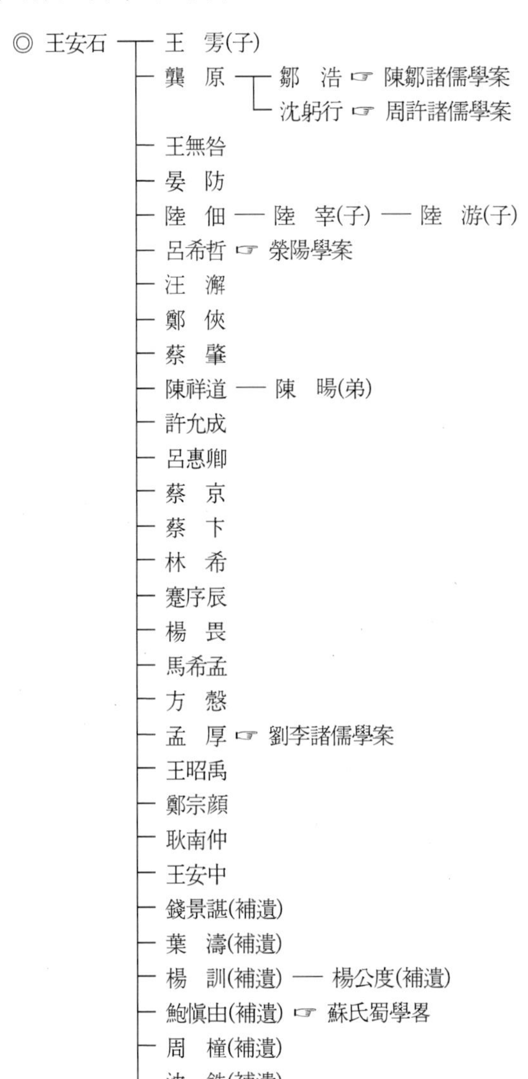

```
├ 孫   適(補遺)
└ 董   必(補遺)
```

```
※ 兄   弟 : 王安禮
            王安國
※ 講   友 : 曾   鞏 ☞ 廬陵學案
            孫   侔
            胡舜元(補遺)
            王   介(補遺)
※ 學   侶 : 宋保國
※ 私   淑 : 熊   蕃(補遺)
```

2) 荊公新學略序錄

내가 삼가 살펴보건대, 王安石의『淮南雜說』이 처음 나왔을 때 그것을 읽은 사람들은『孟子』라고 여겼으며, 蘇洵의 문장이 처음 나왔을 때 그것을 읽은 사람들은『荀子』라고 여겼다. 그리하여 떼를 지어 논쟁하는 일이 크게 일어났다. 왕안석의『三經新義』는 수십 년이 지난 뒤에 비로소 없어졌고, 소순의 蜀學도 드디어 적대시하게 되었다. 그러나 荊公新學略 · 蘇氏蜀學略 두 학안은 그 본말을 궁구하지 않을 수 없다. 왕안석은 聖學을 밝히려 하다가 禪學과 뒤섞였고, 소순은 縱橫家의 學에서 나왔으나 또 선학에 섞여버렸다. 심하구나, 불교가 그 세력을 확장함이여!

3) 歐陽脩의 門人

● 왕안석 王安石(1021-1086)

자는 介甫, 호는 臨川 · 半山, 시호는 文이며, 臨川(江西省) 사람이다. 歐陽脩에게 배웠으며, 1042년 진사가 되어 翰林學士 · 觀文殿太學士 등을 지냈다. 1080년 荊國公에 봉해졌다. 만년에 金陵으로 물러나 살다가 죽었다. 당송팔대가 중 한 사람이다. 春秋三傳은 모두 믿을 수 없다 하여 수용하지 않았다. 아들 王雱 및 呂惠卿 등과 함께『주례』·『상서』·『시경』을 주석하였는데, 선유들의

注解를 채용하지 않아『三經新義』라 불렀다. 이『삼경신의』는 당시의 官學으로 정해져 공부하는 사람들의 표준이 되었으며, 變法의 준거가 되었다. 그는 青苗法·免役法·市易法·保甲法 등을 시행하여 현실제도의 개혁을 주도하였는데, 諫官인 孫覺·李常·胡宗愈·張戩·王子韶·陳襄·程顥 등으로부터 비난을 받았다. 저술로『詩經新義』·『尙書新義』·『周官新義』·『王臨川先生文集』·『易義』·『洪範傳』·『左氏解』·『禮記要義』·『孝經義』·『論語解』·『孟子解』·『老子注』·『詩義鉤沈』·『道德經注』등이 있다.

4) 王安石의 兄弟

● 왕안례 王安禮(1035-1096)

자는 和甫이며, 臨川(江西省) 사람이다. 王安石의 동생으로, 1061년 진사가 되어 著作佐郎·崇文院校書 등을 지냈다. 蘇軾이 시에 新法을 언급하여 죄를 얻자, 왕안례가 나서서 구명하였다. 저술로『王魏公集』이 있다.

● 왕안국 王安國(1028-1074)

자는 平甫이며, 臨川(江西省) 사람으로, 王安石의 동생이다. 熙寧年間에 진사가 되어 西京國子敎授·秘閣校理 등을 지냈다. 神宗이 형 왕안석과 함께 政事에 참여할 것을 청하였으나 거절하였으며, 왕안석에게도 新法의 옳지 못함을 여러 번 간하였다. 형과 함께 신법을 주석한 呂惠卿을 매우 싫어하였다.

5) 王安石의 講友

● 증 공 曾鞏(1019-1083) ☞ 廬陵學案

● 손 모 孫侔(1019-1084)

초명은 處, 자는 正之·少述이며, 吳興(浙江省) 사람이다. 王安石·曾鞏과 교유하였다. 수 차례 진사시에 응시하였으나 급제하지 못하였다. 몇 번의 천거를 받았으나, 종신토록 벼슬길에 나아가지 않았다.

● 호순원 胡舜元(? - ?)

자는 叔才이며, 銅陵(安徽省) 사람이다. 1059년 진사가 되어 知鄭縣·著作郎 등을 지냈다. 王安石이 新法을 시행하자 서신을 보내 논변하였으나, 결국에는

그의 아래에서 벼슬을 하였다.(보유 873쪽)

● 왕 개 王介(?-?)

자는 仲父이며, 常山(浙江省) 사람이다. 1061년 진사가 되어 秘閣校理 등을
지냈다. 王安石과 친분이 두터웠다.(보유 874쪽)

6) 王安石의 學侶

● 송보국 宋保國(?-?)

생애가 자세치 않다. 王安石의 學侶이다.

7) 王安石의 家學

● 왕 방 王雱(1044-1076)

자는 元澤이며, 臨川(江西省) 사람이다. 王安石의 아들로, 아버지를 도와『三
經新義』를 찬술하였다. 1067년 진사가 되어 太子中允·龍圖閣直學士 등을
지냈다. 저술로 道藏의 四家注에 수록된『老子注』·『道德眞經集義』가 있으
며, 그 외 저술로『詩義』·『尙書義』·『爾雅義』·『論語義』·『孟子注』·『莊子
注』·『老子訓傳』·『佛書義解』등이 있다.

8) 王安石의 門人 및 追從人

● 공 원 龔原(?-?)

자는 深父·深之, 호는 括蒼이며, 遂昌(浙江省) 사람이다. 陸佃(1042-1102)
과 함께 王安石에게 수학하였다. 1063년 진사가 되어 國子司業·兵部侍郞 등
을 지냈다. 저술로『周易新講義』·『春秋解』·『論語解』·『孟子解』·『續解易
義』등이 있었으나, 모두 전해지지 않는다.

● 왕무구 王無咎(1024-1069)

자는 補之이며, 南城(江西省) 사람이다. 嘉祐年間에 진사가 되어 儀眞主簿·
天台令 등이 되었으나, 벼슬을 버리고 王安石을 따라 배웠다. 저술로『論語解』
가 있다.

- **안 방 晏防(1053-1100)**

  자는 宗武이며, 臨川(江西省) 사람이다. 어려서 王安石에게 배웠다. 崇仁縣主簿・萬載縣丞 등을 지냈다. 저술로『侯門集』・『俱胝集』이 있다.

- **육 전 陸佃(1042-1102)**

  자는 農師, 호는 陶山이며, 山陰(浙江省) 사람이다. 王安石에게 수학하여 학문적 영향을 받았으나, 新法에는 찬성하지 않았다. 1070년 진사가 되어 禮部侍郞・尙書右丞 등을 지냈다. 문자학과 禮學에 밝았으며, 저술로『埤雅』・『禮象』・『春秋後傳』・『爾雅新義』 등이 있다.

- **여희철 呂希哲(1039-1116)** ☞ 滎陽學案

- **왕 해 汪澥(？-？)**

  자는 仲容이며, 宣州(安徽省) 사람이다. 어려서 胡瑗에게『수역』을 배웠으며, 왕안석에게도 수학하여 그의 설을 전수 받았다. 1085년 진사가 되어 大司成・知婺州 등을 지냈다.

- **정 협 鄭俠(1041-1119)**

  자는 介夫, 호는 大慶居士・一拂居士이며, 福淸(福建省) 사람이다. 王安石이 金陵에 거처할 때 그를 따라 배웠다. 1067년 진사가 되어 光州司法 등을 지냈다. 왕안석의 新法에 반대하여 그 폐해를 알리는 流民圖를 그려 올리는 등 생을 마칠 때까지 신법에 반대하였다. 저술로『西塘集』이 있다.

- **채 조 蔡肇(？-1119)**

  자는 天啓이며, 丹陽(江蘇省) 사람이다. 처음에는 王安石에게 배웠으며, 나중에는 蘇軾에게도 배웠다. 1079년 진사가 되어 明州司戶參軍・中書舍人 등을 지냈다. 저술로『丹陽集』이 있다.

- **진상도 陳祥道(1053-1093)**

  자는 用之이며, 福州(福建省) 사람이다. 王安石의 제자로 新學을 전파하는 데 공헌한 인물이다. 1067년 진사가 되어 太常博士・秘書省正子 등을 지냈다. 저술로『禮書』・『論語全解』가 있다.

- **허윤성 許允成(？-？)**

  생애가 자세치 않다. 王安石의 문인으로, 왕안석과 그의 아들 王雱과 함께『孟子新義』를 저술하였다.

- **여혜경 呂惠卿(1032-1112)**

  자는 吉甫이며, 晉江(福建省) 사람이다. 王安石의 제자이다. 왕안석을 만나 經義를 논함에 뜻이 일치하여 新法을 제정하는 데 참여하였으며, 王雱과 함께 『三經新義』를 편수하였다. 1057년 진사가 되어 眞州推官·翰林學士 등을 지냈다.

- **채　경 蔡京(1047-1126)**

  자는 元長이며, 仙遊(福建省) 사람이다. 1071년 진사가 되어 中書舍人·戶部尚書 등을 지냈다. 처음에는 蔡確에게 붙었다가 나중에는 司馬光을 따랐으며, 王安石의 新法이 시행되자 적극 도왔다. 判國子監으로 왕안석의 아들 王雱과 함께 『三經新義』를 편수하였다. 元祐年間의 여러 신하들을 '奸黨'이라고 폄하하며 배척하였고, 黨籍에 있는 자들의 자손까지도 禁錮하는 데에 앞장섰다.

- **채　변 蔡卞(1058-1117)**

  자는 元度, 시호는 文正이며, 仙遊(福建省) 사람이다. 蔡京의 동생이며, 王安石의 사위가 되어 그에게 배웠다. 1070년 진사가 되어 尚書左丞·昭慶軍節度使 등을 지냈다. 저술로 『毛詩名物解』가 있다.

- **임　희 林希(1035-1101)**

  자는 子中, 호는 醒老, 시호는 文節이며, 福州(福建省) 사람이다. 1057년 진사가 되어 涇縣主簿·吏部尚書 등을 지냈다. 中書舍人으로 『神宗實錄』을 편수하였으며, 元祐黨人을 축출하는 일에 깊이 관여하였다. 저술로 『兩朝寶訓』이 있다.

- **건서진 蹇序辰(?-?)**

  자는 授之이며, 雙流(四川省) 사람이다. 진사가 되어 泗州推官·刑部侍郎·禮部侍郎 등을 지냈다.

- **양　외 楊畏(1044-1112)**

  자는 子安이며, 洛陽(河南省) 사람이다. 王安石의 학문을 존숭하였다. 진사가 되어 寶文閣待制·集賢殿修撰 등을 지냈다. 元祐黨에 입당하였다가 蔡京이 재상이 되자 탈당하였다.

- **마희맹 馬希孟(?-?)**

  이름을 晞孟이라고도 한다. 자는 彦醇이며, 廬陵(江西省) 사람이다. 王安石을

종주로 하였다. 1073년 진사가 되어 官州學敎授를 지냈다. 저술로『禮記解』·
『揚州詩集』이 있다.

- 방 각 方慤(?-?)

  자는 性夫이며, 桐廬(浙江省) 사람이다. 1118년 진사가 되어 禮部侍郎을 지냈
  다.『禮記解』를 저술하여 조정에 진상하였는데, 후대의 朱熹도 "『예기해』는
  新學이라 하여 배척해서는 안 된다."고 하였다.

- 맹 후 孟厚(?-?) ☞ 劉李諸儒學案

- 왕소우 王昭禹(?-?)

  자는 光遠이며, 생애가 자세치 않다. 저술로『周禮詳解』가 있는데, 王安石의
  설을 위주로 하여 좀 더 상세하게 보충한 것이다.

- 정종안 鄭宗顔(?-?)

  생애가 자세치 않다. 저술로『考工記注』가 있다.

- 경남중 耿南仲(?-1129)

  자는 希道이며, 開封(河南省) 사람이다. 1082년 진사가 되어 門下侍郎·觀文
  殿大學士 등을 지냈다. 저술로『周易新講義』가 있다.

- 왕안중 王安中(1076-1134)

  자는 履道, 호는 初寮이며, 曲陽(山西省) 사람이다. 1100년 진사가 되어 翰林
  學士·尙書左丞 등을 지냈다. 저술로『初寮集』이 있다.

- 전경침 錢景諶(?-?)

  臨安(浙江省) 사람이다. 王安石이 그의 문장을 公卿들 사이에서 칭찬한 것으
  로 인해 왕안석의 제자가 되었다. 왕안석의 新法이 이익은 적고 해는 많아 훗
  날 백성들의 근심이 될 것이라며 반대하였다. 진사가 되어 知瀛州·朝請郎 등
  을 지냈다.(보유 874쪽)

- 섭 도 葉濤(?-?)

  자는 致遠이며, 龍泉(浙江省) 사람이다. 王安石에게 배웠으며, 熙寧年間(1068
  -1077)에 진사가 되어 秘書省正字·龍圖閣待制 등을 역임하였다.(보유 830
  쪽)

- 양 훈 楊訓(?-?)

  자는 公發이며, 浦城(福建省) 사람이다. 蔡京과 함께 王安石에게 수학하였다.

1082년 진사가 되어 山陽縣令·東陽縣令 등을 지냈다. 채경이 권력을 잡았을 때 그를 불렀으나 끝내 나아가지 않았다.(보유 876쪽)

● 포신유 鮑愼由(?-?)(보유 876쪽) ☞ 蘇氏蜀學畧

● 주　동 周橦(?-?)
　자는 仁熟이며, 泰州(江蘇省) 사람이다. 王安石에게 배웠다. 1076년 진사가 되어 江寧府右司理·知揚州 등을 지냈다.(보유 876쪽)

● 심　수 沈銖(?-?)
　자는 子平이며, 眞州(四川省) 사람이다. 어려서 王安石에게 배웠다. 1073년 진사가 되어 起居郎·中書舍人 등을 지냈다.(보유 877쪽)

● 손　적 孫逌(1028-1055)
　歙州(安徽省) 사람이다. 孫抗의 아들로, 어려서 王安石에게 배웠다. 진사가 되어 上虞主簿·永州軍事推官 등을 지냈다.(보유 878쪽)

● 동　필 董必(?-?)
　자는 子彊이며, 定州(河北省) 사람이다. 王安石에게 배웠다. 1076년 진사가 되어 知荊南府 등을 지냈다.(보유 878쪽)

9) 王安石의 再傳門人

◎ 龔原의 門人

● 추　호 鄒浩(1060-1111) ☞ 陳鄒諸儒學案
● 심궁행 沈躬行(?-?) ☞ 周許諸儒學案

◎ 陸佃의 家學

● 육　재 陸宰(1088-1148)
　자는 元鈞이며, 山陰(浙江省) 사람이다. 陸佃의 아들로 家學을 계승하였다. 부친의 『春秋後傳』을 보충한 『春秋後傳補遺』가 있다.

◎ 陳祥道의 家學

● 진 양 陳暘(?-?)

자는 晉之이며, 福州(福建省) 사람이다. 陳祥道의 동생으로 家學을 계승하였다. 1094년 급제하여 順昌軍節度推官·禮部侍郎 등을 지냈다.

◎ 楊訓의 家學

● 양공도 楊公度(?-?)

자는 元宏, 호는 玉峯이며, 潭州(湖南省) 사람이다. 楊訓의 아들로 家學을 계승하였다. 政和年間(1111-1117)에 진사가 되어 福建提擧常平司主管 등을 지냈다. 저술로『玉峰集』이 있다.(보유 878쪽)

10) 王安石의 三傳門人

◎ 陸宰의 家學

● 육 유 陸游(1125-1210)

자는 務觀, 호는 放翁이며, 山陰(浙江省) 사람이다. 陸宰의 아들로 조부로부터 전해 내려온 가학을 계승하였으나, 왕안석의 新學은 수용하지 않았다. 夔州通判·寶謨閣待制 등을 지냈다. 朱熹·張浚 등과 교유하였다. 송나라의 회복을 자주 논하다가 秦檜로부터 배척을 당하였다. 詩·詞·散文에 조예가 깊었으며, 史學에도 뛰어났다. 曾幾에게 시를 배웠으며, 尤袤·楊萬里·范成大와 함께 '南渡後四大家'로 일컬어졌다. 저술로『劍南詩稿』·『渭南文集』·『南唐書』·『老學庵筆記』등이 있다.

11) 王安石의 私淑人

● 웅 번 熊蕃(?-?)

자는 叔茂, 호는 獨善이며, 建陽(福建省) 사람이다. 王安石의 학문을 존숭하였으며, 문장에도 능하였다. 저술로『宣和北苑貢茶錄』이 있다.(보유 879쪽)

90. 蘇洵·蘇軾·蘇轍의 學脈(蘇氏蜀學略)

1) 蘇氏蜀學略 圖表

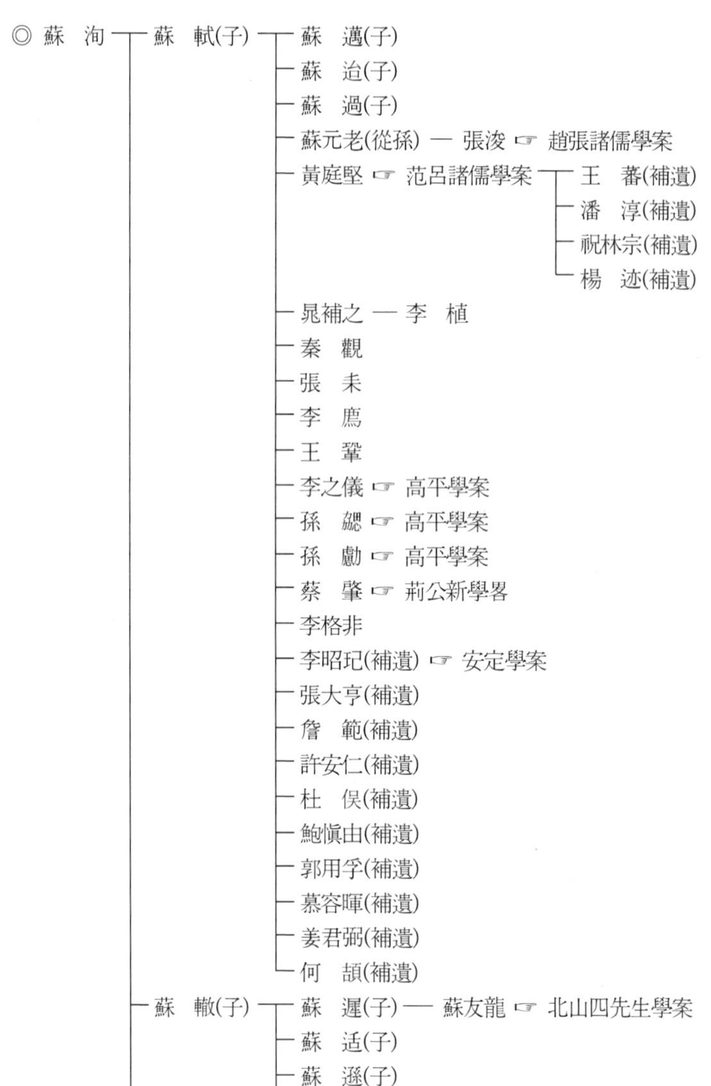

```
├─ 鍾  裴
└─ 鍾  槩
```

※ 蘇洵의 講友 : 任 孜
　　　　　　　　任 汲
※ 蘇軾 · 蘇轍의 講友 : 家勤國
　　　　　　　　　　家安國
　　　　　　　　　　家定國
※ 蘇軾의 同調 : 呂 陶
※ 蘇轍의 同調 : 李之純
※ 蘇轍의 續傳 : 蘇友龍 ☞ 北山四先生學案
※ 蘇學의 餘派 : 李純甫 ☞ 屛山鳴道集說略

2) 蘇氏蜀學略序錄

이 序錄은 제 89의 「荊公新學略」에 합하여 서술되어 있음.

3) 歐陽脩의 學侶

● 소 순 蘇洵(1009-1066)

　자는 明允, 호는 老泉, 시호는 文이며, 眉州 眉山(四川省) 사람이다. 唐宋八大家의 한 사람으로, 두 아들 蘇軾 · 蘇轍과 함께 '三蘇'로 불리었으며, 또한 아들과 구분되어 '老蘇'로도 일컬어졌다. 27세 때 비로소 학문에 정진하여 진사에 천거되었으나, 진사시에 낙방하였다. 그 후 독서에 더욱 매진하여 六經과 百家에 통달하였다. 1056년 두 아들과 함께 수도로 들어가 歐陽脩(1007-1072)에게 문장을 인정받으면서 저명해졌고, 秘書省校書郎에 제수되었다. 구양수의 권유로 王安石(1021-1086)과 교유하게 되면서 「辨姦論」을 지었다. 文安縣主簿로 있으면서 項城令이었던 姚闢과 함께 『太常因革禮』라는 宋 太祖 이래의 禮書를 편수하였다. 그 공으로 특별히 光祿寺丞에 추증되었다. 만년에 『주역』에 조예가 깊어 『易傳』을 지었으나 완성하지 못했다. 저술로 『諡法』 · 『老泉文集』이 있다.

4) 蘇洵의 講友

● 임　자 任孜(?-?)

자는 道聖·遵聖이며, 眉州 眉山(四川省) 사람이다. 任汲의 형으로, 학문과 절개로 향리에서 추중을 받았으며, 동생과 더불어 蘇洵과 절친하였다. 벼슬이 光祿寺丞에 이르렀다. 동생과 함께 蜀 땅에서 이름이 알려지자, 蘇軾은 그들 형제를 大任·小任이라 일컬었다.

● 임　급 任汲(?-?)

자는 師中이며, 眉州 眉山(四川省) 사람이다. 任孜의 동생으로, 형과 더불어 蘇洵과 절친하였다. 黃州通判·知瀘州를 지냈다. 황주통판으로 있으면서 선정을 베풀어 군민들이 그를 위해 師中庵과 任公亭을 지어주었다. 동생과 함께 蜀 땅에서 이름이 알려지자, 蘇軾은 그들 형제를 大任·小任이라 일컬었다.

5) 蘇洵의 家學

● 소　식 蘇軾(1037-1101)

자는 子瞻·和仲, 호는 東坡居士, 시호는 文忠이며, 眉州 眉山(四川省) 사람이다. 蘇洵의 아들로, 가학을 계승하였다. 1057년 동생 蘇轍과 함께 진사가 되어 翰林學士·禮部尙書 등을 지냈다. 당송팔대가의 한 사람으로, 소순·소철과 함께 '三蘇'로 불리었다. 熙寧年間에 王安石의 新法이 불편하다는 글을 올렸다가 杭州通判으로 좌천되었다. 元豊年間에 무고를 당해 黃州團練副使로 안치되었다. 龍圖閣學士·知杭州로 있으면서 민생을 구휼하고 西湖에 둑을 쌓아 수재를 막는 등 선정을 베풀었다. 아버지가 짓다가 이루지 못한 『易傳』을 완성하였다. 저술로 『蘇氏易解』·『論語說』·『東坡書傳』이 있으며, 『東坡集』·『後集』·『奏議』·『內制』·『外制』·『和陶詩』·『應詔集』을 합한 『東坡七集』이 있다. 그 외 저술로 『東坡志林』·『東坡樂府』·『仇池筆記』 등이 있다.

● 소　철 蘇轍(1039-1112)

자는 子由·同叔, 호는 潁濱遺老·欒城, 시호는 文定이며, 眉州 眉山(四川省) 사람이다. 蘇洵의 아들로, 가학을 계승하였다. 1057년 형 蘇軾과 함께 진사가 되어 門下侍郎·御史中丞 등을 지냈다. 당송팔대가의 한 사람으로, 소순·소식과 함께 '三蘇'로 불리었다. 王安石의 靑苗法을 반대하다가 河南推官으로 좌천되었다. 元豐年間에 무고 당한 형에 연좌되어 筠州鹽酒稅로 안치되었다. 뒤에 太中大夫로 치사하였다. 저술로『詩傳』·『春秋傳』·『古史』·『老子解』·『孟子解』·『春秋集解』·「欒城文集」·『論語拾遺』·『龍川略志』 등이 있다.

6) 蘇洵의 門人

● 종 비 鍾裴(?-?)

자는 子翼이며, 虔州(江西省) 사람이다. 蘇洵이 虔州에 있을 때 동생 鍾槩와 함께 그에게 나아가 수학하였다. 당시 고관이었던 歐陽脩·曾鞏 등과 알고 지냈지만, 벼슬을 구하지 않고 초야에 은거하였다. 蘇軾이 저명해지기 전에 그의 인물됨을 알고 예우해 주었다. 소식이 그를 위해 제문을 지어 제사하였다.

● 종 개 鍾槩(?-?)

虔州(江西省) 사람이다. 蘇洵이 虔州에 있을 때 형 鍾裴와 함께 그에게 나아가 수학하였다.

7) 蘇軾·蘇轍의 講友

● 가근국 家勤國(?-?)

眉州 眉山(四川省) 사람이다. 家安國·家定國의 從弟로, 劉巨에게 수학하였다. 蘇軾·蘇轍과 함께 강학하였으며, 王安石의 新法을 반대하였다. 왕안석이 春秋學을 폐한 것에 발분하여『春秋新義』를 지었다. 元祐黨人으로 지목되자 집을 짓고는『室喩』를 지었는데, 소식과 소철의 극찬을 받았다.

● 가안국 家安國(?-?)

자는 復禮이며, 眉州 眉山(四川省) 사람이다. 家定國의 동생이자, 家勤國의 從兄으로, 劉巨에게 수학하였다. 蘇軾·蘇轍과 함께 강학하였다. 진사가 되어 元豐年間(1078-1085)에 都官員外郎을 지냈으며, 1098년 瀘南倅가 되었다. 저술로『春秋通義』가 있다.

● 가정국 家定國(1031-1094)

자는 退翁이며, 眉州 眉山(四川省) 사람이다. 家安國의 형이고, 家勤國의 從兄으로, 劉巨에게 수학하였다. 蘇軾·蘇轍과 함께 강학하였다. 1057년 진사가

되어 僉書蜀州判官事를 지냈으며, 元祐年間에 左朝請郎으로 知懷安軍을 지냈
다. 저술로 詩文集이 있다.

8) 蘇軾의 同調

● 여　도 呂陶(?-?)

자는 元鈞, 호는 淨德이며, 成都(四川省) 사람으로, 蘇軾과 교류하였다. 皇祐
年間(1049-1053) 진사가 되어 知壽陽縣·集賢院學士 등을 지냈다. 朱光庭의
논핵을 받은 소식이 외직을 청하자 그를 위해 변론하였다. 1070년 과거에 합격
하였는데, 對策을 올려 王安石이 주장한 新法의 잘못을 여러 차례 논하다가
蜀州通判으로 좌천되었다. 元祐年間(1086-1094) 초기에 殿中侍御史가 되어
蔡確·韓縝·張璪·章惇 등의 무리를 논핵하였다. 元祐黨人으로 지목되어 삭
탈관직되었고, 뒤에 知梓州로 치사하였다. 저술로『淨德集』이 있다.

9) 蘇轍의 同調

● 이지순 李之純(?-?)

자는 端伯이며, 無棣(山東省) 사람이다. 진사가 되어 成都路轉運使·御史中丞
등을 지냈다. 董敦逸·黃慶基의 무리가 蘇軾을 무고하였는데, 蘇轍과 친분이
깊다는 이유로 파직되었다. 뒤에 소철에게 아첨한다는 劉拯의 논핵을 받아 知
單州로 좌천되었다.

10) 蘇軾의 家學

● 소　매 蘇邁(?-?)

자는 伯達이며, 眉州 眉山(四川省) 사람이다. 蘇軾의 맏아들로, 가학을 계승하
였다. 知仁化縣·駕部員外郎 등을 지냈다. 文章과 政事에 있어 아버지의 遺風
이 많았다.

● 소　태 蘇迨(?-?)

眉州 眉山(四川省) 사람이다. 蘇軾의 둘째 아들로, 가학을 계승하였다. 承務郎

을 지냈다. 동생 蘇過와 함께 문장에 능하였다.

● 소　과 蘇過(1072-1124)

자는 叔黨, 호는 斜川居士이며, 眉州 眉山(四川省) 사람이다. 蘇軾의 셋째 아들로, 가학을 계승하였다. 右承務郞·知郾城縣 등을 지냈다. 文章과 書畫에 능하여 '小坡'로 불리어졌다. 아버지의 명으로『孔子弟子別傳』을 지었으며, 그 외 저술로『志隱』·『斜川集』이 있다.

● 소원로 蘇元老(?-?)

자는 子廷·在廷, 호는 九峯이며, 眉州 眉山(四川省) 사람이다. 蘇軾의 從孫으로, 가학을 계승하였다. 1106년 진사가 되어 西京國子博士·太常少卿 등을 지냈으나, 黨禁 중이었던 蘇軾의 영향으로 파직되어 明道宮提點으로 좌천되었다. 문장에 능했으며,『춘추』에 조예가 깊었다. 서술도『九峰集』이 있나.

11) 蘇軾의 門人

● 황정견 黃庭堅(1045-1105)　☞ 范呂諸儒學案

● 조보지 晁補之(1053-1110)

자는 無咎, 호는 濟北·歸來子이며, 鉅野(山東省) 사람이다. 晁說之(1059-1129)의 종형으로, 蘇軾에게 배웠으며, 黃庭堅·秦觀·張耒와 함께 '蘇門四學士'로 일컬어졌다. 17세 때 杭州倅로 부임하는 아버지 晁端友를 따라갔는데, 錢塘地域의 산천과 풍물의 아름다움을 보고「七述」을 지어 스승에게 극찬을 받으면서부터 이름이 알려졌다. 1079년 진사가 되어 太學正·北京國子監敎授 등을 지냈다. 李淸臣(1032-1102)의 천거로 著作佐郞이 되었다.『神宗實錄』을 편수하다가 일이 잘못되어 좌천되었으며, 鴻慶宮을 주관하였다. 書畫에 능했으며, 詩詞 및 文章에도 뛰어났는데, 특히 楚辭에 조예가 깊었다. 저술로 屈原과 宋玉 이래로 지어진 작품을 論集한『變離騷』와 用兵에 대해 기술한『罪言』이 있다. 그 외에『鷄肋集』·『琴趣外篇』이 있다.

● 진　관 秦觀(1049-1100)

자는 少游·太虛, 호는 淮海居士이며, 高郵(江蘇省) 사람이다. 蘇軾에게 배웠으며, 黃庭堅·晁補之·張耒와 함께 '蘇門四學士'로 일컬어졌다. 1085년 진사가 되어 太學博士·宣德郞 등을 지냈다. 어려서 王安石(1021-1086)에게 詩才

를 인정받았다. 자신이 지은 「黄樓」를 스승에게 보여 극찬을 받았으며, 스승의
천거로 國史院編修가 되었다. 1094년 元祐黨人으로 지목되어 杭州通判으로 좌
천되었다가 복직되었다. 저술로 『淮海集』이 있다.

- 장 뢰 張耒(1054-1114)
  자는 文潛, 호는 柯山이며, 淮陰(江蘇省) 사람이다. 蘇軾에게 배웠으며, 黄庭
  堅·晁補之·秦觀과 함께 '蘇門四學士'로 불리었다. 1073년 진사가 되어 龍圖
  閣知潤州·太常少卿 등을 지냈다. 1094년 元祐黨人으로 지목되어 黄州酒稅
  로 좌천되었다. 南嶽廟를 감독하였으며, 明道宮·崇福宮을 주관하였다. 시문
  을 지을 적에 儒學의 이치를 밝히는 것을 중요하게 여겼다. 저술로 『詩說』·
  『宛邱集』·『明道雜志』 등이 있다.

- 이 치 李廌(1059-1109)
  자는 方叔, 호는 濟南이며, 華州(陝西省) 사람이다. 黄州에 있던 蘇軾에게 나
  아가 배웠다. 스승과 范祖禹(1041-1098)의 천거를 받았으나 벼슬길에 나아가
  지 못했다. 중년 이후에는 벼슬에 뜻을 버리고 은거하였다. 元祐年間에 「忠諫
  書」·「忠厚論」·「兵鑒」을 조정에 올렸다. 저술로 『濟南集』·『德隅齋畫品』
  등이 있다.

- 왕 공 王鞏(?-?)
  자는 定國, 호는 清虛이며, 莘縣(山東省) 사람이다. 王旦(957-1017)의 손자이
  면서 王素(1007-1073)의 아들로, 蘇軾에게 배웠다. 太常博士·揚州通判 등
  을 지냈다. 스승과 연좌되어 監賓州鹽酒稅로 좌천되었으며, 元祐黨籍에 이름
  이 올랐다. 詩에 능해 스승으로부터 칭찬을 받았다. 저술로 『聞見近錄』·『甲
  申雜記』·『隨手雜錄』이 있다.

- 이지의 李之儀(?-?) ☞ 高平學案
- 손 협 孫勰(1050-1120) ☞ 高平學案
- 손 려 孫勴(?-?) ☞ 高平學案
- 채 조 蔡肇(?-1119) ☞ 荊公新學略
- 이격비 李格非(?-1105)
  자는 文叔이며, 濟南(山東省) 사람이다. 李清照(1084-1151)의 아버지로, 蘇軾
  에게 문장을 배웠다. 熙寧年間(1068-1077) 진사가 되어 著作佐郎·京東提點

刑獄 등을 지냈다. 1101년 파직되었고, 1102년 元祐黨籍에 들었다. 어려서부터 經學에 조예가 깊어「禮記說」을 지었다. 辭章에도 뛰어났으며, 글을 논할 때는 誠을 주로 하였다. 저술로『洛陽名園記』가 있다.

- 이소기 李昭玘(?-?)(보유 881쪽) ☞ 安定學案

- 장대형 張大亨(?-?)

  자는 嘉父이며, 吳興(浙江省) 사람이다. 蘇軾에게 수학하였다. 1085년 진사가 되어 員外郎·直秘閣 등을 지냈다. 저술로『春秋五禮例宗』·『春秋通訓』이 있다.(보유 882쪽)

- 첨 범 詹範(?-?)

  자는 器之이며, 崇安(福建省) 사람이다. 蘇軾에게 배웠다. 紹聖年間(1094-1097)에 知惠州기 되어 太常丞·祠部員外郎 등을 지냈나.(보유 882쪽)

- 허안인 許安仁(?-?)

  자는 仲山이며, 開封(河南省) 사람이다. 蘇軾에서 시를 배웠는데, 명성이 있었다. 南劍州順昌尉를 지냈다. 저술로『阨奇集』이 있다.(보유 882쪽)

- 두 오 杜俣(?-?)

  자는 碩甫, 호는 野翁이며, 成都(四川省) 사람이다. 杜沂의 아들로, 아버지와 절친했던 蘇軾에게 나아가 수학하였다. 집에 소장된 書畫가 매우 많았다. 시에 능했으며, 벼슬하지 않고 은거하였다.(보유 883쪽)

- 포신유 鮑愼由(?-?)

  자는 欽止이며, 龍泉(浙江省) 사람이다. 王安石과 蘇軾에게 배웠다. 吏部員外郎을 거쳐 知明州 등을 지냈다. 詩文에 능했으며, 저술로 杜甫의 詩에 주석을 단『夷白堂小集』이 있다.(보유 883쪽)

- 곽용부 郭用孚(?-?)

  자는 仲先이며, 建安(福建省) 사람이다. 熙寧年間(1068-1077)에 德淸簿가 되어 閩縣令·朝散郎通判興國軍을 지냈다.(보유 883쪽)

- 모용휘 慕容暉(?-?)

  姓은 慕容, 이름이 暉이다. 호는 雙楠이며, 陽羨(江蘇省) 사람이다. 蘇軾에게 수학하였다.(보유 884쪽)

- 강군필 姜君弼(?-?)

  자는 唐佐이며, 瓊山(海南省) 사람이다. 蘇軾에게 배웠으며, 二蘇에게 인정을
  받았다.(보유 884쪽)

- 하　힐 何頡(?-?)

  자는 斯擧, 호는 樗叟이며, 黃岡(湖北省) 사람이다. 蘇軾이 황강에서 귀양살이
  할 적에 나아가 배웠으며, 글을 잘 지었다.(보유 884쪽)

12) 蘇轍의 家學

- 소　지 蘇遲(?-1155)

  자는 伯克·伯充이며, 眉州 眉山(四川省) 사람이다. 蘇轍의 長子로, 가학을
  계승하였다. 1128년 右朝請大夫直秘閣·知婺州 등을 지냈다. 知婺州로 있을
  적에 세액을 감해 달라고 글을 올려 마을 노인들이 生祠를 지어주었는데, 후손
  들이 그 때부터 거기에 살게 되었다.

- 소　괄 蘇适(?-?)

  眉州 眉山(四川省) 사람이다. 蘇轍의 아들로, 가학을 계승하였다.

- 소　손 蘇遜(?-?)

  眉州 眉山(四川省) 사람이다. 蘇轍의 아들로, 가학을 계승하였다.

13) 蘇軾의 再傳門人

◎ 蘇元老의 門人

- 장　준 張浚(1094-1164) ☞ 趙張諸儒學案

◎ 黃庭堅의 門人

- 왕　번 王蕃(?-?)

  자는 觀復이며, 戎州에 있던 蘇軾의 문인 黃庭堅에게 나아가 수학하였다.(보
  유 885쪽)

- 반　순 潘淳(?-?)

  호는 清逸居士이며, 新建(江西省) 사람이다. 蘇軾의 문인 黃庭堅에게 배웠으며, 시를 잘 지었다.(보유 886쪽)

- 축림종 祝林宗(?-?)

  자는 有道이며, 新安(江西省) 사람이다. 朱熹의 外叔의 祖父로, 蘇軾의 문인 黃庭堅에게 나아가 배웠다.(보유 886쪽)

- 양　적 楊迪(?-?)

  靑神(四川省) 사람으로, 蘇軾의 문인 黃庭堅에게 나아가 수학하였다.(보유 886쪽)

◎ 晁補之의 門人

- 이　식 李植(?-?)

  이름을 植이라고도 한다. 자는 元直, 시호는 忠襄이며, 臨淮(安徽省) 사람이다. 蘇軾 집안의 식객이었던 아버지를 따라갔다가 晁補之의 눈에 띄어 사위가 되었으며, 그에게 배웠다. 承直郎이 되어 戶部員外郎 등을 거쳐 寶文閣學士로 치사하였다. 秦檜가 집권하고 있을 때 醴陵에 우거하다가, 그가 죽은 뒤에 다시 벼슬길에 나왔다. 江南東路轉運使로 있으면서 글을 올려 강을 막는 방법에 대해 극언하였다. 벼슬을 그만둔 뒤에는 胡安國(1074-1138)·劉錡(1098-1162)와 왕래하며 강론하였다. 저술로 『臨淮集』이 있는데, 胡銓(1102-1180)이 서문을 지었다.

14) 蘇轍의 續傳

- 소우룡 蘇友龍(1296-1378) ☞ 北山四先生學案

15) 蘇學의 餘派

- 이순보 李純甫(1185-1231) ☞ 屛山鳴道集說略

91. 屛山 李純甫의 學脈(屛山鳴道集說略)

1) 屛山鳴道集說略 圖表

```
◎ 李純甫 ┬ 雷 淵 ─ 雷 膺(子)
         ├ 宋九嘉
         ├ 張 轂
         ├ 李 經
         ├ 王 權
         └ 張轂英
```

※ 講　友 : 趙秉文
※ 學　侶 : 劉從益

2) 屛山鳴道集說略序錄

　　내가 삼가 살펴보건대, 關中과 洛陽 지역이 여진에 함락되면서 1백여 년 동안 張載와 二程의 학통을 전해듣지 못하였으니, 또한 탄식할 만하다. 屛山 李純甫는 문장이 웅장하였지만 이단에 빠져 거리낌없이 말하였고, 司馬光 이후 大儒들의 글을 모두 뽑아 제멋대로 주장하였으니, 비웃을 만하다. 그러나 굳이 변론할 필요는 없으니, 대략 그 요지만 거론하여 후세 학자들로 하여금 보고 웃게 할 따름이다. 그 당시 하북지역에서 正學이 흥기하고 있었으니, 狂風·怪霧가 태양의 밝은 빛을 드러날 수 없도록 하지는 못한다.

3) 王安石·蘇洵·蘇軾·蘇轍의 餘派

● 이순보 李純甫(1185~1231)

　　자는 之純, 호는 屛山이며, 宏州 襄陰(河北省) 사람이다. 1197년 經義로 進士가 되어 左司都事·翰林 등을 역임하고 京兆府判官으로 치사하였다. 처음엔 문장에 힘썼으나 뒤에 경학을 공부하였다. 문장은『장자』·『열자』·『춘추좌씨전』·『전국책』을 전범으로 삼았다. 「矮柏賦」를 지어 자신의 재능을 諸葛亮·

王孟에 기약하였다. 중년 이후부터는 출사를 단념하고 禪僧과 교유하였으며, 만년엔 특히 佛家에 빠졌다. 저술로『中庸集解』·『嗚道集解』·『楞嚴解』·『金剛經解』·『老子解』·『莊子解』가 있다.

4) 李純甫의 講友

● 조병문 趙秉文(1159-1232)

자는 周臣, 호는 滏水·閑閑老人이며, 磁州 滏陽(河北省) 사람이다. 1185년 진사가 되어 翰林院修撰·禮部尙書 등을 지냈다. 理學을 학문의 종지로 하면서 유가·불가·도가를 종합하려 했다. 道統說에 입각하여 周敦頤·二程을 추숭하였다. 금나라 때 二程의 학문을 북방지역에 전파한 주요 인물이다. 저술로『易叢說』·『中庸說』·『論語解』·『孟子解』·『揚子發微』·『太玄贊』·『文中子類說』·『南華略釋』·『列子補注』·『資暇錄』·『滏水集』 등이 있다.

5) 李純甫의 學侶

● 유종익 劉從益(?-?)

자는 雲卿, 호는 蓬門이며, 應州 渾源(山西省) 사람으로, 금나라 군대가 남하한 이후에는 淮陽(河南省)으로 피해 살았다. 1209년 진사가 되어 監察御史 등을 지냈다. 이순보와 조병문의 추중을 받았다. 경학에 정밀하면서도 불교를 배워 조예가 깊었다. 저술로『蓬門集』이 있다.

6) 李純甫의 門人

● 뇌 연 雷淵(1184-1231)

자는 希顔·季默이며, 渾源(山西省) 사람이다. 1213년 辭賦로 진사가 되어 監察御史·翰林院修撰 등을 지냈다. 李純甫에게 배웠다.

● 송구가 宋九嘉(?-1233)

자는 飛卿이며, 夏津(河北省) 사람이다. 1213년 진사가 되어 高陵縣令·翰林院應奉 등을 지냈다. 宋祁·李純甫에게 배웠다.

- 장　각 張殼(?-?)

  자는 伯玉이며, 許州(河南省) 사람이다. 李純甫에게 배웠다.

- 이　경 李經(?-?)

  자는 天英이며, 錦州(湖南省) 사람이다. 李純甫에게 배웠다.

- 왕　권 王權(?-?)

  王之奇라고도 한다. 자는 士衡이며, 眞定(河北省) 사람이다. 李純甫에게 배
  웠다.

- 장곡영 張穀英(?-?)

  자는 仲傑, 호는 無著이며, 趙州(河北省) 사람이다. 南頓令·省掾大理司直 등
  을 지냈다. 李純甫에게 배웠다.

7) 李純甫의 再傳門人

◎ 雷淵의 家學

- 뇌　응 雷膺(?-?)

  자는 彦正, 시호는 文穆이며, 渾源(山西省) 사람이다. 雷淵의 아들로 가학을
  계승하였다. 中統年間(1260-1263) 초에 감찰어사가 되어 江南浙西道按察
  使·集賢殿學士를 지냈다.

자·호색인

인명색인

※중복되는 인물은 상세 설명이 있는 쪽수를 진하게 표시하였다.

● **최석기(崔錫起)**

　성균관대학교 한문학과 졸업, 동대학교 문학박사, 현 경상대학교 한문학과 교수

● **강정화(姜貞和)**

　경상대학교 한문학과 졸업, 동대학교 문학박사, 현 경상대학교 남명학연구소 학술연구 교수

● **양판석(梁判石)**

　경상대학교 한문학과 졸업, 동대학교 박사과정 수료, 현 진주 동명고등학교 교사

● **이영숙(李永淑)**

　경상대학교 한문학과 졸업, 동대학교 박사과정 수료, 현 경상대학교 한문학과 강사

● **이정희(李正喜)**

　경상대학교 한문학과 졸업, 동대학교 박사과정 수료, 현 경상대학교 문천각(한적자료실) 근무

● **전병철(全炳哲)**

　계명대학교 국문학과 졸업, 경상대학교 박사과정 수료, 현 경상대학교 한문학과 강사

● **정현섭(鄭玄涉)**

　경상대학교 한문학과 졸업, 동대학교 박사과정 수료, 현 경상대학교 한문학과 강사

宋元時代 학맥과 학자들

초판 1쇄 발행　2007년 5월 9일

편　자　최석기·강정화·양판석
　　　　이영숙·이정희·전병철·정현섭
발행인　김흥국

발행처　도서출판 보고사
주　소　서울시 성북구 보문동 7가 11번지 2층
등　록　6-0429(1990.12)
전　화　922-5120~1(편집부) / 922-2246(영업부)
팩　스　922-6990
메　일　kanapub3@chol.com
정　가　35,000원
ISBN　978-89-8433-560-8 (93820)

www.bogosabooks.co.kr